Pour Ana

en te vr

au cœur de ce monde magique!!

~~Mylène~~

Que les lunes te guident!!

Les Écailles de l'âme

Éditions Dreelune
6399 avenue Casgrain
H2S 2Z2, Montréal, Canada
email: editionsdreelune@gmail.com

Les écailles de l'âme, tome 1 : la voix des lunes © Editions Dreelune, 2022
Tous droits réservés
Illustration couverture © Mylène Ormerod 2022

Dépôt légal
Bibliothèque et Archives nationales du Québec 2022
Bibliothèque et Archives du Canada 2022

ISBN format imprimé : 978-2-9816536-6-6
ISBN format PDF : 978-2-9816536-7-3
ISBN format EPUB : 978-2-9816536-8-0

Auteur : Mylène Ormerod
Correction : Sandra Vuissoz

Version corrigée et améliorée de la première édition chez Mots en Flot et comprend les tomes 1 et 2 réunis, des éditions de la Caravelle

Attention, certains passages peuvent heurter la sensibilité du lecteur. Ceux-ci seront encadrés du symbole ci-dessous, pour un public averti :

Mylène Ormerod

Les Ecailles de L'âme

Tome 1 : La voix des lunes

Éditions Dreelune

« À ce moment-là, tu comprendras, et la Mort te guidera ! »
Ihsie

Lexique

Travel : planète autour de laquelle gravitent trois lunes mystérieuses. Elle est peuplée de trois espèces bien distinctes : les humains, les sorciers et les mages. Ces derniers se différencient des deux autres par une certaine complexité. Ils sont regroupés en trois grandes catégories :

Les Ilemens : ce sont des êtres capables d'utiliser et de manipuler les ressources naturelles (eau, air, terre et feu) qui les entourent. Comme ces quatre éléments, ils sont instables. La soif de pouvoir noircit le cœur de certains, qui se transforment alors en mages corrompus. Ils abandonnent leur âme à seule fin d'acquérir toujours plus de puissance. En tuant leur humanité, ils deviennent incontrôlables. Pour en anéantir un, il faut parfois mobiliser toute une armée. Il est en effet très difficile d'en venir à bout, car ils ne ressentent plus rien.

Les Gyramens : ils sont plus robustes que les Ilemens. Les variations des éléments naturels ne les atteignent que très peu. C'est leur inébranlable volonté qui fait leur force. Ils se distinguent au combat au corps-à-corps grâce à des armes qu'ils créent eux-mêmes. Ils invoquent celles qu'ils ont imaginées et sont alors capables de les matérialiser. Cet art nécessite beaucoup d'entraînement ainsi qu'une idée très précise de ce qu'ils veulent réaliser. Les Gyramens ne se laissent pas facilement emporter par leurs cœurs. Ils sont entièrement dévoués à la protection de la loi et bien plus stables que leurs confrères ilemens. Il est très rare qu'un Gyramen abandonne son âme. Ce sont des guerriers redoutables qu'il vaut mieux ne pas provoquer.

LES SUPRÊMES : ce sont les mages les plus puissants de Travel. Très peu nombreux, ils utilisent l'ensemble des éléments et ont eux aussi la capacité d'invoquer leurs propres armes. Ils sont tellement impressionnants que tous les craignent. Ces êtres naissent pour diriger. Les Suprêmes règnent en maîtres incontestés sur le monde de Travel. Devant leur force, tous s'écrasent. Quand l'un d'eux accède au pouvoir, il acquiert l'intégralité des connaissances de ses prédécesseurs. Il ne pensera plus qu'à protéger Travel et peu lui importera alors les moyens qu'il devra mettre en œuvre pour y parvenir.

Prologue

La naissance

Vingt-cinq ans auparavant

Dans le ciel de Travel, les trois lunes célestes s'alignaient maintenant sur un axe précis. En ce jour particulier, tous pouvaient sentir autour d'eux une énergie intense les frôler par vagues. Les fins poils de leurs corps se dressaient, perturbés par l'électricité surchargeant l'atmosphère.

Mais cette fois-ci, cette puissance – cette force ! – ne se manifestait que pour l'arrivée de nourrissons qui seraient liés d'une façon inexplicable, unique… Au même instant, quatre êtres naquirent, voués à une destinée exceptionnelle.

Ils allaient changer la face du monde.

* * *

Soméa lorgna son enfant lové dans les mains de son époux.

Elle l'observa de loin, envieuse. À la vue de ce tendre petit être, son cœur s'emplit d'une force énigmatique. Son mari, satisfait et fier, arborait un sourire carnassier à faire froid dans le dos. La jeune mère le supplia du regard. Les larmes aux yeux, elle espérait que Dumeur lui permettrait de le contempler.

Je t'en prie..., implora-t-elle mentalement, car elle n'était pas autorisée à parler. *Laisse-moi le tenir, juste un peu, juste une seconde !*

Mais il ne la voyait pas. Dumeur n'en avait que pour leur fils. Elle devait prendre son mal en patience.

— Soméa, tu as bien travaillé, la félicita-t-il de sa voix granuleuse, toujours si imposante. Il sera valeureux et d'une puissance à toute épreuve !

La jeune femme se souvint avec tristesse combien elle avait été attirée par son côté ténébreux. Son charme, sa tendresse, mais aussi sa force et son corps robuste avaient su capturer son cœur. Aveuglée par ses rires et ses mots affectueux, elle n'avait compris que trop tard la duplicité de son âme.

Elle respira profondément, ravala ses sanglots et tenta d'oublier les erreurs du passé qui lui coûtaient si cher. Dumeur n'avait convoité que son sang sans jamais l'aimer.

L'Amour..., pensa-t-elle, le regard rivé sur son fils.

Lui était l'Amour. Elle ferait son possible pour qu'il ne devienne pas comme son père. Sa vue se troubla. Des perles de chagrin brillaient devant ses prunelles, mais elle devait rester forte. La femme esquissa un sourire forcé lorsque son mari la considéra enfin. Dumeur déposa le bébé dans un petit lit rempli de linges doux, puis il s'approcha d'elle à pas lents, tel un animal chassant sa proie.

Il étudia les yeux noisette chargés de larmes qu'elle n'avait pas pu retenir et effleura son visage, s'arrêtant sur ses lèvres roses. Puis, il releva le drap qui la protégeait des regards pour exposer son corps vulnérable et mortifié à la vue des soignants. Soméa mourait d'envie de se défendre, mais refréna toutefois un geste pour se couvrir. Elle devait absolument éviter de le froisser.

— Tu es faite pour le nourrir, remarqua-t-il en contemplant sa poitrine pleine.

Ses iris sombres, son sourire ténébreux, tout en lui la terrifiait. Dans la pièce, les sages-femmes l'observaient dans sa nudité, et maladroitement, Soméa replaça le jeté, n'y tenant plus, trop honteuse de son état. Elle préférait qu'il l'humilie de la sorte, plutôt que de souffrir de sa violence.

La jeune mère repensa au caractère définitif de leur union. Une fois celle-ci célébrée, il était très difficile – voire impossible – de se défaire du lien conjugal. Les étoiles s'alignaient et ne leur permettaient plus de revenir sur leur décision. Cette loi ancestrale s'appliquait à l'un comme à l'autre. Seule la mort les libérerait ; ainsi fonctionnait le monde de Travel, entouré de ses trois lunes sacrées.

Dumeur grimaça, irrité qu'elle effectue un mouvement alors qu'il ne l'y avait pas autorisée. Il se montrait pointilleux et n'oubliait jamais le moindre de ses affronts. Et pour lui, son attitude en était bien un.

Par chance, le bébé réclama l'attention d'un adulte, ce qui le détourna du châtiment qu'il aurait pu lui infliger.

— Que veut-il ?

La soignante la plus proche baissa la tête. Elle bredouilla quelques mots, impressionnée par sa prestance ainsi que par sa réputation. La mine lugubre de l'homme devint de plus en plus meurtrière, jusqu'à ce que la femme parvienne enfin à articuler une phrase convenable.

— Il a besoin de sa mère, monsieur, dit-elle d'une voix faible.

L'infirmière n'osait plus bouger, paralysée par le magnétisme effrayant qu'il dégageait.

Dumeur ne devait pas s'attendre à cette réponse, car la dureté de son regard s'accentua. Il parut faire d'immenses efforts pour garder son sang-froid. Il se saisit de l'enfant aux cris stridents, puis le céda de mauvaise grâce à Soméa, qui guettait ce moment avec une impatience à peine contenue. Elle l'enlaça, le chérit pendant de belles secondes, si importantes… Il lui sembla que le temps s'arrêtait, son cœur s'emplit d'un amour qu'elle n'aurait jamais cru posséder. La jeune maman réprima un sanglot, tandis qu'une angoisse sourde s'emparait d'elle. Comment pourrait-elle le protéger ?

— Donne-lui un nom ! exigea Dumeur, alors que le garçonnet continuait de pleurer.

Selon la coutume, seule la femme était autorisée à en sélectionner un. Soméa resserra son bébé contre son sein. Ce geste tranquillisa son fils qui, peu à peu, se calma. Elle en fut soulagée, heureuse de sentir sa respiration s'apaiser à son simple contact. Satisfait du silence enfin obtenu, Dumeur attendait qu'elle s'exécute, non sans manifester bruyamment son exaspération. L'homme avait choisi depuis longtemps le prénom qu'il souhaitait lui attribuer afin qu'il devienne le plus fort. Il ne se souciait que peu des règles, désireux de toujours tout contrôler.

Néanmoins, Soméa avait vu en rêve celui de son enfant, écrit au milieu de deux autres sur un mur de pierre usée. Le seul qui avait attiré son regard et qu'elle avait su déchiffrer désignait son fils.

— Torry, murmura-t-elle.

Dumeur s'étrangla tandis que la soignante l'inscrivait sur son registre. La femme s'en alla ensuite en compagnie des témoins, les laissant tous les trois, au grand désespoir de Soméa, qui retint son souffle. Ce qu'elle venait de faire serait considéré par son époux comme son plus gros affront, elle en subirait les conséquences durant de longues années.

— Torry ? hurla-t-il, fou de rage.

Ses yeux lançaient des éclairs de fureur. Soméa se prépara mentalement à recevoir des coups. Elle s'obligea à ne pas fermer les paupières, se crispa imperceptiblement. Elle se relâcha un peu en constatant que rien n'arrivait. Avoir Torry dans ses bras semblait la protéger.

Pourtant, le regard haineux de son mari lui fit comprendre qu'il ne pourrait pas s'empêcher de la blesser. Il caressa sa joue, enfonça un doigt profondément dans sa chair. Soméa masqua sa souffrance. Elle avait remarqué que plus elle camouflait sa peine, plus tôt il s'arrêtait. La douleur, la peur et la mort représentaient ce qu'il aimait le plus au monde.

Voyant qu'elle ne réagissait pas, il finit par retirer son annulaire.

— Pourquoi Torry ? reprit-il en un grondement sinistre.

Soméa respira quelques secondes par brusques goulées avant de réussir à parler. Elle devait faire vite si elle ne voulait pas l'énerver plus encore.

— Je l'ai aperçu en rêve. C'est son nom. Je ne peux pas te l'expliquer différemment, j'en suis simplement persuadée... Il est voué à faire de grandes choses.

— Qu'as-tu vu ?

Sa main cruelle, à présent posée sur la gorge de la jeune femme, se crispait au point de l'étouffer.

— I... Il...

Elle déglutit avec difficulté avant de continuer :

— Son prénom était gravé sur un mur avec deux autres, également très anciens. Je n'ai pu déchiffrer ceux qui l'accompagnaient, seul le sien m'est apparu clairement. Ses syllabes limpides ont résonné autour de moi. Une des trois lunes est alors survenue et je me suis réveillée. J'ai su qu'il était fait pour lui !

Dumeur la relâcha. À la grande surprise de Soméa, il lui sourit avant de venir l'embrasser sur la joue. Il caressa la peau meurtrie presque avec affection, comme s'il s'excusait.

— Tu as bien fait. Ce nom est très puissant, il doit désigner l'une de nos lunes, puisqu'elle t'est apparue. Nous avons dû oublier sa signification avec le temps...

Il s'arrêta, plongea ses yeux dans les siens puis lui saisit le menton brutalement.

— Mais la prochaine fois, je te conseille de m'informer de tes intentions, ou n'espère pas que je sois aussi tendre ! conclut-il avec hargne, les mâchoires crispées.

— Oui ! promit-elle.

Répondre rapidement lui permit d'échapper à son courroux. Sa menace à peine voilée était synonyme de douleur, elle en avait conscience. L'homme dirigea alors son regard dur vers Torry, petit être potelé et fragile.

Soméa comprit à cet instant que son enfant souffrirait. Elle ne savait pas encore de quelle manière, mais elle le ressentait au plus profond de son âme au point d'en avoir le cœur déchiré.

Car le jour où Dumeur s'en prendrait à lui, elle ne pourrait rien faire…

Fuir lui était impossible, il la retrouverait toujours. Puissant et haut gradé, personne ne le contredisait en dehors du Suprême. Et le maître n'avait aucune idée de la réelle violence dont son époux pouvait faire preuve.

* * *

— Nanu !

Anna rayonnait. Elle serrait fort contre son corps le petit garçon qu'elle venait de mettre au monde.

— Nanu ? répéta son mari, un peu surpris.

Il se demandait bien d'où sortait cette idée pour le moins originale, mais le nom en soi lui importait peu. Il était soulagé qu'Anna soit encore vivante et contenait difficilement sa joie. Des larmes roulèrent le long de ses joues devant la vision incroyable de ces deux êtres fabuleux. Sa tendre compagne lui sourit et il se pencha pour l'embrasser.

Bien qu'Amuro soit un combattant, il ressemblait peu aux autres guerriers qu'Anna avait pu croiser. Une fois rentré à la maison, il se montrait toujours d'une grande douceur.

Il était l'homme de sa vie.

Certes, leur rencontre avait été banale et entrait dans tous les codes de la tradition, mais elle ne regrettait pas sa décision. Au départ, elle avait voulu sélectionner son époux en dehors des règles, prendre quelqu'un de rang moins élevé. Seulement, Amuro était un être exceptionnel qu'elle n'avait, à l'époque, pas pu repousser.

Elle détestait les coutumes et refusait que son bébé, une fois adulte, se sente piégé par des obligations. Nanu serait libre de choisir sa compagne, même si c'était chose rare. Bien trop de femmes de guerriers devenaient de simples objets sexuels.

La porte s'ouvrit, interrompant ses réflexions. Un homme aux traits tirés s'avança. Le cœur d'Anna s'accéléra en découvrant l'immense tristesse qui l'habitait. Il ne montra cependant cette faiblesse qu'un court instant, avant de rendosser son masque imperturbable. Celui du Pouvoir. Le Suprême venait bénir leur enfant.

— Maître Weily, l'accueillit Amuro.

Il se courba avec admiration. Sa visite était un honneur, aussi Anna s'inclina-t-elle à son tour malgré son épuisement.

— Je suis ravi de voir que tout s'est bien déroulé.

Sa présence plongeait Amuro dans la plus grande perplexité. Maître Weily semblait particulièrement heureux de constater qu'Anna avait survécu. Ce soulagement inhabituel ne lui ressemblait pas. Malgré tout le respect qu'il lui devait, le Suprême restait à ses yeux un être égoïste qui ne se préoccupait que très rarement de ses semblables. Que pouvait-on en attendre de plus ? L'homme ne pouvait s'attarder sur chaque individu. Cela rendrait sa tâche impossible. Son but étant de protéger l'Espèce, il ne pensait à rien d'autre. Alors que faisait-il aujourd'hui au chevet d'une simple femme de guerrier ?

— Comment l'avez-vous appelé ? demanda le maître.

Cette question inquiéta Amuro. Il avait conscience que le nom choisi donnerait une indication sur la puissance du nouveau-né. Le Suprême désirait-il savoir si son fils serait particulier et l'aiderait dans le futur ?

— Nanu, répondit la jeune mère avec fierté.

— Nanu ?

Le Suprême écarquilla les yeux de surprise. Amuro fronça les sourcils. Jamais il ne l'avait vu ainsi. Ce prénom était-il à ce point spécial ? Apparemment, lui seul en comprenait le sens.

— Y a-t-il un problème ? s'enquit Anna, elle aussi troublée par sa réaction.

Pensif, Weily caressa le bas de sa mâchoire, ce qui ne la rassura guère.

— Non, ne t'en fais pas, Anna, murmura-t-il en secouant la tête. En connais-tu la signification ?
— Pas du tout, avoua-t-elle timidement.
— Cela veut dire « deux ». Mais c'est également une ancienne façon de désigner quelque chose d'incomplet !
— Incomplet…, répéta Anna, désormais mécontente de son choix.
— C'est un nom très puissant, tout comme le jour de sa naissance, déclara Weily en se frottant à nouveau le menton.

Puis, il poursuivit pour lui-même :
— Je me demande ce qu'il se passe !

Il repartit aussitôt, refermant la porte sans ajouter un mot. Il avait même oublié de bénir l'enfant et laissait derrière lui une impression curieuse.

— Bien étrange, cette visite, commenta Amuro.
— Oui, j'ai peur à présent. Nanu… Cela voudrait dire que notre fils n'est pas complet ? geignit Anna.
— Ne t'inquiète pas, Nanu va très bien ! Il est fort. Ne te préoccupe pas des paroles de Weily. Il est parfois tellement énigmatique.

Anna acquiesça. Elle reporta son regard sur son bébé. Son sourire réapparut devant sa petite tête d'ange. Elle ferait tout pour qu'il se sente entier. Il était hors de question qu'un vide se creuse au fond de son cœur.

Deux…, pensa-t-elle.

Ce prénom était gravé auprès de deux autres inscriptions indéchiffrables. Elle l'avait reconnu et immédiatement su.

Que pouvaient-ils bien signifier, ce rêve qu'elle avait fait et cette pierre ancienne qu'elle avait vue ? Son inquiétude grandissait, elle était désormais persuadée que les lunes le destinaient à un avenir difficile.

— Je prendrai bien soin de toi, Nanu… Je te le promets !

* * *

Almie avait crié de toutes ses forces. Après des heures de travail, elle tenait enfin son poupon dans les bras. Il ne pleurait pas et elle se sentait seule. Son mari, mort quelques jours auparavant, lui manquait…
— Son nom ?
— Erzo…
La sage-femme la contempla avec tendresse. Almie la trouvait gentille et c'était une bonne chose, elle avait besoin d'un peu de chaleur. Elle grimaça, à cause de la douleur qu'elle ressentait dans le ventre. Elle pensait que c'était normal, même si elle était incapable d'esquisser le moindre geste.

Une fois le prénom enregistré, elle regarda à nouveau son enfant. La soignante partit et des larmes roulèrent lentement sur les joues d'Almie. Incontrôlables, elles s'échouaient sur les draps si facilement qu'elle mit du temps à se calmer. Elle ne voyait pas comment élever seule son bébé, compte tenu de la puissance que son ascendance lui conférait. Le sang qui coulait dans ses veines était chargé de pouvoir, mais sans son mari, elle ne pourrait lui offrir une vie décente. Elle était cruellement consciente qu'en raison de son potentiel immense, on ne le laisserait pas vivre dans la misère.

Il lui restait bien sûr une possibilité. Elle pouvait toujours le confier à une autre famille pour qu'elle s'en occupe. Cependant, l'abandonner était au-dessus de ses forces. Erzo lui appartenait : spécial, beau. Et il était tout ce qu'elle avait.

La jeune mère se morfondait en le serrant contre sa peau. Elle le chérissait déjà trop. Après tout, peu importait qu'ils soient pauvres. Elle surmonterait toutes les difficultés, car il était l'unique vestige de son amour.

Elle sanglotait encore quand quelqu'un frappa à la porte. Une inconnue entra sans attendre son autorisation. Elle revêtait des lunettes et un haut chignon se dressait sur sa tête, duquel quelques cheveux s'échappaient. Le regard intense qu'elle lui

lança fit comprendre à la jeune femme la gravité de sa présence.
En un instant, les larmes d'Almie disparurent.
— Je suis Emy. Je viens vous parler du futur de votre bébé...
Je vois là que vous êtes seule et sans revenus.
Almie serra son fils contre elle. La fatigue se faisait de plus en plus pesante. Elle commençait à avoir du mal à le porter. Mais elle ne devait rien montrer de sa faiblesse.
— Vous allez faire ça maintenant ? s'enquit-elle d'une voix enrouée qui la surprit.
La femme la considéra, un sourire crispé sur le visage, et la jeune mère comprit que pour elle aussi, il s'agissait d'un moment délicat. Le règlement était pourtant clair : un enfant apte à devenir un mage puissant devait être élevé dans une famille capable de l'éduquer. Et Almie ne répondait pas à ces critères. Il lui faudrait tellement de choses pour cela qu'elle se sentait déjà perdue. Et si elle ne trouvait pas très vite une solution, son nourrisson lui serait retiré.
— Je suis désolée, mais la loi l'exige... Votre fils est né un jour spécial. Il a toute l'attention du Suprême, comme chacun des petits arrivés à cette date. Je dois lui faire un rapport.
Almie soupira avec lassitude et reposa sa tête sur l'oreiller. Ses forces l'abandonnaient. Ses cheveux noirs, étalés autour d'elle, contrastaient avec sa peau anormalement blanche. Sa respiration devint soudain difficile. Elle se mourait.
Sourcils froncés, Emy s'approcha, un peu hésitante. Lorsqu'Almie s'affaissa sur le coussin, elle eut un mouvement de recul. Elle baissa le regard puis, de stupeur, mit la main devant sa bouche avant de relever la tête précipitamment.
Une mare de sang s'élargissait rapidement sur les draps.
Paniquée, Emy appela le personnel à l'aide. Elle prit le bébé des bras de sa mère épuisée pour éviter qu'il ne tombe. Tendrement, elle caressa le front d'Almie, lui intimant de ne pas fermer les yeux.
— Oh ! s'écria une soignante. Que s'est-il passé ?
— Je n'en sais rien. C'est à vous qu'il faut demander !
Emy berça l'enfant avec tristesse. Sa mère venait d'arrêter de

respirer, sans un mot ni même un soupir. Elle avait simplement cessé d'exister. Les larmes d'Emy glissaient sur sa peau.

On la conduisit à l'extérieur, dans un couloir froid, désert, dans lequel elle dut attendre des heures, le petit Erzo lové dans ses bras. Sa vie commençait mal. S'il n'avait plus de parents, il serait placé dans un endroit terrible, ce lieu créé pour former des meurtriers : le Cercle des guerriers. Ce bébé ne connaîtrait rien d'autre que les combats. Là-bas, la torture était monnaie courante. On lui apprendrait à ne rien ressentir.

Emy avait conscience d'être trop sensible. S'attacher à cette mère et à son nouveau-né la rendait faible. Cependant, elle ne pouvait pas s'en empêcher. Dans un acte incontrôlé, elle serra Erzo un peu plus fort contre elle. Le service s'affairait autour d'Almie sans se préoccuper de lui. Elle trouvait la solitude éprouvante et savoir que l'enfant aurait un avenir difficile lui brisait le cœur.

Elle se rappela alors le geste instinctif de la jeune maman pour protéger son fils. Elle ne l'aurait jamais abandonné et cette vérité la blessa davantage encore. Avec sa mère, Erzo aurait été choyé. Peut-être pas riche, mais aimé.

L'une des sages-femmes s'approcha enfin, l'air désolé. Ainsi, Erzo n'aurait pas une vie heureuse. Non, il serait un combattant. Emy l'étreignit, lui offrant peut-être la dernière rencontre tendre de toute son existence.

— De quoi est-elle morte ? demanda-t-elle ensuite d'une voix sèche.

— D'une hémorragie...

Le corps raide, la soignante secoua la tête devant le petit être né en cette triste journée.

— Le Cercle des guerriers, souffla-t-elle en un long murmure plaintif.

Personne ne le souhaitait à quiconque, car tous connaissaient les supplices infligés en ces lieux sombres.

Emy se releva. Elle entra dans la chambre, dans laquelle une désagréable odeur de métal stagnait. L'effluve du sang. Malgré leur présence, un silence affreux régnait. Lentement, elle approcha sa main de la peau froide.

Erzo s'agita, puis se mit à réclamer sa mère à grand renfort de cris et de larmes.

— Oui…, pensa Emy à voix haute. Elle n'est plus. Tu peux pleurer, petit guerrier, tu peux pleurer.

Survivrait-il jusqu'à sa majorité ? Là-bas, il serait entouré d'êtres cruels. Elle caressa le dos duveteux du nouveau-né pour l'apaiser jusqu'à ce qu'un homme grand au regard incroyablement lumineux se présente. Emy savait de qui il s'agissait, elle le devinait rien qu'à son aura. Le Cercle lui-même était venu chercher l'orphelin.

Son cœur se fissura quand il arracha Erzo de ses bras sans un mot et elle se détesta de rester aussi passive. Elle observa ce petit bout pleurer, s'éloigner, tandis que tous préféraient détourner les yeux. Garderait-il son innocence ?

Oh, faites que oui… Je vous en prie, faites que oui !

Elle était néanmoins soulagée que l'enfant ne soit pas une fille, car son destin aurait été sans doute plus terrible encore. Satisfaire les guerriers n'est pas le genre de vie que l'on souhaite à un nourrisson.

CHAPITRE 1

LE TEMPLE

Comme chaque année, Wymi regardait son grand-père se comporter tel un roi. Assise à l'écart, la tête au creux de ses mains, elle boudait. L'immense salle du temple était bondée d'aristocrates qui se pavanaient. Elle avait en horreur cette fête dédiée au premier jour du printemps et détestait tous ces grands mages ilemens réunis pour l'occasion.

Elle les observait depuis des heures gesticuler, discuter et s'exhiber dans leurs costumes noirs ou blancs. Les femmes portaient de belles robes laiteuses tandis que les hommes arboraient des habits sombres imposants. Ils échangeaient sur leur savoir-faire, leurs nouveaux sorts et leurs visions du monde.

Wymi soupira, puis replaça l'une de ses mèches rousses derrière son oreille. D'année en année, rien ne changeait. Elle ne voyait vraiment pas pourquoi son grand-père insistait pour qu'elle y participe. Tout ceci lui paraissait tellement inutile. D'autant plus qu'on la considérait comme la moins douée d'entre tous. Issue d'une famille puissante, elle devait être la seule mage des environs à n'avoir hérité d'aucun don particulier. À peine était-elle capable de créer quelques sortilèges. Désireuse de se réfugier au plus tôt dans sa chambre, elle se leva dans un mouvement d'impatience. Bien sûr, tous la dévisagèrent. Du fond de la salle, un homme âgé qui se précipitait dans sa direction attira son attention. À bout de souffle, il la retint :

— Wymi, attends !

La jeune femme s'arrêta, raide comme une branche, prête à endurer son sermon.

— Weily, marmonna-t-elle pour l'agacer.

— Ne m'appelle pas ainsi, tu sais très bien que ça m'énerve !

Elle le foudroya du regard, puis gonfla ses joues de colère. Elle grinça entre ses dents un « grand-père » qu'elle espérait très désagréable à entendre.

Sa réaction exaspérée la fit sourire intérieurement. Elle était satisfaite d'avoir atteint son but. Maintenant, il était aussi tendu qu'elle.

Ainsi vêtu, dans ce costume de cérémonie qu'il ne portait qu'une fois par an, le Suprême paraissait plus imposant que les autres jours. La coupe de la veste ainsi que le noir intense du tissu le rendaient très charismatique.

C'était un homme svelte, au visage orné de belles rides. Elle aimait la forme de son crâne totalement chauve. Il lui avait légué son nez fin et ses yeux d'un bleu azuré. La peau de Wymi, très différente de celle de son aîné, scintillait d'une douce teinte dorée. Cette particularité avait toujours perturbé les gens. À sa vue, ils devenaient perplexes. On la dévisageait sans cesse. Le contraste était encore plus frappant avec la légère robe blanche qu'elle revêtait, comme l'exigeait la coutume.

Arborant le collier de sa mère, qu'elle ne quittait jamais, elle avait remonté ses épais cheveux roux en un savant chignon qui lui conférait une élégance certaine. Toutefois, quelques mèches s'en échappaient et ne cessaient de la déranger. Sa tignasse flamboyante et ses prunelles céruléennes étaient les rares caractéristiques qu'elle appréciait chez elle. Son aïeul adorait répéter qu'à l'intérieur de son regard se reflétait la beauté du ciel.

— Bon, alors… quoi ? scanda-t-elle d'un ton froid.

Il se rapprocha plus lentement. Elle se sentait prête à le trucider. Du coin de l'œil, elle aperçut les Ilemens qui la dévisageaient avec dédain. Pour eux, sa place n'était pas ici. De surcroît, la façon dont elle parlait au Suprême les choquait tous.

Wymi savait que le jour où son grand-père périrait, elle devrait quitter le temple. Elle ne vivait là que parce qu'il l'aimait comme sa fille. Avec ses parents morts dans un accident, Weily représentait tout ce qu'il lui restait. Elle serait perdue sans sa présence.

— Wymi, ne fais pas la tête. Viens avec moi t'enquérir des nouvelles.

— Je n'en ai pas envie, répondit-elle en croisant les bras, sourcils froncés. Cela se sent qu'ils ne veulent pas de moi. Je ne sais même pas pourquoi tu insistes autant pour m'avoir à tes côtés.

— Wymi, voyons... Tu n'essaies pas de les comprendre !

Le vieil homme avait raison, elle en avait conscience, mais à quoi bon écouter ces gens lui parler de choses qu'elle serait de toute façon incapable de réaliser ? Que s'était-il passé dans ses gènes ? Il ne s'écoulait pas un jour sans qu'elle s'interroge.

Je suis une grossière erreur de la nature, songea-t-elle avec colère.

Elle pouvait presque entendre leurs railleries sur ses aptitudes inutiles. Elle, qui aurait dû assumer la succession de son grand-père, était une incompétente unanimement reconnue.

La main tendue vers elle, son aïeul espérait qu'elle le suive. Elle obéit, devinant qu'il prendrait mal un refus de sa part. Alors qu'elle avançait à ses côtés, Wymi perçut furtivement le regard jaloux de Lymou, une ancienne amie à qui elle n'adressait plus la parole. De temps en temps, la jeune femme remarquait qu'elle l'étudiait d'un air sévère. Aujourd'hui, la magicienne parvint même à distinguer une étrange lueur sombre capable de la faire frémir. Comme toujours, Lymou avait attaché ses cheveux noirs en une queue-de-cheval stricte. Elle était assez petite, avait des yeux en amande, et son corps fin lui conférait une apparence fragile trompeuse. De douloureux souvenirs, qui la blessaient encore, resurgirent dans son esprit.

Allez, reprends-toi ! Ce n'est pas le moment de penser à ça, songea Wymi.

Lymou, proche assistante du Suprême, suivait son grand-père partout. Elle devait le protéger des dangers et l'aider à gérer le sanctuaire. La magicienne s'occupait aussi de dispenser des cours aux adolescents en apprentissage. Ils logeaient dans une partie du temple où Wymi se rendait rarement. Elle se demanda comment Lymou s'en sortait. Elle n'était pas réputée pour sa patience.

— Allez, souris un peu !

Weily persistait, il ne comptait pas la laisser tranquille. Un rictus sur les lèvres, la jeune femme poursuivit donc son avancée parmi les invités qui s'écartaient à leur arrivée. Les mages se détournaient pour murmurer sur leur passage. On entendait parfois quelques réflexions désobligeantes. Tous l'évitaient comme s'ils craignaient de se brûler les rétines. Les plus proches convives se mirent à discuter de tout et de rien, s'abstenant au maximum d'aborder les sujets importants. La plupart refusaient de lui révéler leurs secrets.

— Oh, mais ne serait-ce pas Wymi, railla soudain une femme voluptueuse.

La magicienne s'arrêta un moment et embrassa du regard les nombreux hommes qui entouraient cette femme à la beauté ensorcelante.

— Kujila, la salua-t-elle en broyant la main de son grand-père.

Il ne manquait plus que cette blonde détestable pour que cette journée infernale se transforme en une fournaise invivable. Cette diablesse passait son temps à la rabaisser. Un petit jeu qui lui procurait apparemment un immense plaisir. Wymi ricana intérieurement : Kujila… Au moins avait-elle un prénom ridicule. Cela représentait toutefois une bien piètre vengeance pour toutes les méchancetés qu'elle s'amusait à lui envoyer.

— Alors… toujours en apprentissage après vingt-cinq ans ? Aucune évolution ?

Son ton sarcastique, sa façon de bouger la tête, sans oublier son air hautain avaient le don de mettre Wymi hors d'elle.

— Oh, mais elle a progressé ! Tu serais surprise, riposta son grand-père en se mordant la lèvre inférieure.

Il sentait la tension monter en sa petite-fille et essayait maladroitement d'arranger les choses. Voilà pourquoi Wymi détestait tant cette fête : tous ici la jugeaient. Ils avaient vu en elle une espérance, mais elle ne leur avait apporté qu'une énorme déception.

Il fallait protéger les lois instaurées pour contrer les mages corrompus qui tuaient des êtres innocents. Lorsqu'ils basculaient dans leur sombre folie, ils anéantissaient tout sur leur route. Leurs cœurs noircissaient tant qu'à leurs yeux, les vies humaines n'avaient pas plus de valeur que de simples objets et ils les détruisaient sans scrupules. Ils pouvaient ainsi sacrifier sans le moindre regret une quantité inimaginable de personnes.

Et Wymi, celle qu'ils pensaient attendre depuis toujours, ne se montrait pas prête à assumer une telle mission…

— Vraiment, elle a progressé ?

Kujila leva un sourcil narquois, ses lèvres cerise s'étirèrent.

— Alors, tu as enfin passé l'épreuve du débutant ? insista-t-elle.

Elle connaissait déjà la réponse, mais se plaisait à entendre Wymi reconnaître ses faiblesses. Weily se racla la gorge, mal à l'aise. Il ne savait plus où se mettre. Jadis, la jeune femme aurait pleuré à cause de ce genre de sarcasmes, mais aujourd'hui, elle haussa bêtement les épaules. Elle avait appris à ériger une carapace autour d'elle, qu'elle avait perfectionnée au fil du temps.

En résultait sa mine faussement radieuse.

— Tu te doutes bien que non, admit-elle avec douceur, alors qu'elle aurait voulu hurler.

Elle resta malgré tout courtoise et arriva même à accentuer son sourire.

— Donc, tu n'as pas évolué, conclut Kujila avec satisfaction.

Elle allait poursuivre ses attaques, quand un bruit sourd en provenance de la grande entrée surprit l'assemblée. Des cris s'élevèrent bientôt à l'extérieur du temple. Tous comprirent rapidement qu'une violente dispute venait d'exploser derrière les portes. Les mages se mirent immédiatement sur la défensive.

Une odeur de pouvoir caractéristique monta dans les airs.

Ceux qui causaient ces nuisances ne survivraient pas à une riposte des nombreux Ilemens que le sanctuaire abritait en ce jour particulier.

Kujila fit appel à toute sa puissance et s'entoura d'une magnifique aura rouge. Wymi dut bien admettre qu'ainsi, elle avait de la prestance. Il lui fut difficile de refréner sa jalousie. Ce n'était pourtant pas faute d'avoir passé des années à s'entraîner, mais rien n'y faisait, ses dons demeuraient inexistants. Son grand-père se voilait la face et, un jour ou l'autre, il serait déçu.

Le Suprême alla se placer devant tout le monde. Laissant ses pouvoirs enfler autour de lui, il ouvrit les lourdes portes sans la moindre once de peur. Un vent frais souffla sur les convives.

— Donne-la-moi ! hurlait un homme au timbre lugubre.

De là où elle se trouvait, Wymi ne discernait rien, mais la voix de l'individu résonna au plus profond de son être.

— Que se passe-t-il ?

Le Suprême usa de son autorité, empreinte de tant de force qu'un silence de mort tomba sur le parvis du temple. Wymi avait rarement vu son grand-père se fâcher de la sorte. Agacée, elle se plaça sur la pointe des pieds. Des murmures offusqués commençaient à se répandre parmi les mages qui lui masquaient la scène.

— Maître Weily ! s'exclamèrent trois êtres d'une même voix.

Le cœur de Wymi s'emballa à nouveau. Elle s'interrogea sur les raisons qui la poussaient à vouloir se rapprocher de ces étrangers. Son corps se mit à trembler, en proie à une excitation inhabituelle.

— Pourquoi tout ce raffut ?

Le Suprême parlait plus calmement et elle supposa que les hommes s'étaient courbés devant lui en signe de respect. Il était néanmoins surprenant d'être dérangé le jour de la fête du printemps. Aussi, pas un mage n'avait baissé sa garde. Tous attendaient, le regard rivé sur ces intrus.

Il n'y eut aucun bruit pendant quelques secondes. Puis, trois halos aveuglants traversèrent la salle à une vitesse fulgurante, pour finalement se poser sur l'autel qui les dominait. Wymi écarquilla les yeux.

Les trois Écailles du destin…

On disait qu'elles venaient du ciel, tout droit tombées des lunes. Éparpillées de par le monde, elles étaient censées conférer un immense pouvoir à qui les détenait, car réunies, elles pouvaient exaucer n'importe quel vœu. Toutefois, les trouver n'était pas aisé ! Cela faisait si longtemps qu'elles sommeillaient que seuls les illuminés y croyaient toujours.

Un petit cri de surprise échappa à Kujila, tandis que les mages observaient l'extraordinaire phénomène, hébétés. Wymi fut plus stupéfaite encore de voir les trois hommes entrer à la suite de son grand-père, alors qu'on refermait les portes dans un fracas assourdissant.

Les individus l'impressionnèrent par leurs carrures imposantes. Le plus grand possédait une crinière rouge épaisse. Trop éloignée du centre de l'action, Wymi ne put le détailler plus avant. Elle reporta son attention sur le deuxième personnage qui, bien que légèrement plus menu, n'en paraissait pas moins vigoureux. Ses cheveux, plus noirs que la nuit, courts et en bataille, intensifiaient son obscur magnétisme. Le dernier, tout aussi athlétique, se déplaçait d'une façon si fluide qu'il parvint à la faire frémir. Se dégageait de lui une force brute, malsaine. La jeune femme devina qu'il ne fallait pas non plus le prendre à la légère.

Je n'ai jamais croisé d'hommes à ce point étranges, réalisa-t-elle.

Elle serrait les poings, incapable de se maîtriser tant ils la fascinaient. Mais qu'avait-elle donc à les dévisager ainsi, presque avec convoitise ? Cela ne lui était jamais arrivé auparavant. D'ordinaire, les mages ne l'attiraient pas. En fait, jusqu'ici, elle avait la sensation de devoir patienter, sans trop comprendre pourquoi. Au fond de son cœur, elle était persuadée qu'il y avait pour elle quelqu'un de spécial… mais une personne, pas trois !

Son grand-père les accompagna jusqu'à l'autel. Weily, très soucieux, fronçait les sourcils tellement fort qu'on aurait pu croire qu'ils allaient se rejoindre. Elle ne l'avait jamais vu si perturbé.

Chapitre 2

La voix des trois

Agenouillés face à l'autel, les trois guerriers gardaient la tête baissée, tandis que Maître Weily répartissait leurs artefacts respectifs devant chacun d'eux. Une fois les objets en place, celui-ci se demanda s'il devait commencer la cérémonie. Chaque fois que les Écailles étaient retrouvées, le Suprême se devait d'entamer le rituel qui leur était dédié. Weily observa la salle en soupirant. Il était vraiment étrange de les voir de retour, justement en cette date si singulière.

Il se détourna de l'assemblée pour river son attention sur les trois hommes. Que devait-il faire ?

Il pensait les reconnaître. Il avait gardé un œil sur chacun d'eux toutes ces années. Depuis ce jour hors du commun où toutes les lunes s'étaient alignées. Quatre êtres exceptionnels, mais incomplets, étaient venus au monde… chacun porteur d'un nom ancien.

Il avait ordonné à certains de ses mages de lui faire des rapports réguliers sur leur évolution. Les rencontrer ensemble pour la première fois aujourd'hui l'inquiétait. Erzo était pour lui le plus mystérieux d'entre tous. Confié au très fermé Cercle des guerriers, il avait eu une vie des plus secrètes. Pourtant, Torry restait une énigme tout aussi préoccupante. Nanu, en revanche, semblait avoir eu une existence à peu près normale.

Sans parler du quatrième…

Y penser lui donnait des sueurs froides.

Le doyen examina Wymi du coin de l'œil. Celle-ci ne se doutait de rien et il en était profondément peiné. Lui seul savait que, le moment venu, leur destinée commune se mettrait en marche et, à ce moment-là, il ne pourrait rien faire pour l'arrêter.

Le maître se racla la gorge tout en détaillant les hommes qu'il ne parvenait pas encore à les identifier avec précision. Il observa ensuite les fragments des trois lunes de Travel à l'aspect fragile, bien que capables de résister à des années d'intempéries. Ceux-ci octroyaient puissance et force, mais à quel prix ? On ne pouvait prévoir ce qu'ils exigeraient en retour.

Le Suprême avait la charge de la cérémonie durant laquelle s'exauçait le vœu du demandeur, réalisable grâce aux trois Écailles. Nombreux étaient ceux qui cherchaient à se les procurer et s'entretuaient pour elles, sans savoir qu'il fallait être choisi. Seul l'élu était guidé par les astres jusqu'aux trois artefacts. Or, pour la première fois, trois hommes les avaient découverts ensemble.

— Chacun de vous a trouvé une des trois Écailles du destin…, commença-t-il, les yeux rivés sur leurs nuques.

Il évitait de regarder Wymi, tout en sachant qu'elle faisait sûrement partie de l'avenir de ces individus.

Elle, le quatrième être…

Il l'avait pourtant appris trop tard pour l'en préserver.

— Maintenant, continua-t-il, elles sont réunies ici, devant cette assemblée…

Ses mains tremblaient. Il devait à tout prix le cacher, car sa peur serait considérée comme une faiblesse. Un chef tel que lui ne pouvait en ressentir aucune.

— Je pense que ce n'est pas un hasard si vous êtes arrivés ensemble en ce jour précis.

Les guerriers respiraient fort. Ils avaient l'air redoutables, entraînés à tuer.

Weily voyait bien que les nouveaux venus désiraient s'exprimer. Toutefois, aucun d'eux ne s'y risqua. La tête résolument baissée, ils attendaient la suite. Jamais ils ne se seraient permis d'interrompre le Suprême quand il prenait la parole.

— Expliquez-moi pourquoi vous avez cherché les Écailles.

Il espérait de tout cœur que de bonnes raisons les animaient, car quoi qu'il advienne, le vœu ne pourrait s'exaucer que pour l'un d'entre eux. Comment allait-il les départager ? Chacun d'eux avait trouvé un fragment, ce qui prouvait leur valeur.

Le silence devint si pesant qu'on pouvait sentir l'air vibrer. La foule fut parcourue de frissons.

— Alors ?

Weily perdait patience, ses yeux virèrent au noir face à leur mutisme. L'être aux cheveux rouges contracta les muscles secs de son corps.

— Je suis Torry, Maître… *La Vengeance* m'y a poussé.

Il grinça si fort des dents que tous purent l'entendre.

Trois…, pensa le doyen.

— La vengeance, répéta Weily dans un souffle.

Celui du centre prit à son tour la parole.

— Je suis Nanu, je me bats afin de faire respecter la paix. C'est *l'Amour* qui m'a motivé à aller trouver l'Écaille. Pour protéger les gens que j'aime.

Il serrait les poings et semblait tout aussi agité que son voisin. Son intonation grave amena une grimace à Weily. Se faisait-il donc si vieux pour tant redouter ces trois jeunes gens ?

Quelle étrange décision d'avoir donné comme prénoms à ces enfants les antiques chiffres de la plus ancestrale des langues. Torry, trois… Nanu, deux… Je peux par conséquent en déduire que le dernier est « un ».

— Et tu es Erzo, conclut-il en se raclant la gorge.

Il ne s'agissait pas d'une question et l'homme, surpris, releva la tête. Il se remit néanmoins rapidement en position sans rien ajouter.

— Je présume que c'est *la Haine* qui t'a conduit à chercher l'Écaille.

Erzo se crispa et Weily jura en silence. Elle seule pouvait ressortir de son cœur. Il la sentait circuler dans toutes les parties de son corps. Le Cercle des guerriers ne lui avait rien laissé d'autre que cette émotion amère.

Qu'est-ce que ça veut dire ?

La Vengeance, l'Amour et la Haine étaient de redoutables sentiments. Et que représentait Wymi, là au milieu ? La douceur ? Elle avait tellement souffert de ses semblables qu'il refusait de la voir encore liée à un destin cruel.

— Alors, que désirez-vous ?

Weily s'agitait, incapable de garder son calme. Il devait pourtant absolument se maîtriser.

— Anéantir les mages corrompus ! clamèrent-ils comme un seul homme.

Leur unité surprit l'assemblée du temple. Tous sentaient cependant qu'aucun des trois candidats ne pouvait réellement supporter les deux autres. Weily ne put cacher plus longtemps son embarras. D'inquiétude, il fronça à nouveau les sourcils.

Comment départager ces trois garçons ? Un unique vœu pouvait être exaucé une fois les trois Écailles réunies. Il eut dès lors l'idée de laisser le plus rapide l'emporter. Ainsi, personne ne pourrait lui en vouloir de faire du favoritisme.

— Bien. À mon signal, le premier d'entre vous qui prononcera sa demande sera comblé, décréta-t-il sous un torrent de murmures.

Weily s'attendait à ce que les hommes protestent. Ils restèrent impassibles, prêts à tout pour parvenir à leurs fins. Le public autour d'eux retenait son souffle, jamais la cérémonie n'aurait dû se dérouler de la sorte.

Sur un signe du Suprême, les guerriers se relevèrent, incrédules. Ils allaient riposter. Le maître leur coupa la parole d'un geste sec.

— Quand je toucherai l'autel… Soyez vifs !

Sa main effleura avec une rapidité singulière le socle sacré sur lequel reposaient les artefacts. Weily ne leur permit pas de réfléchir, car il en avait décidé ainsi.

— Devenir le plus fort ! clamèrent-ils d'une même voix.

Leur vœu résonna autour d'eux en un intense coup de tonnerre. Les Écailles s'élevèrent immédiatement et allèrent se loger chacune au fond du cœur d'un des trois hommes. Ils furent alors irrémédiablement attirés les uns vers les autres.

Effaré, Maître Weily recula d'un pas. Leurs corps se rapprochèrent, comme aimantés par une énergie indestructible. Leurs vêtements brûlèrent sous l'effet d'une magie ancestrale pour les laisser nus. Dès que leurs épidermes entrèrent en contact, ils gémirent de douleur. Leurs peaux s'agglutinaient, se mêlaient pour se déconstruire. D'affreux craquements d'os les firent s'écrouler au sol tandis que leurs chairs continuaient de se déchirer, de s'assembler, de se métamorphoser. Ensemble, ils crièrent leur souffrance.

Certains Ilemens hurlèrent d'horreur face à l'ignominie de la scène. Personne n'aurait pu imaginer une pareille transformation. Nombre d'entre eux furent pris de haut-le-cœur et s'enfuirent, incapables d'être témoins d'une telle abomination.

Le Suprême, pétrifié devant le phénomène, observa les mages au teint livide. Il comprit qu'il devait suspendre la cérémonie. Le spectacle devenait trop insoutenable, même pour lui. Ils n'étaient maintenant plus qu'un amas de cellules déformées. Comment pouvaient-ils encore respirer ?

— Revenez dans trois jours, déclara-t-il à la foule paniquée d'une voix ferme et imposante. Il est important que vous soyez tous présents pour la fin du rituel, car il y a une raison à tout !

Les Ilemens s'exécutèrent sans demander leur reste, conscients qu'ils n'avaient pas intérêt à lui désobéir. Weily espéra que ce temps suffirait pour que le vœu achève de se réaliser.

Alors que la salle se vidait peu à peu, Wymi fixait, les yeux écarquillés, l'atrocité de la scène. Tremblante, elle s'avança vers les trois guerriers qui souffraient le martyre et s'agenouilla près d'eux. Elle tendit doucement la main, caressa leurs chairs si chaudes qui fusionnaient. Weily ne supportait pas de la voir s'approcher autant, bien qu'une certaine fierté le retînt de parler.

Sa petite-fille, sans être dégoûtée, venait de prendre les devants pour les apaiser par son toucher.

— *Non… Wymi ! Éloigne-toi… Éloigne-toi, mon ange, ou le destin te frappera aussi !*

Mais au lieu de la prévenir, il resta muet d'impuissance. Il ne trouvait pas les mots. Un râle d'agonie jaillit des entrailles d'un des hommes.

— Grand-père ? appela-t-elle, plus paniquée qu'il ne l'avait cru.

Le maître, déstabilisé, passa ses doigts sur son crâne d'un geste brusque. Il observa les trois mâles. Leurs visages n'étaient même plus différenciables : leurs yeux, leurs nez, leurs bouches se distordaient et muaient en une masse immonde. Leurs peaux se fragmentaient. Wymi fondit en larmes, déjà trop attachée à eux. Son aïeul se sentit soudain démuni face à ce qui se préparait, certain qu'il ne pourrait pas la sauver si les dieux décidaient de l'impliquer.

Les hommes tendirent vers elle une main suppliante, seule partie de leurs corps ayant complètement fusionné. La jeune femme s'empressa de la serrer afin de leur donner le courage nécessaire pour surmonter la douleur.

— Ne t'inquiète pas, Wymi, ils vont s'en sortir.

Le doyen la rassura, même s'il n'était pas sûr de ce qu'il avançait. Weily était sincèrement étonné de la témérité de sa petite-fille. Elle aurait pu s'en aller comme les autres, fuir l'horreur de la transformation… mais elle restait là, dans le seul but de les aider.

Le Suprême ne put s'empêcher d'être fier d'elle. Il baissa la tête, soumis. La destinée de Wymi était en marche, et quoi qu'en dise l'assemblée, le maître savait qu'un jour, sa magie se réveillerait et les surprendrait d'une façon peu commune.

Chapitre 3

La fusion

Jamais ils n'auraient imaginé ressentir un jour un tel désespoir. Leurs os se brisaient puis se reconstituaient. Leurs muscles se déchiraient. Ils devinrent aveugles. Leurs esprits se retrouvèrent confinés dans l'espace restreint d'un seul crâne. Leurs gestes se firent plus saccadés... Mais la douleur décupla quand leurs cœurs fusionnèrent pour ne faire plus qu'un. Ils se tendirent et ouvrirent démesurément ce qui leur tenait lieu de bouche à la recherche d'air. Ils exhalèrent un cri silencieux, comparable au souffle de la mort. Ils avaient le teint crayeux, malgré la fièvre insoutenable qui les consumait de l'intérieur. Ils convulsèrent, pleurèrent comme des enfants, égarés dans cette détresse inhumaine. Comment s'en sortir ?

Cent fois, ils crurent périr. Ils hurlèrent dans l'espoir d'être épargnés.

Ils ne possédaient désormais plus qu'une seule voix pour s'exprimer : la plus ignoble des tortures qu'ils aient jamais connues. Pourtant, chacun d'eux avait subi toutes sortes de supplices, propres à leurs histoires, mais aucun ne pouvait qualifier l'horreur qu'ils devaient affronter.

Leurs souvenirs se mélangeaient, maintenant, dans une vague de souffrances insupportables. Leurs consciences se combinaient. Elles formèrent un amalgame de pensées blessantes... jusqu'au moment où une main chaleureuse vint leur offrir tendresse et réconfort. Elle s'accompagnait d'une odeur fraîche rassurante.

Ils ne voyaient rien et ne pouvaient plus parler, ils n'arrivaient qu'à émettre des sons inarticulés, mais ils surent que cette présence les sauvait. Quand le calvaire s'apaisa enfin, leur nouveau corps trembla d'épuisement durant des heures. Puis, une fièvre violente s'empara d'eux. Ils furent à nouveau persuadés qu'ils n'y survivraient pas tant ils déliraient. Mais la main réconfortante ne les quittait pas et, peu à peu, soulagea tous leurs maux.

Elle seule comptait à présent.

À la nuit tombée, *il* souleva ses paupières. Paralysé sur le lit, il ne bougea pas. Dans sa tête, trois voix se démenaient pour le contrôler. Elles refusaient de s'accorder.

Alors, le temps qu'elles fassent l'effort de s'écouter, il resta immobile. Les trois esprits avaient échappé à la fusion. Leurs volontés résistaient. Elles voulaient conserver leurs intégrités.

Levons déjà le bras, pensa finalement l'Être, espérant ne plus avoir à subir leurs jérémiades.

Les trois intelligences cessèrent de se quereller pour le laisser agir. Avec une peine inouïe, l'homme parvint à s'exécuter.

— Réveillé ? demanda une femme enveloppée d'un merveilleux parfum de rose.

Il arrivait à interpréter les odeurs. Sa délicatesse résonna avec ferveur à ses oreilles, et dès lors, il n'entendit plus qu'elle. Les divergences entre ses consciences se turent pour ne plus écouter que les échos chaleureux. Il aurait voulu distinguer qui le sauvait ainsi, mais l'obscurité le rendait aveugle. Ou peut-être était-ce parce qu'il ne voyait pas encore, tel un nouveau-né ?

L'inconnue s'empara de sa main et la serra avec douceur. Elle avait saisi qu'il ne pouvait pas s'exprimer, mais qu'il comprenait. L'Être espérait de toutes ses forces qu'elle continuerait à lui tenir compagnie, sa présence le soulageait. Elle faisait fuir la douleur.

— Ne t'inquiète pas, tu…

La femme s'arrêta, s'apercevant de son erreur. Elle reprit, hésitante :

— Vous allez vous en sortir.

Il devina son embarras. La fusion n'était pas totale. Il faudrait sans doute du temps à ses volontés pour s'accorder. Alors, enfin, il serait entier. Pour le moment, il y avait lui et le reliquat de trois consciences qui se disputaient.

Bien trop fatigué pour tenter de communiquer plus longuement, l'Être se rendormit profondément, apaisé.

Quand il s'éveilla à nouveau, il découvrit qu'il se trouvait seul dans une chambre sans décoration particulière. La pièce épurée ne possédait que le lit sur lequel il reposait. Il fut heureux de constater que sa vue était bien meilleure que la veille. La lumière de l'extérieur, qui passait à travers de fins rideaux, heurta douloureusement ses rétines. Éblouis, ses yeux se plissèrent sous l'intensité des premiers rayons du soleil.

Lève-toi, ordonna Torry dans son esprit.

L'Être remarqua alors que, même s'il bougeait difficilement, c'était uniquement lui qui maîtrisait ses mouvements, dorénavant. Il y avait une évolution… mais les volontés divergentes subsistaient.

— Torry, tais-toi ! exigea-t-il froidement.

Sa voix lui parut si puissante que lui-même en fut frappé. Elle résonna durement dans son crâne martyrisé, le plongeant au cœur de tourments qui n'en finissaient pas. Il en devint presque fou.

Où était la femme ? Il avait besoin d'elle. Il voulait la voir.

La porte s'ouvrit doucement sur le Suprême Weily, qui entra à pas lents. Vêtu plus simplement que le jour de la cérémonie, il le fixa, un sourire amusé aux lèvres. Visiblement, son état le réjouissait. Ce vieil homme à la tête dégarnie vivrait sûrement encore une bonne centaine d'années, il ne fallait pas se fier à son apparence frêle. Il n'était pas le Suprême sans raison. L'Être des fusions pouvait presque sentir toute la puissance qui émanait de lui.

— Tu peux enfin bouger par toi-même ? demanda Weily, le regard pétillant de curiosité.

Il s'avança vers le lit sans redouter l'Être un seul instant. Toujours perturbé par ce nouveau corps, ce dernier acquiesça, bien que furieux d'avoir subi cette transformation. La pression qui se dégageait de lui rendait la présence des trois guerriers presque palpable. Personne ne les avait prévenus et ils en voulaient au maître de leur avoir tendu ce piège. Celui-ci n'aurait pourtant pas pu prévoir qu'ils prononceraient le même vœu au même moment. Car, après tout, jamais cela ne s'était produit auparavant.

— Et parler ? s'enquit le Suprême en continuant sa progression.

— Oui !

Dans sa voix résonnaient colère et force. Weily s'en amusa encore une fois.

— Vous avez eu ce que vous réclamiez, non ? Ensemble, vous êtes plus puissants ! se moqua le vieillard.

Tue-le ! exigea Torry.

Il fulminait contre cet arrogant Suprême qui les avait assujettis.

Oui, approuvèrent les deux autres avec haine.

Le nouvel homme secoua la tête. Seul Maître Weily pourrait leur rendre ce qu'ils avaient tous perdu : la liberté.

— As-tu une idée de ton identité ?

Le maître paraissait lire dans les pensées de l'Être et, imperceptiblement, se mit sur la défensive devant son air sombre. Il tâcha de masquer son changement d'attitude, mais l'Être le remarqua sans peine à sa posture plus rigide.

— Un corps pour trois âmes : Torry, Nanu et Erzo. Voilà qui je suis ! grogna de rage celui qui pouvait maintenant détruire une vie d'une seule main.

Erzo, l'esprit le plus discret, observait leur environnement en silence. Il semblait aussi être le plus malin, même si Torry et Nanu n'étaient pas démunis de tout savoir.

— En effet, approuva le Suprême. Et bientôt, ils se fondront totalement en toi pour finir de te constituer.

Non, tue-le ! mugirent les voix à l'unisson, amplifiant son terrible mal de crâne.

Les consciences paniquaient. Chacune d'elles voulait retrouver son corps et se séparer des autres. Alors, d'un geste si brusque que même Weily ne le vit pas arriver, l'Être, les yeux remplis de haine, l'agrippa pour le coller au mur. Son bras, d'une force extraordinaire et d'une précision qu'il n'aurait pu acquérir seul, avait la vigueur de trois guerriers. En se rendant compte de sa puissance, il fut un instant effrayé par ses capacités. Il aurait pu terrasser le vieillard et se retrouver piégé dans cette enveloppe à tout jamais.

Surpris, le Suprême resta sans voix un moment, le souffle coupé. Quand il reprit ses esprits, il articula doucement :

— Me tuer ne t'avancera à rien. Je ne suis pas les lunes... Ce sont elles qui décident de la façon dont les Écailles exaucent un vœu !

Au prix d'un effort surhumain, l'Être parvint à se calmer. Il lâcha Weily, qui se réceptionna sur le sol avec souplesse, la mine décontractée. On aurait pu croire que cela ne le touchait pas, mais ses yeux se réduisaient néanmoins à deux fentes obscures.

— Comment récupérer nos corps ?

De son ton grave et haché, il prévenait le maître qu'il n'avait guère intérêt à jouer sur les mots. Il voulait une réponse claire et précise, point.

— Il existe bien un moyen... mais pour cela, tu vas devoir me rendre quelques services. Alors, seulement, je te révélerai la nature de l'unique ingrédient capable d'inverser la magie des Écailles.

L'Être grogna, comprenant que Weily ne divulguerait pas facilement cette information. Ce vieil homme avait le don de déchaîner sa colère, mais il allait devoir accepter de suivre ses directives, car sa mort condamnerait les trois hommes à coup sûr à vivre ensemble jusqu'à la fin.

— Quels services ?

— Ce soir, lors de l'achèvement de la cérémonie, tu sauras…

La jouissance qu'il lisait sur le visage du Suprême ne lui disait rien qui vaille.

Chapitre 4

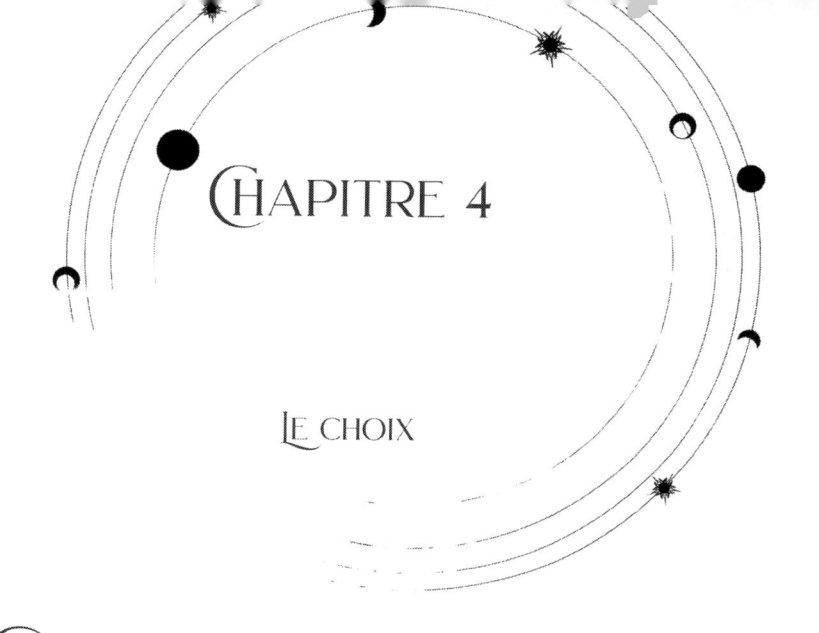

Le choix

Wymi fulminait. Elle croisa les bras et se mit à bougonner telle une enfant capricieuse. Son grand-père l'avait une fois encore éloignée. Il refusait qu'elle se mêle aux mages revenus assister à la fin du rituel. Il lui avait ainsi clairement signifié que sa place ne se trouvait pas parmi eux.

Je n'y crois pas, maugréait-elle, les poings serrés. *J'en étais sûre, lui aussi pense que je suis nulle !*

Frustrée, elle s'était assise à l'écart comme il l'avait exigé, espérant que le beau guerrier né du vœu apparaisse. Mais tout ça lui importait peu, finalement. Elle restait pour voir comment la cérémonie allait évoluer. La transformation de ces guerriers avait été ignoble. Néanmoins, quand elle l'avait découvert, aveugle, faible dans ce corps sublime, son cœur avait fondu. Sa peau fine légèrement bronzée lui avait semblé si douce au toucher. Mais ce qu'elle préférait, c'était ses incroyables cheveux, dont l'originalité lui donnait beaucoup de charme. Son visage incarnait la perfection masculine. Pour Wymi, il n'existait aucun homme capable de rivaliser avec lui.

Les mages, qui attendaient depuis plus d'une heure au cœur

de la grande salle, commençaient à s'impatienter. Le Suprême n'avait pas encore daigné se montrer. La jeune femme étudia les Ilemens qui participaient à cet événement. Ils représentaient la classe la plus encline à se faire attaquer. En combat au corps-à-corps, il était de notoriété publique qu'ils n'avaient aucune chance. Ils étaient aussi les plus susceptibles de changer de camp. C'est pourquoi ils étaient sommés – et non conviés comme les Gyramens – d'assister à toutes les réunions. Weily les chargeait d'en rédiger les comptes rendus. Cela leur rappelait pourquoi respecter la loi était vital.

Le temple se trouvait à la lisière d'une vaste forêt aux sousbois tapissés de plantes carnivores, non loin du point culminant de leur civilisation. Ce sanctuaire de taille modeste avait été bâti à proximité de l'imposante cité d'Arow, défendue par un sort puissant qui utilisait la force du vent. On disait de celle-ci qu'elle se mouvait dans le ciel de Travel. En réalité, comme elle se situait au sommet d'une immense montagne, les bourrasques qui la protégeaient donnaient la sensation qu'elle flottait, en équilibre sur une mer de gros nuages blancs.

Le Suprême aurait dû y résider, mais après l'arrivée de Wymi, il avait préféré gouverner depuis ce petit temple paisible, à quelques heures de marche d'Arow. À l'époque, l'existence de la jeune fille était un sujet de discorde trop important pour qu'elle puisse y habiter. Elle se demandait toujours pourquoi il s'acharnait à vouloir rester à ses côtés. Combien de fois avait-elle insisté afin qu'il la laisse ? Mais il refusait de l'écouter. Elle l'aurait suivi si cela avait été possible, seulement aucun mage n'acceptait, encore aujourd'hui, sa présence dans la grande cité.

Wymi surprenait de temps à autre le regard tracassé de Weily posé sur elle, comme s'il la redoutait. Il lui donnait à ce moment-là l'impression de renfermer un mystérieux danger. Puis, par moments, elle se sentait surveillée, épiée… Il semblait s'inquiéter pour sa sécurité alors qu'il n'y avait aucune raison.

Elle sortait très rarement du temple. Elle le considérait comme son foyer et, inconsciemment, l'extérieur l'effrayait. Elle ne comprenait pas pourquoi, mais chaque fois qu'elle tentait de s'éloigner, tout son corps tremblait. Elle se voyait par la suite incapable de faire un pas de plus. Malgré de violents efforts, elle ne parvenait jamais à lutter contre cette force, ou plutôt contre cette peur incontrôlable.

Des bruits lui firent lever la tête. Le Suprême arrivait enfin. Lorsqu'il la vit, son front se plissa. Irritée, Wymi détourna les yeux, sachant très bien ce qu'il pensait. Il n'appréciait sûrement pas qu'elle porte sa robe préférée, agrémentée de son irremplaçable collier. Celui-ci, à l'effigie des trois lunes, attirerait peut-être l'attention du guerrier par sa particularité.

Détachés, ses cheveux roux ondulaient librement autour de sa peau scintillante. Elle avait légèrement embelli ses traits, désireuse de mettre en avant ses iris d'un bleu profond. De même, elle revêtait rarement cette tenue qui lui venait de sa mère, car elle était consciente – pour avoir vu rougir quelques mages – que toute sa sensualité ressortait.

Maître Weily se plaça devant l'assemblée. Il surplombait tout le monde depuis l'autel sur lequel avaient été déposées les Écailles trois jours plus tôt. Le Suprême écarta les bras, un grand sourire étira ses lèvres. Wymi discerna néanmoins sa mauvaise humeur. Elle la devinait à son front imperceptiblement plissé et à son visage vaguement crispé.

— Comme vous le savez, les Écailles du destin ont été retrouvées et le vœu exaucé ! Voici le nouvel Être né des fragments !

Wymi ouvrit la bouche quand le guerrier s'avança au milieu de la foule. Il lui parut encore plus beau que dans son souvenir. Elle releva alors qu'il marchait avec difficulté. Sûrement avait-il du mal à se faire à son corps. Elle ne devait pas oublier que trois hommes distincts le composaient.

Durant une fraction de seconde, elle croisa son regard intense, d'une couleur d'or à couper le souffle. Les Ilemens furent soulagés, mais aussi incroyablement surpris par son apparence séduisante. Wymi remarqua que Kujila le dévorait des yeux. Cette peste avait certainement davantage de chances qu'elle de l'attirer dans ses filets. La magicienne soupira. Pourquoi n'était-elle pas plus brillante ? Lymou également fixait le guerrier, mais avec un sérieux inquiétant. Comme elle aurait aimé les surpasser, être douée... juste une fois !

— Il sera désormais connu sous le nom d'Azorru, poursuivit le maître d'un ton grave.

Weily était extrêmement tendu. *Tout*, voilà ce que cela désignait vraiment. L'ancien l'avait rêvé. Traditionnellement, seule une femme avait le pouvoir de nommer un enfant, mais le cas présent était exceptionnel. *Tout*. Ce nom puissant n'avait encore appartenu à personne. Il représentait la force, et son fondement demeurait si ancestral que le monde en avait oublié la signification. La mémoire séculaire des Suprêmes lui avait permis d'accéder à ce savoir et d'en décrypter le sens.

L'homme né des Écailles fusillait Weily du regard. Apparemment, il n'appréciait pas être rebaptisé et ne souhaitait pas être appelé différemment que par ses trois prénoms.

— Azorru..., répéta-t-il malgré tout dans un marmonnement sourd.

— Azorru n'est pas satisfait de sa forme actuelle et désire inverser le vœu, expliqua alors le vieillard à l'assemblée médusée.

Des murmures de surprise se répandirent, tandis que le guerrier examinait chaque individu présent.

Oui, pensa le Suprême, *jusqu'ici, personne n'a jamais pu annuler la magie des lunes... L'ingrédient nécessaire est de nature si précieuse !*

Wymi soupira une nouvelle fois. Azorru ne la verrait pas, isolée comme elle l'était derrière tout le comité. C'était tellement injuste ! Elle aurait voulu, pour une fois, se trouver parmi les autres. Assise dans son petit coin, elle était désespérée.

Pourquoi faut-il toujours que j'obéisse à grand-père ? se lamenta-t-elle, tandis qu'une colère sourde bouillait dans ses veines.

— Je sais que vous êtes inquiets, continua le maître, mais cette requête exceptionnelle est pourtant réalisable. Néanmoins, il doit s'en montrer digne.

Sa voix enfla tandis qu'il devenait plus imposant encore.

— Aussi ne le permettrai-je que si le demandeur exécute dix

mages corrompus de haut rang !

Dans le silence qui suivit, tous prirent conscience de la portée de ses propos. Azorru s'offusqua :

— Dix ?

Est-il fou ? Et de haut rang en plus ! pensa-t-il, estomaqué. Il n'imaginait même pas en terrasser ne serait-ce qu'un seul ! Extrêmement malins, dénués de tout scrupule et souvent accompagnés de larbins impitoyables aux pouvoirs puissants, ils étaient les êtres les plus dangereux qui soient. Sous le choc de cette annonce, l'assemblée n'émit plus un son. Bien qu'ébranlé, l'Être avait toujours eu conscience qu'il n'obtiendrait pas sa libération sans une grosse contrepartie.

— Oui, Azorru, contrecarrer un tel enchantement nécessite de grands sacrifices… Tue les dix mages noirs, ce n'est qu'ensuite que j'autoriserai l'annulation du vœu… Après tout, c'est vous qui avez cherché à être plus forts !

Le regard de Weily agissait maintenant comme un poids, lourd et désagréable.

— Bien sûr, continua l'ancêtre en s'adressant à la foule atterrée, je ne vais pas le laisser partir sans aide ! Pour exécuter cette délicate mission, il peut choisir parmi vous celui qui l'accompagnera… Il faut savoir qu'Azorru possède désormais la puissance de trois hommes, et cela, nos ennemis ne s'y attendent pas ! Pour une fois, nous aurons l'effet de surprise.

Les mages présents grincèrent des dents. L'abnégation n'était pas leur principale vertu et bien peu auraient mis leur vie en danger pour voir s'accomplir le souhait d'un autre. Pourtant, l'espoir d'être idolâtré à leur retour tentait de nombreux Ilemens, trop souvent méprisés. De son côté, Azorru fut soulagé d'apprendre qu'il n'irait pas se jeter dans la gueule du loup seul.

Tue-le, tue-le ! répétait sans cesse Torry, la plus énervée de ses trois consciences.

Leur mauvaise volonté restait tenace.

Azorru sentit le regard aiguisé d'Erzo se poser sur la foule. Il étudiait déjà avec attention les forces et les faiblesses de chacun. Apparemment, il était la tête pensante du trio.

Heureusement pour le nouvel Être, la métamorphose avait développé ses sens. Cela lui permit de repérer le plus puissant d'entre tous.

Cette personne s'entourait de la magnifique odeur de rose qu'il avait auparavant respirée. Dès qu'il la trouva, légèrement à l'écart des autres, les esprits se turent, subjugués. Perdu, Azorru se demanda qui pouvait bien être cette magicienne capable de le troubler ainsi. Il avait l'impression que par sa seule présence, elle accaparait toutes ses pensées, qu'il en oubliait jusqu'aux véritables raisons de son existence. Il ne savait pas encore s'il devait s'en méfier ou, au contraire, s'abreuver de ce sentiment.

Pendant ce temps, Weily s'était saisi d'un récipient à l'intérieur duquel il versa un peu de son sang. Puis, il commença à scander des mots que personne ne comprit, hormis les Ilemens les plus chevronnés. Une fumée blanche tournoya au centre de la coupe, prête à accomplir sa tâche. Reportant son attention vers l'autel, Azorru se demandait en quoi celle-ci consisterait. Il dévisagea avec inquiétude l'assemblée. Ils ne semblaient pas le moins du monde perturbés par le procédé. Sur ses gardes, il étudia le Suprême. Pour le moment, il n'avait d'autre choix que de se fier à lui.

— Celui que tu désigneras sera inéluctablement lié à toi pour toute la durée de votre mission. Réfléchis bien, Azorru, car tu ne pourras pas revenir sur ta décision ! Cette personne devra obligatoirement te suivre, lui expliqua Weily patiemment.

Azorru observa le Suprême. Tant de malice luisait au fond de ses yeux qu'il en devint nerveux. Il remarqua toutefois que celui-ci se crispait de manière presque imperceptible. Il n'aimait certainement pas l'idée de se séparer d'un de ses précieux mages.

— Je peux nommer n'importe qui dans toute cette pièce ? vérifia Azorru, afin d'être bien sûr de ne pas se faire avoir.

— Qui tu veux. À part moi, bien entendu, ironisa le vieil homme. D'ailleurs, ceux qui ne désirent pas participer doivent partir sur-le-champ !

Azorru fut surpris par les propos du maître. Il laissait là la possibilité aux magiciens de manquer à leur devoir. Les Suprêmes étaient pourtant réputés pour leur profond égoïsme. Le guerrier jeta un coup d'œil discret vers la femme qu'il convoitait. Elle ne semblait pas particulièrement touchée par les paroles du vieillard, comme si tout ceci ne la concernait pas. Il remarqua aussi que personne ne sortait. Qui aurait souhaité passer publiquement pour un lâche ?

— Es-tu prêt à faire ton choix ? s'enquit Weily, qui s'était tourné vers lui.

Tu dois l'avoir, exigea Nanu.

C'est la plus puissante, reprit Torry avec ferveur.

Elle est à nous ! tonna Erzo.

Cette unanimité si rare apaisa Azorru. Leurs pensées communes s'unirent et s'évanouirent afin de compléter son esprit né des fusions. Le guerrier comprit que s'il ne se dépêchait pas de revenir de sa mission, les trois consciences finiraient par disparaître pour n'en laisser plus qu'une.

— Je suis prêt ! affirma-t-il d'une voix effrayante.

L'homme observa à nouveau la salle avec précaution. Il détailla une dernière fois chaque Ilemen pour confirmer son intuition… Non, personne ne l'égalait ! Elle s'entourait d'un fabuleux halo de puissance, il pouvait sentir une extraordinaire magie incrustée sous sa peau. La jeune femme ne semblait pourtant rien faire de particulier pour générer cette mystérieuse aura. Elle bougea sensiblement et tous ses sens s'affolèrent. Azorru fut soudain persuadé qu'elle allait quitter la pièce. Sans même s'en rendre compte, il se retrouva près d'elle. L'assemblée tout entière sursauta devant sa rapidité. Il réussit même à arracher un hoquet de surprise à celle qu'il convoitait.

— C'est elle que je veux !

Il flairait l'incroyable chaleur de son âme. Il ne lui fallait qu'elle. L'homme posa la main sur son épaule dénudée et ressentit un léger courant électrique. Il en fut si perturbé qu'il se demanda si c'était bien normal. La demoiselle plongea ses yeux confus dans les siens. Prise au dépourvu, elle ne s'attendait apparemment pas à ce qu'il la sélectionne.

Plongée dans l'incompréhension la plus totale, Wymi l'observait, perplexe. Il avait forcément commis une erreur. Ce n'était pas possible autrement... Elle n'avait encore jamais combattu. D'ailleurs, derrière l'autel, son aïeul s'étrangla.

— Wymi ? lâcha-t-il d'une voix suraiguë.

La jeune femme tourna son regard incrédule vers son grand-père aussi troublé qu'elle. Pourtant, à peine eut-il prononcé son nom que le sort contenu dans la coupelle fondit sur sa peau pour la marquer. Elle sentit un lien se tisser en son âme et la relier au guerrier. Celui-ci ne disparaîtrait qu'à la mort de l'un d'eux ou suite à l'accomplissement de sa tâche. Azorru serait incapable de s'éloigner d'elle, tout comme elle ne pourrait pas le quitter.

— Non ! Tu ne peux pas la choisir ! rugit le Suprême.

Il tremblait de tous ses membres, son sang-froid perdu pour la première fois de sa vie... mais il était déjà trop tard. Wymi ne l'entendait plus. Un grondement assourdissant déferlait sous son crâne, alors que son poignet semblait prendre feu. Une trace de brûlure aussi rouge qu'une flamme apparut lentement sur sa chair. Une fleur à dix pétales se dessina bientôt. Le cuisant supplice se répandit pour aller blesser chaque fibre de son corps. Elle avait l'impression que ses muscles se désintégraient sous la chaleur démentielle, tandis que sa tête lui paraissait sur le point d'exploser.

La jeune femme hurlait de douleur sous l'impact terrible de la marque qui s'immisçait en elle. Tout son être s'embrasait. Puis, sa voix se brisa et un cri inaudible s'échappa de sa bouche grande ouverte. Ses yeux se voilèrent. Ses vêtements, pourtant si légers, s'alourdirent sur sa peau meurtrie jusqu'à devenir insupportables. Le tissu, qui la touchait à peine, agissait maintenant comme la pire des tortures.

Chapitre 5

Les liens du destin

Les sourcils froncés, Azorru étudiait la jeune femme qui se pliait de douleur sous ses yeux. Pourquoi la voir dans cet état l'énervait-il autant ? Il grimaça insensiblement, pour sa part victime d'un léger élancement. Le même symbole floral apparut sur la paume de sa main. Le sort s'incrusta sous sa peau, mais l'inconfort resta semblable à de simples picotements. Dès que ceux-ci cessèrent, il comprit vite que Wymi lui appartenait désormais. Ses poings se serrèrent de satisfaction. Elle ne lui échapperait plus, quoi qu'il arrive.

La magicienne émit un cri tandis que son corps se tordait, agité de violents soubresauts. Des larmes chaudes dévalèrent ses joues et le cœur d'Azorru se contracta. Elle s'effondra brusquement dans un bruit sourd perturbant. Son poignet prit une inquiétante teinte écarlate. Les consciences lui hurlèrent alors de venir en aide à la jeune femme.

— Pourquoi souffre-t-elle autant ?

La mine soucieuse, il se pencha afin de se rapprocher d'elle.

— C'est le lien… Je n'y peux rien, asséna le Suprême dont le regard se faisait meurtrier.

— Pff... Tu as sélectionné la plus faible !

Kujila, non loin de là, était vexée de ne point être l'élue.

— La plus faible ? ricana-t-il. Elle est la plus puissante d'entre vous ! Même l'ancien ne fait pas le poids.

Azorru fut pris d'une brusque bouffée de colère envers cette femme. Il n'appréciait pas qu'elle parle ainsi de Wymi. Il l'avait choisie. Ne voyait-elle donc pas sa force ? Était-il réellement le seul à la ressentir, en dehors du Suprême ? Azorru releva la tête dans sa direction.

Weily écarquilla les yeux de stupéfaction et Kujila se renfrogna, scandalisée qu'on ose la contredire.

— Elle n'a même pas passé les épreuves des débutants, riposta-t-elle.

Les autres Ilemens de l'assemblée gardaient un silence prudent. Azorru se rendit compte que cette femme détestait rester dans l'ombre. Les lèvres pincées, elle se tourna vers sa consœur, tout aussi furieuse, présente à ses côtés depuis le commencement de la cérémonie. Petite, fine, celle-ci s'entourait de longs cheveux noirs attachés en queue-de-cheval. Les yeux légèrement bridés, elle le considérait avec une agressivité non dissimulée. Il les laissa de côté sans plus se soucier d'elles pour se concentrer sur quelqu'un de bien plus agaçant.

Le regard inquisiteur qu'Azorru posa sur Weily se fit intolérable. Le Suprême éprouva la plus grande difficulté à l'ignorer. Pourtant, il ne lui dévoilerait rien. Le passé de Wymi ne concernait personne. Le vieil homme étudia avec crainte la jeune femme évanouie sur le sol. Il aurait aimé la prendre dans ses bras, l'aider, mais ce maudit guerrier lui bloquait la voie.

— Ses pouvoirs se développent très lentement. Elle n'est pas encore prête à se battre, mentit Weily en secouant la tête.

Il souhaitait s'enquérir du bien-être de sa petite-fille. Il ne voulait pas qu'elle reste ainsi par terre comme une vulgaire poupée abandonnée à la vue condescendante de tous ces Ilemens. S'il parvenait à réduire la distance qui les séparait, il pourrait intervenir pour qu'elle ne risque pas sa vie contre les mages corrompus. Il fit un pas, mais le guerrier lui barra la route. Le maître serra les mâchoires, incapable de cacher son mécontentement. Si aucune occasion d'approcher Wymi ne se présentait, il n'aurait plus qu'à emprisonner Azorru. Il aurait pu l'empêcher de partir immédiatement, mais il craignait que sa douce enfant ne se retrouve coincée au milieu du combat. Étendue sur le sol, elle était bien trop exposée.

Je suis certain que si elle est blessée, cet énergumène essaiera de s'en débarrasser sans vergogne et choisira quelqu'un d'autre, songea-t-il, en colère.

Il devait la protéger à tout prix. Il l'avait déjà fait et le referait sans la moindre hésitation. Tout ce qu'il avait accompli jusqu'ici n'était que pour son bien.

— J'ai du mal à croire qu'elle ne sache pas se battre…

Perplexe, Azorru se tourna alors vers la jeune femme. Il se pencha, puis avec une étonnante délicatesse, la prit dans ses bras. Le Suprême et l'assemblée tout entière en restèrent cois. Blottie contre lui, Wymi ne semblait rien peser.

— Où est sa chambre ?

Le visage fermé, il ne laissait aucune de ses pensées transparaître, mais le Suprême était convaincu qu'il mijotait quelque chose.

Ils sont trois ! se remémora-t-il. *Trois fois plus forts, trois fois plus dangereux, trois fois plus manipulateurs…*

Weily aurait voulu l'anéantir sur place, cependant il ne pouvait remettre en cause les règles qu'il avait lui-même instaurées. Le tuer signifierait aux yeux de tous qu'il avait basculé du côté des mages corrompus. Or ce n'était pas le cas. Il comprenait pourtant, en cet instant, que certains puissent transgresser la loi.

L'enfermer restait donc le meilleur moyen de le garder à distance de sa petite-fille ! Mais l'attaquer maintenant serait malvenu, son ange faisait office de bouclier. Le vieil homme eut le sentiment d'être le grand perdant d'une bataille qui n'avait même pas débuté.

* * *

À travers les brumes de l'inconscience, Wymi ressentait encore douloureusement le feu dans son poignet. Se tissait à son âme un lien puissant qu'elle n'arrivait pas à combattre. Parcourue de frissons incontrôlables, elle finit par s'abandonner totalement au néant. La fièvre prit possession de son corps jusqu'à ce qu'une main apaisante se pose sur son front. Sa fraîcheur et sa pureté chassèrent les brûlures.

— Wymi, réveille-toi !

La voix suave, grave, envahit tout son être. Elle ouvrit lentement les paupières. De magnifiques anneaux dorés la contemplaient avec douceur. Elle détailla son incroyable chevelure aux trois couleurs distinctes : un panache de rouge, de noir et de châtain, qui caractérisait les hommes qu'il avait été naguère. Une nuance s'imposait parfois sur les autres, indiquant la conscience qui dominait à cet instant.

— Que s'est-il passé ? demanda-t-elle timidement, les yeux rivés sur ses lèvres voluptueuses.

Quel goût peuvent-elles bien avoir ?

— Tu t'es évanouie.

Elle profita de ce moment unique de proximité pour s'imprégner de cette délicieuse odeur d'orange. Elle ne comprenait pas les réactions de son corps. Jamais auparavant elle n'avait agi si bizarrement.

— Je... Je..., commença-t-elle, hésitante, avant de soupirer. C'était si douloureux...

Son visage se crispa en une moue désolée. Elle lui avait fait honte, c'était certain. Lui aussi allait penser qu'elle était faible et inutile.

— Tu n'as vraiment rien ressenti, toi ? s'enquit-elle, de moins en moins assurée.

La jeune femme tortillait ses doigts, incapable de concevoir qu'il n'avait pas souffert alors qu'elle avait cru brûler vive.

— Si, mais je supporte trois fois mieux la douleur que toi, tu comprends ? expliqua-t-il en s'éloignant quelque peu.

Elle hocha docilement la tête, ce qui eut pour effet de faire tanguer toute la pièce. Elle sentait pourtant, malgré la persistance de vagues nausées, que son corps se remettait rapidement.

— Pourquoi m'as-tu choisie ? Je ne suis pas douée et je n'ai aucune expérience.

Furtivement, le guerrier admira le galbe de ses lèvres rouges qui n'aspiraient qu'à être embrassées. Ses cheveux de feu ondulaient sur ses épaules pour venir lui couper le souffle, tout comme ses yeux d'un bleu azur à la limpidité bouleversante. En sa présence, il lui était difficile de suivre le cours de ses pensées. Elle semblait tout annihiler, et il dut se concentrer pour reprendre le fil de la discussion. Il se racla la gorge.

— Je sais. Tes « amies » et ton grand-père se sont chargés de me l'expliquer.

La jeune femme se renfrogna de colère, livide de honte. Forcément, les gens n'allaient pas la complimenter. Tous ces mages la détestaient, après tout.

— Alors que vas-tu faire ?

Elle détourna la tête, persuadée qu'il allait la rejeter. Bien qu'elle soit habituée aux paroles déplaisantes, elle ne souhaitait pas les entendre sortir de sa bouche.

— T'emmener, pourquoi ?

— Mais…

Elle fut si surprise qu'elle se déplaça trop vite et sa chambre se remit à tanguer. Elle dut se rallonger, à nouveau submergée par les nausées.

— C'est inutile de protester, tu apprendras à te battre sur le terrain ! gronda l'homme, le regard résolu. Il est hors de question que nous restions dans ce corps. Tu ne nous empêcheras pas de réussir !

Il s'approcha pour la prendre dans ses bras.

— Quoi ? Non, grand-père ne voudra jamais ! hurla-t-elle, terrifiée.

Wymi tendit les mains pour le repousser, mais c'était peine perdue, elle était bien trop faible.

— Je sais déjà qu'il projette de m'enfermer.

Il la souleva malgré les coups de poing et de pied qu'elle balançait.

— Il ne ferait jamais ça, rouspéta-t-elle, persuadée que son aïeul n'avait qu'une parole.

— Je ne suis pas stupide, Wymi, et lui non plus ! C'est la seule solution pour m'empêcher de partir avec toi… Je ne le laisserai pas faire !

Azorru n'attendit pas sa réponse. Il la jeta sur son épaule sans difficulté aucune. Il la maintint fermement par les cuisses, puis se dirigea vers la fenêtre, loin d'être effrayé par la hauteur impressionnante à laquelle elle se trouvait. Il n'avait pas vraiment réfléchi à son évasion, mais ne voyait guère d'autre moyen pour échapper au Suprême. Alors qu'il enjambait le rebord, Azorru fut surpris de ressentir des picotements dans tout le corps. Cela ne l'arrêta toutefois qu'un instant. Ce ne devait pas être grand-chose… Pas de quoi le freiner en tout cas ! Le large encadrement lui permit de sortir aisément, même avec Wymi qui se débattait sur son épaule. La colère de Weily serait sans doute terrible, mais tant pis pour lui ! Ce n'était que justice pour lui avoir joué ce mauvais tour.

Le guerrier était bien décidé à tout mettre en œuvre pour briser ce vœu maudit.

Il atterrit lourdement sur le sol et se prépara à faire face à des gardes, mais il ne perçut que sa respiration. Ce silence avait un aspect inquiétant qui n'augurait rien de bon. Les arbres sauvages tout autour d'eux lui semblèrent anormaux. En s'aventurant sous les frondaisons, il se rendit compte que nombre d'entre eux étaient carnivores. Aucun des trois hommes ne l'avait remarqué le jour de leur arrivée, tant ils étaient occupés à se chamailler plutôt qu'à observer leur environnement.

— Lâche-moi ! hurlait Wymi à pleins poumons.

Elle tremblait de terreur à l'idée de s'éloigner du sanctuaire. Sa maison, qu'elle n'avait jamais quittée, disparaissait peu à peu de son champ de vision et elle ne pouvait rien faire pour y retourner. La jeune femme n'était même pas capable de créer un banal bouclier. Quelle ironie ! N'avait-elle pas souhaité de toute son âme qu'il la choisisse ? Pourtant, perdre aussi subitement tout ce à quoi elle tenait paraissait maintenant au-dessus de ses forces. Une peur irraisonnée, incontrôlable, s'empara d'elle. S'il poursuivait sa route, elle finirait par dépérir, elle en était persuadée.

— Tais-toi !

Wymi, tellement accaparée par le temple qui s'évanouissait dans l'obscurité, ne fit pas attention à ses propos. Ses cris résonnaient dans la forêt sans qu'elle ne se soucie des conséquences. Elle refusait de quitter son grand-père, qui représentait tout son univers, et ce refuge qu'elle avait toujours connu.

Je vais mourir, songeait-elle. *Non, non, non ! Si je le laisse faire, je vais mourir !*

— Lâche-moi, lâche-moi, lâche-moi !

Elle intensifia le martèlement de ses poings dans son dos, tout en essayant de lui donner des coups de pied. Des larmes qu'elle contenait à peine ruisselaient déjà sur ses joues, mais, au grand dam de la jeune femme, rien ne le faisait ralentir. Sa vivacité surprenante n'amusa Azorru qu'un certain temps.

— Merde… tu vas la fermer à la fin ?

Il explosa de colère. Ses tympans sensibles ne supportaient finalement plus ses plaintes incessantes.

Je ne vais tout de même pas l'assommer ! pensa-t-il. *Notre relation démarrerait vraiment sur de mauvaises bases.*

Cependant, comme elle n'en faisait qu'à sa tête, l'homme finit par la frapper d'un geste rapide et elle s'écroula.

Une bonne chose de faite… et elle ne peut s'en prendre qu'à elle !

* * *

À contrecœur, le Suprême les regarda s'éloigner sans intervenir. Il aurait dû enfermer Azorru, mais il était trop tard.

Dorénavant, les lunes le guidaient, s'opposer à leur volonté n'avait pas de sens. Ce n'était pas son rôle d'interférer avec les dieux, au contraire. Néanmoins, sans retenue, il jeta un ultime sort au fugitif, bien plus désagréable que celui qu'il lui avait déjà imposé.

Wymi s'était débattue pour rester près de lui et, devant sa détresse, il avait bien failli craquer. Il serra les poings à s'en briser les articulations. Maudit guerrier venu lui enlever son précieux trésor ! On ne pouvait pas se battre contre le destin, il le savait… Toutefois, chasser sa colère lui était difficile, ce qui n'arrangeait rien à son karma.

D'un geste vif, il se détourna de la fenêtre. Il avait vu les dernières boucles rousses de Wymi s'évanouir dans les feuillages. Maître Weily ne s'inquiétait pas outre mesure des plantes carnivores, car aucune ne s'attaquerait à son ange. Ce contact spécial qu'elle entretenait avec la nature l'étonnait depuis toujours, et il avait beau s'en méfier, cela faisait partie d'elle. Il l'avait maintes fois surprise en train de parler aux arbres qui entouraient le temple.

Mais ce serait une tout autre histoire pour Azorru. La végétation défendrait la jeune femme en cas de danger. Le vieil homme rêvait que l'une de ces plantes gobe le guerrier tel un vulgaire insecte.

— Tu dois sûrement être indigeste, grommela-t-il dans sa barbe. Sois maudit, Azorru, de me prendre ma petite-fille. Je ne te pardonnerai jamais ton acte !

Il tenait tant à elle qu'il culpabilisait. Il se sentait en partie responsable des derniers événements. S'il avait divulgué immédiatement la nature de l'ingrédient au guerrier, Wymi serait encore en sécurité près de lui. Mais ce secret était si précieux… Weily ne pouvait qu'espérer qu'Azorru réapparaisse avec son ange et ne souhaite alors plus briser son vœu.

— Tu peux toujours courir pour l'avoir, pesta-t-il.

Pourtant, il devrait bien, une fois les dix mages corrompus exécutés, lever le voile sur ce grand mystère, car un Suprême ne revenait jamais sur sa parole. C'était son obligation, au risque de se voir maudire par les lunes.

Au moins, Azorru ne pourrait pas tuer Wymi. Il serait contraint de la défendre malgré lui. Unique petit bémol : le sort de protection qu'il lui avait jeté était indestructible… mais il l'avait jugé nécessaire à la survie de son ange.

Il avait agi comme un grand-père poule, mais n'en avait pas honte.

CHAPITRE 6

LES ESPRITS FOUS

Perplexe, Azorru scrutait la végétation, comme dotée d'une volonté propre, lui bloquer le passage. Depuis une bonne heure, les branches venaient s'abattre sur son visage. Les arbres se resserraient doucement sur lui, et comble de tout, Wymi mettait un temps fou à se réveiller. Il espérait ne pas l'avoir tuée en cognant trop fort, car il contrôlait encore mal sa puissance. Son corps trembla à cette idée. Il ralentit le pas afin de se calmer et de vérifier qu'elle allait bien.

Il nous a jeté un autre sort, gronda Erzo d'une voix terrifiante.

Contrairement à Nanu et Torry, celui-ci bouillonnait de haine en permanence.

— Oui, un sort qui m'affaiblit si je la blesse, confirma Azorru à voix haute.

L'homme n'en revenait pas. Il saisit immédiatement le risque qu'il encourait. Heureusement, grâce à Erzo qui avait étudié ce genre de magie, il n'était pas pris au dépourvu. Si Wymi souffrait à cause de lui, il en pâtirait en retour. Il grommela dans sa barbe, fou de rage.

— Il ne manquait plus que ça.

Le guerrier examina avec attention la jeune femme. Décidément, ce maudit Suprême allait lui gâcher l'existence jusqu'au bout. C'était déjà à cause de lui qu'ils se retrouvaient à trois dans ce corps unique, et l'ancêtre en rajoutait maintenant une couche avec ce stupide sort de protection.

La fusion complète aurait fait d'Azorru la conscience des trois. Ils auraient pu accepter leur état, ne faire qu'un, mais Torry, Nanu et Erzo refusaient catégoriquement d'abandonner leur libre arbitre.

En brisant le vœu, Azorru ne serait plus. Il le savait, mais ne le redoutait pas, car il avait toujours été en chacun d'eux par le passé.

Wymi gigota enfin et le guerrier la déposa au sol. Elle ouvrit ses magnifiques yeux d'un bleu céruléen qui tranchait violemment avec la sombre végétation. Le regard lugubre, elle frictionna sa nuque là où il l'avait frappée. Il voyait bien qu'elle le haïssait pour son geste.

Comme il se l'était imaginé, ils partaient sur de mauvaises bases.

— Il fallait m'écouter, répondit Azorru à sa question muette. Fais attention à ce que nous pourrions te faire si tu désobéis encore !

L'homme la détailla des pieds à la tête avec indécence. Cette femme au corps de rêve et à l'irrésistible odeur de rose le faisait bien trop réagir.

Sur la défensive, la magicienne se raidit, consciente qu'avec sa force démesurée, il pourrait à tout moment la posséder sans qu'elle puisse l'en empêcher. Il n'était pas difficile de constater qu'elle lui faisait de l'effet. Elle ne pouvait manquer la bosse proéminente qui déformait son pantalon. Il n'essayait d'ailleurs même pas de s'en cacher. Cette ordure exhibait avec fierté ses vices et ses envies.

Si Wymi devait bien avouer avoir été tentée quelques heures plus tôt, à présent c'était bien différent. Elle n'autoriserait jamais personne à la frapper ou à l'obliger à partir de chez elle sans le lui faire regretter lourdement.

— Si tu crois que je vais te suivre, tu rêves ! cracha-t-elle avec virulence.

Il n'était plus question de ressembler à un ange, il allait maintenant goûter à son côté démon. La jeune femme se redressa. Le buste bien droit, elle décida de ne plus lui montrer aucune faiblesse. Elle effectua un pas avant de grimacer. Le sol blessait atrocement ses pieds nus. Dans sa précipitation, il n'avait rien emporté pour la chausser. Azorru lui apparut à nouveau comme le pire des hommes.

Mais à peine eut-elle fait trois mètres pour lui échapper que son corps refusa de l'écouter. Que se passait-il ?

Un lien invisible l'empêchait de le fuir.

— Espèce de cruche, tu ne peux pas t'éloigner de moi.

Ses yeux luisaient d'ironie. Wymi se retourna, furibonde. En plus de l'avoir kidnappée, il l'humiliait. Comme tous les autres, il s'amusait à la rabaisser. Elle tapa du pied avant de hurler, bien déterminée à l'importuner jusqu'au bout.

— Tu vas me ramener chez mon grand-père !

Elle plaça ses mains sur ses hanches puis leva le menton, lui faisant ainsi comprendre qu'elle ne serait en rien coopérative.

— C'est moi qui décide, ici ! Ce n'est pas une femelle qui va me donner des ordres !

Son ton cinglant lui indiqua qu'il en avait assez de l'écouter. Il se détourna d'elle, tenta lui aussi de s'écarter, mais réalisa vite son erreur.

Satané sort de protection, songea-t-il, hors de lui.

Tout en râlant, il fit volte-face, les yeux noirs de colère. Il se dirigea alors droit sur elle et la souleva tandis qu'elle l'invectivait à nouveau. Puis, il reprit sa route d'un pas résolu. Que les femmes étaient agaçantes !

La petite enquiquineuse bougeait dans tous les sens, elle essayait de lui faire mal avec ses pauvres poings bien trop menus. Elle se ridiculisait, et le pire était sans doute qu'elle ne s'en rendait pas compte. La jolie rousse recommença à lui casser les oreilles. Il grimaça. Quelle diablesse elle pouvait être ! Bien différente de l'ange entrevu dans la chambre à son réveil.

Toutefois, cela aurait pu ne pas lui déplaire outre mesure, car les consciences aimaient les femmes de caractère... Mais elle arrivait à le pousser à bout.

— Lâche-moi ! Lâche-moi ! s'emportait-elle à s'en arracher les poumons.

Les nerfs à vif, Azorru la balança soudain sur le sol sans douceur. Wymi fut si surprise qu'elle cessa de hurler instantanément. Il fit alors mine qu'il la blesserait, l'immobilisa de ses bras puissants, sans tenir compte du fait qu'elle pleurait de peur.

Mais Torry souffrait de cette situation.

Il poussa un cri si strident que le guerrier n'eut d'autre choix que de se prendre la tête dans les mains. La conscience exprimait toute sa douleur. D'atroces événements jaillirent de sa mémoire, des images terribles qu'Azorru trouva insupportables. Il pesta sans savoir comment réagir. Wymi était à sa merci, il pouvait en faire ce qu'il désirait. Nanu et Erzo s'agitèrent... alors que les émotions de Torry lui donnaient un mal de crâne affreux.

Il s'éloigna, et fut soulagé de sentir la pression redescendre.

— Si tu cries encore une fois, je n'hésiterai pas à te prendre, là, dans cette forêt ! Et personne ne viendra te sauver ! mentit-il durement.

Il fit de son mieux pour qu'elle le pense sérieux en se rapprochant davantage, le regard brillant de colère. Le cercle doré autour de ses pupilles devint si intense que Wymi en perdit le souffle. La rancœur se lisait sur son visage, mais elle se contint. Elle percevait toujours sa main prête à frapper.

Son menton tremblait de terreur ; elle avait enregistré.

Il se releva alors, tandis qu'elle respirait à nouveau, mais bruyamment. Elle se redressa, tira immédiatement sa robe, les larmes aux yeux. Il lui faisait peur désormais, elle le haïssait de tout son être. Mais elle trouverait bien un moyen de se débarrasser de lui.

Oui, c'est la seule solution qu'il me reste...

— Maintenant, suis-moi sans faire d'histoires, tonna-t-il de ses trois voix meurtrières.

Torry se calmait enfin, soulagé de s'éloigner de la jeune femme. Les quelques images qu'Azorru avait pu saisir de ses souvenirs le bouleversaient. Il sut alors qu'il n'était pas simplement composé de trois guerriers, mais aussi d'âmes blessées. Il redoutait d'en apprendre davantage sur leurs vies passées. Pour l'instant, il n'avait pas encore accès aux parts d'ombre de chacun et craignait de les déterrer.

Et pour ne rien arranger, le regard haineux que lui lançait Wymi le faisait souffrir plus qu'il ne l'aurait cru. Pourquoi l'avait-il ainsi humiliée ?

Désormais, la magicienne gardait le silence et le suivait sans discuter. La peau sensible de ses pieds s'écorchait sur les herbes, mais elle se retenait de pleurer. Marcher sans chaussures dans la forêt s'apparentait à de la torture. Elle peinait à maintenir la cadence, car il ne ralentissait pas l'allure.

Arrivée sur un terrain plus meuble, la jeune femme soupira de bonheur. Elle pouvait enfin apaiser ses talons meurtris. Cela lui faisait tellement de bien ! Elle examina le sol, les sourcils froncés, avant de sourire. Azorru se dirigeait droit sur un piège. Les fleurs carnivores, quelle que soit leur forme, se montraient malignes, et certaines pouvaient dévorer un homme. Celle qu'ils approchaient avait étalé ses membranes. Les longs pétales recouverts de mousse, de petits champignons et d'autres végétaux se fondaient dans la terre.

Wymi décida de ne rien dire quand le guerrier pénétra dans la zone dangereuse. L'enveloppe verte se referma sur lui en un mouvement rapide, impossible à éviter. Grâce à une substance collante, sa proie se retrouvait immobilisée. Azorru allait mourir étouffé.

Bien fait pour lui.

Elle ne l'aiderait pas ! La plante l'avalerait et elle pourrait rentrer chez son grand-père. Bien sûr, son rêve fut de courte durée. L'homme gronda à travers le tissu végétal.

Il déchiqueta l'épaisse paroi de ses doigts puis, en un geste excédé, acheva la fleur en son cœur. Ce qu'il en restait s'écroula sur le côté. Wymi s'exaspéra en découvrant combien cet homme était indestructible.

Mince, il est robuste, bougonna-t-elle en se mordillant les lèvres.

Il reprit sa route sans même un regard pour elle. Le corps de la magicienne désira le suivre, mais cette fois, elle en fut incapable. Les pieds en sang, la douleur la submergeait. Azorru se retourna, fou de rage, car il ne pouvait plus avancer. D'un pas vif, il la rejoignit. Il détestait qu'elle le ralentisse ainsi, ne pas être libre de ses mouvements lui devenait insupportable.

— Qu'est-ce que tu as encore ?

Il était évident qu'il perdait patience. Son ton rauque indiqua à la jeune femme qu'il se trouvait à deux doigts de la colère. Terrifiée, Wymi baissa la tête. Elle ne voulait plus lui adresser la parole. L'homme remarqua alors ses pieds sanguinolents.

— Tu peux parler, tu sais, souffla-t-il en se radoucissant.

Il la souleva avec une tendresse qui ne lui ressemblait pas, puis la bascula sur ses larges épaules comme si elle ne pesait rien. Wymi se crispa quand il passa ses mains entre ses genoux, bien trop près de son intimité.

— Ne me touche pas là ! rugit-elle.

Il lui était impossible de se retenir davantage. La magicienne se tortilla dans tous les sens pour qu'il la lâche.

— Ça va ! Je ne te tiens que les cuisses, pas la peine de me détruire les tympans !

Le guerrier s'amusait, pourtant. Il devait bien avouer que l'idée lui avait traversé l'esprit. Se rapprocher de sa chaleur féminine l'alléchait, le nier aurait été absurde. Ses consciences, tout excitées, avaient du mal à se contenir. Ses sentiments se voyaient multipliés par trois, tout comme son envie de sexe.

Prends-la ! supplia Erzo.

Il lui envoya des images obscènes pour le convaincre.

Oui, elle est à nous, répéta Torry, soudain possessif, ce qui le surprit grandement. *Mais pas ainsi… Non, pas de cette manière.*

Azorru décela alors en lui une certaine peur qu'il refusait d'approfondir pour le moment.

On en a besoin, s'écria Nanu, presque désespéré.

L'homme en arrivait maintenant à se détester. Comment allait-il se contrôler ? Les parties de sa conscience qui avaient déjà accepté la fusion – sa morale et son entendement – craignaient ce genre de pensées fourbes et violentes.

Ce n'est pas moi ! Jamais je ne supporterais de faire autant de mal à une femme, songea-t-il, effrayé par les mauvais côtés des êtres qui le composaient. *J'aurais dû choisir un homme…*

— Dis-moi, Wymi… Quel âge a Weily ?

Il espérait ainsi se focaliser sur autre chose.

— Trois cents ans.

— Et toi ?

— Vingt-cinq.

Azorru se crispa, puis la laissa glisser devant lui afin qu'elle se remette sur ses pieds.

— Tu es si jeune, dit-il avec surprise.

Lui qui l'avait crue bien plus âgée comprenait maintenant mieux ses craintes. Elle n'avait sans doute rien connu en dehors du temple, seulement entourée de mages grincheux et de son grand-père.

— Pas autant que toi !

Elle releva fièrement le menton. Une manie qui commençait à lui être familière.

— Tu n'as que quatre jours.

— J'ai trois vies en moi, avec tous leurs savoirs… Je suis donc trois fois plus vieux que toi. Si je calcule bien, j'ai à peu près soixante-quinze ans.

— Peu importe. Pour moi, tu n'as que quatre jours et puis c'est tout !

C'était le genre de femme à toujours se débrouiller pour avoir le dernier mot.

— La ville n'est plus très loin. Tu peux marcher ?

Azorru s'était exprimé sur un ton doux, affectueux. Il s'en étonna lui-même, mais cela le rassura aussi un peu.

— On va commencer par t'acheter une paire de bonnes chaussures, expliqua-t-il sans lui laisser le temps de répondre.

Chapitre 7

La sirène ensorcelée

Après avoir réservé deux chambres dans l'auberge d'un village, Azorru se demanda ce qui avait autant effrayé Wymi à leur arrivée. Elle s'était comme paralysée à l'approche de la civilisation. Alors qu'elle jouait fébrilement avec son étrange collier à l'effigie des lunes, son corps avait été pris de tremblements. Azorru avait eu confirmation à cet instant précis qu'elle n'était jamais sortie de son temple par le passé. Connaissait-elle même la valeur de l'argent ? Quand il s'était emparé de chaussures et de nourriture sans rien payer en retour, elle n'avait rien dit et simplement souri avec gratitude.

Étendu sur le lit, Azorru toucha en soupirant les marques qu'elle avait laissées sur sa main. Il la revoyait s'y cramponner et presque lui broyer les os. Il avait alors compris qu'il ne pourrait plus s'éloigner d'elle, tant était montée en lui la subite envie de la protéger. Elle s'était comportée comme une petite fille, ce qui le troublait encore. Et, surtout, elle n'avait eu qu'à lui sourire pour faire battre son cœur deux fois plus vite. Cette femme avait un pouvoir certain sur lui. Un pouvoir inquiétant.

* * *

Collée contre la porte, Wymi restait immobile. Cette pièce était identique à la chambre qu'elle possédait au temple : aucune touche personnelle ne l'égayait. Seuls un lit et une commode y reposaient. Elle s'interrogea : pourquoi n'avait-elle jamais décoré son espace au sanctuaire ?

Elle expira un long soupir frustré. N'avait-elle donc rien réalisé de toute son existence ? Si elle disparaissait, même son refuge ne garderait aucune trace de sa présence.

Je ne suis rien… Pour personne, pensa-t-elle.

Peut-être qu'en son for intérieur, elle craignait de s'attacher, persuadée depuis toute petite qu'elle serait chassée dès que son grand-père mourrait.

Elle espérait qu'Azorru n'avait pas décelé l'immense tristesse qui l'accablait. D'aussi loin qu'elle se souvienne, elle avait toujours éprouvé ce sentiment. Elle avait pourtant essayé de l'étouffer, mais il ne la quittait jamais et avait fini par s'enraciner en son sein.

Elle s'approcha finalement du lit, puis toucha les couvertures impersonnelles de ses doigts tremblants. Tout était si similaire que ses larmes coulèrent sans qu'elle puisse les retenir. Épuisée, elle s'allongea sur les draps pour s'endormir aussitôt. Quelle épouvantable journée elle venait de passer !

De l'autre côté de la paroi, Azorru traînassait, incapable de trouver le sommeil, obsédé par la jeune femme. Il devait apprendre à gérer son nouveau corps ainsi que ces voix dans sa tête, tout en prenant en compte ses désirs de plus en plus difficiles à contenir. Ses consciences voulaient diverses choses qu'il ne pouvait pas leur fournir, mais s'accordaient toutes sur une envie commune : Wymi. Ce n'était pas évident de mettre la main sur la source de ce besoin. D'autant plus qu'il ne s'agissait pas uniquement d'une urgence sexuelle. C'était plutôt comme si chacun d'eux l'avait cherchée avec mélancolie tout au long de leur vie.

Cet étrange sentiment qu'elle était sienne et qu'il devait en être ainsi le déstabilisait.

Les sens en alerte, le guerrier se détendait avec peine, dérangé par une odeur de soufre qui persistait dans l'air. Un mage corrompu traînait sûrement dans le coin, il devait se méfier.

C'est alors que quelqu'un frappa à la porte.

Il se redressa, immédiatement sur ses gardes. Il espéra un bref instant qu'il s'agissait de Wymi, mais ne se fit pas d'illusions. Le panneau grinça et il se mit en position de combat, prêt à tuer. Son regard doré luisait dans l'obscurité. Une fine main laiteuse, suivie d'une épaule, se faufila par l'ouverture. Il vit bientôt apparaître une femme splendide : blonde, avec un visage d'ange et d'intenses yeux verts, elle se pavanait dans une tenue… surprenante.

— Euh…

En la découvrant à peine vêtue d'une mince serviette, Azorru réagit. Comme il se détestait ! La fusion trop récente ne lui permettait pas encore de contrôler ses pulsions.

Toujours sur la défensive, il trouvait tout de même l'inconnue bizarre. Bien que sublime, elle dégageait une forte odeur de savon. Ses magnifiques jambes blanches auraient pu lui faire oublier ses craintes, mais…

Ce n'est pas Wymi, se plaignit Torry.

Les deux autres consciences acquiescèrent, même si aucune d'elles n'arrivait à s'en détourner. Cette femme les hypnotisait.

— Je vous ai vu entrer tout à l'heure, commença-t-elle d'une voix innocente qui l'empêcha immédiatement de réfléchir.

Était-ce ainsi que le tavernier le remerciait ?

Azorru avait plutôt eu le sentiment, à son regard haineux, que cela ne lui plaisait guère de devoir offrir deux chambres.

— C'est… C'est le propriétaire qui t'envoie ?

Le guerrier se racla la gorge sans la lâcher des yeux. Il sentit toutefois honteux de sa voix étranglée. Son esprit se vidait peu à peu de sa raison. Des scènes obscènes se bousculaient dans sa tête. Venaient-elles de cette blonde ? Il ne distinguait plus qu'elle. Bien que tout à fait conscient de se faire manipuler, il n'arrivait pas à lutter. Et, alors qu'il tentait de se libérer de son emprise, la traîtresse s'approcha. Elle s'appropria son dernier sursaut de volonté et annihila toutes ses pensées. Elle le dévorait du regard. Ses pas se firent souples, fluides. Elle était totalement dénuée de peur et de pudeur. Le guerrier restait muet, son ventre réagissait à chacun de ses appels silencieux sans qu'aucune de ses trois personnalités puisse riposter.

À un mètre de lui, elle s'arrêta pour l'étudier. Elle lécha ses lèvres gourmandes d'une langue trop rouge, couleur de sang.

— Ne... Ne...

Azorru en perdait ses mots.

— Chut, mon beau... Ce n'est pas la peine de parler. Je suis là pour toi, pour te donner ce que tu désires !

L'inconnue le touchait presque. Ses jolies boucles ambrées suivaient les courbes gracieuses d'un corps voluptueux. L'homme en lui cessa de réfléchir, il savait juste qu'il avait besoin d'elle. Son sexe réagissait au moindre de ses mouvements. Elle sourit d'un air satisfait.

— Oui, comme ça... N'écoute que ma voix !

Sans comprendre ce qu'il lui arrivait, il ne fut soudain plus devant cette blonde, mais face à Wymi. Il ouvrit la bouche pour protester et la serviette de la tentatrice tomba au sol. Sa superbe peau dorée était incroyable ! Il tendit le bras pour la toucher. Il planait comme dans un rêve où toute décision rationnelle le désertait.

— Viens à moi !

Elle afficha un air coquin et attrapa tendrement sa main. Azorru frémit à son contact. Il ne percevait plus que sa douceur. Ses yeux se voilèrent, puis tout ce qui l'entourait disparut.

Il respira bruyamment quand elle lui intima de s'allonger sur le lit en laissant entrevoir ses magnifiques dents blanches. Tout devenait merveilleux. Délicatement, elle se positionna au-dessus de lui et se saisit de son membre dur. Un semblant de raison lui revint furtivement, alors qu'un seul mot s'imposait à lui : *non* !

Mais sa combativité vola en éclats lorsque sa ferme poitrine le frôla, quand sa bouche humide et chaude l'embrassa avant de descendre lentement vers le bas de son abdomen.

Wymi..., pensa-t-il, sans comprendre l'immense tristesse qui le submergeait.

Il enfouit ses mains dans les cheveux de la jeune femme en gémissant au moment où ses lèvres s'emparèrent de son sexe. Il souleva ses hanches pour intensifier son plaisir.

Puis, encore une fois, son cœur se serra. Son corps trembla. Le brouillard s'évanouit si brutalement qu'il en resta sans voix.

Que faisait-il ? Que se passait-il ? Il avait si mal ! C'était la belle blonde qui le suçait maintenant, et avec un tel entrain qu'il faillit hurler. Comment était-elle arrivée là ?

Avant même qu'il ait pu protester, il sentit ses forces le quitter. Dans un mouvement violent, il se redressa et la repoussa sans la moindre douceur, l'envoyant se fracasser par terre. Perturbé, il l'observa un instant : l'avait-il tuée ? Non, elle se relevait déjà dans un élan étonnant. Ses cheveux masquaient ses yeux.

— Comment as-tu fait ?

Sa voix sourde résonna dans toute la pièce.

— Qu... Quoi ?

Parler lui était toujours difficile.

— J'aurais dû savoir que tu serais résistant. Petit con ! l'insulta-t-elle, furieuse.

Elle dégageait maintenant une aura sombre, effrayante. Elle ne lui paraissait soudain plus aussi attrayante.

— Tu aurais dû apprécier mon cadeau au lieu de le rejeter, continua-t-elle de son intonation grave.

Azorru la vit alors se métamorphoser. Deux énormes crocs apparurent à la commissure de ses lèvres, identiques à ceux d'un serpent. Son corps ondula, mû par une force inconnue, et de grands tentacules s'enroulèrent autour de lui, tandis qu'il se sentait faiblir plus encore.

Il laissa échapper un cri désespéré.

— Il a dit que tu pouvais être mon desssssert ! siffla-t-elle au creux de son oreille.

Sa bouche désormais terrifiante le fit pâlir. Et dire qu'il avait laissé cette folle furieuse, ce monstre, le toucher ! De quelle manière avait-elle réussi à le manipuler de la sorte ?

Heureusement, en tant que mage gyramen, il n'était pas sans défense. Grâce à son nouveau corps, il lui fut facile de canaliser son énergie. Intense, semblable à de fins filaments électriques, celle-ci se dégagea de ses paumes pour finalement les englober et matérialiser une arme incroyable. En temps normal, il était compliqué de faire ainsi apparaître un tel objet ! Cela nécessitait des heures, un entraînement rigoureux ainsi qu'une vive concentration, mais Azorru n'était pas un être ordinaire. Il trouva qu'en cet instant, un marteau était de bon augure.

Comment ai-je pu tomber aussi facilement dans ce piège grotesque ?

D'un geste rapide, il envoya sa massue directement dans la gueule du démon qui se déforma sous la violence de l'impact. Avec satisfaction, il entendit ses os se briser. Cette femme n'était rien d'autre qu'un serviteur, dont les puissants relents de soufre le percutèrent enfin. Elle n'avait même pas eu le temps de se battre qu'elle gisait inanimée sur le sol.

Azorru enrageait de s'être fait avoir aussi facilement. Sa fusion lui ramollissait le cerveau ! Il devait maintenant se dépêcher d'achever la créature. Celle-ci tentait déjà de se redresser. Il ne connaissait qu'un seul moyen pour cela : la décapiter. Il transforma le marteau en une épée acérée et, d'un geste bref, lui trancha le cou. Un liquide immonde l'éclaboussa. Le guerrier recula, dégoûté, pris de violents haut-le-cœur. Le monstre retomba dans une mare hideuse de sang opaque, alors que lui-même s'écroulait, envahi par une faiblesse inhabituelle. Paniqué devant une telle vulnérabilité, il regagna difficilement ses esprits. Pourquoi manquait-il ainsi de forces ?

Puis, un éclair de lucidité le frappa. Il se tourna brusquement vers la chambre voisine.

— Wymi ! hurla-t-il. Wymi...

La portée de sa voix grave, empreinte d'inquiétude, l'étonna, mais malgré ses vociférations, il n'obtint aucune réponse. Il rampa alors jusqu'à sa porte, laissant une affreuse traînée noire derrière lui, et fut horrifié de constater que la pièce était vide. Il se sentit soudain bien trop fragile, couvert de ce sang abject.

Wymi ! éclatèrent les trois consciences, enragées.

Il devait absolument retrouver la jeune femme ! Elle leur était vitale pour se défaire du vœu.

Azorru se ressaisit. Il fallait la suivre sans attendre, car s'il perdait connaissance, il n'aurait plus jamais la chance de rouvrir les yeux. Sans elle, à cause du sortilège de Weily, il mourrait.

— Maudit mage ! gronda-t-il, hors de lui.

Chapitre 8

Le désir corrompu

Les mains tremblantes, Azorru se débarrassa le plus rapidement possible du sang noir et poisseux collé à sa peau. Ses gestes se faisaient tellement maladroits qu'il crut mettre des heures juste pour enfiler son pantalon et sa chemise. De seconde en seconde, bouger lui devenait plus difficile. Ses forces s'amenuisaient… Il rageait contre le Suprême qui lui infligeait là un point faible insupportable.

Quant à lui, il se trouvait franchement stupide de n'avoir pas su mieux protéger son esprit. Erzo, Nanu et Torry étaient pourtant restés méfiants en toutes circonstances jusqu'ici. Avaient-ils perdu leurs réflexes ?

Il pestait de s'habituer si lentement à sa nouvelle forme. Ériger une barrière alors qu'il était en discorde avec ses trois consciences s'avérait incroyablement délicat.

— Je suis trop bête, jura-t-il entre ses dents.

D'une démarche fébrile, il sortit enfin de l'auberge. Ses souffrances s'apaisaient légèrement quand il s'orientait vers le nord. Il se dirigea donc de cette façon. Il ne marchait pas vite, mais chaque pas le menait vers moins de tourments. Son aspect déconcertant donnait l'impression qu'il était malade ou fou, et les gens s'écartaient sur son passage, horrifiés.

Pourquoi je m'inquiète autant ? Pourquoi ?

Il ne pouvait pas la perdre. Il devait d'abord comprendre ce qu'elle représentait. Tandis qu'il avançait sur ses jambes raides, il se demandait ce qui avait bien pu pousser un mage corrompu à s'en prendre à Wymi.

Que faisait-il ici ?

Erzo réfléchissait. Cet être aux nombreuses expériences obtenait toujours ce qu'il désirait, peu importait les moyens utilisés : torture, soumission... Jamais il ne se détournait de son but, laissant aisément penser que toute trace d'humanité l'avait déserté. Pourtant, là encore, Azorru ressentait au fond de son cœur une douleur cachée.

Il se crispa d'appréhension. Être entier, cela signifiait connaître chaque part d'ombre de ses consciences. Et il n'était pas sûr de vouloir les affronter.

Pour sa puissance, déclara Erzo, très rationnel. *Le mage a dû la sentir. Ici, Wymi n'est plus masquée par le Suprême.*

— Ce que tu dis n'a pas de sens, bougonna Azorru. La zone est défendue ! Comment aurait-il pu passer la barrière ?

Un traître, grogna Torry. *Un traître l'a fait entrer.*

Le guerrier tenta de se rappeler la cérémonie. Il avait étudié sérieusement tous les magiciens de l'assemblée. Aucun n'avait paru cacher sa véritable nature. Pourtant, il dut s'avouer qu'il n'avait pas vraiment observé l'assistance dans ce but.

Wymi m'obnubilait. Il est possible que je n'aie rien vu... Et puis, seuls les Ilemens étaient présents.

Il savait bien qu'il existait encore plus de Gyramens comme lui. Cependant, rares étaient ceux qui laissaient leurs âmes se noircir. Tout cela semblait terriblement anormal.

Heureusement, son corps se mouvait maintenant avec davantage d'aisance. Il pressentait qu'il se rapprochait de la jeune femme. Il s'activa, conscient de l'urgence de la situation. Les corrompus n'étaient pas réputés pour leur patience.

Il va vouloir tout lui prendre !

L'homme grinça des dents. Son cœur se contracta à cette idée.

* * *

L'attaque avait pris Wymi par surprise. Elle dormait fermement dans son lit quand elle avait senti une présence. À peine avait-elle eu le temps d'entrouvrir les yeux qu'on l'avait assommée.

Bien plus tard, alors qu'elle revenait lentement à elle, la tête lourde, la jeune femme s'affola en prenant conscience de sa mauvaise posture. Les bras écartés ainsi que les pieds ficelés à un poteau, elle comprit qu'on s'apprêtait à la sacrifier. Ligotée à un autel de pierre, dans ce qui ressemblait à une grotte, elle ne pouvait pas bouger. Autour d'elle, une sorte de cuve cylindrique aux parois ornées de sceaux profondément incrustés dans la roche finit de la terrifier. Elle déchiffra sans mal les caractères complexes qui l'entouraient et fut certaine qu'elle ne survivrait pas.

Wymi plissa le front, perdue. Pourquoi elle ? Pourquoi l'avoir attachée et pourquoi vouloir la prendre en offrande ? Elle connaissait ce genre de symboles meurtriers, elle les avait étudiés pour pallier son manque de puissance. Néanmoins, le comportement de son ravisseur lui paraissait invraisemblable.

Il espère s'approprier ma force, mais je n'en ai pas, se morfondit-elle.

La jeune femme essaya de se libérer par de vains mouvements. C'est alors que le chant du mage résonna autour d'elle et commença à la paralyser. Elle tenta de lutter tandis que son esprit s'embrumait. Il était en train de la neutraliser. Bientôt, même remuer la tête lui serait impossible.

Sous l'autel, une immense pierre ronde se mit à rouler. Elle suivait des tracés précis sur le sol alors que l'homme continuait de psalmodier ses insanités. Le fou, dissimulé sous un masque noir, ne la lâchait pas des yeux. Sur la surface sombre se reflétait la lumière des bougies, ce qui le rendait plus impressionnant encore. Sa peau grise était la preuve incontestable que son cœur avait basculé du côté obscur. Wymi discerna, par les fentes horizontales, un regard avide de puissance.

Elle se mit à trembler, incapable de se maîtriser. Il s'esclaffa en approchant un long couteau de son visage.

— Je vais devenir plus fort !

Il positionna l'objet tranchant devant son nez, lui laissant tout le loisir d'étudier la lame très bien affilée. Puis, il entreprit de tracer un léger sillon de son nombril jusqu'à l'un de ses seins. Wymi contenait péniblement ses larmes. Avec une lenteur délibérée, il remonta sur son corps nu pour atteindre son épaule. Plus il la détaillait, plus son désir grandissait. Le métal froid, mortel, s'engagea le long de son bras et s'arrêta enfin au niveau de son poignet.

D'un geste brusque, il entailla sa peau en profondeur. Le sang de la magicienne gicla jusqu'au sol en un puissant trait rouge. L'homme eut un rire rauque. Doucement, il dirigea sa lame vers son autre bras et répéta l'opération. Face au liquide écarlate de sa victime, le fou jubilait. Pour lui, Wymi ne représentait qu'un simple objet qui n'avait pour valeur que les pouvoirs qu'elle renfermait.

La jeune femme essaya de crier, mais aucun son ne s'échappa de sa gorge paralysée, bloquée par la force démesurée de l'être qui la réduisait au silence. Avec désespoir, elle sentait son essence quitter ses veines et s'écouler le long de son corps, en même temps que ses larmes. La grosse pierre qui roulait sous ses pieds prenait de la vitesse tandis qu'elle se teintait de rouge.

Le regard brouillé, elle comprit que personne ne la trouverait à temps pour la sauver. Autour d'elle, les bougies dessinaient des ombres disgracieuses. Le chant du mage s'élevait, plus fébrile de seconde en seconde. Ses paupières se fermaient, une fumée noire se formait lentement devant elle. Cela sonnait sa fin. L'homme toucha les sceaux ; il allait s'emparer de son âme.

À l'aide..., geignit mollement son esprit dans un sursaut de lucidité.

Elle ne parvenait plus à esquisser le moindre geste. Ses espérances s'évanouirent. Elle se sentait trop faible pour se battre. Un bruit sourd l'incita pourtant à ouvrir les yeux une dernière fois. La porte menant à la grotte venait d'exploser. Elle distingua une silhouette sur le seuil, puis sombra dans le néant.

Azorru n'avait guère éprouvé de scrupules à tout détruire sur son passage tant sa colère était grande. Quand il pénétra dans la caverne, la vision d'horreur qui s'offrait à lui le pétrifia : Wymi, nue, ligotée sur un autel de pierre et couverte de sang, ne semblait plus respirer qu'imperceptiblement.

La créature à ses côtés cessa ses incantations. Elle pivota vers lui d'un mouvement sec en poussant un hurlement rageur. Azorru venait de profaner un rituel d'une inestimable importance. Il ne lui pardonnerait jamais son intrusion.

— Tu n'es pas mort ?

Dans sa main, le guerrier fit apparaître une immense masse.

— Ton petit laquais a dû disparaître sous le tranchant de mon épée, ricana Azorru.

Il se plut à voir les yeux du mage virer au noir. Son masque avait beau cacher le reste de son hideux visage, l'Être n'était pas moins satisfait de son effet.

— Hum… Je me demande bien pourquoi tu es venu, elle m'appartient déjà !

La créature diabolique tendit ses paumes grises vers son assaillant. De ses doigts s'échappa une brume épaisse. Azorru crut d'abord qu'elle tentait de l'empoisonner avec un gaz quelconque, mais à peine la fumée toucha-t-elle le sol que des serviteurs surgirent. Leurs corps humains, préservés grâce à la magie corrompue, luisaient d'un liquide noir écœurant. Leurs yeux d'un blanc profond donnaient la chair de poule, mais pire était encore cette façon qu'ils avaient de se déplacer : rapide, précise, sans pitié.

Azorru pesta sous l'influence de Nanu, qu'un tel spectacle enrageait. Lui, d'ordinaire si calme, explosa de colère. Toutes ses pensées se tournaient vers la destruction.

Le guerrier sentit qu'il devait libérer au plus vite les pauvres âmes prisonnières de ces corps, mais pour cela, il fallait tuer le félon qui le narguait toujours depuis l'autel. Sans attendre, Azorru se jeta sur son ennemi afin de le déstabiliser. D'un geste vif, il parvint à lui retirer son masque.

Alors qu'il voulait le surprendre, c'est lui qui demeura bouche bée.

Des traits fins et harmonieux, encadrés de cheveux soyeux, lui conféraient l'allure d'un ange. Immobile, celui-ci détailla l'Être aux yeux d'une splendeur presque irréelle. Ses lèvres gracieuses s'étirèrent en un fabuleux sourire qui restituait toute la douceur de l'innocence. C'était la première fois qu'Azorru dévisageait l'un d'entre eux. Ses consciences en avaient pourtant croisé, mais elles n'avaient jamais réussi à leur soustraire leur masque. Celui qui se tenait debout devant lui avait l'apparence d'un jeune garçon à la beauté fragile. Il tombait de haut, lui qui avait toujours cru que les mages noirs se cachaient pour dissimuler leurs affreux portraits.

— M… Mais…

— Tu pensais vraiment que nous ressemblions à des monstres ? Eh bien non, vois-tu ! Nous sommes comme vous, railla-t-il.

Son ennemi avait su retourner la situation en sa faveur. Il ne laissa pas à Azorru le temps de réagir et disparut en un clin d'œil au milieu d'une fumée opaque. Le guerrier se retrouva seul devant les serviteurs aux dents acérées. Tant qu'il ne les aurait pas tous achevés, ceux-ci continueraient de l'agresser. Il ne perdit donc pas une seconde. Wymi, sur le socle, luttait pour vivre. Il ne la voyait plus respirer. Si elle mourait, son âme, son essence et son corps appartiendraient à ce corrompu et il en était hors de question.

Dans un hurlement de rage, il abattit sa masse. Les esclaves s'écroulaient à ses pieds ou se désintégraient à son contact. Selon la manière dont il les frappait, certains arrivaient à rejoindre leur maître en s'évaporant. L'homme se montrait si haineux que les attaques violentes que lui infligeaient les serviteurs ne l'atteignaient presque pas. Grâce à sa peau trois fois plus résistante, leurs entailles l'égratignaient à peine. Son énorme arme faisait davantage de dégâts qu'il n'en subissait et, en peu de temps, il se retrouva seul au centre de la grotte.

Rendu fou par cette brutalité, il lui fut difficile de se ressaisir. Comment le mal pouvait-il ainsi déformer un corps et une âme ?

Crispé, le guerrier secoua la tête pour regagner ses esprits. Il s'empressa de libérer Wymi de ses liens. Elle s'effondra dans ses bras. Son sang continuait de goutter sur le sol et son souffle ne se résumait plus qu'à un fin murmure. Il crut un instant qu'il était arrivé trop tard. Il se rendait compte que pour la protéger une force démesurée l'emplissait. Était-ce dû au sort ? Cela lui semblait fort peu probable.

Délicatement, il prit les poignets de la jeune femme, puis les pansa après avoir déchiré une manche de sa chemise. Ses longs cheveux roux se collaient à son visage. Lorsqu'il la souleva avec prudence, elle lui parut bien trop légère. Sa peau, habituellement dorée, d'une beauté merveilleuse, se ternissait. Sans gaspiller une seconde, l'homme sortit de l'immonde cavité.

Heureusement, le sang de Wymi coagulait rapidement. Il dégageait une odeur de métal qui lui conférait une impression insoutenable de mort.

Dès qu'il fut à l'extérieur, Azorru courut se réfugier au cœur de la forêt. Il avait remarqué qu'en présence de la magicienne, les arbres s'animaient pour former une barrière protectrice. Il se demanda si la jeune femme s'en rendait compte. Donnait-elle une conscience aux végétaux ou était-ce eux qui décidaient d'agir ainsi en sa présence ?

C'était la première fois qu'il rencontrait une personne avec un talent pareil.

Quand il se sentit relativement à l'abri, l'homme l'allongea sur le sol moussu. Il souleva les bandages de fortune, examina ses poignets, puis retira sa chemise afin de masquer sa nudité.

Sauve-la ! exigeait Torry, hystérique.

Ses souvenirs l'envahirent. Azorru gémit de douleur face

à ce qui ressemblait à une puissante attaque. Torry perdait le contrôle. Il laissait s'échapper des parcelles de sa vie capables de le plonger dans la tourmente.

— Je fais ce que je peux, mais arrête ça, supplia le guerrier. Allez, Wymi, bats-toi ! Je suis avec toi.

Il se rapprocha d'elle, le regard implorant. Et alors qu'il la croyait envolée, d'un mouvement inattendu, violent, elle s'empara de sa main. Interdit, il se figea. Wymi releva brusquement des yeux fous, comme possédée, tandis que sa poigne de fer broyait les phalanges de son sauveur à lui en arracher un cri. Il tenta maladroitement de s'en défaire, en vain. Les traits crispés, il serra les dents sans comprendre ce qui lui arrivait.

— Wymi ? articula-t-il d'une voix hachée.

Il craignait de la blesser en se détachant d'elle. Ses pupilles totalement blanches le terrifiaient. Il paniqua quand elle commença à absorber son énergie. Puis, l'homme ouvrit la bouche, incrédule. La peau pâle de Wymi reprenait doucement des couleurs, ses plaies se résorbaient, et bientôt, toute trace de lésion disparut. Ses prunelles revinrent lentement à la normale. Ses cheveux se mirent à onduler autour de son visage, tels des tentacules.

Une fois qu'elle eut puisé en lui la force nécessaire à sa survie, elle le libéra et ferma les yeux pour plonger dans un sommeil réparateur. Sous le choc, Azorru se laissa choir sur son séant, se sentant lui aussi complètement vidé.

Bon sang, mais qui est-elle ?

Le guerrier la détailla longuement. Il attrapa ses doigts puis les serra pour lui signifier sa présence. Le souffle de Wymi redevint régulier. Elle parut même sourire à son contact, ce qui lui réchauffa le cœur.

— Et ça te fait rire ! s'esclaffa-t-il tandis que la pression retombait.

Il se cala à ses côtés, soulagé de voir qu'elle allait mieux. Ses consciences, silencieuses, lui donnaient l'impression d'avoir disparu. Azorru profita de ce bref instant de répit.

* * *

Wymi, enveloppée d'une merveilleuse chaleur, ouvrit enfin les paupières. Elle cligna plusieurs fois des yeux afin de retrouver une vision plus nette. Des arbres qu'elle connaissait bien l'entouraient, leurs fleurs rayonnaient dans la nuit. Les immenses pétales en forme de cloche laissaient entrevoir d'incroyables nervures : un liquide rouge, caractéristique des plantes carnivores, s'écoulait à l'intérieur.

Mais le feu qui l'enivrait n'était pas celui auquel elle s'attendait. Tout son corps se consumait de la seule présence d'Azorru, blotti à ses côtés. Il la regardait maintenant s'éveiller d'un air soulagé. Ses pupilles dorées se dilatèrent. La jeune femme en déduisit qu'elle lui faisait toujours le même effet. Alors, elle s'approcha encore plus près. Ses doigts, un peu hésitants, l'effleurèrent.

— Wymi…

Le guerrier attrapa ses mains, perturbé par sa façon d'agir. Pour lui, elle n'avait pas toute sa tête.

— Je n'ai pas envie de mourir sans avoir connu ça, murmura-t-elle sans reculer.

Elle revoyait le mage corrompu, la manière dont il avait failli la tuer. Elle saisissait seulement n'avoir jamais vraiment vécu. Si elle devait mourir, elle voulait d'abord faire l'expérience de l'Amour.

Il m'a sauvée, protégée. Il s'est battu alors qu'il aurait pu m'abandonner. Malgré la peur qu'il peut parfois m'inspirer, je sens qu'il saura me montrer ce qu'est l'Amour… J'en suis sûre ! pensa-t-elle, les joues rouges, pleine d'espoir, l'esprit aveuglé par un sentiment qui la dépassait.

Les lunes et leur étrange destin parlaient à travers elle. Wymi n'aurait jamais pu vaincre ce lien qui se solidifiait à mesure qu'elle côtoyait le guerrier, ni s'y opposer, ni même le briser. Tout son corps, son esprit, son moi le plus profond, entraient en résonance avec lui. La petite fille effrayée qu'elle avait toujours été jusqu'ici, dissimulée au fond de son temple, disparaissait. Elle devenait libre d'agir et de donner.

— Tu n'es pas dans ton état normal...

Wymi voyait combien il luttait pour repousser ses avances. Pourtant, son timbre de voix avait déjà changé. Planaient dans sa voix les murmures d'un désir à peine voilé.

— Toi non plus...

Chapitre 9

Les limites de l'esprit

Azorru ne résista pas longtemps à son attitude audacieuse. Sa volonté et sa raison vacillèrent et il se pencha avec délicatesse pour lui offrir un doux baiser. Le contact de ses lèvres illumina son âme. Elles étaient si suaves, si parfaites, qu'elles éveillèrent en lui une soif brutale.

Wymi passa ses doigts dans ses cheveux, ce qui décupla son bien-être. Un peu hésitant, il glissa une de ses mains sous le vêtement qu'il lui avait donné. Il l'effleura, la caressa puis s'empara de sa poitrine délicieusement ferme. Il en voulait tellement plus…

Et alors qu'il l'embrassait tendrement, son cerveau parut soudain exploser. La douleur le poussa à reculer en grognant. Wymi le dévisagea, inquiète et légèrement surprise. Ses consciences hurlaient de peur. Tourmentées, elles s'agitaient au point de le torturer.

Il désirait continuer, mais sans leur accord, cela lui était impossible.

Éloigne-toi, exigea Erzo dans un souffle d'agonie.

Déçu, celui-ci souffrait comme les deux autres ; la seule

chose à faire afin de les calmer était de les écouter.

Pourquoi ? Elle est à nous ! s'impatienta l'Être, que la passion rendait fou.

Wymi revint à la charge avec une douceur infinie. Sa bouche se posa à nouveau délicatement sur la sienne. Dans les souvenirs que possédaient les trois hommes, pas une femme n'avait ainsi pris soin d'eux. Azorru découvrait avec bonheur la tendresse et un mélange de tellement de sensations qu'aucun mot ne pouvait le décrire. Si certains appelaient cela l'Amour, lui trouvait le terme bien trop faible.

Le corps chaud de la jeune magicienne le brûlait presque. Le cœur du guerrier battait à un rythme effréné. Il n'arrivait pas à se détacher d'elle, comme poussé par une force invisible. La langue de Wymi força le barrage de ses dents serrées et le fit chavirer. Il voulait continuer, d'autant plus qu'elle déboutonnait maintenant son pantalon de ses doigts fébriles. Il retira ce qui cachait sa nudité. Sa peau scintillait de beauté. Sa poitrine voluptueuse remplissait parfaitement la paume de sa main.

Les lunes l'ont créée pour moi, songea-t-il caresse après caresse, désireux de garder ce trésor pour lui seul.

Persistantes, les consciences revinrent le harceler, mais cette fois, il réussit à les renvoyer au fond de son esprit. Ou presque…

Nous fusionnons ! Arrête ! Tu ne peux pas… Nous ne voulons pas disparaître !

Azorru dut se faire violence pour mettre fin à ces instants magiques, malgré l'infinie tristesse que cela généra en lui, malgré l'impression de se déchirer l'âme.

— Wymi, gémit-il en la repoussant, il ne faut pas…

— Pourquoi ?

Son cœur à elle aussi battait vite, et il s'aperçut qu'elle avait peur. Un peu tremblant, il se rapprocha. Il n'avait jamais souhaité la rejeter ni la voir souffrir par sa faute. Désireux de tout donner, il ne put résister à l'envie de l'embrasser encore, même si son crâne bouillonnait comme un volcan.

Tu dois arrêter ! ordonnèrent ensemble ses consciences.

Leur cri le stoppa net. Maladroitement, il s'éloigna à nouveau de Wymi, qui fronça les sourcils.

— Non, je ne peux pas, murmura-t-il.

Il grimaçait, en proie à une terrible douleur. Sa voix lui sembla pitoyable.

— C'est à cause de moi ? s'inquiéta-t-elle piteusement.

Elle frissonnait et, du regard, chercha de quoi se couvrir. Azorru l'obligea à relever la tête pour l'étudier : elle incarnait la beauté des étoiles.

Mon étoile !

— Ils me le défendent, déclara-t-il, dépité, espérant ainsi lui faire comprendre qu'elle n'y était pour rien.

L'homme en voulait tellement à ses consciences ! Pour la première fois en désaccord avec elles, il aspirait à devenir entier.

— Pourquoi ? répéta Wymi.

Embarrassé, il fit la moue.

— Ils fusionneraient... et je serais alors complet.

La jeune femme se rapprocha pour lui prendre les mains. Elle agissait toujours avec une extrême tendresse.

— Où est le problème ?

— Ils perdraient leur liberté et leur identité ! Je dois nous séparer...

La magicienne parut stupéfaite. Il crut déceler dans son regard une peur qu'elle dissimula aussitôt.

— Et pour toi ? Que se passera-t-il ensuite ?

— Je disparaîtrai...

Ce fut au tour d'Azorru d'observer le sol.

— C'est horrible ! Je ne veux pas que tu meures ! s'indigna-t-elle.

— Wymi, je n'ai jamais vraiment existé. Je *suis* eux. Mais une part de chacune de mes consciences refuse encore de me rejoindre. Et puis, je ne sais pas non plus si je resterais le même en devenant entier. Peut-être serais-je différent...

Elle déglutit, caressa le beau visage de l'homme qu'elle désirait tant. Il ferma ses paupières ornées de longs cils noirs, laissant ses fines mains parcourir sa peau.

— Je comprends, accepta-t-elle, attristée.

Elle l'embrassa une dernière fois avant de se détourner de lui.

— Alors, nous ne pourrons jamais aller plus loin !

Ce n'était pas une question, mais il ressentit le besoin de lui répondre. Les grandes paumes du guerrier se posèrent sur ses épaules. Il enroula autour de ses doigts les cheveux roux de la jeune femme en songeant aux paroles qu'il s'apprêtait à prononcer. Elle commençait à prendre trop de place dans sa vie, alors il créerait une barrière entre eux que rien ne pourrait plus jamais détruire...

— De toute manière, nous sommes incompatibles.

Elle tourna vers lui un visage peiné. Il vit des larmes menacer de rouler sur ses joues. Elle se sentait sûrement déçue, humiliée. Son cœur se fissurait sans doute, car lui aussi souffrait. Il venait de blesser volontairement la première personne qui ait jamais vraiment compté pour lui. Wymi était maintenant parcourue de frissons. Il la couvrit pour que son corps ne reste pas plus longtemps exposé à la fraîcheur de la nuit.

— Il me faut des vêtements, l'entendit-il murmurer.

La chaleur procurée par son contact disparut et la distance entre eux se creusa à nouveau. Azorru sentit une douleur vive, insupportable, si différente de son mal de tête, l'oppresser.

La peine est également trois fois plus puissante, s'exprima Torry sur un ton catastrophé.

Le guerrier comprit qu'il n'était pas le seul à être frustré. Nanu ruminait dans son coin, tandis qu'Erzo grognait.

— Wymi...

— N'en parlons plus, le coupa-t-elle d'une voix enrouée.

La jeune femme cacha ses jambes sous la chemise trop grande pour elle.

— Est-ce que tu as tué le mage ?

Elle l'observait, dans l'espoir d'une bonne nouvelle, terrifiée à l'idée de se retrouver en présence de cette immonde créature.

— Non ! grommela-t-il, agacé de devoir l'avouer.

— Est-ce que tu sais pourquoi il s'en est pris à moi ?

Ses yeux couleur azur évitaient de le regarder directement. Il se renfrogna, irrité qu'elle soit gênée et se rhabilla.

— Je pense… enfin, Erzo pense qu'il y a un traître parmi les mages.

— Erzo ? répéta-t-elle en réfléchissant. Une de tes trois consciences, n'est-ce pas ? Je ne me souviens plus de qui sont les autres.

— Torry et Nanu.

— Et ils t'aident ?

Elle se mordait les lèvres, incapable de cacher son intérêt.

— Quand ça les arrange, marmonna-t-il. Disons qu'ils communiquent par des phrases courtes que j'arrive à interpréter !

— C'est-à-dire ?

— « Ne fais pas ci ou ça », « C'est un traître », et j'en passe.

Avec sa main, il effectuait des moulinets tout en levant les yeux au ciel. Tout cela l'agaçait prodigieusement. Mais, au moins, ses mimiques détendirent l'atmosphère. Wymi pouffa discrètement. Azorru se rapprocha instinctivement avant de se reprendre et de s'éloigner à nouveau. Assise comme elle l'était, à rire doucement, elle lui parut bien plus fragile qu'à son réveil. Il aurait voulu la serrer dans ses bras, il la trouvait de plus en plus adorable.

— Un traître, tu as dit ? releva-t-elle, pensive.

— Je ne vois que ça. Aucun mage noir ne peut franchir la frontière et s'approcher si près sans se faire repérer ! Ce n'est pas possible autrement. Quelqu'un a forcément dû lui indiquer de quelle façon tromper la surveillance des Gyramens.

— Il faut avertir mon grand-père. Il est peut-être en danger.

— Mmh…

Le guerrier grommela dans sa barbe. Il n'avait pas envie d'aider le Suprême. Ses maudits maléfices lui ruinaient déjà l'existence, l'approcher signifiait prendre le risque d'en récolter de nouveaux.

— Pour le moment, trouvons des vêtements, nous aviserons par la suite, éluda-t-il.

Il se leva puis enjoignit à Wymi de le suivre. Ne pas pouvoir s'éloigner l'un de l'autre restait leur plus gros problème.

— Que ces sorts sont frustrants ! grogna-t-il à voix haute.

— *Ces sorts ?*

— Tu sais bien… Ton grand-père s'est assuré que je ne m'écarte pas de toi, dit-il en fuyant son regard.

Devant sa réaction inattendue, la jeune femme se raidit. Elle savait déjà tout cela, oui, mais elle devinait qu'autre chose entrait en jeu à sa façon de se comporter. Son visage devint froid et Azorru comprit qu'à mentir, il l'avait à nouveau blessée.

— Il y a d'autres sorts ? Azorru, qu'est-ce que tu me caches ? siffla-t-elle entre ses dents.

Le guerrier sentit le vent tourner et grimaça.

— Je ne peux pas m'éloigner de toi ni te faire de mal sans m'affaiblir, avoua-t-il sans détour.

— Alors c'est pour ça que tu es venu me sauver… Simplement parce que ça t'aurait « affaibli », fit-elle remarquer sèchement.

Les poings crispés, elle s'était arrêtée. Son regard électrique le cloua sur place. Azorru serra les mâchoires, il ne voyait pas les choses ainsi. Il avait réellement voulu la protéger, même si ce qui l'avait obligé à quitter l'auberge rapidement était le sort.

— Wymi…, soupira-t-il à s'en fendre l'âme.

— Laisse tomber, dit-elle en levant la main pour lui couper la parole. Tu t'es bien payé ma tête !

— Wymi…, répéta-t-il comme un pauvre écervelé.

Il tendit les bras et elle se retourna en tapant du pied.

— Je m'en fiche, de toute manière ! Ne me parle plus. Je te déteste. Et puis d'abord, que faisais-tu au moment où ce barbare m'a enlevée ?

À son tour en colère, son compagnon se raidit. Se confesser la rendrait folle, mais il décida de le faire quand même. Il préférait qu'elle le considère comme un monstre et qu'elle le haïsse plutôt que de la voir espérer en vain que la situation s'améliore. Pourquoi fallait-il que ses consciences risquent de fusionner s'il faisait l'amour avec elle ? En compagnie de l'horrible blonde, son désir et son passage à l'acte n'avaient rien déclenché du tout…

Le simple fait de repenser à ces instants le fit frémir. En secouant la tête pour chasser ces souvenirs déplorables, il avoua :

— Une femme m'a piégé.

— J'en étais sûre ! fulmina-t-elle. Et dire que j'ai failli coucher avec toi juste après. Eh bien, dis-toi que tu as laissé passer ta chance. Cela ne se reproduira jamais ! Je viens enfin de comprendre qui tu es réellement !

— Oh ! Et qui suis-je, donc ?

Il la contourna, plongea son regard tourmenté dans l'ouragan qui déchaînait les yeux de la jeune magicienne. Dorénavant, elle le détesterait toute sa vie. Mais de toute façon, ensemble, ils n'avaient aucun avenir, même s'il avait la certitude de l'aimer. Il maudissait ce lien invisible qui le poussait vers elle. Tout en elle lui faisait écho, comme s'ils avaient été conçus l'un pour l'autre.

— Un homme qui m'aurait abandonnée sans la moindre hésitation si mon grand-père n'avait pas été là, lança-t-elle avec fureur.

Il ne put s'empêcher de la contredire :

— C'est faux, je m'inquiétais !

— Parce que tu étais faible. Tu es comme les autres. En fait, tu m'aurais laissée !

Il l'observa, surpris par son ton acerbe. Il découvrait ce qu'était la colère d'une femme : elle lui en voulait pour le sort, pour la fille et parce qu'ils ne couchaient pas ensemble.

Elle lui en voulait pour tout, et rien ne pourrait l'apaiser.

— Wymi, je n'y peux rien ! Mais une chose est sûre : sans le lien créé par ton grand-père, je n'aurais pas su que tu étais en danger ni même où te trouver.

Et je n'aurais pas pu me libérer de l'emprise du serviteur, songea-t-il.

Elle se calma imperceptiblement, lui tourna le dos pour la énième fois en levant le menton. Un truc bien à elle qu'elle poussait à la perfection !

— Bien, où allons-nous alors ? demanda-t-elle, la voix tranchante.

Azorru la vit croiser les bras, aussi raide qu'une planche.

— Te dénicher des vêtements. Tu ne vas pas te balader comme ça.

Malgré sa fureur, elle attendit qu'il passe devant, dégageant les cheveux de ses épaules d'un geste sec. À nouveau pieds nus, elle grimaça.

— Si tu ne t'étais pas stupidement laissé distraire, on n'en serait pas là ! pesta-t-elle.

— C'est bon, j'ai compris, ce n'est pas la peine d'en rajouter, grogna-t-il.

Sortir de cette forêt était bien plus compliqué que d'y entrer. Les arbres les forçaient à maints détours, comme s'ils refusaient qu'ils quittent leur protection. Ils allaient devoir passer quelques nuits à la belle étoile. Pour seul repas, ils devaient se contenter bien souvent de racines et de baies.

Le premier soir, la mine de la jeune femme se contorsionna devant le maigre souper, mais lui fit la grâce de ne pas commenter.

— J'espère qu'on trouvera la route demain, commença le guerrier dans l'attente qu'elle réagisse enfin.

— Mmh...

Devant son manque de repartie, Azorru décida d'aller se coucher. Elle l'imita et il eut alors tout le loisir de l'observer, ce soir-là et les suivants... Plus les jours passaient, plus il la désirait. Il savait aussi que cela devenait presque maladif. Chercher le sommeil tint bientôt de la torture. Il ne pensait qu'à son corps, fruit désormais défendu.

Au lever du jour, ils reprenaient en direction du sud. La fatigue alourdissait peu à peu leurs pas, mais l'Être imposait un rythme rapide. Il voulait quitter la forêt au plus vite.

Wymi, rancunière, ne lui parlait que très rarement, enfermée dans un étrange mutisme. Mais il la surprenait parfois à le fixer de son regard bleu, vif, intense. Comme lui, elle n'arrivait pas à interpréter ses propres émotions.

Après deux longues journées sans réellement discuter, Azorru n'y tint plus.

— Dis-moi ce que tu sais faire en magie.

Il ne se retourna pas pour l'observer, mais comprit à son silence qu'elle l'ignorait toujours.

— Ça dépend, répondit-elle pourtant.

Étonné de l'entendre, il s'arrêta pour la dévisager tandis qu'elle poursuivait :

— Quand je suis de bonne humeur, je parviens à peu près à créer un bouclier.

— Et de mauvaise humeur ? s'enquit-il, soudain apaisé.

Le guerrier ne s'expliquait pas l'envolée subite de ses sentiments, mais le simple fait qu'elle réagisse le rendait joyeux au point d'en oublier tout le reste.

— Rien du tout. Je n'arrive même pas à passer l'épreuve du débutant...

Frustrée, elle croisa les bras. Cet examen permettait aux jeunes mages de découvrir à quelle espèce ils appartenaient : Gyramens, Ilemens ou, de façon beaucoup plus rare, Suprêmes.

— Tu n'es pas comme ton grand-père au moins ? continua de l'interroger Azorru sans se rendre compte que Wymi se renfrognait.

— Non, on le saurait depuis le temps, souffla-t-elle d'une voix chargée d'émotion.

— Alors, il faut juste t'entraîner plus dur.

— C'est déjà ce que je fais !

Mécontente, elle se campa face à lui, les mains sur les hanches. Azorru sentait sa colère enfler et se demandait comment l'apaiser. Elle semblait au bord de l'explosion.

— Excuse-moi, je ne mettais pas en doute ton travail.

— Tout le monde me dit la même chose ! Ils n'ont pas conscience de ce que c'est d'être incapable d'ébaucher ce que les autres réalisent facilement, d'avoir l'impression d'être différent, un peu plus chaque jour...

À présent, elle parlait plus calmement.

Ainsi, derrière son masque d'agressivité, Wymi cache une grande sensibilité... Et les gens la blessent en la jugeant sans même essayer de la connaître.

— Moi, je le sais, maintenant, murmura-t-il.

Elle ne pouvait pas ignorer que son vœu l'avait transformé.

— Mais toi, tu n'es pas moins doué qu'eux, tu es même

plus fort. Tu ne provoques pas le dégoût des autres, mais leur admiration.

Enfin, la magicienne exprimait ses pensées à voix haute. On la dédaignait parce que son grand-père la chérissait sans restriction, alors qu'elle ne méritait pas tant d'attention.

— Il est facile de mépriser, mais bien plus difficile d'aimer ! Même pour toi…

Azorru faisait de la philosophie et cela agaçait terriblement la jeune femme. Wymi aurait voulu trouver quelque chose de cinglant à lui répondre. Il ne comprenait pas ! Comme tous ses camarades, il ne se mettait pas à sa place.

— Mmh…, marmonna-t-elle, si énervée que ses mots se coincèrent au creux de sa gorge.

— As-tu essayé d'aller vers les autres, au moins ? continua l'homme sans se douter qu'il marchait sur une corde raide.

Elle se crispa plus encore, mais fit de son mieux pour rester calme. Le sujet lui tenait tant à cœur qu'elle ne maîtrisait pas ses émotions. Dans son enfance, en effet, elle avait tenté de se faire une amie.

— Oui, une fois.

— Et ?

— Rien, s'impatienta-t-elle. Elle m'a rejetée !

En réalité, elle avait fait pire, mais Wymi refusait d'en parler. Son expérience avec Lymou lui avait appris qu'on ne pouvait accorder sa confiance à personne.

Elle grimaça. Pour autant, était-ce vrai pour tout le monde ? Ces quelques journées passées avec Azorru lui avaient fait beaucoup de bien. Il s'assurait toujours qu'elle se sustente sans lui imputer leurs échecs à la chasse. Il aurait pu lui en vouloir, mais ne lui reprochait jamais rien.

C'est pourtant de ma faute si on mange si mal…

— Elle t'a rejetée ? Pourquoi ?

— Je n'en discuterai pas avec toi !

Repenser à cette époque lui était difficile, et qu'il s'approche autant de ses sentiments l'effrayait. En la découvrant telle qu'elle était véritablement, il la fuirait… et elle ne souhaitait pas le voir partir.

— Raconte-moi ce qu'il s'est passé. Je ne vais pas te juger, moi ! insista-t-il, sûr de lui.

Azorru espérait identifier le nom de l'ingrate qui avait osé la blesser à ce point. Chaque jour, il pouvait ressentir un peu plus la pesante carapace que la jeune femme portait en permanence et c'était sans nul doute à cause de cette fille.

— Non, laisse-moi tranquille. Je n'en dirai pas plus… Et puis, en réalité, tu t'en moques toi aussi !

Elle s'était plus adressée à elle-même qu'à lui, persuadée de déjà connaître sa façon de penser. Il garda le silence et continua d'avancer tout en se promettant d'y revenir. Wymi souffrait à l'évocation de ce souvenir ; il mettrait un point d'honneur à découvrir ce qu'elle avait vécu. Il saurait prendre le temps nécessaire pour y arriver.

Après cinq jours – qui leur parurent durer une éternité – à vagabonder, enfin, ils aperçurent une route. Azorru n'aimait guère l'idée de la suivre, mais il ne voyait pas d'autre moyen de tomber sur quelqu'un en possession de vêtements et de vivres. Se nourrir de racines avait ses limites.

Un grondement sourd leur indiqua que quelque chose arrivait. Le guerrier, sur la défensive, savait que les choses sérieuses allaient commencer.

Une roulotte, tirée par un aigle à pattes de lion, passa devant eux, puis s'arrêta. L'animal robuste possédait un étrange pelage doré entrelacé de plumes. La personne ayant réussi l'exploit de l'apprivoiser ne pouvait qu'être extrêmement puissante ; Azorru se méfia d'emblée.

Wymi, quant à elle, fixait avec émerveillement l'imposant mammifère. Elle n'avait jamais vu de fauve aussi fascinant. La jeune femme recula quand la bête, aux pattes colossales et aux yeux de phénix, posa sur elle un regard d'une extraordinaire intensité. En la découvrant, il émit un son strident qui la fit sursauter. Se dégageait de lui un mélange de force brute et de grande intelligence.

Elle en avait déjà entendu parler, on les appelait les waishons. Il s'agissait d'une espèce si rare qu'en voir un aussi docile relevait du miracle. Ils ne se laissaient généralement pas approcher. Dangereux tout autant qu'imprévisibles, il valait mieux les éviter. Personne n'avait jamais réussi à les dresser tant ils étaient sauvages.

Elle observa avec attention le spécimen arrêté et aperçut alors ses ailes emprisonnées. À l'aide de grilles pointues placées autour de lui, on l'obligeait à avancer ou à freiner. La magicienne fronça les sourcils devant une telle cruauté et ne put s'empêcher de tressaillir au moment où une porte s'ouvrit à côté d'elle.

— Besoin d'aide ? demanda une magnifique jeune femme à la peau hâlée en s'extirpant de l'habitacle.

Elle paraissait interloquée de les découvrir. Wymi constata qu'elle tenait un mystérieux objet dans ses mains. Azorru changea de tête à sa vue et, remarquant son regard, l'inconnue tenta maladroitement de le camoufler dans un pan de sa robe.

L'étrangère les examina de ses intenses yeux noirs en forme d'amande. Son visage gracieux ressortait de façon singulière au milieu d'une épaisse crinière, sombre elle aussi, qui lui arrivait aux épaules. Wymi tiqua devant sa beauté naturelle et jeta un coup d'œil à Azorru.

— Vous allez en ville ? questionna celui-ci d'une voix qui trahissait sa méfiance.

Le guerrier ne parvenait pas à croire qu'il la connaissait. Dès qu'elle était apparue, Erzo lui avait révélé un peu de son passé. Et ce qu'elle tenait entre ses mains s'avérait être un objet puissant. Il permettait de retrouver quelqu'un à l'aide d'une simple mèche de cheveux. Il espérait grandement qu'elle n'était pas à sa recherche, mais ne se faisait pas trop d'illusions. Le hasard n'existait pas, Azorru le savait bien… Or, Erzo s'était servi d'elle, quelque temps auparavant. Il n'avait reculé devant aucun subterfuge pour arriver à ses fins. L'important maintenant était qu'elle ne le reconnaisse pas !

Wymi surveillait l'inconnue avec prudence. Elle qui n'avait jamais voyagé aimait les nouvelles découvertes, mais dans le cas présent, elle n'appréciait pas la façon cruelle dont le waishon avait été soumis. La femme acquiesça sans se départir de son regard insistant.

— Oui, je vais en ville. Et sans aucun doute, vous avez besoin de vêtements, souligna-t-elle.

Elle observa Wymi d'un air narquois. Rouge de honte, celle-ci tira sur sa chemise avec force en se dandinant légèrement pour qu'on ne voie pas ses fesses rebondies.

— C'est vrai que ça nous aiderait pas mal, avoua le guerrier.

Wymi fut étonnée qu'il ne se méfie pas plus de cette étrangère et de son hospitalité. Mais, après tout, peut-être était-il normal que les gens soient charmants et accueillants en dehors du temple.

La belle brune descendit de sa roulotte. Sa robe écarlate tranchait avec le vert sombre de la végétation environnante. Elle se dirigea vers l'arrière, puis tira les portes de la petite remorque qui la suivait. Elle en extirpa une tringle, exposant plusieurs toilettes magnifiques. Fascinée, Wymi ouvrit grand la bouche.

— Vous pouvez choisir celle qui vous plaira, assura-t-elle, ravie de son effet de surprise.

La femme retourna à l'avant afin d'y déposer discrètement l'objet qu'elle tenait toujours à l'abri de leurs regards.

— Mais, vous nous l'offrez ?

Azorru était incrédule. D'un air soupçonneux, il croisa les bras.

— Je la lui prête le temps que vous en achetiez une en ville, corrigea l'étrangère, qui s'époussetta avant de revenir vers eux.

Une force singulière se dégageait d'elle. Wymi elle-même la ressentait jusqu'aux tréfonds de son être. Qui était-elle donc pour aider de simples voyageurs à l'allure misérable, alors qu'elle maltraitait sans vergogne une merveilleuse créature ? Elle préféra ne plus trop se poser de questions et reporta son attention sur les robes. Elle avait tellement honte de son apparence ! Après cinq jours passés dans les bois, elle ne ressemblait plus à rien.

L'intérieur de la remorque, surchargé d'objets en tous genres, la troubla. Elle se demanda à quoi tout cela pouvait bien servir.

Que faisait cette femme avec autant de choses bizarres ?

Tout en contemplant les diverses plantes séchées accrochées aux parois, la magicienne s'approcha des vêtements. L'inconnue lui saisit alors violemment le poignet, lui arrachant un cri de surprise.

Chapitre 10

La roulotte aux merveilles

— Une Incomprise ! s'exclama la femme.

Stupéfaite, elle écarquillait ses yeux presque entièrement noirs sans libérer Wymi, qu'elle tenait fermement. Azorru avait déjà fait apparaître une épée et s'apprêtait à la couper en deux si elle ne s'expliquait pas sur-le-champ. Le waishon s'agita à son tour. Il piétina le sol, poussa de petits cris, conscient du danger mieux que quiconque.

— Lâche-la, gronda l'homme, semblable à un fauve.

Il ne fallait pas toucher à Wymi. Abasourdie, la brune le considéra quelques instants, puis sourit, une lueur de malice au fond du regard. Elle venait de réaliser l'importance que la magicienne avait pour lui et s'en réjouit.

— C'est bon, mon beau, tenta-t-elle de l'apaiser en relâchant doucement la main de sa victime.

Sans se débarrasser de son air envieux, elle continua :

— Simplement, je flaire ce genre de raretés…

Wymi frotta son poignet sans saisir le sens de ses paroles. Une Incomprise ? Ainsi, cette étrangère avait lu en elle plus facilement que tous les autres ? La belle affaire ! Personne ne la comprenait, c'était vrai. Mais elle n'aurait jamais cru que cela puisse être visible et elle se sentit une fois de plus humiliée.

— Et alors ? se défendit-elle d'une petite voix.

— Je m'appelle Volelle, se présenta enfin la mystérieuse femme. Tu devrais faire plus attention à toi.

Elle lui tendit la main sans répondre à son interrogation.

— Que voulez-vous dire ? insista Wymi.

Volelle se rapprocha d'elle pour plonger ses sombres pupilles dans les siennes.

— Je ne suis qu'une simple humaine, tu sais. Mais je vois la nature cachée des gens !

Azorru se relâcha sensiblement. Néanmoins, il laissa son arme en évidence. On n'était jamais trop prudent.

— Ne refais jamais ça, siffla-t-il, toujours un peu raide.

— Il est stressé depuis qu'on a été attaqués par un mage corromp…, commença gentiment Wymi.

— Une humaine, hein ? intervint de son côté Azorru, dubitatif.

Sa compagne croisa les bras et tapa impatiemment du pied, mécontente d'avoir été interrompue, tandis qu'un sourire moqueur étirait les lèvres du guerrier. Il l'ignora, la laissant écumer dans son coin. Elle était vraiment trop bavarde ! Son regard ne quittait plus Volelle. Il la détailla un moment, puis s'approcha encore pour la renifler sans la moindre pudeur.

— Sorcière, plutôt, je dirais ! ajouta-t-il alors.

Volelle le fixa, ébahie par la perspicacité de son analyse. Jusqu'ici, personne ne l'avait percée à jour si aisément. Qui était-il ? Comment avait-il pu s'en rendre compte ?

— C'est la première fois que quelqu'un le devine, marmonna-t-elle.

— Erzo m'a parlé de toi…, ricana Azorru.

— Ce bandit ! explosa la femme, subitement envahie par une rage profonde.

Elle jeta un bref coup d'œil vers l'objet dissimulé dans un coin de son carrosse. Elle cherchait Erzo depuis un bon moment, mais il avait su se camoufler et restait introuvable. Elle n'était pourtant pas la seule à suivre sa trace ! Les guerriers du Cercle le pourchassaient aussi depuis qu'elle l'avait dénoncé. À cette pensée, ses lèvres se déformèrent en un rictus malveillant. Après tout, il ne pouvait s'en prendre qu'à lui-même. Il n'aurait jamais dû la tromper s'il ne voulait pas l'être en retour.

Wymi observa tour à tour Azorru et Volelle. Elle tempêtait d'être ainsi reléguée au second plan. Elle sentait bien qu'il se passait quelque chose entre eux et ne supportait pas d'être mise à l'écart.

— Que t'a-t-il fait ? demanda-t-elle le plus innocemment du monde.

— Il m'a volé une carte, marmonna Volelle sans entrer dans les détails. Je suis à sa recherche depuis des semaines. Je ne comprends pas pourquoi le sort censé le débusquer m'a guidée vers vous !

Azorru coupa court à la discussion.

— Peu importe !

Il ne voulait pas encore passer pour un gredin aux yeux de Wymi. Il savait qu'Erzo était parvenu à tromper la vigilance de Volelle en partageant sa couche. Ensuite, sans la moindre culpabilité, il lui avait dérobé la carte qui lui avait permis de localiser une des trois Écailles.

Maintenant, il se trouvait bien embarrassé. Si Volelle en parlait à Wymi, celle-ci ne lui accorderait plus jamais sa confiance. De plus, la sorcière ignorait qu'Erzo et lui ne faisaient qu'un. Son sortilège pour le retrouver n'était pas aussi faussé qu'elle le pensait…

Heureusement, Volelle n'insista pas.

— En as-tu choisi une ? s'enquit-elle.

Wymi observait toujours les étoffes qui s'étalaient sur le portant. Elle fut attirée par une tenue très simple, mais d'un bleu lumineux. Grâce à sa coupe, elle savait que ses formes seraient mises en valeur. Au moins, cela perturberait Azorru ! Et elle se plaisait tant à le voir tressaillir.

Volelle renfonça la tringle et lui proposa de se changer à l'intérieur. Wymi la remercia d'un signe de tête et s'enferma.

Quelques minutes plus tard, elle ressortit, radieuse dans sa robe légère. La sorcière sourit en leur désignant un angle sur la gauche de la penderie.

— Montez, je vais vous emmener en ville !

Sans attendre, Azorru attrapa par le bras sa compagne qui traînassait. Son contact l'énerva et elle lui envoya un coup de genou bien centré.

— Wymi ! grogna-t-il de colère.

Il se courba un peu sous l'effet de la douleur et n'eut droit, en guise de réponse, qu'à une langue tirée accompagnée d'un regard noir.

Une fois qu'ils furent bien assis, Volelle referma la porte sur eux et remit le convoi en marche. À cause de l'espace restreint, les deux voyageurs durent se coller l'un à l'autre, entourés de vêtements et ballottés dans tous les sens. Le trajet ne leur était pas des plus agréables.

— Ne me touche pas ! lui hurla Wymi à la figure quand il la frôla bien malgré lui.

Azorru soupira bruyamment sans commenter ce nouvel accès de colère. Certes, la jeune magicienne y allait fort, seulement elle retenait mal son agressivité. Le charme de son compagnon la fascinait, alors même qu'elle le détestait pour ce qu'il lui avait infligé. Pourquoi se montrait-elle si faible ? Se détourner du guerrier lui demandait beaucoup d'efforts.

— La cité d'Antanor ! leur annonça enfin Volelle d'une voix étouffée à travers le panneau de bois.

Wymi jeta un coup d'œil à l'extérieur. Elle découvrit une forteresse incroyable, qui la laissa interdite. Des flammes impressionnantes, immenses, léchaient les remparts. Elle réalisa soudain qu'ils étaient vraiment peu de chose en ce monde. La magie qui les entourait regorgeait de puissance.

Son grand-père lui avait jadis expliqué qu'il existait quatre vastes cités, chacune abritée par un des quatre éléments. Il y avait d'abord Arow, là où le Suprême était censé résider et où le vent soufflait en permanence. Elle avait aussi entendu parler d'Aterra, protégée par des tempêtes de sable, mais de laquelle personne ne revenait jamais. Weily avait ensuite essayé de lui décrire Orana, perdue dans les flots, mais elle était si éloignée qu'on ne la connaissait que de nom. Et enfin, il y avait Antanor, la flamboyante citadelle, la plus proche d'Arow… Ici, le feu tenait l'ennemi en dehors des murs, empêchant tout être corrompu d'entrer.

— Pourquoi allons-nous en ville ? Nos cibles ne seront pas là-bas, pensa Wymi tout haut.

— Il faut que je me renseigne, répondit Azorru, qui observait à son tour la cité. Antanor regorge de voleurs et de brigands ! Et même si les mages avilis ne peuvent y pénétrer, cette place forte n'en est pas moins cruelle. Ce sont les flammes de la destruction.

D'un mouvement, il lui désigna les remparts.

— Mon grand-père affirme que le feu est aussi nécessaire que l'eau, se rebiffa-t-elle.

— Weily dit ce qui l'arrange quand ça l'arrange. Le feu brûle et dévore la majeure partie du temps !

— Pour mieux reconstruire, insista Wymi

Elle récitait ses leçons apprises par cœur et, impatient, Azorru détourna la tête. Sa naïveté l'agaçait. Il garda néanmoins son calme, se rappelant qu'elle n'était jamais sortie de son temple. De quelle manière allait-il lui faire comprendre que ce monde recelait de dangers ? Même Volelle n'incarnait pas l'image d'une sainte. Certes, ce n'était qu'une sorcière, mais cela ne faisait pas d'elle une innocente, loin de là ! Les gens de son espèce ne faisaient en général que ce qui servait au mieux leurs intérêts. Le guerrier en avait déduit que les emmener en ville devait sûrement lui apporter quelque chose. Le tout était maintenant de découvrir quoi.

De grandes portes rougies par la chaleur des flammes s'ouvrirent à leur approche, et instinctivement, Wymi vint se plaquer contre le guerrier, mettant de côté sa colère.

— Je crois que cette cité me fait peur. Comment ferons-nous pour en sortir ?

Elle posa sur lui un regard horrifié. Azorru en profita pour humer sa merveilleuse odeur de rose. Il fut heureux de voir qu'au final, elle lui faisait encore confiance. Il passa une main réconfortante dans ses cheveux, puis examina les immenses battants d'airain qui se refermaient sur eux. La température s'intensifia soudain, si bien qu'en quelques minutes à peine, leur sang se mit à bouillonner. Il remarqua l'air terrifié de sa jeune compagne et se sentit obligé de la rassurer. Elle haletait sous la panique, comme si sa respiration était entravée.

— Nous pourrons sortir quand nous le voudrons. Ce n'est pas une prison !

— Ça y ressemble, pourtant.

Hagards, ses jolis yeux bleus observaient les murs rougeoyants de chaleur.

— On ne pourrait pas obtenir ces renseignements en dehors de la ville ?

Sa toute petite voix lui fendit le cœur. Elle s'accrochait à lui, comprimait ses muscles et, encore une fois, il constata qu'il ne devait pas sous-estimer sa poigne de fer. Son étreinte lui légua de belles marques écarlates et aurait certainement brisé le bras d'un autre homme. Dès cet instant, il fut persuadé qu'elle utilisait depuis toujours sa magie, mais inconsciemment.

— On est arrivés, leur annonça la sorcière.

Volelle arrêta le convoi puis s'approcha d'un pas vif. Elle murmura quelques mots dans un langage ancien sans leur permettre de réagir. D'inébranlables barreaux d'acier apparurent à l'intérieur de la remorque pour les emprisonner. Azorru grogna, furieux de s'être une fois encore laissé piéger.

— Volelle, s'étrangla Wymi, les larmes aux yeux.

La sorcière les observa avec une satisfaction non feinte.

— Désolée, ma chérie, mais comme l'a deviné ton ami, je ne fais jamais rien par gentillesse.

— Tu vas le regretter, cracha le guerrier.

Il essaya de l'attraper, tendit le bras aussi loin que possible à travers les barreaux jusqu'à être brûlé par l'acier. Il hurla de douleur et dut s'écarter. Wymi remarqua que les pupilles d'Azorru s'étaient dilatées sous l'effet de la colère.

— Tu n'es pas en position de force ici et bien mal placé pour me menacer ! railla Volelle.

Un sourire triomphant sur les lèvres, elle les dévisageait avec fierté, le torse bombé. Wymi aurait dû deviner sa duplicité à la façon ignoble dont elle traitait le waishon.

— Je te tuerai ! vitupéra Azorru.

— Je vous laisserai peut-être partir si vous me rapportez un peu d'argent. Je considérerai alors la robe remboursée, ainsi que le trajet.

— Sale garce !

L'Être, en sueur, tenta malgré sa rage de faire apparaître une arme, mais la sorcière avait tout prévu. Maligne, elle avait dessiné sur toutes les parois des pentagrammes neutralisant ses pouvoirs de Gyramen. Il comprit qu'elle utilisait cette roulotte pour enfermer ses victimes. Tous ces objets à l'intérieur n'étaient qu'un leurre… Efficace.

— Comme tu es vulgaire, Azorru…, se gaussa la traîtresse en apposant une main devant sa bouche, faussement choquée. Garde donc tes insultes pour ce soir. Elles impressionneront peut-être tes adversaires lors du combat à mort !

Wymi s'étrangla de stupeur. Elle se cramponna de nouveau à lui, comme s'il risquait de disparaître.

— Quant à toi, ronronna la brunette d'une voix enjôleuse, je te réserve un tout autre sort, ma belle.

La magicienne sentit son cœur s'affoler. Sa cage thoracique était sur le point d'éclater. Son sang remonta dans ses oreilles pour les ébouillanter.

— Ne la touche pas, ou je t'assure que tu en pâtiras ! explosa Azorru en montrant les dents.

— Calme-toi, guerrier. Je ne compte pas la blesser.

— Que vas-tu lui faire, alors ?

Ses consciences se contenaient à grand-peine.

— La présenter à des hommes, évidemment ! Elle a d'agréables formes. Après un bon bain, elle plaira à coup sûr, nargua Volelle, qui exultait de voir son prisonnier blêmir de rage. Toutefois, je veux bien la garder simplement captive… si toi, tu paies sa dette !

La garce examinait ses ongles avec désinvolture. Elle souffla dessus lentement, sans se presser, puis elle plongea son regard avide dans celui de son esclave.

— Tu devras gagner trois combats, et ainsi me rapporter gros, ou je laisserai des hommes peu scrupuleux s'amuser avec elle.

— Si c'est ce que tu souhaites, abdiqua-t-il, impuissant. Mais je dois l'avoir près de moi en permanence ! Il est hors de question que tu l'enfermes ailleurs !

Indifférente, Volelle haussa les épaules. Wymi vit qu'elle souriait, heureuse de les avoir enfin à sa botte.

— Elle ne nous libérera jamais, chuchota la magicienne au creux de son oreille.

— Fais-moi confiance.

Azorru s'empara de sa main avec douceur, sans trop réfléchir, simplement désireux de la rassurer. Il plongea ses yeux d'or dans l'azur des siens et la belle Incomprise sut qu'elle ne pourrait rien lui refuser. Comment avait-elle pu s'attacher à cet énergumène qui disparaîtrait une fois sa quête achevée ? Il ne paraissait pourtant pas être le genre d'homme fiable sur le long terme ! Mais rien ne semblait pouvoir changer les sentiments qui s'accrochaient farouchement à elle. Elle expira et inspira lentement afin de se donner du courage.

Deux femmes très semblables à Volelle surgirent alors de part et d'autre de la roulotte. Wymi comprit que s'échapper leur serait difficile.

— Je vous laisse entre les mains de mes sœurs, déclara la sorcière dans ce même ricanement insupportable. Elles s'occuperont bien de vous.

La magicienne s'apprêtait à se révolter quand les trois vipères entonnèrent un chant ancien. Son cerveau devint lourd et ses yeux se fermèrent d'eux-mêmes. Azorru non plus ne put résister.

Ils s'écroulèrent.

* * *

Wymi se réveilla frigorifiée. Tout son corps grelottait. Paniquée, elle chercha Azorru, mais se rendit vite compte qu'elle était seule. Elle s'habitua lentement à l'obscurité des lieux, puis se leva du sol gelé et tâtonna le long des murs mal dessinés de sa prison. Elle constata que son cachot, des plus ordinaires, ne possédait aucune fenêtre. Seuls de fins rayons lumineux filtraient à travers les parois de bois parcourues de fissures.

Sans se laisser décourager, elle s'approcha de la sortie, puis essaya d'ouvrir la porte, mais rien ne bougea. Prise de colère, elle lui donna de violents coups de pied. Un simple panneau ne la retiendrait pas.

Hors de question ! s'énerva-t-elle.

Ses doigts commencèrent à crépiter, mais Wymi ne s'en préoccupa pas sur le moment, obnubilée par l'idée de s'échapper. Elle devait aider Azorru, c'était son tour ! Il l'avait sauvée une fois, elle devait maintenant s'acquitter de sa dette.

Malgré tous ses efforts, la paroi restait intacte et elle entendit soudain une foule se déchaîner à l'extérieur. Elle se figea. Son cœur s'accéléra. Elle savait qu'Azorru allait devoir se battre à mort pour la délivrer.

Wymi fit alors ce qui l'effrayait plus que tout depuis son enfance. Elle libéra sa magie…

Chapitre 11

Erzo et la carte perdue

Trois ans auparavant

Erzo s'était enfui. Son cœur bondissait devant chaque ombre mouvante. Les Quink le rattraperaient sûrement et le puniraient, il en était certain. Antanor deviendrait son refuge, l'échappée dont il avait besoin. Il rêvait tant de l'atteindre qu'il usa au mieux de ses capacités afin de se fondre dans la nuit. À chaque village qu'il rencontrait, il dérobait quelques sous ici et là, dans le seul but de survivre jusqu'au lendemain.

Puis, arriva enfin le jour tant attendu où il l'aperçut, flamboyante, vivante, si imposante que pour la première fois de sa vie, ses yeux s'illuminèrent de joie. Ainsi, elle existait, cette ville endiablée parée de ses couleurs de feu. Même s'il redoutait que le Cercle le retrouve, il réussit à oublier un peu qu'on le pourchassait. Dès qu'il passa les immenses portes ornées de flammes rougeoyantes, il eut presque du mal à y croire. Le cœur bondissant, il se faufila dans les rues pour se mêler à ce monde inédit et à ces habitants qu'il trouvait fous. Ils semblaient tous se déchirer pour obtenir les connaissances capables d'écraser leurs concitoyens.

Après plusieurs mois à errer sans but tout en escroquant, il s'associa à d'autres âmes perdues, puis se découvrit le goût pour la recherche d'artefacts.

Peut-être était-ce à cause des secrets du Cercle, mais à mesure que les légendes l'enrichissaient, il se sentait à sa place. De plus, explorer les endroits reculés de Travel lui permettait d'aiguiser ses sens comme jamais il n'aurait pu le faire.

Erzo observa le papier qu'on venait de lui remettre : une nouvelle demande de Vallar, brillant sorcier aux convictions fortes. Lorsque celui-ci sollicitait de l'aide, tous s'exécutaient. Il savait se faire obéir et, pour cette raison, il était monté à la tête de la ville. Aussi mordant que dangereux, il payait cher afin qu'on lui ramène toutes sortes d'antiquités. Si, au début, Erzo ne faisait pas la différence entre un objet de collection et une babiole quelconque, il ne lui fallait maintenant plus qu'un coup d'œil pour en connaître sa valeur, son histoire, et se passionner pour ses effets. Il était devenu incontournable dans le domaine, si bien que la plupart des sorciers fortunés en quête de pouvoir passaient par lui, mais Vallar demeurait son plus gros patron.

Jamais ils ne s'étaient rencontrés, ils communiquaient seulement par messages. Et aujourd'hui, la requête ne manquait pas de surprises. Le grand collectionneur désirait trouver l'Écaille du destin, dont l'emplacement serait noté sur une carte qu'un de ses concurrents aurait en sa possession.

Erzo réfléchit. Il y avait toujours des histoires de familles ainsi qu'une rivalité démesurée pour obtenir le plus de savoir, de sortilèges et d'artefacts, chose qu'il n'avait jamais vue avec le Cercle. Cela le fascinait tant qu'il restait difficilement en place.

Le clan qui cachait ce précieux trésor se constituait majoritairement de femmes, mais avait à sa tête un homme redoutable, autoritaire et implacable, à la lignée ancienne. Réputé pour sa cruauté, il excellait également dans la vente d'esclaves féminins. Erzo n'aurait aucun remords à tout leur prendre.

Un sourire carnassier se dessina sur ses lèvres minces.

L'Écaille me permettrait d'exaucer un vœu, songea-t-il. *Il me la faut !*

Il remercia intérieurement Vallar pour cet indice colossal. Il ne lui restait plus qu'à infiltrer cette maison de plaisir et rien de tel qu'une ombre comme lui pour s'y aventurer la nuit. Il avait la chance d'être né chétif, d'avoir des cheveux ébène passe-partout, d'être Monsieur Tout Le Monde. On le remarquait à peine et, d'ailleurs, il s'exerçait dans ce domaine chaque jour. L'absence de tatouages faisait toujours baisser la garde des sorciers. Il y avait si peu de mages dans cette ville qu'ils ne s'imaginaient pas en avoir un devant eux.

Erzo l'avait vite compris : pour ce qui était de la force, ils étaient à son niveau, mais ils le surpassaient en intelligence. Avant de vivre parmi eux, les livres n'avaient jamais fait partie de sa vie. Ils avaient drastiquement changé sa façon de voir les choses. Heureusement, il palliait son manque par une connaissance développée de la dissimulation.

Sans attendre, le Gyramen se prépara au mieux avant de partir en repérage. La maison, sur trois étages minimum, était gigantesque. Elle s'ornait des plus riches décorations du quartier. Les allées et venues étaient constantes et beaucoup d'hommes sans scrupules en ressortaient accompagnés de jeunes filles terrifiées. Vallar se battait très fort pour empêcher ce trafic, mais peinait à obtenir l'unanimité du Conseil.

Ces pratiques s'avéraient pourtant bien interdites par le Suprême ; seulement, son autorité n'était pas aussi importante en ces lieux. Personne ne se préoccupait des retombées.

Erzo restait à l'ombre des bâtiments pour enregistrer chaque membre du personnel, chaque prostituée, le nombre d'acheteurs et d'esclaves qui rentraient par jour. On pouvait le dire, cette maison criarde devait faire un chiffre d'affaires monstrueux.

Parmi tous ces gens, une sorcière attira son attention : des yeux noirs en amande, des cheveux obscurs et un sourire rouge mesquin plaqué sur les lèvres. Il la détestait déjà.

Volelle, songea-t-il. *Tu seras à moi !*

Il s'agissait de la plus jeune sœur. Celle-ci se passionnait pour l'arène. Erzo savait qu'il pourrait se rapprocher d'elle s'il mentionnait son envie d'y combattre. Elle avait l'air mise à l'écart, même s'il se méfiait de ce genre d'impressions. Il devait toujours garder en tête que les liens familiaux prévalaient. Elle rêvait de monter en grade, seulement, sa marque, immobile depuis des années, n'évoluerait sûrement jamais. Elle faisait partie de ces sorciers dont le monde se moquait royalement, mais dont le statut était accordé par le sang.

Erzo eut un rictus terrifiant. Il serait si facile de la manipuler ! L'imaginer tomber de haut lui donnait maints frissons de bonheur. Il étudia chacun de ses faits et gestes avant de passer à l'action.

Les hommes qu'elle appréciait gagnaient rarement des affrontements et elle ne semblait pas se plaindre de leur disparition subite. Dépourvue de talent, elle se raccrochait de son mieux à la fortune de ses parents.

Erzo décida d'opérer une nuit où les nuages masquaient les lunes pour pouvoir se fondre dans l'obscurité. La venelle désertée par la menace de l'orage lui allait à la perfection. Pour faire bonne impression, il se contenterait de l'effrayer un peu.

De manière assez flagrante, Erzo se rapprocha de sa proie afin qu'elle repère sa présence, mais il dut y mettre plus d'efforts pour qu'elle se retourne. Volelle le fusilla du regard, prête à en découdre. Ses yeux en amande se plissèrent et ses lèvres se tordirent de colère. Dans sa robe rouge, elle se démarquait de la crasse qui jonchait les rues. Elle semblait si parfaite, presque immaculée, alors qu'il savait son cœur habité des plus noirs désirs. Elle trompait si bien les autres avec son apparence !

— Que veux-tu ?

Sa voix sifflante comme le tonnerre résonna dans l'artère. Erzo s'en amusa intérieurement.

— On m'a dit que tu avais tes entrées pour l'arène.

Volelle se décrispa un peu, mais même si elle n'était plus autant sur la défensive, ses épaules restaient raides.

— Écoute, un coup d'œil me suffit pour savoir que tu ne vaux rien. Tu es chétif, tes muscles sont à peine développés. Tu es presque plus petit que moi. Je suis pas trop du genre à envoyer n'importe qui à l'échafaud.

Erzo fut surpris par sa remarque. Pourquoi rechigner alors qu'elle se débarrassait sans scrupules de tous les autres ? Elle les inscrivait dans l'arène et les expédiait ainsi à une mort certaine.

— Seul le physique compte pour toi ? Ne veux-tu pas me faire passer un test afin de juger ma force ?

— Un test, grommela-t-elle.

Elle réfléchit brièvement sans pour autant y mettre beaucoup d'efforts.

— Si tu y tiens tant, pourquoi pas. Va à cette adresse et donne mon nom au gardien.

Histoire d'avoir l'air charmeuse, elle sortit une carte de son décolleté. Erzo la trouvait si superficielle qu'il lui fut difficile de ne pas lui rire au nez. Malgré cela, il resta le plus neutre possible. Le lieu indiqué était celui d'une organisation spécialisée dans les luttes à mains nues. Il cacha son exaspération. Il avait besoin qu'elle lui ouvre les portes de sa demeure, pas de celles d'un club sans intérêt.

— Si tu gagnes un combat, je reconsidérerai la chose, expliqua-t-elle, un sourire cynique aux lèvres. Le gérant me connaît, il devrait te dénicher un bon adversaire.

Erzo la salua d'un léger hochement de tête.

— Très bien, nous nous reverrons bientôt.

Elle n'eut pas l'occasion de lui répondre, car il disparut à la première ombre passante. Elle le chercha longuement des yeux avant de retourner à ses affaires, surprise qu'il se soit montré si habile. Erzo, quant à lui, espérait ne pas perdre son temps. Il préférait réduire les risques au minimum plutôt que s'aventurer à l'aveuglette en terrain inconnu. Cette riche famille s'entourait de protections dangereuses. Pour lui, s'introduire en étant invité était plus sûr, mais pour cela, il devait la séduire. Il ne se sentait pas vraiment doué pour cette tâche. Les femmes l'attiraient peu et encore moins les hommes, d'ailleurs.

Erzo décida de se laisser porter. Parfois, cela valait mieux que de se torturer l'esprit. Il ne pouvait pas avoir la totale maîtrise des événements. Il se rendit au club à la sombre architecture entièrement métallique. Erzo ne se lassait pas d'admirer le talent de ce peuple capable d'entremêler la matière et de donner cet aspect unique propre à la ville. Toutes les maisons d'Antanor étaient très distinctes les unes des autres, car derrière chaque édifice se trouvait un sorcier différent.

La bâtisse qui abritait l'organisation n'échappait pas à la règle et incarnait à la perfection l'état d'esprit du propriétaire. Erzo savait que cela lui conviendrait à merveille et ne fut pas étonné d'être reconnu par l'homme baraqué qui faisait office de portier. Celui-ci se renfrogna et, en un mouvement, il fit ressortir ses gros muscles en guise d'avertissement.

— Tiens, Ombre, qu'est-ce qui t'amène ?

— Smags, comment vas-tu ?

— Trêve de politesses, va droit au but !

Erzo grimaça. Qu'avait-il bien pu lui faire pour recevoir un tel accueil ? Il ne se souvenait pas de l'avoir détroussé.

— Il me faut juste un petit match pour me renflouer.

Le cerbère éclata d'un rire sombre.

— Ne dis pas de bêtises, tout le monde sait que tu ne te bats pas sans raison.

— J'ai besoin d'argent, insista Erzo.

Il faisait de son mieux pour paraître embêté. Le vigile leva un de ses sourcils fournis. Il ne le croyait pas le moins du monde. Erzo le comprenait, il n'était jamais en manque de fric.

— Raconte-moi plutôt la vérité, ce sera plus simple. Comme si j'allais te permettre de massacrer les joueurs !

Il croisa les bras, signe qu'il ne le laisserait pas passer si facilement.

— Très bien, soupira Erzo. Je cherche à entrer dans l'arène. Volelle, ça te parle ?

— La peste, grogna le garde. À cause d'elle, nous avons perdu nos meilleurs gars. Dès qu'elle se lasse, elle les envoie au casse-pipe. Seulement, le dernier boxeur était mon ami.

— Et donc, tu ne veux pas m'autoriser à combattre ?

— Je refuse de lui rendre service !

— Smags, tu sais bien qui je suis, n'est-ce pas ? Je n'aide jamais personne, c'est bien connu. Je peux te promettre ceci : elle regrettera assurément de m'avoir rencontré.

— Toi aussi, tu cours après la carte ?

Erzo tiqua de s'être fait démasquer si vite. Son regard s'assombrit immédiatement. Il aimait bien Smags, mais il se débarrasserait de lui sans le moindre remords s'il commençait à trop s'immiscer dans ses affaires.

— Ne fais pas cette tête, elle-même ne parle que de ça. La carte qui révélerait l'emplacement d'une Écaille et qui offrirait un vœu... Tout le monde essaie de lui plaire pour cette raison, mais jamais tu ne pourras t'en emparer. Ce n'est que du flan.

— Mmh...

— Je te préviens en tant qu'ami. Oublie-la, ou toi aussi, tu y passeras.

— Allons, Smags, tu sais bien que c'est moi qui mords !

L'homme bourru frotta son crâne.

— Très bien, très bien... T'avoir comme ennemi, ça n'aiderait pas les affaires. Juste, fais-lui regretter ses actes.

— C'est une promesse que j'honorerai. Elle se souviendra de moi, c'est certain.

Smags fut rassuré. Il le croyait sur parole, même si Erzo lui-même lui aurait suggéré de ne pas se montrer aussi crédule.

— Je dois te prévenir : méfie-toi des sorts, commença-t-il. Elle sait charmer et se faire obéir, elle use à longueur de temps de vieilles incantations. C'est une vraie folle.

Erzo ne s'inquiétait pas outre mesure. Il était capable de se protéger grâce à de nombreux objets antiques. On pouvait dire que Vallar y était pour beaucoup. Celui-ci lui avait enseigné, involontairement, tout des sorciers, de leurs points forts à leurs points faibles. Volelle pourrait tenter tout ce qu'elle voudrait, aucun sortilège ne l'atteindrait.

— Vas-tu me laisser combattre ?

— Mieux que ça, tu te mesureras au plus expérimenté, comme ça, elle n'aura d'autre choix que de s'intéresser à toi.

— C'est elle qui m'envoie, alors...

— Ça ne veut rien dire. Elle croit sûrement que tu vas

échouer.

Erzo émit un rire lugubre. Cela ne l'étonnait aucunement, il connaissait sa réputation.

— Penses-tu qu'elle me montrera sa carte si elle s'attache à moi ?

— C'est la première chose qu'elle fera ! Histoire de se donner de l'importance.

Smags ne rigolait pas. Il détestait tant Volelle que son visage joufflu rougissait, mais sa lâcheté l'empêchait d'agir. Jamais il n'oserait l'affronter, il craignait trop sa famille, dont l'influence était grande. Même Vallar n'arrivait pas à s'en débarrasser et Erzo le prenait en compte. Se la mettre à dos n'était certainement pas ce qu'il voulait, il devait intervenir sans laisser une seule trace, comme tout bon voleur.

— Donc, quand aura lieu le duel ? s'enquit-il, impatient.

Il n'avait pas envie de discuter ici toute la nuit.

— Dans trois jours. Il y aura foule et ce sera le moment de l'impressionner. Enfin, pas juste elle. Si tu les entends crier ton nom, le tour est joué !

— Parfait !

Il s'apprêtait à repartir quand Smags le retint.

— Tu as compris ce que cela signifie ? Faut pas que tu finisses le match trop vite. Et évite de tuer notre meilleur gars. L'assommer, c'est suffisant. Y a pas de mise à mort, ici !

Erzo commençait à trouver toutes ces obligations fatigantes.

— Smags…

— C'est tout, c'est promis, marmonna-t-il.

Erzo disparut alors pour se préparer au mieux. Il n'avait aucune crainte quant à l'issue du combat, la seule chose qu'il redoutait, c'était la façon dont il devait s'adresser à Volelle. Ses désirs ne volaient pas très haut et il se demandait comment avoir l'air bête. Peut-être devrait-il s'inspirer de Smags. Ses gros muscles devaient être l'unique qualité dont il était pourvu. Cette femme, imbue d'elle-même, ne supporterait pas qu'il se montre plus cultivé qu'elle. Devait-il passer pour un imbécile ?

Le Cercle lui aurait dit que c'était une mission facile, qu'il n'y avait pas de quoi en faire un drame. Mettre son ego de côté n'était rien en comparaison de ce qu'il obtiendrait, mais avait-il envie de paraître plus sot qu'elle aux yeux des autres ? S'il devait se débarrasser des chaînes qui le reliaient au monde souterrain, alors cette question ne se posait pas. Il serra les poings. Pour battre le Cercle, il était prêt à tout, même à se rabaisser. Il devait détruire cette crainte qu'il avait d'être retrouvé.

Il passa le reste de son temps à surveiller Volelle. Il découvrit qu'elle disposait d'un appartement et tenta d'y entrer en douce, mais des sortilèges lui barrèrent la route. Sa seule option était donc de gagner son combat.

* * *

Son opposant, enrobé de muscles, le dépassait d'une bonne tête. Son air fou ne le lâchait pas tandis qu'il s'enveloppait de charmes plus ou moins dangereux. Erzo était surpris par le nombre de spectateurs. Lui qui s'attendait à n'en voir qu'une centaine se retrouva au final entouré d'au moins cinq cents personnes qui scandaient le nom de son adversaire : Grum !

Celui-ci savait se mettre en avant. Il faisait luire sa peau, et ses cheveux montés en pics sur son crâne le rendaient impressionnant. Erzo avait préféré rester lui-même, l'ombre qu'il était : tignasse sombre, habits sinistres, regard tout aussi ténébreux. Rien ne le démarquait des autres, il était terne en tous points et, bien entendu, loin de déchaîner le public.

Bientôt, la cloche du ring sonna et Grum se rua vers lui. Une attaque frontale, banale, irréfléchie. Erzo n'eut aucun mal à l'esquiver. D'abord surpris, son opposant tenta à nouveau de l'attraper, sans y parvenir. Il grogna comme un enfant après un jouet qu'on lui refusait. La foule, bien sûr, débutait les paris. Devant son gabarit, beaucoup avaient rigolé et s'étaient empressés de tout miser sur Grum.

Afin de faire durer un peu le combat, Erzo tourna autour de

sa proie. Il commença à apparaître et disparaître jusqu'à ce que Grum voie rouge. Le jeune homme était capable d'encaisser, mais il ne s'attendait pas à recevoir un violent coup de poing directement sur son menton. Son adversaire le propulsa à l'autre bout du ring et Erzo sentit du sang s'écouler de sa lèvre inférieure. Grum n'était peut-être pas aussi bête qu'il se l'imaginait. Sa mâchoire allait à coup sûr le faire souffrir pendant plusieurs jours. Erzo se demandait toutefois comment il avait fait pour l'atteindre. Ses illusions étaient parfaites, alors comment avait-il deviné où il se trouvait ?

Sans perdre une seconde, Grum passa à l'étape supérieure. Erzo ne pensait pas que des sortilèges pouvaient être utilisés, mais les protections qu'il avait gravées sur sa peau le brûlaient légèrement en réponse à des maléfices lancés à son encontre.

Ainsi donc, Grum trichait sans retenue. Le Gyramen ne prit pas la peine de chercher qui l'aidait dans la foule. Il s'agissait sûrement du patron du club lui-même, cela ne l'aurait guère étonné. Le jeune homme s'attarda sur son ennemi au sourire carnassier. Il savait que celui-ci voulait le tuer. Le balourd se rua et Erzo riposta dans un vif mouvement que tous eurent du mal à distinguer. Il visa sa gorge, espérant ainsi l'assommer. Il n'y alla pas de main morte, de peur que ses muscles n'amortissent le choc.

Les énormes poings de son assaillant l'atteignirent au ventre. Le souffle coupé, le jeune mage se voyait déjà tomber. Pourquoi avait-il fait l'erreur de sous-estimer Grum ? Il n'avait pas pris la peine de se renseigner sur lui et s'était uniquement focalisé sur Volelle.

Il répliqua à son tour par des coups féroces qui touchaient chaque fois des points précis. Bien sûr, les attaques de son opposant étaient redoutables, mais pas autant que les sévices du Cercle. Il fut pour une fois ravi d'avoir suivi son enseignement, car en cet instant, cela lui sauvait la vie.

Erzo agissait comme pouvait le faire une guêpe, piquant aux endroits stratégiques consécutivement. Enfin, son adversaire s'écroula d'épuisement.

Erzo se sentait fébrile, mais puisa dans ce qu'il lui restait d'énergie pour faire bonne figure. Il observa Grum affalé au sol et songea qu'il avait bien fait de tricher pour se protéger et solidifier son corps. Cela lui avait permis d'encaisser ses uppercuts d'une très grande puissance. Finalement, le physique de ce gros balourd ne servait pas seulement à impressionner.

La force qu'il avait dû utiliser pour le terrasser était énorme. Il remarqua à peine le regard calculateur de Volelle se poser sur lui. Il venait de titiller sa curiosité et d'obtenir enfin ce qu'il cherchait : un peu d'attention.

CHAPITRE 12

LE DESTIN D'ERZO

Erzo entrait enfin dans les quartiers privés de Volelle après des mois à la séduire. Il devait avouer que sa patience avait été mise à rude épreuve et, plusieurs fois, l'idée de l'égorger l'avait traversé. Au moins lui faisait-elle confiance, à présent.

Après une nuit charnelle, un jour où son père était absent, la jeune femme décida de lui dévoiler le trésor de sa famille. Ils pénétrèrent dans son office comme s'il s'agissait là du leur. Erzo, le corps tendu, ne masqua pas sa surprise en découvrant le bureau gigantesque surchargé de livres et les nombreuses cartes accrochées aux murs. Il s'immobilisa devant les sortilèges puissants qui les préservaient de toute intrusion. Intrigué par tant de mystère, il les examina de plus près. Il connaissait ces protections, celles-ci ne venaient pas d'un sorcier ordinaire.

— Voilà, déclara Volelle, presque avec timidité. La vraie carte se trouve parmi toutes celles-ci. Père n'a jamais révélé à quiconque encore laquelle c'était. Avec les années, j'ai fini par comprendre que ce devait être elle ! C'est la mieux gardée.

Erzo observa le cadre qu'elle lui désignait. Sa bouche se tordit tandis qu'il contenait un rire moqueur. L'ignorance de cette femme lui donnait de l'urticaire. Certes, le langage était ancien, mais très facile à lire. Il lui avait suffi d'un coup d'œil pour comprendre qu'elle n'indiquait aucunement l'emplacement d'une Écaille ni même d'un artefact particulier. D'ailleurs, sa taille immense la rendait imprécise. Il plissa les yeux afin de déchiffrer les annotations. Celles-ci, mal écrites, révélaient clairement un manque de connaissances. De plus, l'encre ressortait bien trop du reste. Il était certain d'observer là le plus grotesque des leurres.

Il examina les cartes une à une et s'arrêta sur un morceau de papier singulier.

— Ah, j'ignore pourquoi il garde ça. Cela ressemble à une marque de sorcellerie, mais sur un bout de parchemin. Du coup, ce n'est qu'un trait. Père est assez excentrique, tu sais.

Erzo ne commenta pas. Il y voyait bien plus qu'une simple empreinte : un secret à décoder et un besoin irrésistible de le toucher. Son cœur s'emballa.

— Un symbole, murmura-t-il pour lui-même.

Volelle le ramena à la réalité en se précipitant vers une sorte de minibar. Elle en extirpa un vin rouge d'une grande valeur.

— Ça te dit de boire un verre ? Il provient de la réserve personnelle de mon père.

Erzo acquiesça en silence. Il attrapa la bouteille et la déboucha d'un geste vif. Même si l'envie n'était pas là, il prit le temps de s'imprégner de l'arôme. Jouer la comédie faisait partie de sa mission. Il devait la mener jusqu'au bout. Un sourire diabolique se posa sur ses lèvres tandis qu'il versait le liquide rubis dans les ballons. Alors qu'il la servait, Volelle se tourna vers la plus imposante carte.

— Si seulement je connaissais l'ancien dialecte. On raconte que le Cercle pourrait déchiffrer tout ça, mais il s'y refuse.

— Le Cercle ? hoqueta Erzo, surpris d'entendre son nom.

— Oui, l'immortel, le plus vieux d'entre tous. Ne me dis pas que tu ignores qui il est !

— Non, évidemment. Mais je ne suis pas sûr que ce soit le

plus âgé, marmonna-t-il. Et le Suprême, dans ce cas, n'est-il pas lui aussi une antiquité ?

Volelle lui plaqua immédiatement sa main sur la bouche pour le faire taire, le regard soudain sombre.

— Parle moins fort ! Tu veux crever ? Mon père exècre au plus haut point les mages. Il les déteste. Le collier autour de son cou lui permet de les déceler. Il les tue sans remords. Les seuls qu'il épargne sont les intermédiaires pour éviter de se mettre Vallar à dos. Et le Suprême, bien sûr.

— Mmh…

— Qui plus est, ajouta Volelle, tous ces sortilèges viennent du Cercle lui-même. Mon père avait envoyé une requête. En échange de beaucoup d'argent, celui-ci a accepté de protéger toutes ces œuvres. On ne peut toucher à aucune d'elles sans risquer de graves conséquences. Mon paternel ne fait confiance à personne.

— En même temps, c'est un trésor convoité. Il fait bien de se méfier.

La jeune femme se rapprocha afin de susurrer à son oreille :

— En effet, c'est une grande richesse et j'ai d'ailleurs un service à te demander. Pour traduire cette carte, il nous faudrait un objet spécial, ancestral, qu'on ne sait plus fabriquer. Je pense que tu pourrais le dénicher pour moi.

Erzo observa le parchemin, les lèvres serrées. Ignorait-elle jusqu'aux compétences de son père ? Il avait dû lui-même confectionner cette carte.

— Tu veux la décrypter ?

En soi, trouver un artefact capable de tout déchiffrer n'était pas compliqué, mais rares étaient ceux qui incluaient le langage ancien. Les sorciers connaissaient normalement plusieurs dialectes, mais étonnamment, ils ne parvenaient pas à tout saisir de cette langue morte.

— Oui, chez Vallar, souffla-t-elle. Il y a de nombreuses reliques et je suis sûre que tu peux y arriver.

— Es-tu folle ? On parle du maître d'Antanor, ce n'est pas n'importe qui. Il me tuerait.

Erzo s'amusait intérieurement de se montrer aussi effarouché. Il simula même une terreur sourde. Volelle pensait tellement pouvoir le manipuler. Si seulement elle savait ! Tous les objets de Vallar, il les possédait également, et d'une meilleure qualité. Jamais il n'avouerait à quiconque qu'il trouvait souvent les artefacts en double et refilait ceux en moins bon état à ses clients. En même temps, il était l'un des rares à s'aventurer dans les terres sauvages. Il joua la comédie jusqu'au bout en faisant trembler ses mains.

— Que me donnerais-tu en échange ?

Bien sûr, il devait être crédible, sinon il ne se débarrasserait jamais d'elle.

— Qu'aimerais-tu ?

Les yeux en amande de la sorcière s'étaient plissés avec malice. Elle s'imaginait tellement avoir l'avantage que ça en devenait drôle. Encore une fois, il se retint de rire.

— Tu me le demandes vraiment ? Pourquoi ne pas te lier à moi ?

Il vit son regard pétiller et son visage s'illuminer d'un sourire.

— Une… Une union ? bégaya-t-elle de surprise.

Il caressa sa joue dans un simulacre de tendresse.

— Oui… Tu penses que ton père accepterait ?

— C'est certain !

Erzo se rapprocha pour lui offrir un peu de vin.

— Alors, je dénicherai l'objet de tes désirs.

Puis, sans tarder, ils portèrent un toast. Volelle but d'une traite le bel élixir, n'en laissant qu'une infime goutte au fond du ballon. De son côté, l'homme reposa son verre plein, un rictus sur les lèvres. Il s'éloigna et elle l'observa avec stupeur. Ses paupières papillonnèrent, puis elle s'écroula sur le sol. À la grande déception d'Erzo, sa tête manqua de peu le coin du bureau.

— Enfin, soupira-t-il. J'ai cru ne jamais réussir à me débarrasser de toi.

Il détailla les multiples cartes, puis s'arrêta sur le cadre presque blanc. Cette marque l'intriguait énormément. Il étudia alors les sortilèges qui la préservaient et émit un rire grave. Il comprenait mieux pourquoi le père de Volelle s'en prenait aux mages. Ses protections devenaient complètement obsolètes contre eux et c'est sans risque qu'il décrocha du mur l'objet de sa convoitise. Il extirpait le mince papier filandreux de l'encadrement quand, devant ses yeux, un chemin se dessina. Il resta sans voix un long moment avant de se remettre à respirer. Il ne connaissait pas ce type d'enchantements, mais savait au plus profond de lui-même que le Cercle y était pour quelque chose. Cela lui ressemblait tellement que ça ne pouvait pas être une coïncidence.

Le tracé l'obnubilait tant qu'il partit sans un regard pour Volelle. Elle venait de perdre tout intérêt pour lui.

— La carte de mon destin, murmura-t-il avant de disparaître.

* * *

Erzo entra dans une sorte de transe, incapable de se détourner. Il remarquait à peine où se posaient ses pieds. Sans réfléchir, il marchait mécaniquement. Et après ce qui lui parut être des heures, sa tête se releva enfin et le fragment était là. Il rayonnait de noirceur dans cette cavité ancienne à l'odeur de renfermé.

Ses bronches se remplissaient péniblement et son regard s'égarait dans la pénombre, mais pour une raison qu'il ignorait, l'Écaille se distinguait. Elle le rassurait, le protégeait. Elle était ce qui comblerait son âme. Il l'attrapa de ses mains frémissantes, la gorge sèche et les yeux exorbités. Une fois ses doigts à son contact, il revint à lui.

Il crut en premier lieu être de retour dans l'organisation du Cercle alors qu'il discernait les parois, la terre, l'opacité étouffante. Toute autre personne aurait été terrifiée. Cette obscurité oppressante faisait office de seconde peau, comme un nuage de mauvais augure. Ses poumons criaient face à l'absence d'oxygène.

Erzo ferma les paupières et se laissa guider par son instinct. Il se souvint de son enseignement particulier qui l'avait tant fait souffrir, mais qui, en cet instant, allait l'aider à s'en sortir.

À l'époque, le Cercle l'avait longuement enfermé, brisé, au point parfois qu'il s'était rapproché de la mort, mais cela lui permettait aujourd'hui d'affronter cette épreuve plus sereinement.

Perdu au plus profond des boyaux de Travel, il emprunterait le chemin qui le ramènerait dehors grâce à cet instinct qu'il avait développé bien malgré lui. La faim et la soif le rendaient lent et il se demanda combien d'heures il pourrait continuer ainsi. Au paroxysme du désespoir, il léchait la pierre dès qu'il détectait la présence d'humidité sur le minerai. La roche elle-même recelait une multitude de micro-organismes qui lui accorderaient un peu plus de temps.

La carte avait disparu, volatilisée dans l'air. L'angoisse lui nouait les tripes, mais il s'accrocha, ne se fiant plus qu'à ses sens.

Après ce qui lui parut être une éternité, il s'extirpa enfin de ce chemin sinueux. Le soleil lui brûla les yeux et il s'en protégea en levant le bras. La chaleur l'étouffa. Où avait-il bien pu atterrir ? Quand sa vue se fut habituée, il ne masqua pas sa surprise de trouver des arbres entourés d'une végétation dense. Il repéra les fruits avec envie. Il devait seulement faire quelques mètres pour les atteindre. Il lui fallait absolument recouvrer des forces. Alors que ses pas raclaient le sol, il sentit la terre trembler derrière lui. Il se retourna vivement et put constater que l'entrée du tunnel n'existait plus. Venait-il de tout imaginer ? Il toucha l'objet de sa convoitise dans sa poche, puis lâcha un long soupir, soulagé par la confirmation de sa présence.

Erzo ignorait complètement de quelle manière il avait pu se retrouver aussi loin de la capitale. À l'aspect des plantes qu'il découvrait, Antanor devait se situer à des lieues de sa position.

— Ainsi, tu y es arrivé !

Il pivota d'un bond pour voir jaillir de derrière un arbre un gamin aux cheveux argentés. Erzo recula. Il se méfia de ce visage parfait, angélique. Son expression énigmatique était très similaire à celle du Cercle. Il devinait là une puissance qu'il ne pourrait, de toute évidence, pas surpasser.

— Tu es si différent de Nanu et, pourtant, ton regard est très semblable au sien.

— Nanu ? De qui tu parles ?

L'enfant haussa les épaules pour soulever l'insignifiance de sa question.

— Alors, tu as trouvé l'Écaille, toi aussi ! Personne n'en ressort jamais, tu sais. Tu as dû recevoir une formation exemplaire.

Les lèvres pincées, Erzo se demanda quand il partirait. Il ne se sentait pas la force de l'affronter.

— Je vais t'aider, rassure-toi, chuchota l'être. En vérité, je t'attendais, tu peux m'appeler Kecil.

Le Gyramen fronça les sourcils, mitigé quant à ses intentions.

— Peut-être me connais-tu sous le nom de Petit Vagabond, mais si tu es comme Nanu, cela ne te dira rien non plus.

Erzo s'agaça de cette comparaison. Qui était ce Nanu et, plus encore, comment cet énergumène avait-il deviné où le trouver ?

— Les lunes. Elles savent tout et elles voient tout ! répondit l'enfant à sa question muette.

Son aplomb rappela à nouveau au jeune homme son impression d'être devant le Cercle. Pouvait-il lui aussi changer de forme ? Cela ne l'aurait pas étonné. Mais si c'était le cas, alors sûrement ne se serait-il pas montré aussi clément. Il préféra se taire tandis que ses jambes tremblaient. Dans cet état d'extrême faiblesse, il s'écroula et ne put qu'espérer que cette demi-portion se garderait de fouiller ses poches. Malgré ses efforts, ses paupières se fermèrent.

— Il était temps, s'amusa Kecil. Tu es bien robuste, le résultat sera surprenant !

Chapitre 13

Les tatouages du sorcier

Au fond d'une cellule banale, Azorru reprenait lentement ses esprits. Ses armes se matérialisèrent, mais ne purent ébranler ni les barreaux ni les murs de pierre qui l'emprisonnaient. On avait déposé à ses côtés des vêtements propres qu'il fut heureux d'enfiler. Ces cinq jours sans se laver ni se changer avaient été une horreur.

Il constata, non sans surprise, que Volelle n'avait pas tenu parole. Wymi avait été enfermée ailleurs. Angoissé, il se demanda quel sort lui serait réservé s'il perdait. Volelle l'obligerait-elle réellement à coucher avec le premier venu ? Cette pensée le mit hors de lui et agita ses consciences.

Tue, tue, tue…, grondèrent-elles, pleines de rage.

Ses yeux luisaient de haine. Son désir meurtrier s'amplifiait de seconde en seconde. Évidemment, en y réfléchissant, il savait bien que rien n'arrivait par hasard. Erzo avait blessé Volelle dans son orgueil de femme. Qu'elle se venge n'était qu'un juste retour des choses, mais que Wymi soit impliquée dans cette vendetta qui ne la concernait pas le rendait fou.

Il devait s'estimer heureux que la sorcière ignore toujours

qu'Erzo le composait, sans quoi elle leur aurait sûrement réservé un sort bien pire encore.

— Tu regretteras ton geste !

Incapable de rester en place, il tournait en rond tel un lion en cage quand un léger bruit de tissu l'arrêta. Volelle était plantée devant lui. En silence, elle l'observait. Avec satisfaction, elle posa ses mains sur ses hanches.

— *Mmh… À croquer, guerrier !*

Elle insista sur le dernier mot, laissant une rangée de dents blanches apparaître. Elle lui sembla tout à coup foncièrement laide. Il savait que la détermination amenait à faire beaucoup, mais là… Erzo était tombé bien bas.

— Que me veux-tu ?

Il se contenait à grand-peine.

— Je suis venue t'annoncer que j'ai changé d'avis.

Pour feindre l'indifférence, Volelle étudiait ses ongles. Dans l'échancrure de sa robe aussi sombre que ses yeux, il aperçut un symbole noir, encore absent le matin, juste à la naissance de sa gorge.

— C'est quoi, ce tatouage ?

Heureuse qu'il le remarque, elle se tourna vers lui, étincelante de fierté.

— J'ai progressé. Mon rang est monté d'un cran ! Je suis à présent supérieure…

— Et alors ? Tu n'es pas différente, se moqua Azorru. Tu as juste une tache grotesque sur le cou !

— C'est une immense distinction qui annonce que je suis plus forte que la normale.

Il entendit ses dents grincer tant sa réflexion l'avait vexée.

— Je sais très bien que pour être de haut rang, je dois faire des efforts, mais…, reprit-elle en contenant sa colère.

— Tu rigoles ? Tu as encore six échelons à gravir avant d'être réellement considérée comme une sorcière importante, mais tu n'évolueras pas !

Azorru rejeta la tête en arrière et éclata de rire. Plus il l'observait, plus il était certain de ce qu'il avançait. Ce genre de marque pouvait effectivement se développer, elle grandissait chaque fois que la sorcellerie était utilisée à un niveau élevé. Elle pouvait ainsi recouvrir totalement le corps de celui qui la portait. Mais sur une femme aussi faible que Volelle, le tatouage ne progresserait pas.

Elle ne se rend même pas compte à quel point elle est ridicule.

— Tais-toi ! hurla-t-elle. Si tu veux tout savoir, j'ai gagné cet honneur en livrant ta femelle en cadeau à la communauté.

Volelle sourit devant son air abasourdi.

— Oh, je pensais que tu l'avais compris. La cité d'Antanor est surtout composée de sorciers et nous raffolons de concours en tous genres. Celui qui triomphera du combat d'aujourd'hui remportera Wymi.

— Comment peux-tu être aussi cruelle ? Wymi ne t'a rien fait !

— Cette bécasse est stupide et niaise ! Je ne vois pas ce que tu lui trouves. Mais il n'empêche que tous vont se battre pour l'avoir. Et alors, son pouvoir nous appartiendra.

— Lâche-moi dans l'arène et je les écraserai tous ! grogna Azorru, les sourcils froncés

Il la fixa tout à coup d'un air si farouche qu'il parvint à la faire reculer. Le guerrier lui montrerait qui il était.

— Oh, ce n'est pas une simple bataille, ajouta soudain un homme imposant.

Il était entré dans la pièce sans un bruit afin de les écouter. Volelle sursauta. Elle baissa immédiatement la tête en remarquant à qui elle avait affaire. Cet individu, autant qu'Azorru pouvait en juger, détenait lui aussi un corps entraîné à tuer. Il sut dès son approche que sa puissance était sans comparaison avec celle de Volelle. Ses muscles massifs ainsi que sa stature le firent tressaillir. Il sentit que cet ennemi ne devait pas être pris à la légère.

— Je te présente Mhor ! l'informa Volelle d'une voix bien moins orgueilleuse.

Celui-ci le considérait de ses yeux sombres au fond desquels se lisait une profonde colère. Azorru devinait aisément la peur que la sorcière tentait de dissimuler tant bien que mal.

Peut-être pourrais-je m'en servir contre elle, pensa-t-il.

— Le dernier debout remportera le grand prix. Et ce dernier, ce sera moi, le défia Mhor avec un regard assassin.

— C'est ce qu'on verra !

Azorru se raidit et fit son possible pour feindre l'assurance. Il disposait de la force et des connaissances de trois hommes… et malgré cela, un simple sorcier l'effrayait ? Il devait se ressaisir ! Il ne devait montrer aucune faiblesse, et surtout pas à un être de haut rang, ou il perdrait lamentablement.

Le corps de Mhor, couvert de tatouages, lui criait de ne pas le sous-estimer. Leurs formes laissaient subodorer un immense savoir ainsi que de grands pouvoirs. Azorru en frémit, car il était évident que celui-ci les avait acquis par les actes.

Bons ou mauvais, les sorciers restaient d'étranges créatures qui n'en faisaient qu'à leur tête. Il fallait s'en méfier.

* * *

Wymi sentait, avec un mélange de terreur et de délectation, quelque chose se dégager de son corps. Sur le point de détruire la porte, elle fut stoppée dans son élan et plongée dans la confusion lorsque celle-ci s'ouvrit lentement.

La magie qu'elle avait eu tant de mal à faire apparaître s'évanouit en un instant.

— Voici donc ma douce Wymi !

Un homme, au timbre de voix apaisant, s'avança dans la lumière. La peau de l'étranger était couverte de tatouages, mais ce ne fut pas ce qui retint son attention. Elle fut attirée par ses magnifiques cheveux blonds qui lui rappelèrent un vague souvenir, et quand elle croisa son regard, ses poumons se bloquèrent. Ses yeux pers la transpercèrent, alors que sa proximité lui permettait d'y distinguer des nuances de terre et de soleil. Son charme égalait celui d'Azorru.

Elle avait l'impression dérangeante de le connaître.

Accroupie sur le sol, elle voulut se redresser pour paraître moins vulnérable, mais déjà, il l'aidait à se mettre debout avec une extrême tendresse.

— Il n'est plus belle femme en ce monde, murmura-t-il.

Sa façon de se comporter lui donnait le sentiment qu'il souhaitait sincèrement s'assurer de son bien-être. Wymi finit par rougir sous son air inquisiteur.

— Qui êtes-vous ?
— Celui qui gagnera.

Il s'approcha encore pour n'être plus qu'à quelques centimètres de son visage. Wymi se raidit sous ce regard si familier. C'est alors qu'avec surprise, elle sentit un liquide chaud couler sur ses joues. Pleurait-elle ? Qu'avait-elle à ressentir un tel chagrin devant un étranger ?

— Gagnera quoi ? articula-t-elle avec difficulté.

La tristesse se lisait aussi dans les yeux de l'inconnu, qui paraissait profondément affligé par ses larmes, comme s'il savait qu'il en était la cause.

— Toi !

Horrifiée, elle recula en tentant de retrouver ses esprits. Ces quelques pas de distance lui permirent de reprendre un peu de forces et de se défaire légèrement de son emprise. Toutefois, l'homme se rapprocha à nouveau, bien décidé à ne lui laisser aucune chance.

— Qu'est-ce… que… vous faites ? bredouilla-t-elle, plus péniblement encore.

Elle n'arrivait plus à exprimer ses idées, comme si ses pensées s'alourdissaient. Le sorcier était si près qu'elle crut qu'il allait l'embrasser, mais contre toute attente, il la serra tendrement contre lui.

Enfin, il baisa son front avec douceur.

Wymi aurait voulu le repousser, mais au plus profond de son cœur, elle savourait pleinement ce moment. Puis son corps la lâcha et elle s'écroula. L'individu la soutint dans ses bras. Il l'allongea avec précaution sur le sol alors qu'elle parvenait tout juste à garder les yeux ouverts.

— Tu n'imagines pas combien de temps je t'ai attendue, mon cœur. Je te sauverai. Je ne laisserai personne te faire de mal. Ce barbare n'est pas digne de toi. Il est faible et vulgaire ! tonna-t-il, sévère.

Il durcit son regard comme pour la réprimander. Elle n'en revenait pas. Lui reprochait-il son choix vis-à-vis d'Azorru ? Elle réussit à se tourner un peu vers la porte, alors que l'homme la maintenait toujours contre lui. Son odeur de cannelle lui amena de nouvelles larmes. Mais qu'avait-elle ? Qui était-il pour la faire réagir de la sorte ?

— Là… chez… moi ! souffla-t-elle lentement.

Elle essaya de se libérer de son emprise, mais cela s'avéra trop difficile. Ses mots se réduisaient à de fins murmures.

— Ils savent que tu es une Incomprise, continua-t-il sans l'écouter.

Puis, il étendit son pouvoir mental et elle s'endormit, incapable de le combattre.

Mhor observa Wymi un long moment, lui aussi sur le point de craquer. Ainsi, elle avait tout oublié et ne gardait pas un seul souvenir de lui. Cela lui brisa le cœur. Il déplaça quelques mèches rousses, puis s'attarda sur son visage et sur le collier qu'elle portait. Il se remémora le passé, la femme qu'il avait aimée et tous ces sentiments qu'il conservait précieusement au fond de son être.

Jamais il n'aurait dû abdiquer. Weily avait tout détruit. Le Suprême avait failli à sa tâche et il se vengerait de lui !

— Ma petite lune, chuchota-t-il en la soulevant dans ses bras.

Volelle aussi allait payer, mais il devait encore attendre. Pour le moment, agir contre la communauté lui était impossible. Il ne pouvait que gagner ce maudit tournoi.

Je te libérerai, tu ne finiras pas prisonnière, promit-il avec colère.

* * *

Encore une fois désorientée, Wymi s'éveilla au milieu d'une foule en délire. On l'avait attachée à un poteau au centre d'une arène au sol sableux. Avant même qu'elle ait eu le temps de comprendre ce qu'elle faisait là, des grilles se relevèrent un peu partout dans l'enceinte de pierre qui l'entourait.

Elle hoqueta de surprise en voyant arriver sur elle des hommes et des femmes protégés d'armures et clairement prêts à s'entretuer. Leurs regards meurtriers la firent frissonner. Allaient-ils se battre pour elle ?

Une voix masculine s'éleva des tribunes.

— Voici la seule et unique Incomprise. Le lot à gagner ! La puissance assurée pour celui ou celle d'entre vous qui restera le dernier vivant dans cette arène. À mon signal, pas de pitié. Que le meilleur survive !

La foule poussa un cri de joie. Après ces paroles, Wymi tenta vainement de se détacher, mais les liens bien trop serrés entamèrent la chair tendre de ses poignets. Elle observa les combattants : autant d'hommes que de femmes.

Puis, elle chercha Azorru des yeux. Où était-il ?

Chapitre 14

L'arène ensanglantée

Azorru contenait à peine sa fureur. Il apercevait Wymi, évanouie, à travers ces maudits barreaux indestructibles. Son impuissance le rendait fou, mais plus encore la convoitise perverse de ces spectateurs qui la contemplaient. Ligotée à un poteau comme un vulgaire animal, elle était un objet à leur merci.

Il devait tout faire pour la délivrer. Ce qu'il avait compris des règles de ce tournoi était que, justement, il n'y en avait aucune : Azorru devrait achever tous les autres combattants jusqu'au dernier.

Tue, tue, tue…, répétaient en boucle ses âmes.

Chaque fois qu'elles proféraient cet ordre, sa colère montait d'un cran. Le guerrier se raidit. Il avait déjà remarqué que pour sauver Wymi, il se sentait prêt à tout, mais en cet instant, même le fait de devenir entier n'effrayait plus ses consciences. Vivre séparées d'elle leur semblait de plus en plus intolérable. Il se demanda alors si le sort lancé par le Suprême influençait aussi ses idées. Jamais par le passé, avant la fusion, ses trois cœurs ne s'étaient autant attachés à une femme.

Interpellé, il arrêta un instant de bouger. Il venait de se rendre compte que son énergie restait stable. Durant tout ce temps, Wymi avait donc été emprisonnée non loin de lui. Cela signifiait que personne n'avait découvert son point faible. D'une certaine façon, il en fut soulagé.

Il resserra ses doigts sur l'immense épée apparue grâce à sa magie et attendit patiemment que les barreaux se relèvent. Son seul véritable adversaire serait Mhor, qu'il pouvait voir de l'autre côté de l'arène. L'armure obscure qu'il portait renforçait son allure meurtrière. De son côté, Azorru ne disposait que d'une très fine protection, mais personne ne se doutait que sa résistance était multipliée par trois.

Le son du cor résonna parmi les guerriers et les spectateurs. Les grilles s'ouvrirent quand Wymi sembla revenir à elle, et ce fut le moment de se jeter au cœur de la mêlée.

Mhor s'élança immédiatement à sa rencontre. Le sable volait sous ses pas. De fines particules de poussière l'entouraient. Azorru observa les autres combattants, au niveau bien inférieur au sien. Il décida de se servir d'eux comme bouclier. Il se fondit dans la masse afin de mettre le plus de distance possible entre lui et le grand sorcier blond, lui imposant ainsi un barrage d'ennemis.

Il essaya de disparaître dans la foule. Personne ne lui prêtait attention, alors que Mhor attirait la foule. Tous le savaient redoutable. Un groupe de téméraires choisit de l'attaquer. Cela allait permettre à Azorru de gagner du temps afin d'élaborer une stratégie.

Mhor, obligé de se débarrasser de tous ces moins-que-rien, les exécuta rapidement sans même les considérer. Ses muscles luisaient sous la lumière, laissant deviner sa puissance.

— Tu ne peux pas m'échapper, Azorru !

Le sorcier le fixait avec colère, ses yeux ténébreux étincelaient de haine. Azorru avait beau réfléchir, il ne comprenait pas pourquoi il lui en voulait autant. Aucune de ses consciences ne l'avait pourtant rencontré par le passé.

Prudent, il décida d'observer de loin le carnage. Le sang

giclait de tous les côtés. Il entendait avec trop de clarté les perdants qui agonisaient dans d'affreux râles. Les sorciers se montraient impitoyables, Mhor ne dérogeait en rien à cette règle.

Toujours attachée à son poteau, Wymi voyait avec dégoût les morts s'amonceler autour d'elle. Le sable de l'arène la submergeait par vagues et la faisait tousser. Au moment où elle releva la tête pour reprendre son souffle, un des participants se rua sur elle. Wymi crut qu'il allait la tuer, mais il traversa son corps comme si elle n'était qu'une illusion.

Qu'est-ce qu'on m'a encore fait ? se demanda-t-elle, effarée.

Azorru, qui avait observé la scène depuis son point de repli, écarquilla les yeux. Il comprit que personne ne pourrait atteindre la jeune femme tant qu'il n'y avait aucun vainqueur.

Le redoutable sorcier en avait profité pour se diriger à nouveau droit sur lui.

— Mhor, je ne vois pas ce que pourrait t'apporter Wymi. Elle est insupportable, jamais elle ne se laissera faire !

Il essayait par tous les moyens de détourner son attention, histoire de gagner du temps. Il finirait bien par trouver une faille dans sa défense.

— Tais-toi ! Tu ne sais pas qui elle est.

La puissance de Mhor monta d'un cran. Le guerrier flancha, surpris par sa remarque.

On dirait qu'il la connaît !

— Je sais qu'il suffit qu'elle boive de ton sang pour que tu puisses utiliser ses pouvoirs, fulmina le jeune homme. Qu'elle soit consentante ou non, cela reviendra au même. Elle sera ton esclave !

Le passé d'Erzo fourmillait d'informations... Il adorait quand ses connaissances déferlaient de cette manière dans sa mémoire, sans lui imposer de mal de crâne. Mhor crispa les poings et Azorru crut voir ses yeux devenir écarlates. Il eut un mouvement de recul dès qu'il comprit avoir réellement mis son ennemi en colère. Finalement, il regrettait de l'avoir ainsi provoqué, mais espérait, au fond, le pousser à commettre une erreur. Il décida donc d'exploiter cette piste.

— Tu comptes l'asservir par le sang ? le titilla-t-il.

Mhor, qui s'approchait toujours, plus menaçant que jamais, grogna :

— Ne me parle pas des liens du sang !

Ceux qui osaient encore le frôler s'écroulaient raides morts. Azorru resserra sa main sur son arme, impressionné. Il n'en menait pas large. Ses consciences tentaient de lui redonner courage en lui répétant que lui non plus n'était pas dénué de force.

Mais je ne fais pas le poids, songea-t-il en perdant confiance.

Erzo prit bientôt le dessus pour le contraindre à penser différemment. S'avouer vaincu maintenant n'améliorerait pas sa situation. Il devait montrer de quoi il était capable. Alors, dès que le sorcier ne fut plus qu'à quelques pas de lui, Azorru chargea. Son épée se dirigea droit sur le visage de son ennemi, qui l'arrêta d'une seule main. Mhor n'avait presque pas forcé. Le guerrier n'aurait jamais imaginé qu'il puisse être si puissant.

Mais il n'allait pas se laisser faire !

La terre trembla. En larges cercles, le sol se craquela autour de leurs corps opposés. L'énergie dégagée imposa le silence dans les tribunes. Mhor non plus ne s'était pas attendu à une telle résistance de sa part, et malgré son assurance, il tordit ses lèvres avant de siffler entre ses dents :

— Remarquable… Je ne me souviens pas avoir entendu ton nom auparavant !

Azorru l'ignora afin de garder sa concentration. Il frappa à nouveau de toutes ses forces. Il ne permettrait pas à son adversaire de prendre le dessus, même si Mhor ne semblait pas le moins du monde affecté par ses assauts. Il parait les coups assénés de plein fouet sans tressaillir.

— C'est parce que personne n'est resté en vie assez longtemps pour raconter mes exploits !

Le guerrier voulait afficher une confiance inébranlable qu'il était loin de ressentir. En réalité, se mesurer à un tel ennemi le terrifiait. Pourtant, ne possédait-il pas la force de trois êtres ?

Erzo, Nanu et Torry demeuraient formels : il ne fallait lui laisser aucune ouverture. C'est pourquoi Azorru attaqua encore, sans relâche.

Estomaquée, Wymi observait, impuissante, les deux hommes lutter sous ses yeux. Il ne restait plus qu'eux. Cela s'était fait rapidement, presque sans que personne s'en rende compte. Tous les autres participants avaient péri en quelques gestes maîtrisés de l'un d'eux. Maintenant, les deux combattants s'affrontaient avec une violence qu'elle n'aurait jamais cru possible.

Le regard de la jeune femme s'attarda sur la sombre armure d'Azorru. Ses longs cheveux tricolores cascadaient dans son dos. Sa carrure à elle seule était spectaculaire. Pour l'instant, il ne perdait pas l'avantage, même si son adversaire ne reculait devant aucun de ses assauts. En réalité, celui-ci donnait l'impression d'attendre et de se laisser faire.

À quoi jouait-il ?

Après avoir patiemment étudié son ennemi, Mhor décida soudain de riposter. Bientôt, la tendance s'inversa. À l'aide de fils métalliques enroulés autour de ses doigts, il s'infligea de fines coupures. Il projeta ensuite son sang sur Azorru. Wymi comprit qu'il souhaitait ainsi s'approprier la puissance de son opposant.

Les sorciers asservissaient de cette façon. La magicienne sentit tout espoir la quitter, bien qu'il soit toujours très difficile de garder le contrôle d'un individu à la forte volonté.

Hargneux, Azorru résista vaillamment au liquide poisseux qui se collait sur ses lèvres. Il para un terrible coup de poing qui le fit malgré tout voler en arrière. Un nuage de poussière se souleva dans sa chute et il protégea instinctivement ses yeux.

Une erreur qui lui coûta cher…

Mhor en profita pour lui asséner une autre attaque, plus violente encore. Cette fois-ci, Azorru, touché de plein fouet, lâcha un cri muet. Une de ses côtes s'était brisée sous l'impact. Ses poumons se bloquèrent, il manqua d'air. Chancelant, il recula prestement. Il ouvrit la bouche afin de reprendre son souffle. Plié en deux, le guerrier souffrait, mais ignora la douleur.

Il cracha du sang, observa Mhor qui se détachait du nuage de sable dont il s'était entouré. Ses cheveux blonds suivaient la courbe légère du vent. Il avançait d'une démarche résolue, le regard braqué sur lui.

À cet instant, Azorru devina avoir perdu le duel.

Le sorcier s'appropriait la force de ses ennemis avant de la retourner contre eux. Ainsi, il les achevait tout en conservant leurs pouvoirs. Wymi connaissait cela sans trop comprendre d'où ce savoir lui venait. Elle focalisa toute son attention sur le combat en se demandant si Mhor réservait le même sort à Azorru. Le cœur battant, elle regarda le guerrier reculer. Pour la première fois, elle lut la peur sur son beau visage.

Ses poumons se vidèrent. Comment l'aider, le sauver ?

Son corps tremblait, tétanisé. Tout son être réagissait soudain comme si elle affrontait elle-même cet adversaire. Ses larmes ruisselèrent en imaginant le pire, et elle se démena à nouveau contre ses liens, déterminée à s'en libérer.

Sous ses yeux horrifiés, Mhor déchaîna alors sa toute-puissance. Wymi se figea. Tout était allé trop vite. Mais, comme au ralenti, elle vit la grande silhouette d'Azorru s'effondrer sur le sol dans un bruit mat.

Dans la panique qui souleva son âme, elle ne s'entendit pas hurler son nom d'une voix désespérée. Sa plainte se répandit pourtant autour d'elle, imposant un silence stupéfait dans l'arène.

Toujours liée à son poteau de bois, elle pleurait et suppliait qu'on épargne la vie du guerrier. Elle ne se reconnaissait plus. Elle ne percevait que les battements de son cœur qui résonnaient dans sa tête comme le plus assourdissant des sons.

Incapable de se calmer, elle releva le visage. Pourquoi personne ne l'écoutait ? Pourquoi Azorru restait-il ainsi à terre sans plus se défendre ? N'avait-il pas promis ? Ne lui avait-il pas demandé de lui faire confiance ?

Une détresse insupportable s'empara d'elle et se mua rapidement en une colère indomptable. Surpris, Mhor se tourna, interpellé par le cri de Wymi. Un bref instant, il hésita en découvrant l'importance du guerrier pour la jeune femme. Contrarié, il serra les poings.

Non, cet homme n'est pas pour elle. Il en est hors de

question !

Et, plus déterminé que jamais, il continua de marteler Azorru, dont la résistance le médusait.

Enragée par la vision de son compagnon à terre, Wymi remarqua à peine que sa peau s'échauffait. Subitement, ses yeux se voilèrent et ses cheveux s'élevèrent autour de sa tête. Elle se libéra d'un mouvement brusque des liens qui la maintenaient prisonnière. Sans la moindre difficulté, elle quitta l'illusion dans laquelle on l'avait plongée, déclenchant un murmure général de stupéfaction.

Sans perdre une seconde, elle appela son premier serviteur. Elle n'avait plus aucune idée de ce qu'elle faisait. La fureur guidait naturellement chacune de ses actions.

La créature qu'elle invoqua se planta devant elle, immobile. Wymi nota que son corps immatériel se constituait de flammes écarlates. De ses iris flamboyants sortait une fumée blanche inquiétante.

Figée, l'apparition n'attendait que ses ordres.

Fascinée par ses propres pouvoirs, Wymi n'arrivait pas à détacher son regard de l'être incandescent qu'elle venait de former. Sa présence ravivait des sensations oubliées qui, sous leur poids, la faisaient agoniser... comme si de brûlants souvenirs essayaient de remonter à la surface. Bouleversée, elle crispa ses mains autour de son crâne. Jamais elle n'avait eu à endurer un tel supplice.

Elle devait malgré tout se ressaisir, car au milieu de l'arène, le sorcier se montrait toujours d'une extrême violence et continuait à brutaliser Azorru. À moins d'un miracle, son vaillant guerrier n'en réchapperait pas.

Dressée comme une reine sur le sol poussiéreux, ses larmes déferlant librement de ses yeux azur, Wymi leva le bras pour désigner Mhor. Son serviteur, sans hésitation, obéit à l'ordre silencieux.

Il se dirigea droit sur le sorcier tatoué, s'infiltra dans son corps avant de disparaître.

Mhor s'immobilisa aussitôt. Il se mit à mugir, tandis qu'un

feu ravageur s'emparait de chacun de ses muscles. Contraint de se détourner d'Azorru, il s'accroupit, incapable du moindre mouvement, dévoré de l'intérieur par une force invisible.

Il savait parfaitement qui l'attaquait et comment elle y parvenait.

Son regard se porta sur celle qu'il aurait dû haïr, mais au lieu de cela, il lui sourit. Stupéfaite, la jeune femme intima à son serviteur d'arrêter sa torture.

— Ça, au moins, tu ne l'as pas oublié, murmura tendrement le sorcier.

Recroquevillé sur lui-même, il était soulagé d'être libéré, même si la douleur persistait au point de l'obliger à rester immobile. Il se sentait fier d'elle. Elle était devenue si puissante ! Elle l'avait toujours été, mais après tout ce temps, la voir se battre pour défendre ses convictions le rendait heureux.

Perplexe, Wymi était perdue. Pourquoi agissait-il ainsi ? Elle se concentra sur cet homme qu'elle était certaine de connaître. Son mal de tête revint avec violence, comme pour museler ses souvenirs. Un bourdonnement incessant la désorientait, mais il s'interrompit dès qu'elle tourna son esprit vers Azorru.

— Il est à moi ! rugit-elle en direction de l'assistance.

La fureur de la jeune femme avait réduit ses vêtements en cendres. Ses yeux bleus étincelaient de rage. Tout son corps rayonnait d'un éclat rouge et ses veines ressortaient.

Terrorisés, les spectateurs s'enfuirent devant une telle démonstration de force. La magicienne marcha lentement vers Azorru, qui avait perdu connaissance. Elle le saisit par un pied comme s'il ne pesait rien, puis s'éloigna en le traînant derrière elle. La colère la submergeait. Elle ne savait plus ce qu'elle faisait et, quand Volelle tenta de s'interposer, la haine qu'elle lui portait se libéra.

— Wymi, tu n'as pas le droit !

La sorcière tendit le bras dans sa direction pour empêcher sa fuite et brûla avant d'avoir eu le temps de s'abriter. Les flammes dévoraient sa peau avec avidité, tandis que son cri d'agonie se répercutait dans l'arène vide. Une odeur atroce se dégagea soudain. Inerte, son corps calciné s'écroula au sol dans un bruit mat.

— Tu n'aurais pas dû nous séparer ! tonna Wymi.

Sans la moindre émotion, elle avait regardé périr cette sorcière qui avait osé la trahir et menacer la vie d'Azorru. La jeune femme ne supportait pas l'idée que le guerrier puisse mourir.

Elle continua donc d'avancer, détruisant tous ceux qui se risquaient encore à lui barrer la route. Elle aurait voulu tout anéantir, mais elle avait une tâche à accomplir. Cet homme qu'elle traînait derrière elle devait être sauvé à tout prix.

Elle sortit de l'arène, puis s'engagea dans les rues pavées. Sur son chemin, les passants fuyaient de toutes parts, terrifiés par cette puissance et cette colère qu'ils n'attendaient pas.

La magicienne s'attarda de brèves secondes sur les maisons en pierres. Leurs toits en tuiles rouge sang chatoyaient. Elle s'appropria leur chaleur, l'emmagasina à l'intérieur de son corps pour devenir peu à peu méconnaissable. Sa peau était désormais presque entièrement camouflée par les flammes. Son visage n'était plus qu'un masque brûlant. Dans les allées, tous ceux qui l'approchaient s'embrasaient sans qu'elle ressente la moindre pitié.

La jeune femme se dirigea vers les grandes et flamboyantes portes de métal qui lui barraient la route, obstacle dont elle s'inquiéta à peine. Sa simple présence les fit fondre et se tordre. Elles n'avaient pas été forgées pour affronter la magie d'une Incomprise, qui était bien plus dévastatrice que le sort qui les protégeait.

Wymi jubilait de découvrir en elle ce puits d'énergie infini. Rien ne pouvait la ralentir ! Personne ne s'interposa ; les passants étaient désormais bien trop choqués pour oser braver son courroux.

La ville de feu brûlait de ses flammes à elle, et pour la première fois de sa vie, elle se sentait redoutée. Elle n'était plus Wymi la faible, mais bien Wymi l'Incomprise.

Au moment où elle allait enfin recouvrer la liberté, un groupe d'hommes armés intervint.

— Halte !

Inconscients du danger, ils la menaçaient de leurs lances. La jeune femme les dévisagea, un sourire froid sur les lèvres. Tout cela l'amusait et leur profonde stupidité causerait leur perte. Ils s'avancèrent à pas lents. Ils l'encerclèrent pour finalement l'attaquer. L'un d'eux se jeta sur elle, déterminé à la tuer.

— Périssez !

Wymi n'eut qu'à tendre le bras pour que d'immenses flammes viennent dévorer leurs chairs tendres. Leur souffrance lui provoqua le plus odieux des rires. Elle se délecta de longues minutes de cette vision morbide, avant qu'un bref éclair de lucidité ne lui fasse comprendre qu'elle sombrait dans la folie. Jamais, jusque-là, le supplice ne lui avait procuré le moindre plaisir. Qu'était-elle devenue ? Un monstre sanguinaire ?

Perturbée, tenant toujours Azorru par le pied, elle s'élança en direction de la forêt, son havre de paix. Les frondaisons se refermèrent sur elle pour la protéger. Sa magie destructrice ne les touchait pas. Peu à peu, la présence des végétaux calma son âme agitée. Lentement, la rage qui l'animait s'amenuisa jusqu'à disparaître.

Les plantes la guidèrent vers un lieu sûr, où personne ne la trouverait. Une fois certaine qu'on ne pourrait plus les atteindre, elle cligna des paupières, vidée, épuisée. Soudain incapable de soulever une minute de plus son compagnon, elle le lâcha un peu brutalement, puis recula, horrifiée.

Elle prenait enfin conscience de ses actes. Wymi s'approcha d'Azorru d'une démarche chancelante. Elle n'eut pas le temps de s'apitoyer sur son sort. Le guerrier, très mal en point, avait perdu beaucoup de sang, mais surtout, elle lui avait involontairement brûlé une bonne partie du corps. Sa responsabilité quant à son piteux état l'anéantit.

— Sans moi, tout cela ne serait jamais arrivé, se morfondit-elle.

Après un instant d'abattement, la magicienne releva la tête et remarqua enfin le charme époustouflant de la forêt. Elle s'agenouilla devant un magnifique petit bassin survolé d'une multitude de papillons colorés. De subtiles fleurs printanières, de denses fougères ainsi qu'un lit de mousse épaisse le bordaient. La plénitude des lieux apaisa son cœur agité.

Mon Dieu… J'ai massacré tous ces gens en souriant, songea-t-elle, effarée.

Elle s'accroupit près du guerrier pour sentir qu'un fin filet d'air s'échappait de ses lèvres. Il respirait, mais bien trop difficilement. Elle devait le sauver par tous les moyens, sans quoi, tous ces sacrifices seraient vains.

— Je suis désolée…, murmura-t-elle à son oreille, désemparée.

Quelques mèches de ses cheveux roux effleurèrent le torse d'Azorru. Son armure déchiquetée s'imprégnait de sang. La souffrance se lisait sur ses traits.

Wymi eut toutes les peines du monde à contenir les sanglots qui menaçaient de la submerger. Un gouffre béant se creusait au fond de son être, tandis que ses membres se mettaient à trembler.

Elle aurait souhaité l'aider, lui parler, mais au lieu de cela, elle le voyait rendre son dernier souffle. Toute cette vigueur qu'elle avait tant admirée chez lui s'éteignait. Il se mourait et elle ne pouvait rien faire.

Je t'en prie… Je t'en prie, implorait-elle inlassablement.

Ses larmes roulèrent sur ses joues avec force. Le cœur déchiré, elle enserra de ses bras ses genoux contre son buste et commença à se balancer d'avant en arrière.

— Je t'en prie, murmura-t-elle.

Wymi essuya les perles salées qui inondaient son visage.

— Je ne veux pas que tu partes ! poursuivit-elle avec plus d'insistance. Pardonne-moi. Je t'en supplie, réveille-toi… Excuse-moi !

Les papillons virevoltaient autour d'elle. La jeune femme savait qu'ils étaient attirés par toute manifestation de puissance. Ils s'agrippaient à ses cheveux et à sa peau comme si elle utilisait toujours sa magie. Farouchement accrochés, ils la collaient.

Indifférente à leur présence, Wymi observa tendrement la joue du guerrier. Elle l'effleura à peine du bout des doigts tant elle avait peur que son toucher ne le blesse davantage.

— J'aurais tellement aimé te connaître.

Elle caressait son visage pâle comme elle avait si souvent rêvé de le faire et son menton trembla quand elle capta son souffle bien trop fragile.

C'est alors qu'Azorru parut réagir à son contact. La texture de sa chair se modifia sensiblement.

Elle se mordit la lèvre inférieure et s'empressa d'aller examiner sa blessure à l'abdomen. Lentement, elle retira les vêtements qui l'empêchaient de voir combien il était meurtri. Elle découvrit plusieurs plaies, pour la plupart très profondes, et serra impulsivement le collier de sa mère pour reprendre courage.

Les entailles étaient souillées de terre. Wymi devait se dépêcher de les nettoyer si elle ne voulait pas que les lésions s'infectent. Qu'il respire encore semblait miraculeux.

Frémissante d'un espoir insensé, la jeune femme toucha à nouveau sa peau avec le plus de douceur possible, toujours inquiète que cela puisse lui être douloureux. Aucun changement ne s'opéra cette fois-ci. Avait-elle imaginé ce qu'elle avait ressenti ? Un long sanglot s'échappa de sa gorge.

Anéantie, dans un dernier acte insouciant, Wymi prit la main d'Azorru et, tendrement, embrassa ses doigts.

Azorru, ne me laisse pas, supplia-t-elle en silence. *Tout, mais pas ça !*

CHAPITRE 15

LE SOUFFLE DU PAPILLON

Wymi s'accrochait à sa main devenue bien trop froide sous ses lèvres. Incrédule, elle remarqua alors que les égratignures qui le striaient se résorbaient vite. Elle eut un mouvement de recul, puis pensa intuitivement que c'était peut-être sa respiration qui l'aidait. Elle sécha résolument ses larmes. Son cœur s'enfla d'espoir.

Légèrement tremblante, elle observa le phénomène sans y croire. Puis, elle entreprit de souffler avec hésitation sur une plaie plus profonde, tout en se préparant à ce que rien ne change. Elle ne pouvait le guérir aussi facilement… Ce n'était pas possible… Et, pourtant, le sang coagula rapidement jusqu'à la cicatrisation intégrale de la coupure. La magicienne en demeura interdite. Elle qui n'avait jamais eu la moindre compétence allait peut-être réussir à sauver une vie.

Pour la première fois de son existence, elle se sentait enfin utile. Elle ne saisissait toujours pas ce qu'il s'était passé dans l'arène, mais la crainte de perdre Azorru avait déclenché quelque chose. Il s'agissait d'un sentiment puissant qu'elle avait été incapable de contrôler.

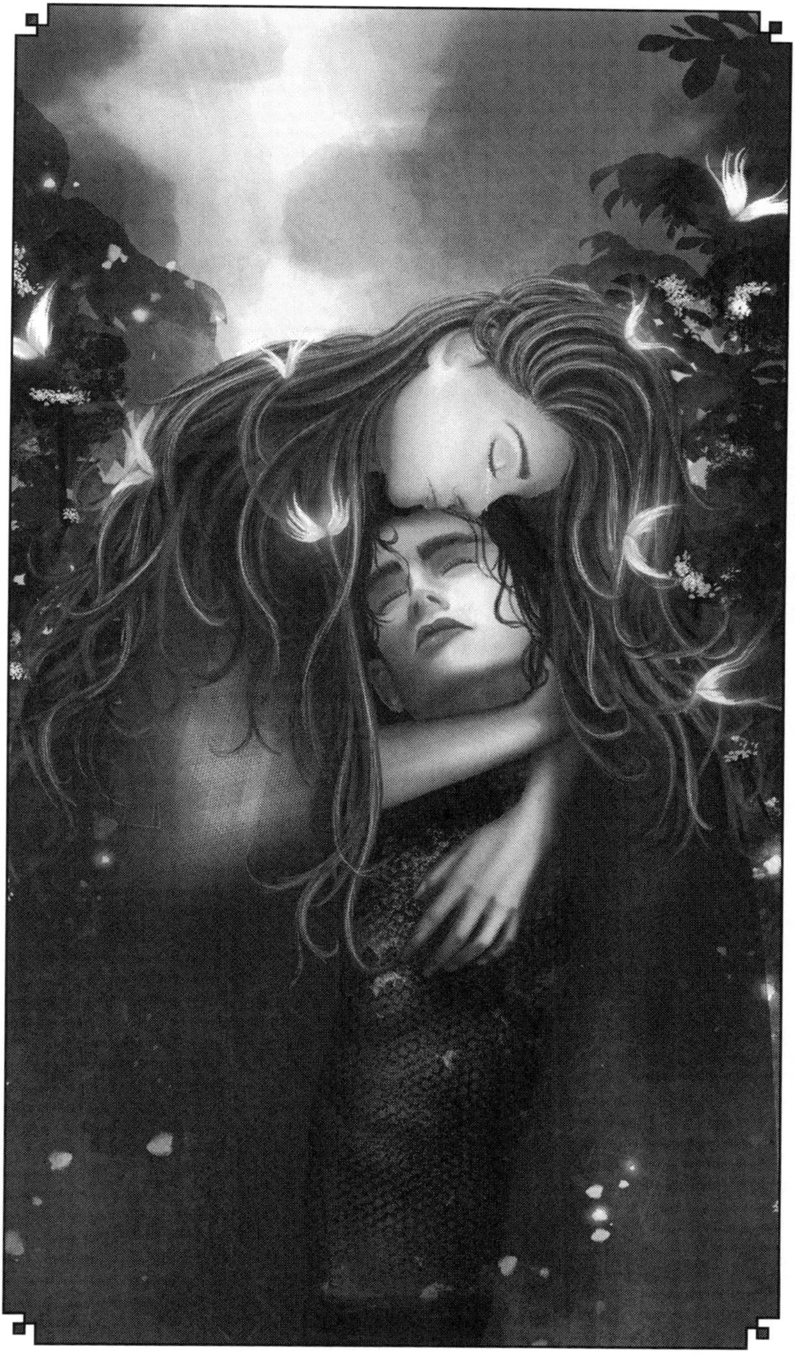

Grâce à la présence d'Azorru, elle se savait désormais complète. Wymi caressa à nouveau le visage de cet homme qu'elle aimait incontestablement et qui, avec de la chance, s'en sortirait.

Je vais te soigner ! promit-elle, en larmes.

Elle n'avait plus que cette idée en tête. Lentement, elle souffla sur chacune de ses blessures et s'émerveilla de les voir se résorber, même si la fatigue se faisait de plus en plus sentir. Depuis quand avait-elle cette aptitude ? Pourquoi ses pouvoirs ne se révélaient-ils qu'aujourd'hui ?

Je n'en ai jamais eu besoin non plus, comprit-elle tout à coup.

La jeune femme en déduisit que son désespoir et son envie de protéger le guerrier l'avaient éveillée à la magie.

Quand elle eut terminé, seules de petites marques rouges recouvraient le corps d'Azorru, ultimes séquelles de ce qu'il avait vécu.

Fatiguée, mais aussi surexcitée, elle s'attendait maintenant à ce qu'il ouvre les paupières ; néanmoins, il ne réagissait pas à ses appels timides. Avait-elle guéri ses plaies superficiellement ? Anxieuse, elle étudia ses traits et se réjouit de le voir reprendre des couleurs. Cela ne pouvait être que bon signe.

Ai-je agi comme il faut ? ne cessait-elle de s'interroger.

Une fois encore, son manque d'expérience la désavantageait. Elle s'approcha de ses lèvres et pensa un instant lui offrir un souffle de vie.

Mais à quoi bon ?

Elle détailla la mâchoire saillante, la finesse de sa peau, cette barbe naissante et ces abondants sourcils qui conféraient à son visage tout son caractère. Même inconscient, Azorru était beau, tellement parfait à ses yeux.

Elle le désirait ardemment. Les cheveux si particuliers du guerrier lui donnaient tant de charme ! Pourquoi ne pouvaient-ils pas simplement s'aimer ? Sans doute parce qu'il était trois : trois hommes aux goûts différents…

Elle plissa le front. Un baiser n'avait jamais tué personne ! D'autant que les lèvres douces d'Azorru l'appelaient. Avec tendresse, la magicienne se pencha. Il ne lui manquait plus que quelques millimètres pour l'atteindre. Rougissante, elle se retint encore malgré l'envie et recula un peu. Du bout des doigts, elle parcourut le contour de ses joues puis descendit le long de son cou. Azorru frissonna à son contact, lui prouvant ainsi qu'il sentait ses effleurements. Elle n'avait donc pas besoin de le réveiller.

Elle scruta chaque parcelle de sa peau avant de s'arrêter sur ses muscles vigoureux. Il avait la force de trois individus et avait résisté à de nombreuses blessures mortelles, ainsi qu'à son feu destructeur.

Elle aimerait tant l'embrasser… Peut-être ne serait-il pas fâché qu'elle prenne l'initiative de lui donner un baiser ?

* * *

Azorru perçut peu à peu un souffle apaisant le caresser et soigner ses douleurs. Après la terrible impression de brûlure qui l'avait plongé dans l'inconscience, son corps se détendait. La souffrance qui lui tordait le ventre avait presque entièrement disparu. Était-il en train de rêver ?

Les bruits qui l'entouraient emplissaient l'air de magie : insectes et oiseaux fredonnaient une douce mélodie. Mais ce qu'il préférait restait cette brise savoureuse qui l'avait parcouru et qu'il sentait maintenant proche de son visage. Une agréable odeur de rose flottait autour de lui. Il voulut esquisser un geste, mais par crainte de perturber ce moment de paix, demeura immobile.

Un tel bonheur était incroyable. Il avait la sensation que le temps s'était arrêté juste pour lui. Il entrouvrit légèrement la bouche et l'improbable se produisit. Des lèvres humides, au goût exquis, se posèrent sur les siennes tant et si bien qu'il se sentit revivre. Surpris durant une seconde, il se laissa aller. Sa langue s'aventura vers celle qui hésitait encore à venir en lui.

Il envahit son espace et souleva ses longs cils noirs, révélant ses magnifiques yeux dorés. Il referma ses bras musclés autour de Wymi, penchée au-dessus de lui. Ses tendres cheveux roux lui frôlaient les épaules. Ses seins fermes s'écrasèrent contre son torse. Elle avait la peau si douce que son cœur se gonfla d'un désir immédiat.

La magicienne sursauta. Elle voulut reculer, mais il la bloqua de son étreinte vigoureuse. Le guerrier mordilla sa lèvre inférieure, l'empêchant de songer à autre chose qu'à sa bouche. Ses grandes mains se promenaient dans son dos, tandis que les papillons convergeaient dans leur direction. Chaque recoin de peau qu'il effleurait semblait s'animer de myriades de couleurs.

Azorru n'avait jamais vu plus sublime femme. Auréolés d'insectes bariolés, ses cheveux resplendissaient, tandis que le charme de ses yeux céruléens l'envoûtait. Il parcourut sa chair frissonnante.

Je t'offrirai tout... Tu es à moi ! pensa-t-il en lui donnant un autre baiser.

Ses consciences acquiescèrent sans un mot. Elles avaient compris que leur faiblesse était due à leur disparité. Après cette cuisante défaite, elles souhaitaient enfin se compléter. Pour devenir imbattables, elles devaient accepter la fusion. Tuer les mages corrompus serait alors possible. Ils deviendraient le guerrier le plus fort d'entre tous : *Azorru !*

— Tu es ma belle, susurra-t-il au creux de son oreille.

Ses doigts se perdaient dans sa lourde chevelure. Il retira le reste de ses vêtements. Il ne souhaitait rien de plus que lui donner du plaisir et se demanda s'il serait capable d'y parvenir avant que le sien ne le submerge. Wymi tressaillit.

— C'est vraiment moi que tu veux ?

Sa voix si douce affecta son âme. Elle le repoussa, sans y mettre trop de force, simplement désireuse de le regarder dans les yeux. Azorru comprenait son hésitation. Elle pensait toujours à son précédent rejet.

— Oui, c'est toi que je veux !
— Mais... et...

Il l'empêcha de poursuivre en l'embrassant.

— C'est vraiment toi ! lui assura-t-il dans un souffle chaud, tout contre ses lèvres.

Le guerrier la plaqua sur le sol. Elle se cambra sous la violence de son envie, le laissant s'emparer de sa poitrine.

— Tu es ma belle, répéta-t-il.

— Oui... Je suis à toi !

La jeune femme haletait, sa peau s'échauffait lentement. Elle réclamait ses caresses. Ses mains se hasardèrent en des lieux secrets. Il la recouvrait de baisers, de son toucher, de sa douceur. Une alchimie curieuse se dégageait d'eux, comme si leurs esprits se liaient en même temps que leurs corps. Une délicieuse magie s'échappait de Wymi. Celle-ci se mêlait à son âme au point de faire trembler le guerrier.

Ce dernier s'aventura entre ses cuisses comme dans un rêve voluptueux, ses yeux dorés noyés dans l'azur des siens. Il embrassa délicatement son visage. Désormais, chacun de ses gestes était ardemment réclamé par ses trois essences. Effrayées tout autant qu'excitées, elles retenaient leur souffle. Si, par le passé, elles avaient refusé cette union – que ce soit par peur, orgueil ou colère – et désiré retrouver leur liberté, elles s'accordaient maintenant sur le même objectif : devenir plus fortes afin de protéger l'unique être qui comptait pour eux.

Azorru comprit enfin pourquoi seule Wymi pouvait le rendre entier : *il l'aimait !* Il l'aimait depuis le premier regard, le premier contact. Il l'aimait désespérément et, pour elle, ses consciences étaient prêtes à perdre leurs identités, à ne plus faire qu'une.

Doucement, il pénétra ce corps si longtemps recherché. La jeune femme ferma les yeux tout en repoussant sa tête en arrière. Ses barrières les plus intimes cédèrent. Le plaisir augmenta alors qu'il s'enfonçait toujours plus profondément en elle. Il aurait pu la faire souffrir s'il n'avait été aussi affectueux.

Mais, tandis qu'il s'aventurait au fond du plus précieux des trésors, Azorru s'immobilisa. Frémissante, Wymi le dévisagea sans comprendre. Les mains de son amant se crispèrent sur ses hanches. Son beau visage semblait tout à coup extrêmement concentré.

— Azorru, supplia-t-elle.

Les doutes de Wymi revenaient en force, il allait la rejeter à nouveau. Peut-être n'agissait-elle pas comme il le désirait ? Elle se cambra pour se rapprocher de ses lèvres. Azorru sentit ses paumes délicates se déplacer dans son dos et le griffer doucement. Elle bougea légèrement, et lui se raidit plus encore, terrifié à l'idée que tout se termine trop vite. Les sensations qu'elle lui procurait étaient tellement intenses qu'il se savait sur le point de basculer.

— Je… Je…

Il prit une grande inspiration en voyant que ses mots ne sortaient pas de la bonne façon.

— Si je fais un mouvement de plus, je n'arriverai pas à me contenir, avoua-t-il, les paupières closes, honteux.

Wymi émit un petit rire tendre. Elle ne chercha pas à masquer son soulagement lorsqu'elle remonta vers ses lèvres pour les embrasser. La jeune femme aimait qu'il laisse parler le guerrier en lui. C'était ce qu'elle affectionnait le plus : sa force, sa passion, mais surtout cette bouleversante douceur qu'il cachait au plus profond de son cœur.

Un contraste tout simplement parfait.

Il déposa des baisers le long de son cou puis descendit jusqu'à sa poitrine, qu'il entreprit de sucer avec avidité. Encouragé par ses gémissements, les muscles tendus, il reprit ses va-et-vient et les mena au paroxysme de l'extase. Il l'inonda de sa semence dans un cri puissant, tandis que le corps de la magicienne tremblait de ce plaisir partagé. Elle sentait leurs âmes se mêler, se marquer, s'accrocher.

Il se retira avec tendresse et roula à ses côtés. Frissonnante, elle se blottit contre lui, heureuse de pouvoir se réfugier dans la chaleur de ses bras. Elle caressa son visage, pleine d'adoration. Enfin, il lui appartenait.

— Azorru… Es-tu entier ? demanda-t-elle affectueusement.

Ils se contemplèrent un instant. Elle détailla l'or de ses iris. Cet homme l'impressionnait tant. Avec délicatesse, il l'embrassa du bout des lèvres.

— Oui, affirma-t-il en la serrant contre lui, le cœur battant. Oui… je suis entier !

Contre son torse, Wymi s'endormit en soupirant de satisfaction. L'avenir lui importait peu, désormais. Elle serait heureuse tant qu'elle se trouverait près de lui. Le lien qui les unissait était maintenant d'une force incroyable.

Un vent protecteur les enveloppa, tandis que lui aussi sombrait dans l'inconscience.

* * *

Wymi observait un bébé couché dans un berceau.

Elle le considéra un long moment sans comprendre pourquoi cet être minuscule l'emplissait ainsi de bonheur. L'enfant la fixait de ses magnifiques prunelles dorées et elle remarqua enfin ses cheveux étonnants aux couleurs variées, si semblables à ceux d'Azorru. La jeune femme fut convaincue de contempler son futur. Avant qu'elle ait pu pousser sa réflexion plus loin, un bruissement dans son dos l'attira. Lentement, elle tourna la tête et vit s'approcher le sorcier blond aux tatouages mystérieux.

Sa présence la perturba, d'autant qu'il posait sur elle un regard à la fois triste et plein d'amour. Une peine étrange lui étreignit la poitrine et ses yeux se gonflèrent de larmes intarissables. Pourquoi réagissait-elle ainsi ? Que faisait-il là ? Elle ne comprenait pas…

— Ne t'inquiète pas, ta fille…

Elle n'entendit pas la suite de son message, qui se perdit en un murmure. En son for intérieur, elle fut persuadée qu'il allait disparaître. Sa panique enfla et son cœur se mit à battre à un rythme effréné.

Cette vision lui semblait tellement sombre que l'air vint à lui manquer.

Quand elle se rendit soudain compte qu'Azorru n'était

pas présent, le rêve lui échappa. Pourquoi le sorcier était-il là, à sa place ? Qui était cet homme ? Ces questions tournaient en boucle dans sa tête sans trouver de réponses et menaçaient de la rendre folle.

* * *

Transpercé par une insupportable douleur, Azorru se redressa brusquement. Une tristesse infinie s'était emparée de son âme. Il avait le terrible sentiment qu'un grand malheur s'abattait sur Wymi. En transe, il scruta la forêt d'un regard éperdu. La nuit profonde et les bruits environnants l'alarmèrent.

— Wymi ! appela-t-il en tâtonnant aveuglément à sa recherche. Wymi…

Une main douce se posa bientôt sur son visage et une odeur de rose l'enveloppa. Sa vue s'adaptant à la pénombre, il distingua enfin la jeune femme toujours étendue à ses côtés. Elle colla contre lui son corps chaud et Azorru la serra dans ses bras. Ce qu'il avait ressenti le bouleversait, c'était comme si on venait de lui arracher le cœur.

— Wymi, soupira-t-il en embrassant ses joues, son front et ses lèvres.

Être entier le rendait profondément heureux, même s'il avait remarqué que les parts d'ombre des hommes qui le composaient restaient scellées. Il savait qu'un jour ou l'autre, les blessures se rouvriraient et qu'il devrait les affronter. Pour lui, les souvenirs d'Erzo, de Nanu et de Torry représentaient désormais sa vie passée. Tous trois avaient souffert des mages corrompus, ils avaient perdu trop de leurs proches sans raison valable.

Mais Azorru préférait ne pas y penser pour l'instant. Il avait la sensation d'être plus léger, presque euphorique. La fusion achevée, les consciences ne désiraient plus se séparer les unes des autres. Toute divergence avait disparu. Les ordres s'étaient évanouis, ce qui le comblait… Étrangement, il ne se sentait pas différent, juste libéré de sa colère et de sa haine. Il souhaitait à présent profiter de ces moments de répit qui n'appartenaient qu'à eux.

Ils passèrent ainsi plusieurs jours dans ce lieu serein, à se nourrir de ce que leur offrait la forêt. Le cocon intemporel qu'ils y avaient créé devint leur sanctuaire. Wymi embellissait de jour en jour. Et, un soir presque comme les autres, à la tombée de la nuit, il réalisa combien l'énergie qu'elle dégageait avait considérablement augmenté.

— Tu rayonnes presque.

Il prit de ce fait conscience qu'une chose importante s'était produite. Il l'étudia avec attention alors qu'elle se tenait accroupie près du feu. Bon sang, pourquoi ne s'en apercevait-il que maintenant ?

— Quoi ? s'enquit-elle en remarquant soudain son air soucieux.

— Ton corps émet des ondes !

Il avait dit ça si sérieusement que Wymi baissa le regard sur ses mains. Elle haussa les épaules et secoua la tête sans saisir où il voulait en venir.

— Et alors ?

Azorru s'impatienta :

— Wymi, tu ne comprends pas ? Quand nous sommes partis du temple, tu ne dégageais pas une telle énergie, tu… tu es…

Il se mit à bafouiller et se rapprocha, effrayé par ses pensées. Elle était forcément enceinte… Sinon, comment expliquer cette puissance ? Terrifié, il fixa les lunes qui rayonnaient dans la nuit.

— C'est vrai que j'ai rêvé d'une petite fille, avoua-t-elle alors en rougissant.

La jeune femme se tut. Elle réfléchit à ce qu'elle avait vu et parut un instant perturbée. Son compagnon s'était raidi. Incapable de parler, il respirait de façon saccadée. Il passa en revue toutes les possibilités pour gérer une telle situation.

— Tu ne sembles pas choquée, s'étrangla-t-il.

Wymi haussa à nouveau les épaules. Elle se redressa pour venir vers lui. Azorru, devant son corps magnifique, ne put s'empêcher de la désirer. Il fallait toujours qu'il ait envie d'elle, même dans les moments les plus inappropriés !

— Je n'ai pas peur et je sais que je l'aimerai très fort.

Elle hésita, le regarda de biais.

— Mais toi, tu n'as pas l'air prêt, termina-t-elle.

— Je… Je ne m'attendais pas à ce que ce soit si rapide, lâcha-t-il entre ses dents, les mâchoires contractées.

Il s'aperçut alors que pour Wymi, leur relation n'était pas une simple passade et qu'elle s'était déjà préparée à aller plus loin, tandis que lui n'avait pas du tout réfléchi à leur avenir. Pas une seconde. Il prit conscience de son idiotie.

Il aimait profondément la jeune femme, mais un enfant ? Tout cela arrivait beaucoup trop vite. Il ne voyait même pas comment il pourrait s'en occuper, il n'avait pas été conçu pour cela. Cependant, si elle était bien enceinte, cela le rassurerait aussi, car il n'aurait jamais cru possible d'avoir un jour une descendance.

L'homme s'approcha de sa compagne, la serra dans ses bras puis, de tout son poids, plaqua son corps sur le sol. Il se frotta à elle en l'embrassant avec ferveur partout où il le pouvait pour lui faire comprendre qu'il l'aimait.

— Je crois que ça me plaît, déclara-t-il, le sourire aux lèvres.

Une petite fille… Oui ! Il était désormais convaincu que c'en serait une et qu'elle serait aussi belle que Wymi.

— Tu es sûr ? Tu avais l'air plutôt…

Il la fit taire en venant la caresser jusqu'à se perdre aux confins de son corps. La jeune femme lâcha un gémissement de plaisir.

— J'en suis certain ! Tu es à moi, pour toujours !

La douceur de sa peau le consumait. Il effleura sa poitrine tout en y déposant de tendres baisers.

— Si je t'appartiens, n'oublie jamais que toi aussi, tu es à moi, rappela-t-elle.

Wymi l'obligea à la regarder. Il ne put ignorer son semblant de colère.

— Oui ! abdiqua-t-il.

Elle se détendit, visiblement satisfaite. Le guerrier comprit à cet instant qu'il ne devrait jamais la tromper. Il se souvenait vaguement de ce qu'il s'était passé dans les rues d'Antanor et il n'avait pas envie d'essuyer son courroux. Elle se montrerait d'une cruauté sans pareille, il n'y survivrait certainement pas.

Wymi faisait maintenant partie de sa vie. Il l'aimait sans raison. Sans qu'il puisse se l'expliquer, son odeur de rose le rendait fou, tout comme sa peau, ses yeux et ses cheveux. S'ils avaient vraiment conçu une petite fille, comme elle l'avait rêvé, alors il serait comblé. Sa vengeance devenait tout à coup obsolète.

Il avait pourtant vu ses proches mourir sous la torture, ses amis agoniser en se vidant de leur sang, et bien trop de femmes se transformer en servantes sans âme puis trépasser une fois que les corrompus avaient obtenu d'elles ce qu'ils désiraient. Mais aux côtés de Wymi, plus rien n'avait d'importance. Il la protégerait de ces cinglés…

Soudain paniqué, Azorru se retira brutalement du corps de Wymi.

Si elle était enceinte, cela signifiait qu'il devait immédiatement la mettre en lieu sûr. Ses ennemis allaient forcément tenter d'utiliser leur enfant à des fins méprisables. Tant qu'elle n'aurait pas accouché, ces monstres la pourchasseraient, attirés par l'espoir fou de faire de leur progéniture un être comme eux.

Il devait prendre des dispositions sur-le-champ pour ne laisser personne entrevoir ce qu'il se passait. Les mages seraient capables de sentir sa nouvelle puissance à des lieues de distance. Ils se trouvaient même peut-être déjà sur sa piste.

— Pourquoi tu t'arrêtes ? s'insurgea Wymi.

Elle n'était pas particulièrement ravie qu'il s'interrompe à un moment si délicieux. La frustration assombrissait ses beaux yeux céruléens.

— Je réfléchissais…

— Tu n'es pas censé réfléchir pendant que tu me fais l'amour ! pesta-t-elle en le frappant, visiblement très agacée.

— Je pensais au bébé !

Surprise, elle suspendit son geste.

— Et ? l'encouragea-t-elle.

— Et il faut que je vous protège, Wymi ! Tous les mages corrompus vont te courir après.

La jeune femme parut soulagée, ce qui dérouta Azorru.

— Ça ne t'effraye pas ? s'étonna-t-il.

— Non, puisque tu es là. J'ai eu peur que tu ne me désires plus, juste parce que tu penses que je suis enceinte.

— Je ne le pense pas, tu l'es, s'énerva-t-il, catégorique.

— Peu importe, coupa-t-elle en levant la main. Là, j'ai envie de toi !

Azorru la dévisagea d'un air ahuri. Elle était complètement irresponsable. La menace qui pesait sur leurs épaules ne l'alarmait pas, mais ne plus faire l'amour, si.

— Wy…

— Chut… Je ne peux plus réfléchir quand je suis autant excitée. Je souhaite seulement te sentir en moi !

Les doigts de la jeune femme, agrippés à ses hanches, l'attiraient à nouveau en elle. Wymi semblait bien décidée à obtenir ce qu'elle voulait. Pire encore, il n'était pas contre, car tout son corps réagissait.

Elle avait raison, ses appréhensions pouvaient attendre. Sa grossesse était trop récente pour que quiconque s'en aperçoive. De plus, la forêt les protégeait.

Pourquoi faut-il toujours que je m'inquiète ? songea-t-il en lui rendant ses baisers.

Chapitre 16

Le destin de Nanu

Azorru contemplait Wymi, qui retirait lentement les vêtements de fortune qu'il avait dû lui fabriquer. Il ne se lassait pas d'observer son corps élancé et de voir sa peau fine scintiller sous les rayons du soleil. Elle se tourna vers lui et ses yeux azurés le transpercèrent.

— Azorru ?

Chaque fois qu'elle lui offrait son regard, il avait le sentiment de s'immerger dans les profondeurs d'un océan limpide. Wymi était semblable à une brise fraîche, à la senteur douce des roses de printemps.

— Oui ?

Il l'attrapa par la taille, se colla contre elle. Le guerrier ne supportait plus qu'une quelconque distance les sépare. Sa proximité le rassurait. Le moindre éloignement lui donnait l'impression qu'elle pouvait lui échapper. Depuis qu'il était entier, sa possessivité s'était intensifiée. Réfléchir posément lui devenait difficile tant elle occupait toutes ses pensées.

— Je n'ai pas envie de retourner voir mon grand-père, implora-t-elle.

— On en a déjà parlé. Si tu es bien enceinte, tu vas avoir besoin de protection. Et le Suprême est le mieux placé pour te l'offrir, répliqua-t-il avec fermeté, sachant parfaitement qu'elle essayait de l'attendrir.

— Mais je déteste le temple !

— Il y a à peine quelques jours, tu voulais à tout prix y rester, lui rappela-t-il.

Toute cette réticence le déroutait tant qu'il croisa les bras, les sourcils froncés. Ce mouvement fit ressortir le doré de ses yeux, mais aussi le mécontentement qu'ils exprimaient. Attristée, la jeune femme baissa le nez et fixa le sol, comme si d'un seul coup, il était devenu plus intéressant que tout ce qui les entourait.

Le guerrier s'approcha pour lui caresser la joue.

— Enfin, Wymi, je ne comprends pas, explique-toi !

— Je ne veux pas qu'on se sépare…, prononça-t-elle si bas qu'il eut du mal à l'entendre.

Avec douceur, il l'obligea à relever la tête et, de son pouce, effleura tendrement son menton.

— Il n'a jamais été question de te laisser seule une fois là-bas. Tu sais très bien qu'il y aura fort à faire pour te protéger. Et puis, ton grand-père m'a jeté un sort. As-tu oublié ? Il est impossible que je me détourne de toi. Et moi-même, je n'en ai pas du tout envie !

— Mais…, s'étrangla-t-elle, refoulant toujours ses larmes.

— Allez, dis-moi la vérité, insista-t-il.

Il repensa à sa peine lors de leur première virée en forêt. Elle avait mentionné la trahison d'une amie. Était-ce la raison de tout cela ?

— Je ne veux pas qu'on se moque à nouveau de moi. Avant notre départ, les gens passaient leur temps à me dénigrer. Je n'ai pas besoin de revivre ça.

— Tu parles de ceux qui servent Weily ?

La jeune femme hocha doucement la tête.

— Parce que je suis différente, ils se sentent supérieurs.

— Mais, Wymi, tout a changé aujourd'hui. Tu as presque entièrement détruit une ville. Je ne crois pas qu'après ça, ils se permettront de te faire des réflexions !

Elle grimaça, sceptique malgré ses paroles encourageantes, et se raidit en repensant à Antanor. Elle n'était pas spécialement fière de ses actes.

D'ailleurs, elle était à nouveau incapable de faire apparaître la moindre flamme, alors qu'elle avait quand même réussi à invoquer un serviteur. Depuis son arrivée dans la forêt, dès qu'elle essayait d'utiliser son don, elle réentendait, effarée, le corps de Volelle s'écrouler dans un bruit affreux. Et toute ombre de magie la fuyait instantanément…

Elle l'avait brûlée avec tant de plaisir qu'elle en frémissait encore.

Cela lui rappela l'individu aux tatouages qui avait tenté de s'emparer de la vie d'Azorru. Wymi le revoyait se tordre de douleur et, même si elle était certaine qu'il avait échappé à la mort, elle n'éprouvait que du dégoût pour la violence avec laquelle elle l'avait attaqué. Une part d'elle-même était soulagée de le savoir sauf, car elle se demandait toujours qui il pouvait bien être.

— Et puis, le sorcier qui voulait te tuer a survécu, souligna-t-elle, anxieuse.

Elle tortillait ses doigts dans tous les sens, inquiète qu'Azorru désire se venger. À son évocation, l'homme se mordit la lèvre inférieure. Il n'aimait pas repenser à cet échec cuisant. Il était censé être plus fort, mais au lieu de cela, il s'était fait ratatiner par un blondinet.

— Écoute, je n'ai aucune idée de ce qu'il s'est passé depuis notre combat, mais une chose est sûre : il souhaitera te récupérer. Et ça… c'est hors de question !

— Comment a-t-il su que j'étais douée ? Je veux dire, comment le savaient-ils tous, là-bas ? Même moi, je n'imaginais pas être aussi puissante.

— Ton odeur est singulière. Je l'ai sentie immédiatement. Je ne comprends pas trop pourquoi j'en étais le seul capable, mais tout en toi m'appelait. Ton grand-père avait beau te garder à l'abri avec ses solides enchantements, ils n'ont pas fonctionné sur moi.

Azorru se tut et se remémora cette étrange journée où il l'avait choisie.

— Je n'ai pas demandé à être différente.

— Je m'en doute. Mais je n'y suis pour rien, alors ne t'en prends pas à moi.

Il la serra à nouveau dans ses bras en laissant échapper un soupir. Lui non plus ne souhaitait pas quitter ce lieu symbolique où l'arôme des fleurs apaisait leurs âmes, où l'herbe étincelait de rosée en permanence et où la mousse au sol réconfortait leurs muscles endoloris. Tout ici intensifiait la pureté de Wymi et l'amour qu'ils se portaient.

Elle inspira longuement, blottie contre son large torse, puis s'écarta doucement, rassérénée.

— Tu as raison, c'est le moment d'y aller !

Azorru l'observa tandis qu'elle se lavait une dernière fois dans la source. Son corps réagit vivement à l'eau glacée. Ses tétons se durcirent et, ensorcelé par ses gestes voluptueux, le guerrier ne put se contrôler davantage. Il lui fit l'amour avec passion, retardant encore leur départ.

* * *

À présent, il était grand temps de prendre la route. Azorru devait sérieusement penser à la mettre en sécurité, et ils n'avaient déjà que trop repoussé ce moment.

— Même si je ne porte pas Weily dans mon cœur, je sais qu'il nous aidera quoi qu'il arrive. Tu es sa petite-fille adorée, ironisa-t-il en empoignant leurs affaires.

Wymi allait le contredire quand, subitement, la terre trembla sous leurs pieds. Une odeur de brûlé remonta jusqu'à eux et, avant qu'ils aient pu réagir, des flammes les encerclèrent.

Le cœur battant, Azorru saisit sa compagne par le bras pour l'entraîner plus loin, mais une immense boule incandescente déferla sur lui. Afin d'éviter qu'elle ne les percute, il dut s'écarter de la jeune femme. Il la poussa dans l'espoir qu'elle ne soit pas blessée. Déséquilibré, il tomba au sol, puis le feu l'aveugla un court instant durant lequel il la perdit de vue. Paniqué, il tenta de se relever, de lui porter secours. Mais son corps inerte refusa tout mouvement. Amoindri, écroulé par terre, il la chercha du regard.

En vain… Elle avait disparu.

Le guerrier hurla son nom. Sa voix s'égara au cœur de la végétation incendiée. Seul un silence morbide lui répondit. Il devint fou de douleur et de rage en comprenant qu'on venait de l'enlever sous ses yeux sans qu'il puisse intervenir.

Pourquoi ? Que se passe-t-il ? Entier, j'étais censé être plus fort !

Le sort de ce maudit Suprême le rendait à nouveau trop faible. Il eut beaucoup de difficulté à se relever. Heureusement pour lui, le feu s'étouffa de lui-même, lui permettant de réfléchir en sécurité. Wymi devait se trouver très loin de lui pour que sa peine soit si intense. Il n'y avait qu'un mage corrompu pour accomplir pareil prodige.

Comment a-t-il pu arriver jusqu'à nous sans être inquiété par les Gyramens ?

Les poings serrés, le guerrier se redressa tant bien que mal, puis tenta d'avancer. Mais il souffrait tellement qu'il ignorait comment retrouver la magicienne.

— Wymi, appela-t-il une dernière fois, empli de désespoir.

Recroquevillé sur lui-même, il marchait au hasard, le visage crispé par la douleur. À cet instant, il était persuadé qu'il finirait par mourir.

— Weily, tu me le paieras, hurla-t-il. Tout ça, c'est de ta faute !

Et, alors qu'il angoissait face à sa totale impuissance, les arbres ouvrirent un chemin devant lui. Sans trop réfléchir, il le suivit, certain que les plantes le guidaient. Il ne comprenait toujours pas pourquoi la forêt tout entière s'animait dès qu'il s'agissait de protéger Wymi. Elle devait être vraiment spéciale pour insuffler un tel élan de vie à de simples végétaux.

Alors qu'il se traînait le long du sentier, un terrible mal de crâne le transperça et les souvenirs de Nanu refirent surface dans un tourbillon de douleur.

* * *

Trois ans auparavant.

Nanu observait la vaste demeure familiale. Les murs de pierre peints en blanc et surplombés de larges poutres de bois s'agençaient de façon complexe. Les innombrables pièces, au mobilier richement décoré, s'ornaient de gravures fantastiques. Tout ce qui l'entourait n'était que finesse, courbes et élégance. Devant lui, une immense baie vitrée s'ouvrait sur une vue imprenable de la forêt.

Né de parents aisés et aimants, il n'avait jamais rencontré la moindre difficulté au cours de son existence. Pourtant, chaque jour, il ressentait au fond de lui un manque qui l'empêchait de vivre pleinement. Le jeune homme avait l'impression de n'être qu'une coquille vide. Il ne s'intéressait à rien : ni aux armes, ni aux femmes, ni à la magie. Depuis toujours, son cœur recherchait simplement la solitude.

Il contemplait l'extérieur avec mélancolie. Pourquoi réagissait-il ainsi ? Pourquoi ne pouvait-il pas vivre heureux alors qu'il possédait tout ?

— Nanu ?

Surpris, il se retourna. Sa petite sœur de six ans venait de le rejoindre. Le temps passait si rapidement qu'il la voyait constamment plus jeune qu'elle ne l'était. Nanu tendit la main et, avec délice, elle se blottit au creux de ses bras. Ses câlins étaient souvent tout ce qui lui permettait d'exister.

— Coucou, Ihsie, dit-il tendrement.

Il embrassa affectueusement son front et caressa ses longs cheveux fins, aussi noirs que la nuit, si similaires aux siens. Elle portait encore sur elle cette délicate odeur de bébé qui lui donnait toujours envie de la protéger.

Ihsie était tellement plus jolie que lui ! Sa beauté, même pour son âge, lui coupait le souffle. Ses yeux renfermaient toutes les nuances de l'océan. Chaque fois qu'il y plongeait son regard, il pouvait presque y voir onduler des vagues imaginaires. Ses prunelles à lui étaient bien plus sombres. Sa mère disait qu'elles ressemblaient à la deuxième lune, perpétuellement cachée dans l'ombre des deux autres.

— Tu m'emmènes à l'école ?

Ihsie le serra dans ses petits bras frêles. Nanu lui sourit. Il adorait l'accompagner jusqu'à sa classe pour chasser au mieux sa morosité à l'approche de ce lieu qu'elle n'appréciait guère. Se libérant de son étreinte, il se leva et se dirigea vers sa chambre pour vérifier avec elle son sac. Ihsie, enthousiaste, lui présenta les affaires qu'elle allait emporter.

Elle lui dépeignit avec fierté tous les cahiers qui lui servaient à noter ses leçons ou à dessiner. Elle lui expliqua la singularité de chacun. Sa mémoire incroyable surpassait à bien des niveaux celle de la plupart des adultes. À son âge, elle comprenait déjà beaucoup trop de choses.

Ce jour-là, au grand étonnement de Nanu, elle se montrait particulièrement insistante. Puis, elle lui désigna toutes ses poupées comme si elles aussi détenaient une certaine importance. Soudain, son ton se fit plus pressant :

— Tu vois, elle, c'est Azallu ! C'est ma meilleure amie !

— Ton amie…

— Elle sera la clé au réveil oublié, à la folie et à la chanson de la vie. Le cercle argenté du destin s'en trouvera modifié, et tout cela grâce à la Création…, déclara-t-elle en lui jetant un coup d'œil malicieux.

Nanu observa sa sœur sans rien dire. Il était clair qu'il ne saisissait pas un traître mot de ce qu'elle racontait, mais il ne laissa rien paraître.

— La Création ? lui demanda-t-il pour lui prouver qu'il écoutait.

— Il faut la protéger, elle se met toujours en danger !

Nanu fronça les sourcils. Ses paroles l'inquiétaient.

— Pourquoi ?

— Elle est trop forte !

— Alors elle devrait être capable de se défendre seule, non ?

— Mais non, Nanu, tu ne comprends pas. Sa puissance, c'est sa faiblesse ! La Mort la suivra partout, à chaque instant de sa vie.

Il grimaça. Pourquoi ne déchiffrait-il jamais ce qu'elle racontait ? Elle semblait constamment plongée dans des histoires folles. Mais le plus troublant était la morale qu'elle en tirait : elle était cruelle et, en même temps, très réaliste.

— Comment faut-il la protéger ?

— Il faut se sacrifier !

— Se sacrifier ? Tu veux dire mourir ?

Nanu n'en revenait pas.

— C'est le seul moyen.

— Mais…

— Ne t'inquiète pas, je sais que tu y arriveras. Pour la Création, l'âme de ton existence… À ce moment-là, tu comprendras et la Mort te guidera !

Ihsie se détourna. Le sujet était clos. Elle attrapa une autre poupée et se lança dans une nouvelle histoire. Il soupira.

— Dis-moi, tu en as combien ? hasarda-t-il, presque suppliant.

Il se voyait déjà rester là toute la journée, entouré de jouets, avec une pipelette à ses côtés. Il sentait que les explications n'en finiraient pas… Ihsie pouvait se montrer tenace et vérifiait toujours que son interlocuteur – en l'occurrence, son grand frère, qui lui avait juste proposé gentiment de l'accompagner à l'école – l'écoutait.

— Eh bien…

Très sérieuse, l'enfant se tenait le menton tout en réfléchissant. Elle se concentrait. Apparemment, elle voulait répondre avec exactitude. Nanu attendit encore patiemment. Elle pouvait parfois le rendre fou.

— Vingt, assura-t-elle enfin, triomphante.

— Tant que ça ? se découragea Nanu.

— Eh bien, oui. Ici, vois-tu, il y a Esilla. Elle est très inquiète... Et puis, c'est difficile de la consoler, car elle ne peut plus protéger ceux qu'elle aime, révéla-t-elle sur le ton de la confidence. Puis, il y a...

Nanu commença à sauter d'un pied sur l'autre.

— Je crois qu'on va être en retard si tu ne te dépêches pas, la coupa-t-il avec douceur, espérant ne pas la vexer.

Ihsie soupira bruyamment, mais saisit le message et cessa de décrire ses poupées.

Elle était toujours en pyjama. Là aussi, il fallut faire preuve de patience. Têtue, elle secouait la tête devant chaque tenue qu'il choisissait. Lorsque leur mère s'absentait quelques jours, la petite fille en profitait pour accaparer toute l'attention de son grand frère. Ce que Nanu comprenait sans peine, car, contrairement à leur père, il l'écoutait quand elle avait décidé de parler pendant des heures sans s'arrêter.

Maintenant, bien sûr, elle râlait, car sa *maman d'amour* l'aidait à mettre ses vêtements et lui, non. Confus, il se demanda un instant si elle faisait exprès de ne pas y parvenir seule juste pour qu'il s'occupe d'elle. La coquine était maligne et savait le faire céder.

Puis vint le moment de la coiffer. L'enfer de ces petites filles qui revendiquent une tresse sans bosses et sans tirage de cheveux, tout en exigeant que l'ensemble reste bien serré sur le haut de leur crâne.

— Aïe... Tu me fais mal ! Maman ne fait pas comme toi !

Elle tapa du pied, mécontente. Leur père, Amuro, passa à cet instant devant la salle de bains, les yeux hagards. Comme d'habitude, il n'avait pas réussi à se lever et, Anna n'étant pas là pour le secouer, il traînassait.

— Tiens, dit-il en les voyant se préparer. Mais quelle heure est-il ?

Nanu observa en soupirant l'horloge astronomique fixée au-dessus de leurs têtes. Amuro n'était vraiment bon à rien quand leur mère s'absentait.

— Bientôt huit heures et demie…
— Mince, Ihsie. Il faut que je la dépose à l'école !

Peu de temps auparavant, son épouse et Nanu avaient été convoqués auprès du Suprême durant plusieurs jours, et Amuro avait totalement oublié l'existence d'Ihsie. L'enfant s'était débrouillée toute seule à la maison, à jouer, bien contente de ne pas aller en classe. Bien sûr, à son retour, Anna avait enragé en traitant Amuro d'irresponsable. C'était d'ailleurs l'unique fois où elle l'avait frappé ! Elle s'était montrée si violente que l'affreuse marque de ses doigts était restée au moins vingt-quatre heures sur la joue du guerrier.

Ce jour-là, Nanu avait beaucoup ri. Amuro, l'un des plus grands stratèges de l'empire, se laissait malmener par sa femme.

— Non, c'est bon, je vais le faire. Et puis, elle est presque prête ! Tu veux terminer sa coiffure ?

Nanu lui désigna la brosse et l'homme se figea. Il n'avait, apparemment, pas du tout envie de s'occuper des cheveux de sa fille adorée.

— Non, non… je te fais confiance, déclara-t-il en s'éloignant hâtivement, soulagé d'échapper à cette corvée.

— Merci pour le soutien, marmonna Nanu dans sa barbe, tandis qu'Ihsie défaisait sans aucun scrupule ce qu'il venait péniblement de réaliser.

Il ouvrit grand la bouche pour protester, mais elle le stoppa net d'un regard outré.

— Y avait une bosse, là ! hurla-t-elle comme si c'était le pire des sacrilèges.

— Désolé… mais ce n'est pas facile, tes cheveux sont vraiment très fins.

— Maman y arrive, *elle* ! ronchonna-t-elle, mécontente, en croisant les bras.

— Je propose qu'on les laisse libres juste pour aujourd'hui, puisqu'il est clair que je ne suis pas aussi doué qu'elle.

Nanu lui sourit avec douceur, priant en silence pour qu'elle dise oui. Par chance, Ihsie acquiesça, consciente que son frère n'y parviendrait jamais, et se remit à papoter sans s'arrêter pendant qu'il se saisissait de son sac. Elle lui posait toutes sortes de questions qui allaient de sa couleur préférée à ses gâteaux favoris, et ainsi de suite… Ils passèrent dans le hall et firent une brève halte devant la salle à manger où leur père buvait une concoction noire au fumet amer, l'air toujours endormi.

— On y va, lui indiqua Nanu en faisant un signe de la main.
— D'accord, hum… Soyez prudents !
— Oui, comme d'hab…
— Je ne rigole pas. Si ta mère a été convoquée, c'est qu'il faut faire attention… Alors, sois vigilant ! répéta-t-il en le fixant avec sévérité.

Son regard s'intensifia à tel point que Nanu ne put le soutenir plus longtemps. Maintenant mal à l'aise, il hésitait quant à l'attitude à adopter.

Son père était considéré comme un grand mage gyramen et c'était uniquement grâce à son statut que le jeune homme pouvait mener cette vie calme. Habituellement, tout garçon ayant un tant soit peu de pouvoirs devait obligatoirement s'entraîner afin de devenir un guerrier. Nanu culpabilisait parfois vis-à-vis des autres. Mais pouvait-il aller contre sa nature ? Il ne désirait pas se battre !

Il s'interrogeait encore sur son futur. Il ne savait toujours pas ce qu'il voulait faire réellement. Il se perdait dans la recherche d'une vérité qui aurait pu expliquer la solitude de son cœur. Sa famille aimante aurait dû combler ce vide intérieur et il ne pouvait mettre de mots précis sur cette sensation anormale.

Depuis sa plus tendre enfance, il se sentait différent… Incomplet…

— On y va, Nanu ?

Sa sœur le tira de sa rêverie. Elle attendait gentiment dans l'entrée qu'il lui ouvre la porte. Il lui frotta la tête avant de pousser le battant et de la laisser sortir.

— Eh, Ihsie ! Je n'ai pas eu de bisou, s'indigna leur père en manquant de renverser tout le contenu de sa tasse chaude.

Ravie, elle courut se jeter dans ses bras.

— À ce soir, ma jolie lune d'amour.

Elle l'embrassa une dernière fois sur la joue avant de se diriger vers son frère en traînant les pieds. Non, Ihsie n'appréciait vraiment pas l'école. Nanu essaya de la rassurer, il détestait quand elle boudait ainsi.

— Allez, c'est moi qui viens te chercher tout à l'heure, ce ne sera pas si long !

La fillette secoua farouchement sa petite bouille en signe de dénégation. Elle releva les yeux, hésitante :

— Nanu, j'ai rêvé… Je t'aime, tu sais !

Il haïssait quand elle débutait ses phrases de cette façon. Anna pensait que ses rêves étaient prémonitoires. Son père, qui écoutait leur échange avec attention, se leva, à présent soucieux.

— Je sais…, commença Nanu avec douceur.

— Je ne souhaiterais pas avoir d'autre frère !

Il grimaça. Où voulait-elle en venir ?

— Tu dis ça pour me faire plaisir, bougonna-t-il sans trop savoir comment réagir.

Elle secoua la tête à nouveau en émettant un petit couinement.

— Tu dois être au courant… Tes choix te mèneront à la vérité et ton amour te sauvera toujours. J'ai vu la femme de ta vie, ainsi que son histoire. Et je vais t'aider à la trouver !

Cette déclaration eut sur le jeune homme l'effet d'un électrochoc. Il scruta Ihsie avec le sentiment d'être face à quelqu'un de bien plus âgé. Il détestait l'entendre parler de la sorte. Que sa sœur de six ans mentionne des éléments aussi personnels le rendait fou. Il espérait réellement qu'elle n'irait pas plus loin.

— Tu n'es pas obligée…

— L'une des Écailles se situe au fond de la mer. Elle te mènera à ta destinée.

Sans lui laisser le choix, elle prit sa main et lui indiqua le lieu exact par la pensée. Il fut stupéfait de voir que pour elle, cela revêtait une importance capitale. Il se demanda depuis quand elle savait faire ce genre de chose, tout en étant conscient que ça ne servirait à rien de la questionner. Elle hausserait simplement les épaules en guise de réponse.

— Nanu, le jour où tu seras entier, ne tourne jamais le dos à cette femme. Tu dois me le promettre !

Il ne comprenait rien à ce qu'elle racontait et espérait qu'elle allait vite redevenir sa petite sœur chérie, celle qui aimait tant ses jouets.

— D'accord…

Elle le contempla de son magnifique regard céleste et lui sourit avec une fierté qui l'étonna.

— Tu me retrouveras dans ses yeux. Ainsi, jamais je ne te quitterai ! Tu te souviens d'Azallu ?

— Ta poupée ?

Elle hocha la tête.

— N'oublie pas ce que je t'ai dit à son sujet !

— C'est ma future femme ?

Ihsie sourit. Il s'aperçut qu'elle se moquait de lui.

— Tu verras bien !

Puis, elle sortit. Il crut avoir mal compris. Il entendit vaguement Amuro gronder d'insatisfaction. Quelques minutes plus tard, il était à leurs côtés, bien décidé à les escorter jusqu'à l'école. Vêtu de son armure, il avançait avec précaution, épiant tout ce qui l'entourait, à l'affût du moindre mouvement suspect.

Nanu aussi se sentait perturbé. Il avait l'impression qu'Ihsie allait soudain disparaître sans laisser de traces. Pourquoi avait-elle dit qu'il la retrouverait dans les yeux d'une autre ? Il n'aimait pas quand elle parlait ainsi par énigmes !

Ihsie se mura dans le silence. Amuro, incapable de se détendre, pestait tout bas. Il avait une carrure si imposante que personne n'osait le provoquer sans avoir l'intention de mourir. Les gens avaient appris à le redouter, alors que Nanu ne voyait en lui qu'un père tendre et affectueux qui ne lui ferait jamais de mal.

— Pa…

Il n'eut pas le temps de finir sa phrase. Le sol trembla violemment sous leurs pieds. Ihsie se cramponna à son bras. Désireux de la protéger, Nanu souleva son corps frêle et le pressa contre lui. Puis, il perçut des sifflements en provenance de toutes parts et sentit que sa sœur tressaillait sous des chocs répétés.

Lorsqu'il vit les flèches qui transperçaient sa peau, Amuro hurla. Il se précipita sur les mages corrompus qui venaient d'apparaître dans leur village et qui avaient décidé, ce jour-là, de tout détruire sur leur passage. Ils massacraient sans distinction chaque civil qu'ils croisaient.

— Ihsie…, sanglota Nanu, tombé à genoux, terrifié par son immobilité.

Le sang s'échappait à flots du petit corps martyrisé. Il s'écoulait sur les pavés et les encerclait d'une écœurante mare écarlate. Les magnifiques yeux océan de sa sœur se voilèrent de nuages.

— N'oublie pas l'Écaille, lui chuchota-t-elle. Et n'oublie pas d'aimer, Nanu, car ton cœur est Amour…

Ce furent ses dernières paroles avant que son souffle ne s'éteigne à jamais. Devenu Haine et Fureur, Amuro les défendait comme un diable. Nanu le regarda faire un long moment, incapable de prononcer le moindre mot. Sa poitrine se déchirait sous la douleur. Ses mains agrippaient le cadavre de sa sœur.

Puis, soudain, un silence pesant s'installa. Il n'y eut plus ni cris ni bataille… Son père avait tué les mages. Tous, jusqu'au dernier. Couvert de leur sang noir, ses yeux fous reflétant la mort, il s'approcha d'un pas hésitant. Il avait remarqué la façon dont Nanu se crispait autour d'Ihsie. Le soldat ne pleurait pas, rien en lui ne permettait de deviner son terrible chagrin.

Après d'interminables secondes, Nanu s'aperçut qu'il hurlait sa souffrance. Il hurlait encore et encore, incapable de se contrôler. C'était lui qui avait imposé le silence autour d'eux et, pourtant, il ne s'était pas entendu, trop assommé par sa peine.

D'autres guerriers du régiment de son père arrivèrent alors. Aucun d'eux ne parlait. Nanu vit le masque d'Amuro se décomposer. Il s'approcha puis, d'un geste tendre, lui effleura la joue.

— Laisse-moi la prendre…

Sa voix tremblait, comme chacun de ses membres. Mais Nanu ne parvenait pas à obéir. Abandonner le minuscule corps blotti entre ses bras était au-dessus de ses forces. Il se rappelait la douceur d'Ihsie, ses poupées, ses cheveux qu'il avait brossés. Il ne pouvait pas la lâcher, il s'agissait de sa sœur… Sa petite sœur qu'il aimait tant. Et soudain, frappé de plein fouet par le fait qu'elle ne bougeait réellement plus, il s'écroula.

— Papa, gémit-il, désespéré, les mains tendues vers lui. Papa…

Il ne savait pas exactement ce qu'il voulait, mais il devait atteindre son père.

— Je suis là ! Chut… Je suis là !

Amuro caressa à nouveau son visage, avec toujours autant de délicatesse. Il réussit à dégager sa fille, qu'il berça un instant comme si elle était endormie. Puis, il s'éloigna, les joues baignées de larmes, laissant Nanu prostré derrière lui.

Le jeune homme se rendit alors compte que beaucoup d'autres victimes avaient péri durant cette attaque. Pas seulement sa sœur, mais presque tous les enfants qui allaient à l'école. Ils avaient été les principales cibles des mages malfaisants. Il examina ses mains maculées de sang en tremblant avant de relever la tête, les yeux noirs de colère.

Les gens autour de lui s'écartèrent, impressionnés par la détermination qu'il affichait soudain.

Plus jamais ! se promit-il en rejoignant son père. *Non, je ne serai plus jamais faible !*

Il allait devenir un mage gyramen plus fort encore qu'Amuro. Il s'entraînerait pour être digne de trouver l'Écaille désignée par sa sœur. Après quoi, il suivrait son dernier conseil et protégerait, de son amour et de sa force, les personnes fragiles comme elle.

Il serait Amour, mais un amour meurtrier : la Lame des innocents.

Le vide qui l'habitait jusqu'alors parut s'amenuiser et il sut que son choix était le bon.

Chapitre 17

Orana

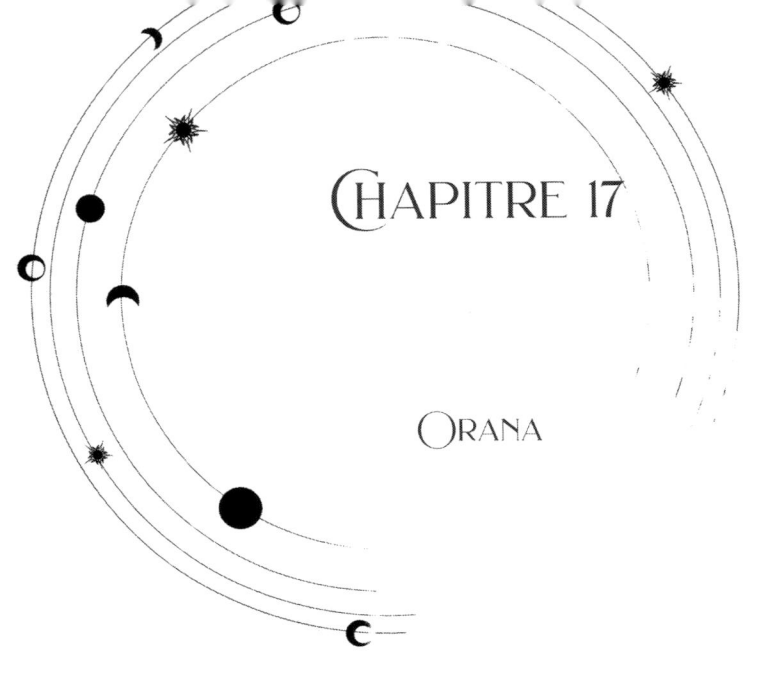

Deux ans auparavant

Nanu s'évertua à suivre les indications de sa tendre petite sœur. D'abord, il se soumit aux rudes entraînements de l'école, mais voyant qu'il n'obtiendrait pas de meilleurs résultats, il s'échappa, sans un mot ni un regard en arrière. Cette excuse l'arrangeait, pour le coup. En réalité, les larmes de sa mère transperçaient son cœur avec bien trop de brutalité, tout comme cette chambre vide aux poupées sans âme. Au fond, il fuyait sa propre douleur.

C'est le sang bouillant de rage et quelques sous en poche qu'il s'engagea sur les routes. Il ignorait comment Ihsie avait fait pour qu'il enregistre aussi bien l'emplacement de l'Écaille, mais il savait exactement quelle direction prendre.

Il y pensait jour et nuit, si bien que les visions dudit artefact s'intensifiaient à mesure qu'il s'en rapprochait. Il en venait presque à croire qu'il s'agissait d'un appel que lui seul comprenait. Le jeune homme nota toutefois qu'une grosse partie du voyage s'effectuerait dans les terres sauvages où corruption et folie seraient ses principales sources de préoccupation. Aurait-il même le courage de s'aventurer en ces lieux funestes ?

Après des semaines à respecter l'itinéraire secret d'Ihsie, l'argent lui manqua. Il commença à accomplir des petites missions que les humains peinaient à réaliser eux-mêmes. Sa maîtrise de la magie fut utile au point qu'il n'eut bientôt plus une seconde à lui. Au moins, il dormait au chaud et avançait doucement vers sa cible.

Lorsque la frontière ne fut plus qu'à quelques jours de marche, son regard s'éleva vers les grandes forteresses qui encadraient l'immense muraille. Sa bouche s'asséchai. Comment traverser sans se faire remarquer ? Jamais les Ilemens et les Gyramens en faction ne l'autoriseraient à passer. Ses parents avaient sans aucun doute alerté le Suprême et il devait être au cœur des avis de disparition. C'était bien pour cela qu'il ne s'était pas attardé dans les villes et seulement dans les villages, là où les informations se faisaient rares.

Après avoir dégluti et s'être assuré que son sac était plein de victuailles, il chercha les failles qui pourraient lui ouvrir une voie secrète. Il se rendit vite compte que les remparts étaient trop bien entretenus et que ça ne serait sûrement pas aussi facile. Il préféra faire demi-tour pour rejoindre le hameau le plus proche, dont il avait aperçu les toits un peu plus loin.

Celui-ci, entouré de forêt, semblait grand. Nanu se balada dans les rues en quête de commerçants. Le plus simple pour trouver un moyen de sortir discrètement était de s'adresser directement à eux, car ils avaient toujours des combines à révéler au premier curieux. Sourcils froncés, il commença toutefois à ralentir le pas. Pas un bruit ne s'échappait des maisons, des venelles, et pas un enfant ne courait ni ne lui tournait autour. Rien.

Alors que son inquiétude croissait, il finit par remarquer combien les arbres et les végétaux emprisonnaient la pierre. Il se retrouva au centre de ce qui devait être la place principale. Les échoppes vides restaient en bon état.

Pour la première fois, il parcourait un village en ruines. Malgré tous ses arrêts, jamais il n'avait été face à quelque chose d'aussi désolé. Il se demandait ce qui avait pu faire ainsi fuir tous les habitants, quand une odeur désagréable l'assaillit. Son corps réagit instinctivement. Ses pas le guidèrent à l'intérieur d'une des maisons désertées et il se positionna derrière une fenêtre. Dehors apparut bientôt un mage élancé aux vêtements vaporeux. La fumée âcre qui l'enveloppait rappelait un puits sans fond dont personne ne ressortait jamais.

Le corrompu portait un masque à l'effigie des pires monstres que Travel aurait pu abriter. Impressionnant, redoutable par l'aura de puissance qu'il dégageait, il poussa Nanu à se tasser sur lui-même. L'être, aux aguets, vérifia qu'aucun danger ne le menaçait directement. Son visage dissimulé ne permettait de distinguer qu'une paire d'yeux dantesques.

Il ressemblait peu aux mages décrits dans les manuels. Celui-ci ne s'accompagnait d'aucun serviteur et Nanu songea que c'était peut-être sa chance de lui faire mordre la poussière. Il fut toutefois trop lent, car la créature diabolique usait déjà de son horrible pouvoir. Des ronces écarlates sortirent de terre pour s'étendre de plus en plus haut, s'entortillant les unes avec les autres. Après ce qui parut durer une éternité pour Nanu, le végétal finit par stopper sa progression. Le centre se teinta de noir jusqu'à laisser apparaître une brèche que l'être s'empressa d'ouvrir.

Était-ce quelque chose de nouveau ou une capacité acquise avant sa transformation ? Nanu grimaça de dégoût lorsque des hommes enchaînés en furent extirpés. Depuis combien d'années ce village servait-il à abriter ces êtres avilis ? La créature semblait si habituée qu'elle n'avait pas pris la peine de vérifier les alentours.

Les prisonniers, peu nombreux, tenaient à peine debout. La peau sur les os, le regard inanimé, ils lui donnaient la chair de poule. Nanu songea qu'ils ressemblaient, d'une certaine façon, à Ihsie. Innocents. Sans défense. Fragiles. Il tenta de calmer ses nerfs ; seulement, son sang bouillonnait si violemment dans ses veines que rester simple spectateur lui était impossible.

Il sortit de sa cachette, une hache redoutable à la main, prêt à en découdre. Le corrompu se retourna au moment même où il attaquait. Nanu, pris par surprise, eut un instant d'hésitation qui sonna sa perte. Le mage noir le saisit à la gorge.

— Je t'ai flairé, fit-il dans un rire sombre. Je me demandais quand tu oserais m'affronter. Ça a été rapide. Ne sais-tu pas réfléchir avant de passer à l'acte ?

L'être ignoble l'observa longuement. Nanu, nez à nez avec ce masque hideux, sentit son cœur s'emballer de peur.

— Un Gyramen qui se jette aveuglément dans la gueule du loup, c'est la première fois que je vois ça. Je ne vais pas non plus m'en plaindre, car après tout, tu vas me faire gagner en puissance !

Nanu, dont les forces s'épuisaient déjà, ne s'était pas attendu à rencontrer un mage si puissant. Il se reprocha de ne pas avoir préparé le terrain. Pour un premier affrontement, il avait grandement sous-estimé l'adversaire. Son énergie s'amenuisa au point de le laisser aussi faible qu'un nouveau-né. La peau de son cou le meurtrissait atrocement. La poigne redoutable de son ennemi le serrait tant que sa bouche s'ouvrait en grand. Ses pieds ne touchèrent bientôt plus le sol et son pouls se mit à bourdonner dans ses oreilles. Il griffa les mains de son opposant sans que cela ne lui fasse le moindre effet.

Le jeune guerrier avait, dans la panique, fait disparaître son arme, erreur qui lui coûtait cher. Et alors qu'il s'apprêtait à tourner de l'œil, le monstre le libéra sans crier gare.

Nanu s'effondra. La créature hurla avant de littéralement exploser, l'arrosant au passage de son sang putride.

— Eh bien, en voilà un petit Gyramen qui fait des bêtises. Qui aurait pensé que le jeune Nanu, malgré ses notes exemplaires, se jetterait ainsi tête baissée sur un mage corrompu ?

Le garçon se redressa pour observer celle qui venait de le sauver. Elle était accompagnée d'un enfant aux cheveux argentés. Son regard perçant, étrange, ressemblait aux lunes tant ses iris irradiaient.

Nanu bégaya. Qui étaient-ils et surtout, que faisaient-ils ici ? Sa reconnaissance pour eux était entière, mais les mots lui manquaient. Les poumons en feu, il tentait de reprendre son souffle.

— Q… Qui…

— Qui nous sommes ? questionna la femme d'une voix forte.

C'était la première fois qu'il croisait une guerrière pareille, si sûre d'elle. Les tatouages blanc-gris qui couvraient son visage mettaient sa peau caramel en valeur. Sa crinière d'un noir profond intensifiait la vigueur de ses yeux clairs. Elle l'impressionnait tant qu'il fixa le sol.

Il releva légèrement le menton pour la considérer à nouveau. Même son armure, il n'en avait jamais vu de semblable. Ornée de symboles, auréolée de mystère, elle apparaissait redoutable.

— Tu n'as jamais rencontré de sorcière ? demanda-t-elle, toujours en le dévisageant.

Elle passa sa langue écarlate sur ses dents immaculées, puis afficha un sourire qui aurait pu terrifier n'importe quel homme.

Nanu acquiesça, incapable de mentir.

— Je suis Éclats, et voici Kecil. Le connais-tu ?

Nanu fit non de la tête. Comment aurait-il pu en entendre parler ? Il n'avait jamais quitté le territoire des mages et ne s'intéressait pas vraiment aux enfants.

— Oh, il ne te connaît pas, se moqua Éclats. Ce n'est pas grave. Nous, nous savons qui tu es. Les lunes ont susurré à Kecil que tu te trouverais par ici et que tu aurais besoin d'aide. Comme j'étais dans les parages et que je te cherchais, je l'ai évidemment suivi.

— Tu… Tu me cherchais ? s'inquiéta soudain le jeune homme.

— Eh bien oui, tes parents n'ont pas hésité à m'engager. Ils sont même venus à Antanor pour me dénicher. Je n'ai plus qu'à te ramener chez toi.

— Non ! grogna Nanu, catégorique. J'ai une tâche à accomplir et je ne changerai pas d'avis.

Éclats lâcha un long soupir et regarda Kecil d'un air las.

— Il m'a prévenue que tu dirais cela ! souffla-t-elle. Je te raccompagnerai quand tu auras trouvé ce que tu cherches. Tes proches m'ont promis une belle récompense et je ne suis pas vraiment pressée.

Nanu croisa les bras pour observer à son tour le mystérieux garçon. Comment avait-il pu prévenir Éclats de ses aspirations ? Tous ignoraient ce qui l'avait poussé à partir, sauf peut-être son père. Avait-il osé révéler un tel secret à des étrangers ?

— C... Comment...

— Comment est-il au courant ? devina à nouveau Éclats, les yeux plissés d'amusement. Eh bien, tout simplement parce qu'il comprend le dessein des lunes. Il semblerait qu'Il te cherchait !

Pas vraiment convaincu, Nanu grimaça. Ils lui donnaient l'impression d'être le jour et la nuit. Le garçon brillait de blancheur et elle rayonnait à son opposé. Il sentait une énergie positive, explosive, bienfaitrice, se dégager surtout d'elle. Sa peau, bien que hâlée, n'était certainement pas grise et elle venait surtout de le sauver. Il aurait été déplacé de sa part de les soupçonner.

— Tu n'as jamais vu quelqu'un comme moi ? Tu sais, à Antanor, tout le monde se mélange, lui fit-elle remarquer. Il n'y a que vous, les mages, pour juger les personnes selon leur couleur.

— Je n'ai rien dit, se défendit-il.

— C'est vrai, mais je l'ai deviné à ta façon de m'observer. On m'a déjà confondue avec des corrompus, marmonna-t-elle. Alors que mon cœur à moi ne peut aucunement se noircir.

— Oui, je le sais bien. C'est juste que tu es impressionnante. C'est la première fois que je rencontre une sorcière et que je vois autant de tatouages.

Le rire de la femme résonna autour d'eux et elle se rapprocha à la manière d'un prédateur. Son élégance mortelle terrifia Nanu. Il recula d'un pas, incapable de la lâcher du regard. Ses yeux étaient magnifiques, d'une clarté incroyable.

— Il va falloir t'habituer !

Nanu se détourna vers Kecil. Lui aussi était étrange, presque trop parfait. Il ressemblait à un rêve.

— Je suis mieux connu sous le nom de Petit Vagabond, expliqua celui-ci. Je sais ce que tu convoites, Éclats sera ta meilleure alliée. Comme toi, elle va à la rencontre de sa destinée. Vous vous compléterez, je vais vous montrer la voie.

Nanu s'étonna.

— Je ne comprends pas, tu ne viens pas avec nous ?

Il secoua la tête, un fin sourire sur les lèvres.

— Le chemin de la vie m'appelle ailleurs. Nanu, pour trouver ce que tu cherches, tu dois agir avec ton cœur, comme tout à l'heure. Ce n'est pas grave d'être irréfléchi quand on a à ses côtés la sorcière aux mille éclats !

La femme ricana en l'entendant prononcer ces derniers mots.

— Et ces hommes ? demanda Nanu. Ils vont mourir si on ne fait rien.

Kecil pencha la tête d'un air attendri et observa les anciens captifs.

— Tu dois ouvrir les yeux, ils sont déjà tombés !

Nanu ne comprenait pas. Son regard s'abattit à nouveau sur les prisonniers et il se rendit compte qu'ils n'avaient plus rien d'êtres humains. Les paroles du Petit Vagabond venaient de lever un voile. Même le village lui apparut d'un coup complètement différent, délabré, en ruines, et très inquiétant.

Les jambes soudain cotonneuses, choqué de voir une telle vérité, il manqua s'écrouler. La sorcière le rattrapa de justesse avant qu'il ne touche le sol désormais empoisonné par le sang obscur.

— Qu'est-ce qu'il se passe ?

— L'illusion ne fait plus effet sur toi, c'est tout. Pour sortir de ce genre de magie, il faut protéger son esprit, expliqua-t-elle.

Elle finit par le relâcher en constatant qu'il tenait mieux sur ses pieds et Kecil les invita à le suivre.

— Ce bourg est abandonné depuis des années. Un jour, les corrompus y ont fait un raid et se sont emparés de toutes les âmes. Il y a eu une grande bataille et le Suprême a récupéré les terres envahies, mais au prix du sacrifice de nombreuses victimes. Je ne crois pas qu'il soit au courant qu'un portail se trouve ici. Sans doute l'empruntent-ils rarement pour ne pas alerter les patrouilles.

— Il y a vraiment des sentinelles ? Car dans tous les petits villages où je me suis arrêté, je n'en ai vu aucune !

— C'est parce qu'elles n'ont pas l'air d'en être. Elles viennent bénir les maisons.

— Alors elles ne s'aventurent jamais ici ! Il n'y a plus personne à protéger.

— Certes, approuva à son tour Éclats, mais nous sommes proches de la forteresse. Les gardes pensaient sûrement pouvoir détecter toute magie noire sans avoir à se déplacer. C'est bien pour cela que nous autres sorciers ne nous hasardons jamais trop par chez vous !

Nanu ne commenta pas. Il ruminait. Il s'était jeté aveuglément dans la gueule du loup. Sans leur intervention, il serait mort. Il n'avait rien senti et n'avait même pas réfléchi. Alors, subitement, sa quête lui parut impossible. Comment s'imaginer parcourir les terres sauvages s'il n'était pas capable de se protéger des illusions ?

* * *

— Où allons-nous ? demanda-t-il.

Ils venaient de quitter définitivement la zone corrompue. Sa respiration se fit moins saccadée et ses pas plus légers. Par conséquent, la différence était minime, mais perceptible dans une certaine mesure.

— À Orana.

— Orana ?

— La cité de l'eau. Là où personne ne va, l'informa Kecil, imperturbable.

Quel âge avait-il ? Qui était-il ? Était-ce possible pour un garçon aussi jeune de se balader ainsi tout seul dans la nature ? Il disait ne pas pouvoir les accompagner et, pourtant, il montrait la voie sans une once d'hésitation. Les lunes, disait-il ? Il y croyait à peine.

— Tu viens avec nous, finalement ?

Se retenir de parler n'était pas son fort. Nanu épia Éclats, qui s'était enfermée dans un mutisme surprenant. Du peu qu'il avait entendu, il se doutait qu'elle ne restait en général pas silencieuse très longtemps. Kecil se retourna pour l'observer. Ses cheveux dansèrent un instant autour de son visage d'enfant et ses lèvres se retroussèrent. Il crut revoir sa sœur. Il lui sembla retrouver sa beauté singulière, son innocence, sa douceur, son regard. Toute la fragilité du monde rassemblée en ce garçon.

— Nanu, ne t'inquiète pas, je te mènerai le plus loin possible. La ville que tu découvriras n'est pas comme les autres. Pour Éclats, Orana représente des années de recherches. Là-bas, un secret t'attend. Éclats et toi deviez vous rejoindre, même si votre destinée n'est pas de rester ensemble. Mais n'ayez crainte, vous comprendrez pourquoi.

Nanu ouvrit la bouche pour la refermer. Il était perturbé par sa façon si sûre d'appréhender leur rencontre. Tout, dans ses mots, lui rappelait sa sœur disparue. La tristesse l'étouffa au point qu'il manqua d'air, mais la sorcière le ramena à l'instant présent en le dépassant.

— Tu sais bien parler pour convaincre les gens. Je suppose que c'est ma récompense pour l'avoir sauvé ? Quand je pense que nous nous sommes vus plusieurs fois et que tu ne m'as jamais montré la voie avant !

Le Petit Vagabond eut un sourire énigmatique qui en disait long. Il se retourna pour repartir et, à nouveau, ils n'entendirent plus que le bruit de leurs pas. Nanu se laissa guider. Il ne s'attendait toutefois pas à ce que Kecil leur fasse traverser la frontière aussi facilement. Il n'avait même pas aperçu la délimitation ni le mur gigantesque qui le séparait des zones inexplorées.

— Mais…

— Comment c'est possible ? termina Éclats en riant. Tu n'as jamais voyagé avec Kecil, ça se voit. Sans lui, nous serions toujours sur le territoire des mages. Sa capacité, pas des moindres, est de dégager le chemin. Ainsi, nous allons deux fois plus vite et les obstacles n'en sont plus réellement. C'est pour cela que nous sommes déjà dans les terres sauvages, alors prends garde, cette fois. Retiens-toi de te jeter aveuglément sur un ennemi et ne lâche pas Kecil des yeux ou tu te perdrais.

Nanu observa l'enfant, de plus en plus impressionné.

— Kecil est si puissant que ça ?

Éclats haussa un sourcil avant de lui répondre :

— Donc tu ignores vraiment qui il est ! Il n'a pas d'âge. On dit qu'il parcourt le monde depuis la nuit des temps, mais si tu veux mon avis, le Cercle et lui se ressemblent beaucoup. D'ailleurs, il en existe d'autres comme eux, dont les intentions restent un mystère.

— Combien ?

— Au moins cinq, à ma connaissance, lui apprit la sorcière.

Son regard lumineux se posa sur le garçon aux cheveux d'argent.

— Ils sont inaccessibles, immortels et, en même temps, ils me font beaucoup de peine !

— Pourquoi ?

Une barre soucieuse plissa le front d'Éclats.

— Parce qu'aucun d'eux ne semble vivant.

Nanu resta songeur. Ainsi, ce garçon n'en était pas vraiment un ? Mais qui était-il, alors ? Il lui était difficile de ne pas ressentir une immense tendresse à son égard. Son apparence enfantine lui donnait envie de le protéger.

Éclats le laissa digérer ces informations avant de se pencher pour murmurer à son oreille :

— Et j'aimerais aussi que tu enregistres cette leçon : un mage corrompu est un être perfide qui a perdu son âme en s'emparant de celle d'un autre. Cela signifie qu'il est devenu bien plus dangereux, puisque les énergies de tous ceux qu'il a tués entretemps coulent en lui. Ne les prends jamais à la légère ! Tu as failli le nourrir davantage.

Nanu frémit, mais acquiesça. Il se souvenait encore trop bien de cette main grise incroyablement brutale qui avait serré son cou. Sans leur intervention, il serait mort. D'ailleurs, comment la sorcière s'était-elle débrouillée pour le faire exploser ? Il avait l'impression que cela ne lui avait pas réclamé beaucoup d'efforts.

— Il n'avait pas l'air si puissant que ça quand il a éclaté, fit-il remarquer en lui montrant ses vêtements recouverts de sang opaque.

Elle approuva sans donner de détails.

— Bien sûr, c'est ma façon à moi de combattre, mais ça ne veut pas dire qu'il était aisé de le vaincre.

Après ces dernières paroles, elle rattrapa Kecil. Il n'eut pas le temps d'ajouter quoi que ce soit. La végétation changeait vite d'apparence, elle était tantôt dense puis plus clairsemée à chaque pas. C'était comme s'ils avalaient des kilomètres en une ou deux enjambées. Il commençait à avoir du mal à suivre quand ils parvinrent enfin au bord d'une falaise. Kecil s'arrêta pour étudier la mer en contrebas.

— Bien, c'est ici que je vous abandonne.

Nanu ne fut pas le seul à s'interroger. Qu'était-il censé faire ? Il n'y avait pas de ville ni de route, juste un gouffre fatal. Pour une fois, Éclats montra elle aussi son désarroi.

— Ne faites pas cette tête, s'amusa l'enfant. Allez tout droit à partir de ce point. Vous comprendrez !

Les deux jeunes gens regardèrent dans la direction indiquée, plutôt perplexes. Il ne leur désignait ni plus ni moins que le précipice. Nanu déglutit. Il ne voulait pas mourir, il n'était pas assez fort, il devait venger sa sœur, protéger les plus démunis. Mais tant que lui-même restait faible, alors il était inutile.

— Il faut se sacrifier, murmura Kecil.

Cette phrase résonna en Nanu comme une litanie, un ordre auquel il ne pouvait pas échapper. Il serra les poings, raidit chaque muscle de son corps, pinça ses lèvres et, sans un mot, obéit. Presque en transe, il s'avança vers le bord. Les paroles de sa sœur vibraient en son sein tant et si bien qu'il n'entendait plus qu'elles. L'Écaille était proche, il la percevait au fond de lui. Tout son être bouillonnait. Lorsqu'il fit un pas dans le vide, au lieu de tomber, il sentit ses pieds toucher le sol. L'illusion était incroyable, effrayante, étrange.

La mer tout entière s'éleva au-dessus de sa tête pour l'encercler. Les vagues, gigantesques, semblaient figées, prêtes à s'écraser sur lui à tout moment. C'était beau, remarquable, déroutant. Nanu leva les yeux pour essayer d'en voir le sommet. Il distingua seulement la présence d'archers répartis dans les flots ensorcelés. Ils dirigeaient leurs flèches sur son cœur et sur celui d'Éclats, qui l'avait suivi.

— Je sens qu'on va bien s'amuser, marmonna-t-elle, tout aussi impressionnée que lui.

Sur sa peau sombre, ses tatouages brillaient. Ils intensifiaient le charisme qu'elle dégageait. Le jeune Gyramen n'aurait pas aimé être son ennemi en cet instant. Autour d'elle, des petits éclats lumineux venaient d'apparaître et il était certain que ceux-ci se montreraient redoutables. Il crut d'abord qu'on allait les abattre sur-le-champ, mais, à la place, un homme se présenta. Nanu recula en le voyant approcher.

Cet homme détenait une armure entièrement faite de vagues. L'eau, qui semblait capturée par la matière, paraissait bouger sur son plastron à des endroits précis pour le protéger. Il ressemblait à un dieu guerrier.

— Cela fait des années que Kecil n'a amené personne. Qui êtes-vous ?

Sa voix posée, mesurée, autoritaire, était celle d'un sage. Dans son regard brillait une intelligence perturbante.

— Je... Ma... Je recherche l'Écaille !

Nanu ne savait pas mentir, on pouvait même dire que son cœur était trop honnête. À cette mention, les yeux de l'homme étincelèrent. Il sourit de manière lugubre.

— L'Écaille, ricana-t-il. Eh bien, tu as l'air sûr de toi. Et tu arrives pile au moment où les jeunes doivent faire leurs preuves. Je crois que le hasard n'existe pas. Pourquoi ne pas tenter ta chance ?

Le guerrier n'attendit pas de le voir réagir pour se tourner vers la sorcière.

— Et toi ?

La femme, dont la concentration était à son apogée, transpirait. Pour toute réponse, elle s'entoura de davantage de petits éclats lumineux.

— Je...

Elle ferma la bouche, incapable de continuer. L'homme étira ses lèvres, les paupières closes, et Nanu eut l'impression qu'il pouvait lire en elle comme dans un livre ouvert. Après un temps, le grand guerrier leva ses remarquables yeux bleu nuit et reprit :

— Oh, je vois bien là les manigances d'une sorcière. Ton souhait te sera accordé à une seule condition. Tu ne pourras jamais repartir. Si tu poursuis cet objectif que tu t'es fixé, je te laisserai faire à ta guise, mais ta descendance nous appartiendra ! À présent, choisis bien !

Nanu ne comprenait pas leur échange. Il ne savait même pas ce que désirait la jeune femme, mais il détestait l'idée qu'elle perde sa liberté. Il s'apprêtait à la défendre quand elle lui coupa l'herbe sous le pied.

— Mais ça n'a pas de sens si je ne peux pas retourner chez moi.

— En effet. Pourtant, ta quête n'est pas à prendre à la légère. Un sang puissant, antique, coule dans tes veines. C'est celui des premiers combattants. Ta famille doit être riche, intransigeante. Tu t'es enfuie et, comme une bonne sorcière, tu aspires à marquer le monde de tes expériences. Tu auras ce que tu veux, le choix, mais loin d'eux. Ton rang ne sera pas l'objet de tes fantasmes, ce n'est pas permis ici !

La jeune femme, très sérieuse, réfléchissait. Nanu pouvait presque voir son cerveau fumer. Il n'arrivait toujours pas à deviner quel était son but.

— Je pourrai sélectionner qui je désire ? demanda-t-elle alors, après ce qui parut être une éternité pour Nanu.

— Oui, qui tu veux, du moment que l'autre est aussi d'accord.

Elle fit la moue, mais approuva.

— J'accepte seulement si je trouve quelqu'un. Sinon, j'aurai le droit de repartir !

L'étranger grimaça.

— Non, cela tient pour vous deux. Faire un pas vers nous, c'est se soumettre à nos lois.

Nanu sentit son cœur marteler dans sa poitrine. Il observa cet individu qu'il devinait redoutable. Mâchoires serrées, corps imposant, muscles travaillés, à n'en pas douter, il surpassait bien des guerriers. Il cogita un instant. Kecil avait dit qu'il ne resterait pas en ces lieux. Il s'était presque sacrifié en suivant ses indications. L'Écaille devait être à lui. Il devait l'obtenir par tous les moyens, même si cela impliquait un grossier mensonge.

— Je comprends, murmura-t-il.
— Tu acceptes ?

L'être ne semblait pas vraiment convaincu et son regard bleu nuit le sonda. Nanu ne baissa pas les yeux, qui scintillaient de détermination.

— Très bien, commenta l'homme, un sourire carnassier sur les lèvres. Et toi ?

Éclats réfléchissait toujours. Elle n'était pas aussi folle que lui, car après tout, cette cité s'entourait de mystère. Que pouvaient bien cacher ces extraordinaires remparts ? Elle finit par consentir à son tour, peut-être parce qu'elle ne savait pas quoi faire d'autre et que, derrière eux, la voie s'était refermée. Le choix leur avait été retiré depuis qu'ils avaient fait ce pas dans le vide.

L'être, satisfait, leur demanda de le suivre. Il les guida vers l'énorme citadelle, plus haute encore qu'Arow et presque submergée par les eaux. Pourtant, elle ne manquait pas de lumière, au contraire. Les rayons qui se reflétaient à travers les vagues venaient l'éclairer. Avant de passer les immenses battants, amovibles grâce à un mécanisme visiblement complexe, le guerrier majestueux s'arrêta.

— Je suis Okean, le gardien, mais aussi le maître de la cité Orana.

Nanu et Éclats ouvrirent de grands yeux tandis qu'à la simple force de ses bras, l'homme poussait les portes.

Chapitre 18

L'épreuve sans fond

La rue qui se dévoila à eux était immense et les habitations gigantesques. Nanu se sentit tout à coup très petit. Son regard errait ici et là, incapable de se poser quelque part. De nombreuses personnes s'attroupaient autour d'eux. Leur surprise en disait long. Depuis combien de temps n'avaient-ils pas vu d'étrangers ? Les visages sévères, souriants ou tout simplement effrayés s'accumulaient à un mètre d'eux en un cercle disparate.

— Cela fait peut-être cent ans que nous n'avons pas eu de visiteurs, répondit Okean à sa question muette.

Nanu se renfrogna sans masquer sa colère. Comment faisait-il pour lire en lui aussi facilement ? Il détestait que ses secrets et ses pensées soient ainsi exposés.

— Tu es bien jeune et tes barrières, très faibles. Je sais exactement pourquoi tu es là, mais tu as fait une promesse que tu ne pourras briser.

Okean était sûr de lui et ne paraissait pas le moins du monde fâché par ses désirs cachés. Nanu se mit à craindre le pire, car après tout, il ne voulait qu'une chose. Loin de lui l'envie de rester ici à tout jamais, seule l'Écaille l'intéressait.

— Une motivation inébranlable, commenta le gardien.

Nanu se pinça les lèvres, irrité. Comment se protéger de ses intrusions ? Était-il un sorcier pour ainsi lire en lui ? En même temps, aucun tatouage ne parcourait sa peau.

Orana était bien plus grande qu'il ne l'avait imaginé. Construite en spirale, elle s'étendait sur de surprenants anneaux qui s'articulaient aussi bien vers le haut que vers le bas. Le jeune Gyramen ignora tous les curieux qui l'observaient pour se rapprocher du cœur de la ville. Les gens s'écartèrent afin de le laisser passer. Il s'arrêta devant la rambarde qui lui arrivait à la taille.

C'était la citadelle la plus étrange qu'il ait jamais vue de sa vie. Elle ne manquait de rien : ni de verdure, ni de matériaux, ni même de vivres. En parfaite autarcie, elle devenait inaccessible au reste du monde. Les vagues l'englobaient, la protégeaient, la faisaient rayonner. Comment un tel enchantement était-il possible ? Nanu peinait à y croire. Il s'émerveillait malgré la présence de tous ces inconnus.

Okean l'avait suivi, accompagné d'Éclats, également abasourdi.

— Alors, c'est ça, la magie des Incompris ? murmura-t-elle.

— Des Incompris ?

Nanu plissa les yeux devant ce mot nouveau et le gardien retira son casque. Ses iris bleu nuit ressortaient au point de faire reculer le jeune homme. Était-il humain ?

— En effet, c'est ainsi qu'on nous désigne. Toutefois, c'est un terme que nous n'utilisons que rarement.

— Tant de puissance ignorée, marmonna Éclats.

Elle croisa les bras, la mine boudeuse. Tout cela semblait profondément la frustrer.

— Un pouvoir convoité qui apporte mort et châtiments. Ici, nous sommes libres et protégés de la perfidie, c'est pour cette raison qu'on ne peut qu'y entrer.

— Mais vous pourriez inverser la tendance !

Éclats n'en démordait pas et Nanu s'inquiéta. Qui étaient donc ces Incompris ? Okean émit un rire grave chargé d'affection. Son regard pétilla de douceur pour se poser ensuite sur eux.

— Si seulement ce pouvait être vrai ! Il y a des limites à notre force et certaines faiblesses l'accompagnent. Il ne faut pas s'imaginer que les Incompris savent forcément se battre ou qu'ils en ont envie. Il serait plus juste de dire que la plupart craignent la vue du sang et plus encore de blesser. C'est la raison qui nous a poussés à choisir cette vie reculée. La mer est notre plus grande alliée, et ce bouclier, la plus belle de nos réussites. Si les mages corrompus venaient à nous découvrir, ce serait terrible, même si, avec le temps, nous avons appris à nous défendre !

Il s'exprimait avec tant de conviction que Nanu resta perplexe. Il ignorait ce qu'était un Incompris et ne voyait autour de lui que des hommes et des femmes, ni plus, ni moins.

— Moi, je cherche l'Écaille, c'est tout ce qui m'intéresse.

— Et tu crois que le répéter à l'infini va t'ouvrir les portes ? Avec tes pauvres muscles et ton manque de réflexion, je ne donne pas cher de ta vie, s'agaça Éclats, dont l'humeur semblait de plus en plus maussade.

Nanu, piqué à vif par ses critiques, retint avec peine une réplique violente.

— Et toi, quel est ton but, alors ?

Ses joues se teintèrent de rouge. La sorcière croisa les bras d'un air boudeur.

— Ce ne sont pas tes affaires !

— Ah oui ? Parce que ça doit être moins fou ma quête, c'est ça ?

Elle grimaça, plaça ses mains sur ses hanches et, très sérieuse, le fusilla du regard. Mais elle n'ajouta rien.

— Si tu veux passer l'épreuve des jeunes, tu peux !

Okean s'était avancé pour les détourner d'une dispute et Nanu reporta son attention sur ses vêtements qui puaient la mort. Il se demanda ce que cet examen lui apporterait, mais pour l'instant, il avait juste envie de se changer.

— Ah oui, tu en as parlé, grogna Nanu.

— Ceux qui souhaitent emprunter cette voie et qui en ressortent sans séquelles deviennent des protecteurs, comme moi. Mais tu n'es pas prêt. Je le devine à ta façon de penser, tu es encore bien trop faible.

Nanu allait répliquer quand Okean continua, l'empêchant de s'exprimer.

— Le but de cette épreuve n'est pas de perdre des gens. Elle te fournira peut-être l'Écaille si tu es assez valeureux, mais tu n'es clairement pas au niveau.

Comment pouvait-il en être sûr sans l'avoir vu à l'œuvre ? Il s'apprêtait à le contredire quand, encore une fois, Okean s'imposa :

— Je te laisserai participer le jour où tu égaleras Éclats. Cela vous permettra dans ce même temps d'apprendre à nous connaître.

La jeune femme parut choquée par ces mots et protesta avec ferveur, mais rien n'y fit, Okean se contenta de rire comme si ses réactions ne l'étonnaient pas.

— Venez, maintenant. Je vais vous guider à votre future résidence.

* * *

C'est ainsi que Nanu se retrouva à vivre avec Éclats chez Okean. Il leur avait expliqué que pour être tout à fait acceptés, ils devaient être sous la tutelle de quelqu'un. Ayant lui-même décidé de les laisser entrer, il en prenait par conséquent la responsabilité. Éclats avait explosé de colère. Elle détestait partager son espace avec qui que ce soit, mais rapidement, les choses avaient tourné différemment. Elle avait commencé à s'intéresser au peuple d'Orana, et surtout à Okean, qu'elle suivait partout.

Nanu, quant à lui, essayait de la battre, mais la sorcière se montrait redoutable. Elle l'expédiait souvent très vite afin de vaquer à ses propres occupations. Il avait choisi de s'entraîner seul lorsqu'on lui proposa d'intégrer des cours. Il se mélangea aux jeunes de son âge et arriva même à se lier d'amitié avec certains d'entre eux. Nanu n'aurait su dire comment, mais plus il s'attardait en ces lieux, plus il aimait y vivre. Personne ne tentait jamais de surpasser les autres. Il n'aurait jamais cru une chose pareille possible.

Il se prit d'une réelle affection pour eux, au point de vouloir rester. Son cœur guérissait ici ; il faisait toujours beau, la magie n'était plus une source de stress. Pourtant, l'image de sa sœur, de son corps froid, ne quittait pas ses rêves, et cela le poussait à se dépasser.

Il s'attacha aussi bien à Éclats qu'à Okean, qui devinrent à ses yeux des mentors et, plus encore, des exemples. Alors, il ne fut pas surpris quand elle tomba enceinte. Chaque jour, il la voyait s'épanouir comme jamais elle ne l'aurait fait ailleurs. Elle donna rapidement naissance à des jumeaux. Une année s'écoula avant qu'il ne parvienne à égaler cette mère, mais surtout cette sorcière redoutable. Et lorsqu'il fut enfin autorisé à passer l'épreuve des jeunes, Okean l'accompagna au sommet de la grande tour d'Orana.

Le panorama était incroyable, unique et inoubliable. Ses amis l'observaient en bas. Il se rendit compte qu'en une année, il s'était libéré le cœur et l'esprit. C'était sûrement pour cette raison qu'Ihsie l'avait guidé jusqu'ici. Il ne s'était jamais senti aussi bien qu'en ce lieu, loin des conflits, mais son âme criait encore à l'injustice malgré tout. Il n'était pas destiné à rester, l'extérieur l'appelait.

— Nanu, te voilà prêt. Ici se trouve le plus haut point de notre civilisation. On peut toucher du bout des doigts la protection qui entoure la ville, mais c'est également là que débute l'épreuve. Vois-tu ce trou ? Il est d'une profondeur sans égale. Cependant, en découvrir le bout n'est pas donné à tous. Pour arriver en bas, il est nécessaire de se fortifier mentalement et physiquement. Dans ce puits y fourmille de nombreuses illusions que toi seul comprendras. On raconte qu'au fond se cache une Écaille, mais pour l'atteindre, tu dois passer tous les paliers.

— Je dois sauter ? s'inquiéta Nanu.

— La chute n'est jamais mortelle, mais les illusions, elles, peuvent le devenir. Beaucoup ne s'en remettent pas, c'est pourquoi peu de monde est autorisé à y participer.

Comment une telle descente ne pouvait pas être fatale ? Nanu ne voyait que cet abîme et n'écoutait pas vraiment.

— Je n'ai besoin que de plonger, c'est ça ?

— Oui. Regarde droit devant toi et ne redoute rien, mais...

— Mais quoi ?

Okean eut un sourire empreint de douceur.

— Tu n'es pas obligé de continuer, tu sais. Si tu trouves l'Écaille, je te laisserai repartir, mais le chemin pour revenir, je le supprimerai de tes souvenirs.

Nanu le dévisagea, les yeux brillants de larmes.

— Je ne pourrai jamais vous revoir ?

— Jamais. C'est un choix qui t'appartient, à présent.

Le cœur lourd de tristesse, Nanu observa le puits sans fond. Il avait décidé depuis le début qu'il s'en irait ; seulement, ce retour irréversible ne lui avait pas traversé l'esprit. Okean, Éclats et tous les autres étaient devenus sa famille. Une famille qu'il avait adoptée et qui lui avait permis de ne plus souffrir de la mort de sa sœur. Il avait tellement évolué en ce lieu que l'idée de le perdre était comme s'arracher un bout du cœur. Il ne savait plus s'il en était capable. Peut-être qu'Ihsie l'avait guidé jusque-là pour qu'il y reste. Comme le dernier refuge de son existence.

Okean l'observait. Il ne s'était pas vraiment éloigné. Patiemment, il attendait qu'il fasse son choix, comme le sage qu'il était.

— Je refuse de vous oublier, murmura Nanu d'une voix tremblante. Je t'aime, avec Éclats et les jumeaux. Je veux les voir grandir !

Okean resta muet de longues secondes, puis répondit enfin :

— Pourquoi désirais-tu posséder l'Écaille ? Tu ne jurais que par elle à ton arrivée.

— Pour le vœu. Pour protéger les gens comme ma sœur. Pour me venger, aussi. J'espérais devenir l'épée des plus faibles, le rempart contre la violence des mages corrompus.

Okean s'approcha pour lui tapoter le dos avant de le pousser et de l'obliger à sauter.

« *J'ai fait un rêve. Un rêve qui impliquait une Écaille, toi et trois autres. Il est vital que vous vous retrouviez ou le vide en toi te détruira. Maintenant, va, Nanu, mon ami, mon fils. Je sais que tu surmonteras cette épreuve !* »

Nanu l'entendait murmurer dans sa tête. Comme toujours, rien ne lui échappait et il ignorait encore comment protéger son esprit. C'était son plus gros point faible, qu'il pouvait tolérer, car seul Okean parvenait à l'exploiter. Alors, il tourna son regard vers le fond obscur, effrayant, immense. Il cligna à peine des cils et la magie le pénétra.

Il s'égara un instant au cœur d'illusions plus intenses les unes que les autres. Un nuage de couleurs l'englobait et il sentit toute sa peau frétiller sous l'impulsion que cela lui procurait. C'était comme si l'énergie de chaque être présent à Orana l'effleurait, le couvait, l'aimait. Devant lui, le visage de sa sœur persistait, douce enfant perdue que les larmes emprisonnaient.

Et alors qu'il pensait sa chute éternelle, il se retrouva devant l'Écaille. Elle résidait au creux de ses petits doigts. Il redécouvrit le sourire et les yeux océan de ce bébé qu'il refusait d'oublier.

— Ihsie, murmura-t-il.

— Nanu, je savais que tu y arriverais. Je l'ai protégée pour toi. Elle s'était égarée dans ton cœur.

Le jeune homme, encore une fois, ne parvenait pas à déchiffrer ses paroles. Une perle salée roula le long de sa joue pour venir éclairer l'obscurité.

— Je t'aime, Ihsie, tu me manques tant.

Ses traits de poupon s'illuminèrent alors que, dans un mouvement brusque, une magie éclatante le propulsa et l'éloigna d'elle. Dans ses paumes, il tenait l'Écaille tant désirée, sans comprendre comment il avait fait pour s'en emparer. Elle était juste là, comme sortie directement de son propre corps. Tout son être se retrouva projeté en arrière. Il sentit bientôt son esprit se faire aspirer, tandis qu'il repassait sous les regards affectueux de sa famille. Il fut marqué par leurs expressions douces, larmoyantes, comme s'ils savaient que jamais ils ne se reverraient. Un message d'Okean le traversa pendant cette fine seconde où il les entraperçut.

« *Nous ne t'oublierons pas.* »

Il aurait voulu lui dire que lui aussi se souviendrait toujours d'eux, mais il ferma les paupières. Éjecté en dehors de la ville en même temps que ses pensées lui étaient aspirées, il perdit connaissance.

Lorsqu'il rouvrit les yeux, il se trouvait sur le bord d'une falaise gigantesque. Un vent violent lui fouettait le visage et des nuages au loin se préparaient à déverser leur colère. Désorienté, il demeura un moment sans bouger. Dans ses mains, il tenait une Écaille. Son cœur fit un bond dans sa poitrine. Il allait enfin pouvoir venger sa sœur. Comment avait-il fait pour se trouver en sa possession ? Et comment s'était-il libéré de l'emprise du mage corrompu ? Sans perdre un instant, il se mit en quête de rejoindre le Suprême. Maintenant, il allait pouvoir faire son vœu.

Toutefois, lorsqu'il fit un pas en avant, une douleur dans sa poitrine l'amena à s'arrêter. Nanu regarda derrière lui avec la sensation d'abandonner quelque chose de précieux. Il nota mentalement l'emplacement, se jura d'y revenir un jour, puis s'éloigna, l'instinct aiguisé et les connaissances développées. Sûrement l'Écaille lui offrait-elle un savoir et une paix qu'il ignorait jusqu'alors détenir.

Chapitre 19

Le sortilège

Wymi non plus n'avait pas vu venir l'attaque. Elle se rappelait simplement que les puissants bras d'Azorru l'avaient projetée à l'écart et qu'elle avait atterri dans la poussière. Puis, quelqu'un de très rapide et de corpulence importante l'avait attrapée rudement, au point de lui couper le souffle.

Une affreuse odeur de soufre englobait l'être, qui la maintenait toujours avec fermeté contre lui. Ses mains la serraient si fort que sa chair tendre en pâtissait. À l'aide de sombres maléfices, il l'avait rendue inoffensive ; pourtant, comme dans l'arène, Wymi constata que son corps réagissait. Mais, à l'inverse de la dernière fois, il crépitait et emmagasinait de l'énergie.

— Tu as intérêt de rester calme !

L'homme la menaçait sans ménagement de sa voix autoritaire, capable lui aussi de sentir le changement qui s'opérait en elle. La jeune femme, bien décidée à ne pas se laisser faire, passa outre ses avertissements et s'abandonna à son instinct.

Le mage augmenta subitement l'allure. Il courait maintenant à une vitesse stupéfiante. Les cheveux de Wymi fouettaient ses joues à chaque enjambée. Elle peinait à garder les yeux ouverts, mais savait qu'ils avaient déjà parcouru plusieurs lieues. Son estomac se contracta quand elle comprit qu'Azorru mettrait du temps à la retrouver. Son tortionnaire n'avait même pas tenté de s'opposer au guerrier. Il se contentait de les séparer... Comme s'il connaissait leur point faible.

— Lâche-moi !

La sensation des mains de cet homme serrées autour de ses hanches devenait insoutenable. Sa prise s'ancrait dans sa peau au point de la lacérer. Elle essaya de se débattre, une grimace de souffrance sur le visage, mais l'être, malgré ses protestations, ne relâcha jamais son étau.

Le décor défilait sans qu'elle puisse le détailler, mais elle était certaine qu'il l'entraînait en dehors de la zone protégée. La créature allait si vite maintenant qu'elle ne supporta plus la pression et s'évanouit, vidée de toute énergie.

La tête lourde, Wymi ouvrit les paupières. D'épaisses chaînes entravaient ses mains et ses pieds. Étendue sur un socle de pierre glacial, elle ressentait encore les serres de l'homme noir sur ses hanches.

Elle observa autour d'elle, le corps meurtri, les muscles raides. Elle ne pouvait se lever ; des fers la maintenaient bras et jambes écartés. Alors que ses yeux s'habituaient lentement à l'obscurité, elle discerna une foule de personnes dissimulées sous de longues capes, leurs visages camouflés par des masques de carbone.

Tous ses membres frissonnèrent. Elle respirait à grand-peine et réprima difficilement un haut-le-cœur, dégoûtée par l'odeur de soufre qui emplissait ses narines. Elle sut immédiatement qu'elle n'avait pas affaire à de vulgaires mages corrompus, mais bien à leurs dirigeants. Elle déglutit tant bien que mal et haleta de terreur quand elle prit conscience de sa nudité.

Au centre de toutes ces silhouettes nébuleuses, une femme dominait les autres. Assise, le dos bien droit, elle observait Wymi, drapée d'un grand voile noir. Sa robe, constituée de fumée, se mouvait sans cesse comme si elle détenait sa propre âme. S'il existait une déesse des Ténèbres, alors c'était elle, sans le moindre doute. Persuadée qu'elle n'en réchapperait pas, l'Incomprise dévisagea l'obscure reine des Ténèbres, qui posait sur elle un insupportable regard scrutateur.

Seul son instinct lui permettait d'affirmer qu'il s'agissait là bien d'une femme. Elle ne distinguait d'elle que des formes vagues, mais elles lui semblaient familières. Les larmes aux yeux, Wymi tentait encore de se défaire de ses entraves lorsqu'elle remarqua un individu qui s'approchait.

— Voici l'Incomprise !

Son timbre étrange lui tira une grimace de dégoût. L'homme détaillait son corps, et, bien que son visage soit dissimulé sous le masque noir, ses prunelles brûlantes trahissaient son désir. Wymi sut qu'elle n'oublierait jamais un tel regard de convoitise. Ses yeux ébène la hanteraient dans les pires de ses cauchemars. Un gouffre de douleur sans fin s'y reflétait. Il ne ferait preuve d'aucune pitié.

— L'Incomprise…, répéta Wymi d'une voix chevrotante, submergée par une vague de panique.

Alors qu'elle essayait à nouveau de se libérer des épaisses chaînes, elle sentit des ondes la parcourir. Tout son corps en eut la chair de poule. La reine et ses abeilles meurtrières se parlaient en silence. Face à elle, l'homme se raidit avant de la fixer plus gravement encore. Un bras affreux à la peau grise émergea de sa cape. Wymi tenta de se soustraire à la main qu'il avançait vers son ventre. Elle se débattit follement. Il était hors de question qu'il la touche ! Mais ligotée de la sorte, lui échapper était impossible. Sa paume, froide comme la mort, se posa sur elle.

La jeune femme pleura de désarroi ; il savait pour sa grossesse.

— Non…, sanglota-t-elle, incapable de retenir ses larmes.

Ils allaient lui prendre son bébé. Ils lui retireraient tous ses rêves. Elle repensa à sa vision et se surprit à souhaiter la présence du sorcier blond. Il avait pourtant manqué tuer Azorru, mais il lui avait aussi inspiré d'autres sentiments, ceux-là mêmes qui l'avaient empêchée de l'anéantir. Et en cet instant, son cœur l'appelait avec désespoir, comme s'il pouvait lui être d'un quelconque secours. Elle aurait imploré n'importe qui pour être épargnée. Tout était préférable au sort que lui réservaient ces immondes créatures !

Qu'allaient-ils lui infliger ? L'enfermeraient-ils dans cette grotte terrifiante le temps qu'elle soit prête à accoucher ? La tortureraient-ils ? Tenteraient-ils de la vider de son sang comme la dernière fois ?

Tandis qu'elle imaginait des scénarios plus atroces les uns que les autres, elle pensa à Azorru, l'invoqua de toutes ses forces. Wymi le suppliait de venir la sauver quand elle se souvint qu'il devait souffrir de leur éloignement. Les corrompus les avaient surpris, profitant de leur intime moment de bonheur.

Je ne t'ai pas pris au sérieux, s'excusa-t-elle en songeant à l'homme vigoureux qui emplissait son cœur.

Elle s'en voulait tellement ! Azorru l'avait pourtant prévenue. Il lui avait dit qu'il fallait se réfugier au temple au plus vite. Mais plutôt que de l'écouter, elle l'avait séduit, se croyant intouchable. Ses larmes l'aveuglaient alors qu'elle se remémorait la clairière ainsi que sa petite source douce. Ces instants merveilleux lui paraissaient si loin, à présent. Wymi inspira lentement, chercha à retrouver son calme et s'aperçut que l'odeur d'Azorru s'accrochait encore un peu à sa peau.

Mais ça ne durerait pas… Les mages corrompus salissaient tout.

Une onde de choc se dégagea alors de la reine pour la percuter de plein fouet et la malmener vicieusement. Wymi fut parcourue de violents spasmes incontrôlables. Cette hideuse créature tentait de la sonder au plus profond de son âme. La jeune femme tira sur les chaînes, s'entaillant les poignets et les chevilles. Elle se cambra et fit ce qu'elle put pour résister.

Au bout de quelques secondes, enfin ses doigts crépitèrent. Son corps réagissait ! Comme à Antanor, personne ne survivrait.

Puis, d'un coup, son énergie s'évanouit, happée par les ténèbres.

Wymi en eut les larmes aux yeux. À ses côtés, l'homme souriait, satisfait. Il toucha une nouvelle fois son ventre de ses mains écœurantes. Le cœur de la magicienne s'accéléra. Le monstre fit tomber son long manteau, lui dévoilant sa nudité. Il riva sur elle ses prunelles obscures. Elle arrêta de respirer en repérant son membre dur, dressé par un désir pervers. Malgré sa peau grise hideuse, c'était un individu musclé, très bien constitué.

— Tu ne t'attendais pas à ça, n'est-ce pas ?

Elle l'entendit ricaner. Il se crispa pourtant quand une nouvelle onde les parcourut tous les deux. Contrarié, il se tourna vers la reine puis, d'un geste exaspéré, il retira son masque. Il était évident qu'il lui obéissait avec réticence.

Wymi découvrit alors sa délicate chevelure noire, qui encadrait un visage harmonieux, magnifique. Androgyne, il était en tous points parfait. Seule sa peau apparaissait aux yeux de la jeune femme plus monstrueuse que jamais. Elle tremblait désormais de terreur. L'homme nu n'allait pas se contenter de l'observer.

D'un mouvement étonnement tendre, il lui caressa la joue comme s'il compatissait à sa détresse.

— Regarde-moi… Ça ne va pas être aussi horrible que tu le penses, chuchota-t-il en s'approchant de son oreille.

Il était si près qu'elle pouvait sentir son haleine froide sur sa gorge. L'odeur de soufre s'intensifia, lui prouvant, si besoin était encore, qu'il avait basculé vers les forces sombres.

— Laissez-moi partir, je vous en supplie !

Sous l'effet de la panique, ses mains se remirent à crépiter. L'homme n'attendit pas, cette fois-ci, et se saisit de l'une d'entre elles. Entravée par les chaînes, Wymi se trouvait dans l'incapacité de bouger. Il la caressa lentement, simplement avec son pouce, et sa magie s'effaça, absorbée par la noirceur de l'inconnu.

Puis, quelqu'un d'autre s'avança. Cette inquiétante silhouette tenait un collier, au bout duquel pendait la figurine d'une grenouille qui ouvrait la bouche. Il était très différent de celui qui lui venait de sa mère et qui la consolait dans les moments difficiles. Celui que l'être gardait entre ses doigts s'entourait de ténèbres et aurait assurément un effet néfaste sur elle. Quand il l'eut passé autour de son cou, par-dessus son bijou, la bouche du batracien se referma en un claquement sinistre. Elle crut alors qu'on l'empêchait de respirer. Au plus profond de son âme, on venait de sceller une part d'elle-même.

— Maintenant, tu ne pourras plus nous faire de mal ! lui apprit l'homme, qui lui caressait toujours la main.

Ses gestes se voulaient apaisants et Wymi réalisa qu'il n'avait agi ainsi que pour la calmer. Il la lâcha, soudain beaucoup moins tendre.

— Pourquoi faites-vous ça ? hurla-t-elle en se démenant, folle de désespoir.

Elle grimaça quand les fers la rappelèrent à l'ordre. Ses poignets écorchés saignaient tant elle se débattait.

— Tu vas bientôt porter la marque, et cet acte asservira ta progéniture. Ainsi, tu nous appartiendras... Toi, et toute ta descendance !

Wymi n'en revenait pas. Sa voix s'étrangla sous l'effet de la surprise.

— Vous comptez m'utiliser ?

Des larmes de détresse ruisselaient sur ses joues. Sans ajouter un mot, l'homme monta à ses côtés sur la pierre froide. Ses longs cheveux noirs l'effleurèrent dès qu'il se pencha. Sa sombre magie l'enveloppa, puis se concentra sur le cœur de sa féminité. Une immense chaleur déferla en elle. La jeune femme fit son possible pour résister aux pulsions sauvages qui la submergeaient, mais n'y parvint pas.

Elle s'aperçut qu'il n'était pas le seul à la manipuler. Les autres corrompus combinaient leurs forces à la sienne. Ils s'entouraient tous d'une étrange fumée opaque qu'ils dirigèrent vers elle. Petit à petit, les vapeurs s'unirent, puis Wymi les sentit envahir son intimité. La chaleur devint douleur, au point de la faire crier.

L'individu observait la scène, un rictus diabolique sur les lèvres. Il prenait un véritable plaisir à la voir se tordre. Quand le nuage l'eut entièrement infiltrée, l'être se fraya à son tour un passage entre ses cuisses. Wymi pleurait. Elle l'implora. Elle savait qu'il allait ainsi sceller leur sortilège. Son enfant serait alors maudit, et elle, vouée à mourir asservie.

— Azorru…

Elle voulut crier, mais ne s'échappa de sa bouche qu'un souffle de douleur.

Le membre érigé de l'être la pénétra alors qu'elle tirait sur ses chaînes en hurlant. Son sexe se mit à grossir du bonheur qu'il prenait en elle, lui infligeant la plus infâme des tortures. Il se fit terriblement violent et lui arracha des sanglots qu'elle ne reconnut pas. Elle était sûre de saigner et elle suppliait encore, sans parvenir à chasser cette souffrance atroce qui s'enracinait à chaque instant au fond de son cœur tandis que l'homme poursuivait son maléfice en tourmentant son corps.

— À l'aide…, murmura-t-elle une dernière fois, dans l'espoir vain de s'en sortir.

Impitoyable, son tortionnaire ne s'arrêta qu'une fois son immonde semence déversée en elle.

Une épouvantable douleur l'envahit. Son ventre la brûla de l'intérieur alors qu'une marque hideuse et irréversible s'inscrivait sur sa peau. Mais le monstre n'en avait pas fini avec elle. Non. Le rituel n'était pas tout à fait achevé...

Elle le comprit quand il l'entailla sous la poitrine pour faire perler son sang. Il se pencha et aspira puissamment le liquide douceâtre en d'horribles bruits de succion. Deux mages avancèrent, munis l'un d'un couteau et l'autre d'un flacon en verre. Le premier incisa le poignet du violeur, tandis que le deuxième récoltait dans la petite fiole le plasma noir qui s'échappait du corps de la magicienne. Une fois la fiole pleine, l'homme la porta à la bouche de Wymi. Elle fit tout pour ne pas avaler la substance abjecte, mais sa position ne lui offrait aucune possibilité de refus. Celui qui l'avait coupée s'approcha et, de ses immondes mains grises, lui ouvrit de force les mâchoires. Le breuvage infâme coula au fond de sa gorge.

Au même instant, les portes en fer forgé de la grotte s'arrachèrent avec fracas. Mais il était trop tard...

Azorru surgit, fou de colère. Il tenait une arme gigantesque entre ses paumes. Son regard luisait de rage et les cheveux qui encadraient son visage avaient l'apparence terrifiante de flammes destructrices.

Il profita de l'effet de surprise pour se jeter sur les mages les plus proches et parvint à en faire valser plusieurs, qui moururent sans avoir pu réagir. Sa force démoniaque et son sourire malsain firent pâlir l'assemblée.

Le guerrier prit alors le temps d'examiner le seul homme qui ne portait pas de masque. Celui-ci, dans un mouvement provocateur, toucha le ventre de Wymi. Azorru s'élança dans sa direction, mais la reine le freina.

Elle déversa tout son pouvoir maléfique sur lui. Malgré cela, il avançait avec détermination, ignorant les entraves qu'on lui infligeait. Son corps se couvrait de blessures, mais il progressait toujours, bien qu'au ralenti, aveuglé par la haine et sans tenir compte de la douleur. Ses yeux opaques ne laissaient entrevoir qu'un mince filet d'or.

Wymi gémit quand son violeur, avec l'ultime désir de narguer le guerrier, entreprit de la caresser intimement, plongeant ses doigts immondes en elle. Azorru devint fou et massacra tout sur son passage. Son corps, pourtant en proie à des attaques brutales, continuait sa route. Du sang noir lui giclait à la figure sans que cela ne le ralentisse. Il allait tous les anéantir pour avoir ainsi fait souffrir la femme de sa vie.

L'individu nu riait comme un dément, tout en poursuivant sa languissante torture. Il pensait encore avoir l'avantage.

Dans un hurlement de rage, Azorru se libéra de l'emprise maléfique de la reine et, en quelques foulées rapides, il atterrit à ses pieds. Prenant immédiatement le relais de leur souveraine, les corrompus réussirent enfin à le contenir. Ils l'enchaînèrent à l'aide de leur magie. La femme se tenait maintenant derrière eux, perpétuellement dissimulée, mais pleinement satisfaite. Elle projeta sur le guerrier une onde d'une violence extrême qui provoqua l'hilarité du violeur, tandis qu'Azorru perdait la raison.

— Elle était bonne !

Le monstre le défia sans s'éloigner du flanc de sa victime, un sourire infect plaqué sur son visage d'ange.

Il lui montra la blessure intime qu'il venait d'infliger à sa tendre aimée et récolta le sang qui s'en écoulait. Wymi se débattait, sombrant peu à peu dans la folie. Azorru pleurait, mais il ne s'en rendait pas compte tant sa haine était grande. Le mage se délectait de son désespoir. Pour imposer sa supériorité, il embrassa le ventre de Wymi. De cette façon, il signifiait à son ennemi que, désormais, elle et leur bébé lui appartenaient.

— Je te tuerai ! promit le guerrier dans un cri puissant à en faire trembler les murs.

— C'est ce que nous verrons. Mais de toute manière, quoi que tu fasses… à présent, cet enfant est nôtre.

L'homme aux longs cheveux noirs toucha une dernière fois Wymi et commença à la libérer. La jeune femme hurla, tenta de s'échapper. Prise de démence, elle ne vit pas venir le coup terrible qu'il lui porta à la tête. Elle s'évanouit. Tout son corps s'affaissa sur l'autel.

Azorru rugit. C'en était trop ! Rien ne pouvait plus le contrôler. Wymi avait été violée, brutalisée. Maintenant, il pouvait observer les sceaux maudits incrustés sur son ventre. Il sentit une fureur irraisonnée le submerger et il se dirigea droit sur ses adversaires. Son arme incandescente déchaîna un vent mortel. Le sol se craquela autour de lui. Chaque mouvement qu'il ébauchait se décuplait en d'infernaux ouragans. La densité de l'air s'intensifia. La terre trembla tandis qu'un feu dévastateur ravageait chacune de ses cibles.

Azorru comprit alors que les pouvoirs qu'il déversait sur ses opposants lui venaient de Wymi. Ils étaient tous deux liés par une force immuable.

La reine hurla de douleur quand il l'atteignit au bras, mais elle réussit néanmoins à s'éloigner encore. Sans perdre un instant, le guerrier s'attaqua à l'être ayant cruellement profané son âme sœur. À quelques pas l'un de l'autre, le Gyramen avança en grognant. Le monstre ne souriait plus et, voyant que rien ne freinerait cet homme endiablé, il lâcha la pauvre magicienne. Dans un nuage de fumée, il disparut.

La reine l'imita, et ses semblables encore vivants tentèrent de faire de même. Mais peu eurent le temps d'éviter le déluge de haine qu'Azorru ne contrôlait plus lui-même. Ni les sorts ni les serviteurs ne purent l'interrompre ni même le ralentir. Il laissa exploser sa colère, désireux de venger celle qui, à ses yeux, resterait à jamais la plus précieuse des femmes. Rien ne comptait plus pour lui que d'anéantir ces charognards. Une plaie, enfouie dans son cœur, s'ouvrit dès lors. L'histoire de Torry resurgissait, décuplant sa fureur. Il voulait se battre pour toutes les pertes subies et il ne s'arrêterait que lorsqu'ils seraient tous morts.

Wymi, sa belle et innocente Wymi avait été violée, et il n'avait rien pu faire. Ces barbares avaient marqué leur enfant pour le rendre mauvais.

Submergé par une nouvelle vague de rage, Azorru gronda tel un animal sauvage :

— Mourez ! Mourez !

Un déluge de flammes, de vent et de terre s'abattit tout autour de lui. Les mouvements de l'air se multiplièrent. Ils emportaient tout sur leur passage, détruisaient chaque être encore présent. Tous ceux ayant participé à cette ignominie devaient périr.

Quand enfin plus rien ne l'entourait, Azorru revint à la raison et s'approcha du socle de pierre en tremblant. Wymi, assommée, n'avait pas bougé. Il la prit dans ses bras, la couvrit d'une cape qui traînait au sol, puis la berça tendrement, en pleurs.

— Wymi… Ma belle Wymi…, sanglotait-il, incapable de rester plus longtemps l'homme fort qu'il devait être.

Il répétait sans cesse les mêmes mots, comme s'il pouvait ainsi effacer le passé. Il déversa des torrents de larmes sur elle et sur leur malheur avant de se ressaisir.

Weily va nous aider !

L'ancien lui permettrait de changer la donne. Il devait y avoir un moyen de la sauver, une solution pour inverser le sort. Wymi était si douce, elle serait anéantie de perdre leur enfant. Il refusait de l'accepter.

Finalement calmé, il lui retira le collier en forme de grenouille qui la brûlait et le jeta au loin. Il emporta la jeune femme vers la forêt d'un pas décidé. Alors que les arbres s'écartaient pour les laisser entrer, il sentit la pluie déferler sur son torse. La végétation pleurait-elle aussi les récents événements ? Azorru soupira et serra un peu plus Wymi contre lui. Il devait s'éloigner le plus rapidement possible de ce lieu maudit, avant que leurs ennemis ne reviennent les agresser en plus grand nombre. Il ne savait pas si cette grotte, utilisée pour les sacrifices, avait une quelconque importance… mais dans le doute, il avait tout détruit par les flammes.

— Menez-nous à Weily… Lui saura quoi faire !

Il s'aperçut avec soulagement que la forêt l'avait compris. Les plantes s'écartèrent lentement pour former un sentier sinueux qui n'existait que pour eux.

Le cœur lourd, Azorru fit un pas, puis un autre, jusqu'à ne plus rien ressentir. Il ignorait où se trouvait le temple, mais il ne s'en préoccupa pas. Tout ce qu'il put constater, après quelques heures de marche, c'est qu'ils avaient regagné la zone de protection des Gyramens sans jamais en rencontrer un seul. Tout cela était terriblement anormal... Il fut alors certain que le pire restait encore à venir.

Deux jours passèrent, durant lesquels Wymi ne se réveilla pas. Il ne savait que faire pour qu'elle ouvre les yeux, ni comment il réagirait si cela se produisait.
Que devrait-il dire ?
Les souvenirs de Torry le maintenaient désormais hors de l'espace et du temps, c'est à peine s'il avait conscience de ce qui l'entourait.

Chapitre 20

Le secret de Torry

Torry avait dix ans le jour de la naissance de sa sœur. Épuisée par une délivrance difficile, leur mère Soméa venait de rentrer à la maison et, d'un coin de la mezzanine, le jeune garçon l'observait discrètement à travers la rambarde. La fragilité de Soméa lui parut plus effrayante que jamais. De son point de vue en hauteur, il n'eut aucun mal à remarquer qu'elle se déplaçait péniblement. Sa souffrance devait être terrible, mais il n'arrivait pas à déterminer si sa douleur était plus physique ou morale.

Malgré l'accouchement, sa mère devait agir comme à son habitude et accomplir les tâches que son mari exigeait d'elle. La colère rendait Dumeur tellement mauvais que Torry redoutait qu'elle fasse le moindre faux pas. Elle ne supporterait pas un nouvel accès de rage de son époux.

Soméa leva les yeux vers lui. Ils s'observèrent un bref instant. Leurs regards transmettaient tout de leurs pensées, mais leur complicité s'arrêtait là.

— Je vais bien… Breese vient de rejoindre notre famille, murmura-t-elle d'une voix qu'elle voulait neutre pour le rassurer.

Mais Torry y décela de la tristesse. Son cœur se serra en sentant le désespoir de sa mère.

N'a-t-elle jamais souhaité notre naissance ?

Cette pensée le chagrina. Tandis que Soméa le dévisageait, il lui adressa un sourire. Il avait depuis longtemps remarqué que ses traits s'adoucissaient et que son corps tendu se relâchait dès qu'il relevait le coin de sa bouche. C'était leur secret à tous les deux : il riait et elle retrouvait un peu de courage.

Dumeur ne tolérait pas que sa femme le prenne dans ses bras. Ils ne devaient avoir aucun contact physique, sous peine qu'une pluie de coups violents s'abatte sur elle. Torry l'aimait tant… Elle subissait tellement de mauvais traitements qu'il ne comprenait pas pourquoi elle restait. L'enfant ignorait que fuir la condamnerait à bien plus de souffrances. Son mari la retrouverait toujours, il en avait le pouvoir. Endurer – et le protéger de son mieux – était l'unique opportunité qui s'offrait à elle. Seule la mort la libérerait de son oppresseur.

Parfois, l'enfant se questionnait : qu'avait bien pu faire Soméa pour mériter autant de châtiments ? Dumeur n'avait encore jamais frappé Torry. En fait, il le laissait agir à sa guise.

Il détourna la tête en percevant des pleurs. Sa sœur gigotait dans les bras de la nourrice qui s'occuperait désormais chaque jour d'elle. Comme pour lui, Soméa n'aurait jamais son mot à dire et interdiction de la toucher. Il aperçut le bref coup d'œil douloureux que sa mère jeta à sa fille. On lui refusait ce qui lui revenait de droit : élever son bébé, lui donner le sein et le chérir. À cause de cela, depuis toujours, Torry se sentait terriblement seul, et il espérait qu'avec la venue de Breese, ce manque disparaîtrait.

Des pas lourds suivirent de près l'arrivée de la nourrice. Dumeur pénétra dans la maison, le corps droit, meurtrier. Torry fut terrifié par la force de son expression. Son cœur s'accéléra. Les mâchoires serrées, l'homme examina Soméa d'un œil sévère, puis s'arrêta sur son fils.

— Va te reposer !

Sa voix tranchante fit réagir son épouse promptement, mais

avant qu'elle ne gravisse les marches, Torry aperçut les quelques larmes qu'elle ne pouvait plus contenir. Elle était si malheureuse qu'il crut étouffer.

Une fois sa mère partie, le garçon reporta son attention sur le nouveau-né.

Breese, c'est ce qu'elle a dit ?

C'était un beau prénom, d'une grande force. Il signifiait « le vent », si sa mémoire était bonne.

De son regard aiguisé, Dumeur avait suivi avec impatience les mouvements de sa femme. Il supportait difficilement qu'elle soit aussi lente. Son énervement mit Torry sur le qui-vive. Il savait qu'aujourd'hui, il ne devrait le froisser pour rien au monde. Et quand l'homme imposant le sonda de ses yeux froids, l'enfant frémit.

— Va dans ta chambre !

Torry s'exécuta. Même s'il ne prenait pas de coups, il n'était pas prêt à l'affronter. Jamais ! Une fois seul, il se jeta sur son lit et réfléchit aux récents événements. Il avait maintenant une petite sœur qu'il était pressé de rencontrer. L'enfant gloussa doucement à l'idée qu'un jour, ils pourraient jouer ensemble.

Au même instant, la porte s'ouvrit dans un grincement sinistre. Torry arrêta de rire. Son père se tenait sur le seuil. Sa silhouette inquiétante se détachait à contre-jour, telle une ombre frappante. Dumeur ne semblait pas dans son état habituel, un rictus angoissant déformait ses lèvres.

Torry se mit à trembler quand il referma derrière lui.

— Père…

Il ne savait que dire, alors il laissa sa phrase en suspens. Dumeur, lui non plus, ne parlait pas. Il s'assit simplement à ses côtés. L'enfant, terrorisé, le regarda faire. L'obscurité ne lui avait jamais paru aussi pesante. Il déglutit tandis que Dumeur exhalait un long soupir. Il y avait quelque chose d'anormal dans ce souffle. On aurait dit une plainte.

— Torry… Sais-tu combien je t'aime ?

Le jeune garçon fronça les sourcils. Il hocha lentement la tête. Ses cheveux châtains passèrent devant ses yeux et son père, d'un geste inhabituellement tendre, retira quelques mèches de son visage. Son regard noir plongea dans le vert intense des prunelles de son fils. Torry se détourna, gêné. Il n'oserait jamais lui dire en retour qu'il le détestait, qu'il ne supportait pas les coups qu'il donnait à sa mère, et qu'un jour, quand il serait plus grand, il la sauverait.

— Soméa est fatiguée, poursuivit Dumeur sans se préoccuper de son silence, alors j'aimerais que tu fasses quelque chose pour moi !

Son ton grave devint solennel, un murmure de désir entre deux mots. Torry ne comprenait pas ce qu'il voulait. Il ne réagit pas quand son père agrippa sa main d'une poigne ferme. Sans attendre, l'homme plaqua ses petits doigts fins sur une chose monstrueuse. Il gémit de plaisir à son contact, tandis que l'enfant ne saisissait pas encore tout à fait l'horreur qui allait succéder à cet acte.

Bien plus tard, terrifié et seul au milieu de son lit défait, il pleura…

Son enfer personnel débutait.

* * *

À dix ans, il avait perdu son innocence. À dix ans, son père l'avait violé. Ses hurlements, ses gémissements de douleur et ses supplications n'avaient rien changé à la situation.

Il avait grandi en redoutant chaque soir l'entrée de Dumeur dans sa chambre. Parfois, il se cachait sous la couette, espérant ainsi le faire disparaître. Toutes ses attentes se réduisaient à néant quand son bourreau posait la main sur lui. Cette vaste main si puissante qui avait fait tant de mal à sa mère et qui, maintenant, le torturait.

Pourtant, Torry préférait qu'il s'en prenne à lui plutôt qu'à Breese. Cette simple idée l'insupportait. Sa petite sœur, douce et tendre, emplissait son cœur de joie par ses sourires. Elle seule le comprenait. Il restait quelquefois des heures à la contempler, et son cœur se renforçait. Il endurerait tout pour son bien, afin qu'elle préserve son innocence. Il s'était juré que sa beauté demeurerait intacte, mais il faudrait pour cela qu'il l'éloigne de leur père...

Il voulait la protéger ; elle grandissait vite et devenait magnifique. Elle se transformait peu à peu en une splendide adolescente. Un trésor que Dumeur convoitait dorénavant un peu plus chaque jour. Torry sentait un nœud tordre son estomac quand il surprenait le désir croissant sur le visage de leur géniteur. Il connaissait bien ce regard, l'ayant vu tant de fois lorsqu'il venait le briser.

Ce soir-là, Torry observa discrètement Breese lorsqu'elle le retrouva dans sa chambre. Comme toujours, elle gardait le silence. C'était une ravissante jeune fille, svelte pour ses treize ans. Mais il s'inquiétait désormais nuit et jour pour sa sécurité, car il allait prochainement quitter la maison. Il avait vingt-trois ans depuis peu. Il serait bientôt obligé de rejoindre l'école sélectionnée par son père, spécialisée dans l'art de tuer.

— Breese...

Il soupira et détourna les yeux, les lèvres pincées. Il ne désirait pas qu'elle voie le fond de son âme souillée.

— Tu souhaitais me parler ?

Sa petite voix douce le remplit de joie. En baissant la tête, le visage caché par ses cheveux, il alla jusqu'à son bureau et s'empara d'un papier.

— C'est pour toi, annonça-t-il seulement, la gorge nouée par la peine et le dégoût.

La jeune fille se saisit de la feuille avec beaucoup de tendresse. Elle savait son frère très souffrant, car Dumeur le martyrisait. Elle se doutait que son aîné la protégeait d'une manière ou d'une autre de quelque chose de terrible, mais il allait bientôt partir et elle n'avait toujours aucune idée de ce que Dumeur lui infligeait. Elle était simplement consciente qu'il passait parfois la nuit dans la chambre de Torry. Dans ces moments-là, elle l'entendait pleurer, alors elle versait ses propres larmes. Elle ignorait tout de ce qui se déroulait réellement derrière cette porte fermée. Son père l'effrayait tant qu'elle se terrait sous sa couette en se bouchant les oreilles, désespérée de ne pas pouvoir aider son grand frère adoré.

— Une école ?

Surprise, elle releva la tête après avoir lu le contrat qu'il venait de lui remettre.

— C'est un internat, précisa-t-il.

— Tu veux que je m'en aille..., chuchota Breese, les yeux brillants.

Elle ne pouvait pas croire que Torry souhaite l'éloigner de lui. En avait-il assez d'elle ? Il était pourtant le seul à l'aimer !

— Je vais partir pour devenir un mage gyramen. Je ne serai plus là pour..., commença-t-il sans parvenir à exprimer totalement sa pensée.

Elle examina ses longs cheveux, son visage toujours baissé, et le trouva encore bien trop maigre. La honte se lisait dans ses beaux yeux verts les rares fois où elle les apercevait. Si seulement elle avait su comment l'aider, le rendre moins craintif... Elle avait peur pour lui. Elle redoutait qu'il ne survive pas aux durs entraînements de l'école.

— Je ne veux pas que tu restes ici sans moi ! gronda-t-il soudain.

— Dumeur ne sera jamais d'accord...

Le souffle triste qui s'échappa de ses lèvres le peina.

— Je t'ai déjà inscrite... et tu as été acceptée. Il ne pourra rien faire sans risquer de perdre la face. Et toi, tu vas apprendre la magie auprès du Suprême. C'est un grand honneur !

— Mais, et... s'il... Et s'il...

Breese balbutiait, paniquée. Les mots la fuyaient. Torry allait se faire battre pour avoir ainsi piégé leur père. Dumeur lui infligerait encore les pires châtiments. Il ne supporterait jamais d'avoir été manipulé de la sorte.

— Ne t'inquiète pas, il ne te touchera pas. Tu vas partir avant moi, la réconforta-t-il sans se douter un instant qu'elle s'angoissait pour lui.

Cette fois, sa voix assurée avait fait trembler les murs. Torry avait enfin relevé la tête, et Breese ne put que lui sourire.

Il me sauve… mais à quel prix ?

La jeune fille avait l'impression de l'abandonner, alors qu'elle était consciente du courage dont il faisait preuve. Agir dans le dos de Dumeur n'était pas chose facile.

— Tout ça pour moi ! lâcha-t-elle dans un soupir affligé.

Elle fixa ses pieds. D'un geste très doux, en gardant bien ses distances, son frère l'obligea à redresser le menton.

— N'aie jamais honte de ce que tu es, petite sœur. Que ta magie soit puissante ou non, désormais, tu seras loin de lui !

Il retira rapidement sa main comme s'il s'était brûlé à son contact. Les mots manquèrent à Breese. Elle ne pensait pas pouvoir supporter les mêmes sévices que lui ou sa mère. Elle se trouvait faible, mais se jura en cet instant de se fortifier pour être un jour capable de sauver Torry.

— Je t'aime, bredouilla-t-elle. Je t'aimerai toujours, et je ferai en sorte que tu sois fier de moi !

— Je le suis déjà, ne t'inquiète pas ! Moi aussi, je deviendrai fort.

Breese savait qu'il tiendrait sa promesse. La porte du bas claqua soudain avec une violence inimaginable qui les fit sursauter. Ils comprirent tous deux que Dumeur venait de rentrer et d'apprendre le départ de sa fille.

— Torry ! gronda-t-il d'une voix emplie de fureur.

Le garçon ne bougea pas. Breese en fut stupéfaite. Ainsi, son frère s'était préparé au châtiment. Elle eut soudain l'impression qu'il ne le redoutait plus. En entendant les pas lourds près des escaliers, elle ne put s'empêcher de fixer la porte d'un air paniqué.

— Va dans ta chambre et restes-y ! Ça ira, lui assura-t-il.

La jeune fille s'éclipsa, terrorisée par la menace qui approchait. Elle détesta sa lâcheté et disparut en pleurant au fond du couloir avant que Dumeur ait pu la voir.

La porte de Torry s'ouvrit dans un grincement sinistre. Breese s'effondra de désespoir, tout en se bouchant les oreilles.

Les bruits étouffés et les cris de son frère furent pour elle une véritable torture.

* * *

Torry n'osait jamais regarder les gens en face, trop honteux de ce que son père lui avait fait endurer. Il se sentait si sale qu'il rêvait d'être invisible. Il fuyait ceux qui s'attachaient à lui, redoutant qu'ils finissent eux aussi par réclamer ce que Dumeur lui avait infligé.

C'était la peau sur les os qu'il avait commencé son apprentissage afin de devenir un puissant mage gyramen. Il étudiait dans l'une des meilleures écoles qui soient, et ce lieu l'avait en partie sauvé. En un an, l'entraînement et les bons soins avaient développé son corps ainsi que soulagé peu à peu son âme meurtrie.

Malheureusement, il existait ici une tradition dévastatrice pour le jeune homme. Un jour maudit. L'unique rencontre de l'année avec la famille…

La pièce devant laquelle il se trouvait, aménagée en un agréable petit salon, était faite pour recevoir les proches et leur permettait de se mettre à l'aise en toute tranquillité. Quand Torry pénétra dans la salle, Dumeur l'attendait déjà, assis sur le canapé au milieu des coussins. Il le fixa de ses yeux meurtriers, le corps massif, ses bras musclés reposant sur le dossier et les jambes volontairement écartées.

Torry se sentit immédiatement vulnérable, écrasé par son regard scrutateur. Il referma lentement la porte derrière lui, retardant au maximum la confrontation. Le jeune homme n'avait pas été autorisé à refuser la visite de son père. En dehors de son foyer, tous vénéraient Dumeur pour sa force, son courage et sa loyauté. Torry comprenait mieux maintenant pourquoi sa mère ne pouvait pas s'enfuir.

Le visage de son géniteur s'illumina d'un plaisir pervers, malsain. Torry trembla, mais tenta de le cacher.

— Tu as bien évolué en un an. Ton corps s'est développé ! Je n'aurais pas cru.

L'homme avait un sourire satisfait sur les lèvres.

Au fond de lui, son fils espérait être devenu assez fort pour le repousser. Il avait gagné en muscle, s'était teint les cheveux en rouge et n'hésitait désormais plus à frapper quand on entachait son honneur. Il était résolu à ne plus laisser Dumeur le toucher.

Oui, il avait bien changé ! Même si la honte persistait, ancrée sous sa peau à tout jamais, il s'était forgé une carapace menaçante. À présent, on le redoutait. Il ne fixerait plus jamais ses pieds.

— Viens t'asseoir près de moi ! lui ordonna Dumeur.

Soutenant l'effroyable regard paternel, Torry, terrifié, serra les poings, conscient qu'il était temps pour lui de se battre. Son cœur tambourinait dans sa poitrine.

— Non !

Sa réponse claqua dans le silence de la pièce. Il aurait pourtant voulu y mettre encore plus de puissance. Dumeur se raidit. Néanmoins, ce n'était pas l'habituelle colère qui était apparue sur son visage. La peur de Torry s'intensifia.

Son refus semblait gonfler son désir... Une réaction bien pire que toutes celles qu'il avait pu imaginer.

— Vraiment ? Ainsi, tu penses être devenu assez fort pour oser me résister ?

— Ne me touche pas !

Cette fois, il réussit à être plus ferme. Dumeur se leva et, avec une rapidité fulgurante, le plaqua contre le mur d'une seule main. Le jeune homme se rendit compte trop tard de leur différence de force. Malgré tous ses efforts, il ne détenait pas un dixième de ce qu'il lui fallait pour combattre son père.

— Vraiment ? répéta ce dernier, les yeux rivés aux siens.

Torry détourna le regard, conscient qu'il venait de perdre. En silence, il pleura son impuissance alors que Dumeur le déshabillait sans la moindre douceur. Puis, il le retourna face contre le mur et se fit plus brutal encore, le dépossédant de son âme à tout jamais. Torry perçut les spasmes vicieux du plaisir incestueux qui se déversait en lui. Quand enfin son tortionnaire le relâcha, totalement indifférent, il le laissa s'écrouler sur le sol. Une coquille vide, voilà ce qu'il était.

— Pourquoi…, sanglota-t-il, replié sur lui-même.

Il avait le sentiment d'avoir à nouveau dix ans. De n'avoir aucune force. De n'être qu'une misérable vie inutile.

— Mais tu le sais, parce que je t'aime !

Sur ces mots, Dumeur sortit, son désir pervers assouvi. Torry resta allongé un moment avant de trouver le courage de se relever.

Un jour, il le tuerait. Il serait fort au point de pouvoir l'achever de ses propres mains. Sa détermination serait sans faille. Il ne pardonnerait jamais les souffrances que cet homme avait infligées à sa famille.

Oui… Torry se vengerait. Il serait le guerrier de la Violence.

À compter de ce jour, il s'entraîna avec plus d'acharnement encore. Il devint vite un mage exemplaire : le meilleur de tous.

Sa carrure se fortifia, mais voyant que sa force n'égalerait jamais celle de Dumeur, il partit en quête de pouvoir. Il entendit parler d'une Écaille par un de ses professeurs. Celui-ci avait découvert un artefact soi-disant capable de le mener à celle-ci. Torry s'empressa de le voler sans le moindre scrupule.

— Cher père, le jour où je serai puissant, toi, tu mourras ! avait-il marmonné dans sa barbe en s'échappant de l'école.

Chapitre 21

L'artefact

Torry savait devoir bouger rapidement s'il désirait échapper aux griffes de Dumeur. Son géniteur tenterait de le retrouver par tous les moyens et se vengerait de la pire des manières. Il ne voyait qu'une solution pour sortir de ce mauvais pas : l'artefact posé au creux de ses mains. Celui-ci, censé le guider jusqu'à l'Écaille, ressemblait à une boussole ; seulement, il n'indiquait aucun des quatre points cardinaux. Il y avait bien une aiguille qui pointait vers une direction inconnue, mais il ignorait vraiment ce qu'il trouverait au bout. Il n'aurait jamais dû s'y fier, pourtant sa situation appelait à des actions désespérées.

Il fit donc de son mieux pour brouiller les pistes. Il n'avait pris avec lui ni eau ni nourriture et ses maigres vêtements ne lui permettraient pas d'affronter des températures extrêmes. Il n'était pas non plus très doué pour passer inaperçu et gardait cet air farouche que tous redoutaient.

Il préférait que les gens s'éloignent à sa vue, s'enfuient en courant ou même tremblent. Toute forme de proximité le terrifiait, l'enrageait, le rendait presque fou. Il lui suffisait d'arriver quelque part pour que les échoppes se vident entièrement. L'absence de surveillance lui octroyait une liberté inattendue. Si jamais l'un d'eux devait oser braver sa peur, alors Torry y mettrait toute sa haine.

Il atteignit la frontière en quelques semaines, la mine fatiguée et les muscles endoloris. Il ne s'était pas vraiment détendu, ou seulement à l'abri des regards. Comme il craignait l'attaque de bandits peu scrupuleux, il se cachait au sommet des arbres. Il s'agissait d'une position bien inconfortable pour dormir, mais au moins la menace de se faire détrousser s'amoindrissait.

Il resta plusieurs jours à lorgner les portes gardées qui ne s'ouvraient qu'à de rares occasions. Sortir du territoire protégé n'était pas donné à tout le monde et il fallait l'autorisation du Suprême, ce qu'il n'obtiendrait jamais. Il vérifia à nouveau l'aiguille ; il devait passer par tous les moyens.

Je n'ai pas d'autre choix.

À la nuit tombée, alors qu'il s'apprêtait à tenter une percée, le bruit de montures attira son attention. Il jeta un coup d'œil à la caravane atypique. Cernée de mercenaires juchés sur leurs fiers draseux, elle dénotait par rapport aux différents convois qu'il avait pu observer. Les animaux, aux pattes entièrement recouvertes de flammes, impressionnaient de par leur stature. Robustes, immenses, ils laissaient derrière eux des traînées de cendres. Une tête d'oiseau royal terminait leur apparence puissante.

Des vendeurs itinérants ?

Torry plissa les yeux. Tout ce qu'il voyait était une grande équipe afin de protéger des marchands ou un cortège. Dans tous les cas, ils sortaient de l'ordinaire. Leur voyage nocturne lui permettait de supposer qu'ils espéraient passer inaperçus.

Lorsqu'ils ne furent plus qu'à quelques mètres de lui, Torry se releva pour leur barrer la route. La nuit était déjà bien tombée, mais les montures éclairaient le chemin sans mal. Des étincelles s'échappaient de leurs sabots chaque fois que ceux-ci touchaient le sol. Les cavaliers arrêtèrent le convoi et un guerrier se détacha pour venir à sa rencontre.

— Dégage, gamin !

L'homme avait une voix bourrue, des mains larges abîmées et surtout un regard d'acier très similaire à celui de Dumeur. Son allure revêche le terrifia de l'intérieur, mais comme toujours, il répondit avec davantage d'agressivité. Torry grogna et sa capuche glissa en arrière, laissant apparaître sa longue tignasse rouge sang.

— J'ai besoin de passer !

Il avait grondé entre ses dents d'un air menaçant. Il fallait qu'il obtienne gain de cause. Une femme aux cheveux blonds s'avança. Ses yeux à elle aussi perçaient la nuit. Il devina, rien qu'à son accoutrement, qu'elle venait d'Antanor.

— Il n'a pas dû comprendre que nous nous dirigions vers les terres sauvages. Ce n'est pas une promenade de santé !

Elle semblait encore plus autoritaire que son partenaire. Le sourire carnassier qu'elle lui adressa lui offrit de redoutables frissons. Ses dents blanches se détachaient bien trop dans l'obscurité. D'une grimace peu élégante, elle lui ordonna de se pousser à son tour.

— Je sais me battre, je me montrerai utile !

La guerrière se lécha les lèvres. Elle le sonda de la tête aux pieds, inquisitrice, pour juger sa valeur. Il pouvait être impressionnant, elle remarquerait sans problème tout son potentiel.

— Il n'y a pas de place pour les lâches. Si tu viens avec nous, c'est jusqu'au bout, expliqua-t-elle, implacable. Pour emprunter cette porte, il faut payer une somme conséquente. Tant que tu ne l'auras pas remboursée, tu n'auras aucun droit de partir, tu comprends ? Cette dette, moi seule pourrai la lever.

Torry acquiesça, le cœur battant. Il devait s'éloigner au plus vite, aller n'importe où tant qu'il quittait le territoire connu.

— Je m'acquitterai de ma dette, promit-il sans baisser les yeux une seconde.

Elle ricana avant de fouiller dans sa bourse et de lui lancer un bijou.

— Passe-le autour de ton cou, tu ne pourras le retirer que lorsque je le déciderai !

Torry attrapa l'objet au vol et sa langue claqua contre son palais. Un collier d'esclave. Il savait qu'il ne devrait pas lui obéir, qu'il n'aurait pas dû s'approcher de ces individus malhonnêtes, mais son désir était trop grand.

— Maintenant, grimpe à l'arrière et ne te fais pas remarquer.

Il s'exécuta sous les yeux interpellés des autres cavaliers qui, à n'en pas douter, étaient tous sorciers.

À peine fut-il monté dans la caravane que celle-ci repartit. Il fut surpris de se retrouver au milieu de nombreuses personnes d'origines différentes, toutes vêtues de couleurs vives.

— Tu acceptes un collier d'esclave sans craindre d'être vendu ?

La jeune femme qui s'était adressée à lui se détachait faiblement de l'obscurité. La lampe à huile accrochée à la paroi éclairait à un mètre ou deux tout au plus, la laissant partiellement dans l'ombre. Il pouvait toutefois distinguer deux longues nattes s'échouer de part et d'autre de sa poitrine. Ses habits ne ressemblaient à rien de ce qu'il connaissait, Torry ne cessait de les détailler.

— Je... J'ai besoin de m'éloigner !

— Tu as tué ? s'avança un adolescent.

Son regard bleu était hypnotique. Aucun d'eux ne faisait penser à un esclave. Leurs vêtements brillaient d'or et s'ornaient de belles décorations. Sans oublier leur maquillage poussé qui donnait à leurs yeux une intensité surprenante.

— Non...

— Alors volé ?

Torry rougit en observant son artefact. Y avait-il des risques qu'on le lui reproche ? Les questions s'enchaînèrent, si bien que Torry eut des difficultés à garder sa mine renfrognée. Ces gens dégageaient une telle douceur qu'il ignorait comment leur répondre. Il passait tant de temps à effrayer les autres qu'il ne s'y connaissait pas en relations humaines.

— Je... Je n'ai rien fait de mal, murmura-t-il. Je dois juste fuir, peu importe où.

Ses compagnons de route s'attendrirent, comme s'ils pouvaient lire sa peine. Il ne se sentait pas à l'aise. Quand arriva le moment de franchir la frontière, tout le monde s'observa et, d'un commun accord, un homme âgé éteignit la lampe d'un geste vif.

— Maintenant, plus un mot, ordonna-t-il de sa voix caverneuse.

Torry déglutit en entendant les paroles étouffées des gardes. Il crut que ceux-ci ne les laisseraient jamais passer, mais bientôt, le convoi se remit en marche.

— Nous avons traversé, souffla quelqu'un, visiblement soulagé.

— Avec tout l'argent que nous leur donnons, il y avait intérêt.

— Qui êtes-vous ? osa demander Torry, d'un ton qu'il trouva trop brutal.

— Des conteurs, expliqua le vieil homme, dont le visage se chargeait de rides. Nous voyageons pour répandre la sagesse. Il n'y a qu'à Arow que nous sommes mal reçus.

— Pourquoi cela ?

— Les mages sont très peu ouverts à nos propos sur l'égalité, informa la jeune fille aux nattes. En cela, Antanor surpasse bien des villes.

— Mais les sorciers sont fourbes, grimaça un autre.

— Ne dis pas cela devant Isiandre, elle se vexerait, réprimanda une femme plus âgée.

— Elle nous fait passer pour des esclaves, insista le garçon.

— Car cela nous protège des agressions.

— Vous êtes donc humains ?

Torry y croyait à peine. Quel genre d'histoires racontaient-ils au monde pour ainsi voyager dans les terres sauvages ? Ne craignaient-ils pas de se faire attaquer ?

— Eh bien, en vérité, nous sommes un mélange un peu particulier entre sorciers et humains. Depuis des générations, nous narrons des légendes et apportons, nous l'espérons, un peu de sagesse. Malgré des pouvoirs inexistants, nous vieillissons cependant à la même vitesse que toi. Isiandre, par exemple, est une cousine éloignée.

— Je ne comprends pas.

— Pourtant, c'est simple. Nous ignorons pourquoi, mais nous vivons plus longtemps que les hommes. La sorcellerie nous est inaccessible, tout comme la magie. Nos ancêtres ont eu des relations avec des sorciers. Malheureusement, nous n'avons hérité que d'une vie prolongée.

— Ce qui n'est pas si mal, intervint la jeune fille aux nattes. Seulement, ces derniers aiment un peu trop les expériences, donc Isiandre nous protège d'eux.

— Vous ne vous êtes pas mélangés depuis ?

Les têtes se secouèrent et Torry garda le silence.

— Alors, où allez-vous ?

— Dans un village plus au sud, puis nous passerons par les montagnes et contournerons Aterra.

— Aterra ?

— Oui. Tu es un mage, n'est-ce pas ? Cela se devine à ta tenue. Si tu tiens à ta liberté, évite de t'y rendre. Isiandre aussi s'y ferait enfermer.

— Il n'est pas certain que nous ne deviendrions pas leurs cobayes non plus, fit remarquer l'ancien. Aterra est une ville de misère. Personne n'en ressort jamais ou alors fou et presque mort.

Torry sentit tous ses poils se hérisser et fut bien ravi que les autres l'oublient.

Il s'abandonna à la vie de ces nomades pendant plusieurs jours, puis Isiandre lui attribua un draseux et exigea de lui qu'il travaille. Elle l'assigna à la chasse avec deux sorciers. Les premières fois, il se montra maladroit, mais il finit par se fondre au groupe. Cela se produisit plus facilement qu'il ne l'aurait pensé. Isiandre restait la seule à qui il évitait de parler sauf pour obéir à ses ordres. Très calculatrice, elle ne laissait rien au hasard et, très vite, il admira la rapidité de ses interventions. Elle prenait toujours de sages décisions et, malgré son air redoutable, tenait compte du bien-être des gens.

— Alors, tu t'intègres ? lui demanda-t-elle un soir après la mise en place du camp.

Il acquiesça en silence, la timidité lui nouant la gorge.

— Tu n'es pas très bavard, constata-t-elle. Cela fait un mois que tu es avec nous, et tu ne t'exprimes presque jamais. J'ai aussi remarqué que tu t'éloignais des hommes. Te font-ils peur ?

Torry baissa la tête, le cœur battant. Il se crispa tout entier et serra les poings avec force.

— Calme-toi, lui intima Isiandre, surprise de le voir réagir si vivement. Tu n'as pas à me parler du passé, mais ne crains rien, ils sont intelligents.

— Ça ne veut rien dire.

C'était sorti tout seul. Il se renfrogna de honte. Il aurait dû se taire. Maintenant, son regard était braqué sur lui.

— Bien sûr, tu as raison, s'ils souhaitent te faire du mal, ils le peuvent.

Elle posa sa main délicatement sur la sienne afin d'apaiser ses inquiétudes et il la laissa faire.

— Tu es bien étrange. Tu sais pourtant que je ne suis pas tendre ! Me crois-tu faible, incapable de t'atteindre ?

Torry rompit le contact brutalement.

— Pas comme eux. Tu ne peux pas me blesser comme eux.

Après ces paroles, il prit la fuite, le cœur à nouveau fou. Il avait l'impression d'avoir révélé un de ses plus lourds secrets. Torry ignorait comment se calmer et fut attiré par la voix très douce de Lyty. Son visage ridé s'était froissé en le voyant courir. D'un geste, elle l'invita à venir s'asseoir près d'elle. Il s'exécuta en gardant le silence. Gentiment, elle lui tapota les omoplates. Il l'aimait bien, elle ne lui demandait jamais rien et elle savait apaiser ses angoisses.

— Torry, murmura-t-elle. Tes mots ont perturbé Isiandre. Que lui as-tu raconté pour qu'elle se montre à ce point songeuse ?

Il se contenta de hausser les épaules. L'ancienne plissa le regard, mais s'abstint d'insister. Elle lui caressa le dos un long moment, jusqu'à ce qu'il aille mieux.

Il resta en leur compagnie des jours, des mois, découvrant des merveilles inimaginables. Il identifia aussi ce qui les protégeait des mages corrompus et leur permettait de voyager en toute sécurité. Isiandre et les autres sorciers avaient gardé la connaissance de certains enchantements aux pouvoirs immenses. Ils en avaient placé tout autour d'eux : sur les montures, sur la caravane et même sur les vêtements qu'il portait à présent. Ils marchaient ainsi sans pouvoir être observés, entendus ou sentis. Les sorts effaçaient tout de leur présence. Puis, une nuit, alors que les cauchemars le rattrapaient violemment et que Dumeur venait l'étouffer sous ses monstrueux désirs, son artefact se mit à briller. Torry se redressa, en nage, les yeux écarquillés de le voir tout éclairer autour de lui. Il l'avait complètement oublié, trop obnubilé à rembourser sa dette et aussi très heureux de pouvoir voyager sans crainte. Son agitation inhabituelle et l'éclat vif réveillèrent tout le monde.

— Qu'est-ce que c'est ?

Un des gardes aux aguets avait passé la tête dans la caravane, attiré par les bruits et les exclamations.

— Ce... Ce n'est rien.

Torry tenta bien maladroitement de dissimuler son trésor, mais même à travers ses doigts, la lumière s'échappait.

— Parle-nous de ton histoire, lança Lyty.

Elle s'était redressée pour s'asseoir en face de lui, les talons sous les fesses et les paumes à plat sur les cuisses. Le groupe entier s'installa dans cette position. Torry comprit qu'ils étaient plus que de simples conteurs. Il était toutefois bien trop perdu pour oser les interroger. Le regard perçant de l'ancienne finit par le calmer et elle continua avec une extrême douceur :

— Les rêves, les légendes, c'est notre métier. Tu peux t'exprimer sans avoir peur du jugement, avec les mots ou les pensées.

Le jeune Gyramen rougit de la tête aux pieds et même Isiandre l'étudiait. Depuis leur altercation, elle le surveillait et le maternait presque, ce qui était très inhabituel. Torry craignait qu'elle ait deviné son histoire, ce qui le submergeait de honte. Lyty tendit la main et tous l'imitèrent. Elle déposa sa paume sur son épaule et chacun fit de même avec son voisin. Alors, ils se retrouvèrent tous reliés à lui dans ce moment étrangement apaisant.

— Je n'ai pas grand-chose à dire, souffla-t-il tout bas. Je me suis seulement enfui.

— Pourquoi t'es-tu enfui ?

La mine de Lyty s'assombrit. Elle était si sérieuse qu'il lui semblait impossible de garder le silence. Il ignorait comment repousser une personne aussi imposante et fragile en même temps.

— Parce que je ne pouvais plus respirer.

— Et pourquoi ne pouvais-tu pas respirer ?

Il avait parlé sans réfléchir. Repenser à Dumeur lui fit serrer les dents. Cela souleva une vague de rage si puissante que son cœur s'affola.

Torry observa l'artefact, les yeux éteints. Il aurait simplement pu se recoucher, les traiter avec indifférence, mais à la place, ses souvenirs jaillissaient, incontrôlables. Il se sentait relié à eux de manière inattendue. Il percevait presque leur chaleur consoler son âme.

Des scènes de son père, de sa violence, le traversèrent et il crut entendre des pleurs. Était-ce les siens ou ceux de ses compagnons de voyage ? Il n'arrivait plus à faire la différence. Dumeur ne quittait pas son esprit. Il s'imposait, ses mains immenses menaçaient de tout lui prendre. Comme le pire des serpents, elles venaient l'asphyxier.

Torry regarda longuement la vieille femme, la poitrine brûlante. Il retint un cri si animal que ses lèvres se crispèrent. Lyty leva la paume dans un geste lent, maîtrisé. Il s'effondra au son de sa voix sans pouvoir riposter. Les murmures de la conteuse résonnèrent dans sa tête :

— J'ai rêvé de toi, de ton destin, d'une pièce sans fenêtre. J'ai rêvé d'un garçon étouffé par un reptile gigantesque. Tu ne nous as pas rencontrés sans raison. Le dernier roi t'appelle !

Torry ne sentait plus ses membres. Il n'entendit plus rien et resta aveugle jusqu'à ce que sa bouche s'ouvre en grand à la recherche d'air. Il toussa comme s'il n'avait pas utilisé sa gorge depuis un moment. Un vent chaud le caressait. Il se redressa, le crâne bourdonnant, avec la sensation étrange de ne pas avoir de corps. Malgré tout, il était prêt à affronter n'importe quel danger. Dès qu'il prit le temps d'étudier ce qui l'entourait, il ne trouva devant lui qu'un simple enfant, dont l'immobilité faisait peur. Seuls ses cheveux d'argent semblaient vivants. Son visage parfait avait quelque chose d'irréel et cette sagesse qu'il découvrit dans ses yeux le perturba.

— Tu es là, remarqua celui-ci. Tu es le premier des trois que je rencontre.

Torry observa autour de lui. Il se sentait perdu, il ne reconnaissait pas les lieux. En bas de larges marches en pierre, il posa son regard sur les hauteurs. Cela ressemblait à l'entrée d'un immense temple, mais il était différent de tout ce qu'il avait pu voir dans sa vie. La matière brillait comme si tout ici n'était que mirage.

L'être, qui souriait, dégageait une drôle d'énergie. Torry craignait d'être devant autre chose qu'un enfant, ce qui l'amena à reculer d'un pas.

— Ce sanctuaire est ancien, expliqua gentiment celui-ci. Toutes les consciences du monde disparaissent en ce lieu. Vous vous trouvez sur la brèche entre ce qui est, ce qui fut et ce qui sera.

— Qu… Quoi ?

L'enfant se montra compatissant et lui sourit avec chaleur.

— Bien sûr, les mortels ne peuvent pas comprendre. Le roi vous a désigné. Il a une tâche à vous confier.

Torry tourna la tête afin de s'assurer qu'il était seul. Il pinça ses lèvres.

— Qui es-tu ? osa-t-il l'interroger. Tu sembles me connaître, mais moi, je ne sais rien de toi !

— Ah oui, pardon, j'aurais dû commencer par là ! Je suis Kecil, mais aussi le Petit Vagabond. Je parcours le monde de Travel, comme vous !

— Oh, je ne suis pas un grand voyageur. C'est le hasard qui fait que je me retrouve ici, expliqua Torry.

— Le hasard n'existe pas ! assura l'enfant, sûr de lui.

— Oui, je veux bien te croire, mais pourquoi me vouvoyer ?

— Un jour, vous saurez pourquoi !

Malgré la réponse énigmatique, Torry continua de le questionner :

— Quel âge tu as ? Où sont tes parents ?

Kecil plissa les yeux et, gentiment, lui tendit la main.

— Je n'ai pas d'âge et pas de parents non plus.

Torry, bien que surpris par ses mots, ne se laissa pas déstabiliser.

— Je ne pensais pas que c'était possible.

— Je te comprends, moi non plus, s'amusa le garçon. Maintenant, suis-moi, il vous attend !

Torry lui emboîta le pas en silence. Comment cet enfant pouvait-il se montrer si sûr de lui ? Comment pouvait-il ne pas avoir d'âge ? Mais surtout, qu'était-il ?

Il fut bien obligé de mettre de côté toutes ses interrogations quand les grandes portes pivotèrent afin de le laisser entrer. Alors, Kecil le lâcha. Torry s'était attendu à tout, sauf à se retrouver face à un trône sur lequel un homme assis patientait. Autour de lui, des gardes armés jusqu'aux dents le protégeaient en une colonne impressionnante. Kecil prit le temps de les détailler avec attention.

— Les soldats tombés ; il y en a eu beaucoup, répondit-il à sa question muette.

— Ils semblent redoutables.

Le jeune Gyramen n'aimait pas que leurs yeux soient masqués. L'homme sur son trône releva la tête et Torry se figea. Y avait-il plus bel être que lui ? De délicats cheveux dorés encadraient ses traits fins. Un regard bleu incroyablement intense vint le percuter, sans parler de ses habits dont l'or et le rouge se mariaient à merveille afin de lui donner la prestance d'un roi. Toutefois, après un examen plus poussé, il remarqua la présence de chaînes semi-visibles qui entravaient ses pieds et ses mains.

Quand Torry ne fut plus qu'à un pas, Kecil rejoignit les gardes. En un clignement de cils, son apparence changea. Il grandit d'un coup pour prendre la taille d'un adulte. Ses vêtements se métamorphosèrent en un métal indestructible, puis son visage fut dissimulé derrière un masque, si bien qu'il ne pouvait plus le différencier des autres.

— Ainsi, c'est vous que les lunes ont choisi.

Le jeune Gyramen n'osait pas le contempler, mais au son de sa voix, il ne put faire autrement que de lever les yeux. Son timbre avait la puissance du vent, de la terre et des montagnes. Il y avait dans son intonation des nuances si riches que son âme elle-même s'en voyait perturbée. Torry ne pouvait pas lui répondre, cela lui était impossible. Pas après l'avoir écouté.

— Vous avez du courage. J'espère que vous serez à la hauteur de mes attentes. Cela fait une éternité que je guette votre venue. Vous devrez surmonter bien des épreuves. Vous en sentez-vous capable ?

Torry devait réagir, mais rien ne lui obéissait. Comme dans un rêve, il avait l'impression que d'autres forces le bloquaient. Il devenait un simple témoin silencieux.

— Tu peux parler, lui assura le roi avec une extrême douceur.

— Je... Je ferai de mon mieux.

— Je le sais, je le perçois, mais fais attention à ne pas laisser le serpent te dévorer. Il est fourbe, puissant. Tu ne devras jamais te relâcher ou tu perdras tout.

Torry approuva d'un petit geste de la tête. Cela lui était moins difficile que de s'exprimer. Il ne s'attendait toutefois pas à ce que son corps réponde aussi lentement.

— Venez près de moi, exigea alors l'entité.

Derrière lui, le mur, que Torry n'avait pas vraiment examiné, prit la forme d'une peinture réaliste. L'immensité d'un ciel étoilé se dévoila. Les trois lunes, représentées avec une grande précision, se mêlaient au riche univers à la perfection. Elles surplombaient le trône et semblaient se positionner de manière à fournir une couronne illusoire au roi. C'était très étrange, et encore une fois, propre à l'interprétation des rêves. L'être aux cheveux d'or se saisit de l'une d'entre elles pour lui offrir un éclat. Il avait plongé ses doigts dans le ciel comme si passer d'un monde à l'autre lui était facile.

— Tu obtiendras bientôt la force nécessaire pour briser l'arc du destin. Tu ne dois pas hésiter à tout donner !

Torry fronça les sourcils tandis qu'il lui déposait un bout de lune dans les mains. Il avait l'impression que, cette fois, le roi lui parlait réellement. Était-ce parce qu'il avait arrêté de le vouvoyer ?

— L'arc du destin ?

— Tuez le serpent, ne le laissez pas gagner. Son emprise sur le peuple est grande et vous seul pouvez le vaincre !

Le jeune homme avait bien du mal à suivre. Un serpent perfide, il en connaissait un, mais l'abattre serait l'entreprise de toute une vie, parce que le surpasser sans aide lui était impossible. Il n'eut pas le temps de lui répondre qu'on le propulsa en arrière.

Effrayé à l'idée de percuter le sol, Torry se réveilla en sueur. Son corps tremblait, mais au moins, il lui appartenait à nouveau. Après s'être calmé, le jeune gyramen reconnut la caravane. Il avait la tête tellement lourde qu'il se crut malade. Il se remémora soudain l'artefact et paniqua en ne le sentant plus dans ses mains. Alors qu'il le cherchait des yeux, le cœur battant, il trouva à la place ce qui ressemblait à une pierre rugueuse, lumineuse. Sourcils froncés, il s'interrogea. Qui avait pu la mettre là et où était passée sa boussole ? Au moment où il se redressa, il remarqua enfin Lyty, qui le surveillait.

— Nous ne pensions plus que tu te réveillerais, sourit-elle.

Son air soulagé l'interpella.

— Ah oui ?

— Je vois que l'Écaille t'a choisi. Le destin t'appelle.

— J'ai une migraine, avoua Torry. J'ai faim, aussi. J'ai l'impression de n'avoir rien mangé depuis des jours.

— C'est un peu le cas, confia la doyenne. Ton sommeil a duré plus d'un an. Il est l'heure pour toi de nous quitter.

Torry ouvrit la bouche de stupéfaction et observa par la fenêtre ce qu'elle lui désignait du doigt.

— Un an ? Mais c'est impossible !

— Regarde, la frontière est pourtant là. Quand le roi nomme, le temps n'est pas le même entre ici et là-bas. Maintenant, concentre-toi. Pour réaliser ton vœu, tu dois trouver le Suprême.

— Lyty, ce que tu dis est absurde. Je n'ai pas pu dormir un an. Le rêve que j'ai fait était court.

— De quoi parlait-il ?

Alors qu'elle l'interrogeait, il la vit sourire. Elle en savait beaucoup plus qu'elle ne voulait bien le dire.

— Je… Je ne me rappelle plus, mais c'était important.

— Oui, ça l'était. Ne t'inquiète pas, si tu ne te souviens pas, c'est que les choses doivent se faire ainsi. Alors, maintenant, va !

— Tout de suite ? Mais… et les autres ?

— Ils ont veillé sur toi. Isiandre plus que nécessaire. Elle sera triste, toutefois elle comprendra.

— Je suis toujours perdu… Je ne désire pas y retourner, j'aime bien cette vie ici et…

Lyty se rapprocha pour lui murmurer à l'oreille :

— C'est normal. Sache juste que les rouages de ton destin se sont mis en place, alors, à présent, va et ne reviens jamais. D'ailleurs, tu ne pourras plus nous trouver ! Le hasard ne se produit pas deux fois !

Torry se sentait sur le point de pleurer quand Lyty chuchota à nouveau quelques mots. Finalement, elle avait menti, elle se servait de la magie, et avec une force incroyable. Qu'était-elle ? Qu'étaient-ils tous ? Il ne comprenait rien, mais il fut projeté sur la route sous le regard de tous ceux qui entouraient la caravane. Certains s'étonnèrent de le voir tomber à terre, mais encore plus de l'interdiction de la doyenne de lui venir en aide.

— Torry, n'oublie pas de tuer le serpent, toute vie en dépend !

Elle lui fit signe, invitant les autres à l'imiter. Isiandre hésita à l'approcher, mais fut stoppée par Lyty, dont les yeux luisaient à présent.

— Sa place n'est plus avec nous.

La sorcière sourit avec tristesse et Torry les vit disparaître sous le sort de protection de la vieille femme. Il savait qu'ils étaient encore là, mais qu'il ne pourrait plus jamais les trouver. Tandis que ses larmes roulaient sur ses joues, la voix de Lyty résonna autour de lui :

— Tue le serpent !

Chapitre 22

Les peines du cœur

Alors que la nuit tombait sur leur troisième journée de voyage, Azorru s'arrêta. Il alluma un feu pour les réchauffer lui et Wymi, puis chercha de quoi manger. Il dénicha des noix et parvint à capturer un petit gibier. Satisfait de sa trouvaille, il retira la peau de l'animal avant de le faire rôtir au-dessus des flammes.

L'agréable odeur de nourriture finit par sortir Wymi de son profond malaise. Le coup qu'on lui avait porté l'avait terriblement affaiblie, tout comme le sortilège, mais elle se sentait suffisamment mieux pour enfin relever les cils.

Azorru avait posé sa tête sur ses genoux. Elle l'observa en silence tandis qu'il se concentrait sur la cuisson de la bête. Des larmes montèrent jusqu'au bord de ses paupières. Elle les refoula rapidement. La jeune femme remarqua sur son compagnon la présence de multiples blessures : d'immenses hématomes s'étalaient sur son corps, s'ajoutant à un nombre impressionnant de coupures, parfois graves. Ses vêtements étaient déchirés à certains endroits, et les cernes noirs qui soulignaient ses yeux fatigués l'effrayèrent. Il s'était démené pour la libérer de ces monstres.

Paniquée, elle toucha son ventre. Percevant son brusque mouvement, Azorru baissa alors la tête. Il fut soulagé de la trouver éveillée et la serra contre lui à l'en étouffer. Il la chérissait encore... Peu importait le passé, il l'aimait toujours !

— A...

Elle voulait prononcer son nom, mais à la place, elle sanglota comme une petite fille.

— Ne dis rien, mon amour, ma belle. Je suis là. Je ferai tout pour toi !

— Ils ont transformé notre enfant, ils...

— Ton grand-père nous aidera ! la rassura-t-il d'une voix déterminée.

Le guerrier la pressa davantage contre lui.

— Je suis sale, Azorru... Si sale...

Il la relâcha soudain, puis la considéra, l'air grave. D'un geste tendre, il lui releva le menton. En croisant son regard, Wymi lut la colère qu'il tentait de dissimuler. Elle recula, surprise, et s'apprêtait à baisser à nouveau la tête quand elle vit qu'il pleurait.

Des larmes cristallines s'échappaient de ses anneaux dorés, chargées de tant de souffrance qu'elle en resta muette de stupéfaction. Son corps tout entier tremblait maintenant, sous l'assaut des sanglots qui menaçaient de le submerger.

— Tu ne seras jamais, *jamais*, sale à mes yeux, articula-t-il doucement. Wymi, ma belle Wymi...

Il l'étreignit à nouveau comme si elle risquait de se sauver.

— Je t'aime si fort que je te vengerai. Je le tuerai. Je le traquerai jour et nuit. Je ne trouverai plus de repos tant qu'il n'aura pas connu le désespoir et la mort.

Azorru la berça dans ses bras et Wymi s'abandonna. Elle le serra à son tour avec fermeté, si bien qu'elle eut peur de lui faire mal. Sa chaleur l'apaisait. Sa voix... Son odeur... Elle avait l'impression de ne pas mériter une telle attention et était persuadée qu'il aurait dû la détester.

— Je ne m'éloignerai pas, mon amour. Je ne te laisserai pas, lui promit-il, le timbre enroué par l'émotion.

Wymi se détacha finalement de lui. Elle aurait aimé rester au creux de ses bras pour l'éternité, mais ils devaient aller de l'avant et regagner la sécurité du sanctuaire. Lui voulait la venger, or, après avoir subi à deux reprises les puissants sorts des mages corrompus, elle ne craignait que de le perdre.

— Nous devons continuer et rejoindre le temple, n'est-ce pas ? lui demanda-t-il, les yeux hagards.

La jeune femme décela une lueur d'incertitude au fond de son regard. Azorru doutait de ses propres capacités. Ses prunelles dorées s'assombrirent légèrement. Il se croyait responsable de son malheur, alors qu'il n'y était pour rien.

Je suis l'unique fautive, songea-t-elle.

Ils reprirent la route. Docilement, Wymi suivait son sillage. Elle caressait son ventre, perpétuellement au bord des larmes. Tous ces mages l'avaient profanée. Ils avaient violé son âme, tout autant que l'un d'eux avait souillé son corps, et maintenant, elle se sentait malade. C'était un trouble qui ne s'évanouirait jamais, qui resterait toujours en elle. Ils avaient tué une partie de son être dès qu'ils avaient affecté sa descendance.

Cheminer derrière Azorru était encore une fois douloureux, mais plus pour les mêmes raisons. Ils avançaient sans bruit, engagés dans une marche funèbre. Wymi endurait les blessures de ses pieds comme un juste châtiment pour s'être laissé malmener. Elle, qui avait presque détruit une ville, n'avait pas été capable de se libérer de simples chaînes. Quelle piètre combattante elle faisait !

Malgré son désarroi, elle remarqua que le tatouage sur son poignet, en forme de pétale et acquis lors de la cérémonie qui l'avait liée à Azorru, avait disparu. Le guerrier, dans sa colère, avait donc tué au moins dix mages de haut rang. Dès leur retour, il pourrait exiger sa liberté. Sa gorge se noua à cette pensée. Son cœur saignait d'avance, elle était terrifiée à l'idée de connaître son choix. Parce que ces trois hommes l'avaient aimée, ils avaient accepté de ne faire qu'un. Mais, à présent qu'elle était souillée, ils se sépareraient sûrement, retrouveraient leurs identités et la quitteraient.

Ils seront plus heureux sans moi !

— Je suis désolée, laissa-t-elle échapper dans un murmure étranglé.

Azorru se retourna, l'air soucieux. Son regard acéré la déstabilisa une seconde. Au fond de son âme brillait une fureur palpable, que la magicienne interpréta à sa manière. Il avait certainement honte d'elle et pensait que son incapacité à se défendre avait détruit leurs vies.

— Pourquoi donc es-tu désolée ?

Alors qu'il l'observait, il remarqua soudain ses pieds abîmés. Il se crispa, mécontent de son silence, puis se pencha pour caresser tendrement les écorchures. Wymi se dégagea d'un geste sec, elle ne désirait pas qu'il la soulage. Elle devait souffrir ! Ainsi, elle se sentait un peu mieux.

— D'avoir été si faible ! asséna-t-elle, glaciale.

Azorru releva brusquement la tête et dut affronter le regard dur de la femme qu'il aimait. Son visage se déforma sous l'effet d'une immense tristesse. Il se redressa puis, sans lui laisser le choix, la souleva. Wymi voulut lui échapper. Elle s'égosilla et prétendit ne pas mériter tant de douceur, mais il ignora ses protestations et elle comprit rapidement que rien ne le ferait céder. C'était comme essayer de déplacer une montagne.

— Tu n'es pas faible. Personne n'aurait pu se défendre face à ces monstres, tu m'entends ? Personne ! Pas même ton grand-père. Ils étaient si nombreux, Wymi... Ils étaient *trop* nombreux...

— Mais je suis plus forte que les autres, hurla-t-elle, les joues envahies de larmes.

— Mais pas indestructible.

Azorru l'embrassa sur le front avec délicatesse. Elle avait envie de lui ordonner de la laisser tranquille, mais il la coupa avec fermeté :

— Je sais ce que tu ressens, dit-il avant qu'elle ne se mette en colère.

Wymi allait répliquer vertement quand il reprit :

— Torry...

Sa voix s'étrangla.

— Ses... Ses souvenirs sont remontés à la surface quand je t'ai découverte enchaînée à cet autel de pierre.

— Quoi ?

— Il avait enfoui cette humiliation tout au fond de son âme, mais c'est ressorti. Je... Il... Nous...

Ses paroles hachées, presque brisées, inquiétèrent Wymi. Il l'étouffait presque dans ses bras, comme s'il craignait qu'elle l'abandonne après sa confession. Il marchait désormais d'un pas lent et saccadé. Les yeux rivés sur le paysage devant lui, il évitait son regard, honteux. Elle comprit que le guerrier n'osait pas poursuivre. Pourtant, après plusieurs longues minutes de silence, sa voix monocorde s'éleva :

— Tout le monde ne naît pas forcément dans une bonne famille, expliqua-t-il avec difficulté. Mon père avait des besoins... peu communs. Il... Il venait la nuit, prendre... ce qu'il désirait. Ma mère ne pouvait rien dire et j'ai fait ce qu'il fallait pour protéger ma petite sœur ! Au début, Breese ne comprenait pas. C'est en grandissant qu'elle a découvert que Dumeur n'agissait pas de manière normale. Elle s'est détestée de ne pas pouvoir m'aider.

— Tu veux dire qu'il...

Azorru resserra son emprise. Wymi sentit qu'il revivait certains moments blessants, sa panique devenait palpable. L'homme hocha timidement de la tête et quelques larmes s'échappèrent de ses yeux. La jeune femme abhorra cette pluie gorgée de douleur. Elle inondait son cœur en même temps qu'elle coulait sur les joues du guerrier. La jeune femme prit pleinement conscience que celui qu'elle aimait détenait le passé de trois âmes et que percer son histoire ne serait pas facile. Il avait dû endurer ces trois vies... Elle craignait maintenant de découvrir ce qu'avaient pu endurer les deux autres.

— Il ne s'en est pris qu'à moi. Il entrait, puis s'approchait et... Et c'était tant mieux !

Elle sursauta.

Tant mieux ?

— Ainsi, ma sœur évitait de souffrir… alors que moi, j'attendais, toujours tapi sous les draps, la peur au ventre, espérant qu'il ne passerait jamais cette porte.

— Azorru, tu n'es pas obligé…

Elle se sentait égoïste. Il devait être si mal à l'aise de lui raconter tout ça.

— Je veux que tu comprennes que jamais tu ne seras un fardeau pour moi, ni même une femme faible. Tu es et resteras ma Wymi, quoi qu'il arrive ! Ma belle Wymi au cœur si tendre !

Ses mots la firent pleurer encore une fois.

— Je t'aime, Azorru…

Elle se mordit les lèvres. Elle ne savait pas pourquoi elle avait eu besoin de le lui dire maintenant, dans un moment aussi mal choisi. Le guerrier s'arrêta. Ses pupilles dorées la contemplèrent. Elles semblèrent se nourrir de son âme et lui rendre un peu de son innocence. Wymi se perdit dans leur pureté naturelle tandis qu'il venait à sa rencontre. Elle fut envoûtée par la douceur de ce baiser qui ne ressemblait à aucun autre. Elle n'aurait jamais pensé que cette simple action pouvait apaiser sa peur.

Azorru observa alors sa main, là où aurait dû se trouver le tatouage qui les reliait. Il lui sourit. À présent, il savait, lui aussi. Il l'avait vu, mais cela ne changeait rien pour lui. Il ne voulait pas reprendre son ancienne forme. Elle déchiffra tout cela dans son regard. Et son cœur s'emballa. Ainsi, le lien qui les unissait n'avait pas entièrement disparu. La magie n'était plus nécessaire pour les réunir. Leur amour avait suffi à créer entre eux une nouvelle attache, bien plus solide, inaltérable. Wymi en ressentit une telle joie qu'elle s'abandonna enfin librement dans ses bras. Ils se chérissaient et rien d'autre ne comptait. Leur affection pourrait tout vaincre, elle en était sûre.

— Ton grand-père n'est plus très loin, souffla Azorru, soulagé d'arriver.

La fatigue se lisait sur son visage. Le guerrier avait besoin de repos.

La cité d'Arow apparut au sommet de sa montagne. Les nuages l'enveloppaient comme une seconde peau et donnaient l'impression que la citadelle était posée dessus, en équilibre. Wymi se détourna de ce spectacle en espérant apercevoir le temple. Il n'était certainement plus très loin, mais se perdait dans la végétation, toujours très dense.

La fraîcheur du matin lui provoquait des frissons. Azorru marchait lentement. Ses pas avaient pris un rythme apaisant. Le sanctuaire surgit enfin à travers les arbres : majestueux, bordé d'imposants piliers rouges. Elle leva la tête pour les admirer dans toute leur grandeur. Les gigantesques portes, ornées de gravures somptueuses, se rapprochaient d'eux. Ça ne faisait pas si longtemps qu'elle était partie, et malgré cela, il lui semblait qu'une éternité s'était écoulée depuis le jour où Azorru l'avait kidnappée.

— Nous y sommes, annonça le guerrier, la voix chargée d'émotion.

Wymi se crispa, inquiète de son état de fatigue avancé. Il avait très peu dormi et elle savait que la porter lui devenait difficile. Pourtant, il avait refusé de la voir marcher, et elle avait fini par comprendre qu'il valait mieux le laisser agir à sa guise.

Toujours enveloppée dans la cape sombre d'un mage corrompu, Wymi retint sa respiration quand ils ne furent plus qu'à quelques pas de l'entrée.

Le Gyramen soupira bruyamment avant de heurter de son poing les lourdes portes. Elle aurait voulu lui dire qu'il n'était pas nécessaire de frapper, qu'elles seraient à jamais ouvertes pour elle, qu'il suffisait de pousser… Mais trop exténuée pour prononcer le moindre mot, elle attendit qu'on vienne leur répondre, la tête lovée dans son épaule. Enfin, elle rentrait chez elle.

Chapitre 23

Purification

Weily, assis derrière son bureau, examinait son *invité* avec scepticisme. Son regard le déstabilisait, et ce qu'il venait d'apprendre de sa bouche accentuait sa nervosité.

Quand il entendit frapper à la porte du temple, il fut ravi de saisir cette excuse pour s'éclipser. Il abandonna son hôte en dissimulant bien mal son empressement. Le Suprême savait très bien que sa façon d'agir le mettrait en colère, mais il espérait ainsi éviter de poursuivre cette confrontation qui n'avait que trop duré. D'autant que, cette fois-ci, il n'était pas certain d'en ressortir victorieux.

* * *

Après d'insupportables minutes, les pesants panneaux de bois s'ouvrirent sur un visage familier.

— Grand-père !

Wymi se détacha de son compagnon pour se précipiter dans

ses bras. Elle le serra de toutes ses forces, incapable de s'exprimer, mais ses larmes parlaient pour elle. Weily eut tout d'abord un geste de recul en remarquant l'allure déplorable des deux jeunes. La mine épuisée d'Azorru lui fit craindre le pire. Il avait perdu beaucoup de poids, et sa peau trop blanche et son regard vide avaient quelque chose de terrifiant. Une panique sourde s'empara du maître, qui sentit ses veines s'activer dans ses mains.

Quelque chose de grave est forcément arrivé.

Jamais il n'aurait cru qu'un jour il souhaiterait, avec autant de vigueur, retrouver l'air farouche du guerrier. Où était passée son arrogance ?

À le voir ainsi, le Suprême se demanda si la fusion était complète. Voulait-il toujours se séparer ? Azorru aurait dû être au meilleur de sa forme et même plus fort que tout. Weily constata avec horreur que le tatouage sur sa paume avait disparu. Il pouvait dès à présent lui réclamer l'ingrédient secret afin de se métamorphoser à nouveau et se diviser. Il se mordilla les lèvres discrètement, espérant que l'homme avait enfin accepté sa condition. Peut-être que s'il s'abstenait d'en parler, le guerrier n'aborderait pas le sujet. Il y avait peu de chances, il le savait, mais son optimisme prit le dessus.

— Que s'est-il passé ? questionna-t-il sourdement.

Il suivait des yeux sa petite-fille, dont la démarche chancelante trahissait le mal qui la rongeait. Il retint un geste afin de l'interroger plus avant alors qu'elle se dirigeait vers sa chambre.

— Oh, grand-père, il y a tant à dire…

Son mince filet de voix avait perdu toute joie et le Suprême crut revenir des années en arrière. Il n'aimait pas qu'elle évite ainsi de croiser son visage.

— Eh bien, racontez-moi, alors !

Weily fusilla le guerrier de ses iris bleus luisants. Celui-ci, mal à l'aise, baissa aussitôt la tête.

Pourquoi Azorru se soumet-il de la sorte ? Ce n'est pas dans sa nature…

Le vieillard se rembrunit dès qu'il perçut l'odeur exécrable qui les suivait et fut gagné par une colère noire. Sentaient-ils vraiment le soufre ?

— Nous avons besoin de nous laver et de dormir. Nous t'expliquerons tout après.

Wymi lui offrit un triste sourire ; son ton vide et désespéré le laissa muet. Il remarqua sans peine qu'elle essayait à nouveau de se dérober. Pour le moment, toutefois, il devait renoncer à les questionner.

Je finirai bien par tout savoir ! se dit-il en serrant les mâchoires.

Weily se demanda une fois encore pourquoi les Gyramens envoyés à sa recherche par Lymou n'étaient jamais revenus. Il n'avait reçu aucun message de leur part ou de celle des patrouilles… Rien, alors qu'il n'y avait pas plus redoutable qu'eux. Avaient-ils péri ? Devait-il s'inquiéter de la présence d'un traître ? Ces guerriers endurcis auraient dû retrouver aisément les fugitifs, puis veiller à la sécurité de sa nièce. Celle-là même qui, à cet instant, tirait faiblement derrière elle Azorru. Il détestait le voir se faire conduire comme un pantin sans âme.

Frustré, le Suprême contint sa fureur. Il parvint difficilement à retenir ses commentaires. Sa petite-fille était apparemment tombée amoureuse de cet être instable. Que pourrait-elle lui annoncer de plus terrible ?

C'est alors qu'il remarqua la nouvelle odeur qui l'englobait, au-delà de celle de soufre… Oui, il y avait en Wymi bien des choses différentes ! Une force insolite et parfumée se dégageait de son corps. Il l'avait déjà sentie, quelques jours auparavant, cette étrange puissance, venue de très loin pour le percuter comme une vague. Mais il refusait de comprendre, s'aveuglait volontairement, espérant ainsi faire disparaître ses pires craintes.

* * *

Azorru s'écroula sur le lit, tandis que Wymi se précipitait à l'étage inférieur pour prendre un bain. Elle lui avait expliqué d'une mine crispée qu'elle souhaitait être seule, ce qu'il comprenait sans peine. Il ne savait que trop bien l'importance de la purification par l'eau quand on se sentait souillé et combien la solitude, en ces instants, s'avérait nécessaire.

Il accusa subitement le contrecoup des derniers événements. La fatigue qu'il repoussait depuis des jours l'anéantit. Il avait, lui aussi, besoin de se reposer. Peut-être qu'après, il aurait les idées moins confuses…

* * *

Wymi devait se nettoyer, retirer de son corps tout ce qui la souillait. Impatiente, elle observa l'eau limpide du grand bain. Une odeur florale embaumait l'atmosphère, une vapeur légère s'élevait jusqu'à elle, réchauffant l'immense salle. Wymi considéra avec attention les rosaces dessinées aux murs ainsi que les vitraux qui reflétaient sur le sol leurs couleurs chatoyantes. C'était l'unique endroit du temple qui possédait tant de vives nuances. Toutes les autres pièces restaient volontairement neutres, exhortant les mages à la sobriété.

Elle demeura un moment immobile. Lentement, elle prenait conscience d'être enfin rentrée chez elle. La sensation d'être partie depuis des années ne la quittait pas.

L'eau me fera du bien, songea-t-elle en caressant son ventre, qui lui était de plus en plus douloureux.

Elle sentit ses muscles se raidir, tant l'impression qu'on la rongeait de l'intérieur devenait insoutenable. Décrire cette désagréable sensation lui était difficile. Celle-ci s'intensifiait de seconde en seconde.

La jeune femme retira la cape écœurante qui la couvrait toujours et la jeta au loin. Submergée par les souvenirs que cet accessoire faisait remonter du passé, ses yeux s'alourdirent de larmes, mais elle parvint cette fois encore à les contenir. Il fallait qu'elle se purifie… Tout irait mieux, ensuite.

Ça ne peut pas être pire, de toute manière...

Doucement, elle descendit dans le bassin et se laissa envelopper de sa chaleur réconfortante. Son corps à demi immergé commença à se détendre, mais, rapidement, l'eau se teinta de noir. Tout son être en fut horrifié, alors qu'elle réalisait à quel point on l'avait contaminée.

La douleur, jusqu'ici supportable, devint insoutenable. Wymi hurla, les mains crispées sur son ventre, incapable de retenir un cri strident. Sa voix, empreinte de tant de frayeur, se répercuta dans l'enceinte tout entière. À peine quelques secondes plus tard, la porte s'ouvrit à la volée. Le Suprême fut le premier sur les lieux, suivi de quelques autres mages. Il blêmit de stupeur en découvrant le bain souillé.

— Grand-père, hoqueta Wymi. Je vais mourir ?

La jeune femme l'implorait du regard. Ses yeux bleus innocents et d'une limpidité absolue retranscrivaient une telle détresse que Weily en frémit.

— Que tout le monde sorte ! exigea-t-il, excédé qu'on puisse la voir dans cet état.

Tous s'exécutèrent promptement. Il s'approcha alors du bassin afin de se placer à ses côtés. Désireux de la réconforter du mieux qu'il le pouvait, il se montrait le plus patient possible, mais ne parvenait pas totalement à garder un masque paisible.

— Non, non, rassure-toi, tu ne vas pas mourir. L'eau du bain est ensorcelée. La noirceur présente en ton sein va être purifiée. Accroche-toi. Essaie de rester jusqu'à ce qu'elle retrouve sa clarté, l'encouragea le vieil homme, tandis que Wymi se tordait de douleur.

— Ça fait si mal !

Le maître peinait à conserver son calme. Il avait pourtant vu pire, mais il s'agissait là de sa Wymi, cette enfant qu'il aimait comme sa fille. La contempler dans cet état était une terrible épreuve.

— Je sais, ma petite lune. Ça va passer... Je vais réclamer qu'on renouvelle l'eau au fur et à mesure, afin d'accélérer le processus de filtration.

Dès qu'il se releva, Weily alla chercher l'une de ses plus gentilles élèves, puis lui intima de l'accompagner jusqu'aux bains. Comme le voulait la coutume, elle portait la longue robe blanche des mages et avait rabattu sur sa tête la grande capuche pointue qui devait la protéger des regards. Elle n'avait rejoint le temple que récemment, après un entraînement rigoureux dans une autre section du monastère.

— Reste avec elle, lui ordonna-t-il.

Le maître se dirigea ensuite d'un pas vif vers l'étage supérieur, où se reposait Azorru, bien décidé à le faire parler. Cet idiot avait intérêt à lui répondre, sans quoi il lui lancerait une horrible malédiction, bien pire encore que celle qu'il supportait déjà.

Mais en entrant dans la chambre, plus remonté que jamais, il s'arrêta, stupéfait.

Azorru dormait profondément, aucun bruit ne semblait pouvoir l'atteindre. Weily s'apprêtait à le réveiller brutalement quand il se rendit compte de l'état de son corps martyrisé.

Ce n'est pas possible ! songea le vieil homme, abasourdi. *Comment peut-il être toujours en vie ?*

Azorru n'avait pas là de simples blessures. Il était plus mal en point qu'il ne l'avait imaginé en le voyant débarquer plus tôt dans la journée. Le Suprême s'approcha. Il sut instinctivement que le solide guerrier s'en remettrait, même si certaines plaies étaient à surveiller.

— Mais que s'est-il passé ? vitupéra-t-il pour lui-même, incapable de se contenir davantage.

Tandis qu'il ruminait de sombres pensées, il quitta la pièce en veillant à refermer doucement la porte derrière lui.

* * *

Wymi dévisagea la jeune fille laissée à ses côtés pour lui tenir compagnie. Elle n'était pas très âgée : quinze ans, tout au plus. Celle-ci nettoyait sa peau avec douceur. Sa façon de faire l'apaisait et sa présence discrète s'avérait être une véritable bénédiction.

— Comment t'appelles-tu ? s'enquit gentiment Wymi.

Il fallait qu'elle parle, rester silencieuse lui coûtait bien trop.

— Breese…

À l'évocation de son prénom, la magicienne laissa échapper un sursaut de surprise.

— Ça ne fait pas longtemps que tu es là, il me semble ? Je pense ne t'avoir jamais vue ici avant mon départ.

— Je m'entraîne parmi les apprentis depuis deux ans, mais je n'ai été jugée digne de poursuivre mon éducation au sein du temple qu'il y a quelques jours.

— Oh… Cela veut dire que tu es très douée. En seulement deux ans, c'est impressionnant !

Wymi avait du mal à y croire. C'était la moitié du parcours normalement nécessaire aux meilleurs élèves pour quitter les bancs de l'enseignement. Timide, la disciple sourit très discrètement et dévoila un visage fin illuminé de très beaux yeux, de la couleur veloutée de la terre. Ses lèvres roses paraissaient très douces et chacun de ses gestes était empreint de bonté.

— Tu dois savoir qui je suis, n'est-ce pas ? L'incapable de service, marmonna la jeune femme.

Les douleurs dans son ventre commençaient à disparaître. L'eau renouvelée s'éclaircissait, elle se sentait mieux.

— Tu es Wymi, la petite-fille du Suprême.

Breese lui sourit à nouveau.

— Tu possèdes une magie difficile à maîtriser et travailles deux fois plus que chacun de nous, continua-t-elle avec bienveillance.

— Mmh… On n'a pas dû t'expliquer que, malgré cela, je n'arrive jamais à rien. Même pas à me défendre, souffla-t-elle tout bas.

Wymi s'adressait principalement à elle-même, mais cela n'empêcha pas Breese de poursuivre :

— Non, ce n'est effectivement pas la façon dont on m'a

parlé de toi. Mais si c'est ainsi que tu veux être vue, je m'y conformerai.

La magicienne exhala un long soupir. En fin de compte, cette petite se montrait pénible.

— Très bien, fais-toi ta propre opinion. Je pensais que… Enfin, laisse tomber !

— Ne te préoccupe pas des autres. Tu es comme tu es, il n'y a pas de honte à avoir.

Wymi s'apaisa. Le bain était finalement très bénéfique. Elle cala sa nuque sur le rebord du bassin, puis ferma les yeux. L'eau purificatrice agissait, la calmait. Tout son corps se relâchait peu à peu. Sentant une chaude torpeur s'emparer d'elle, d'un geste brusque, elle se saisit du poignet de Breese, qui tressauta.

— Reste avec moi. Ça me fait du bien !

La disciple, confuse, finit par consentir d'un lent mouvement de tête.

— Oui, c'est promis.

Sa voix affectueuse rassura l'Incomprise, qui plongea enfin dans un lourd sommeil. Breese ne le montra pas, mais ce besoin d'attention l'apaisait.

La petite-fille de Weily, malgré les rumeurs qui couraient sur son compte, lui paraissait très gentille. Bien sûr, la jeune élève savait ce que tout le monde racontait à son sujet ! On parlait d'un incident, il y a de cela des années, qui avait failli coûter la vie à une de ses camarades de classe. Mais cela faisait plus de dix ans… Pourtant, personne ne le lui avait pardonné. Pourquoi tant de haine envers quelqu'un de simplement différent ? Elle caressa ses cheveux un long moment, la berçant de ses douces paroles.

Elle se souvint que Torry adorait le timbre de sa voix. Il lui avait révélé un jour qu'il le rassurait. Quand Dumeur ressortait de sa chambre, elle attendait dix minutes, puis allait à son tour le trouver. Elle entrait discrètement. Son frère, recroquevillé sur lui-même, se cachait toujours sous une tonne de couvertures. Breese n'avait jamais vu son corps. Elle ne savait pas ce que Dumeur lui avait fait subir, mais elle était certaine d'une chose :

dans ces instants-là, sa présence le rassérénait, tout comme elle calmait à présent Wymi.

Elle ne distinguait ici qu'une femme fragile d'une grande tendresse.

Quelques heures plus tard, l'eau s'était enfin éclaircie. Plus rien de mauvais en elle ne s'accrochait. Il ne restait que ce sceau sous son nombril, signe qu'un sort puissant lui avait été jeté.

— Elle porte la marque !

La brusque intervention de Weily la fit sourciller. En silence, il s'était faufilé dans son dos sans qu'elle le voie. La douce élève fut impressionnée par sa capacité à se dissimuler. Ce devait être bien utile !

— La marque ? répéta-t-elle.

Elle se retourna vers Wymi, toujours endormie, et examina le tatouage obscur sur son ventre.

— Tu connais beaucoup de choses, Breese. Tu es ma meilleure disciple, la plus intelligente et la plus calme, lui rappela Weily, sans répondre à sa question.

La jeune fille rougit. À seulement quinze ans, elle avait passé toutes les épreuves nécessaires pour accéder au temple, en l'espace de deux courtes années et sans rencontrer de réelles difficultés. Elle voulait que Torry soit fier d'elle, où qu'il se trouve. Cela faisait plus d'un an maintenant qu'il avait disparu.

Leur père était devenu fou en apprenant sa fuite. Dumeur était venu lui rendre visite et avait même pleuré, la suppliant de lui dire où son frère avait bien pu aller se cacher. Pour la première fois, elle l'avait vu s'effondrer. Mais elle n'avait pas été touchée par ses larmes factices, peu impressionnée par cette fausse tendresse qu'il souhaitait afficher. Cela n'avait d'ailleurs pas duré bien longtemps. Il s'était vite ressaisi en constatant qu'il ne tirerait rien d'elle et était reparti en arborant ce regard froid qui l'accompagnait depuis toujours. Elle ne l'avait jamais aimé, mais s'était alors bien promis qu'elle lui ferait regretter le mal qu'il avait fait à sa famille.

Weily ne le connaissait pas sous son véritable jour… Elle,

oui ! Et malgré sa douceur apparente, au fond de son propre cœur dormait une rage meurtrière. Elle n'était pas la fille de Dumeur sans raison. Et même si elle détestait son père, elle ne pouvait nier lui devoir cette force.

— Breese, tu m'écoutes ?

— Oui ! Pardon, Maître, s'excusa-t-elle en se courbant.

— Donne-moi ta main !

La jeune adepte s'exécuta en l'interrogeant des yeux. On ne contredisait jamais le Suprême.

— Je vais partager mes connaissances avec toi !

La cage thoracique compressée, Breese crut tout à coup manquer d'air. Elle pensa avoir mal compris ses paroles.

— Mais…

— Il en est toujours ainsi, ne t'inquiète pas. Je sais très bien ce que je fais. Je suis capable de voir qui m'épaulera et prendra ma suite.

— Mais je ne suis pas assez forte…

La détresse lui enserrait la gorge.

— Tu es une Suprême, comme moi. Tu es mon égale et tu me succéderas en temps voulu. En attendant, observe bien ce qui va venir et, surtout, n'oublie jamais : quoi qu'il arrive, tu devras prendre soin de Wymi.

— Oui, Maître !

Elle s'inclina sans avoir imaginé que les choses iraient si vite. Mais, par-dessus tout, elle n'aurait jamais cru devenir un jour la supérieure incontestée et incontestable de Dumeur.

— À partir de maintenant, tu m'appelleras Weily !

Au même instant, une vive décharge électrique la transperça. Breese se plia en deux, ensevelie sous le savoir de tous les précédents Suprêmes qui déferlait sur elle. Elle s'éveilla dans un méandre de connaissances, perdue, mais aussi comblée d'avoir été choisie parmi tant d'autres. Il lui fallut de longues secondes pour tout assimiler. Puis, elle se redressa, le crâne bourdonnant, et contempla Wymi, toujours plongée dans un sommeil profond.

— Oui, acquiesça le maître, tu comprends à présent combien

elle est différente. Prends bien soin d'elle, je compte sur toi !

Le vieil homme sortit en silence, comme il était venu, laissant là une Breese déboussolée. Toutes ces informations se bousculaient dans sa tête. Elle s'étendit sur le rebord du bassin, aux côtés de Wymi, puis ressentit alors pleinement le lien qui l'unissait désormais à Weily. Chaque pensée qui le traversait la parcourait et inversement ; il ne s'agissait pas d'un simple partage de données. Toute leur relation ne tournait qu'autour du devoir commun à tous les Suprêmes de protéger leur monde, Travel. Ainsi, rien de ce que faisait Weily ne lui échapperait à l'avenir, mais, heureusement, ne lui était accessible que ce qui concernait son futur rôle. Elle fut soulagée de constater que tout autre renseignement ne l'atteignait pas.

Elle devrait à présent épauler cet énigmatique personnage, et ce, malgré son très jeune âge.

Serai-je à la hauteur de ses attentes ? Je n'ai que quinze ans, c'est si tôt...

La porte s'ouvrit alors dans un fracas assourdissant. Breese se redressa, tous les sens en alerte. Un guerrier majestueux venait d'entrer. Il la dévisagea un instant, surpris, puis lui sourit. Breese, sous le choc, crut vaguement reconnaître son frère, Torry. Mais il y avait tellement plus en cet homme. Elle ressentit une force brute la percuter, pourtant entourée de cette douceur familière.

Qui était-il ?

Chapitre 24

La marque

— Breese ? murmura Azorru, stupéfait.

Il s'avança d'un pas hésitant. Il ignorait de quelle manière l'aborder, tiraillé entre deux sentiments. De son côté, elle fut perturbée par le fait qu'il connaisse son nom. Heureusement, le savoir de Weily vint l'informer de la nature de ce guerrier. Cela restait encore un peu flou, mais elle put déchiffrer qui il était, et son impression première ne l'avait pas trompée.

— Torry, c'est toi ? vérifia-t-elle malgré tout.

L'homme grimaça, son nez se plissa de façon familière.

— Je suis devenu Azorru. C'est une longue histoire.

Breese sourit alors que les blancs se remplissaient.

— Oui. Et étonnamment, je la connais déjà. Tu as bien changé, tout comme moi. Je peux te serrer dans mes bras ?

Elle ne voulait pas le montrer, mais l'idée d'être rejetée la terrorisait. Elle souhaitait juste revoir son frère. Sentir qu'il était là, qu'il ne l'avait pas abandonnée. Il acquiesça d'un air apaisé. Ce fut même lui qui, de ses grosses mains, la pressa contre son corps meurtri.

— Je perçois ta puissance. Tu es devenue très forte, presque autant que le vieux ! découvrit-il avec stupéfaction.

Ne sachant trop quoi répondre, elle se détacha de l'homme massif. Il avait de magnifiques yeux dorés et de nombreux traits de Torry, mais il fallait bien le connaître pour s'en rendre compte.

Il tourna vers Wymi un regard d'une si grande tendresse que Breese fronça les sourcils. Torry aurait-il réussi à aimer ?

— Lui as-tu parlé ? demanda-t-il en s'approchant de la jeune femme endormie.

Il caressa son visage du bout des doigts. La délicatesse qui se dégageait de chacun de ses gestes étonna sa petite sœur.

— Quelques instants seulement.

— Elle est tout pour moi, avoua-t-il en un murmure presque inaudible.

Breese la jalousa aussitôt. Elle refusait de voir son frère s'éloigner à nouveau d'elle.

Je viens à peine de le retrouver, songea-t-elle, les poings serrés.

Elle se racla la gorge, impatiente et désireuse qu'il lève la tête, qu'il la prenne en considération, elle, et personne d'autre.

— Que s'est-il passé ?

— Elle est tombée enceinte…

Il avait honte, Breese le devinait. La profonde tristesse qui pesait sur son cœur était palpable. Elle reconnut une fois encore Torry à sa manière de baisser les yeux.

— De toi, compléta l'adolescente, sans rien laisser paraître de ses sentiments contradictoires.

Il acquiesça sans arrêter de caresser le visage de son amante.

— En si peu de temps, je suis devenu bien plus que je n'aurais jamais pu l'imaginer.

Le guerrier se redressa. Il transperça Breese de ses magnifiques anneaux d'or.

— Il est vrai que Torry fait partie de moi, mais pas seulement lui. Il y a également Nanu et Erzo ! Et Wymi les a charmés tous les trois.

— Oui…

Breese n'était pas à l'aise. Elle voyait son aîné en cet homme, et en même temps, il ressemblait beaucoup à un étranger. Elle le détailla. Lui qui s'était continuellement caché derrière ses cheveux, qui avait toujours eu honte de ce qu'il était, se montrait à présent dans toute sa puissance.

— Breese, nous sommes si fiers de toi. Tu dois savoir que cette transformation t'a fait gagner quelque chose d'inestimable, à toi aussi !

La jeune fille le fixa sans comprendre.

— Nous sommes maintenant trois à te chérir ! Chacun de nous est torturé, c'est vrai. Mais tu apprendras à me connaître, moi, Azorru, ton nouveau frère, poursuivit le guerrier d'une voix pleine d'affection.

— Tu m'aimes comme avant ?

— Bien plus encore, Breese, la rassura-t-il de son regard fraternel.

Elle se précipita au creux de ses bras, le cœur débordant d'émotion et les larmes aux yeux.

— Tu es devenu si fort, reconnut-elle avec estime. Si fort.

— Toi aussi, ma petite sœur adorée… Toi aussi !

Après un moment de silence, il se libéra de la jeune fille, puis reporta son attention sur Wymi. Elle avait la peau fripée et le visage rougi à cause de la chaleur. Ses longs cheveux roux se collaient à son corps, sur lequel on discernait la marque maudite des mages noirs. Azorru soupira d'impuissance, de désespoir. Il y avait dans ce souffle une telle détresse que Breese en frémit. Elle se doutait qu'il ferait tout pour la protéger.

— Je vais la ramener dans sa chambre.

Sa voix affectueuse la surprit une nouvelle fois. Elle le regarda soulever avec délicatesse celle qu'il chérissait, toujours un peu jalouse, mais bien obligée d'accepter la situation. Et puis, Wymi n'y était pour rien, elle avait au contraire sauvé Torry. Breese lui était redevable d'avoir su lui offrir de l'amour et de lui avoir appris à en donner en retour…

Torry est entier, Azorru est maintenant mon frère ! Je fe-

rai tout pour vous aider, c'est à mon tour d'agir, pensa la jeune fille, déterminée.

Elle serait exemplaire dans cette tâche.

Une fois dans la chambre, Azorru déposa Wymi sur le lit, la recouvrit d'un duvet léger, puis la couva de fourrures. Maladroit, il s'emmêlait avec les draps.

Quand il fut certain qu'elle se trouvait bien au chaud, il s'allongea à ses côtés. Le guerrier nota pour la première fois la sobriété de la pièce, et même en la fouillant du regard, il n'y aperçut que très peu d'effets personnels : quelques bouteilles de parfum, du maquillage, mais en dehors de cela, rien ne la représentait.

Il se rendit compte qu'elle avait dû se sentir seule pendant toutes ces années, enfermée avec son grand-père dans ce lieu qui ne voulait pas d'elle.

Il lui caressa à nouveau le visage et finit par s'endormir.

* * *

Weily leur permit de se reposer le temps nécessaire, ce qui ne l'empêchait pas de pester. Il avait besoin de réponses, rapidement. Il savait pertinemment que pour posséder une telle marque, sa petite-fille avait dû subir de terribles sévices. Il voulait connaître la vérité. De plus, son invité devenait menaçant !

Enfin, un invité… c'est un bien grand mot ! s'agaça-t-il.

L'autre ne lui avait guère laissé le choix et lui imposait sans cesse sa présence. Weily devait bien avouer qu'il le craignait, maintenant. Il était vieux désormais et, alors qu'il avait réussi à le tenir éloigné ces douze dernières années, il ne se sentait plus la force de l'affronter. Il était pourtant rare qu'un Suprême soit intimidé ou inquiété.

Il se souvenait de leur précédente rencontre, des plus mouvementées. Ils s'étaient quittés en de très mauvais termes.

Et cela sera certainement encore le cas aujourd'hui, présagea-t-il, fataliste.

La porte de son bureau s'entrouvrit doucement. Il étira ses lèvres et fit son maximum pour paraître accueillant. Wymi entra dans la petite pièce, suivie comme son ombre par Azorru.

— Ce n'est pas trop tôt, grommela-t-il. J'attends des réponses depuis votre retour et ma patience est à bout !

Il faudra donc aller droit au but, sans tourner autour du pot.

La magicienne vint s'asseoir en face de lui, tandis que son amant restait debout derrière elle, les bras croisés. Son regard sombre parlait de lui-même.

— Je ne sais pas par où commencer, murmura la jeune femme.

Son expression était sinistre.

— Par où tu veux…, l'incita Weily en forçant un nouveau sourire.

Wymi se mordilla la lèvre inférieure, se tortilla les doigts, inspira de longues secondes avant de se lancer. Elle leva vers lui ses beaux yeux hésitants.

— Nous nous sommes d'abord fait attaquer le soir où nous avons quitté le temple… Un être corrompu s'en est pris à moi et a bien failli me vider de mon sang ! Si Azorru n'avait pas été là pour me défendre, je serais morte, lâcha-t-elle avec difficulté.

Elle triturait ses mains de plus en plus vigoureusement. L'évocation de ce souvenir l'énervait bien plus qu'elle ne l'aurait voulu. Le guerrier, quant à lui, serrait les poings avec tellement de ferveur que ses phalanges blanchissaient sous la pression. Sa colère refaisait surface. Se remémorer le passé intensifiait ses craintes.

— Et c'est à ce moment-là que ma magie s'est manifestée pour la première fois.

Weily ne manqua pas la grimace de sa petite-fille.

— Pour reprendre de la vigueur, j'ai puisé dans l'énergie vitale d'Azorru. C'est grâce à cela que j'ai survécu.

Le Suprême s'agita sur son siège, mais garda le silence. Il redoutait qu'elle se taise.

— Puis, nous sommes allés chercher des renseignements à Antanor.

— Pardon ? hoqueta le vieil homme.

Les yeux exorbités, il se figea, une expression étrange sur le visage.

— Pourquoi cette réaction ? grogna impatiemment Azorru.

— Antanor se remet à peine d'une attaque ! Les sorciers en sont encore terriblement choqués. Un feu mystérieux a bien failli tous les anéantir et a réduit en cendres leur cité, alors que c'est l'élément censé les protéger.

Ce fut au tour de Wymi de se sentir mal à l'aise. Elle se dandina sur sa chaise, se racla la gorge, tandis qu'Azorru grommelait un « Bien fait ! » dans sa barbe.

— Je crois que c'était moi, avoua la jeune femme d'une toute petite voix.

Elle redoutait la colère de son aïeul. Weily s'adossa lourdement à son siège, inspira profondément pour retrouver sa sérénité, puis se redressa. Le regard sombre, il demanda :

— Que s'est-il passé ?

— Ils entendaient m'utiliser, clama Wymi, tranchante. Et avant cela, abattre Azorru ! Alors, je nous ai défendus !

Elle se montrait soudain beaucoup moins commode.

— Bien, acquiesça son grand-père. Et après ?

Il se voulait apaisant et préférait ne pas insister. Il sentait ne pas être au bout de ses peines.

— J'ai brûlé cette maudite ville, tonna-t-elle, plus insensible que jamais.

La jeune Incomprise serrait les poings, agacée de devoir dire les choses de façon aussi abrupte. Elle revoyait les corps calcinés, ressentait encore son incontrôlable envie de tuer, sa puissance non maîtrisée, sa soif de mort, de vengeance…

— Apparemment, ils ne doivent pas être très fiers d'eux, car ils ont omis de me parler de ces détails ! grimaça Weily. Ils ne te tiennent pas pour responsable, rassure-toi. Je crois qu'ils ont affreusement honte de s'être fait battre par une seule femme !

— Vraiment ?

Wymi n'en revenait pas.

— Il est interdit d'asservir qui que ce soit, peu importe l'intérêt que peut avoir sa magie, grommela le Suprême. Dans ces conditions, tu avais parfaitement le droit d'utiliser tous tes pouvoirs pour te défendre… ce que tu as fait, ma puce !

Il réussit à lui sourire, espérant la réconforter sur ce point. Il parvint non sans mal à dissimuler sa perplexité. Cachaient-ils encore autre chose ? Il le devinait à l'air sombre d'Azorru.

— Et puis, je suis tombée enceinte !

Ce fut la phrase de trop. Celle qui acheva Weily, tel un coup de massue. Il demeura immobile, la bouche résolument pincée, hésitant entre colère, châtiment, haine, violence et, en tout dernier lieu… rester placide. Il ne désirait pas vraiment emprunter cette voie qui, pourtant, était la plus raisonnable. Tandis qu'il cherchait ses mots et bouillait d'une fureur à faire trembler les murs, Wymi poursuivit :

— Je venais de nous sauver de cette épouvantable situation, alors ce bébé… J'étais si contente que je n'ai pas prêté attention aux mises en garde d'Azorru et à son envie de me conduire ici pour me protéger. J'ai laissé le plaisir durer…

Elle éclata en lourds sanglots, incapable de se contenir davantage. Le guerrier se précipita pour la consoler de ses paroles douces, ce qui permit à Weily de se calmer un peu.

— Et que s'est-il passé ensuite ?

Il s'était presque étouffé avec sa phrase tellement elle avait eu du mal à sortir.

— Ensuite ? Ces êtres monstrueux l'ont kidnappée, violée et torturée. Ils ont maudit notre enfant à tout jamais. À cause de toi et de ton stupide sortilège, j'ai été trop faible pour la retrouver à temps, s'époumona Azorru, furieux.

Le Suprême nota bien le ton de reproche. À son tour, il fixa le guerrier de ses yeux noirs emplis de haine. Il décida pourtant de changer de sujet.

— La marque sur ton ventre ne disparaîtra pas comme ça, ma chérie. Il faudra pour cela tuer tous les mages présents lors de la cérémonie, expliqua-t-il en essayant de rester maître de ses émotions.

Azorru pâlit et Weily comprit en un instant qu'ils devaient être nombreux.

— Ou…, enchaîna le vieil homme avec tristesse, l'avortement sera la dernière option…

Wymi sursauta, ses sanglots s'intensifièrent.

— L'avortement, répéta-t-elle, à bout de souffle.

— L'intervention te privera aussi de la possibilité d'avoir d'autres enfants. Le sceau est très puissant et te laissera des séquelles irréversibles.

Wymi s'écroula face à la violence de cette annonce.

— Non ! hurla-t-elle. Non ! J'ai rêvé d'elle ! Elle était magnifique… Si petite et magnifique ! Je l'aime déjà, je la veux dans ma vie !

Azorru ne savait pas quoi faire. Il voyait Wymi anéantie, mais se disait malgré tout que ce serait la meilleure solution. Seulement, cela gâcherait son avenir. Il essaya de la toucher, s'attendant à être repoussé, mais au contraire, elle se blottit dans ses bras à la recherche de réconfort.

— Je ne veux pas la perdre ! Je t'en supplie, je ne veux pas la perdre…

Wymi s'accrochait à lui si fort qu'elle le blessait presque, mais aucune phrase apaisante ne lui venait. Le guerrier, impuissant, était incapable de trouver les mots justes.

Chapitre 25

Le trou noir

Depuis maintenant un mois, Wymi passait ses journées à somnoler. Dans un état de semi-veille, elle ruminait au lieu de prendre soin de sa santé. Boire et manger lui demandait un effort presque trop grand, elle ne songeait qu'à ce bébé qu'elle n'aurait jamais.

La jeune femme savait pertinemment qu'il serait impossible de tuer tous les mages corrompus présents pendant le rituel. Elle avait aussi conscience qu'avorter s'avérerait être la meilleure solution. Pourtant, plus elle y pensait et plus son cœur se fissurait. Elle désirait avoir des enfants, elle voulait être mère au moins une fois dans sa vie, tout comme elle espérait qu'Azorru resterait à ses côtés à tout jamais.

En peu de temps, son existence entière avait été bouleversée. Le guerrier et cet enfant étaient devenus son unique univers. Wymi ne voyait plus qu'à travers eux et se persuadait que les lunes les avaient réunis dans ce but. Ils étaient destinés à vivre ensemble.

Elle chercha des yeux les trois astres de la nuit qui gravitaient autour de Travel. Une légende racontait que chacune d'entre elles abritait un dieu : Haine, Amour et Vengeance. Ils auraient formé le Monde et le manipuleraient à leur guise.

Wymi se demanda si c'était vrai. Aujourd'hui, les gens ne croyaient plus qu'au Suprême et seulement en lui. Elle n'apercevait là que des lunes perdues parmi les étoiles. Pourquoi les mages avaient-ils été ainsi maudits ? Pourquoi se transformaient-ils en démons lorsqu'ils ne respectaient pas la vie ? Elle avait sans cesse peur de se changer en monstre, car une fois l'âme ternie, aucun retour en arrière n'était envisageable.

À Antanor, elle s'était approchée de cette folie, cependant son cœur ne s'était pas assombri. Alors, en quoi se distinguait-elle des êtres corrompus ? Elle avait pourtant tué, mais par amour, pas pour devenir plus forte. Cela seul faisait-il toute la différence ?

Cette pensée la perclut de frissons et elle observa sa peau au léger scintillement doré. Y avait-il une raison particulière à cette dissemblance ? Qu'était-elle réellement ? Elle ne se l'expliquait toujours pas.

Les yeux perdus dans le vague, Wymi fixait un point de la forêt. Les agissements de chaque race la rendaient perplexe. Pourquoi les mages, les sorciers et les humains se mélangeaient-ils si peu ? Toute alliance était vue d'un œil tellement mauvais !

Je me sens si abandonnée...

Azorru entra dans la chambre, ce qui la détourna de ses réflexions. Ce mois de repos lui avait été bénéfique et presque toutes ses blessures avaient disparu. Wymi laissa traîner son regard sur ses cheveux.

Trois nuances..., pensa-t-elle, captivée par leur aspect et leurs couleurs bien distinctes : rouge, brun et noir. *De la Haine à l'Amour, tu as tellement en toi...*

L'homme avait un corps musclé, sculpté à la perfection. Se dégageait de lui tant de puissance qu'il l'effrayait parfois. Et pourtant, quand elle croisa ses énigmatiques anneaux dorés, son cœur se réchauffa. Elle sentit sa bienveillance la transpercer.

— Wymi...

Sur le pas de la porte, il hésitait à parler et même à avancer. Elle se doutait des raisons de sa venue. À cette idée, tous ses membres se raidirent. Azorru lui avait accordé plusieurs jours pour réfléchir à sa guise, mais à présent, elle devait donner une réponse et s'en voyait toujours incapable. Ses larmes ruissellèrent finement sur sa peau.

Le guerrier s'approcha pour l'entourer de ses bras protecteurs. Il se sentait tellement impuissant. Il restait persuadé qu'elle devait se séparer de leur bébé. Cependant, comment pourrait-elle le tolérer ? Il savait que la décision à prendre était difficile, mais vouloir le garder le serait plus encore.

Retrouver *tous* les mages corrompus qui lui avaient jeté le sort était impossible. Cela mettrait du temps, bien trop, et quoi qu'il arrive, l'enfant serait mauvais, maudit à tout jamais. Tous deux n'avaient d'autre choix que d'accepter sa mort.

Il remarqua que la jeune femme portait de lourds vêtements de velours noir et beige. Il eut le sentiment qu'elle endossait déjà le deuil de sa vie de mère. Elle ne pourrait plus jamais concevoir et cette certitude compliquait d'autant plus les choses.

— Azorru, resteras-tu près de moi, quelle que soit ma décision ?

Le désespoir dans sa voix l'attrista. Il percevait toute la puissance de son mal-être. À cet instant, il sut qu'elle était résolue à le garder. Il contracta ses muscles, pris par une envie violente de se mettre en colère. Croyait-elle vraiment pouvoir vivre en voyant son bébé naître malfaisant ?

Les yeux implorants, elle attendait sa réponse. Agrippés à sa chemise, ses doigts fins lui semblèrent trop fragiles. Il remarqua qu'elle avait perdu du poids et qu'elle s'était encore affaiblie. Elle avait besoin de lui, il le sentait, mais il ne savait pas comment l'aider.

Et, soudain, il se remémora le passé de Nanu. Sa petite sœur morte lui avait confié un message qui prenait désormais tout son sens.

Tu ne dois jamais lui tourner le dos. Jamais ! Il faut la protéger, se sacrifier !

Il serra les poings si fort que ses ongles s'enfoncèrent profondément dans ses paumes, au point de percer sa peau. Après une lente inspiration, ses épaules s'affaissèrent. S'il devait pourchasser tous ces mages corrompus en seulement sept mois et demi, il allait avoir du pain sur la planche. Comment s'y prendrait-il ? Même la garde censée faire régner l'ordre peinait à les repérer.

— Azorru ?

L'intonation angoissée de Wymi le ramena à la réalité. Elle avait le regard suppliant, la respiration douloureuse. Il remarquait bien à sa façon d'agir qu'elle anticipait sa réaction et qu'elle était à deux doigts de s'effondrer.

— Peu importe ton choix, je resterai auprès de toi, promit-il, les mâchoires crispées.

Il ne mentait pas. C'était la pure vérité, il refusait de la voir souffrir ainsi. Mais il devait rapidement trouver une solution. Six semaines s'étaient déjà écoulées ! Il avait repoussé les demandes répétées de Weily pour laisser le temps à la jeune femme de prendre sa décision, mais ils ne pouvaient pas se permettre d'attendre davantage.

Je n'y arriverai jamais, s'exaspéra-t-il.

Surprise, Wymi l'observa longuement pour s'assurer de sa sincérité. Elle s'apaisa lorsqu'elle fut confrontée à son air déterminé. Azorru se rendit compte que si leur enfant disparaissait, elle ne serait plus jamais la même.

Il hésita, chercha les mots adaptés, quand la folie s'empara de son cœur.

— Wymi… Ta réponse, je la connais déjà.

Elle leva vers lui ses yeux d'un merveilleux bleu cristallin.

— Je sais depuis le début que tu veux la garder. Tu l'as rencontrée en rêve, la tuer ne ferait que te briser davantage !

— Je…

Elle baissa la tête, incapable de dire quoi que ce soit, car il avait raison.

— Wymi, tu n'as pas besoin de parler.

Il s'agenouilla devant elle, l'obligeant à relever le menton.

— Je ne pardonnerai jamais à ces monstres ce qu'ils t'ont infligé. Je te vengerai en les massacrant et je t'offrirai la naissance que tu désires tant !

— Azorru…

Des larmes, à la fois de soulagement et de désespoir, roulèrent sur ses joues.

— Ce n'est pas possible, ils étaient si nombreux, nous ne les retrouverons jamais à temps, dit-elle, la voix éraillée.

— Nous ferons de notre mieux, promit-il avec fermeté.

Wymi, étouffée dans sa lourde robe, respirait à peine. Azorru passa lentement ses mains dans son dos et commença à délier les fins lacets de cuir. La jeune femme n'eut aucun geste de recul, ce qui le rassura. Affectueusement, il fit glisser le tissu jusqu'au sol, la mettant à nu.

Le guerrier la détailla alors et la trouva une nouvelle fois magnifique. Sa petite culotte de dentelle la rendait encore plus désirable. Sa peau légèrement dorée était incroyable. Ses beaux cheveux enflammés ondulaient le long de son corps. Avec la plus grande tendresse, il plaça sa large paume sur son abdomen. Bien entendu, il était plat, mais Azorru avait besoin de ce contact. Il y puisa une force insoupçonnée.

— J'arriverai à vous protéger, déclara-t-il en se rapprochant de son ventre.

Il déposa un baiser juste sous son nombril. Wymi rougit, surprise par sa douceur. Il se redressa, puis caressa son visage comme s'il la contemplait pour la première et dernière fois. Tous deux étaient conscients de s'engager sur le chemin de la souffrance, mais leur choix était fait.

Le guerrier lui donna alors une robe plus légère, et quand elle l'eut enfilée, il lui attrapa les mains. Silencieusement, il lui signifiait ainsi qu'il allait l'accompagner auprès de son grand-père. Cette décision avait été prise à deux, il ne la laisserait pas l'annoncer seule au Suprême.

Cependant, il hésita quelques instants devant la porte massive du bureau. Weily s'énerverait assurément… Mais peu lui importait, après tout, Wymi comptait plus que tout le reste. Il frappa trois coups qui firent trembler le chambranle, puis ils entrèrent sans attendre. Assis derrière sa table de travail, le maître les fixa, interloqué. Il se leva, sourcilleux, manifestement mal à l'aise. Le moment semblait mal choisi pour discuter.

— Nous avons pris notre décision, annonça Azorru, sans se préoccuper des états d'âme de son interlocuteur.

Le Suprême se concentra sur la magicienne. Elle avait peur de l'affronter. Elle dansait d'un pied sur l'autre, la tension était bien visible sur son visage. Le vieil homme se crispa. Il n'allait pas aimer la suite. La situation se compliqua encore lorsqu'une silhouette apparut subitement dans l'embrasure de la porte laissée grande ouverte. Azorru remarqua aussi sa présence. Toutefois, avant que celui-ci ait eu le temps de s'exprimer, Wymi se lança dans un élan de courage :

— Je vais garder le bébé !

L'ancien se redressa, abasourdi, tandis que l'ombre menaçante entrait sans se faire prier. Elle fit reculer le guerrier, dont les yeux s'écarquillèrent. Weily se surprit soudain à penser que son bureau était devenu bien trop étroit et que les gens confinés à l'intérieur étaient bien trop puissants pour y être rassemblés.

— Mhor !

Azorru avait grondé ce nom en essayant de rester maître de ses émotions. Les sombres prunelles émeraude du sorcier attestaient de sa mauvaise humeur. Le corps tendu, l'homme avança encore d'un pas. Wymi se retourna et, de stupeur, mit une main devant sa bouche.

Le Suprême soupira. Il était pris au piège, jamais il ne s'en sortirait. Il avait tenté bien maladroitement d'éviter cette rencontre, pourtant, Mhor ne s'était pas laissé berner. Chaque jour, il s'était montré un peu plus envahissant et avait fini par obtenir ce qu'il désirait depuis douze ans : se dévoiler. Et, cette fois-ci, toutes les menaces de Weily, tous ses efforts pour dissimuler sa présence n'y avaient rien changé.

— Mhor ? répéta la jeune femme sans comprendre.

Elle considéra son grand-père, qui restait anormalement muet.

— Qu'est-ce que ça veut dire ? grogna alors le sorcier.

Azorru remarqua, non sans satisfaction, que ses cheveux blonds commençaient à peine à repousser. S'était-il servi de ses pouvoirs pour guérir sa peau meurtrie ? Il n'en gardait que peu de séquelles, même si des traces persistaient. Wymi avait dû y mettre toutes ses forces. À cette constatation, il se calma. Au moins l'avait-elle vengé. Le combat qui les avait opposés dans l'arène avait bien failli le tuer. Le guerrier s'interrogeait toutefois sur sa présence ici. Désirait-il une quelconque réparation ? S'il ne s'agissait que de ça, il était prêt à l'affronter.

D'un mouvement rapide, Azorru se planta devant lui. Il n'approcherait jamais Wymi. Elle avait bien assez souffert pour ne pas avoir à subir une nouvelle confrontation.

— Mhor, ne fais pas d'histoires ! le prévint Weily, qui avait repris ses esprits.

Irrité, le vieil homme comprenait qu'il allait devoir affronter tout ce beau monde simultanément. Le sorcier le fusilla du regard. On pouvait déceler dans son expression une haine viscérale.

— Tu as failli à ta tâche, alors, ne me parle pas sur ce ton ! gronda Mhor. Je suis à bout de patience !

Hors de lui, sa puissance explosa en une onde étouffante dans la pièce. Ses yeux lançaient des éclairs. Wymi, silencieuse, contemplait son imposante stature. Plus elle l'observait et plus elle sentait monter en elle un terrible mal de tête. Le nez plissé, elle se frotta les tempes. Pourquoi réagissait-elle de cette façon ? Mais le plus perturbant était sans doute qu'à sa vue, son cœur s'était rempli de joie.

— Qui est-ce ? interrogea-t-elle dans un fin murmure.

Elle peinait à contrôler les tremblements de ses mains. Elle souhaitait tellement savoir que tout son corps se tendait.

Le Suprême ne bougeait plus, pétrifié. Azorru remarqua alors la profonde tristesse qui voilait le visage du sorcier. Le guerrier se douta qu'un lourd secret était sur le point d'être révélé. Il en vint à craindre la suite.

Wymi en souffrirait-elle à nouveau ? Pourrait-elle supporter une nouvelle épreuve ?

Il repensa au combat qui l'avait opposé à cet être, à sa défaite plus qu'humiliante, mais surtout à la rage de Mhor quand il avait suggéré qu'il comptait utiliser Wymi. La puissance que dégageait ce sorcier était hors du commun.

Il n'est pas normal, songea-t-il, les lèvres crispées.

La jeune femme tapa violemment le bureau de ses poings et tous sursautèrent.

— Pourquoi ne parlez-vous pas ? éclata-t-elle. Pourquoi ai-je l'impression d'être liée à cet homme ?

Azorru aperçut dans ses yeux des larmes difficilement contenues. Qu'est-ce qui la bouleversait autant ? Il tenta de l'apaiser en prenant ses mains, en vain. Agacé, il dévisagea Weily et Mhor à tour de rôle.

Ces deux-là se connaissent bien, remarqua-t-il, inquiet.

— C'est à ton grand-père de te l'expliquer, soupira le sorcier.

Il décontracta légèrement les muscles de ses épaules. Azorru eut alors la sensation qu'il souhaitait se rapprocher de Wymi et l'en empêcha.

— Ce n'est pas le bon moment ! s'impatienta le Suprême.

Il se racla la gorge tandis que tous les regards se posaient sur lui. Wymi le considéra, puis, furieuse, croisa les bras sur sa poitrine. Le guerrier sentit monter sa colère. Cette réaction le fit tant frémir que ses cheveux se dressèrent sur sa tête.

— Et moi, c'est maintenant que je veux savoir ! tonna-t-elle, implacable.

Son intonation tranchante parvint à effrayer Azorru. Pris au piège, Weily abdiqua. Ses rides s'accentuèrent ; en quelques secondes, il leur parut bien plus âgé et vulnérable qu'il ne l'avait jamais été. Son air soucieux calma la magicienne, qui laissa la pression retomber. Elle fixa dès lors Mhor d'une façon si insistante que c'en fut même dérangeant pour son compagnon.

Qui était-il ? Pourquoi pleurait-elle chaque fois qu'elle contemplait ses yeux ? Pourquoi son cœur étouffait-il sous le poids d'une inexplicable souffrance ?

— Wymi, à quand remontent tes plus vieux souvenirs ? lui

demanda le sorcier d'une voix triste.

— Je…

La jeune femme réfléchit alors. Elle ne voyait rien avant ses six ans. Elle fronça les sourcils, essaya d'aller plus loin, sans y parvenir.

* * *

Ce matin-là, son cœur battait à tout rompre.

Face aux immenses portes du temple, l'enfant se figea, terrifiée. Elle n'en comprenait pas la raison, mais ses mains étaient moites et son regard brouillé. Était-ce un jour spécial ? Pourquoi se trouvait-elle là ? Elle avait peur et, en même temps, elle se sentait terriblement rassérénée.

Une voix l'interpella :

— Wymi, tout va bien, tu es ici chez toi !

La petite fille qu'elle était alors vit le Suprême prendre forme devant elle. Elle avait le sentiment d'être un nouveau-né. Elle semblait n'avoir aucun passé, même si elle se rappelait encore son nom et l'importance qu'avait cet homme. Il l'impressionnait et, pourtant, elle était ravie d'être à ses côtés. La tendresse qui se dégageait de lui la rassurait.

— Approche !

Wymi allait l'accompagner quand, inconsciemment, son regard se tourna derrière elle. Elle devait obtenir l'approbation de quelqu'un avant de le suivre. Elle fut déçue de ne trouver personne. Son cœur se serra et elle pleura sans comprendre d'où lui venait ce vide intérieur qui l'habitait.

— Maître…, dit-elle d'une faible voix.

Le Suprême l'interrompit en pressant ses épaules avec douceur. Ils étaient de la même famille, elle le savait, mais quand l'avait-elle appris ? Elle se sentait comme une étrangère.

— C'est grand-père. Tu m'appelleras toujours ainsi !

Les yeux pleins de larmes, elle acquiesça d'un bref mouvement de tête. De la paume de ses mains, il l'encouragea à aller de l'avant. Elle examina les immenses battants en bois, sûrement érigés pour survivre à de nombreux assauts.

Je vais avoir du mal à entrer dans le temple, pensa-t-elle.

— Ne frappe jamais ! Elles s'ouvriront pour toi, assura Weily.

Il les observa à son tour en détail, puis la bouscula un peu afin qu'elle avance toute seule. Le cœur lourd de chagrin, elle s'exécuta en jetant néanmoins un dernier coup d'œil dans son dos. Personne. Une terrible déception s'empara d'elle.

Wymi cessa alors de pleurer et poussa les lourdes portes. Celles-ci lui résistèrent un bref instant, puis cédèrent. Elle pénétra dans une immense salle démunie de mobilier, puis s'aventura sur le fin parquet. Au fond se dressait un autel en pierre réservé à la prière. Elle s'arrêta au milieu avec la sensation d'être minuscule.

Je ne dois pas oublier ! Je ne dois pas oublier..., se répétait-elle.

Les imposants battants se refermèrent, puis la plongèrent dans la pénombre.

— Viens, je vais t'accompagner dans ta chambre, décréta son grand-père en lui prenant la main.

Ils montèrent d'étroits escaliers, dont les marches craquaient sous leur poids. Une fois en haut, il la dirigea vers une petite porte qui s'ouvrait sur une pièce de taille moyenne. Un grand lit trônait en son centre et une large fenêtre donnait sur la forêt. Une commode et un bureau sommaires constituaient le reste de l'ameublement. Intriguée, elle remarqua les rares objets et quelques habits qui se trouvaient sur sa couche. Sa peine s'amenuisait à mesure qu'elle s'en approchait.

— Ils appartenaient à ta mère... Quand tu en auras l'âge, tu pourras mettre ses robes !

— Ma mère ?

Wymi toucha les bouteilles de parfum, les vêtements, le maquillage... Son odeur semblait encore imprégner les lieux. Elle se rembrunit. Était-elle censée s'en souvenir ?

Weily déposa dans la penderie d'autres affaires, qui devaient être les siennes. Dès cet instant, elle se sentit ici chez elle. Toutefois, elle ne résista pas à l'envie de jeter un coup d'œil par la fenêtre et de scruter à nouveau les bois. N'y trouvant pas ce qu'elle cherchait, elle pressa son pendentif en forme d'étoile entre ses doigts. Elle avait toujours eu cette chaîne autour du cou, elle en était certaine malgré le blanc dans sa tête.

L'enfant admira la végétation, qui lui parut magnifique. Elle avait l'air sauvage, mais incroyablement belle. Wymi serra son collier avec plus de force.

N'oublie pas, pensa-t-elle. *Les arbres sont mon plus grand secret.*

Et ça, elle était fière de s'en souvenir. Elle avait pu le cacher dans un coin reculé de son âme.

Ils sont le lien, se répéta-t-elle. *Ils sont le lien !*

Soucieux, Weily la détourna de la vue, comme s'il ne voulait pas qu'elle s'attarde trop dans sa contemplation. Une fois qu'elle fut bien installée, il la quitta. Wymi ressentit alors le poids de la solitude. Le trou dans son cœur devint béant, mais elle accepta cette sensation avec un indéniable soulagement. Elle était en partie satisfaite de ne pas avoir oublié qu'elle renfermait un secret. Elle devait seulement le récupérer.

Mon secret, songea-t-elle, en larmes, en se rendant compte qu'elle avait perdu quelque chose de crucial. *J'avais promis...*

Ses pensées lui échappèrent et, du bout des doigts, elle caressa à nouveau les affaires de sa mère. Avec une extrême douceur, elle les rangea dans une partie spéciale de la commode. Elle voulait être certaine qu'en grandissant, elle les retrouverait, que rien ni personne ne pourrait y toucher.

Quand on vint la chercher pour commencer sa formation, Wymi frôla instinctivement son collier pour y puiser le courage qu'il lui manquait. Elle deviendrait une puissante magicienne, comme sa mère et son grand-père. Elle était destinée à prendre sa suite.

Une femme l'accompagna jusqu'à son premier cours d'un pas silencieux. Tous ceux qui travaillaient ici ne devaient se préoccuper que du Suprême. Vivre en ces lieux signifiait abandonner le monde extérieur ainsi que sa propre identité.

La petite fille n'eut pas le temps de poser la moindre question. Son guide l'introduisit dans la salle de classe. Tous les étudiants se trouvaient sagement assis devant un enseignant. Alors qu'on refermait la porte derrière elle, ils tournèrent la tête dans sa direction. Le professeur se racla la gorge et un étrange malaise s'installa.

— Voici une nouvelle apprentie, annonça-t-il avec un mélange de crainte et de respect.

Les élèves de son âge la contemplèrent avec curiosité, mais l'une d'entre eux se distingua par son comportement. Les yeux plissés en amande, elle la fixait avec intensité. Elle possédait de longs cheveux noirs ainsi qu'une merveilleuse peau d'un blanc laiteux. La sollicitude de son regard était troublante.

— Je m'appelle Wymi !

La petite fille se courba en une légère révérence. Une autre disciple croisa les bras devant elle avec un air de défi. Blonde, sa chevelure remontée en chignon, elle ne semblait guère apprécier son arrivée et affichait clairement un très mauvais caractère.

— Bienvenue, Wymi. Va prendre place près de Lymou, elle t'apprendra peu à peu le fonctionnement de notre classe, proposa le professeur d'une voix tremblante.

L'enfant ne fit pas attention au ton effrayé de son enseignant. Bien décidée à s'intégrer, Wymi obéit et s'en tint à ce qu'on exigeait d'elle. Lymou, la jeune brunette au regard insistant, la scruta encore un long moment. Une fois que la jeune magicienne fut tranquillement assise avec ses camarades, l'instituteur reprit la leçon. L'enfant se concentra sur ses paroles, mais finit très vite par s'ennuyer.

Je connais déjà tout ça, songea-t-elle, perturbée.

Pourtant, en fouillant dans sa mémoire, Wymi se rendit compte que le savoir qu'elle croyait posséder n'existait pas. Il lui manquait réellement quelque chose. Après plusieurs explications, l'enseignant leur demanda de s'exercer. Ce fut pour elle très difficile. Les autres arrivaient facilement à faire sortir la magie de leurs mains, tandis que Wymi ne parvenait à rien. Agacée, elle n'en écouta que plus rigoureusement son professeur. Elle essayait désespérément de se souvenir. Il y avait forcément une raison à son échec. C'était comme avoir un blanc… Wymi avait besoin d'une aide extérieure pour combler ce vide. Sa frustration et sa colère s'intensifièrent.

À côté d'elle, Lymou l'observait toujours. Elle lui caressa les épaules. Ce geste, qui se voulait apaisant, ne fit qu'irriter davantage la nouvelle apprentie.

— Ne t'inquiète pas, ça viendra avec le temps, lui assura sa camarade.

À ce moment précis, Wymi sut que rien de tout cela n'était normal. Ce simple exercice n'aurait pas dû lui poser problème. Elle était certaine de l'avoir déjà réussi, que la seule chose qui lui manquait était de remplir les trous noirs qui envahissaient son âme.

Chapitre 26

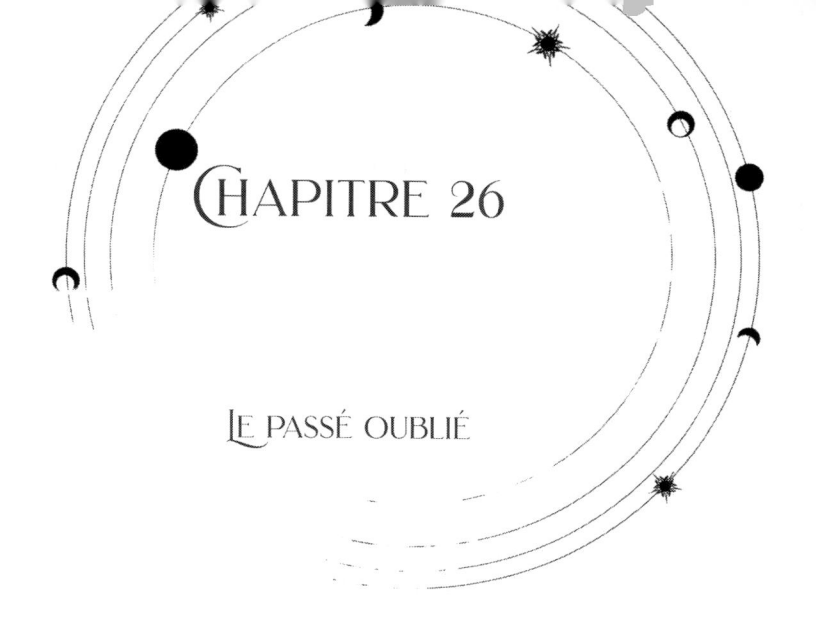

Le passé oublié

Wymi, l'air grave, observa son grand père.

— Pourquoi mes souvenirs ne peuvent-ils pas remonter au-delà de cette période ? demanda-t-elle, menaçante.

Weily se redressa. Il se mit à marcher de long en large dans la petite pièce devenue trop étroite. Il effectua quelques allers-retours avant de s'arrêter.

— J'ai supprimé toute ton enfance, lâcha-t-il enfin, désolé.

Le Suprême semblait dévoré par la honte. Estomaqué, Azorru ne savait même pas que ce genre de manipulation était possible. Comment le vieillard avait-il pu faire une chose pareille ?

Le guerrier dévisageait Wymi et Mhor à tour de rôle. Quel lien y avait-il entre eux ? Étaient-ils frère et sœur ?

— C'est…, grogna-t-il, cherchant les mots pour définir son incrédulité.

Weily reprit ses va-et-vient. Il se grattait le crâne, tandis que Wymi, effroyablement concentrée, se tenait immobile. Sa respiration était si lente qu'on aurait pu la croire morte.

Et soudain, se dégagea d'elle une immense colère. Azorru sentit sa magie pénétrer chaque pore de sa peau burinée pour finir par l'électriser. En sachant de quoi elle était capable, il n'en menait pas large.

— Rends-les-moi, exigea-t-elle, glaciale, les poings serrés à s'en faire mal.

Le Suprême releva la tête et l'examina, perturbé par son ton cinglant. Il ne l'avait jamais vue dans une pareille fureur. La haine qu'il lut dans ses prunelles orageuses lui transperça le cœur. Elle était tout ce qu'il lui restait. Il avait agi pour son bien. Lui enlever ses souvenirs avait été l'unique moyen de faire disparaître ses larmes de chagrin. Une fois qu'il avait fait ça, son état s'était amélioré et elle avait enfin accepté d'étudier avec les autres. Mhor soupira bruyamment.

— Je ne peux pas, expliqua Weily d'une voix douce, attristé. C'est trop tard ! Cela fait trop longtemps…

Wymi se tourna vers le sorcier, les yeux brillants de désespoir. Son corps tremblait. Tout ce qu'elle souhaitait maintenant était comprendre la raison d'un tel châtiment. La douleur qu'on lui infligeait à nouveau était décuplée par la peur de perdre son enfant. Elle pivota vers son grand-père d'un mouvement raide.

— Pourquoi ? Pourquoi as-tu fait ça ?

Le vieil homme dévisagea alors Mhor. Devant le mutisme sévère de celui-ci, il souffla de lassitude. Il n'avait pas d'autre choix que de dire la vérité. À présent, il regrettait. Si Wymi n'avait jamais réussi à utiliser ses pouvoirs, c'était sa faute. Il lui avait enlevé une partie essentielle d'elle-même au point de bloquer son évolution.

— J'ai fait ça pour que tu oublies une séparation qui te faisait effroyablement souffrir !

La respiration désormais irrégulière, Wymi fixait Mhor, incapable d'y voir clair. Elle n'arrivait toujours pas à comprendre. Le sorcier se leva et voulut l'approcher enfin, comme il en avait rêvé depuis de longues, si longues années. Il fulminait tout autant qu'elle, mais le temps avait fait son œuvre, il avait eu tout le loisir d'accepter, de se résigner.

Azorru ne savait plus sur quel pied danser. Bien que debout entre eux, il ne décelait aucune agressivité de sa part. Alors pourquoi ne parvenait-il pas à lui faire confiance ?

— C'est bon, assura la jeune femme avec douceur. Laisse-le venir près de moi !

Elle lui toucha l'épaule et, à contrecœur, il se poussa, non sans lancer à l'homme un regard noir des plus explicites.

Mhor s'avança en lui jetant un coup d'œil à glacer le sang. Bien que possédant le courage et la force de trois individus, Azorru se sentit soudain tout petit. Sa cuisante défaite résonnait toujours dans son crâne à en grincer des dents. Néanmoins, il était désormais complet. Cette fois-ci, ce serait différent. Enfin, il l'espérait !

— Est-ce que tu vois maintenant où ton scélérat de grand-père veut en venir ? demanda le sorcier à Wymi avec une tendresse étonnante.

Sans le quitter des yeux, la jeune femme secoua la tête. Ses larmes se tarissaient peu à peu, ce qui rassura Azorru. Quand Wymi se déchaînait, essuyer une de ses tempêtes n'avait rien d'agréable et il savait qu'ici, tout dépendrait de l'autre blondinet. En fonction de ce qu'il dirait, elle serait ou non soulagée.

Mhor lui caressa le visage, comme il n'avait pas pu le faire depuis tant d'années. Ses iris verts scintillaient de douceur. Il prit le temps d'observer ce visage mince, ce qui finit par agacer Azorru. Essayait-il de la séduire ? Si c'était le cas, il ne le laisserait pas faire.

Alors que la tension montait, cette fois-ci à cause de lui, Wymi frôla à son tour la joue du visiteur. Azorru crut exploser en voyant qu'elle affichait un sourire radieux. Venait-il de rater quelque chose pour qu'elle se comporte de la sorte ? Il était sur le point de s'interposer quand Mhor le coupa dans son élan.

— Je suis ton père, Wymi…

Cette simple phrase stoppa net le guerrier. Stupéfait, il examina en détail les traits du sorcier, bien trop durs pour qu'on y trouve des similitudes avec ceux de la jeune femme. Elle ressemblait plus à son aïeul qu'à lui.

Wymi resta sans voix. Elle fut soudain prise de remords en se rappelant son geste qui avait failli le tuer. Tandis qu'elle touchait ce visage qui lui semblait familier, le fardeau qu'elle portait depuis tant d'années au fond de son âme s'amenuisa doucement. Elle l'avait espéré si longtemps. Elle se rapprocha encore de lui, puis, sans qu'elle s'y attende, l'homme la serra dans ses bras. Mhor avait rêvé de cet instant. Il n'avait même vécu que pour lui.

— Mon père…, répéta-t-elle, incrédule.

Comment avait-elle pu croire à sa mort ?

— Je ne t'ai pas abandonnée, dit-il, la voix enrouée. Jamais je n'aurais pu…

Wymi avait l'impression d'être plongée au cœur d'une illusion trop belle. Elle interprétait mieux certaines envies à son égard, qui, sur le moment, lui avaient paru complètement déplacées. Dans un geste hésitant, tremblant, elle répondit à son étreinte. Il fallait qu'elle le sente pour de vrai, qu'elle soit submergée par sa présence pour accepter cette réalité. Ce doux songe ne devait jamais s'arrêter.

Elle avait un père. Un père qui, en plus, semblait l'aimer ! Mais pourquoi l'avait-il laissée seule ici, alors qu'elle avait ce poids sur les épaules qui, à aucun moment, ne l'avait quittée ? Wymi tourna un regard féroce vers Weily en comprenant enfin qui était responsable de cette séparation. Celui-ci se faisait aussi discret que possible.

Oui, il avait de quoi s'inquiéter, car elle allait exiger des explications. Si ses souvenirs étaient perdus à jamais, elle voulait au moins qu'on lui raconte son passé.

— Commençons par le début, balbutia l'ancien d'une voix grave après s'être raclé la gorge avec embarras.

Mhor relâcha sa fille. Il examina à son tour le vieil homme qui avait déchiré leurs cœurs durant ces dix-neuf longues années. Le sorcier se disait avec satisfaction qu'il n'aurait pas à attendre un an de plus. Avoir vu Wymi à Antanor l'avait tellement perturbé qu'il avait pris le risque de venir affronter le maître à nouveau.

— Mhor, je présume que tu es le plus à même d'en parler.

Weily lui lança un regard plein de ressentiment. À sa grande surprise, le sorcier refusa d'un signe de tête et, se murant dans un profond silence, il se replongea avec mélancolie dans le passé.

Chapitre 27

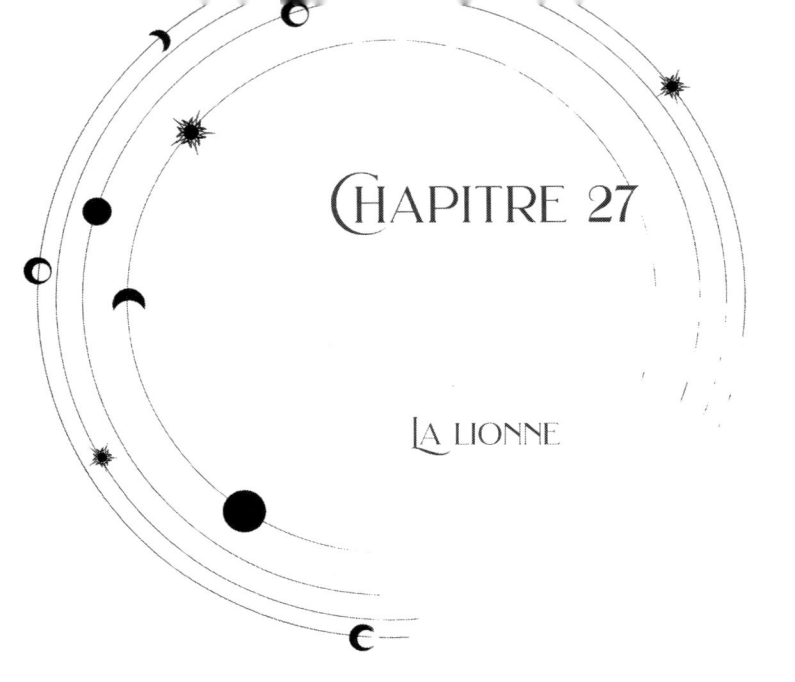

La lionne

27 ans auparavant
Cité d'Arow, résidence permanente du Suprême

Aujourd'hui également, Esilla allait à l'encontre de toutes les traditions. Elle avait décidé de porter un pantalon et une chemise noirs, en totale opposition avec les vêtements blancs habituellement imposés en présence du Suprême. Forte de son apparence meurtrière et de pouvoirs presque aussi redoutables que ceux de son père, son allure était destructrice.

Irritée, elle le fusillait du regard. Il se montrait si protecteur que c'en était frustrant. Il avait intérêt à lui donner la charge d'intermédiaire. La jeune femme croisa les bras et se fit plus menaçante encore, secouant avec humeur ses longs cheveux roux, telle une guerrière. Elle gagnerait peut-être ce combat contre Weily.

Je suis la meilleure sur le terrain, il me confiera forcément la mission ! Il doit reconnaître ma puissance, il n'a pas le choix !

Elle serra les dents. Être la fille du Suprême n'était pas chose aisée, surtout qu'il détestait qu'elle s'expose au danger. Or, Esilla n'était pas du genre à laisser les autres se battre à sa place. Quand on l'appelait, elle n'hésitait pas à mettre sa vie au service de tous.

Je vais être l'intermédiaire ! maugréa-t-elle.

Esilla fixait Weily, assis sur son trône, dans la grande salle où de nombreux mages influents se trouvaient réunis. Chaque son, même le plus infime, prenait ici énormément d'ampleur et retentissait sous les hauts plafonds. On s'y faisait donc très silencieux.

— Père, tonna-t-elle pourtant sous les regards stupéfaits de l'assistance pour le défier de l'ignorer. Ne m'empêche pas d'y aller !

Elle savait qu'elle était la plus qualifiée pour mener à bien cette expédition. Et pour cette reconnaissance, elle était prête à faire trembler les murs, à braver l'autorité du Suprême.

L'assemblée de magiciens resta coite. Ils étaient tous choqués par sa façon plus qu'outrageante de s'adresser au maître. Il était interdit de lui parler ainsi, seulement elle n'avait que faire du protocole. Elle était sa fille, son égale. Il devrait l'écouter.

Elle s'impatientait.

Il n'a pas le droit de dire non après tous les efforts que j'ai fournis cette année !

S'il ne lui donnait pas ce qu'elle exigeait, Esilla lui rendrait l'existence impossible. Il savait qu'elle pouvait se montrer horrible jusqu'à ce qu'il cède. Bien sûr, il ne s'agissait pas d'une requête anodine et elle mettrait sa vie en danger, mais c'était pour le bien de la communauté. Il était forcé de l'accepter.

— Esilla ! répondit-il, le regard aussi noir que la nuit.

Elle avait conscience qu'il détestait la voir faire des caprices devant l'assemblée. Il était rare, d'ailleurs, qu'elle aille jusque-là.

Mais si je ne le fais pas, tu ne m'écoutes pas, songea-t-elle.

Elle voulait être l'intermédiaire, quoi qu'il puisse lui en coûter. C'était un juste retour des choses, la consécration aux yeux de tous de sa valeur, après tous les entraînements et toutes les missions qu'elle avait menées à bien.

— Weily, explosa-t-elle à son tour, consciente qu'il s'énerverait plus encore à l'évocation de son nom.

Dans ses habits de soie et de velours, son maintien l'impressionnait tant qu'Esilla avait du mal à garder son sang-froid. Comme elle se trouvait au bas de l'estrade, il lui paraissait inaccessible et bien trop grand. Elle releva la tête, espérant ne pas perdre la face. Il devrait dire devant tout le monde pourquoi il ne la choisissait pas alors qu'elle était la meilleure.

— C'est non ! Et je ne reviendrai pas sur ma décision.

Son ton excédé la rendit folle de rage. Esilla se détourna dans un claquement de pied. Elle quitta la pièce par les immenses portes, qui se fracassèrent derrière elle. Le vacarme résonna un long moment sous les voûtes de la salle du trône. Abasourdis, les mages agenouillés devant le Suprême n'osaient plus bouger d'un millimètre. Ils observaient leur maître, pleins d'appréhension. Esilla le mettait facilement en colère, et il était par la suite très difficile à aborder. De ses yeux noirs, Weily étudia chaque membre attentivement puis s'arrêta sur l'un d'entre eux.

— Toi, hurla-t-il. C'est toi qui iras !

Jin se leva, la tête courbée en signe de respect. Le Suprême s'attarda sur sa mince carrure. C'était un mage ilemen qui donnait, par sa frêle apparence, une certaine impression de faiblesse. Pourtant, il ne fallait pas le prendre à la légère. Jin était un assassin au même titre que sa fille, même s'il ne possédait pas sa puissance. Mais lui ne doutait pas de son jugement ni de son autorité.

Comme bien souvent dans ces situations de crise, le vieil homme aurait souhaité que sa femme, morte quelques années plus tôt, soit là en cet instant. Sa douceur aurait si bien calmé le cœur de leur enfant.

Elle est comme un volcan, si imprévisible…

Il savait très bien qu'elle n'en ferait qu'à sa tête, quoi qu'il dise. Esilla était tel le souffle d'un vent violent, insaisissable.

Il se concentra à nouveau sur Jin. Celui-ci, immobile, attendait les ordres. Son regard sombre, profond, arriva à le faire frissonner un court instant.

— Tu emmèneras Esilla, elle sera ta garde personnelle… Pas l'intermédiaire ! insista-t-il avec autorité.

Jin approuva sans émettre un son.

— Vous partirez dans un mois !

Une fois le sujet clos, Weily se retira. Il alla retrouver Esilla, qui s'exerçait avec acharnement dans la salle de combat. La magie tourbillonnait autour d'elle et le Suprême réalisa à quel point sa puissance évoluait de jour en jour.

— Qu'est-ce que tu viens faire ici ? siffla-t-elle entre ses dents sans faire disparaître le flux défensif qui l'enveloppait.

Son corps, mis en valeur par ses vêtements noirs, n'était que muscles et force brute, semblable à une épée capable de tuer en un mouvement rapide et élégant. La jeune femme n'hésitait jamais. Il fallait savoir la manier et contenir son impulsivité, car elle n'avait de pitié pour personne.

— Toujours à t'entraîner, remarqua-t-il avec un soupir las.

Esilla haussa les épaules. La guerre était toute sa vie, elle ne s'en cachait pas. Plus Weily la contemplait et plus il voyait sa femme transparaître sous les traits de leur fille. Ses cheveux roux, sa fine mâchoire, mais volontaire, la forme de son visage… Tout en elle était presque identique, c'en était réellement perturbant. Lui ne lui avait légué que l'incroyable couleur de ses iris, d'un bleu plus intense que ceux de son aimée. Elle avait aussi hérité de son caractère impétueux. Il se racla la gorge afin d'attirer à nouveau son attention.

— J'ai nommé Jin comme intermédiaire, expliqua-t-il alors qu'elle se raidissait.

Esilla ne put cacher son énervement. Sa magie échappa à son contrôle et tournoya plus rapidement encore autour d'elle, en signe de protestation.

— C'est un bon second choix, pesta-t-elle, perfide.

— Tu vas l'accompagner et le protéger !

Subitement, ses yeux s'illuminèrent de satisfaction et ses lèvres s'étirèrent en un sourire malveillant. Heureusement, Weily en avait l'habitude.

— Ne te fais pas d'idées, tu seras sous ses ordres et tu as intérêt à obtempérer ou…

Weily marqua un temps d'arrêt pour qu'elle ne perde pas de vue l'importance de ses mots.

— Ou je ne te confierai plus jamais de mission périlleuse !

Sa fille le dévisagea, mais finit par acquiescer. Elle se courba devant lui.

— Merci…

— Ne doute pas de mes sentiments à ton égard, dit-il alors en se dirigeant vers la sortie. Je suis fier de toi, mais je ne supporte pas que tu te mettes perpétuellement en danger !

— Je sais.

Le Suprême se retourna pour contempler ses beaux yeux bleus et reprit avec désinvolture :

— Et puis, tu as l'âge de te trouver un homme. Je t'en présenterai quelques-uns de haut rang.

— Père, je…

— Ne me contredis pas sur ce point, prévint-il calmement. Avant que tu partes, je veux que tu fasses leur connaissance. Tu désigneras celui que tu préfères. Tu ne t'éloigneras pas de la tour d'Arow tant que tu ne les auras pas rencontrés !

On pouvait sentir la colère à peine voilée dans ses propos. Il ne manqua pas la grimace de mécontentement qui déforma le beau visage de sa fille, ni même les poings qu'elle serrait farouchement. Weily crut qu'elle allait se casser les doigts.

— Je serai obligée d'en choisir un ? s'enquit-elle entre deux crispations de mâchoires.

— Tu peux prendre tout ton temps. Je sais bien que ce n'est pas une décision anodine, mais je souhaite que tu y réfléchisses !

Esilla aspira une grande goulée d'air, vaguement soulagée par cette dernière réponse. Elle avait bien failli s'asphyxier à l'annonce de cette nouvelle lubie. Elle ignorait comment faire comprendre à son père que, pour le moment, le mariage se trouvait tout en bas de la liste de ses priorités. Elle aimait mieux se battre et n'avoir ni entrave ni faiblesse. Être une esclave reproductrice ne lui conviendrait jamais.

Il ne se mettait pas à sa place et appliquait à la lettre de stupides traditions, enchaîné à cette vision masculine étriquée de la condition des femmes. Quand elle serait aux commandes, elle changerait tout ça. Oui, les magiciennes méritaient de décider de leur avenir et d'être vues autrement que comme des objets ou de simples procréatrices. Elle ne supportait pas l'idée de se soumettre un jour à un homme.

Jamais ! pensa-t-elle.

Elle resterait libre, et Weily n'aurait pas son mot à dire. Elle ferait fuir les prétendants. Pour cela, elle n'aurait guère à se fatiguer : son caractère fort s'en chargerait pour elle. Esilla sourit avec malice.

Ce sera à eux de s'incliner !

— Demain se présentera ton premier soupirant. Fais un effort de tenue et comporte-toi en femme !

Weily sortit, tandis qu'Esilla massacrait un pauvre pantin de bois de ses poings rageurs. Elle aurait voulu tuer quelqu'un.

CHAPITRE 28

La rencontre

À son grand désespoir, la journée passa bien trop vite. Dans la soirée, on lui apporta une belle robe à mettre pour la rencontre du lendemain. Esilla la rangea soigneusement, bien entendu !

Il est hors de question qu'on me voie minauder habillée comme une aguicheuse...

Elle était une guerrière dans l'âme et le resterait jusqu'à sa mort.

Le matin, Esilla se vêtit de cuir et accrocha ses armes à sa taille, bien décidée à refuser toute soumission. Si l'homme qu'on lui présenterait ne supportait pas l'idée de séduire une femme forte, il n'aurait droit au mieux qu'à son mépris.

Tandis qu'elle descendait les marches menant au grand hall, son père, en la découvrant ainsi accoutrée, ronchonna :

— Et la robe ?

— S'il ne peut m'aimer comme je suis, alors aller plus loin ne servirait à rien, le défia-t-elle du regard dans l'espoir qu'il la contredise.

— D'accord, abdiqua-t-il. Du moment que tu le rencontres,

ça me va !

Esilla se dirigea vers les jardins d'Arow, réputés pour leurs fleurs. Elle y trouva un Gyramen qu'elle connaissait bien. Bon... au moins n'avait-elle pas les présentations à faire.

— Dumeur, lança-t-elle en plaquant un sourire hypocrite sur ses lèvres. Je ne m'attendais vraiment pas à ce que ce soit toi.

Sans son armure de guerrier, habillé dans un beau costume, il lui parut différent. Mais l'homme prenait à cœur la tradition et fut désagréablement surpris par l'accoutrement de la magicienne. Elle aurait dû s'afficher en robe, se maquiller légèrement. Il s'agissait tout de même d'un premier face-à-face !

Eh bien, elle allait lui montrer qu'elle n'était pas n'importe quelle femme. Elle faisait ce qui lui chantait, quitte à se battre pour y parvenir.

— Une tenue d'homme, souligna-t-il.

Son expression déçue étonna Esilla. Le soldat leva un sourcil désapprobateur. En se comportant ainsi, elle entachait son honneur de mâle.

— Non, effectivement, Dumeur. Je ne porte pas de jolie toilette et je ne lécherai jamais tes bottes ! Si ça ne te plaît pas, tu peux partir.

Le ton sarcastique qu'elle utilisait lui fit serrer les poings et contracter les muscles de ses bras.

— Bien sûr. Tu aimes combattre.

Il venait de comprendre qu'avec elle, il n'y aurait pas de rendez-vous galants. Il fit un pas en arrière.

— Tu n'es pas celle que je cherche !

Il se détourna sans même tenter de la conquérir. Esilla l'observa s'éloigner. Le regard noir qu'il lui avait lancé lui faisait encore froid dans le dos. Elle fut ravie qu'il la quitte de son propre chef, car elle ne voulait pas non plus d'un homme comme lui. Toutefois, le fait qu'il n'essaie pas de la séduire la vexa légèrement. Non pas qu'il aurait eu la moindre chance, mais était-elle donc trop singulière pour attirer un mage ? Il est vrai que sa dernière relation intime remontait à la nuit des temps...

La jeune femme regagna l'intérieur sous l'œil brillant de colère du Suprême. Il avait immédiatement compris que ce premier entretien s'était soldé par un échec et il prit soudain conscience que personne ne correspondrait jamais à sa fille. Dumeur était, de tous, le plus valeureux de ses guerriers. Si lui la rejetait, il ne voyait pas qui serait suffisamment téméraire pour la dompter et prendre son cœur d'assaut. Weily se crispa, effrayé par l'avenir. Il craignait que son enfant passe sa vie seule. La présence d'une autre personne était si importante… Mais, pour le moment, elle ne s'en rendait pas compte.

Chaque jour, il la regarda faire fuir les nouveaux prétendants. Elle ne faisait aucun effort.

— Mets cette robe, comme l'exige la coutume, lui intima-t-il ce matin-là en déboulant dans sa chambre.

— Mais, père…

Esilla, prudente, ne termina pas sa phrase en découvrant son air assassin.

— C'est un ordre ! Et, cette fois-ci, tu vas m'obéir !

Weily avait prononcé ces mots si fort que sa fille n'osa pas le contredire. Il était terriblement en colère et bien décidé à ce que son projet aboutisse avant qu'elle ne parte.

Au risque de la déchirer par ses gestes brusques, Esilla enfila cette satanée parure qui lui comprima instantanément les poumons. La guerrière exécrait l'idée qu'un morceau de tissu puisse la rabaisser autant. Quand elle descendit, elle se retrouva devant un mage ilemen, dont la seule morphologie la dégoûta au plus haut point. Tandis qu'il l'admirait, que son regard s'illuminait, la jeune femme se renfrogna.

Qu'il aille au diable, pensa-t-elle en restant glaciale.

— Je suis…

Elle le coupa dans son élan avant qu'il ne se présente.

— Ça ne marchera pas entre nous. Salut !

L'homme, stupéfait, ne trouva rien à dire. Il s'en retourna simplement, comme tous les précédents, tandis que son père, toujours sur le seuil, s'arrachait les cheveux.

— Esilla, tu n'as fait aucun effort !

— J'ai mis une robe ! riposta-t-elle en lui signifiant par de grands mouvements de bras que c'était déjà beaucoup pour elle.

Découragé, le Suprême secoua la tête. Il n'avait pour le moment plus personne à lui proposer. De toute manière, il était trop tard, elle devait partir avec Jin.

Elle ne pense qu'à sa mission, s'exaspéra-t-il.

— Très bien… Nous verrons ça quand tu reviendras, lâcha-t-il en se grattant l'arrière du crâne.

Esilla haussa les épaules, indifférente, et il sut qu'elle ne changerait pas sa façon d'agir. Elle les repousserait tous, les uns après les autres. C'était sans espoir.

* * *

Jin semblait tendu alors qu'Esilla se léchait d'ores et déjà les babines à l'idée de rencontrer les sorciers d'Antanor. Ce serait bien plus amusant que de se choisir un prétendant. La jeune femme avait besoin de se battre après ce que lui avait infligé son père. Croyait-il réellement qu'elle serait si facile à séduire ? Subir ces rendez-vous avait été une véritable torture, mais la récompense était à la hauteur de son sacrifice. Partir plusieurs semaines sur le terrain, loin de lui, était une excellente compensation.

— Es-tu prête ? s'enquit Jin, dont les yeux nébuleux la rendaient nerveuse.

— Je n'attends que ça depuis un mois, gronda-t-elle, sécurisant un dernier couteau autour de sa taille. Ne t'inquiète pas, je te protégerai bien.

Jin soupira bruyamment.

— Ce n'est pas pour moi que je me fais du souci… Enfin, allons-y !

Ils montèrent à l'intérieur de la roulotte et, dès qu'ils furent assis, celle-ci s'élança au cœur de la nuit noire. Les lunes étaient dans leur cycle obscur, unique moment de l'année où aucune des trois n'était visible. Une période qui annonçait du changement. Esilla contempla la pénombre presque totale au fond de laquelle seules les étoiles offraient un repère. À leur vue, elle s'apaisa un peu.

Au petit matin, ils arrivèrent à Antanor. La guerrière considéra les flammes en grimaçant. C'était une très belle prison qu'ils avaient là. Elle trouvait qu'ils y entraient avec bien trop de désinvolture. Jin ne parut pas se soucier du feu qui léchait les parois. Alors qu'il la fixait, un second soupir désespéré vint écorcher les oreilles de la jeune femme.

— Je ressens ton envie de te battre, souffla-t-il d'un ton las. Nous ne sommes pas ici pour ça. Je t'interdis de parler. Tu respecteras à la lettre chacun de mes ordres.

Elle n'eut d'autre choix que d'acquiescer, le dos raide, en se rappelant la promesse faite à son père.

Jin est un enquiquineur. Dès qu'il a un tant soit peu d'autorité, il se transforme en parfait idiot, maugréa-t-elle.

Ils passèrent les immenses portes écarlates, puis se dirigèrent vers la plus haute tour. Esilla admira le donjon qui surplombait les maisons et fut parcourue de frissons. Pour la première fois de son existence, elle se sentait nerveuse et appréhendait sincèrement la suite des événements. Elle ne put toutefois s'empêcher de s'extasier devant les édifices, véritables œuvres d'art où la matière prenait vie. Les sorciers étaient des architectes de génie. La roulotte s'arrêta au bas de la grande bâtisse. Dès qu'ils mirent un pied à l'extérieur, la chaleur se fit plus oppressante. La guerrière examina l'entrée, où un homme les attendait. Ses vêtements semblaient sortis d'une époque différente : un haut-de-forme violet surmontait son costume ancien. Elle gloussa en bousculant l'intermédiaire. Jin se tourna vers elle, agacé.

— Reste derrière moi, exigea-t-il froidement.

À contrecœur, Esilla recula d'un pas. Elle se rendit compte une fois encore combien il lui était déplaisant d'être aux ordres de quelqu'un d'autre.

Imbécile ! pensa-t-elle, les poings serrés.

Ils suivirent le serviteur, puis gravirent un délicat escalier finement orné de gravures. Sur les parois fleuries se mélangeaient de l'or et du vert lumineux. L'homme ne leur réclama même pas de se désarmer. Esilla n'aimait pas ça, mais ne fit aucun commentaire. Jin n'était visiblement pas d'humeur.

Arrivés à un étage où les décorations murales rougissaient, ils marchèrent un long moment dans un couloir enflammé. Esilla se demandait si le feu brûlait vraiment quand leur guide s'arrêta.

— Après vous, déclara-t-il en fixant ses pieds et en tendant le bras dans la direction qu'ils devaient emprunter.

Ils se retrouvèrent à l'intérieur d'une petite pièce, sans fenêtre ni autre accès extérieur qu'une nouvelle porte, devant laquelle se tenait un sorcier imposant, beau, au visage carré et aux cheveux blonds. Ses vifs yeux émeraude dénotaient une grande intelligence. Son charisme, toutefois, faisait froid dans le dos. Ses soupçons s'intensifièrent.

— Le conseil est réuni et vous attend, informa-t-il d'une voix enjôleuse.

Jin le contempla avec tant de mépris qu'Esilla en grimaça. Elle-même n'aurait jamais osé agir de la sorte en présence d'un tel sorcier.

— Vous nous laissez entrer avec tout notre attirail ?

Méfiante, la magicienne plissa les paupières, incapable de garder le silence plus longtemps. Jin lui décocha un regard mécontent qui ne l'étonna guère, tandis que l'énergumène souriait.

— Oui, bien sûr. Les armes sont autorisées, mais pas les gardes du corps, termina-t-il d'un air sardonique.

Esilla allait répliquer, mais Jin la coupa dans son élan.

— Reste ici ! ordonna-t-il d'un ton sans appel.

Jin la traitait vraiment comme la dernière des domestiques. Elle se promit de lui faire regretter cet affront à la première occasion. Le sorcier à l'imposante stature invita l'intermédiaire à passer sans pour autant l'accompagner. La panoplie de tatouages qu'il arborait laissait augurer d'une force titanesque. Elle trouva très insolite qu'un homme tel que lui ne fasse pas partie du conseil. Tandis qu'ils se détaillaient mutuellement, il sourit une nouvelle fois, lui dévoilant de parfaites dents blanches.

— Un garde du corps peu commun, observa-t-il en la dévisageant d'un regard appréciateur.

Esilla resta sur la défensive. Il était redoutable, elle le devinait à son arrogance.

— Un valet étrangement puissant, grogna-t-elle à son tour, peu amène.

Il s'approcha, l'œil étincelant.

— Mais on dirait bien que tu mords !

Il arrivait à la faire reculer, elle qui n'avait peur de rien. La jeune femme se retrouva bientôt bloquée contre le mur. Aussitôt, les flammes s'écartèrent sans la brûler. Elle détestait se sentir piégée. Pour la première fois, elle paniquait. L'énergie peu ordinaire dégagée par cet homme ne ressemblait à aucune autre.

— Si tu t'obstines à venir trop près, je te tranche en deux, murmura-t-elle.

Bien entendu, il ne l'écouta pas et ils se retrouvèrent nez à nez. Ses yeux verts pétillants la déstabilisaient.

— Alors ? Qu'est-ce que tu vas faire, maintenant que je t'ai désobéi ?

Esilla tenta de se libérer, mais son cerveau s'engourdissait. Elle le voyait clairement prendre le dessus. Il était si proche qu'elle pouvait déceler son souffle sur sa peau.

— Qu'est-ce… que… ça… veut dire ?

Elle parlait au ralenti. La jeune guerrière savait que les sorciers manipulaient l'esprit, pourtant, elle n'aurait jamais cru qu'ils étaient capables de le faire si aisément. Elle tendit la main vers la porte pour avertir Jin, mais il la retint. Esilla s'écroula dans ses bras.

— Il va devoir se débrouiller sans toi, j'ai quelques questions à te poser, déclara l'homme en la soulevant, toujours avec ce même sourire aux lèvres.

Il se délectait par avance de la suite des événements. Il prendrait un malin plaisir à tout connaître d'elle. Le Suprême serait alors bien plus accessible et lui-même ne se sentirait plus si vulnérable. Les lois qu'on lui imposait le dérangeaient, il avait décidé de les changer. Il s'était bien renseigné et avait entendu bon nombre de rumeurs à son sujet. Le sorcier savait qu'il ne devait pas la sous-estimer ; jusqu'ici, elle était ressortie victorieuse de

chacune de ses batailles.
Ce n'est pas une simple femme, se rappela-t-il.

Chapitre 29

La cage du sorcier

Esilla se réveilla, la tête bourdonnante, couchée sur un sol dur et séquestrée dans une cage. Elle se releva avec des gestes précautionneux, puis tendit les mains pour se rendre compte qu'il lui était impossible d'utiliser sa magie. La jeune femme examina de plus près les barreaux. Les symboles qui les ornaient la rendaient inoffensive.

L'acier était solide, sa prison étroite ; elle disposait d'à peine assez d'espace pour s'allonger. Au-dehors régnait l'obscurité. Dès que ses yeux s'habituèrent à la pénombre, Esilla repéra un bureau encombré de papiers. Plus elle observait ce qui l'entourait, plus elle trouvait étrange qu'on l'ait enfermée dans un endroit aussi intime.

La magicienne discernait un lit, dont la chaude couverture rouge attirait son regard. Sur le côté se situaient des étagères chargées de livres plus ou moins anciens. Le propriétaire des lieux devait être un érudit, vu le nombre de documents éparpillés dans toute la pièce.

C'est en totale opposition avec ma propre chambre, remarqua-t-elle.

Ici se trouvait tout et n'importe quoi, et bien qu'il fasse nuit, Esilla n'eut aucun mal à imaginer une belle lumière entrer par la large fenêtre pour venir baigner de chaleur le mobilier.

Alors qu'elle aurait dû être paniquée, ou au moins effrayée, Esilla se sentait comme une enfant dans ce décor. Chez elle, il n'y avait pas d'âme. Tout devait être blanc, car personnaliser son espace intérieur était interdit. Elle rêva quelques instants à changer les couleurs de sa chambre pour la rendre aussi accueillante que cet appartement.

Esilla comprit que personne ne la surveillait. Doucement, elle essaya de repousser les barreaux qui, bien trop solides, ne bougèrent pas d'un pouce. Elle y apposa davantage d'énergie et finit par utiliser ses épaules, mais rien n'y fit, la grille resta fermement close.

— Fais chier, enragea-t-elle en se malaxant la nuque pour tenter d'en réduire les tensions.

Elle perçut alors l'ombre d'un mouvement et se retourna, sur la défensive. Le sorcier aux tatouages menaçants l'espionnait depuis le début. Pour qu'elle ne le remarque que maintenant, il devait être très fort.

— C'est incroyable, dit-il, ses yeux verts lumineux rivés aux siens. Je ne pensais pas que tu prendrais les choses avec autant de calme !

L'homme, réellement étonné, arriva à la faire rougir.

C'est quoi son problème ? songea-t-elle, excédée par ses manières perturbantes.

— Pourquoi m'as-tu enfermée ? lâcha-t-elle avec une telle froideur qu'elle-même se surprit.

L'individu ne grimaça même pas un peu face à l'insolence de son ton. Au contraire, il s'amusa de sa réplique tranchante. La magicienne se sentait légèrement déroutée. Il agissait différemment des personnes qu'elle connaissait. Mystérieux, il se lécha les lèvres.

— Mmh… Quel caractère !

La jeune femme, dont les sourcils étaient froncés depuis le début, choisit de changer de tactique, puisque son agressivité le divertissait. Même si cela lui coûtait, les mots mélodieusement articulés qui allaient sortir de sa bouche pourraient peut-être l'amener à répondre.

— S'il te plaît, dis-le-moi.

À nouveau, elle fut surprise par son intonation, qui était, cette fois-ci, bien trop douce. De mémoire, elle ne s'entendait jamais parler ainsi. L'homme arrêta de sourire, mais ses yeux gagnèrent en intensité. Il avait maintenant quelque chose de très sensuel.

— Décidément, déclara-t-il d'une voix chaude en tournant autour de sa cage, je crois bien que je vais avoir envie de te garder ici à tout jamais !

Furieuse, Esilla comprit que ses inflexions de phrases importaient peu, ce dément était déterminé à la martyriser par pur plaisir. Elle n'aimait pas qu'il la contemple de cette façon, même si elle devait bien avouer que son charme restait incontestable. Son regard aiguisé ne la lâchait plus, tant et si bien qu'elle se permit de l'imiter. Ses muscles fermes, sous des vêtements qui lui collaient à la peau, l'impressionnèrent. Cet homme la troublait par son accoutrement inhabituel qui mettait ses formes en valeur. Elle ne connaissait, au final, pas assez les sorciers, dont les traditions semblaient aussi archaïques que celles des mages.

Elle s'attarda sur ses longs cheveux de la couleur du soleil. Ceux-ci tombaient sur ses larges épaules. Alors que certains auraient eu l'air ridicules, sa puissance n'en était qu'accentuée. Elle le dévisageait toujours et se perdit au cœur de sa beauté surnaturelle. Son nez et sa bouche la captivaient par leur perfection, tout comme son odeur : un mélange de terre, d'acier, avec quelques fragrances d'une épice secrète.

Sous son regard inquisiteur, l'homme cessa ses déplacements et ne broncha plus. Esilla se mâchonna les lèvres alors qu'elle continuait son inspection vers son ventre dessiné. Un désir sournois l'envahit. De honte, elle releva les yeux sur-le-champ.

— Alors ? demanda-t-il.

Irritée d'être aussi faible, elle avait dévié la tête. Jamais un guerrier ne l'avait autant troublée de toute sa vie, et aucun d'entre eux n'avait réussi à la faire rougir comme lui. Confuse, elle lui tourna le dos.

— Alors quoi ? siffla-t-elle entre ses dents, se mordant la langue pour ne pas paraître encore plus stupide.

— Suis-je à ton goût ?

C'était si loin de la vérité ! Tout son corps frissonnait au simple timbre de sa voix ô combien sensuel à ses oreilles. Elle dut se contenir avec fureur pour garder son sang-froid.

C'est le moment de le rembarrer, de lui dire d'aller se faire voir. Il ne m'aura pas. Non, hors de question !

— J'ai vu mieux, cracha-t-elle.

Ses hormones n'avaient qu'à bien se tenir, elle ne les écouterait jamais. Un cliquetis se fit entendre et la jeune femme se retourna promptement. Sur le seuil, il avait ouvert la porte de sa cage et ses pupilles luisaient désormais d'un désir farouche. Son cœur s'emballa. S'il voulait se battre, il allait être servi. Elle était prête à riposter au moindre mouvement hostile de sa part. Elle se mit en position de combat, mais le sorcier n'en parut que plus amusé.

— Tu es bien sûre d'avoir déjà vu mieux ? Peut-être faut-il que je te montre ce qui se cache sous ce pantalon ?

Esilla ne put s'empêcher de suivre du regard ce qu'il pointait du doigt. Elle rougit à nouveau devant ce qu'il désignait et se sentit ridicule. Elle s'apprêtait à répliquer crûment lorsqu'il effectua un rapide pas dans sa direction. Décontenancée, elle ne savait plus quoi faire tandis qu'il continuait sa progression.

Il s'arrêta à quelques centimètres à peine de son visage. Leurs lèvres se retrouvèrent bien trop proches. Elle réussit quelques instants à feindre un air serein, malheureusement, son corps la trahissait, bien décidé à répondre aux avances de cet homme. Elle devait reculer. Mais quand elle rencontra le vert malicieux de ses iris, son souffle s'accéléra. Elle finit par trouver la force de faire un pas en arrière et parvint à lui adresser le plus farouche des regards.

— Je n'ai pas besoin de voir ce que tu caches, je m'en fous, nargua-t-elle d'une voix pourtant moins assurée qu'elle ne l'aurait voulu.

Le sorcier se redressa. Il faisait presque une tête de plus qu'elle. Il croisa ses bras musclés et se laissa aller contre les barreaux. Démunie face à sa pose volontairement attrayante, elle n'arrivait plus à le quitter des yeux.

— Tu dois bien te douter de qui je suis, lança-t-il alors.

Son expression, empreinte de certitude, exaspéra Esilla. Elle remarqua après un temps qu'il arborait deux dagues à sa ceinture, dont une lui appartenant.

— Je ne vois pas, désolée.

Le visage de l'homme s'assombrit. Elle fut ravie de l'avoir mis en colère, satisfaite de parvenir à l'agacer juste un peu.

— Je suis Mhor !

Il l'étudia sans bouger d'un pouce. L'émeraude de ses prunelles scintilla, tandis que la bouche d'Esilla s'ouvrait de surprise. Elle lui jeta un nouveau coup d'œil afin d'évaluer le danger qu'il représentait.

À ce qu'on racontait, Mhor était *le* combattant, presque aussi fort que le Suprême. Même sa race en venait à le craindre. C'était le genre d'individu à obtenir tout ce qu'il désirait, à mener des batailles dans l'unique but de devenir plus puissant. Être sanguinaire était un divertissement pour lui, tout comme pour elle. Cependant, Esilla agissait en faveur de la justice, tandis que lui, par pur narcissisme. Il se battait pour son propre salut et ses besoins égoïstes.

— Voyez-vous ça !

Esilla croisa les bras à son tour. D'un air sarcastique, elle étira ses lèvres, joyeuse.

— Et donc, monsieur le gros dur enlève une femme, parce que... ?

Elle s'arrêta pour chercher la suite. Mais oui, pourquoi se trouvait-elle là au juste ?

— Je veux que tu me parles du Suprême, avoua-t-il entre ses dents.

— Ah, nous y voilà ! Le grand manitou souhaite affronter mon père. Quelle loi ne te revient pas ? Je pourrais la modifier.

Cela ira plus vite que de le combattre, lança-t-elle, sournoise.

Mhor se renfrogna. Il détailla les beaux cheveux roux d'Esilla, qui s'échappaient de sa queue-de-cheval. Il s'attarda sur sa fine silhouette, pour se rendre compte qu'elle était aussi entraînée que lui. Peut-être n'avaient-ils pas la même masse musculaire, mais elle n'avait pas un gramme de graisse non plus. À sa manière de parler, froide et tranchante, il se douta qu'elle était du genre à se faire obéir de tous ceux qui l'entouraient. Son visage magnifique laissait présager une bonté étonnante, qui contrastait avec son caractère dur. Ses yeux céruléens, déterminés, montraient combien elle refusait d'être dominée. Une guerrière qui l'attirait, au-delà du fait qu'elle ait également le rang de Suprême. Ses lèvres délicates devaient être d'une douceur et d'une saveur exquises. Il s'imagina la toucher. Il aimait la façon dont elle posait son regard sur lui, dont elle le déshabillait par la pensée. Mhor se demanda s'il était vraiment capable de lui résister, car depuis qu'elle se trouvait à l'intérieur de cette cage, il n'avait qu'une seule envie.

— Je ne te dirai rien au sujet de mon père !

Le sorcier revint à la réalité, la colère d'Esilla venait de s'intensifier.

— On verra bien !

— Tu auras beau me torturer, tu n'obtiendras que mon silence.

La jeune femme leva le menton, le défiant d'essayer. Il ressentit sa détermination, ainsi que la fabuleuse force qu'elle dégageait. Il se rapprocha encore malgré tout et, d'un geste brusque, la plaqua contre la paroi. Puis, sans réfléchir, il l'embrassa.

À cet instant, Esilla, qui aurait dû penser à récupérer ses armes ou à le castrer, s'oublia sous la volupté de ses lèvres. Elle entrouvrit la bouche et fondit littéralement de l'intérieur quand sa langue se glissa en elle. Il avait une saveur comme elle n'en avait jamais expérimenté. L'intensité de ce moment lui paraissait improbable.

Que faisait-elle ?

S'abandonner dans les bras d'un sorcier n'était franchement pas recommandé, mais c'était plus fort qu'elle. Sa raison avait beau lui hurler de le repousser, Esilla n'y arrivait pas. Elle connaissait pourtant la nature changeante de cette espèce. Cet être l'avait emprisonnée, avait rendu sa magie inopérante, et la voilà qui répondait à son baiser avec ferveur, elle qui n'autorisait jamais personne à l'approcher.

Alors que cette folle étreinte semblait ne jamais vouloir s'arrêter, elle se surprit à souhaiter ardemment toucher sa peau. Il maintenait ses bras écartés contre la cage et l'empêchait ainsi de céder à ses envies. Collée à lui, tout son corps frémissait d'un désir croissant à chaque frôlement. La voir trembler de la sorte paralysa Mhor, qui reprit conscience de ses actes. Il s'éloigna, comme brûlé, la repoussa et, au lieu de tenter de fuir, la jeune femme resta interdite.

Sans un mot, il l'enferma à nouveau, puis partit en courant.

Esilla, toujours sous le choc, effleura ses lèvres, rêveuse. Elle avait été si provocatrice qu'elle ne se reconnaissait pas. Elle maudissait sa faiblesse tout en ne regrettant rien et décida que c'était bien ça le pire. Elle réalisa que s'il revenait avec les mêmes intentions à son égard, elle serait de nouveau à sa merci. Et au lieu d'être en colère, la magicienne, au fond d'elle-même, s'en réjouissait.

Tu parles d'une torture, pensa-t-elle, perplexe, en s'asseyant sur le sol. *Quelle idiote ! J'aurais dû récupérer mes armes.*

* * *

Mhor s'était dérobé. Pour la première fois de sa vie, il avait fui une femme qui lui faisait de l'effet. Mais à quoi jouait-il ?

Esilla n'était pas censée l'attirer autant. Il devait lui soutirer des informations, la maltraiter, pas lui donner du plaisir. Son corps tremblait encore en se remémorant ses lèvres, sa langue et sa peau sucrée, collée contre lui. Il n'avait pas su lui résister, avait dû y goûter… et quelle saveur !

Alors qu'il se calmait en marchant de long en large, il réfléchissait à comment la faire parler. Elle n'avait pas cherché à le repousser ou à s'emparer de ses armes, qu'il avait pris le temps de mettre en évidence autour de sa taille. Non, au lieu de ça, elle avait répondu à ses avances. Quel genre de prisonnière était-elle donc ? Esilla n'avait pourtant pas la réputation d'être une femme facile.

Son odeur s'accrochait à ses vêtements. Mhor devait réfléchir à une façon de l'aborder sans risquer de succomber à nouveau. S'il retournait dans cette pièce, non seulement il perdrait le contrôle de lui-même, mais en plus, il était fort probable qu'il n'arrive plus jamais à se détacher d'elle.

Lui étant un sorcier et elle une magicienne, leur relation n'avait rien de compliqué : elle était inacceptable ! Tous deux de races différentes, ils incarnaient les trois lunes. Jamais celles-ci ne déviaient de leurs trajectoires pour aller rencontrer les autres. Chaque astre tournait en orbite autour de Travel et demeurait fidèlement campé sur sa position sans faillir. Et lui, que faisait-il ? Il changeait d'axe.

— Merde, grommela-t-il. Merde, merde et merde…

Le mieux serait qu'il la libère et s'attaque à un membre du conseil pour approcher le Suprême. Rester plus longtemps auprès de cette guerrière lui devenait impossible.

— Par les lunes sombres, c'est une tentatrice. Une tentatrice, se répéta-t-il plusieurs fois avant de faire demi-tour et de foncer chez lui.

Mhor respirait bruyamment et dut attendre devant sa porte un moment avant de retrouver son calme. C'était une première. Lui qui se montrait toujours si fort avait peur d'une simple magicienne.

Il ouvrit enfin, après de lentes secondes, et pénétra dans la pièce. Esilla, du fond de sa prison, le sonda immédiatement. Son regard de ciel d'été le submergea.

— Je ne savais pas que les sorciers pouvaient ainsi fuir les femmes, se moqua-t-elle.

Elle espérait à coup sûr l'enrager, mais au lieu de se mettre en colère, Mhor était ravi. Il se fustigea mentalement. Qu'avait-il donc à agir de la sorte ? L'attraction qu'il ressentait pour elle devenait très perturbante. Hésitant, il s'approcha encore un peu avant de prendre sa décision. Alors, avec des gestes mesurés, il retira chaque arme qu'il avait piquée pour les déposer sur son bureau. Une fois que tous les effets personnels d'Esilla furent rassemblés, il se dirigea vers la cage afin de la laisser sortir.

— Va-t'en !

Il fit son possible pour éviter de croiser le bleu océan de ses yeux, celui qui faisait immanquablement chavirer le cœur de tous les hommes. S'il la contemplait ne serait-ce qu'une seule fois, il ne serait plus maître de lui-même. Déconcertée, Esilla le frôla sans un mot et s'échappa. Elle semblait tout aussi bouleversée que lui. Tendu, Mhor était incapable de rester naturel.

— Ne t'approche pas de mon père, le prévint-elle toutefois en allant vers le secrétaire pour y retrouver ses affaires.

Sans répondre, Mhor disparut dans le couloir, lui laissant tout le loisir de quitter la pièce à sa convenance.

Dépitée, Esilla récupéra tout ce qui lui appartenait. Bien sûr, elle était soulagée d'être libre, mais à présent, son esprit se trouvait ailleurs. Le corps de ce sorcier l'obsédait et le chasser de ses pensées s'avérait difficile.

On dirait qu'il m'a envoûtée, enragea-t-elle.

Mhor ne l'avait même pas regardée, il avait fui comme tous ses prétendants. Contrariée, la magicienne examina le bureau en désordre. L'anarchie la plus totale y régnait et elle se questionna sur la méthode qu'il employait pour s'y retrouver. Consciencieuse, elle prit le temps de tout étudier, sachant qu'il était forcément parti loin afin de ne plus la recroiser.

La jeune femme se demandait ce qu'elle espérait trouver à traîner ici, quand son œil fut attiré par un fil doré. Il dépassait d'un tas de feuilles, comme oublié. Elle tira dessus et découvrit une chaîne en or d'une finesse étonnante, à laquelle était accroché un pendentif magnifique.

Il représentait une étoile aux traits arrondis, composée par les trois lunes sacrées. Telle une voleuse, Esilla la passa autour de son cou. De toute manière, cet objet était bien mieux là que sous un amoncellement de papiers inutiles. Elle espérait aussi, en son for intérieur, que Mhor se mettrait en colère.

Je suis sûre qu'il ne remarquera rien.

À contrecœur, elle quitta la pièce sans se presser, son besoin de vengeance assouvi. Lui avoir pris le collier lui suffisait amplement. Elle retrouva Jin avec presque trop de facilité. Il sortait à peine de sa rencontre avec le conseil et n'avait pas eu à s'inquiéter de sa disparition.

Un homme égoïste et égocentrique, voilà ce qu'il est...

Ils restèrent encore plusieurs jours en ville, qui ne furent ponctués que par des réunions monotones durant lesquelles elle n'avait rien à faire, mis à part poireauter dehors et repenser à Mhor, qui ne se manifesta plus.

Elle avait imaginé les choses bien différemment.

Père avait raison...

Absente, Esilla triturait le pendentif du sorcier. Ce geste l'apaisait. L'étoile avait-elle un quelconque pouvoir ?

Non, j'en aurais ressenti les effets en le passant à mon cou, réfléchit-elle.

La jeune femme s'impatientait, pressée de repartir, car plus elle attendait, plus son cœur palpitait à l'idée de revoir Mhor une dernière fois. Pourtant, même si une part d'elle aspirait à lui montrer que le collier était en sa possession, elle savait que c'était une mauvaise idée et voulait éviter à tout prix une nouvelle confrontation.

Mais qu'est-ce que j'ai ? songea-t-elle, exaspérée par ses pensées.

Esilla se mentait à elle-même ; seulement, n'était pas encore prête à se l'avouer. L'arrivée des membres du conseil la ramena à la réalité. Ils sortirent en un curieux brouhaha et Jin la rejoignit, plus hautain qu'à l'accoutumée. La magicienne s'apprêtait à le suivre quand les représentants devant eux arrêtèrent net leur progression. Elle crispa ses doigts sur ses armes, chercha d'où venait le problème. Un peu plus loin, Mhor empêchait tout le monde d'avancer. Perturbée, elle porta la main au pendentif volé, même si elle préférait le terme « emprunté ». Elle prit un malin plaisir à provoquer le sorcier en laissant son bijou bien en évidence. Mhor s'approcha d'elle à pas lents. Il s'immobilisa à quelques mètres seulement. Jin lui faisait barrage. Celui-ci ne supportait pas l'idée de rester en arrière, trop désireux d'afficher sa supériorité.

— Y a-t-il un souci ? s'informa-t-il en une menace à peine déguisée.

— Aucun ! répondit le guerrier blond d'une voix ferme qui fit tressaillir sans peine l'intermédiaire.

Fâcher Mhor n'était pas la chose à faire, Jin avait dû perdre la raison. D'ailleurs, les autres membres du conseil le dévisageaient, les mirettes grandes ouvertes. Dans leurs longues robes blanches, Esilla les trouvait ridicules, mais elle s'abstint de tout commentaire.

L'homme à l'allure meurtrière se désintéressa de l'insignifiant personnage. Il la contemplait elle, sans rien dire, avant d'apercevoir le délicat collier qui embellissait sa nuque. Le vert émeraude de ses iris étincela.

Mhor se décala pour laisser passer Jin. Celui-ci le dépassa, l'air de rien, très peu préoccupé par Esilla, restée derrière. Elle prit la suite du mage, complètement perturbée. Une fois que Mhor fut dans son dos, elle sentit son regard la sonder, comme une lame difficile à ignorer. Après quelques pas, elle ne résista pas et se retourna. Le sorcier n'avait pas esquissé le moindre geste, mais le fait qu'elle s'arrête parut le décider.

Il s'élança pour la rattraper, la bloqua, puis, très lentement, effleura le pendentif du bout des doigts, rivant ses yeux acérés au bleu profond des siens.

— C'est à moi, ça, susurra-t-il au creux de son oreille.

— Je sais.

Elle battit innocemment des cils.

— Il était à l'abandon. Je te le rendrai un jour… peut-être, termina-t-elle, mutine.

Mhor l'accula davantage contre le mur de flammes. Il caressait l'objet et lui chatouillait imperceptiblement le cou, puis il déposa sur sa peau délicate de petits baisers.

— Si tu le gardes, je te retrouverai, lui promit-il.

Esilla frissonna. Elle n'était pas dupe, il tenait à ce pendentif. Pour lui, il devait avoir une valeur sentimentale. Mais l'idée qu'il la poursuive l'excitait et, alors qu'elle aurait dû le repousser, elle lui mordilla le lobe de l'oreille. Quand elle le sentit sursauter, elle s'en amusa discrètement, puis chuchota à son tour :

— Essaie toujours, juste pour voir !

Elle se détacha de lui et, à grandes enjambées, elle courut rattraper Jin, qui s'exaspérait sans doute dans la roulotte. Tel qu'elle le connaissait, il était capable de la laisser derrière lui. Elle ne devait pas traîner.

Chapitre 30

Le trésor caché

Depuis qu'elle était rentrée, Esilla ne trouvait plus le repos. Mhor hantait ses nuits à la rendre folle. Et son père qui continuait d'organiser des rencontres ! À présent, elle comparait tous les hommes au sorcier, incapable de se le sortir de la tête. Cela devenait une véritable obsession.

Heureusement, le Suprême l'envoya défendre les frontières d'Arow et d'Antanor contre les mages corrompus. Se battre était pour elle le meilleur des remèdes. Mais, chaque fois, Mhor se retrouvait sur les mêmes champs de bataille.

Telle une malédiction, il la poursuivait sans cesse. Et dès qu'elle l'apercevait, elle perdait tous ses moyens. La guerrière l'admirait en secret. Il avait une façon de combattre si impressionnante qu'elle aurait pu l'observer durant des heures. Elle le trouvait beau dans cette armure d'or qui attirait son regard.

— Pourquoi es-tu là ? lui demanda-t-elle un jour, alors que l'affrontement venait de prendre fin.

Les soldats quittaient les lieux. Chacun repartait de son côté, sans aucune interaction avec l'autre race. Esilla se rendit compte à ce moment-là qu'en dehors de son père, personne n'attendait son retour.

Mhor lui sourit, leurs yeux se mêlèrent et les minutes s'étirèrent. Le vent enchevêtrait leurs cheveux. Il devenait aussi mystérieux qu'un dieu.

— Tu le sais bien… Parce que tu as ce qui m'appartient.

D'un geste impulsif, la magicienne serra le collier qui n'aurait pas dû être autour de son cou.

— Tant que tu ne me le rendras pas, je serai là, à chaque fois, termina-t-il, malicieux.

Esilla aurait dû le repousser. Au lieu de ça, elle repensa au goût de ses lèvres, puis mordit les siennes. Elle s'en voulut d'avoir de telles envies à un moment pareil et s'attarda sur la sublime armure de Mhor. Les sorciers maniaient les matières comme personne et plus elle en apprenait sur eux, plus celui-ci l'attirait.

Il est si beau, c'est trop injuste, se lamenta-t-elle.

— Je compte le garder encore un peu, rétorqua la jeune femme avec bien trop de douceur.

Il s'avança d'un pas et, d'un geste tendre de la main, dégagea quelques mèches de sa nuque. Puis, ses doigts la caressèrent lentement jusqu'aux épaules. Elle aimait tant son toucher qu'elle trouva presque impossible de refréner ses désirs.

— Je vois la passion brûler au plus profond de ton regard céleste, susurra Mhor.

Esilla garda le silence. Pourquoi lui mentir ? Elle déglutit avec peine alors qu'il se penchait pour l'embrasser. Leurs attirails les empêchèrent d'aller plus loin. Et c'était mieux ainsi. Le risque d'être découverts par quelqu'un était trop important. Aucune race n'acceptait les mélanges, considérés comme contre nature. Curieusement d'ailleurs, elles s'entendaient toutes sur ce point.

— Une femme t'a-t-elle déjà résisté ? l'interrogea Esilla, hésitante.

Son manque d'assurance parut surprendre le sorcier.

— Non, je l'avoue. Mais de toutes, tu es celle que je convoite le plus !

— Pourtant, personne ne veut de moi. Je fais fuir les hommes.

Elle grimaça, car se dénigrer de la sorte ne faisait pas partie de ses principes.

— Ça ne m'étonne pas.

Mhor lui sourit puis, de son pouce, caressa sa lèvre inférieure. En présence des autres, la colère crépitait autour de lui, mais avec elle, sa douceur ressortait. Esilla attrapa sa main sans réfléchir et, telle une jeune fille, elle laissa parler son cœur comme jamais elle ne l'avait fait.

— Tu hantes mes rêves, Mhor ! Si je les écoutais, je te suivrais au bout du monde, avoua-t-elle, les joues rouges.

Elle sentait ses veines battre si fort qu'elle avait l'impression de les entendre résonner dans son armure, dont l'alliage amplifiait les sons. Elle se détesta de se montrer aussi vulnérable. Elle resserra la prise sur ses doigts, tenta de le retenir quand il se détacha froidement. Esilla baissa le regard. Son rejet la faisait souffrir bien plus qu'elle ne l'aurait cru. Elle fit son possible pour masquer son chagrin, mais ses yeux en avaient décidé autrement. Elle eut bien des difficultés à contenir ses larmes.

C'était la première fois qu'elle admettait ainsi ce qui lui pesait sur le cœur et il la repoussait.

— Esilla, ça fait une heure que je t'attends ! explosa dans son dos la voix de Jin, particulièrement brutale.

Elle se retourna, confuse. L'avait-il entendue ? Envahie par la panique, elle le dévisagea : Jin affichait ce même air hautain que les autres jours. Il posa ses mains sur ses hanches en signe d'impatience. Elle ne put entièrement dissimuler son soulagement. Dans ce cas, Mhor ne l'avait peut-être pas éconduite ! Par son comportement, Jin ignorait sûrement avoir interrompu quelque chose. Néanmoins, aux yeux d'Esilla, il s'agissait d'un adieu... et bien plus encore.

Elle jeta un coup d'œil au sorcier. Son expression ne laissait paraître aucun sentiment. Elle se détourna, comprenant qu'elle venait de se ridiculiser. Elle suivit Jin en cachant sa tristesse, sans un regard pour Mhor.

— Désolée, j'arrive !

Pourtant, le sorcier la fixait toujours. Même si elle mourait d'envie de le voir une dernière fois, elle ne se retourna pas. C'était fini.

* * *

Aussitôt rentrée, la guerrière s'enferma dans sa chambre. Elle repensa aux lèvres de Mhor, à ses mains et à son toucher si particulier. La jeune femme savait bien qu'au lieu de fantasmer, elle aurait dû prévenir Weily des intentions du sorcier, mais elle en était incapable. Si elle faisait ça, il serait pourchassé et, selon la loi, exécuté.

Je ne peux pas le dénoncer, songea-t-elle, prise entre deux sentiments dont l'un était assurément mauvais.

Elle aimait son père plus que tout. Il était sa seule famille depuis la mort de sa mère. Les cheveux de Weily se clairsemaient ; sur son visage, quelques rides apparaissaient. Esilla était effrayée de voir l'âge le rattraper trop vite.

Alors qu'elle réfléchissait à en perdre la tête, étudiant le pour et le contre de chacune des décisions qu'elle pouvait prendre, une inconnue pénétra dans sa chambre. Elle se montra si discrète qu'Esilla ne la remarqua pas immédiatement.

— Madame, chuchota celle-ci.

Tête baissée, doigts croisés, l'apprentie attendait patiemment dans sa robe laiteuse, près de la porte. Esilla sursauta.

— Qu'y a-t-il ?

Sa voix, d'ordinaire tranchante et redoutée, n'avait été qu'un fin murmure. Elle s'aperçut qu'elle n'avait plus le cœur à traumatiser ceux qui l'entouraient. C'était pourtant l'un de ses passe-temps favoris : les faire tressaillir sans raison particulière. Bien qu'elle n'ait jamais levé la main sur aucun d'entre eux, ils avaient tous peur d'elle, de son autorité et de cette force dont ils avaient tant entendu parler.

— Le Suprême vous mande, madame !

Encore, pensa-t-elle, exaspérée.

Allait-il à nouveau lui imposer de rencontrer un prétendant ? Tendue, Esilla se releva et suivit la magicienne, dont les pas foulaient le sol sans un bruit. Si seulement elle avait pu courir et crier ! Alors que son esprit vagabondait vers des désirs plus inutiles les uns que les autres, elle se retrouva devant son père en un rien de temps.

— Ma fille ! dit-il d'une voix sourde.

Assis sur son trône, il était imposant. Esilla se courba légèrement, elle n'était pas du genre à plier le genou. Pour une fois, elle aurait aimé que Weily soit différent, plus proche d'elle, plus doux. Elle aurait voulu lui parler des troubles de son cœur, avoir un confident, un ami… mais il n'était pas comme ça. Alors, elle restait seule avec ses peines et ses chagrins, que nul ne pouvait entendre. On ne voyait en elle que la guerrière, l'autorité, la force, mais bien rarement la femme. Personne ne comprenait celle qu'elle était au fond.

D'un air dépité, la jeune magicienne réagit à son appel. Elle s'avança sans le moindre entrain.

— Pourquoi m'as-tu fait venir, Père ?

Les Ilemens présents arrêtèrent de discuter pour l'observer. Ils n'avaient pas l'habitude qu'elle se montre si pacifique. Weily en fut sans doute le plus bouleversé. Il mit un temps fou à lui répondre. Son regard clair l'examinait attentivement, avec l'espoir sûrement de saisir son mal-être.

— Un humain souhaite que tu bénisses sa demeure…

— Encore ? grommela-t-elle en poussant un soupir exaspéré.

— Je veux que tu t'y rendes et ce n'est pas la peine de me lancer ce regard noir, se fâcha-t-il. Je ne changerai pas d'avis.

Esilla se retint de crier à l'injustice. Elle aurait bien envoyé Jin à sa place, mais le maître ne lâcherait certainement pas le morceau, elle connaissait cet air résolu. Elle recevait un nombre incalculable de requêtes de ce genre. Les villageois des environs demandaient constamment à ce qu'elle soit présente à leurs fêtes ou qu'elle vienne protéger leurs maisons. Cela les rassurait, ils appelaient ça une bénédiction. Ils pensaient que, de cette façon, ils éloignaient le mauvais sort. Son père sautait toujours sur l'occasion pour l'obliger à participer à la vie des hommes. Il disait que rien n'était plus constructif que d'entretenir de bonnes relations avec les autres espèces, que leurs liens s'en voyaient ainsi renforcés.

Weily lui tendit sa lettre de mission. Esilla pouvait s'y rendre seule. Au cœur des zones gardées, elle ne risquait rien.

— Mais c'est perdu au milieu de nulle part, siffla-t-elle en découvrant sa destination.

— Vas-y et change-toi donc un peu les idées. Prends ça comme des vacances, insista le Suprême.

Elle fulminait, mais finit par acquiescer.

* * *

Sur la défensive, Esilla marchait au milieu d'une forêt tropicale. Les plantes qui l'entouraient lui collaient la frousse depuis qu'elle avait entrevu leurs veines rouges palpitantes. Celles-ci se nourrissaient sûrement d'êtres vivants et devaient fourmiller de pièges. Cependant, le chemin dégagé qu'elle suivait ne paraissait en rien dangereux. La jeune femme fit néanmoins particulièrement attention à où elle posait les pieds, de peur de se faire surprendre.

— On n'est jamais trop prudent, marmonna-t-elle.

Elle dut admettre que la maison qu'elle finit par apercevoir était impressionnante. Il ne s'agissait pas là d'une simple ferme comme elle en voyait souvent. Elle s'arrêta un moment devant cette œuvre d'art agrémentée de matériaux dorés. De grandes fenêtres ornées de gravures enjolivaient la structure, et l'intérieur l'attirait comme un aimant. La lumière qui filtrait à travers les feuillages intensifiait le charme du logis. Esilla admira sa beauté singulière.

Plus elle s'en approchait et plus la soif d'y entrer la submergeait. Elle espérait y découvrir la chaleur qui lui manquait tant chez elle. Les murs aux fresques et cercles remarquables laissaient supposer que de puissants sorts magiques la protégeaient. Cela apportait d'étonnants détails à sa splendide architecture.

Sur le seuil de la somptueuse demeure, la guerrière imagina le bonheur de s'y réfugier et de se faire bercer par la tendresse des lieux. Elle pensa alors que Mhor lui avait vraiment retourné le cerveau. Elle qui n'avait jamais désiré le moindre foyer auparavant aurait tout donné pour en être entourée, désormais… Ne serait-ce qu'un peu. L'arrivée du sorcier dans sa vie lui avait ouvert les yeux sur un vide colossal dissimulé au fond de son cœur. Un sentiment irréel, mais, à présent qu'elle en avait conscience, combler ce vide devenait une nécessité.

La main posée sur la poignée, Esilla contenait avec peine son excitation. Lentement, la porte pivota. Dans la petite entrée, elle retint son souffle. Tout était magnifique et elle avait beau battre des paupières, le charme de la maison ne cessait de la réchauffer. Spontanément, elle toucha l'étoile de Mhor. Un jour, elle devrait la lui rendre…

— Tu aimes ?

Surprise, elle vit une ombre massive se détacher de l'obscurité. Elle reconnut immédiatement sa voix et ne put contrôler les palpitations de son cœur.

— Mhor ?

Bouche bée, elle ne savait plus comment réagir. Elle vérifia rapidement par-dessus son épaule. Personne ne se trouvait en embuscade.

— Alors, tu aimes ? insista-t-il.

L'homme attendait sa réponse. Esilla avait l'impression que, pour lui, celle-ci était d'une importance capitale. Elle admira la voûte en verre aux teintes brunes et orangées qui formait le toit. La lumière passait à travers et baignait l'ensemble de chaleur.

Elle détailla l'escalier avec sa rambarde dorée qui montait en spirale. Il s'entourait de merveilleuses étagères ouvragées sur lesquelles étaient disposés des livres plus ou moins anciens. La magicienne se déplaça vers le salon à l'atmosphère paisible. Par les fenêtres, elle pouvait observer la forêt captivante. Elle s'arrêta enfin sur Mhor, qui complétait à la perfection cet environnement paradisiaque.

Elle voulait en faire partie. Chaque parcelle de son être aspirait à avoir un foyer bien à elle. Elle souhaitait lire sur ce canapé tout autant que faire mijoter de bons petits plats dans la remarquable cuisine, s'entraîner dans les sous-bois ou encore dormir dans une des chambres de l'étage remplie d'objets lui appartenant. La jeune femme resta un moment sans voix. Le sorcier ne la quittait pas des yeux. Il s'amusait de son comportement et paraissait extrêmement satisfait.

— C'est magnifique...

Tandis qu'elle regardait autour d'elle, émerveillée par la finesse d'un tel travail, l'homme s'avança pour n'être plus qu'à quelques pas d'elle.

— Tu pourrais vivre ici, avec moi, ajouta-t-il en soulevant l'un des coins de sa superbe bouche en un sourire craquant.

Ce n'était pas une question, plutôt une affirmation, et Esilla le laissa avoir le dessus cette fois-ci, pleine d'espoir. Elle s'aperçut qu'il avait raison. Elle irait n'importe où avec lui. Comment était-il possible de s'attacher si vite à une personne ?

Elle revint à la réalité. Ce désir inaccessible la frappa aussi violemment qu'un coup de poignard. Son cœur s'emplit d'une tristesse grandissante.

— Ce n'est pas bien, murmura-t-elle.

— Pourquoi ?

— Tu es un sorcier et je suis...

Elle ne termina pas sa phrase, les yeux baissés. Les espèces ne se mélangeaient pas, c'était ainsi depuis toujours.

— Une magicienne, oui ! J'ai bien détaillé nos lois, aucune ne nous interdit de nous aimer.

— Après un simple baiser et un collier volé, tu serais prêt à vivre avec moi, tout en sachant que personne n'approuvera ? Mon père va nous rendre la vie impossible tant il sera furieux. Sa fille, qui ose braver les traditions qu'il défend...

— Je me suis posé de nombreuses questions et j'ai étudié beaucoup de livres pour comprendre notre attirance. Dans le ciel de Travel évoluent trois lunes dans lesquelles nous puisons tous nos pouvoirs. Mais il y a toujours eu une quatrième entité et c'est sur elle que nous existons ! Peu de monde en a conscience, le livre qui en parle est si vieux que j'ai eu moi-même du mal à en déchiffrer les écrits.

— Quatre lunes ?

— Oui, Travel !

— Mais quel est le rapport avec nous ?

— Nous ne sommes pas ennemis. Les trois espèces ont été créées par chacune des lunes afin de peupler la quatrième et de les y unir. Notre désir est si violent ! Je suis persuadé que nous sommes nés l'un pour l'autre.

Interdite, Esilla devint songeuse. Malgré le fait que tout cela n'ait aucun sens, ses paroles résonnaient au fond de son cœur.

— Tu es mon âme sœur et on aura beau faire tout ce que l'on voudra, nous nous retrouverons toujours… attirés à n'en plus pouvoir respirer, compléta-t-il sans la lâcher des yeux.

— Mais, s'il y a quatre lunes, pourquoi n'y a-t-il que trois races ?

— La quatrième, je crois deviner ce que c'est !

La magicienne restait sceptique. Mais là, tout de suite, elle n'avait pas envie de réfléchir. Son être désirait le goûter à un point irraisonné. Hésitante, elle s'approcha et, cette fois-ci, fit le premier pas. Son armure et ses armes encombrantes l'entravaient au point qu'elle souhaita soudain les retirer.

Le souffle doux de Mhor parcourait sa nuque dans leur étreinte enivrante, puis il fondit sur ses lèvres en un baiser langoureux. Sentir sa langue s'enrouler autour de la sienne et la caresser fit trembler tout son corps. Le pendentif s'illumina, sans qu'ils ne le remarquent, alors que Mhor la délestait de tous ses vêtements. Esilla se colla contre son torse chaud. Il glissa lentement ses mains sur sa peau.

Elle était à sa merci.

Chaque infime partie de son être frémissait à son contact, le voulait, l'espérait… Son regard percutant, combinaison de vert, d'ocre et de jaune, la laissa pantelante. Jamais le désir d'un homme ne l'avait autant transportée. Il ne s'agissait pas d'une simple attirance, Esilla s'en rendait bien compte. Il était devenu ce rêve impossible qui, finalement, se réalisait, celui qu'elle avait toujours attendu.

Nus, ils s'étendirent sur le sol, dans l'incapacité de penser à quoi que ce soit, hormis au corps de l'autre. Sa peau, ses muscles, son sexe… Tout en lui l'éblouissait. Leurs chaleurs se mélangeaient. Mhor mordilla sa poitrine. Ses cheveux blonds la frôlaient, la chatouillaient. Il embrassait chaque parcelle de sa chair offerte, la découvrait enfin. Ses doigts se frayèrent un chemin dans des lieux secrets afin de bouleverser son âme. La jeune guerrière en réclamait sans cesse plus et se crispa autour d'eux pour qu'il continue. Il la caressait, savait comment la toucher pour intensifier encore son désir… Et, alors qu'elle se sentait prête à céder, il enleva sa main. Elle n'eut pas le temps de protester qu'il vint combler le manque en la pénétrant de sa virilité, érigée glorieusement contre son ventre. Il s'enfonçait et se retirait lentement, la menant chaque fois un peu plus loin dans le plaisir. Elle ne put retenir ses cris, tandis qu'il grondait sous la passion.

Ils avaient lié leurs destins et scellé un avenir improbable. Esilla ne s'imaginait plus le quitter sans risquer de se perdre elle-même. Enlacée dans ses bras, elle remarqua enfin combien son pendentif irradiait. Elle se releva, surprise, et observa Mhor, qui fixait le bijou, tout aussi interdit qu'elle.

— C'est normal ? s'inquiéta-t-elle.

— Je l'ignore. Il appartient à ma famille depuis des générations. Pour moi, il n'était qu'un objet parmi tant d'autres.

— Tu t'en fichais vraiment ?

— Non. Dès que je l'ai vu sur toi, j'ai eu envie de le récupérer, avoua-t-il, le regard espiègle.

— Pourquoi ?

— C'était l'excuse pour te revoir !

Il passa ses doigts autour de sa taille gracile, puis la serra contre son torse. Elle se laissa faire. Alors qu'elle embrassait ses épaules et remontait vers sa nuque, elle découvrit le léger chatoiement de son épiderme.

— Ta peau, murmura-t-elle, fascinée.
— Oui, elle est dorée.

Elle la caressa, éblouie par tant de beauté mystérieuse.

— Je ne l'avais pas remarqué avant.

Elle était certaine qu'elle aurait forcément relevé ce détail dès leur première rencontre. Pourquoi avait-il une telle singularité ? La jeune femme n'avait jamais entendu parler de ce phénomène.

— Je la camoufle grâce à la sorcellerie. Tu es la seule à qui je l'aie jamais montrée.

Esilla se colla plus encore contre lui, se demandant avec un soupçon d'angoisse comment toute cette histoire finirait. Son père, aveuglé par ses maudites traditions, rejetterait cette liaison. Elle le connaissait si bien qu'elle ne pouvait faire autrement que lui cacher la vérité.

— À quoi penses-tu ?
— Au Suprême…

Elle se rendit compte, non sans surprise, que, pour la première fois de sa vie, elle se confiait à quelqu'un. Elle avait le sentiment de pouvoir tout lui dire, sans aucun tabou. Mhor lui caressait tendrement le dos, essayant de la rassurer. Il savait déjà que Weily pourrait facilement les séparer sur un coup de tête.

— Ne lui en parle pas, chuchota-t-il.
— Mais…
— Ceci restera notre secret, notre demeure. Dis-lui simplement que tu veux vivre en dehors d'Arow et que le villageois, reconnaissant de ta bénédiction, t'a offert une maison qui te plaît !

Esilla se redressa. Elle comprit qu'il avait vraiment tout planifié. Il avait choisi ce lieu justement parce qu'il se situait entre Antanor et Arow, là où chacun d'eux devrait se rendre régulièrement.

— Mais…

Elle avait encore et toujours ce maudit mot à la bouche.

— Nous dormirons ensemble, nous aurons une vie comme les autres gens, mais personne ne le saura… Nous avons tous besoin d'un endroit où nous isoler !

Mhor tenait des arguments de poids. La jeune guerrière l'embrassa, s'imaginant déjà son existence à ses côtés. Et alors que la raison aurait voulu qu'elle le quitte, elle suivit son instinct, qui ne l'avait jamais trompée. Ce sanctuaire était peut-être ce qu'il lui fallait. Ici, elle se sentait apaisée…

Chapitre 31

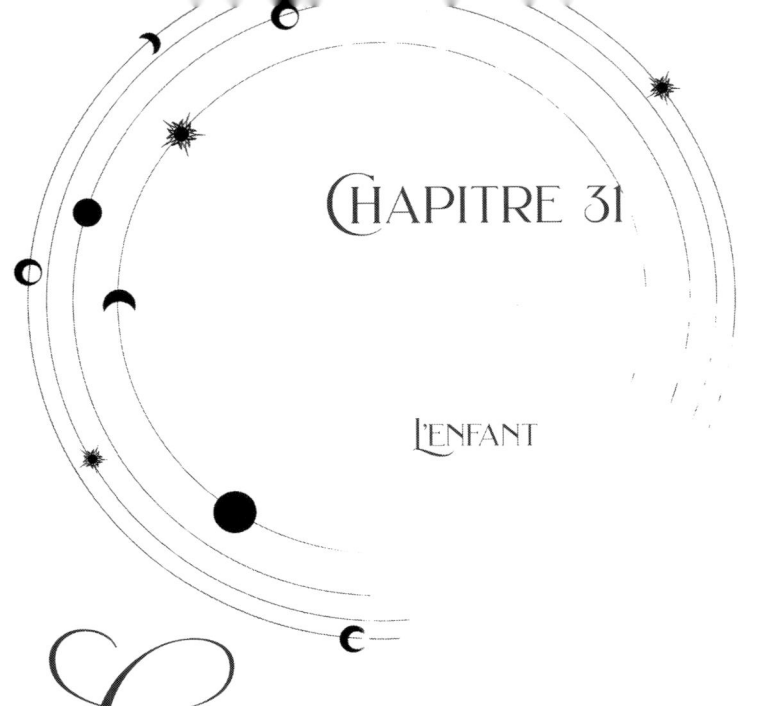

L'enfant

Le ventre noué, Esilla alla donc voir son père, terrifiée à l'idée qu'il détecte une faille dans son scénario. Quand elle lui parla de la maison, à son grand étonnement, il trouva très bien qu'elle ait désormais son propre toit. Il continua malgré tout de lui présenter de temps en temps des hommes, qu'elle ignora toujours, forcément, jusqu'à ce qu'il abandonne, persuadé qu'elle resterait seule toute sa vie. Soulagée, elle rejoignit Mhor et, peu à peu, ils organisèrent leur existence à deux. Elle ne voyait plus qu'à travers lui, envoûtée corps et âme.

Puis, une nuit, elle fit un rêve alarmant.

Choquée, elle se réveilla en nage et secoua Mhor pour qu'il émerge de son lourd sommeil. Ils faisaient l'amour sans cesse, sans se préoccuper de quoi que ce soit, et les conséquences de leur insouciance venaient de la heurter de plein fouet.

— Mhor, Mhor, hurla-t-elle.

Le sorcier sortit enfin de sa léthargie et la dévisagea sans comprendre. Elle tremblait.

Que vais-je devenir ?

Elle paniqua jusqu'à ce qu'il la serre dans ses bras pour lui rappeler qu'il était à ses côtés.

— Que se passe-t-il ?

Il émit un bâillement avant de tenter de l'apaiser, car la voir aussi perturbée commençait à l'inquiéter. Non pas que le sorcier craigne d'être attaqué, aucun des sortilèges placés autour de la maison ne s'était déclenché. Il avait méticuleusement masqué leur présence, personne ne connaissait leur position. Alors pourquoi se mettait-elle dans cet état ?

— C'était bien les pleines lunes, hier, n'est-ce pas ? l'interrogea-t-elle, les yeux débordant de larmes.

Mhor se concentra afin de saisir sa question. Il se redressa, soudain bien réveillé, puis se gratta la tête en se remémorant le calendrier. L'homme se jeta sur ses papiers. Agacé, il envoya son poing contre le mur le plus proche, y laissant une marque.

— C'est bien ce que je pensais.

Le regard absent, Esilla se rallongea.

— Bon sang, Mhor… Je suis enceinte !

Le sorcier, nu, réfléchissait frénétiquement, tout en marchant à travers la pièce. Sous la lumière des lunes, sa beauté était à couper le souffle. Après le choc de la nouvelle, Esilla se força à chasser tout sentiment de bonheur. Comme c'était très récent, elle pouvait encore avorter. Et c'était ce qu'elle allait faire.

— Tu vas rester ici et dire à ton père que tu prends une année de repos !

— Quoi ? Mais tu es fou !

Esilla ouvrit de grands yeux. Il n'avait même pas envisagé de se séparer de l'enfant. Silencieusement, elle saisit toute la mesure de ses propos. Mais l'inquiétude la regagna vite.

— Le Suprême ne sera jamais d'accord ! Il enlèvera notre bébé.

— Pourquoi le prendrait-il ? C'est interdit de faire ces choses-là, s'emporta son amant.

— Pas pour lui…

Elle croisa les bras, puis le regarda de biais. Elle s'aperçut alors que, plus que son état, c'était ses paroles qui le faisaient paniquer.

— Toi aussi, tu es une Suprême, tu pourras le contrer, argua-t-il plus doucement, tout en rapprochant d'elle son visage illuminé.

Il était tellement persuadé d'avoir trouvé l'idée qui sauverait leur enfant ! Elle en eut à nouveau les larmes aux yeux.

— Ce n'est pas possible. Mon père ne m'a pas encore légué la mémoire des anciens. Pour l'instant, je n'ai que mes propres connaissances. Et c'est bien mieux ainsi. S'il le faisait, alors peut-être verrais-je les choses différemment.

— Pourquoi ? insista Mhor, abasourdi par ces révélations.

— Quand un Suprême te transmet le savoir ancestral, et à partir de ce moment-là uniquement, seul compte le monde de Travel… Notre bébé ne sera pas comme les autres. Il le voudra, désirera se charger de son éducation. Weily s'assurera de l'avoir dans son camp ! Et si je deviens Suprême à mon tour…

— Je ne suis pas d'accord ! hurla-t-il.

— Il te détruira. Je pourrai peut-être vivre près de notre enfant, mais toi, tu seras complètement exclu de sa vie et de la mienne. Il fera en sorte que plus jamais tu ne nous approches.

— Je ne suis pas mauvais, chuchota Mhor en pleurant. Je t'aime.

Esilla s'empressa de le réconforter. Elle lui caressa la joue avec tendresse.

— Je sais que tu m'aimes, mais je…
— Non, coupa-t-il, buté.

Elle comprit qu'il ne lui demanderait jamais d'avorter et, pire encore, qu'il n'accepterait pas qu'elle le fasse. Il refusait même qu'elle y fasse allusion, alors qu'elle n'était pas contre cette idée. Cela l'obligea à envisager les choses différemment. Devrait-elle le faire en cachette ?

— Nous n'en parlerons à personne, et surtout pas au Suprême. Je ne vois aucune autre possibilité, trancha-t-il, très sérieux.

Il y en a une, mais tu ne veux pas l'admettre !

La jeune femme hésita longuement avant d'acquiescer et fut surprise de se plier aussi facilement à sa volonté. Elle se sentait pourtant capable de mentir à son père simplement pour garder Mhor auprès d'elle.

Le sorcier, qui s'attendait à devoir argumenter à l'infini, s'était figé. Admiratif, il vint s'asseoir à ses côtés.

— J'ai toujours rêvé d'avoir un bébé, confessa-t-il, effleurant son ventre du bout des doigts.

— J'ai peur, avoua Esilla. Ça ne s'est jamais vu ! Weily ne me pardonnera pas cette trahison.

— Nous y penserons plus tard. Oh, ma chérie, un enfant, murmura-t-il, des larmes à nouveau plein les yeux.

Il la serra dans ses bras comme si elle risquait de lui échapper.

Un enfant, se répéta-t-il.

Il avait du mal à y croire.

* * *

Six ans plus tard.

Esilla avait réussi à dissimuler sa grossesse aux yeux de tous, puis à concilier sa vie de famille et celle de magicienne Suprême aux côtés de son père. Elle était devenue patiente, ne criait plus. Sa soif de sang s'était tarie. La jeune guerrière s'était assagie, consciente que sa fille et Mhor seraient perdus sans elle.

Wymi, sa belle petite Wymi, et le féroce sorcier étaient son trésor caché. Pour eux, elle détruirait le monde s'il le fallait. Elle sourit en y pensant. Son enfant se montrait déjà presque aussi puissante qu'elle et Mhor réunis. C'était en partie compréhensible puisqu'elle possédait leur force et qu'elle était, de plus, née en ce jour si spécial où toutes les lunes s'étaient alignées dans le ciel.

Elle avait tout assimilé, de la magie à la sorcellerie. À présent, Esilla voyait mieux ce que représentait la quatrième race.

La perfection…

Son père ignorait toujours qu'elle avait donné la vie. Parfois, elle culpabilisait de ne rien lui avouer. Mais comment confesser un tel secret, alors qu'elle le taisait maintenant depuis six ans ? La naissance de Wymi s'était déroulée chez eux et c'était Mhor qui avait dû l'assister. Cela n'avait pas été facile. Ils avaient eu peur que les choses se compliquent. Néanmoins, la nature était bien faite : Wymi et elle avaient survécu.

Ils l'élevaient, l'aimaient, lui apprenaient tout ce qu'ils savaient du monde. Esilla n'avait qu'un seul regret : son isolement forcé. Pas d'amis ni d'école, elle grandissait loin de tout. La société, que sa fille connaissait grâce aux livres, demeurait hors de sa portée et, en même temps, elle en était si proche.

— Trois êtres corrompus ont passé la défense. C'est la première fois que nous voyons ça ! vitupéra Weily d'un ton grave.

Un traître, supposa immédiatement Esilla.

Elle examina les mages réunis dans la salle du trône. Parmi eux, quelqu'un avait révélé aux ennemis de quelle manière traverser et où percer la frontière gardée par les Gyramens. Cet infidèle était forcément très malin et avait su dissimuler son odeur de soufre, ainsi que la couleur grise de sa peau, par quelque puissant maléfice.

— Le plus étonnant, c'est qu'ils ne viennent pas par ici, comme nous l'avons tout d'abord pensé, s'exaspéra Weily.

— Où vont-ils ?

Esilla se redressa, vaguement inquiète. Et tandis qu'il lui indiquait sur la carte de Travel la direction qu'ils prenaient, une terreur sourde la paralysa. Qui savait ? Personne ne les avait vus ensemble. Personne… à part…

Son cœur la broya de l'intérieur.

— Jin ! gronda-t-elle. Où est-il ?

Les Ilemens de l'assemblée la fixèrent, interdits. Weily la considéra un instant sans comprendre. Esilla se souvint que, de tous, seul Jin l'avait surprise en présence de Mhor. Ainsi, cette fois-là, il avait joué la comédie et fait croire de n'avoir rien entendu. Mais depuis ce moment, il l'avait observée différemment et l'avait, sans le moindre doute, espionnée.

— Jin ? Eh bien…

Le Suprême ne put terminer sa phrase. Sa fille se précipitait déjà à l'extérieur en laissant s'échapper des larmes d'horreur. Wymi était seule à la maison. L'unique jour maudit où Mhor n'avait pas pu rester avec elle. Ils alternaient leurs activités afin qu'elle ne soit jamais en danger, mais ils avaient dû faire une exception.

— Non… non…, hurlait-elle sur sa route, insensible aux regards des gens qui se retournaient sur son passage.

Ses larmes roulaient d'elles-mêmes tandis qu'elle foulait le sol, plus rapide que l'éclair. Les mages et son père la suivirent sans hésiter dans cette course contre la montre qu'elle seule comprenait. Dès qu'elle trouva une roulotte, elle s'empressa de la réquisitionner, même si cela pouvait être considéré comme un vol. Elle sema ses poursuivants, en dehors de Weily, qui se montra plus astucieux que les autres. Elle n'avait toutefois pas le temps de s'en préoccuper et réussit à prendre une bonne avance sur lui.

Quand elle arriva chez elle, Esilla se retrouva face aux trois êtres corrompus. Ils essayaient de briser les protections de Mhor. Celui-ci avait dû être alerté par leurs tentatives ; il viendrait bientôt l'aider. Elle devait tenir jusque-là.

La magicienne engagea le combat, avant tout désireuse de les éloigner de sa fille. Malheureusement, inconsciente du danger, Wymi sortit de la maison pour l'accueillir et tout alla soudain bien trop vite. Esilla dut se jeter sur l'un des ennemis pour l'empêcher d'approcher. Elle lui sectionna la trachée. L'être n'en mourut pourtant pas et répliqua par un sort, qu'elle évita de justesse.

— Rentre à l'intérieur, cria Esilla à sa fille tétanisée. Tu connais les règles, alors obéis !

Mais Wymi, pétrifiée, ne bougeait plus. Sa mère sut qu'elle devrait la protéger au péril de sa vie. Elle essaya de reculer vers leur foyer, mais un mage la prit à revers et l'atteignit grièvement. Quand la guerrière planta son épée dans le corps de son attaquant, le troisième opposant, encore sur pied, retira son masque : Jin éclata d'un rire démentiel.

— Donne-nous ta fille, lui ordonna-t-il d'un ton impérieux.

De ses trois adversaires, l'un agonisait de sa plaie au cou et l'autre venait de mourir, mais Jin avait toujours l'avantage. Il n'était pas blessé alors qu'Esilla perdait beaucoup de sang.

— Jamais ! clama-t-elle avec une telle fureur que son ennemi tressaillit légèrement.

Peu importait la douleur, elle vaincrait pour Wymi et la protégerait de ces traîtres. Jin leva alors sa lame et, d'un mouvement bien trop rapide, transperça la magicienne sans la moindre pitié. Les larmes aux yeux, elle tourna son regard vers sa fille, comprenant que sa fin était proche et qu'elle ne pourrait plus la sauver.

Rentre, la supplia-t-elle par la pensée. *Mon ange, ma belle Wymi, rentre !*

— Maman, cria l'enfant.

Wymi se précipita au contraire dans sa direction. Triomphant, Jin ricana. Convaincu de sa victoire, il ne sentit pas la présence d'un nouvel arrivant derrière lui. Un violent coup d'épée perfora son abdomen et, la mine ahurie, il s'écroula dans un bruit sourd. Mhor avait fait son maximum pour être là rapidement. Il acheva celui touché à la gorge avant de se ruer vers Wymi qui hurlait, hystérique, serrant contre elle la main inerte de sa mère. Il s'approcha, puis la souleva, la cajolant de son mieux. Il laissa à son tour un torrent de perles salées tomber sur le sol.

— Maman ! Maman ! criait sans fin la fillette en tendant ses bras frêles vers le corps tant aimé.

— Wy… Wymi, souffla-t-elle. Ma petite étoile, ne pleure pas…

Esilla respirait avec peine. Mhor, lui, s'empara de ses doigts avec émotion. La guerrière contempla une dernière fois ses yeux verts, qu'elle avait toujours trouvés si mystérieux.

— Mon amour…

Il s'arrêta, la voix remplie de tristesse. Seuls les sanglots de Wymi résonnaient dans la sanglante clairière. La magicienne fit son possible pour lui adresser le plus joli des sourires. Les larmes lui brouillèrent la vue.

— Je t'ai aimé si fort. La défendras-tu ?

— Bien sûr que je la protégerai !

Le sorcier crut mourir.

— Wymi est la plus belle chose que tu m'aies offerte. Je ne regrette rien !

— Je t'en prie, ne pars pas… pas tout de suite, l'implora-t-il, étouffé par la peine.

Il se rapprocha encore, accroché à ce regard océan qu'elle avait transmis à leur fille. Il l'embrassa doucement. Il lui donna toute l'affection dont il était capable, remplaçant les mots, bien trop durs à articuler.

— Je t'aimerai toujours, chuchota-t-elle.

La tendresse de sa voix faible le brisa de l'intérieur. Son âme se fissura dans une souffrance intenable.

— Moi aussi, sanglota-t-il. Je t'aime…

La peur étreignit Esilla alors que ses paroles, d'une incroyable beauté, résonnaient en son sein. Puis, elle ne sentit plus que ses lèvres, la douleur disparut et elle ferma les yeux dans l'espoir que le temps s'arrête.

Mhor serra alors si fort Wymi, qu'ensemble, ils étouffèrent.

— Maman…

Wymi n'avait que ce mot à la bouche. Elle tremblait, abasourdie par le choc. Le sorcier se redressa, tenant toujours sa fille au creux de ses bras. Ce contact le rassura, il lui rappelait qu'il avait une tâche importante à accomplir : protéger son dernier trésor. Mais, alors qu'il s'apprêtait à rentrer dans la maison pour y déposer Wymi, un homme lui en bloqua l'accès. Un homme qu'il connaissait bien grâce à Esilla. Un homme qu'il aurait voulu rencontrer avant ce jour tragique. Un homme qui aurait pu éviter tout cela. Un homme aux yeux aussi noirs que la plus sombre des nuits.

— Mhor, gronda le Suprême, au bord de la folie meurtrière.

— Weily !

— Ainsi, c'est ici qu'elle s'est cachée durant toutes ces années, avec toi !

Ce dernier mot était empli de dégoût. Le sorcier grimaça. Sa maison, leur abri, semblait si loin. Il étreignit Wymi, puisant en elle le courage nécessaire pour l'affronter.

— Oui, c'est ici !

— Comment l'as-tu charmée ? En la soumettant par le sang ? cracha Weily.

À cette accusation, le peu de dignité et de bravoure qu'il restait encore à Mhor vola en éclats. Jamais il n'aurait blessé ou asservi Esilla. Ils s'étaient chéris ! Personne ne pouvait lui retirer ça, et Wymi était là pour le prouver.

— Elle m'aimait, explosa-t-il, incapable de garder en lui cette souffrance qui le consumait.

La petite, qui sanglotait, le serra plus fort. La peur que lui aussi disparaisse la terrassait. Cela détourna l'attention de Weily, qui parut enfin la remarquer. Mhor caressa sa tête avec tendresse et parvint à se calmer. S'énerver n'arrangerait rien et ne ferait que la terroriser un peu plus. Le vieil homme prit soudain conscience des cheveux roux et des yeux bleus de l'enfant. Horrifié, il mit une main devant sa bouche pour s'empêcher de crier.

— Ne me dis pas que…

Le Suprême ne termina pas sa phrase. Mhor se sentit obligé de répondre et en fut désolé.

— C'est Wymi, *notre* fille !

Il insista bien sur le « notre », même si Weily ne pouvait douter qu'elle était de lui. Leurs peaux dorées scintillaient de concert.

Le maître serra les poings si fort que, l'espace d'un instant, Mhor le craignit. N'y avait-il pas d'autre endroit pour parler de toute cette terrible situation que devant le cadavre de celle qu'il avait tant aimée ? Il ne désirait pour le moment qu'enterrer dignement sa tendre épouse, mais au lieu de cela, il lui fallait affronter Weily. Une épreuve qu'il n'était pas sûr de pouvoir franchir sans y laisser la vie.

— J'apprécierais qu'ici, tu respectes ce que nous avons construit !

Le Suprême écarquilla les yeux. Personne ne s'adressait ainsi à lui ! Jamais ! Et pourtant, il ne trouvait aucun mot pour le contredire. Son cœur s'était brisé aussi en découvrant le corps de sa fille et il était d'autant plus peiné d'apprendre l'existence de Wymi de cette façon. Esilla l'avait volontairement écarté de leur vie. Il n'avait rien soupçonné. Durant toutes ces années, elle avait préféré garder ce secret pour elle.

Il comprenait mieux ses sourires cachés, son empressement à rentrer, ses vacances prolongées. Il l'avait sentie si heureuse qu'il n'avait pas voulu interrompre son bonheur.

Elle lui avait dissimulé tant de choses !

Mhor, qui était enfin parvenu à retourner chez lui, coucha Wymi dans son lit. Après de longues paroles apaisantes, il lui expliqua devoir s'absenter quelques heures avant de revenir la chercher pour dire une dernière fois adieu à sa mère. Une fois certain de la laisser profondément endormie, il sortit.

Weily le détestait. Pendant tout ce temps, il avait tenu la main d'Esilla et pleuré. Son manque de discernement le faisait culpabiliser. Mhor s'approcha, baissa la tête en signe de respect, puis souleva le corps de celle qui avait gagné son âme. Il la berça dans une dernière étreinte, vestige de son amour.

Le vieil homme supportait difficilement qu'il la touche. Sa haine était perceptible et le sorcier eut bien du mal à l'ignorer. Mais il honorerait sa femme, même si, pour cela, il devait essuyer le plus terrible des ouragans. Depuis des années, il ne ressentait plus de colère. Esilla avait guéri son cœur. Elle l'avait sauvé de la noirceur qui le dévorait.

Auprès d'elle, il avait oublié sa soif de pouvoir, mais son amour était mort et désormais, si qui que ce soit osait blesser Wymi, ses anciens démons reviendraient à la charge. Weily n'empêcha pas Mhor d'enterrer Esilla ni de chercher Wymi le moment venu. En cet instant, il se tenait en silence aux côtés de Wymi. La petite fille voulait être présente, même si elle pleurait à chaudes larmes.

Le sorcier avait dessiné des sceaux sur le sol. Des cercles, ainsi que les mots qui les formaient, se confondaient pour entourer sa bien-aimée. Il célébra le rituel en mélangeant les coutumes ancestrales de leurs deux races. Placés en triangle autour de son corps, trois feux représentant les lunes de Travel crépitaient.

Une curieuse quiétude s'installa, tandis que l'homme à l'imposante carrure se positionnait pour le chant céleste. Le Suprême retint sa respiration, impressionné par cette accalmie que rien ne venait perturber, pas même un bruissement de feuilles ou le gazouillis d'un oiseau.

La voix grave du sorcier s'éleva alors lentement, emplissant l'air d'une douce mélopée. Weily ne sentit pas immédiatement les larmes qui ruisselaient sur ses joues. Il ne parvenait plus à rester l'homme fort qu'il aurait dû être. Il repensa à la naissance de sa fille, à sa main potelée qui serrait la sienne. Il la revit grandir, sourire, et finalement, mourir.

Le maître étouffait de chagrin. Son cœur se brisa, consumé par le désespoir. Il avait perdu tant de proches… mais il avait toujours tenu bon grâce à Esilla. Toutes ces années, elle lui avait permis de continuer à vivre. Elle avait été son rayon de soleil. Il voulait crier, lui hurler sa peine. Comment avait-elle osé l'abandonner ? Comment avait-elle pu se mettre ainsi en danger ? Il grinça des dents tandis que ses genoux ployaient sous le poids de sa tristesse.

— Esilla, appela-t-il dans un murmure, alors que les sceaux enchantés s'animaient autour de son corps endormi.

Les mages corrompus lui avaient pris sa femme et, maintenant, ils lui arrachaient sa fille. Mais il ne laisserait pas les choses se reproduire avec Wymi ! Il ferma les poings, se raidit, puis chercha la force de ne pas s'effondrer davantage.

Il hoqueta de surprise quand les arbres prirent vie autour d'eux. La relation qu'entretenaient les sorciers avec la nature l'étonnait et restait un mystère pour lui. C'était un lien énigmatique et puissant. Esilla fut lentement engloutie par la terre et les racines, comme si les végétaux l'emprisonnaient. Il se retint de l'arracher à ce cocon pour la protéger de leur emprise et se crispa plus encore. Il ne sentit pas ses ongles entamer la chair tendre de ses paumes.

Dès que sa fille fut ensevelie, il s'autorisa à respirer. Une nouvelle vague d'émotions le submergea alors qu'un champ de fleurs émergeait au-dessus de sa sépulture. En un instant, le sol se parsema de pétales blancs qui indiquaient qu'ici était enfouie une éternelle amante. Wymi, cette enfant dont il venait de découvrir l'existence, avait trouvé le courage de contenir ses larmes. Elle tenait la main de son père serrée dans la sienne, le plus fort possible.

Une fois la cérémonie terminée, Weily fut incapable de garder son calme. Il était toujours affreusement en colère. À l'instant où Mhor se dirigea vers la maison, il s'interposa, l'air menaçant.

— Il faut qu'on discute ! éructa-t-il d'un ton sans appel.

— Il y aura d'autres moments pour cela, riposta Mhor, peu amène.

Weily n'était pas de cet avis.

— Wymi est exceptionnelle. M'avoir caché sa naissance est un crime en soi. Et tu le sais.

— Esilla craignait de te le dire, elle était consciente que tu nous la prendrais.

Mhor avait lui aussi du mal à rester serein.

— Il en est ainsi pour tout être fort !

Weily s'arrêta et le scruta. Ses prochains mots allaient le briser.

— Elle va me suivre. Les choses n'auraient jamais autant dérapé si elle avait été sous ma garde. Et sans votre mensonge, Esilla serait toujours vivante !

— Tu veux m'enlever ma fille, maintenant ? Alors que je viens de perdre l'amour de ma vie ? s'insurgea Mhor, le visage blême.

D'un geste protecteur, le sorcier se positionna devant Wymi, désireux de l'éloigner au maximum de son grand-père. Pourtant, il savait déjà qu'il échouerait. Personne n'égalait un mage détenant la conscience des anciens. Weily ne se laissait que très rarement surprendre.

— Tu connais la loi. Je décide et *tu* obéis !

Le Suprême usa de son intonation la plus terrible. Il se redressa, lui rappelant par sa prestance qu'il ne pouvait être contredit.

— Je ne suis pas d'accord, hurla Mhor, déchirant l'air de sa voix désespérée.

Effrayée, Wymi se précipita dans ses bras. Cette vision attrista Weily, mais cette séparation s'avérait nécessaire, pour son bien. Sous sa protection, aucun être corrompu ne pourrait l'atteindre. Son choix était fait et il s'y tiendrait. Il n'était pas question qu'il perde aussi sa petite-fille simplement parce que Mhor refusait de s'en éloigner. Le Suprême agit rapidement, comprenant que le sorcier se battait de toute son âme pour la garder près de lui. Elle était son trésor, le plus important cadeau que lui avait laissé Esilla.

Sa magie les détacha l'un de l'autre. Wymi s'égosilla de chagrin tandis que son père tentait de la récupérer. En vain ! Il déployait ses bras vers elle, mais ne saisissait que le vide. Le maître créa une bulle puissante dans laquelle il emprisonna le guerrier. Ce sort était bien supérieur à toutes les protections que Mhor avait installées autour de leur demeure.

Wymi atterrit aux pieds de Weily. Mais l'enfant usa alors de ses pouvoirs. Sous l'effet combiné de la souffrance et de la peur, elle se transforma en un être brûlant. Son grand-père put garder le dessus uniquement grâce à ses connaissances, plus anciennes et développées que celles de la petite fille. Il fut toutefois stupéfait de ses capacités et se tourna vers Mhor, en quête d'une explication. Celui-ci montra les dents : il ne lui fournirait aucune réponse.

La magie du Suprême était implacable, elle maintenait le sorcier à genoux par la force de sa seule volonté. Loin d'être dénué de ressources, Mhor essaya de le contrer par tous les moyens, mais déjà, Weily se détournait et endormait Wymi pour qu'elle se tienne tranquille.

— Tu es voué à rester prisonnier de cette maison, lâcha-t-il sans se retourner, même si je sais que tu trouveras le moyen d'en sortir…

Le vieil homme regarda une dernière fois Mhor par-dessus son épaule. La rage lui avait fait relever la tête. Il pleurait de désespoir. Il l'implorait, le suppliait de ne pas lui retirer son bébé.

— En explorant son âme, j'ai découvert quel jour elle est née et depuis combien de temps vous me l'avez cachée. En punition pour vos mensonges et pour leurs conséquences meurtrières, je te condamne à vingt ans d'éloignement. Durant cette période, tu ne seras pas autorisé à approcher ta fille. Dans vingt ans, jour pour jour, tu auras expié ta faute et tu auras le droit de la revoir !

Puis, Weily partit sans ressentir le moindre remords. En cet instant, il était le Suprême, celui qu'aucun sentiment ne pouvait atteindre. Il emmena Wymi malgré les pleurs et les lamentations de Mhor, qui s'effondra, désormais seul dans un champ magnétique imprégné de sa souffrance.

Le maître savait qu'il briserait son sortilège prématurément, mais ce serait de toute façon trop tard.

* * *

Les choses ne se passèrent pourtant pas comme il l'avait espéré. Wymi réclamait sans cesse son père. Incapable de maîtriser sa magie tant elle était malheureuse, elle brûlait dès son réveil, détruisait tout ce qui se trouvait autour d'elle et effrayait tout le monde.

— Papa ! s'époumonait-elle au milieu des flammes.

Les mages de la cité d'Arow se réfugiaient dès lors à l'extérieur, terrifiés par sa puissance. Seul Weily parvenait un peu à l'amadouer. Mais il se rendit rapidement compte que, bientôt, elle le surpasserait. Ces crises quotidiennes l'affaiblissaient, alors que la petite fille semblait infatigable et même plus forte de jour en jour.

— Wymi ! cria-t-il un matin, tandis qu'elle se transformait en véritable démon.

Mais elle ne l'écouta pas et continua de hurler à pleins poumons. Elle réclamait sa mère, son père, avec cette détermination sans faille que seuls les plus jeunes possèdent.

— Si tu te calmes, je te laisserai le voir, finit-il par abdiquer, peiné de devoir en arriver là.

Elle revint à une apparence normale, beaucoup moins dangereuse. Elle sanglotait toujours à chaudes larmes, mais elle s'approcha de lui, les yeux pleins d'espoir. Elle était nue, ayant encore une fois brûlé ses vêtements. Weily la couvrit avec tendresse. Il plongea son regard dans le sien en caressant ses joues.

— Donne-moi la main, Wymi.

Telle une enfant sage croyant aveuglément les paroles des adultes, elle s'exécuta. Dévoré par les remords, il lui retira alors ce qu'elle avait de plus précieux. C'était l'unique moyen… Pour leur bien à tous les deux.

Laissant sa magie la parcourir, il fit disparaître en elle tout souvenir de sa famille. De leur amour et de leurs visages, il ne resta rien. Quand Wymi reprit ses esprits, totalement perdue, Weily pleura de honte et la serra dans ses bras.

Il l'emmena hors d'Arow, tant qu'elle n'enregistrait plus aucune information, et décida de l'élever au calme, dans le temple des apprentis. Le temps que son cerveau comprenne à nouveau comment interpréter les images, ils étaient devant son lourd portail et il lui décrivait les lieux.

Il la poussa doucement tandis qu'elle sanglotait sans raison apparente, unique vestige de sa tristesse. Avant de pénétrer dans sa nouvelle demeure, l'enfant jeta un coup d'œil en arrière comme si elle s'attendait à voir venir quelqu'un. Il l'encouragea à avancer et lui expliqua que les portes seraient toujours ouvertes pour elle.

Wymi entra, le regard rivé sur un passé auquel elle n'aurait plus jamais accès.

Chapitre 32

Les larmes du cœur

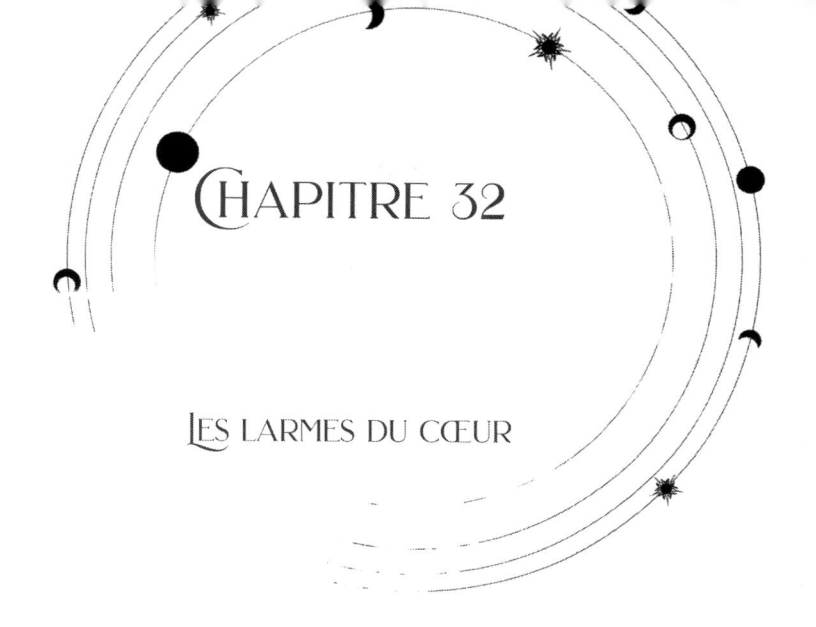

Aujourd'hui.

Wymi contemplait Mhor, une immense frustration au creux de son cœur. Elle voulait savoir, se remémorer son enfance… Elle voulait qu'il lui raconte. Mais il restait obstinément muré dans un douloureux silence, encore incapable d'expliquer à sa fille ce que Weily leur avait volé. Plus elle dévisageait cet homme aux cheveux blonds, dont la tristesse lui transperçait l'âme, et plus elle désirait se souvenir de ce qu'ils avaient partagé. Les larmes qui s'échappaient de ses yeux étaient pour eux deux.

— Ce n'est pas grave si tu ne peux pas m'en parler. Ce n'est pas grave, répéta-t-elle d'une voix blanche en fixant un point imaginaire.

— Je ne t'ai jamais abandonnée, insista Mhor. J'ai cherché à te revoir, mais tu ne me reconnaissais plus. Je ne pouvais pas te forcer…

Il semblait anéanti. La jeune femme releva la tête, intriguée. Oui, elle se rappelait maintenant cette étrange rencontre. Elle avait couru en dehors du temple l'année de ses seize ans, désireuse de découvrir les alentours. Un homme s'était trouvé sur son chemin : imposant, fort et grand. Son cœur s'était serré, une tristesse incompréhensible avait déferlé et elle l'avait fui, ni plus ni moins. Elle l'avait fui…

Weily avait été informé de son escapade et, depuis lors, elle n'avait jamais plus réussi à sortir. Son corps se sentait oppressé par une peur insurmontable, jusqu'au jour où Azorru l'avait entraînée au loin sans lui demander son avis. Wymi se rendit compte de son erreur de jugement ce jour-là. Elle se précipita dans les bras de son père, enfouissant son visage au creux de ses larges épaules.

— Peut-être n'avons-nous plus le passé, mais le futur est toujours là, souffla-t-elle.

Mhor acquiesça. Il caressa ses cheveux, ému de la tenir tout contre lui. Il avait si souvent rêvé de ce moment. Elle lui avait tant manqué.

Azorru fut soulagé de voir que Wymi se calmait. Il se racla la gorge.

— En parlant du futur…

Weily et Mhor tournèrent la tête vers lui de concert. Centre de l'attention générale, le guerrier se sentit soudain tout petit et un peu seul.

— Nous avons décidé de garder le bébé, rappela-t-il.

La jeune femme pivota et lui adressa un faible sourire.

— Le bébé ? répéta Mhor sans comprendre.

Il étudia sa fille avec perplexité tandis qu'elle fixait ses pieds.

— Hum… Nous nous sommes unis, lâcha Azorru tout bas, prêt à subir sa colère.

Mécontent, Weily croisa les bras sans prononcer un mot, tandis que Mhor examinait intensément Wymi. Elle n'osait plus relever la tête.

— Ce qui est fait est fait, poursuivit Azorru. Je vais anéantir tous les mages corrompus présents ce jour-là. Que vous soyez d'accord ou non !

Bien plus fort qu'avant, il se sentait capable de les affronter.

Il s'abstint de révéler que Wymi partageait désormais ses pouvoirs avec lui.

— Très bien. Je viendrai avec toi, décida Mhor après une brève réflexion.

Le sorcier ne connaissait pas tous les détails de cette sombre histoire. Néanmoins, il avait pu constater qu'Azorru manquait cruellement d'expérience ; toute aide complémentaire lui serait bénéfique. Le guerrier ne masqua pas sa surprise et ne se risqua pas à le contredire.

— Vous n'irez pas seuls, grommela Weily. Azorru, tu sembles oublier que tu ne peux pas t'éloigner d'ici, à moins d'emmener Wymi avec toi, ce qui est hors de question ! Même si le sort initial est rompu, puisque tu as mené ta tâche à bien, le second est immuable.

— Je ne vais certainement pas rester là à ne rien faire, explosa-t-il.

— Calme-toi !

Le Suprême leva la main en guise de paix.

— Il existe une amulette, que Mhor peut te fabriquer. Elle te permettra de te séparer de Wymi. Le pendentif sera sa substitution.

Mhor se raidit. Que le vieil homme décide à sa place ne l'enchantait guère. Il allait répliquer, quand Weily reprit :

— Et vous serez accompagnés. Je vais mobiliser tous les Gyramens !

Ce fut au tour d'Azorru de se crisper. Appellerait-il aussi le géniteur de Torry, Dumeur, qui avait violé une partie de lui ? Il espérait bien que non. Et s'il revoyait Amuro, le père de Nanu ? Celui-ci n'avait sûrement pas oublié son incapacité à sauver sa petite sœur.

— Les Gyramens ?

— Oui, ce sont nos soldats les plus entraînés, les mieux préparés pour vous aider !

Le sorcier l'interrompit, la mine sérieuse :

— Savez-vous où trouver les mages corrompus ?

— J'ai mon idée pour les débusquer, soupira Azorru.

La pensée même d'aller chercher ce qu'il lui fallait le rendait extrêmement nerveux.

— Sois plus précis, s'impatienta Mhor, dardant sur lui ses yeux vert électrique.

— Je vais voler la Pierre Connue du Cercle des guerriers !

Mhor et Weily en eurent le souffle coupé. De surprise, ils restèrent muets.

— Quoi ? hurla Wymi. C'est impossible. Personne ne s'échappe de cet endroit, à moins d'y avoir été invité ! Même grand-père n'a aucun pouvoir sur eux.

— Seulement, moi, j'en fais partie, ronchonna Azorru. Enfin, pas entièrement, juste Erzo. Je pourrai y entrer. En ressortir sera plus compliqué, mais j'aviserai à ce moment-là.

— Tu en fais partie ? répéta le sorcier, incrédule.

— Erzo est orphelin, développa le guerrier. Il a donc grandi là-bas.

— Erzo ?

Mhor avait du mal à comprendre. Il n'avait pas été témoin de la fusion.

— Une des trois personnes qui me composent.

— Il va falloir me donner des cours de rattrapage ! s'exclama-t-il en secouant la tête. Toute cette histoire est rocambolesque.

— Je t'interdis d'y aller, explosa Wymi, en colère, mais surtout terrifiée à l'idée de le perdre.

Azorru s'approcha, puis, d'une voix tendre, répondit :

— Wymi… C'est ça ou tu avortes ! Je vais m'y rendre, car moi seul en ai la possibilité et je reviendrai. Fais-moi confiance.

Il caressa son visage avec une extrême douceur, comme s'il craignait de la briser.

— Et que fera la Pierre Connue ? demanda-t-elle en un souffle triste.

— Elle me permettra de traquer ceux qui t'ont jeté le sort !

— Cette gemme est exceptionnelle, ajouta Weily. D'une variété tellement rare qu'on n'en connaît qu'un seul exemplaire pour le moment. Elle est inaccessible.

Azorru grinça des dents.

— Pas si tu sais par où passer.

Erzo avait de nombreux secrets, dont celui-ci.

— Tu l'as…

Mhor ne finit pas sa phrase.

— Déjà vue, oui, compléta-t-il. Enfin, Erzo l'a vue.

Azorru se rapprocha de Wymi, puis la serra par la taille. Il aimait plus que tout la proximité qui existait entre eux. L'éloignement qu'il avait subi pendant qu'elle se rapprochait de son père l'avait fait souffrir. Il s'imprégna de sa douce odeur de rose, conscient que, bientôt, il devrait la quitter pour un très long moment.

Vais-je revenir un jour ? se demanda-t-il.

— Azorru, quand comptes-tu y aller ?

Wymi attrapa sa main, puis la pressa de toutes ses forces. Il réprima un gémissement de douleur. Elle allait vouloir repousser son départ, mais cela n'avait déjà que trop duré. À présent que la décision était prise, il fallait se dépêcher. Les mages corrompus seraient très difficiles à anéantir.

— Dès ce soir !

Wymi enfonça ses ongles dans sa peau. Il se retint de tout commentaire. Elle-même garda le silence, incapable de le contredire. Azorru savait combien elle redoutait de le perdre.

— Si tu échoues dans ta mission, l'informa froidement Weily, la procédure d'avortement débutera un mois avant la naissance !

Abasourdie, Wymi darda sur son grand-père des yeux implorants. Azorru resta sans voix devant tant d'indifférence. Mhor se contenta de froncer les sourcils. Venimeux, il s'apprêtait à objecter quand Wymi hocha la tête.

— Je compte sur toi, murmura-t-elle au guerrier avec une confiance absolue.

Azorru serra ses doigts à son tour.

— J'y arriverai !

Ses anneaux dorés plongèrent dans le magnifique regard azuré qu'elle lui offrit. Il s'y perdit un instant, envoûté par son charme, avant de se ressaisir. Weily les rappela à l'ordre avec fermeté :

— Tous les Gyramens seront réunis ici dans un mois. C'est le temps qu'il te reste pour trouver la pierre et revenir en vie.

— Et je l'accompagne, décréta Mhor, insistant. Il est indéniable que ma présence sera utile.

Sa détermination fit sourire le jeune homme. Quel père bien étrange avait Wymi. Il ferait son possible pour ne pas lui faire honte. Azorru savait d'avance que lui seul pourrait entrer dans le Cercle fermé des guerriers. La participation de Mhor se résumerait donc à l'attendre, et éventuellement, à couvrir ses arrières. Il dévisagea encore une fois sa bien-aimée. La laisser ici était pour lui le pire des châtiments. L'avenir se montrait si cruel. Mais il la sauverait quoi qu'il arrive et l'aiderait quoi qu'on lui dise. Il ignorait toujours pourquoi les astres les avaient ainsi liés, mais il était certain qu'il ferait tout pour cette femme. Peut-être était-ce là l'unique but de son existence. Il vivait parce qu'elle en avait besoin.

Les lunes protégeaient éternellement leurs trésors. Rien désormais ne se mettrait en travers de sa route.

Weily les fixait. Il redoutait son départ. Lui aussi sentait que le destin était en marche et que plus rien ne l'arrêterait.

Quand Azorru lâcha enfin les mains de Wymi, son cœur s'emballa. Il grava en lui la beauté de ses traits et scella ce souvenir en un lieu précieux. Puis, il sortit, conscient que s'il restait une minute de plus, jamais il ne trouverait la force de s'en aller. Mhor le suivit. Le guerrier percevait son regard aiguisé sur sa nuque. Le sorcier le retint.

— Je dois réaliser l'amulette qui te permettra de t'éloigner de Wymi !

Azorru se figea, exaspéré d'avoir oublié ce détail. Il devait pourtant partir maintenant ! Plus il s'attardait, plus il perdait de temps et plus cela lui serait difficile. Mhor rentra rapidement dans la pièce pour subtiliser à sa fille quelques-uns de ses inestimables cheveux. De retour auprès de lui, il murmura trois mots, et aussitôt, ceux-ci agirent sur les mèches, qui s'étirèrent. Elles s'entremêlèrent en tresses pour former un collier roux. Impressionnée, Wymi observait le phénomène depuis la porte du bureau. Mhor apparut alors à Azorru aussi puissant que le Suprême, mais lui, au moins, ne lui jetait aucun sort. Le sorcier s'approcha, puis lui demanda de passer l'objet enchanté autour de son cou. Le guerrier hésita avant d'obtempérer.

— Ça fera un peu mal, l'avertit-il.

Azorru n'eut pas le temps de protester. À son contact, le bijou se resserra et il crut mourir étouffé. Après d'interminables secondes, il put sentir l'odeur de Wymi flotter autour de lui comme si elle se tenait à ses côtés. C'était perturbant et fascinant à la fois.

— Ça va ? s'inquiéta Mhor.

Il affichait une mine perplexe. Craignait-il que son sort le tue ?

— Ça peut aller, affirma Azorru d'une voix étranglée.

Il avait encore un peu de difficulté à respirer. Il porta la main à sa gorge et tira sur le lien pour obtenir plus d'air, mais les cheveux ne bougèrent pas. Mhor le rassura :

— Attends un peu, ça va se détendre !

Chapitre 33

Le sentier des âmes perdues

À la nuit tombée, ils étaient partis, alors que les larmes silencieuses de Wymi avaient bien failli retenir Azorru. Chaque pas qui le menait loin d'elle intensifiait sa peine. Jamais il n'avait connu un tel chagrin. Ce qu'il ressentait était presque pire qu'une douleur physique.

Mhor et le guerrier chevauchaient des draseux, ces êtres mystiques très vigoureux, entièrement recouverts de flammes. Leur pelage brûlait la peau si celle-ci demeurait exposée trop longtemps à son contact. Pour les monter, il était nécessaire de les équiper de selles spéciales. Avec le corps d'un cheval robuste et la tête d'un oiseau au plumage de faucon, il n'y avait pas plus rapide et docile. Toutefois, ces belles bêtes devenaient caractérielles dès qu'elles sentaient une menace. Leurs propriétaires se voyaient protégés par leur indiscutable fidélité. De par leur nature, il était presque impossible de les dérober à leurs maîtres. On ne pouvait les approcher que si le dresseur lui-même nous donnait les rênes.

Les sabots des draseux martelaient le sol à un rythme soutenu. La terre s'enfonçait sur leur passage. Leurs élégantes ailes de feu repliées sur leurs flancs, les créatures filaient. La voie des airs n'était pas une option avec ces animaux seulement capables de soulever leur propre poids en vol.

La forêt dense autour du temple renforçait l'impression d'étouffement du guerrier. Azorru ne se détendit qu'une fois bien à l'écart de l'édifice, quand la végétation se clairsema un peu.

— Les plantes ont-elles une conscience ? demanda-t-il, inquiet, en jetant un bref coup d'œil autour de lui.

Mhor vint se placer à sa hauteur. Il se concentrait sur la route, agacé de devoir s'éloigner de Wymi. N'obtenant aucune réponse, Azorru songea que le voyage allait être long. Puis, alors que le guerrier s'était résigné à ce que son compagnon ne lui adresse jamais la parole, Mhor se décida à parler.

— Oui… Enfin, pas vraiment. Disons qu'en tant que sorciers, nous pouvons deviner chez elles une certaine présence. Même les mages sont incapables de les comprendre aussi bien que nous.

Azorru n'en doutait pas, lui ne ressentait rien du tout. Il observa le combattant. Pouvait-il pousser son interrogatoire ? Plus que la nature, une question en particulier l'obsédait.

— Es-tu plus fort que Weily ?

Azorru espérait qu'il le soit. Ses yeux pétillaient presque à cette idée. L'homme sourit. Apparemment, cette conversation l'amusait. Le guerrier se rembrunit alors qu'il se sentait pris pour un idiot. Il avait néanmoins l'impression que si Weily et Mhor se battaient, la victoire du maître ne serait pas assurée.

— Non, malheureusement, il est redoutable. C'est le Suprême, grommela le sorcier.

— Wymi est plus puissante, lui fit-il remarquer.

— Sa mère était aussi une Suprême. Esilla aurait dû prendre la suite de son père, précisa Mhor avec mélancolie.

Azorru regretta aussitôt d'en avoir parlé. La peine qu'il lisait sur son visage le toucha. Sa compagne tenait encore une place importante dans son cœur. Lui qui croyait que les sorciers n'éprouvaient aucun sentiment ! Il comprenait maintenant son erreur et s'en voulut de l'avoir ainsi jugé à tort.

Le Cercle des guerriers se situait au centre d'un désert de roches. Ils chevauchèrent une semaine pour l'atteindre. Ils avaient finalement quitté les arbres pour une terre aride et ils s'étaient très rapidement rendu compte que leur ombre allait terriblement leur manquer. La chaleur écrasante les obligeait à ralentir le pas. Les plumes des draseux s'embrasaient ainsi moins fort, ce qui leur permettait de supporter plus facilement l'intensité du soleil. En chemin, ils avaient croisé quelques garnisons de mages en patrouille et dépassé les forts de sentinelle, bâtis aux points stratégiques de la frontière. Pas une fois on ne les interpella, comme si les gardes savaient déjà qui ils étaient et qui les envoyait. Leur présence avait rassuré un temps le jeune homme, avant qu'ils ne se retrouvent à nouveau perdus et seuls au monde face à cette mer rocailleuse.

— Tu ne pourras pas entrer, rappela-t-il un matin à Mhor.

— Je sais !

Cette perspective ne semblait pas le perturber. Azorru observa ses traits : ses iris ressortaient sous la luminosité de l'astre de feu, leur beauté s'en voyait même amplifiée. Il y discerna un mélange de jaune et de vert. Il dégageait une énergie naturelle déroutante. Il était sans conteste le plus brillant de tous les sorciers, le plus dangereux, intelligent et imprévisible à la fois. Pour sa fille, il était prêt à tout.

Comment avait-il rencontré la mère de Wymi ? Ils venaient de mondes complètement différents.

— Elle devait avoir un sacré caractère, marmonna-t-il tout bas.

— Oui, c'est certain.

Azorru se renfrogna sur sa selle, irrité de s'être fait surprendre. Il n'avait pas spécialement voulu parler à voix haute. Mhor riva son regard sur l'horizon. Son jeune compagnon savait qu'il ne devait pas échouer. Il le lui rappelait chaque fois qu'il posait ses yeux sur lui. Il pensait sans le moindre doute que rapporter la pierre était impossible. Il avait peut-être raison. Elle était si bien gardée…

Ils arrivèrent enfin devant le sentier des âmes perdues. Les gens l'avaient baptisé ainsi, car le vent qui s'engouffrait à l'intérieur hurlait d'interminables plaintes. Azorru trouvait que ce nom lui convenait à merveille. Ils empruntèrent la voie escarpée qui regorgeait de dangers. Les roches coupantes n'étaient guère accueillantes. Grâce à la mémoire d'Erzo, il reconnut les lieux. Il se souvint de la sensation des premiers rayons de soleil sur sa peau. Il en avait été très impressionné, ému. La lumière lui avait été si longtemps proscrite que ce n'était qu'à son contact qu'il s'était enfin senti libre. Il serra les dents.

Ce jour-là, Erzo n'avait pensé qu'à préparer sa fuite, la beauté du ciel avait été reléguée au second plan. À mesure qu'ils approchaient, Azorru prenait conscience de la prouesse que cela avait dû être de rester invisible aux yeux de l'organisation. Il se mit soudain à douter du fait qu'Erzo y soit parvenu. Pourquoi n'y avait-il jamais eu de représailles ? Personne ne pouvait échapper au Cercle. D'ailleurs, n'était-il pas lui-même sur le chemin du retour ?

Azorru essayait de camoufler sa peur. Au fond de lui, il sentait qu'il n'en réchapperait pas. Qu'il soit trois fois plus fort n'y changerait rien. Le Cercle détenait plus de puissance que le Suprême et Mhor réunis. Il était aussi bien plus cruel. Ce que Weily lui avait fait subir n'était pas grand-chose face aux tortures endurées toutes ces années.

À bonne distance, le guerrier observa l'entrée sombre située au creux d'une des falaises qui lui faisaient face. Sa seule vue lui donna des frissons. Le vent souffla dans ses cheveux, l'obligeant à détourner les yeux. Ce n'était pas plus mal, il n'était pas pressé de se jeter dans la gueule du loup.

— C'est pourtant toi qui voulais venir, fit remarquer Mhor.

Il arrivait parfaitement à ressentir la peur de son compagnon. Vexé, Azorru durcit son regard.

— Revenir ici n'est pas un choix, mais c'est l'unique moyen d'aider Wymi !

Erzo avait tellement souffert dans ces tunnels qu'il en avait fini par haïr le monde. Les guerriers du Cercle avaient fait de lui une ombre sans rêves. Il avait toutefois réussi à sauver une partie de son âme, c'était pour cela qu'il avait risqué sa vie pour s'échapper. Jamais il n'aurait pensé retourner sur ses pas.

On ne me laissera pas approcher..., songea Azorru, perturbé.

Il ne pourrait entrer qu'en dévoilant son identité. On le mènerait alors au maître des lieux et la sentence pour avoir fui serait la torture jusqu'à trépas. Mais il n'avait pas d'autre option et encore moins de temps à perdre. Il devrait affronter le Cercle et si, par miracle, il parvenait à le vaincre, il ressortirait avec la pierre.

C'est le seul moyen !

Il était pourtant de moins en moins sûr de lui. Discrètement, il toucha les cheveux de Wymi qui ornaient son cou. Elle était sa flamme.

J'y arriverai ! se répétait-il afin de s'en persuader.

Le guerrier observa un moment le gouffre obscur. Rien n'indiquait que, sous cette roche qui plongeait dans la montagne, résidait toute une organisation. C'était là un simple orifice qui semblait conduire à une grotte.

Personne n'en repart jamais...

Azorru se raidit à cette pensée. Pourrait-il s'enfuir une seconde fois ? Il en doutait. Il avait enfreint les règles, bravé tous les interdits.

Je dois juste trouver la pierre. Si je peux me faufiler jusqu'à elle, personne ne saura que je suis revenu, se dit-il en immobilisant sa monture à bonne distance de l'ouverture.

Il posa pied à terre tandis que Mhor proférait une litanie de phrases incompréhensibles. Ils installèrent leur campement de fortune sans faire le moindre bruit. Les sortilèges camoufleraient leur présence. Le guerrier dut reconnaître que le père de Wymi se montrait efficace. Il ne laissait rien au hasard. Azorru l'examina du coin de l'œil. Le sorcier avait sombré dans un sommeil profond, confiant envers ses protections. Le jeune homme était néanmoins déçu, ils n'avaient pas échangé un seul mot depuis leur arrivée. Il aurait aimé lui parler, entendre quelque chose – n'importe quoi – qui l'aurait encouragé. Le silence environnant pesait sur ses épaules, si bien que cela l'empêchait de trouver le repos.

Assailli par les souvenirs difficiles d'Erzo, Azorru se replongea dans le passé.

* * *

Ses mains et ses pieds étaient liés. C'était son châtiment pour avoir encore désobéi. Erzo subissait. Après tant de souffrances, il finissait par ne presque plus rien éprouver. Sa maigreur était telle qu'on distinguait sans effort tous les détails de son ossature. Mais malgré sa faiblesse, il refusait de se soumettre.

Le Cercle, d'apparence fragile lui aussi, se tenait devant lui. Ses cheveux argentés tombaient en cascade sur ses épaules. Chacun de ses mouvements déclenchait autour de lui une danse fluide étonnante, comme s'il était l'image même du vent. Son maître dégageait une incroyable puissance, sûrement ressemblait-il à un dieu. Ses yeux, très perspicaces, perçaient sans peine votre âme. Il savait tout de vous, simplement en vous fixant. Erzo le soupçonnait de pouvoir lire dans les pensées. Pour lui, il était impossible qu'il parvienne naturellement à le comprendre avec autant d'aisance.

— Erzo, mon enfant, souffla le maître d'une voix tendre, le regard doux. Pourquoi refuses-tu de respecter les règles ? C'est la troisième fois cette semaine. Es-tu si malheureux ici ?

La tristesse qu'affichait l'Être surprit Erzo. Il détailla ses prunelles cristallines aux reflets gris, preuve irréfutable de son immortalité.

Le Cercle était une entité créée par les lunes. L'unique homme pouvant déchiffrer et accomplir les tâches qu'elles lui confiaient. Il menait des batailles, entraînait des guerriers et tuait sous leurs ordres. Tous les orphelins lui appartenaient, ainsi que ceux qui s'égaraient dans les tunnels. Certains le surnommaient

Destin, car il tenait le fil de toute vie entre ses doigts. Erzo l'avait souvent épié. Son apparence frêle était un terrible leurre. Son maître restait invaincu, quelles que soient les attaques qui lui étaient portées. Son visage n'était pas spécialement beau, mais aucune femme ne lui résistait. Toutes tombaient dans ses bras, le cœur empli d'un désir encore jamais ressenti. Son pouvoir était incontestable et incontesté. Personne, pas même le Suprême, n'avait son mot à dire dans la gestion de ses activités.

— Laissez-moi partir, hurla Erzo, les larmes aux yeux. Je n'appartiens à personne !

Il baissa la tête, épuisé par les châtiments incessants, fatigué de vivre ici, triste d'être enchaîné et entraîné à tuer.

Il ne pensait qu'à Emy, celle qu'il considérait comme sa mère. Elle lui rendait visite une fois par an et passait de longues heures à lui détailler l'extérieur. Sa venue était son unique moment de bonheur. Après l'avoir vue, Erzo rêvait de ce lieu baigné de soleil qui devait être un paradis de lumière. Lui ne connaissait que l'obscurité, mais il n'était pas né pour ça.

— Seulement quand tu auras accepté ton état ! Tu es à moi, Erzo, quoi que tu en dises.

La fine main du Cercle caressa le visage humide du garçon. Il allait souffrir davantage à présent, il le devinait. Le maître était trop énervé. Sans surprise, Erzo sentit d'abord une chaleur diffuse le parcourir, puis, lentement, elle s'intensifia. Rapidement, il ne respira plus normalement. Ses muscles le brûlèrent et son corps se transforma en véritable fournaise.

Il crispa les doigts en laissant échapper une plainte. En proie à une insoutenable douleur, il se raidit. L'Être avait un sourire sournois sur les lèvres. Il savait que le supplice finirait par le faire abdiquer un certain temps, jusqu'à ce qu'il oublie et qu'on le rappelle à l'ordre. Toutefois, ces derniers jours, Erzo se rebellait trop souvent et s'habituait à la torture.

— Tu es différent des autres, articula le Cercle d'une voix si calme qu'il en était terrifiant. Le moment viendra d'accomplir ton destin ! Mais en attendant, tu dois respecter les règles !

Erzo serra les dents sous l'assaut des flammes intérieures

qui le consumaient toujours plus. Ses intestins le chauffaient, sa gorge enflait. Il ne crierait plus, ne pleurerait plus, mais il se jura, une fois encore, qu'il ferait tout pour quitter cet enfer.

Le Cercle l'observait de ses yeux gris irréels. Il lisait en lui. Erzo remarqua que ses gardes personnels s'étaient rapprochés. Le jeune guerrier pouvait se faire exécuter à tout moment.

Ces hommes, apparus sans un bruit, n'étaient visibles que lorsqu'ils en recevaient l'ordre. Erzo était destiné à devenir comme eux : un simple toutou.

Jamais ! pensa-t-il, hors de lui, bien décidé à leurrer son maître. *Si je me soumets, il ne me surveillera plus et...*

Le visage déformé par la souffrance, il tenta de résister, mais il eut beau se battre, son corps s'exprima à sa place. Il trembla, ses yeux se révulsèrent, et il finit par s'effondrer, nimbé de ténèbres.

Erzo revint à lui après un long moment. Il avait la bouche pâteuse ainsi qu'un goût de sang sur la langue. Groggy, il constata qu'il n'avait pas bougé. Contrairement à ses habitudes, l'Être avait décidé de le laisser attaché malgré son évanouissement. Il ne comprit pas immédiatement que les règles venaient d'évoluer. Il dut cligner plusieurs fois des paupières, incapable de croire ce qu'il découvrait.

Face à lui se tenait Emy, la seule personne qui l'aimait vraiment, celle qui l'avait vu naître. Elle pleurait et se tordait de douleur. Pourtant, ses larmes lui parurent belles durant un bref instant, comme des étoiles dans cette obscurité oppressante. Puis, le jeune garçon se débattit, essayant de se libérer de ses liens, mais il ne parvint qu'à s'écorcher.

— Erzo... Je l'ai lu dans ton regard, tu ne changeras pas d'avis, argua tristement le Cercle.

L'immense pièce se remplissait lentement. Les guerriers, même les femmes, le cernaient. Dans la pénombre, il les distinguait difficilement, mais il sentait leur présence à tous. Erzo eut pitié d'Emy, ses yeux ne connaissaient pas le noir profond de ces lieux. Son imagination devait avoir pris le relais. Bientôt, elle paniquerait trop et ne serait plus capable du moindre discernement.

— Vous n'avez pas le droit de faire ça, mumura-t-il d'une voix chevrotante.

Erzo maudit son intonation plaintive. Sa faiblesse était pire que tout. Il se ressaisit. Ce n'était pas le moment de flancher. Seule comptait Emy.

— Erzo, renonce à fuir et je l'autoriserai à partir.

Le garçon plongea son regard dans celui de son amie, qui le fixait maintenant avec intensité. Il s'aperçut être entouré d'un petit halo brillant, uniquement pour qu'elle puisse le distinguer avec clarté. À cause de lui, elle se retrouvait en danger. Il savait pertinemment que le Cercle ne la laisserait jamais s'en aller vivante. Même s'il acceptait, elle resterait leur prisonnière.

Pourquoi s'acharnait-il ainsi à vouloir le garder ? Personne d'autre ne subissait tant de châtiments pour ce genre d'indiscipline. Son instinct lui criait d'abandonner ses rêves, mais au fond de lui, la flamme de l'espérance le poussait à résister. La lumière était son Graal, sa raison d'être.

— Erzo, tempêta le Cercle, fondu dans l'obscurité. Tu n'as pas l'air de comprendre. Nous sommes le pilier des astres ! Nous existons pour les servir…

Une certaine mélancolie devenait perceptible dans la voix de son maître, comme si lui aussi nourrissait le désir secret de goûter à la liberté. Il sembla alors à son jeune élève qu'il refusait de voir qui que ce soit partir, car lui-même était enchaîné.

— Non, c'est seulement *toi* qui existes pour les servir, le contredit-il. Juste toi !

Erzo le cherchait des yeux avec une haine grandissante. Il ne serait pas le pion des lunes.

— Oui, juste moi…

— Ma vie n'est pas ici, murmura Erzo dans un souffle.

Emy disparut un instant et le Cercle effleura ses joues de ses doigts à la finesse presque irréelle. Ils pouvaient se montrer doux, tout comme extrêmement meurtriers. Le feu qui dévorait encore Erzo s'estompa, ce qui lui permit d'inspirer avec force. Il eut la sensation qu'on lui retirait un immense poids des épaules.

L'absence de douleur le fit trembler.

— Je sais qui tu es et quel jour si particulier tu es né. Mais tu es sous mes ordres ! Et si cette femme est l'unique moyen de te retenir, alors je l'utiliserai. Dorénavant, toute tentative de fuite de ta part se répercutera sur elle !

Les iris du maître s'enflammèrent de colère.

— Vous n'avez pas le droit, Emy vient de l'extérieur. Elle est innocente !

— Pas tant que ça, puisque chaque année, elle te persuade un peu plus de transgresser les règles.

— Ce sont mes choix !

— Les siens, affirma l'homme avec fermeté.

— Non !

Erzo pleurait, le cœur lourd de chagrin. Il voulait juste sortir, voir le soleil. Pourquoi était-ce trop demander ? Le Cercle reprit d'une voix plus douce :

— Elle ne risque rien tant que tu restes ici. Toutefois, si tu désobéis encore une seule fois, elle rejoindra le harem !

Erzo déglutit. Pour Emy, qui n'était pas née en ces lieux, cela se résumerait à être violée par les guerriers. Un jour par semaine, chacun d'eux avait le droit de s'unir à une des femmes de l'organisation. Celles-ci avaient le devoir de s'accoupler et de donner la vie, jusqu'à ce qu'elles deviennent trop âgées pour plaire. Alors, elles s'occupaient des tâches ménagères.

Le Cercle n'abandonnait personne et encore moins ces douces créatures. Elles étaient là pour complaire, mais il était tout simplement interdit de les faire souffrir. Et si l'un des hommes se montrait violent, le maître pouvait répliquer cruellement. Il les considérait comme le trésor du centre. La plupart du temps, d'ailleurs, chaque guerrier avait sa propre compagne... même si aucune règle n'avait été instaurée. Les naissances étaient l'avenir de la communauté et il en avait clairement conscience. C'est pourquoi elles devaient être choyées pendant l'acte. Mais Erzo savait que pour Emy, ce serait différent, elle n'était pas l'une des leurs.

Erzo s'était vu attribuer l'une d'entre elles quand il avait ressenti le besoin de s'accoupler. Celle qu'on lui avait présentée avait à peu près le même âge que lui et elle n'avait pas eu l'air effrayée de cette union. Depuis le début de leur existence, ces femmes étaient formées pour tout connaître du sexe et des comportements qui les rendraient le plus désirable possible. Alors, il l'avait suivie, bien qu'Emy lui ait expliqué qu'à la surface, elles étaient libres de choisir leur partenaire. Elle était venue d'elle-même jusqu'à lui. Elle lui avait donné tout ce qu'il souhaitait et lui avait aussi montré de quelle manière la combler. Une fille de la nuit, c'était ainsi qu'il aimait la nommer. Belle, sensible, elle lui avait fait découvrir la tendresse. Seulement, même s'il prenait du plaisir avec elle, le bonheur le désertait. Une part de lui l'appelait depuis l'extérieur. Il ne serait entier que s'il partait.

Le garçon suivait depuis son plus jeune âge un entraînement plus rude que les autres, car le Cercle aspirait à un grand avenir pour lui. Cet être aux cheveux argentés le surveillait de près. De son côté, Erzo ne se l'était jamais avoué, mais il considérait son maître un peu comme une figure paternelle. Malgré la cruauté dont il faisait parfois preuve, il admirait depuis toujours son intelligence.

La réalité le frappa à nouveau lorsque Emy réapparut devant lui. Il baissa les yeux, le cœur brisé. Lutter lui devenait trop difficile. Lui faire du mal était au-dessus de ses forces. Il ferait ce qu'on lui demanderait. Il n'avait pas le choix s'il voulait qu'elle vive.

— D'accord, abdiqua-t-il après un long soupir.

Il avait parlé si bas qu'il ne fut pas certain que son maître l'ait bien entendu.

— Voilà qui est préférable, mon fils, articula l'entité en un chaud murmure.

L'Être resta invisible, mais ses liens se dissipèrent et Erzo atterrit durement sur le sol. Ses muscles se remirent lentement du choc subi, même s'il sentait déjà une énergie nouvelle le parcourir. Quand il releva les yeux vers Emy, elle avait disparu avec les autres membres. Il se retrouvait seul avec le Cercle, à nouveau présent devant lui.

— Erzo, si jamais tu me trahis, elle mourra, mais je te traquerai et je te tuerai également !

Le garçon frémit, cependant, il n'objecta pas alors que son maître l'abandonnait à son sort.

Où ont-ils emmené Emy ?

Erzo devait le découvrir. C'était son devoir, après tout ce qu'elle avait fait pour lui.

Chapitre 34

Le secret d'Erzo

Dès lors, Erzo suivit à la lettre les instructions. Il n'essaya plus de fuir, s'entraîna, et renonça à regarder le soleil. Toutefois, quand venait le moment de dormir, il se camouflait avant de partir dans les tunnels, à la recherche d'Emy.

Un soir, tandis qu'il arpentait une nouvelle galerie, il s'aperçut que, peu à peu, les parois se couvraient d'humidité. Intrigué par ce phénomène inhabituel, il explora la zone, sachant pourtant qu'il lui était interdit de s'aventurer plus loin.

Il restait attentif au moindre bruit, sa capacité à se déplacer dans le noir le sauva à de nombreuses reprises de pièges lugubres, terriblement mortels. Au fil des ans, il avait développé certains dons, comme les autres guerriers du Cercle. Parfois, il se demandait même s'il voyait vraiment ou s'il interprétait en fonction du toucher et des sons environnants. Le garçon suivit l'interminable couloir en silence, plongé dans les ténèbres. Il se fondait avec les ombres et, à ce jeu, personne ne l'égalait. Après de difficiles obstacles, il déboucha au centre d'une grande caverne et sa première pensée fut pour Emy… qui n'était pas là. Toutefois, autre chose attira son attention : une pierre rosée magnifique chatoyait dans l'obscurité. Il sut aux ondes qu'elle dégageait combien elle était unique et demeura immobile longuement, à admirer ses nuances, qu'il trouvait fantastiques.

— Tu m'impressionnes, Erzo ! Tu es devenu aussi fort que je le souhaitais.

Le jeune homme se retourna. Son pouls s'accéléra, mais il réussit à dissimuler sa surprise. Le Cercle l'observait dans la pénombre. Ses prunelles grises cachaient trop de mystères. Erzo frémit. Quel genre d'atrocités allait-il encore subir pour avoir désobéi ? Il baissa la tête en signe de soumission, ou peut-être de rédemption.

— Voici la Pierre Connue, expliqua le maître. Je suis vraiment étonné que tu sois parvenu à passer mes champs magnétiques.

Le maître s'approcha de la roche scintillante, la contempla avec une admiration qu'Erzo comprenait sans mal. Lui-même avait des difficultés à en détacher son regard.

— Elle peut trouver tout ce que tu veux, continua-t-il.

— Où est Emy ? demanda abruptement le jeune homme.

Il n'avait pas envie de l'écouter déblatérer sur cet objet, mais sut à la tête du Cercle qu'il aurait mieux fait de se taire et s'attendit au pire des châtiments.

— Emy n'a jamais été là ! Depuis toujours, elle n'est qu'une chimère.

L'Être le dévisageait d'un air grave. Son élève fronça les sourcils, incapable de le croire.

— Ce n'est...

— Je suis un peu déçu que tu ne te sois jamais rendu compte de l'illusion. Mais enfin, cela fait maintenant vingt ans que ça dure. Tu avais besoin qu'elle existe, le coupa le Cercle, un léger sourire sur les lèvres.

Erzo ignorait s'il se jouait de lui ou s'il était sérieux.

— Où est-elle ? insista-t-il, furieux.

Elle ne manquait jamais ses visites annuelles. Ces deux années sans la voir étaient passées bien lentement. Qu'Emy ne se soit pas présentée d'elle-même lui semblait impossible. Le

Cercle, devant son refus de le croire, parut prendre une décision. Sa langue claqua son palais avant qu'il ne s'exprime froidement :

— J'ai annoncé ta mort au monde extérieur. Elle ne viendra plus !

Le jeune homme en eut le souffle coupé, puis il réfléchit à vive allure. L'Être pouvait lui mentir à nouveau et lui dissimuler une tout autre réalité. Il se montrait si malin qu'il fallait constamment se méfier. Erzo était certain qu'Emy se trouvait encore entre ces murs. Il voulait le lui cacher par de vils mensonges, faire souffrir Emy en espérant ainsi le toucher lui.

— Je ne vous crois pas ! Où est-elle ? répéta-t-il, déterminé à la voir.

— Je suis fier que ton instinct se soit autant développé, tu arrives maintenant à discerner le vrai du faux…

Encore une fois, il sourit. Erzo eut le vague sentiment qu'il se moquait. Le Cercle plissa les yeux.

— Très bien ! Je vais te dire la vérité. Emy s'est suicidée.

Erzo se tint immobile, sous le choc. Il refoula ses larmes, car on lui avait répété des centaines de fois qu'un guerrier ne pleurait pas, mais ses jambes tremblaient. Rester droit devint difficile. Il avala sa salive et demeura silencieux, désireux de faire bonne impression, en se remémorant ses visites.

Non…, songea-t-il. *Je l'aimais tant…*

Grâce à elle, il avait découvert le monde extérieur avec toutes ses couleurs. Les livres qu'elle lui prêtait l'avaient fait rêver d'Antanor. Elle parlait si différemment des autres. Il appréciait sa voix douce, son accent. Elle se préoccupait de lui, le câlinait comme personne ne l'avait jamais fait. L'enfant, puis l'adulte qu'il était devenu, s'était senti à chaque fois un peu plus chanceux de l'avoir à ses côtés. Elle était sa figure maternelle et il attendait son arrivée chaque année avec impatience. Elle lui racontait sans cesse des histoires fabuleuses. Il l'avait toujours admirée de surmonter la peur que lui inspirait le Cercle simplement pour lui offrir un peu de réconfort.

En revenant à la réalité, il se retint de hurler. Il n'avait apporté à Emy que de la peine, à tel point qu'elle avait fini par s'ôter la vie.

— Vous l'avez tuée, l'accusa-t-il, les larmes aux yeux.
— Non, c'est toi.

À cet instant, Erzo fut pris d'une irrésistible envie de le détruire. Il le détestait.

— Personne d'autre que vous ne l'a enfermée, éructa-t-il.
— Personne d'autre que toi n'a désobéi aux règles ! lui renvoya-t-il au visage avant de disparaître sans un mot.

Ses propos frappèrent le guerrier comme une violente gifle, dont les traces subsisteraient à tout jamais. Ainsi, le Cercle ne le corrigeait même pas d'être venu en un lieu interdit.

Erzo regarda la Pierre Connue. Elle rayonnait dans l'obscurité oppressante de la caverne, mais lui ne ressentait plus rien. Maintenant qu'Emy n'existait plus, la lumière s'était éteinte. Sans elle, il se sentait seul, abandonné. Qui allait l'aimer dorénavant ?

Au bord du gouffre, il fit encore un pas en avant. Il haïssait ce monde qui l'avait créé et ce destin qui le vouait à rester caché. Il aurait voulu sauver Emy.

Je deviendrai le plus fort et je détruirai tout, promit-il avec colère.

Il n'y avait plus ni gaieté ni couleur en lui. Son âme était noire. Sur le chemin du retour, il s'arrêta devant le panneau des missions et décida de se porter volontaire pour la plus dangereuse d'entre elles.

Je mourrai ou je fuirai, peut-être…

Plus rien ne le retenait. Emy, la joie de son cœur, avait disparu. Ses ongles s'enfoncèrent au plus profond de sa paume et son sang se mit à perler. Il desserra lentement les doigts avec détachement.

Erzo était vide.

Le lendemain, il réclama son premier travail sous le regard suspicieux du Cercle. Celui-ci n'eut guère le choix d'accepter. Erzo, considéré comme le plus fort, était un des rares combattants à pouvoir mener à bien cette tâche. Son maître avait jusqu'ici toujours refusé de le laisser partir, mais ce jour-là, il ne trouva aucun argument de poids pour le garder.

Le garçon se retrouva bientôt à l'extérieur, accompagné par cinq hommes qu'il connaissait bien. Il les voyait un peu comme ses frères, eux qui l'avaient élevé, éduqué et entraîné. On les appelait les Quink. Erzo devait avouer qu'il les aimait et les admirait.

Malheureusement, cette fois-ci, ils seraient ses ennemis.

Ils n'étaient là que pour l'escorter, puis le ramener au Cercle une fois la mission accomplie. Le jeune guerrier savait qu'il n'aurait aucune chance s'il devait les combattre. Il allait donc devoir les semer pour être libre.

Le soleil lui piqua d'abord les yeux. C'est à peine s'il le sentit sur sa peau. Tout lui semblait terne. Pourquoi avait-il tant souhaité sortir ? Il ne s'en souvenait même plus.

Introduit dans une école afin d'y éliminer un professeur, Erzo ne chercha pas à en apprendre davantage et se contenta de suivre les ordres. Il ne devait en avoir que pour quelques jours. Il se fit passer pour un nouveau disciple.

Seule sa fuite le préoccupait.

Dans cette institution, des adolescents se préparaient à devenir de valeureux mages gyramens. Quand Erzo intégra la classe, il étudia tout d'abord les différentes échappatoires, puis repéra toute personne susceptible de se dresser contre lui. À n'en pas douter, les élèves qu'il côtoyait n'étaient pas une menace, car encore inexpérimentés pour la plupart.

Erzo sut, dès que sa cible entra dans la pièce, que celle-ci représentait un danger bien plus grand. Ce mage n'avait pas la peau grise comme il s'y attendait, mais si les lunes ne voulaient plus de lui, c'était qu'il avait commis un crime grave resté impuni. Du moins, l'espérait-il.

Ce serait la première fois qu'il exécuterait quelqu'un.

Il agit de son mieux pour passer inaperçu les premiers jours. Mais il n'avait pas anticipé qu'un concours de lutte serait organisé au même moment et accueillerait de nombreuses écoles. L'enseignant se retrouvait toujours entouré d'élèves et le jeune guerrier ne pouvait l'atteindre sans risquer d'être découvert.

Cette mission menaçait de durer plus longtemps que prévu et cela l'irritait grandement.

Ce matin-là, tandis que des combattants s'affrontaient, il remarqua deux silhouettes imposantes. Sans raison particulière, son cœur s'emballa. Deux étudiants de son âge, postés chacun à un coin opposé de la salle, l'observaient avec insistance. Il en oublia un instant sa proie, perturbé d'être ainsi le centre de tant d'attention.

L'un d'eux, celui avec d'épais cheveux rouges, croisa les bras et lui adressa un regard mauvais. Le second n'était pas moins puissant. Il sut que leur niveau devait égaler le sien. Quand il se ressaisit et chercha sa cible des yeux, il pesta : elle lui avait échappé.

Après un combat de lutte qu'il perdit volontairement, il alla prendre une douche, dépité de s'être laissé déconcentrer. À son arrivée dans les bains, il se retrouva nez à nez avec les deux hommes. Celui à la crinière pourpre serra sa serviette autour de lui et le fixa avec animosité. Il était clair qu'il le redoutait et le menaçait ouvertement. Erzo comprit très vite qu'il ne supportait pas toute forme de proximité. L'autre se tenait dans un coin. Tous deux tentaient de s'éloigner de lui au maximum.

— On se connaît ? demanda Erzo, imperturbable.

Le plus agressif des deux grimaça, ses muscles saillaient sous la lumière. Il se redressa de toute sa hauteur, puis le dévisagea de ses yeux tranchants.

— Non ! gronda-t-il avec tant de force qu'Erzo en frissonna.

Il n'était pas censé se laisser impressionner par quiconque et, pourtant, ces deux élèves l'effrayaient. Ils dégageaient une puissance identique à la sienne. Celui qui venait de parler se rhabilla à vive allure. Il sortit sans un mot, tandis que le second continuait de l'observer.

— On ne se connaît pas, affirma-t-il, toujours en le surveillant.

Erzo n'avait jamais été à ce point intrigué. Il désirait en apprendre plus à leur sujet, tout en souhaitant les éviter. À son tour, l'autre disciple quitta la pièce, aussi troublé que lui. Erzo n'eut pas le temps de réfléchir davantage, il entendit un bruit et se retourna.

Sa cible était là.

Le jeune homme fut aussitôt assailli par son odeur nauséabonde de soufre. Abasourdi, il se rapprocha pour en être certain. Tout à l'heure, il n'avait rien perçu ! Pourquoi ? En le voyant, le mage sursauta. Il agrippa rapidement une chaîne qu'il mit autour de son cou. L'effluve s'évanouit alors.

— Je pensais être seul, dit-il, un faux sourire jovial sur les lèvres.

L'enseignant transpirait. Il espérait à coup sûr que son nouvel élève ne se soit aperçu de rien. Son collier agissait comme un bouclier. Il masquait l'émanation putride de son corps ainsi que la couleur de sa peau.

Erzo haussa les épaules comme s'il se moquait pas mal de sa présence. L'autre poussa un petit soupir soulagé. Il ne se doutait de rien, ce qui réjouit le guerrier.

Sans un mot, il passa à ses côtés tout en sortant sa lame. Et avant même que le mage corrompu ait pu s'en rendre compte, il gisait à terre dans une mare de sang. La pauvre créature agonisa en un râle à peine audible. Étonnamment, Erzo ne ressentit ni peine ni culpabilité. Il regarda l'homme se tordre, prit le temps de repenser à son geste effectué machinalement. Sa froideur le surprenait un peu.

Je n'ai plus de cœur, songea-t-il avant de se détourner d'un pas lent.

Le Cercle ne pourrait pas lui reprocher de ne pas avoir exécuté sa mission jusqu'au bout. Mais, pour Erzo, le contrat s'arrêtait là. C'était le moment pour lui de disparaître. Il se fondit au sein des ombres, se remémorant son apprentissage. Enfin libre.

Antanor, la cité des sorciers, l'attendait. Emy avait dit qu'elle était dangereuse, ça lui convenait. Il voulait la découvrir de ses propres yeux et, qui sait… peut-être y rencontrerait-il son destin !

Chapitre 35

La Pierre connue

Avec répugnance, Azorru fixait l'entrée de la grotte. S'il parvenait à s'y introduire sans être vu, le Cercle n'en serait jamais informé. Il regarda encore une fois Mhor, allongé sous ses couvertures. Le moment était venu. Il préférait s'en aller discrètement. Il se leva, prit son sac, puis utilisa l'entraînement d'Erzo pour se dissimuler. Mais Mhor ne pouvait être berné si facilement.

— Tu pars, guerrier ? demanda-t-il sans bouger, le faisant sursauter de sa voix forte.

Azorru grimaça, agacé de s'être laissé surprendre.

— Moi qui croyais que tu dormais, ronchonna-t-il.

— Tu as encore beaucoup de choses à apprendre…

Il baissa les yeux vers le sol. Mhor avait raison, et c'était bien à cause de son ignorance qu'ils étaient ici.

— Je vais y aller. Attendre ne changera rien !

Le sorcier se redressa pour plonger son regard dans le sien.

— Prends garde à toi. Je serai là si tu parviens à ressortir.

Il restait dubitatif, mais ses iris étincelaient au cœur de l'épaisse nuit.

— Je patienterai deux semaines !

Le guerrier acquiesça d'un bref mouvement de tête.

— Wymi n'est pas n'importe qui. Toi non plus ! Je ne pense pas que les lunes refuseront de te fournir la Pierre, continua Mhor de son intonation solennelle.

Azorru s'étonna une fois encore d'un tel savoir. Il donnait l'impression de connaître le Cercle, alors que le Suprême lui-même ne l'avait jamais rencontré. Il espérait de toute son âme que Mhor ne se trompait pas. Si les astres l'accompagnaient, il s'en sortirait peut-être, avec de la chance.

— Je vais la rapporter.

Devant son air décidé, le sorcier ne trouva rien à redire. Le jeune homme ferait son maximum, il le voyait.

— Je compte sur toi.

Ce furent les dernières paroles que le guerrier entendit avant de quitter le sort qui les dissimulait au reste du monde.

Après avoir franchi la barrière magique, Azorru plongea dans la pénombre la plus totale. Un profond sentiment de solitude le submergea, même si, dans son dos, Mhor l'attendait, désormais invisible pour lui aussi. Son habileté à se dérober aux yeux de tous l'impressionnait et lui rappelait d'étranges souvenirs. Il comprenait mieux sa défaite lors de leur combat singulier et pourquoi il ne gagnerait sûrement jamais s'ils s'affrontaient à nouveau. L'expérience faisait toute la différence. C'était bien pour cette raison que le Suprême demeurait invaincu.

Devenu une ombre au milieu des ombres, il se rapprocha de la cavité. Il devait se réaccoutumer à l'obscurité. Ses yeux, n'ayant plus l'habitude de cette nuit permanente, s'adaptèrent lentement. Après plusieurs clignements de paupières, il parvint quand même à distinguer son environnement. Son corps avait perdu quelques-unes des capacités d'Erzo, acquises au fur et à mesure des années. En comparaison de ce qu'il avait obtenu, c'était peu de chose, mais tout de même ennuyeux dans cette situation.

Sur le sol cahoteux, ses pas s'allégèrent. Personne n'aurait pu l'entendre. Azorru devenait la nuit. Il se faufila dans l'ouverture, le cœur battant, persuadé qu'on l'y attendait déjà. Mais il ne rencontra aucune résistance.

Pourtant, plus il progressait, plus il flairait le piège.

C'est le seul moyen, se répétait-il pour se donner du courage.

Dans les profonds tunnels, il remarqua avec soulagement que rien n'avait changé. Grâce au passé d'Erzo, Azorru se souvenait parfaitement de la direction à prendre. Il longea les murs en faisant son possible pour éviter les zones fréquentées.

Par instants, il touchait les cheveux de Wymi enroulés autour de son cou. Ainsi, il trouvait la force d'avancer. L'idée de revoir le Cercle le terrifiait. Il savait que celui-ci le ferait atrocement souffrir s'il l'attrapait.

Nombreux étaient ceux qui auraient été épouvantés par ce chemin serpentant sous la terre. Azorru, lui, ne le redoutait pas. Grâce à Erzo, le manque de lumière ne l'atteignait pas. Peu à peu, l'allégresse s'empara de son corps, comme si une part de lui se réjouissait de revenir en ces lieux.

Dès qu'il arriva devant le couloir interdit, il comprit que tout allait se compliquer. Personne ne le surprendrait ici, mais s'il n'y prenait pas garde, les champs magnétiques alerteraient le Cercle de sa présence. Sa mission devenait délicate. Avec les connaissances combinées d'Erzo, de Nanu et de Torry, Azorru réussit à passer la première protection sans trop de mal. La deuxième fut d'un autre niveau. Il devait donner l'illusion que rien ne pénétrait l'atmosphère. Être invisible. Y parvenir s'avérait terriblement difficile. Azorru n'avait pas le droit à l'erreur et, malgré ses craintes, il traversa cette épreuve avec brio.

Il examina la troisième barrière, complètement différente de ses souvenirs, et laissa échapper un soupir avant de se concentrer. Ce dernier obstacle serait le plus complexe de tous. Il ne s'agissait plus juste de se fondre dans le décor. Des sculptures de pierre disséminées un peu partout menaient à un immense labyrinthe de miroirs. Chacune d'elle effectuait un symbole spécifique avec ses doigts pour montrer la voie.

Après une rapide inspection, Azorru les trouva terriblement effrayantes. Elles se fondaient dans la nuit. Leurs regards intenses, presque vivants, le perclut de frissons. Il scruta les signes particuliers qu'elles réalisaient. Il devait rester attentif. Le Cercle avait tellement complexifié ses défenses qu'il doutait maintenant de ses capacités.

Une fois engagé, je ne pourrai plus faire demi-tour, songea-t-il, le corps en sueur. *Je ne dois pas me précipiter !*

Il observa les nombreuses glaces qui pouvaient aisément le mener dans la mauvaise direction. Azorru prit le temps d'étudier chaque marque. Il choisit la seule statue dont les mains étaient posées à plat sur les genoux. Elle différait légèrement des autres : plus petite, des insectes ornaient sa tête, lui conférant ainsi une chevelure funeste. Parce qu'elle était la plus difficile à voir, il suivit ce parcours.

Le guerrier examina avec minutie ces statues, médusé par leur réalisme. Elles pouvaient facilement l'induire en erreur. Les minuscules animaux dérangeants lui donnaient la chair de poule. Leurs corps, leurs pattes et leurs antennes, incroyablement façonnés, les rendaient presque trop vrais. Il se figea dès qu'il remarqua que les parasites aux yeux lugubres recouvraient aussi une partie de leurs visages. Azorru eut la sensation qu'elles le scrutaient, l'étudiaient, le défiaient de faire le moindre pas.

Il déglutit, regarda en arrière, mais reculer maintenant ne servirait à rien alors qu'il se trouvait si proche du but. Il avala sa salive à nouveau puis s'efforça de mettre un pied devant l'autre. Son mouvement déclencha un mécanisme chez les statues. Les insectes s'animèrent.

Ils sont réels, s'horrifia le jeune homme.

Il détestait ce genre de bestioles, le Cercle les avait assurément placées là pour lui. Erzo connaissait la plupart de celles qui étaient mortelles, mais Azorru avait la forte impression qu'elles l'étaient toutes. Sa panique enfla. Il se força à se calmer sur-le-champ, conscient qu'il serait vite découvert s'il perdait son sang-froid. Il avait du mal à concevoir qu'on ne l'ait pas encore repéré. Le guerrier apaisa son cœur affolé, puis intensifia son illusion, car ces maudites bêtes étaient bien plus sensibles que n'importe quel prédateur. Elles l'attaqueraient au moindre faux pas. Qu'elles s'agitent signifiait qu'elles détectaient déjà sa présence et se préparaient à l'offensive.

Le chemin lui parut tellement long. Il craignait de s'être trompé, jusqu'à ce qu'enfin se dévoile le trésor tant espéré. La Pierre Connue apparut, toujours aussi belle et énigmatique. Elle se trouvait au centre d'une immense pièce, suspendue au-dessus du vide grâce à de puissants sortilèges, semblait-il.

Alors qu'il approchait du but, Azorru culpabilisa soudain. Il était risqué de la sortir de ce lieu protecteur. Ici, personne ne pouvait s'en servir pour faire le mal.

Ses trois consciences lui avaient appris que le monde et les gens qui l'habitaient étaient fous. Il réfléchit aux conséquences de ses actes. N'allait-il pas bouleverser l'ordre des choses en s'appropriant une telle relique ? Bien que Wymi soit sa raison de vivre, avait-il pour autant le droit de s'en emparer ? Et si Travel basculait dans le néant à cause de lui ?

Tandis qu'il examinait la Pierre, hanté par d'incessantes interrogations, une idée désagréable l'amena à froncer les sourcils. Il n'avait croisé personne, alors qu'il savait le Cercle extrêmement prévoyant et pointilleux. Avait-il vraiment réussi ? Cela ne pouvait être aussi facile.

Il s'approcha d'un pas hésitant. La grotte lui sembla plus grande que dans son souvenir et, alors qu'il scrutait à nouveau l'obscurité avec plus d'attention, il distingua enfin les silhouettes menaçantes.

Ainsi, ils étaient tous là pour l'accueillir : la garde, les femmes, il ne manquait que le maître. Azorru ne put contrôler plus longtemps les pulsations effrénées de son cœur. La peur le paralysa.

Une voix, provenant du fond de la salle, s'éleva dans le silence morbide.

— Que je suis fier de toi, mon fils !

Azorru sut qu'il ne pourrait plus jamais ressortir. Il prit conscience du piège qui se refermait sur lui. Le reflet des armures scintillait dans la nuit. Fuir lui serait impossible et se battre ici ne lui apporterait que la défaite. Le Cercle apparut peu à peu, tel un mirage. L'homme gardait la même apparence, il apparaissait aussi frêle que dans son souvenir.

Un subterfuge fatal.

— Erzo… Ou plutôt Azorru, devrais-je dire !

Ses cheveux argentés suivaient toujours ses mouvements avec fluidité. L'immortel se réjouissait réellement de le revoir. Ses yeux gris lumineux le lui prouvaient.

— J'ai besoin de la Pierre Connue, dit le guerrier, bien décidé à ne dévoiler aucune faille.

Erzo avait bien évolué, il lui montrerait.

— Je sais pourquoi tu es là. Il y a déjà quelques jours que je t'attends !

Un sourire diabolique apparut sur son visage. Azorru garda le silence. Il l'attendait ? Comment avait-il deviné ? Était-il encore en train de se faire manipuler ? Le Cercle avait le don de retourner toute situation à son avantage. Il ne devait pas se laisser impressionner.

— Les lunes savent tout, répondit l'entité à sa question évidente. Tu as accompli ta tâche initiale comme convenu et te revoilà parmi nous pour exécuter la suivante.

Le corps tendu, Azorru examinait l'être, démangé par l'envie de le tuer. Il n'appartenait à personne. Il ne devait rien à qui que ce soit. Seule Wymi comptait !

— Les chaînes qui te relient à moi existent toujours. Quoi que tu en penses, tu ne seras jamais libre. Les lunes t'ont créé dans un but unique. Et ta nouvelle mission m'a été révélée, continua-t-il de sa voix assurée.

Étonné par son discours, le guerrier resta sur ses gardes. Erzo avait fui. N'était-ce pas la mort qui l'attendait ? Il avait désobéi, était parti loin de son maître, il était même tombé amoureux. Il avait défié toutes les règles. Et voilà que le Cercle le félicitait ? C'était à n'y rien comprendre.

— J'ai déjà une quête.

Azorru se retenait d'exploser. Seule sa surprise lui permettait d'étouffer sa rage.

— Celle que tu t'es assignée. Mais je ne pense pas que la mission des lunes te dérangera outre mesure. Elle complétera simplement ton objectif.

Il s'amusait à le titiller. Azorru savait qu'il lui cachait quelque chose, mais il était incapable de deviner quoi.

Pourquoi m'épargnerait-il ? songea-t-il, les poings serrés. *Qu'est-ce que ça lui apporterait ? Je ne suis plus vraiment Erzo, mais je n'en suis pas si éloigné. Me garde-t-il en vie parce que Nanu et Torry ne lui appartiennent pas ?*

Il se racla à nouveau la gorge et, la mort dans l'âme, demanda :

— Quelle est cette mission ?

— Protéger Wymi, répondit très rapidement le Cercle en plissant ses yeux argentés. Enfin, je devrais être plus précis : c'est sur ta descendance que tu dois veiller, mon fils.

Le mystérieux personnage avait prononcé ces deux derniers mots avec malice. Azorru se raidit. Où était le piège ? En effet, sa requête ne changeait en rien ses plans.

— Toutefois, continua-t-il, soudain très sérieux, je dois t'avertir : l'enfant ne devra en aucun cas être tué, même s'il naît corrompu !

Cette fois-ci, Azorru comprenait mieux où il voulait en venir. Cet immortel connaissait vraiment tout.

— Weily a déjà décidé de son sort, s'énerva le jeune homme, le cœur lourd.

— Alors, tu devras lui parler, le convaincre, et tu sais très bien pourquoi !

Le gris intense de ses prunelles arriva à l'effrayer. Azorru dut lutter pour ne pas baisser le regard. Il ne devait rien afficher de sa peur. Son odeur avait malgré tout changé ; un signe de faiblesse que le Cercle n'apprécierait pas.

— Je suis au-dessus du Suprême ! lui rappela-t-il de sa voix puissante.

Le guerrier grimaça. La colère du maître était terrible. Il devait le calmer ou celui-ci se montrerait cruel et lui infligerait des douleurs inimaginables.

— Wymi ne supportera pas de donner la vie à un être monstrueux, lâcha-t-il pourtant entre ses dents.

Il espérait paraître fort, mais cela devenait laborieux. Il pensait à sa bien-aimée, qui se trouvait malgré elle au centre de ce conflit. Personne ne lui demandait son avis. Que ressentirait-elle quand il lui annoncerait la nouvelle ? Elle souffrirait, il en était certain.

— Si tu n'arrives pas à la libérer de son sort, ta progéniture m'appartiendra, que tu le veuilles ou non !

Déstabilisé, Azorru savait que s'il acceptait, l'échec ne serait pas envisageable, car Wymi n'abandonnerait jamais son enfant, qu'il soit bon ou mauvais. Elle l'aimait déjà trop pour cela.

— Je la sauverai, murmura-t-il.

Avec la Pierre, localiser les mages corrompus serait plus aisé.

— Si tu réussis, ta quête ne fera alors que commencer, lui expliqua le Cercle.

Azorru le dévisagea sans comprendre.

— Cette enfant représente un immense pouvoir pour notre univers. Elle cumule en elle ta force et celle de Wymi. Mais cette création ultime des lunes est convoitée… Défendre ta descendance ne sera pas de tout repos. Il se peut même que ce soit ton châtiment pour avoir désobéi. Tu ne connaîtras plus de répit, mais tu lui devras la vie !

Azorru s'aperçut que le Cercle souriait à cette idée. Le voir souffrir d'une quelconque façon le comblait-il à ce point ?

— Je ne serai pas seul, marmonna le guerrier en pensant au Suprême ainsi qu'à Mhor.

— En effet, tu es *encore* bien entouré…

L'immortel avait dit cela comme si ça ne durerait pas éternellement.

— J'accepte la mission de protéger mon enfant !

La voix grondante du jeune homme se répercuta dans toute la salle. Son choix lui paraissait évident, mais il préféra ne faire aucune réflexion là-dessus. Il était inutile d'énerver le Cercle plus que nécessaire, il sentait déjà que celui-ci avait du mal à garder son calme.

— Bien. Certains des guerriers de l'ordre seront à ta disposition pour te soutenir, expliqua-t-il d'un air détaché.

Azorru le détestait quand il agissait avec une telle désinvolture.

— Sachant que ton ennemi se cache, cinq de mes meilleurs fils t'accompagneront. Les Quink seront les gardiens de ton enfant à venir, dans la vie comme dans la mort !

Azorru en demeura coi. Pourquoi le Cercle faisait-il autant pour lui, alors qu'il lui avait si souvent désobéi ? Cherchait-il à le pousser à bout ? Il s'était attendu à de la haine, mais voilà qu'il pouvait presque déceler un peu d'amour dans sa voix.

Devait-il le remercier ? Après tout ce qu'il avait enduré ? Survivre dans ces sous-sols avait été pire que tout et après la disparition d'Emy, il ne l'avait plus supporté. Il se reprit. Pourquoi dériver ainsi sur de néfastes pensées alors qu'il venait d'obtenir l'inconcevable ?

— Je dois maintenant t'avouer un terrible mensonge, mon fils, souffla l'immortel après un long temps d'hésitation. Je ne voudrais pas que tu gardes en souvenir de moi la responsabilité de la perte de ta mère adoptive. Jamais je ne l'ai enfermée ici. Elle ne s'est pas suicidée non plus, elle ne s'est même jamais présentée en ces lieux. Ce que tu as connu n'était qu'une illusion pour te tromper. À l'époque, tu devais apprendre davantage, tu devais te passionner pour le monde extérieur, et l'image de cette femme était la parfaite solution. Petit, tu m'aimais trop et tu refusais de quitter mes bras. J'ai donc manipulé ton esprit. Ce subterfuge nécessaire t'a donné la force et la haine qu'il te manquait pour affronter la suite. Tu avais beau être entraîné, valeureux, Azorru, ton cœur était bien trop doux. Il te fallait plus qu'un rêve pour t'enfuir ! Il fallait que tu n'aies plus d'espoir…

Et comme pour lui prouver ses propos, les traits du Cercle se déformèrent pour prendre la forme de celle qui avait tant compté pour lui. Incrédule, le guerrier le dévisagea. Il était trop abasourdi pour s'exprimer. Il se souvint de ce moment qui l'avait décidé à fuir. Sa détermination avait alors été sans faille.

— M… Mais c'est…

— Tu croyais vraiment qu'une magicienne pouvait entrer ici chaque année ? Azorru, te voir aussi ingénu m'inquiète toujours autant. Ne t'es-tu jamais posé cette question ? Comment Emy arrivait-elle jusqu'ici ? Tu es au courant qu'il n'existe aucun chemin à l'extérieur.

Azorru sentit ses larmes monter. Il repensa à la femme qui lui avait paru si réelle. Toute cette tendresse venait de lui, finalement ?

— Elle… Elle détestait cet endroit.

Le Cercle reprit son apparence normale et caressa délicatement sa joue.

— Bien sûr. Il le fallait, sinon tu ne m'aurais jamais quitté. Je sais combien tu enfouis cette vérité au fond de toi. Tu n'oses pas te l'avouer.

Azorru baissa les yeux, incapable de le contredire. Cette place horrible, il s'y était attaché à sa manière. Le guerrier y avait appris à tuer, à ne rien montrer de ses sentiments. On lui avait enseigné que tous les coups étaient permis, du moment qu'on atteignait son but. Et c'était ce qu'Erzo avait toujours fait par la suite. Mais il y avait aussi eu des frères et des sœurs, une amante… un père ?

Azorru trouvait quand même que les entraînements imposés à Erzo avaient été très difficiles à encaisser. Il avait bien failli périr à de nombreuses occasions. La souffrance et la mort avaient régulièrement habité ce lieu, mais il l'aimait tout autant qu'il le redoutait. Et il savait que c'était ainsi que le Cercle désirait être représenté.

— Mon fils, reprit celui-ci, attrape la Pierre. Elle me reviendra une fois sa tâche accomplie. Ne t'inquiète pas si elle disparaît un jour. Et fais bien attention à tes adversaires. Ils auront parfois une apparence peu commune !

Le guerrier aurait apprécié qu'il lui en révèle davantage. Azorru l'observa du coin de l'œil, cherchant à s'assurer de son honnêteté. Il n'arrivait, tout comme Erzo, jamais à distinguer le vrai du faux dans ses paroles. L'immortel le manipulait à sa guise. Il décida de tenter le tout pour le tout et de s'emparer de la Pierre Connue sous le regard perçant de toute l'assemblée. Entre ses doigts, son rayonnement s'intensifia. Émerveillé, il se perdit dans sa contemplation.

Le Cercle garda une totale immobilité pendant ce qui lui

parut durer une éternité. Puis, il prononça quelques mots antiques. Azorru se raidit, effrayé. Allait-il lui lancer un mauvais sort comme le Suprême ? Il ne supporterait pas de recevoir une autre malédiction.

— Tu seras le seul à voir la Pierre, à la sentir et même à pouvoir t'en servir. Azorru, ce n'est pas moi ton ennemi !

Le Cercle lui sourit avec chaleur comme s'il lui révélait la véritable nature de son cœur. Azorru se remémora l'enfance d'Erzo qui, jusqu'à ses cinq ans, n'avait été élevé que par celui-ci, avant d'être ensuite confié aux Quink.

C'est mon père, songea-t-il.

— Tu peux y aller, affirma son maître alors qu'il hésitait.

Le guerrier avait la gorge nouée. Pouvait-il lire en lui et réaliser combien son affection comptait ? Il aurait voulu parler, mais rien ne venait.

— Mon fils, garder le silence est parfois la meilleure solution ! Va, je connais tes sentiments et ton âme tendre. Tu auras toujours ta place parmi nous, que tu échoues ou que tu réussisses, le rassura l'immortel en lui tournant le dos.

Azorru fut alors persuadé qu'il ne le reverrait pas avant longtemps. Il acquiesça, puis s'éloigna, le cœur lourd. Une larme roula sur sa joue, malgré tous ses efforts pour dissimuler sa peine. Ses cinq frères le suivirent à l'extérieur. Il examina attentivement leurs silhouettes inquiétantes. Ces hommes étaient-ils heureux de quitter le repaire ? Tous les six se trouvaient à nouveau réunis après des années de séparation. Il se rendit compte qu'il ne les avait jamais vraiment connus. Erzo ne leur ressemblait pas, il avait constamment ressenti une différence.

Sortir lui fut bien plus facile qu'il ne l'avait imaginé. Au final, le plus dur avait été d'entrer. Azorru se sentit soudain gagné par un incontrôlable fou rire et, incapable de se retenir, relâcha ainsi toute la pression accumulée.

Il s'empressa ensuite de retrouver Mhor, qui fut ébahi de le voir revenir si vite. Il était resté dans la grotte à peine quelques heures.

— Eh bien, c'est étonnant. Tu vas rejoindre Wymi en un seul

morceau, dit le sorcier, abasourdi.

Il jeta tout de même un coup d'œil méfiant aux Quink. Ceux-ci, dissimulés sous leurs cuirasses noires, ne pouvaient qu'inquiéter.

— Il ne m'a même pas torturé, souligna son compagnon de route, trouvant lui-même ce fait incroyable.

— Il aurait dû ?

Le regard interrogatif de Mhor en disait long et Azorru le soupçonna de réellement connaître le Cercle. Décidément, il s'entourait de personnes fort agaçantes.

— Disons que je suis une exception, termina-t-il, songeur. Au moins, j'ai pu ramener la pierre.

Les cinq frères hochèrent la tête en chœur. À leur façon d'agir, Azorru pouvait déduire qu'ils étaient ravis de sortir. Pourtant, cette mission ne serait pas de tout repos, ils avaient une armée de mages corrompus à exterminer. Il les conduisait à une mort quasi certaine.

Non, vraiment, ce qui s'annonçait n'avait rien de réjouissant !

Chapitre 36

Le traître

Assise devant sa fenêtre, Wymi contemplait l'immense forêt carnivore qui s'étendait à l'horizon. La jeune femme attendait patiemment le retour d'Azorru. Rongée par l'angoisse, elle sentait que son corps changeait, comme si on la détruisait de l'intérieur. Parfois, son esprit délirait. Elle avait peur de devenir folle. Plongée au cœur de ses sombres réflexions, elle bondit de stupeur lorsque la porte s'ouvrit à la volée. Elle se tourna brusquement, irritée qu'on entre sans même frapper. Sa stupéfaction fut d'autant plus grande de découvrir Lymou, dans sa tenue de combat. Moulante, elle mettait les courbes harmonieuses de son corps en valeur. Elle s'approcha à pas fluides, presque félins.

Wymi frissonna. L'attitude inhabituelle de Lymou éveilla chez la jeune femme un terrible pressentiment. Était-il arrivé malheur à Azorru ? Les yeux de l'intruse, rivés au sol, masquaient tout de ses intentions.

— Wymi, je…

— Tu aurais dû frapper avant d'entrer, critiqua-t-elle.

Elle redoutait tant d'entendre ce que Lymou avait à lui dire qu'elle repoussait au maximum le moment fatidique. Tout compte fait, elle préférait ne rien écouter. Les mains le long du corps, Wymi serrait les lourds pans de sa robe. Depuis son retour, elle aimait porter des vêtements denses. D'une certaine façon, cela la rassurait. Elle avait attaché ses cheveux en un épais chignon. Sa nouvelle apparence se rapprochait beaucoup de celle d'une reine, bien que le lieu ne se prête guère à ce genre de comparaison.

Balayant du regard sa chambre rustique, sans fioritures, la jeune femme releva ses doigts. Elle effleura le collier de sa mère, ce pendentif en forme d'étoile qui avait une si grande importance pour son père.

Elle considéra à nouveau Lymou. Cela faisait une éternité qu'elle ne lui avait plus adressé la parole. Depuis l'époque de son apprentissage au sein du temple. Ce qu'il s'était passé entre elles remontait à des années. Elle n'aurait pas dû se montrer si rancunière. Avec le temps, ses blessures auraient dû se refermer, mais elle se rendit compte que la douleur était encore présente, telle une plaie béante.

Lymou finit par se rapprocher, mais ses yeux restaient résolument camouflés. Wymi détestait qu'elle se dérobe ainsi. Elle affichait cette vulnérabilité qui l'avait jadis trompée. Cette femme aimait bien trop manipuler les autres.

Devant son mutisme, Wymi commença à perdre patience et lui ordonna sèchement de parler.

— Je ne me suis pas présentée en ennemie, répondit la mage nerveusement.

Lymou masquait, par son visage baissé, le fin sourire arrogant qui se dessinait sur ses lèvres. Wymi savait qu'il était là, toujours prêt à se moquer d'elle, à la détruire au moindre faux pas.

— Je viens te voir parce que je pense qu'un traître se cache parmi nous. Je crois même avoir trouvé de qui il s'agit, lâcha-t-elle d'un ton impérieux.

Wymi, sur la défensive, reporta songeusement son regard vers l'extérieur. Lymou devait disposer de preuves pour ainsi en parler.

— Un traître, murmura la jeune femme.

Elle l'examina à nouveau. Dans cette position, détecter tout mensonge devenait impossible. Wymi n'était pas non plus très douée pour juger les gens, mais cette façon de détourner les yeux sans arrêt l'agaçait au plus haut point. Elle s'obligea malgré tout à se détendre. Lymou n'était pas venue lui annoncer une mauvaise nouvelle concernant Azorru. Cela était un soulagement en soi.

— Depuis un certain temps, je soupçonne quelqu'un. En fait, cela fait deux ans que je cherche des indices pour la confondre, expliqua la magicienne sans bouger.

N'allait-elle pas se retrouver avec un torticolis ? Wymi en eut finalement assez de considérer sa nuque et commença à faire les cent pas. Pourquoi Lymou ne s'adressait-elle pas au Suprême ? Ce n'était pas normal, elle en était persuadée. Un détail lui échappait forcément. Son grand-père l'aurait écoutée et conseillée bien mieux qu'elle. Elle l'observa à nouveau, les lèvres crispées.

Après un lent soupir, Wymi finit par lui demander :

— Pourquoi viens-tu me le dire ?

Lymou releva enfin la tête pour lui lancer le plus acéré de ses regards. D'un geste élégant, elle détacha ses délicats cheveux noirs. Ils se délièrent en cascade dans son dos. Elle redressa les épaules en une posture impérieuse. Bien que plus grande qu'elle, Wymi se sentit malgré tout inférieure à la façon qu'elle avait de lever le menton. Elle comprit que Lymou voulait l'écraser de sa supériorité.

— Ne va pas imaginer que ton avis m'est d'un quelconque intérêt. Mais je n'ai pas encore assez de preuves pour m'adresser au Suprême. J'ai besoin d'aide afin de surveiller cette personne, termina-t-elle entre ses dents.

— En gros, tu désires que je t'assiste, se moqua Wymi.

Lymou lui sortait par les yeux. Rester sympathique plus longtemps lui était impossible. Une haine viscérale lui nouait les tripes.

J'ai envie de la brûler !

— C'est incroyable. Tu m'en veux toujours pour ce qu'il s'est passé entre nous, railla la brune.

Wymi garda le silence tandis que sa rivale ricanait.

— Je t'ai donné une bonne leçon, ce jour-là, poursuivit-elle. Tu devrais m'en remercier. Il ne faut se fier à personne. Tu as joué et tu as perdu !

Lymou prenait un malin plaisir à la chercher. Désirait-elle se battre ? Wymi préféra l'ignorer, elle n'était pas en état. D'un mouvement souple, la magicienne s'assit sur son lit, le visage impassible. Derrière son masque, elle faisait tout pour ne rien dévoiler de la peur que cette femme lui inspirait.

Wymi n'oublierait jamais la force avec laquelle Lymou l'avait maltraitée.

* * *

À huit ans, Wymi avait réussi l'improbable, ce pourquoi elle s'entraînait avec acharnement depuis plus d'un an. C'était son premier résultat, une boule de feu était apparue dans ses paumes !

Lymou, en découvrant son exploit, s'était empressée de la féliciter et lui avait proposé un jeu. Wymi, qui ne s'entourait d'aucune copine à cette époque-là déjà, avait accepté avec enthousiasme. D'autant plus qu'il suffisait pour gagner de garder la sphère incandescente le plus longtemps possible allumée.

Mais, à peine agenouillée face à elle, son amie avait subitement approché sa main. La petite rousse avait ainsi perdu toute maîtrise de la situation. À cause de Lymou, le jeu avait pris une tout autre tournure.

Dans un élan, Wymi avait tenté de s'éloigner, car la flamme, bien que modeste, demeurait redoutable et sa chaleur très intense. Mais ne se montrant pas assez rapide, sa camarade, inconsciente du danger, s'était grièvement brûlée. Elle avait hurlé de douleur si violemment que, sur le coup, son cri lui avait presque percé les tympans.

Wymi, en larmes, s'était excusée de son mieux. Alors, durant un bref instant, Lymou l'avait dévisagée comme si elle ne ressentait pas la moindre souffrance. Wymi se souvenait encore de sa main écarlate qui se couvrait de cloques affreuses. Sous le choc, elle était restée immobile tandis que sa soi-disant amie, devenue extrêmement menaçante, canalisait l'air qui les entourait. Elle avait pris le contrôle du vent, ses prunelles s'étaient illuminées devant Wymi, qui continuait à l'observer sans comprendre.

Son instinct l'implorait pourtant de reculer.

Sans un mot, Lymou avait ensuite envoyé toute sa magie dans sa direction. Incapable de se défendre, Wymi avait enfin tenté de fuir, mais trop tard. Quand le sort l'avait percutée de plein fouet, son hurlement avait déchiré l'atmosphère à son tour.

Elle se souvenait de la puissance des griffes qui avaient lacéré son corps, de ses cheveux qui avaient volé autour d'elle alors que son sang éclaboussait leurs vêtements. Lymou était déterminée à la tuer. Wymi avait fini par s'écrouler au milieu d'une mare pourpre.

Heureusement, son grand-père était arrivé à temps, empêchant une catastrophe. Elle avait cru qu'il la protégerait et punirait son attaquante, mais Lymou l'avait prestement dénoncée, arguant qu'elle avait engagé les hostilités la première. Wymi n'avait évidemment pas pu prouver le contraire. Après l'avoir guérie, Weily s'était fâché comme jamais.

— Il est interdit d'utiliser la magie pour faire du mal aux autres ! Quand vas-tu le comprendre ? avait-il explosé, comme si elle avait déjà agi de cette manière par le passé.

Wymi avait pleuré à chaudes larmes, mais Weily n'en avait rien eu à faire. Hors de lui, il l'avait secouée sans ménagement. Et quand elle avait tenté de réfuter les affirmations de Lymou, la paume du Suprême avait percuté sa joue. Il l'avait frappée à lui en décrocher la mâchoire.

Soudain enragée, elle avait alors réclamé son père. Weily, sous le choc, s'était immédiatement figé. Il l'avait dévisagée un long moment, puis avait reculé d'un pas. Il lui avait rappelé, non sans douceur, que celui-ci était mort avec sa mère et qu'elle ne reverrait jamais aucun des deux. Ses paroles, encore aujourd'hui, résonnaient douloureusement dans sa tête.

Weily avait ensuite pris Lymou par la main. Wymi, abandonnée de tous, avait pensé depuis lors que sa magie était le mal incarné. Elle n'était dès lors plus jamais parvenue à la faire apparaître.

* * *

Les poings serrés, l'Incomprise se retenait de mettre Lymou dehors.

— Cesse de me prendre pour une idiote, nous ne sommes plus des gamines, veux-tu ! Ce jour-là, tu as tenté de me tuer, fit Wymi en caressant sa chevelure d'un air décontracté et en essayant de maîtriser au mieux sa colère.

Ses doigts crépitaient. Au souvenir de ce que cette fille lui avait infligé, elle eut soudain l'idée de lui rendre la monnaie de sa pièce.

— Et tu as survécu. Tout est bien qui finit bien, renchérit Lymou, sournoise.

Wymi renifla avec dérision. Elle devait avouer que cette sale hypocrite s'en était admirablement bien sortie avec ses larmes de crocodile.

— Ça, c'est ton point de vue, souligna-t-elle.

— En effet, mais depuis, j'ai changé ! Je t'assure, j'ai eu envie de m'excuser de nombreuses fois. Mais, j'ignore pourquoi, je n'ai pas pu.

L'intonation douceureuse que Lymou employait enragea Wymi plus encore. Elle ravala toutefois sa rancœur. L'heure n'était pas aux enfantillages.

— Alors, vas-tu me dire qui est le traître ? Ou es-tu juste venue ici pour te remémorer le bon vieux temps ? trancha-t-elle avec fermeté, lui rappelant qu'à présent, elle n'était plus sans défense.

Wymi remarqua avec plaisir que son ton autoritaire avait eu l'effet escompté. Au regard de Lymou, elle sut que celle-ci la haïssait, mais la craignait aussi, dorénavant.

— Breese !

Ce simple nom la bouleversa. Breese, l'adorable petite sœur d'Azorru ? C'était impossible. Elle était douce et pleine de bonté. Et puis, même s'il se dégageait d'elle une grande puissance, Wymi n'avait jamais senti la moindre noirceur en elle depuis qu'elle partageait son quotidien. Lymou se trompait forcément.

— Breese… Je ne pense pas.

— Tu devrais, pourtant, lança une nouvelle voix.

Wymi se redressa. Kujila venait d'entrer dans sa chambre. Ainsi, Lymou avait rallié à sa cause une autre Ilemen talentueuse.

— Je la connais, j'ai ressenti sa magie. Elle n'est pas corrompue, insista Wymi, bien décidée à ne pas l'incriminer.

Les bras croisés, Kujila referma la porte d'un mouvement de hanche. Sa beauté était à couper le souffle et ses seins toujours aussi énormes.

— Vous devriez vous renseigner avant d'attaquer quelqu'un sans la moindre preuve, continua Wymi sur un ton de reproche.

— Mais j'en ai une !

Lymou prenait apparemment un grand plaisir à la déstabiliser. Son sourire carnassier déformait son visage au point de l'enlaidir. S'en rendait-elle compte ?

Outre le fait que la guerrière accusait une innocente sans argument réel, Wymi était perturbée par la présence de Kujila. Celle-ci ne résidait pas dans le temple. Cela voulait-il dire que les combattants réquisitionnés par son grand-père commençaient à arriver ? Cette constatation amplifia irrévocablement son stress à l'idée qu'Azorru puisse ne pas revenir. Elle examina du coin de l'œil cette blonde pulpeuse aux lèvres charnues et au corps voluptueux. Elle semblait toutefois avoir perdu son entrain habituel.

Wymi tapota le sol du bout de son espadrille. Ce long silence devenait pesant.

— Et cette preuve, donc ?

— Hier, elle a touché le bol sacré du maître, dévoila Lymou entre ses dents.

Wymi se renfrogna. Elle comprenait leurs doutes. Cet objet servait à invoquer des sorts dangereux, et parfois à contempler l'avenir, quand les lunes l'autorisaient. Seul un Suprême pouvait l'utiliser. Laissé entre de mauvaises mains, il pouvait se révéler malfaisant. Les mages corrompus rêvaient de s'en emparer afin d'augmenter leur puissance. Cependant, Weily et les anciens avant lui l'avaient protégé. Il était maintenant impossible de le dérober.

— Ça ne veut rien dire !

Wymi avait besoin de beaucoup plus que ce simple fait pour être convaincue de la culpabilité de la jeune apprentie.

— Breese sent le savon à longueur de temps, émit la blonde, sans trop d'assurance.

— Elle dissimule son odeur, cracha Lymou d'un ton sec. Et sa peau est bien trop pâle pour être naturelle.

— Et comment pouvez-vous en être sûres ? les interrogea-t-elle avec humeur.

Wymi les fixait tour à tour. Il était tout à fait envisageable qu'un parfum agréable enveloppe Breese depuis sa naissance et qu'elle ait toujours eu ce teint de porcelaine. Elle-même sentait la rose depuis son enfance.

— J'ai vu où elle cache son amulette, asséna Lymou d'un air réjoui. Le nœud qu'elle utilise pour s'attacher les cheveux est gorgé de magie !

Wymi n'en revenait pas. Tout reposait sur les propos de Lymou. Or, ce qu'elle lui avait fait subir par le passé lui avait au moins enseigné une chose : la certitude qu'elle ne devait jamais faire confiance à cette vipère.

— Kujila, qu'en penses-tu ?

Wymi la regarda droit dans les yeux. Son visage était l'expression même de l'indécision.

— J'ai moi aussi du mal à y croire, mais je ne vois pas pourquoi Lymou mentirait.

La femme voluptueuse gardait les bras croisés sur sa poitrine, signe d'un malaise évident.

— Breese n'a pas une once de méchanceté en elle. S'il y a une traîtresse ici, ce n'est pas elle.

— Je constate que tu n'as toujours aucune jugeote, s'impatienta Lymou. Il y a un espion, c'est indéniable ! Et on a commencé à recenser des attaques à l'intérieur du territoire juste au moment où elle a rejoint nos rangs. C'est elle !

Pour une fois, Kujila n'ouvrait pas la bouche et ne se moquait pas de Wymi. Elle l'observait, au contraire, comme si elle cherchait en elle un indice quelconque.

— Lymou, je déteste accuser les autres sans preuve et, pour moi, c'est ce que tu fais en ce moment. Uniquement parce qu'elle s'attache les cheveux...

— Et le bol ? hurla sa rivale. Je ne vais pas rester plus longtemps avec une idiote pareille. Je trouverai bien un moyen pour que tout le monde se rende compte que j'ai raison.

Elle sortit en claquant la porte. Au même instant, Wymi s'écroula sur le lit.

— Ça va ?

Kujila se précipita à son chevet, inhabituellement préoccupée.

— Je... Je ne sais pas...

La chambre tanguait comme si elle était saoule. Wymi se mit à trembler. Sa tête la brûla soudain. Elle tordit sa bouche en un affreux rictus quand plus rien de cohérent ne l'entoura. La pièce se transforma en une vision d'horreur.

Des mains. Des centaines de doigts s'agglutinaient autour d'elle. Ils empoignaient son corps en une sinistre masse hideuse qui obstrua très vite toute source de lumière. La jeune femme tâcha de les repousser ; seulement, ils s'accrochaient fermement à elle.

Elle cria, mais il n'y avait personne pour l'entendre. Elle se débattait alors que tout son univers s'assombrissait, mais les griffes qui sortaient du sol l'emprisonnaient, l'agrippaient toujours plus violemment. Leur force était destructrice. Bientôt, des êtres sans visage déformés par la haine des mages corrompus se matérialisèrent. Des âmes torturées désiraient s'emparer de son cœur, de sa vie. Elles voulaient l'entraîner dans un monde sans couleur.

— À l'aide, appela-t-elle en pleurant.

Elle tenta de s'accrocher à tout ce qui pouvait être réel. Wymi ne supportait plus qu'on touche ainsi son corps. Elle essaya de s'enfuir, mais ces choses monstrueuses la retenaient. Elle laissa jaillir ses pouvoirs pour se défendre et se transforma en un véritable brasier. Cependant, quoi qu'elle fasse pour se protéger, cela n'éloignait pas les mains. Au contraire, elles l'assaillaient avec rage, plus nombreuses encore. Elles écorchaient sa peau fragile, leurs ongles s'enfonçaient dans sa chair tendre, lui infligeant d'infâmes blessures.

Wymi crut mourir.

— À l'aide, supplia-t-elle à nouveau, désespérée.

Kujila perdit toute contenance lorsque, sous ses yeux, Wymi se métamorphosa. Son corps se mit à rougeoyer, ses vêtements brûlèrent. L'Incomprise s'entoura de flammes destructrices.

La guerrière regretta immédiatement ses moqueries en contemplant la puissance fabuleuse de la jeune femme, bien supérieure à la sienne. Elle se retrouva projetée contre le mur, alors que Wymi hurlait de douleur, inaccessible derrière son écran de magie.

Le Suprême déboula comme un ouragan fou. Il se figea à l'entrée de la chambre, abasourdi. Pour la première fois, Kujila vit son maître plongé dans un profond désarroi. Breese surgit derrière lui et la blonde se rembrunit. L'apprentie lança un sort qui attira Wymi vers elle comme un aimant.

L'Incomprise allait perdre la raison. Elle s'apprêtait à tout brûler, quand une petite lumière vive capta son attention. La magicienne se focalisa dessus et arriva même à la faire grossir. La jeune femme se calma légèrement pour tenter de s'en approcher. Elle dut y mettre toute sa vigueur, les mains la tiraient en arrière afin de la garder en leur possession. La présence rayonnante prit alors une forme plus palpable, inattendue.

Breese apparut, encapuchonnée de blanc. Elle était belle,

mais surtout, elle éloignait les ombres néfastes. L'adolescente arrondit les yeux devant la vision d'horreur. Elle paniqua quelques secondes face aux membres déformés avant de se ressaisir.

Wymi comprit qu'elle était bien plus qu'une simple élève. Dès l'instant où elle tendit les bras dans sa direction, Breese souffla sur ses paumes et une scintillante poudre argentée s'envola dans sa direction. Les particules mirent un temps fou à l'atteindre, comme si elles devaient parcourir des lieues. Quand Wymi respira cette étrange poussière, ses paupières se fermèrent. Elle plongea dans un profond sommeil qui l'emporta loin des mains oppressantes.

Breese venait de la sauver.

Kujila, sur ses gardes, observait la jeune apprentie s'épuiser à secourir leur amie. Elle ignorait toujours si Lymou avait raison et préféra garder un silence prudent, jusqu'à ce que Wymi s'écroule soudain, apaisée.

— Que s'est-il passé ? la questionna Weily, soupçonneux.

Sur les nerfs, le corps tendu, Kujila devinait à son expression qu'il était capable de la tuer si elle ne lui donnait pas une réponse satisfaisante.

— Je n'en sais rien. Nous discutions et, d'un seul coup, elle s'est métamorphosée.

— Pourquoi étais-tu là ? interrogea Breese à son tour.

— Pour lui parler...

La magicienne ne se sentait plus du tout à son aise.

— Pour lui parler de quoi ?

Kujila resta sans voix.

Pourquoi Breese s'interposait-elle ainsi, alors qu'il était absolument interdit de couper la parole au Suprême ? Et plus étonnant encore, pourquoi Weily ne la réprimandait-il pas ? La jeune femme dévisagea son maître, qui la fusillait de ses yeux limpides sans prononcer le moindre mot, puis reporta son attention sur l'apprentie. Celle-ci lui adressait un regard froid, dénué de tout sentiment. Elle aussi était clairement à bout de patience.

Kujila déglutit avec difficulté. Comment avouer ici, devant elle, et surtout devant le Suprême, qu'elle la soupçonnait d'être une traîtresse, alors que ses arguments ne tenaient pas la route ? Incapable de mentir, elle avait la désagréable sensation d'être en tort. Elle n'avait pourtant rien fait.

— Réponds ! exigea Weily.

Il souleva Wymi, puis la déposa sur le lit avec tendresse. Kujila savait qu'à moins d'un miracle, c'était elle qu'on prendrait pour la félonne.

Chapitre 37

La boussole

À leur arrivée dans l'enceinte du sanctuaire, Mhor et Azorru durent se frayer un chemin parmi les mages gyramens, qui avaient déjà envahi tout l'espace. Une foule grouillante les freinait tandis qu'ils avançaient dans la cour centrale, mais le guerrier ne s'intéressait qu'à une seule personne et la cherchait désespérément des yeux.

Ne pas voir Wymi se précipiter pour l'accueillir l'inquiétait terriblement.

Alors qu'il pénétrait dans le temple, Azorru s'arrêta sur le seuil. À ses côtés, Mhor n'avait pas ouvert la bouche, tout comme ses cinq frères, qui le suivaient. Les soldats du Suprême s'étaient tous réunis comme convenu. Son entrée pour le moins tapageuse attira l'attention. Loin d'être à son aise, il aurait souhaité échapper à cette inspection inattendue. D'un bref coup d'œil, il intima aux Quink de disparaître. Personne ne les verrait ou ne les sentirait, ils étaient experts dans l'art de la dissimulation. Ils s'exécutèrent sans un mot.

Impressionné par le nombre de disciples présents, Azorru redoutait de croiser un combattant en particulier et n'eut aucun mal à le repérer. Celui-ci écartait la foule devant lui : respecté, admiré, considéré comme le plus grand, on ne pouvait pas le rater. Ce guerrier n'avait pas changé, son regard était toujours aussi percutant.

Azorru serra les dents alors que Dumeur s'approchait.

Il dut faire d'énormes efforts pour se contenir. Afficher sa haine maintenant attiserait la curiosité de son géniteur, ce qu'il devait éviter à tout prix. Pour l'instant, mieux valait rester impassible.

Dumeur s'arrêta à quelques pas de lui pour le dévisager. Azorru crispait ses doigts à s'en faire mal. Les sévices qu'il lui avait fait subir étaient encore trop vifs dans sa mémoire. Bien que ce ne soit pas l'heure de la vengeance, il lui était extrêmement difficile de camoufler sa rage.

Mhor, qui sentait son stress, l'examina également d'un œil attentif.

Dumeur n'avait pas pris une ride, ce même magnétisme unique se dégageait de lui. Pourrait-il le battre, maintenant ?

— Azorru !

Toutes les têtes convergèrent immédiatement vers le Suprême. Il dut s'écarter de Dumeur, ce qui, en soi, était une chance. Weily paraissait calme, cependant le guerrier sut à sa façon de se déplacer, vive, sèche, que ce n'était qu'une façade.

— Maître, s'inclina-t-il.

— Viens, j'ai à te parler ! le pressa-t-il sans masquer l'urgence de la situation.

Les yeux du sorcier scintillèrent. Il ne supporterait pas d'être encore une fois exclu.

— Oui, oui, toi aussi, Mhor, rajouta le Suprême, agité.

Il leur tourna le dos et s'éloigna d'une démarche rapide. Il s'arrêta près d'une porte avec impatience. Azorru aurait voulu courir, mais il s'obligea à marcher pour ne pas alerter l'assemblée. Parvenu à la hauteur du vieil homme, il put distinguer une vague de tristesse submerger son visage. Il s'imagina d'emblée le pire. Son cœur se serra à l'idée que Wymi ait pu être à nouveau attaquée.

Weily n'ouvrit pas la bouche. L'anxiété scellait ses lèvres, les réduisant à une fine ligne. Il les mena en silence jusqu'à la chambre de sa petite-fille. Sourcils froncés, Azorru entra dans une pièce aux murs calcinés. Breese, aux côtés de Wymi, le regardait d'un air désolé.

Sa mine épuisée l'interpella. La robe froissée de sa sœur ainsi que ses cheveux en bataille lui indiquèrent qu'elle veillait depuis longtemps sur sa compagne pour s'assurer de son bien-être. La situation devait être grave pour qu'elle se néglige de la sorte.

Il amorça un mouvement dans leur direction, avec le désir presque incontrôlable de serrer contre lui sa bien-aimée. Mhor le devança. Il se pencha au-dessus du corps immobile de sa fille. Elle respirait lentement. Les sons alentour, et même sa présence, ne la réveillaient pas. Azorru attrapa sa main froide avec tendresse.

— Elle dort, murmura Breese.

La jeune fille espérait le rasséréner, car elle savait que la suite le rendrait malheureux.

— Mais… elle semble presque morte, dit-il, la voix brisée.

— Nous n'avons pas eu le choix, soupira le Suprême d'un ton las.

Exténué, le vieil homme se massa les tempes.

— Que s'est-il passé ? interrogea Mhor.

Azorru fut soulagé de le voir réagir. Ainsi, il n'était pas le seul à ne rien comprendre.

— C'est à cause des mages corrompus, commença Breese.

Elle cherchait ses mots pour ne froisser aucun des deux.

— Son esprit est plongé au cœur d'illusions qui la détruisent. Nous avons pu la calmer en l'endormant.

Weily, près de la porte, surveillait sa petite-fille, dans un état second.

— J'ai pu l'apaiser en m'infiltrant à l'intérieur de ses rêves, expliqua Breese. Cela n'a pas été facile et j'ai même cru y rester. J'ai réussi à l'hypnotiser… Toutefois, sa vie ne tient plus qu'à un fil. Vous devez tuer les mages corrompus rapidement ou elle mourra !

Azorru ne respirait plus. Il observait les longs cheveux roux de Wymi, qui ondulaient sur les draps. Sa peau pailletée paraissait toujours aussi douce, mais son souffle se réduisait à un mince filet. Se réveillerait-elle un jour ? Il s'approcha, caressa son bras. Pouvait-elle le sentir ?

Il lui serra la main dans l'espoir de lui transmettre ses forces, qu'elle puise en lui l'énergie nécessaire, mais rien ne se produisit. Son cœur se brisa. Il s'effondra, incapable de retenir ses larmes. Il n'avait pas eu le temps de la connaître vraiment. Il aurait voulu lui donner toute l'affection qu'elle méritait.

Je l'aime tant…

Il était prêt à se sacrifier pour la sauver, pour voir une fois encore son visage s'illuminer de cet éclat radieux qu'elle avait parfois. Il avait la certitude que si elle ne survivait pas, il mourrait lui aussi. Il avait été prétentieux, inconscient. Par sa faute, elle se retrouvait là, piégée entre la vie et l'horreur. Il ne se rendit pas compte tout de suite que Mhor était sorti, accompagné de Weily et Breese. Ses larmes l'aveuglaient, tombaient sur le corps de sa tendre adorée. Il s'allongea près d'elle, suivit le contour de ses traits délicats. Il imagina un instant son regard posé sur lui. Bleu. Intense. Elle le contemplerait avec tant de passion… et ses lèvres roses s'étireraient afin de lui offrir le plus beau des sourires.

Il rouvrit ses yeux dorés. Wymi n'avait pas bougé. Elle n'avait toujours pas essayé de puiser dans sa force. Il voulait pourtant qu'elle prenne tout de lui et qu'elle vive. Sa douce odeur de rose l'anéantissait, le dévorait de l'intérieur. Il resta à ses côtés, sans plus se soucier du temps qui passait, et finit par s'endormir en lui tenant la main. Sa chaleur l'enveloppa enfin. Il s'apaisa.

Je t'aime, songea-t-il. *Je suis là !*

Puis, il sombra dans un sommeil lourd. Si lourd qu'il se retrouva plongé dans un endroit aussi sombre que de l'encre noire. Il frissonna. Un courant d'air froid le percuta. Il aperçut petit à petit les contours d'une pièce qui ressemblait beaucoup à la chambre de Wymi. Il avait du mal à se repérer et dut se concentrer pour distinguer l'esquisse d'une silhouette.

Il la découvrit bientôt, prisonnière de ces mains hideuses. Même les murs en étaient tapissés. Alors qu'il s'approchait, le corps nu et lacéré de sa compagne lui apparut avec plus de netteté.

Le désir de tout ravager pour la libérer le fit gronder, mais sa magie ne servirait à rien. Azorru se trouvait au centre d'un rêve dans lequel aucune de ses actions n'aurait de réel impact. Il ignorait si Wymi l'avait appelé ou s'il était ici grâce à leur lien. Il comprenait sa folie, maintenant. Elle avait voulu brûler ces doigts cruels, mais elle n'y était pas parvenue. Ces choses s'agrippaient, l'enfermaient, la détruisaient.

Les griffes maudites des mages corrompus. Si seulement il était en mesure de les anéantir !

En réaction à son intrusion, Wymi se réveilla soudain et ses yeux percèrent la nuit. Un bref instant, ils s'illuminèrent. Sa nudité le perturbait, les mains la recouvraient jusqu'à la taille et la touchaient sans la moindre pudeur. Il fut soulagé en découvrant que sa présence les éloignait.

Elles avaient peur de lui ou, plus précisément, de la Pierre Connue qu'il tenait entre ses paumes. Azorru ne prit conscience qu'à cet instant qu'il l'avait emportée avec lui dans son sommeil. Son halo rose allait libérer Wymi des entraves puissantes que les corrompus lui imposaient. La gemme, infiniment plus forte que leur sort maudit, avait été créée par les lunes elles-mêmes.

— Sauve-moi, implora la magicienne d'une voix creuse.

Sa fragilité le fit trembler. Azorru sentit son cœur se tordre. Elle ne paraissait pas le voir. Seule la Pierre attirait son regard. Oui, celle-ci l'aiderait. Wymi tendit les mains et s'en saisit, les yeux emplis d'espoir.

— La Pierre Connue, chuchota-t-elle, incrédule.

Elle scruta la pièce, puis murmura son nom dans un sanglot étouffé. Elle pleurait de soulagement, tandis que les griffes se retiraient grâce au pouvoir du minéral. Wymi le serrait contre sa poitrine comme le plus précieux des cadeaux. L'artefact se teinta de rouge, s'imprégnant du sortilège. Azorru pourrait bientôt traquer les mages responsables de la marque. Il se demandait de quelle façon la Pierre lui indiquerait l'emplacement des cibles, quand les pupilles de Wymi blanchirent brutalement. La chambre, auparavant obscure, se métamorphosa. L'Incomprise se retrouva au milieu d'une immense boussole. Les membres malsains se transformèrent en ombres, puis en points de mire que l'aiguille dardait à tour de rôle. Azorru ne quittait pas du regard son amour aux yeux voilés.

La flèche tournait sans cesse, prenant Wymi pour son centre de rotation. Elle devenait le cœur du mécanisme. La tige continua ce manège un moment, puis se figea dans une unique direction. Même si, actuellement, la jeune femme était l'objet de la Pierre et devait le rester le temps de sa quête, il était conscient de l'avoir sauvée des mains impures. Ce n'était peut-être pas une situation très agréable, mais elle était toujours préférable à l'affreux cauchemar dans lequel elle était plongée.

Il remarqua que la majorité des mages se concentrait en un même endroit, mais que certains s'isolaient. Il devrait former plusieurs groupes pour les atteindre tous et il savait déjà qui envoyer à la poursuite des fugitifs solitaires.

Toutefois, Azorru crut distinguer une silhouette à l'intérieur du temple. Il cligna plusieurs fois des paupières afin de la localiser avec précision, mais s'assurer de son existence lui était impossible. Il pouvait s'agir d'un disciple hésitant à les trahir ou d'un être corrompu capable de dissimuler sa véritable nature. Dans tous les cas, cela représentait un réel danger. Il se réconforta, persuadé qu'il n'y avait rien à craindre si Weily veillait au grain. Il devrait néanmoins l'avertir.

Alors que le rêve prenait fin et perdait de sa consistance, les yeux de Wymi reprirent leur merveilleuse teinte bleue. L'espace d'un instant, Azorru sut qu'elle pouvait le voir.

— Je t'aime, s'empressa-t-il de murmurer pour qu'elle n'en doute jamais.

Wymi sourit timidement, tandis que son corps se couvrait doucement d'une somptueuse robe d'or. Le tissu, aussi fluide que les vagues d'un sombre océan, rappelait une force meurtrière et indomptable. La matière invraisemblable paraissait pourtant très lourde. Il crut se trouver face à une déesse. Sous son poids, la magicienne dut s'asseoir sur un haut siège constitué de pièces de cuir et d'engrenages d'acier. Azorru, à ses pieds, leva la tête pour la contempler. Sa tenue se fondait avec l'air et ses mouvements donnaient l'impression de déplacer l'univers. Elle était reine en ce lieu, tout autant que prisonnière.

— Je serai ton guide durant ta quête. Je t'aiderai du mieux que je le pourrai…

Sa voix, bien que faible, résonna jusqu'à lui avec une force impitoyable. Et, alors qu'il se sentait aspiré par la réalité, Wymi le retint une seconde.

— Je t'aime aussi, mon guerrier… Et j'attendrai toujours ton retour !

Le cœur soudain plus léger, Azorru se réveilla en sachant que rien ne pourrait les séparer, pas même le sommeil ou la douleur.

Lorsqu'il se releva, il fut soulagé de constater que l'expression de Wymi s'était nettement décontractée. La Pierre la nourrirait, tout comme elle la protégerait jusqu'à ce que le sort maudit soit détruit. Elle ne soulèverait ses paupières qu'à ce moment-là.

La porte s'ouvrit sur Weily, qui resta sur le seuil. Son air grave en disait long. Azorru lui sourit, espérant ainsi le tranquilliser et le détendre un peu. Il n'y avait plus rien à craindre. Maintenant, tout reposait sur lui.

— Elle ira bien, assura-t-il simplement sans donner plus de détails.

Personne ne devait savoir que l'artefact se trouvait entre les mains de Wymi. Il était certain que c'était l'unique solution pour la garder en sécurité. Il ignorait pourquoi le Cercle s'était trompé sur ce point, mais il n'était, tout compte fait, pas le seul à pouvoir la toucher. Peut-être était-ce en rapport avec leur union ? D'une certaine manière, Wymi et lui ne faisaient plus qu'un.

Le Suprême parut le croire malgré son visage soucieux. Ses épaules se détendirent un peu. Mhor les rejoignit à son tour et le jeune homme se leva à son approche. Il détailla une dernière fois la femme de son cœur, puis s'éloigna tandis que tout son être lui intimait de la protéger.

Je reviendrai, lui promit-il en silence, persuadé qu'elle était à même de l'entendre.

Peu importe où il irait, elle l'accompagnerait toujours.

— As-tu trouvé la Pierre ?

Azorru examina Mhor discrètement. Tous deux avaient convenu de ne dévoiler que le strict nécessaire. Tout ce qui concernait l'artefact demeurerait secret. Il y avait un traître au sein du temple, et même si cela peinait le guerrier, Weily resterait dans l'ignorance la plus totale. La vie de Wymi comptait plus que tout. Il allait simplement l'informer de ce que son maître désirait.

— Non, mais le Cercle m'a aidé d'une autre manière.

— Vraiment…

Que l'immortel soutienne Azorru choqua le Suprême bien plus que le fait qu'il n'ait pas rapporté la Pierre.

— À certaines conditions, toutefois. Ce n'est pas facile à dire…

Le jeune homme se prépara à subir la colère de Weily, tandis que Mhor s'éloignait un peu. Il était juste venu s'assurer qu'il ne flancherait pas. Azorru avait décidé depuis longtemps qu'il pouvait faire confiance au sorcier. Il serait le seul à qui il révélerait tout. Bien sûr, Weily aussi était quelqu'un de fiable, mais le traître était l'un de ses proches. Son mensonge brouillerait les pistes.

— Des conditions ?

Le Suprême avait le corps tendu, il s'apprêtait à entendre une terrible nouvelle.

— Si je ne parviens pas à sauver Wymi, notre enfant reviendra au Cercle des guerriers. Il ne devra en aucun cas être tué !

Cette simple phrase eut du mal à sortir de sa bouche.

— Et si tu y arrives ? se contint le vieil homme afin de ne pas exploser.

— Je devrai le protéger à vie !

— C'est la condition ? s'exclama Weily, abasourdi.

Il s'était attendu à bien pire.

— Erzo faisait partie du Cercle parce qu'il était orphelin.

Devenu Azorru, je lui appartiens toujours. Je pensais m'en être libéré, mais c'est impossible.

— C'est ta mission ?

Interdit, le Suprême se caressa le menton.

— Il ne m'a pas laissé démuni non plus. Les cinq guerriers qui m'accompagnent sont très forts… Leur soutien sera précieux.

— À quoi sont-ils destinés ?

Azorru grinça des dents.

— À protéger l'enfant, peu importe sa nature…

— De toute manière, nous n'avons pas le choix. Le Cercle est l'intermédiaire des lunes, le seul être immortel. Aucun de nous ne peut le contredire, s'exaspéra le Suprême.

— Weily… Je dois encore te parler de quelque chose qui ne va pas te plaire, poursuivit le jeune homme dans sa lancée.

Le regard limpide de l'ancien le frappa au point de le rendre nerveux. Sa patience commençait à s'émousser face à toutes ces mauvaises nouvelles.

— Je t'écoute.

— Le temple abrite un traître !

Azorru s'attendait à une violente explosion de colère. Il baissa la tête un instant. Agacé par sa perspicacité, Weily plissa les paupières.

— Comment le sais-tu ?

— J'ai vu son ombre, avoua-t-il en essayant de se montrer fiable.

Il n'était pas vraiment certain de ce que lui avait révélé le rêve. Heureusement, le vieil homme ne lui en demanda pas plus. Il le croyait sur parole, mais gardait un air pensif.

— J'ai enfermé Kujila après l'attaque de Wymi, car elle se trouvait à ses côtés quand c'est arrivé et n'avait rien à y faire.

Azorru hocha la tête.

— Tu l'as privée de sa magie, j'imagine.

Ce n'était pas une question, mais Weily acquiesça. Le guerrier, sûr de ses propos, mit toute la force qu'il possédait dans sa voix afin de bien se faire comprendre.

— Ce n'est pas elle !

— Comment peux-tu en être si certain ?
— Le traître se dissimule, il a encore tous ses pouvoirs. Libère Kujila et assigne-la à la protection de Wymi. Elle est bien plus redoutable que la majorité de tes serviteurs. Je l'ai remarqué la première fois que je l'ai rencontrée.
— Tu parles de quelqu'un qui parvient à masquer son essence sans que je m'en aperçoive, grommela l'ancien, les bras croisés.
— Oui…
— Alors c'est un être très puissant, s'inquiéta-t-il.
— Et cette personne se dévoilera quand elle sentira mourir tous ses petits soldats. Il faudra se montrer très vigilant.

Azorru était certain que celui qui camouflait sa véritable nature ne pourrait rester de marbre quand les mages corrompus commenceraient à tomber comme des mouches.

— Encore faut-il que tu arrives à les tuer, releva le Suprême.

Là, Azorru dut bien avouer qu'il marquait un point.

Chapitre 38

Le plan

Azorru avait assigné les Quink à la traque d'un des rares mages noirs dont la position différait de ses confrères. Il avait pu, à l'aide de ses rêves, déterminer exactement où se situait la majorité d'entre eux. Ce phénomène plutôt exceptionnel avait surpris ses compagnons, d'autant plus que le guerrier refusait d'expliquer comment il obtenait ces indications. C'était seulement grâce à l'autorité de Weily que personne ne doutait de ses informations. Les Gyramens ne pouvaient aller contre le Suprême, dont les paroles étaient incontestables. Azorru redoutait toutefois de prendre leur commandement.

Chaque soir, dès qu'il fermait les yeux, le guerrier rejoignait Wymi dans sa tenue d'or, sur le trône métallique qui la mettait si joliment en valeur. Bien qu'elle fût prisonnière, elle lui montrait toujours le chemin à suivre. Sa robe paraissait pourtant très lourde et la fatigue marquait ses traits. Il redoutait ce moment où il la retrouvait, tout en l'attendant avec impatience. Il pouvait, de cette façon, la contempler et même la sentir. Mais ne pas la toucher le frustrait horriblement et, chaque fois, cela le blessait un peu plus. Azorru supportait mal l'état actuel de Wymi, car sa voix plus dure lui donnait l'impression de ne pas être en présence de celle qu'il aimait. La Pierre la possédait corps et âme.

Ce n'était qu'au moment de le laisser repartir qu'elle redevenait elle-même un bref instant. Pour rien au monde il n'aurait raté ces quelques secondes. Son regard… Sa chaleur… Le sourire qu'elle lui destinait était le plus beau d'entre tous. Celui qui lui conférait le courage nécessaire pour poursuivre les recherches.

La peur le tiraillait sans cesse. Il ne doutait pas d'elle ni de la véracité de ses informations, mais il craignait de ne pas réussir à la libérer à temps. Et si la Pierre Connue décidait de ne jamais retourner auprès du Cercle ? Et si elle choisissait de maintenir Wymi dans cet état pour toujours ?

À son réveil, ce matin-là, Azorru s'efforça d'écarter ses incertitudes. Il se retrouva nez à nez avec Mhor, qui avait veillé sur lui durant son sommeil. Chaque fois qu'il fermait les paupières pour rejoindre Wymi, le guerrier perdait connaissance. Plus rien ne l'atteignait alors, ni les sons, ni les contacts, ni les odeurs, ce qui l'exposait à de nombreux dangers. Le sorcier restait donc là, à monter la garde. Il ne montrait rien de ses inquiétudes, mais Azorru pouvait les sentir à la façon dont son regard le scrutait. Cette fois encore, le jeune homme n'ouvrit pas la bouche. Il se prépara, puis retrouva le Suprême.

Il avait maintenant toutes les indications nécessaires pour prendre la tête des troupes gyramens prêtes à l'aider dans sa quête. Rassemblés dans la grande salle, les soldats attendaient ses directives, mais la présence de Dumeur lui enserrait la gorge. Sa soif de vengeance l'oppressait un peu plus chaque seconde. Il voulait le détruire pour tout ce qu'il avait fait endurer à Torry. Comment pourrait-il combattre à ses côtés ?

Je n'y arriverai pas, angoissa-t-il, le visage grave.

Ce n'était pourtant pas le moment de commettre un geste regrettable. Dumeur était le chef de ces mages, il devait le respecter s'il souhaitait que ses guerriers restent sous son contrôle. Pour l'instant, il ferait donc profil bas.

Azorru avait demandé à Mhor de le surveiller pour l'obliger à garder son sang-froid, car il n'était pas sûr de maîtriser sa haine. Le sorcier lui avait obéi sans le questionner. Il l'avait simplement sondé de ses prunelles vert clair. Ensuite, il avait tout bonnement hoché la tête, lui signifiant qu'il le protégerait contre lui-même de la même manière qu'il veillait sur son sommeil. Azorru sentit son regard aiguisé lui transpercer la nuque quand Dumeur s'approcha d'eux. Il comprit que Mhor prenait ses paroles au sérieux, ce qui le rassura.

Le Suprême l'observa d'un air interrogateur. Il régnait, dans la grande salle, un silence pesant. Seuls les pas de Dumeur perçaient la fausse quiétude. Devant l'insistance de ses yeux d'un noir profond, Azorru se surprit à vouloir se détourner, comme Torry jadis. Il avait toujours agi de cette façon, car l'affronter attisait ses travers, lui donnait un plaisir certain.

L'ancien se racla la gorge.

— Dumeur, voici Azorru, annonça-t-il, un peu gêné.

Il avait relevé, comme les autres, la tension présente entre les deux hommes.

— Azorru…, répéta machinalement le chef des Gyramens qui s'était immobilisé à quelques mètres d'eux.

— Vous devrez suivre ses directives, l'informa Weily avec fermeté.

Il fit comprendre à tous que son ordre ne devait en aucun cas être contredit.

— Mais, enfin… il est dans la fleur de l'âge, remarqua Dumeur, les traits tirés. Plus jeune que la plupart d'entre nous !

Ses prunelles luisaient de colère. Azorru savait qu'il ne supporterait pas d'être mené par quelqu'un ayant moins d'expérience que lui. L'un de ses coéquipiers s'avança alors pour s'arrêter près de son chef. Il veilla bien à ne pas le dépasser.

— Ainsi, c'est toi le guerrier dont tout le monde parle. Celui qui cumule trois âmes dans un corps unique.

Le père de Torry fronça ses sourcils broussailleux sans lâcher des yeux Azorru qui, en cet instant, aurait aimé hurler et s'enfuir. Si seulement il avait pu garder sa véritable nature confidentielle ! Malheureusement, en dehors de Dumeur, tous semblaient parfaitement informés. Les mages ilemens avaient dû rapporter les événements.

— Azorru, répéta encore le dangereux Gyramen.

Ses dents grincèrent, tous les muscles de son dos se contractèrent à l'extrême. L'autre poursuivit :

— De ce que j'ai pu entendre, il est composé de trois hommes autrefois nommés Erzo, Nanu et Torry.

Pourquoi avait-il donc besoin de donner tant de détails ? Désormais, Azorru se contenait péniblement. La colère qui se dégageait de lui en fit sourire certains. Mais Dumeur sursauta. Il venait de comprendre.

— Torry ? explosa-t-il de sa voix meurtrière.

Personne ne s'attendait à le voir réagir le premier. Au contraire, tous pensaient qu'Azorru se déchaînerait avant lui.

— Père, parvint à articuler ce dernier malgré tout.

Il prit un plaisir immense à surprendre l'assemblée. Dumeur n'avait jamais daigné présenter son héritier à ses compagnons d'armes. Un bref instant, il se sentit plus fort que lui. À coup sûr, être officiellement dirigé par son fils allait le mettre dans une fureur noire.

Cependant, quelqu'un d'autre avait reconnu l'un des noms prononcés et Amuro s'avança à son tour vers eux, interloqué et les larmes aux yeux. Son approche déstabilisa Azorru. Il perdit encore un peu de sa contenance, confronté simultanément à ces deux personnalités opposées. Le guerrier se rembrunit, fragilisé par la dose inattendue de sentiments qui le percutait avec violence. Que devait-il faire ? Ignorer Dumeur ou le frapper ? Aller serrer Amuro dans ses bras, lui qui avait été un bon père pour Nanu ? Dérouté, les mots fuyaient le jeune homme quand, par chance, Mhor s'interposa.

— Quelle grande famille tu as, se moqua-t-il, les lèvres retroussées.

Enfin, on remarqua sa présence, jusqu'ici volontairement discrète. La mine de Dumeur se décomposa. Tous ici connaissaient Mhor. Ils l'avaient observé combattre. Le sorcier était considéré comme une légende. Sa puissance égalait presque celle du Suprême, ce qui fit grincer des dents plus d'un Gyramen. Amuro resta sur ses gardes. Il redoutait lui aussi Mhor qui, de son côté, se réjouissait de les voir pâlir.

— Je ne te savais pas si célèbre, réagit Azorru, soulagé d'être relégué pour un temps au second plan.

— C'est normal, il est vieux, bougonna Weily sur un ton sarcastique.

— Pas autant que toi, rit le sorcier.

Il lui rappelait au passage que l'unique personne dégarnie dans la salle, c'était lui.

— Eh bien, soupira Azorru, ce voyage ne va pas être de tout repos.

Le Suprême se rapprocha.

— Je compte sur toi pour les guider, murmura-t-il avant de se tourner vers les guerriers, la mine dure. Azorru possède la clé qui vous permettra de débusquer un grand nombre de mages corrompus. Je m'en remets à vous pour l'assister de votre mieux !

L'assemblée l'acclama. Tuer les traîtres avait toujours été le but de ces combattants, depuis qu'ils avaient commencé leur apprentissage. Seul Amuro ne semblait guère enchanté.

— Et que gagne-t-il en retour ? s'insurgea-t-il. C'est une expédition dangereuse et c'est mon unique fils !

Son ton assassin imposa le silence dans toute la salle. Le Suprême ne souhaitait pas dévoiler le véritable objectif de la mission : sauver Wymi et son enfant. La plupart des Gyramens présents s'en moquaient complètement, d'ailleurs ! Que pouvait-il annoncer à ce père trop inquiet ?

Il hésitait encore lorsque Mhor prit la parole :

— En échange, il connaîtra l'ingrédient secret qui lui permettra de retrouver son apparence originelle, divulgua-t-il avec malice.

Conspirer était chez lui une seconde nature. Mentir ne lui posait aucun problème, contrairement à Weily ou à Azorru, qui avaient quelques difficultés à ne rien laisser paraître.

— Ma vraie forme, murmura le guerrier.

Il avait oublié cette part-là du marché. Il examina ses mains. Le sort était rompu depuis si longtemps ! Personne ne se doutait qu'il aurait déjà pu réclamer son dû. Cela faisait des semaines qu'il avait accepté sa nouvelle condition, mais Amuro n'était pas prêt à l'entendre. Son soulagement en disait d'ailleurs beaucoup sur ses sentiments. Dumeur, quant à lui, restait indéchiffrable.

— Parfaitement, s'exclama Weily en se redressant, l'air satisfait.

Il lissa ses vêtements de gestes brusques.

— Au retour de cette mission, je lui dévoilerai ce qui lui permettra de libérer ses trois consciences.

Le vieil homme le fuyait du regard et Azorru s'interrogea. Se pouvait-il qu'il n'y ait jamais eu d'ingrédient secret ?

Non ! Il doit simplement être inaccessible, se rassura-t-il alors que les guerriers quittaient la pièce pour se préparer au départ.

Un voyage mouvementé les attendait.

Dumeur s'attarda plus que les autres, mécontent que Mhor colle son fils en permanence. Azorru était convaincu que, sans sa présence, il se serait fait un plaisir de fêter leurs retrouvailles d'une façon peu commune. Quand la salle fut presque vide, le sorcier s'approcha.

— Es-tu sûr de toi ? chuchota Mhor au creux de son oreille. Éloigner les Quink d'ici va laisser ta famille sans défense !

Azorru fut soulagé qu'il ne l'ait pas contredit en présence des Gyramens. Celui-ci avait attendu qu'ils soient seuls pour lui faire part de ses doutes. Il était vrai qu'il n'avait consulté personne au moment de prendre cette décision, mais cela lui semblait être l'unique chose à faire. Il leur avait attribué cette mission bien avant la réunion.

— Oui, je suis sûr de moi. S'ils ont été choisis par le Cercle, c'est parce qu'ils ne craignent rien… ou presque. Les cinq frères devront affronter un mage corrompu dont l'ombre présage une puissance redoutable. Je sens qu'ils seront les seuls à pouvoir l'atteindre. Leur technique de combat est singulière.

— Je le sais aussi, cependant…

— Et puis, je ne laisse pas ma famille sans défense, l'arrêta Azorru, furieux. Kujila veille à la porte de Wymi jour et nuit, et Breese est à ses côtés. Sans parler de la présence du Suprême.

Il avait l'impression que Mhor n'avait pas confiance en ses décisions, ce qui l'agaçait terriblement.

— Certes, tu as raison, mais si elle tombe, nous périrons tous ! Et de ton côté, tu n'auras pas le droit à l'erreur sur le champ de bataille non plus. Sans toi pour communiquer avec Wymi, aucun de nous ne trouvera les mages corrompus.

— Et alors, où veux-tu en venir ?

Il fixa durement le sorcier, lui aussi peu amène. Leurs regards s'affrontèrent longuement. Le premier à détourner les yeux perdrait… et Azorru ne tint pas la distance. Mhor détenait au fond de lui un tel savoir que se maintenir à son niveau était impossible.

— Je serai ton garde personnel.

— Je ne suis pas un bébé qu'il faut materner ! éructa le jeune homme, les mâchoires crispées et le corps tendu.

D'un geste fulgurant, Mhor le saisit par le col avant même qu'il ait pu songer à l'éviter. Il n'y avait pas vraiment de colère dans sa voix quand il s'adressa à lui, seulement une implacable fermeté, alliée à une profonde tristesse.

— Tu vas m'écouter, espèce d'idiot ! Wymi est tout ce qu'il me reste et, à ses yeux, tu es tout ce qui compte. Alors, que tu le veuilles ou non, je serai le protecteur dont tu as besoin !

Le guerrier oubliait bien trop souvent que Mhor était lui aussi prêt à tout pour le bonheur de sa fille.

— D'accord, abandonna-t-il dans un soupir.

Il le laissa le malmener, signifiant dès lors au sorcier qu'il ne protesterait pas davantage.

— *Beau-père* ! ajouta-t-il avec un sourire narquois, dans le seul but de le faire enrager.

Mhor le lâcha, surpris, avant d'exploser d'un rire franc. Sa peau scintilla un bref instant, comme s'il s'était décontracté.

— Beau-père, répéta-t-il. Que la vie est inattendue. Je ne pensais vraiment pas qu'un jour, quelqu'un oserait m'appeler ainsi sans chercher à mourir.

Il se rapprocha d'Azorru, à en être nez à nez. Le Suprême les observait toujours, incrédule.

— Tu as intérêt à sauver Wymi, si tu ne veux pas périr de mes mains, finit-il d'une voix si spectaculaire qu'Azorru trembla imperceptiblement.

Le sorcier avait parlé avec le plus grand sérieux et le jeune homme sentait au plus profond de son être que ses paroles résonnaient comme une malédiction. Mhor le tuerait s'il échouait, il en était certain. Le guerrier sourit à son tour. De toute manière, en l'absence de Wymi, sa vie n'aurait plus d'utilité. Il préférerait disparaître et la suivre.

— Je n'ai pas peur de mourir. Sans elle, je ne vivrai plus, tu le sais…

Il devinait aussi que Mhor souhaitait ainsi le rassurer. S'il échouait, le sorcier abrégerait ses souffrances. Il connaissait mieux que personne la douleur de survivre en ayant perdu ce que l'on a de plus précieux. Il lui était en tous points bien supérieur. Azorru l'admirait. Il se jura de faire son maximum pour être à sa hauteur un jour. Wymi aurait besoin de quelqu'un de fort à ses côtés. Il voulait qu'elle se sente en sécurité avec lui.

— Nous verrons ça sur le champ de bataille, les coupa Weily. Mais en attendant, évite de l'appeler « beau-père » ou tu finiras vraiment par y rester !

Le sorcier gloussa et Azorru ne mit pas longtemps à l'imiter. Une complicité était née, bien qu'aucun des deux ne s'en fût encore rendu compte. Chacun savait à quoi songeait l'autre. Plus une parole n'était désormais nécessaire. Le guerrier cessa de rire. Il réfléchit soudain. Qui était réellement Mhor pour lui ? Son égal ?

Mhor ne le considérait certainement pas ainsi. Azorru décida de lui montrer sa véritable valeur. Il était déterminé et se tourna vers le Suprême. Des rides d'inquiétude venaient d'apparaître sur son front. Son crâne dégarni, sa barbe blanche ainsi que son corps frêle ne donnaient pas l'impression qu'il était bien supérieur au reste du monde. Quelqu'un ne le connaissant pas aurait pu s'imaginer qu'il devait être protégé. Son regard bleu cristallin attrista Azorru. Il ressemblait tellement à celui de Wymi.

Penser à elle le rendit soucieux. Laisser son amour ici, à la portée d'un traître, l'anéantissait. Comment le débusquer alors qu'il se camouflait si facilement ?

Il avait passé ces derniers jours à espionner tout le personnel, scrutant les moindres faits et gestes de chacun. Mhor s'était également impliqué dans cette tâche, mais au final, aucun d'eux n'avait découvert quoi que ce soit. Même la Pierre Connue n'arrivait pas à localiser l'ennemi avec précision. Azorru avait un abominable pressentiment.

Avec tous ces guerriers, le mage corrompu ne peut pas agir, mais quand le temple sera vide… Weily aura-t-il l'énergie de le maintenir à distance de Wymi ? se demanda-t-il.

Il savait qu'il pouvait aussi compter sur Breese, qui gagnait en puissance chaque seconde. Le peu de temps qu'il s'était absenté, elle avait encore beaucoup évolué. Il soupçonnait Weily de lui cacher des choses, mais ne crut pas nécessaire d'insister. Breese n'en souffrait pas, bien au contraire. Elle s'affirmait davantage et ne ressemblait plus du tout à la petite fille qu'il avait connue.

Une femme forte, pensa-t-il avec fierté.

Elle protégerait Wymi, il en était certain. Weily et Breese devraient faire le poids. Il aurait aimé leur parler de ses craintes, mais l'ancien l'aurait très mal pris. Il se montrerait à coup sûr très susceptible.

Maudit soit-il ! bougonna Azorru dans sa barbe. *Si seulement il était moins imbu de sa personne.*

Le jeune homme soupira. Rien de ce qu'il ferait ou dirait ne changerait la situation. Il devait partir quoi qu'il arrive et, sur le terrain, chaque combattant lui serait d'une aide précieuse. Les Ilemens, quant à eux, garderaient les frontières. Ils n'en bougeraient sous aucun prétexte. Il n'abandonnerait derrière lui que Kujila, une des rares personnes dont l'innocence avait pu être prouvée et, qui plus est, une guerrière hors pair.

Wymi ne l'apprécie peut-être pas, mais elle est compétente !

Quand Weily l'avait libérée, elle avait juré de protéger l'Incomprise au péril de sa vie. Il la soupçonnait d'avoir toujours admiré Wymi en secret et de lui avoir fait payer son incapacité à se rendre compte de sa puissance. Kujila n'était pas mauvaise, juste une femme… perturbante, par moments.

Alors qu'Azorru montait vers la chambre de Wymi, il trouva son ascension pénible. À chacun de ses pas, le bois émettait un craquement sinistre et, une fois parvenu en haut, il lui sembla progresser trop lentement. Arrivé devant la porte fermée, et après un soupir, il finit par la pousser avec effort. Il s'étonna de découvrir Kujila aux côtés de sa compagne endormie. Elle lui brossait les cheveux avec tendresse. Il la rejoignit d'un mouvement rapide, puis se tourna vers la gardienne pour la remercier du regard. Ainsi, son amour avait l'air de moins souffrir, comme si Wymi attendait simplement de s'éveiller.

— Peux-tu nous laisser, s'il te plaît ?

Il avait voulu demander ça poliment, toutefois, à cause de sa voix tendue par l'anxiété, cela résonna comme un ordre. Kujila acquiesça sans se formaliser. Elle se posta devant l'entrée en silence. Son efficacité le rassura. Elle serait une excellente garde du corps.

Le guerrier s'assit au bord du lit, effleura du bout des doigts le visage de son unique trésor. Il contempla sa bouche parfaite : fine, rose et douce. Sa peau scintillait et quelques taches de rousseur ressortaient çà et là, intensifiant son charme.

— Tu sais que je t'aime, murmura-t-il en caressant sa joue. Tu es la plus belle chose qui me soit arrivée…

Il déplaça sa main pour la plonger au cœur de ses cheveux soyeux.

— Je te sauverai, mon amour. Je te le promets. Je te sauverai !

Il se redressa pour l'examiner en détail. Les fragiles rayons du soleil la couvaient de leur chaleur. L'homme déposa un léger baiser sur ses lèvres délicates en essayant de ne pas penser qu'il s'agissait peut-être du dernier.

Non, je la reverrai, se répéta-t-il, ses larmes à peine contenues.

Il s'éloigna du lit, de celle qui représentait toute sa vie, le cœur lourd. Il avait l'impression de la tuer, juste avec ces quelques pas de distance. Arrivé à la porte, il rappela Kujila froidement. Elle sursauta, puis s'empressa de reprendre sa veille auprès de Wymi.

Azorru partit sans se retourner.

Chapitre 39

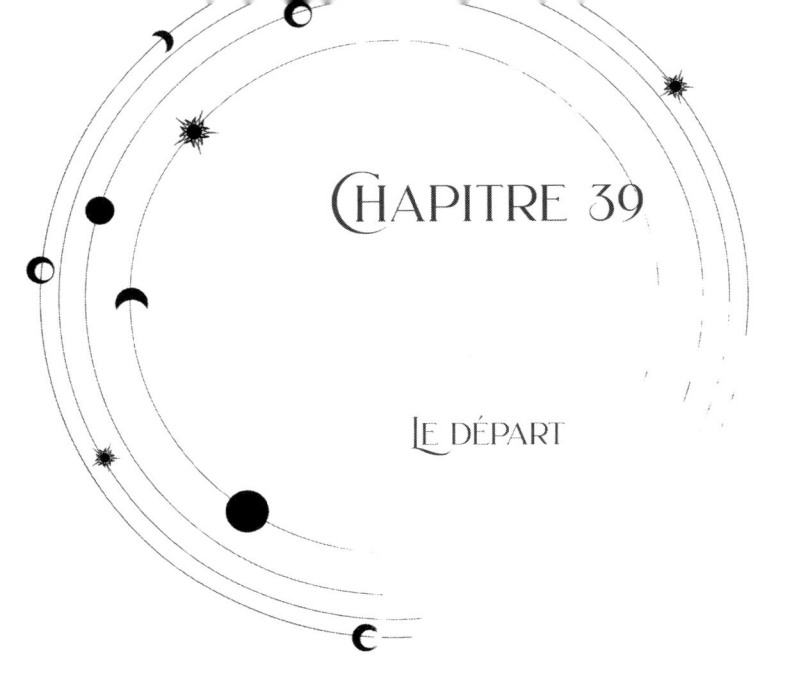

Le départ

Malgré d'incessantes recherches, personne encore n'avait découvert l'emplacement de la cité des mages corrompus. Azorru pensait maintenant que la majorité d'entre eux se dirigeaient droit sur elle.

Tandis que les troupes gyramens progressaient en silence, chevauchant fièrement leurs montures enflammées, il aperçut du coin de l'œil Amuro, qui venait à sa rencontre. Apparemment, il prenait sur lui pour l'approcher malgré la présence de Mhor. Azorru le comprenait, car après tout, il était aussi son fils.

L'homme se racla la gorge, circonspect. Il ignorait sûrement de quelle façon le nommer, hésitant entre Azorru et Nanu.

Le guerrier ralentit. Il mourait d'envie de lui parler, mais jusqu'ici, il n'avait pas encore osé. Pour maintenir son autorité, il ne devait dévoiler aucune faiblesse. Il se rendit compte qu'Amuro se trouvait dans une situation identique. Une gêne grandissante s'installa entre eux.

Comment devait-il l'appeler ?

De son point de vue, il s'agissait de son père. Celui-là même qui lui avait donné de l'amour et qui lui avait transmis sa douceur. Tandis qu'il se perdait dans ses questionnements, Amuro se racla à nouveau la gorge. Azorru cacha un sourire.

— Tu lui ressembles un peu, commença-t-il sans pour autant le regarder.

Ses yeux fixaient la ligne rougeoyante du soleil couchant. Le jeune homme attendait, silencieux. Nanu était parti pour une raison des plus nobles, mais Amuro serait-il capable de le comprendre ? Il en doutait fortement.

Les Écailles avaient fusionné leurs âmes. Le manque que chacun des trois avait ressenti par le passé n'existait plus. Cela non plus, son père ne l'entendrait pas.

— Sans doute parce que c'est vraiment moi, répondit-il sans réfléchir.

Amuro se tourna enfin vers lui. Il affichait cet air perplexe que le jeune homme lui connaissait bien, mais une lueur sombre se dessinait aussi dans son regard.

— Toi ?

Sa voix sourde l'informa sur la colère qu'il tentait de maîtriser. Amuro s'imaginait à coup sûr que Nanu était prisonnier de cette enveloppe charnelle.

— Tu sais bien, ma mélancolie inexplicable…

Le guerrier ne finit pas sa phrase. Il repensait à sa sœur, Ihsie, morte dans les bras de Nanu. Azorru l'avait aimée avec la même force. Il avait subi sa perte avec autant de tristesse.

— Non ! Ce n'est pas toi ! riposta sèchement Amuro.

— Ihsie avait raison, tu sais. Wymi a exactement ses yeux, développa-t-il malgré tout, sans prendre en compte sa dénégation.

— Ne parle pas d'elle. Je te l'interdis ! Tu m'as volé mon garçon, explosa-t-il de façon suffisamment inquiétante pour que Mhor se rapproche.

— Nanu ne veut pas se séparer de moi, pas plus qu'Erzo ou Torry. Dorénavant, nous sommes complets, insista Azorru en haussant le ton à son tour.

Soit Amuro acceptait cet état de fait, soit il reniait son fils. Il n'y avait aucune autre option envisageable, puisque le jeune homme ne reviendrait plus jamais à son ancienne forme.

— Trois âmes à l'intérieur d'un seul corps… c'est insensé, se renfrogna son père.

Il resserra sa prise sur les rênes de son draseux.

— Tu n'es pas Nanu. Tu lui as ravi ses pensées !

Azorru ne rétorqua rien, à nouveau perdu dans le doute. Avait-il volé les souvenirs de ses consciences ? Il était vrai qu'au départ, aucune d'elles ne souhaitait s'abandonner. Mais ensuite, Wymi avait changé la donne, non ? Pouvait-il s'être trompé ?

Elle a accordé nos cœurs. Il n'y a rien de mal à cela, Nanu le désirait autant qu'Erzo et Torry. Désormais, rien ne compte plus qu'elle.

Il dut toutefois reconnaître que, depuis la fusion, les convictions de chacun d'eux avaient été annihilées. Nanu avait toujours voulu venger Ihsie, et Torry détruire Dumeur. Erzo, lui, avait recherché la liberté. Pour ce faire, devenir plus fort avait été la seule option. Mais à cette heure, ses priorités avaient évolué.

Je me suis peut-être égaré…

Les Écailles s'étaient révélées à eux plus qu'ils ne les avaient réellement trouvées. Tout cela avait-il été finalement orchestré depuis le départ ?

En ayant choisi Wymi, Nanu allait maintenant pouvoir prendre sa revanche sur la mort de sa petite sœur en tuant les mages corrompus. Torry était à présent supérieur à Dumeur, qui lui avait fait tant de mal. Et Erzo était officiellement autorisé à vivre à l'extérieur pour sauver Wymi et veiller sur leur enfant.

Ses doutes s'intensifièrent.

Est-ce que je l'aime vraiment ?

Si ses trois consciences étaient restées séparées, auraient-elles même remarqué la jeune femme ? Son attirance à son égard avait été immédiate. Il n'avait pas eu la moindre chance de lui échapper…

Amuro le coupa dans ses réflexions :

— On t'a manipulé. Tu n'es ni Nanu, ni Erzo, ni Torry. Tu n'es ici que pour tuer les mages. Dès le départ, cela a toujours été le but de ton existence !

— Wymi est réelle, murmura-t-il, la gorge serrée à l'idée

qu'une fois la mission terminée, elle ne soit plus.

— Wymi ? s'étonna le père de Nanu. La petite-fille de Weily ? Celle sans talent ?

Azorru se rembrunit.

— Tu as tort, elle est douée, le rembarra-t-il, agacé qu'il la rabaisse.

— Ah oui ? Et depuis quand ? s'emporta Amuro.

Si elle s'était trouvée là, elle aurait été blessée par de telles paroles.

Le guerrier préféra se taire, à nouveau happé par ses réflexions. Wymi n'avait pas le moindre souvenir de son passé... Mhor et Weily prétendaient connaître son histoire, mais était-il possible qu'ensemble, ils l'aient créée ? Que seule sa présence ait pu donner à la jeune femme des pouvoirs exceptionnels capables de détruire les mages corrompus ?

Et notre enfant, se demanda-t-il, sentant le doute l'envahir plus encore, *existe-t-il réellement ?*

— Depuis..., tenta-t-il de répondre, ses mots étouffés par l'émotion.

Il ne savait plus. Son cœur souffrait trop. Son esprit et lui étaient en discorde pour la première fois depuis la fusion. Avait-il à ce point été manipulé ? Et finalement, Wymi risquait-elle sa vie ?

— Depuis toujours, termina une voix forte à ses côtés.

Azorru remarqua alors Mhor et, étonnamment, il en éprouva un vif réconfort.

— Vous, les sorciers, grommela Amuro, je ne vous fais pas confiance. Vous mentez comme vous respirez ! cracha-t-il en usant d'un ton catégorique.

Ses idées sur la question étaient bien arrêtées, comme pour la plupart des habitants de Travel, d'ailleurs.

— Alors que vous, les Gyramens, êtes parfaits.

Un sourire au coin des lèvres, Mhor le regardait sournoisement.

— Il est évident qu'il n'y a rien de Nanu en lui, enragea plus encore son père.

Le sorcier dévisagea Azorru avec le plus grand sérieux. Le front plissé, il fit mine de se concentrer.

— Mmh… Je ne sais pas. Je ne l'ai jamais connu avant.

— Tu l'as envoûté afin qu'il tombe amoureux de cette Wymi, tempêta Amuro de plus en plus en colère.

— Il n'existe aucun sort pour ça, s'exaspéra Mhor.

Sa réponse laissait penser qu'il avait déjà tenté de séduire des âmes innocentes à l'aide de ses enchantements. Apparemment, cela n'avait pas fonctionné.

— Ne tourne pas le dos à la femme que tu aimes ! Ton amour, tout comme le sien, est sincère. C'est tout ce qui compte, poursuivit-il en s'adressant cette fois à son compagnon avec gravité.

Le regard vert du sorcier transperça Azorru avant de se détourner pour surveiller les alentours. Il avait toujours eu cette faculté inouïe de l'impressionner. Son conseil résonna en lui comme un écho.

On dirait les derniers mots d'Ihsie.

Il se souvint alors de ses prédictions. Il la retrouvait dans les yeux de la femme de sa vie. Personne n'aurait pu inventer cela.

— Ihsie, murmura-t-il, attirant à nouveau sur lui l'attention des deux hommes. Elle m'a dit ça aussi…

Azorru ne put contenir un petit sourire en repensant à sa jeune sœur. Bien des années plus tard, elle continuait de lui réchauffer le cœur. Grâce à elle, tous ses doutes s'envolèrent. La façon dont Amuro le contemplait finit par le déranger. Il agissait toujours ainsi pour s'assurer que Nanu ne lui mentait pas ou pour s'assurer de son bien-être.

— Oui…, soupira-t-il comme s'il semblait accepter le sort de son fils. Tout bien réfléchi, c'est vrai que tu ressembles un peu à Nanu. Mais j'ai cette terrible impression que tu me l'as enlevé.

— Il le voulait ! affirma Azorru.

De cela aussi, il en était certain. Les consciences avaient toutes désiré ce changement.

Je suis complet…

Cela avait même été sa première pensée en tant qu'être. Ce

simple fait l'avait rendu profondément heureux.

Complet, se répéta-t-il pour ne pas oublier.

— Pourtant, tu as sûrement raison, reprit-il en regardant son aîné droit dans les yeux.

— Je ne comprends pas.

— Nanu n'existe plus. Il a évolué... Celui que tu as connu ne reviendra jamais. Il n'appartient qu'à toi de m'accepter tel que je suis aujourd'hui. Cette voie était la nôtre et, dorénavant, c'est la mienne. Tu restes malgré tout l'un de mes pères, quoi que tu en dises.

Je suis et demeurerai moi, Azorru, comme cela aurait dû être le cas depuis le commencement.

Oui, il considérait qu'il avait trois pères, même si celui d'Erzo était mort avant sa naissance. Tout comme il avait trois mères et deux sœurs, dont l'une avait été tuée.

Mhor sembla aussi étonné qu'Amuro.

— Eh bien, marmonna le sorcier. Il est surprenant !

Le Gyramen ralentit jusqu'à se trouver à nouveau côte à côte avec le jeune guerrier. Il força Mhor à s'écarter.

— Tu n'es pas mon garçon, articula-t-il à peine assez fort pour que seul Azorru puisse l'entendre.

Puis, il tira brutalement sur les rênes de sa monture, obligeant celle-ci à faire demi-tour. Il s'élança bientôt au galop vers la cohorte de mages.

Les dents serrées, Azorru ne laissa rien paraître de sa peine, mais son cœur se déchirait. Amuro ne le reconnaissait pas, alors que Breese avait vu Torry en lui. Il aurait tant aimé qu'Anna soit là aussi ; elle lui aurait ouvert les bras, il n'en doutait pas.

Les mères savent toujours identifier leurs enfants. Mais il est vrai que je ne suis plus simplement Nanu ou Erzo, ou même Torry. Je suis devenu bien plus : Azorru, la création des lunes !

Si Amuro refusait de voir son fils en lui, alors, de toute évidence, il en serait de même pour Dumeur. D'une certaine façon, cela l'arrangeait. Ainsi, le combattre serait moins difficile.

Mhor revint à sa hauteur. Malgré son visage impassible,

Azorru devina à son maintien qu'il était préoccupé.

— Cet Amuro, je n'ai pas confiance en lui. Il avait le regard d'un tueur !

— Je sais.

Azorru aurait voulu jeter un coup d'œil en arrière, mais il se retint.

— Ça reste mon père, reprit-il. Et je l'aime... Il a juste besoin de temps pour s'habituer à mon changement.

— J'espère que tu as raison, marmonna Mhor en ajustant les rênes de sa monture.

Dès qu'ils traversèrent la frontière, dorénavant uniquement gardée par les Ilemens, la végétation se fit bien moins accueillante, plus menaçante. Les draseux commencèrent à s'agiter. Le feu de leur pelage s'intensifiait au fur et à mesure qu'ils avançaient. Azorru sut alors qu'ils empruntaient la bonne voie. Ces animaux détestaient la magie corrompue, leur comportement annonçait les ennuis.

— Nous arriverons sûrement demain. Ce soir, il faudra rester sur nos gardes !

Azorru décida que tous ses problèmes de famille passeraient après Wymi, elle était la seule qu'il devait sauver pour le moment.

— Ça ne va pas être de tout repos, l'informa Mhor. Je ferai ce que je peux pour te protéger durant ton sommeil.

Azorru acquiesça brièvement. Il ignorait comment remercier le sorcier, dont les capacités ne pouvaient être remises en question. Il était toujours persuadé de ne pas en avoir besoin, il savait très bien se défendre, mais il devait avouer que sa présence le réconfortait.

À la tombée de la nuit, un campement sommaire fut installé. La plupart des Gyramens dormaient à même le sol sur des tapis flexibles imprégnés de magie. Une fois déroulés, les matelas filiformes prenaient du volume. Ils devenaient moelleux et bien moins austères qu'au premier regard. Aucun des guerriers n'aurait voulu s'encombrer d'un quelconque abri qui aurait restreint leurs mouvements en cas d'attaque. Leurs pouvoirs, dans ce genre de circonstances, s'avéraient bien plus qu'utiles : ils étaient vitaux.

Mhor, l'exemple parfait du fin stratège, permit à tous de dormir au chaud en cette nuit glaciale. Il avait parsemé le sol du bivouac de sortilèges capables de faire remonter à la surface la chaleur de la terre.

Si les Gyramens apprécièrent son geste, aucun ne lui en fit la réflexion. Leurs facultés différaient grandement de celles des sorciers. Ils manipulaient les flux qui parcouraient leurs corps ; une compétence redoutable, mais qui les fatiguait très vite. Un enseignement rigoureux s'avérait donc nécessaire et ils devaient en limiter l'usage pour les cas d'urgence. Les sorciers, eux, se servaient des éléments environnants. Ils dessinaient des pentagrammes et avaient ainsi accès à toutes les puissances de la Nature... À condition, comme Mhor, de toujours perfectionner son apprentissage. Ils ne devaient pas oublier les symboles et formules complexes permettant de la réveiller.

Un dangereux sorcier avait de nombreuses connaissances, tandis qu'un mage robuste devait s'entraîner régulièrement.

Pourquoi les deux races se haïssent-elles autant ?

Pour Azorru, leur méfiance était incompréhensible, une alliance les aurait rendues complémentaires et tellement plus efficaces.

— Nous ne sommes pas si différents, songea-t-il à voix haute.

Mhor l'examina, un sourcil levé. Son regard interrogatif poussa le guerrier à préciser ses propos.

— Je veux dire, les mages et les sorciers...

— Notre cœur ne noircit pas, protesta l'homme d'un air grave. Nous ressemblons plus aux humains sur ce point, même si nous vivons aussi longtemps que vous.

Le guerrier blond parut vaguement déçu que son compagnon ait oublié un détail d'une si grande importance.

— Oui, le cœur...

— La face cachée des lunes, insista Mhor.

Azorru le dévisagea, son intérêt piqué à vif.

— Tu n'y as jamais réfléchi, n'est-ce pas ? Selon toi, pour

quelle raison le cœur des mages est-il si volage ? Pourquoi un sorcier n'en fait-il qu'à sa guise ? Et enfin, pourquoi les humains meurent-ils plus rapidement que nous tous ?

— C'est vrai que je n'ai jamais trop songé à nos différences.

Azorru se sentit tout à coup bien stupide. Malgré le passé des trois êtres qui le composaient, ces points ne lui avaient pas effleuré l'esprit.

— Les lunes ont deux facettes, comme tout être vivant. L'une est lumineuse, tandis que l'autre est sombre. Nous avons tous une part d'ombre qu'il nous faut combattre sans cesse. Les astres aussi… La raison principale pour laquelle nous n'aimons pas les mages, et inversement, réside dans le fait que nous sommes capables de ressentir les singularités de chacun.

— Nos différences…

— C'est quelque chose qui fait peur depuis la nuit des temps, même à moi ! Si je n'étais pas autant respecté, et surtout si ce n'était pas pour sauver ma fille, je ne serais sûrement pas venu ici, entouré de tous ces mages gyramens !

— Mais tu…

— Esilla était une exception. La mère de Wymi était unique, mon âme sœur. Il n'en existe qu'une pour chacun de nous et, tu sais, la trouver est très rare ! Mais si tu la rencontres, tu ne peux plus lui échapper. La perdre est la pire épreuve qui soit.

Perturbé, Azorru fixait le sol. Il traçait des symboles aléatoires dans la terre. Assis devant le feu, il ne savait que penser de ce que lui racontait Mhor. S'il y regardait de plus près, il n'avait quasiment jamais craint les sorciers. Il n'avait pas peur de se battre contre eux. Cela faisait-il de lui quelqu'un de singulier ?

— Alors, toi aussi tu me redoutes ? demanda-t-il, un peu déçu.

Il aurait aimé que Mhor le voie comme son égal, c'était important à ses yeux.

— Non. À ton avis, pourquoi les mages du temple n'ont-ils jamais accepté Wymi ? Ils ressentaient sa différence, mais ne se l'expliquaient pas. Ils l'ont exclue parce qu'elle les effrayait ! Et ne crois pas que les sorciers auraient été plus ouverts d'esprit.

— Pourtant, Wymi est douce, s'indigna le guerrier, agacé que personne ne s'en soit rendu compte.

— Ça ne change rien. Dans notre monde, c'est même une faiblesse. Pour se sentir supérieurs, les gens se plaisent à écraser toute forme de tendresse. Et plus que tout, ils ont peur de ce qui est inhabituel.

— Être capable de donner, j'aurais plutôt vu ça comme une force !

— C'est vrai, certains n'en sont pas capables… Mais ceux qui aiment sont aussi ceux qui souffrent le plus. Ils se soucient bien trop de leur entourage.

— Et toi… Tu es ainsi, n'est-ce pas ?

Azorru était convaincu que la mère de Wymi l'avait transformé. Avant elle, Mhor avait sans doute été insensible et égoïste, alors qu'à présent, il se dévouait aux autres.

— Je ferais tout pour ma fille. Seulement pour elle.

Mhor lui rappelait à sa manière qu'en l'absence de Wymi, il l'aurait déjà tué. Pourtant, le guerrier s'en moquait, persuadé que son beau-père s'attachait à lui peu à peu. Il se sentait rassuré en sa compagnie. Ce n'était peut-être pas une bonne idée, mais il ne parvenait pas à lutter.

— Alors, on se ressemble un peu.

Mhor s'allongea en souriant. Encore une fois, Azorru vit sa peau scintiller légèrement avant de reprendre une teinte plus classique. Cela faisait deux fois qu'il remarquait ce phénomène et il ne se l'expliquait toujours pas. Mais une chose était certaine : Mhor n'était pas un simple sorcier, il y avait chez lui un petit plus bien mystérieux. Il se souvint dès lors de la crainte de ses semblables quand il se joignait à eux. C'était un être unique, tout comme lui. Il en était convaincu.

— Toi aussi, tu es différent, n'est-ce pas ? s'enquit le jeune guerrier.

Le regard de Mhor pétilla. Son mince sourire à peine visible surprit Azorru, mais confirma ses soupçons.

— Je ne suis pas sûr que ce soit une bonne idée d'en discuter.

— J'aimerais savoir, insista-t-il.

— Hum…

Le sorcier exhala un lent soupir et réfléchit avant de se retourner vers lui.

— Je n'en ai jamais parlé à personne, confia-t-il. Mais il est vrai que, comme Wymi, je suis né du mélange de deux races. Sans doute est-ce ce qui me rend unique.

Le guerrier se redressa vivement et le fixa, sous le choc de son aveu.

— Tu veux dire que…

Mhor s'allongea, les mains derrière sa tête. Il observa un moment les étoiles et laissa Azorru admirer sa peau hors du commun.

— Mon père était un sorcier. Il n'y avait pas plus égoïste que lui. Il se souciait peu de suivre les lois. Il a asservi ma mère par le sang. Elle était humaine, et lui désirait faire des expériences. C'est ainsi que je suis arrivé.

— Ta mère était esclave de sang ?

Azorru ne savait plus quoi dire tant il était surpris.

— Mais…

— Non, pas vraiment… Enfin, au début, je l'ai pensé moi aussi, avant de me rendre compte qu'elle chérissait mon père, à sa manière. Elle lui laissait croire beaucoup de choses. Sa volonté était trop forte pour subir les liens de servitude, et lui, même s'il ne se l'est jamais avoué, il l'aimait.

— Elle devait quand même lui obéir, non ?

Mhor pouffa.

— Ouais, si le fait de faire le ménage, la cuisine et d'éduquer son fils fait partie de ta vision de l'obéissance. Alors oui, d'une certaine façon, elle lui obéissait. Mais le principal problème était dû à son humanité… Elle a vieilli bien plus rapidement que nous deux !

Un voile de tristesse assombrit son visage et Azorru se surprit à contempler les étoiles à son tour.

— Quand l'âge l'a emportée, mon père ne s'en est pas remis. Il s'est laissé mourir. Je me suis retrouvé seul, entouré d'êtres plus fourbes les uns que les autres. Je me suis vite aperçu qu'ils ne souhaitaient que m'asservir, alors j'ai fait en sorte que personne ne le puisse.

— Et c'est ainsi que la légende est née, compléta Azorru, l'air grave.

Mhor le regarda un peu avant de rire gentiment.

— Tu verrais ta tête, commenta le sorcier en se redressant. Ne prends pas ça autant à cœur, je ne regrette pas ma vie. Esilla était tout pour moi… Après sa perte, j'ai été bloqué à l'intérieur du champ de force du Suprême durant des semaines. J'aurais voulu mourir, mais elle ne me l'aurait pas pardonné. Protéger Wymi, et toi aussi, maintenant, est tout ce qu'il me reste.

Azorru se rembrunit. Il eut envie de le rembarrer violemment.

— Je suis content que Wymi t'ait choisi, soupira Mhor.

Le feu crépita dans le silence qui s'installa et, alors qu'Azorru allait répondre, il fut stoppé net par l'arrivée de Dumeur, accompagné d'Amuro. Une grimace de dégoût froissa les traits du jeune homme à leur vue. Leurs mines lugubres ne présageaient rien de bon.

— Quoi ? lâcha-t-il sans leur permettre de s'exprimer en premier, tandis que Mhor faisait semblant de dormir.

Bien que stupéfait de découvrir qu'Amuro parvenait à s'entendre avec Dumeur, Azorru décida de ne rien montrer. Les poings serrés, le guerrier rêvait d'en découdre. Le plus pervers des deux s'approcha, arborant toujours ce sourire diabolique qui le révulsait.

— Amuro me dit que tu te prends pour son fils !

Dumeur ricana, ses iris noirs luisants de haine. Azorru se sentit blessé. Cela n'aurait sans doute pas dû l'affecter autant, mais à ses yeux, le père de Nanu valait beaucoup mieux que celui de Torry. Se rendre compte qu'il s'était trompé l'énerva au plus haut point. Il fallait pourtant qu'il se maîtrise ; les autres guerriers du camp les observaient.

— Dumeur, siffla-t-il rageusement.

Alerté par son intonation, Amuro l'examina avec plus d'attention. Azorru comprit qu'il avait essayé de trouver une solution, mais il s'était malheureusement tourné vers la mauvaise personne.

— Je reconnais cette expression, grogna l'homme sombre à l'impressionnante musculature. Torry avait la même !

Une once de tristesse traversa le visage de Dumeur, comme s'il était touché par les souvenirs que sa présence ravivait. Azorru s'évertua à parler calmement :

— Ne me fais pas rire. Tu voudrais me faire croire que tu ressens la moindre peine ?

— Torry se serait exprimé de la même façon, commenta Dumeur, sans pour autant s'adresser à lui.

— Je te tuerai, gronda le jeune homme, fou de rage.

Il rêvait de détruire à tout jamais cette grimace perverse qu'il arborait. La figure du Gyramen s'illumina d'une joie malsaine.

— Tu es bien Torry, exulta-t-il. Tu as un peu changé, mais c'est réellement toi !

Que lui, et non Amuro, le reconnaisse acheva de le mettre hors de lui.

— Fiche le camp ! Tu ne seras jamais mon père. Après tout ce que tu m'as fait…

— Que ça te plaise ou non, Azorru, je le suis ! Et c'est d'ailleurs ce que tu as dit à Amuro, n'est-ce pas ? Lui ne veut pas ouvrir les yeux, mais moi, je ne suis pas aveugle. Torry est en toi et cela fait de toi un être qui ne sera jamais assez puissant pour me battre !

En jubilant, Dumeur lui tourna volontairement le dos, puis s'en alla au moment même où Azorru bondissait sur ses pieds. Amuro le retint d'une main. Il resserra sa poigne quand le jeune homme tenta violemment de se dégager.

— Je suis désolé, lui dit-il alors. Je n'aurais pas dû lui en parler, mais…

Azorru se calma à son contact. Il laissa la force réconfortante de son père atténuer sa colère avant de se détacher de lui d'un geste brusque.

— Tu as changé d'avis ? En si peu de temps ?

— Eh bien… Je dois avouer que ça ne m'a sauté aux yeux que quand tu t'es fâché !

Azorru croisa les bras. Cette explication ne le satisfaisait pas.

— Le jour où Ihsie est morte, la rage et la tristesse de Nanu étaient en tous points semblables à ce que je viens de voir passer sur ton visage.

— Je pensais que tu ne voulais pas qu'on parle d'elle, répliqua sèchement le guerrier.

— Je sais ce que j'ai dit. Tu ne vas pas me faire croire que ton apparence ne choque personne. Tu pourrais comprendre mon hésitation, moi qui suis ton père. Moi qui t'ai vu naître !

— J'ai trois pères, rectifia Azorru avec mauvaise humeur.

Il avait besoin de le blesser juste un peu, mais aussi de décharger cette rage froide que l'approche de Dumeur avait déclenchée.

— Je reconnais bien là ton côté rancunier.

Amuro s'assit paisiblement en face de lui et Azorru soupira d'impuissance. Désormais, il ne pourrait plus rien faire pour l'éloigner.

— Tu pourrais au moins faire comme si je n'étais plus un gamin, ne put-il s'empêcher de pester.

Mhor, qui n'arrivait plus à rester sérieux, explosa de rire :

— Ta famille est absolument charmante.

Amuro ne parut pas surpris qu'il intervienne. Il avait immédiatement compris qu'il faisait semblant de dormir, tout comme il savait que le sorcier ne s'écarterait pas de son protégé. Il accepta sa présence sans rechigner.

— Et maintenant, tu veux bien m'expliquer pourquoi tu détestes autant Dumeur ?

Mhor fronça les sourcils, intrigué lui aussi. Jusqu'ici, il avait préféré ne pas s'engager sur ce terrain glissant. Un homme avisé.

— Non, asséna Azorru.

— Pourtant…

— La discussion est close !

Le guerrier s'allongea avant de lui tourner le dos. Amuro n'avait pas dit son dernier mot, même s'il ne pourrait pas le forcer à se confier.

Chapitre 40

L'affrontement

Le lendemain, comme à chaque réveil, Azorru fut bouleversé par le pénible retour à la réalité. Avoir retrouvé Wymi durant son sommeil et la quitter au lever du jour n'améliora guère son humeur, bien au contraire. Enchaînée à sa robe d'or, elle affichait ce regard triste et dur. Il comprenait maintenant qu'elle souffrait atrocement des liens invisibles qui la retenaient dans ce monde. Elle ne pouvait bouger sans risquer d'insoutenables douleurs, même si elle n'était entravée que par son esprit figé par la Pierre et les sortilèges. Cette simple vision devenait pour lui un véritable fardeau.

Le guerrier savait que la confrontation finale avec les êtres corrompus approchait. Les ombres, au sein de son rêve, s'organisaient. Elles se ressemblaient toutes. Les mages noirs étaient-ils capables de déplacer une ville entière ? Si le traître les avait prévenus de leur arrivée, allaient-ils fuir ou combattre ? Leur chef serait-il là, lui aussi ? Il devait tous les achever pour sauver Wymi, il ne pouvait donc qu'espérer un face-à-face.

Azorru se releva en marmonnant, le temps de reprendre pied avec la réalité. Le sorcier l'observait d'un œil inquiet.

Attentionné, il lui tendit en silence de quoi manger, mais le jeune homme n'avait pas faim.

— Il faut se préparer ! lança-t-il sans attendre.

Mhor comprit à sa mine que ses rêves le perturbaient. Il posa sur lui un regard qu'il savait dérangeant.

— Se préparer ? répéta-t-il.

La nuque raide, Azorru se redressa. Pour toute réponse, il se contenta de faire apparaître dans sa main une arme démesurée. Il n'avait pas réfléchi à ce qu'il désirait manier et fut lui-même surpris par son aspect.

L'épée n'avait pas la même allure que celles qu'il manipulait d'habitude. Cette fois, elle disposait d'un solide manche recouvert d'or, dont les filaments s'enroulèrent autour de son poignet pour l'emprisonner. Il dut reconnaître qu'il serait ainsi extrêmement ardu de le désarmer. Jamais le guerrier n'aurait imaginé pouvoir créer une telle merveille avec sa magie. Un instant troublé par cette lame sillonnée de gravures, il tenta de la poser, en vain. Puis, il comprit son origine en levant les yeux vers le sorcier, qui se mettait également en condition.

Mhor avait retiré sa chemise. Alors qu'il était torse nu, le dos droit, les épaules et les poings crispés, ses muscles ressortaient sous une tension apparente. Les tatouages qui parcouraient son corps s'animèrent bientôt et Azorru le contempla, ébahi. Il n'était pas le seul, d'ailleurs. Les jambes fléchies, Mhor leur sembla plus immortel, plus indestructible que jamais. Après tout, il avait résisté à la magie dévastatrice de Wymi.

Il avait aussitôt réagi à sa mise en garde. Qu'il lui fasse confiance à ce point le toucha bien plus que prévu.

Au milieu du camp en effervescence, devant l'intensité de son regard, on aurait pu le croire pris de folie s'il n'avait pas dégagé une énergie aussi impressionnante. Incrédule, Azorru s'immobilisa, hypnotisé. La peau du sorcier, parsemée de paillettes mordorées, brillait dans la pénombre. Les particules flavescentes se rassemblèrent le long de ses veines, puis s'épaissirent à en devenir solides. Azorru n'avait jamais vu une telle magie. Mhor se trouvait désormais en possession d'une armure prodigieuse.

— Ce n'est…

Le guerrier détailla sa propre épée et sut qu'elle provenait des pouvoirs de Wymi. Était-il lui aussi capable de faire apparaître une protection si étonnante ?

La cuirasse du sorcier se constituait de fines lames dorées très tranchantes, desquelles pendaient, le long de graciles fils d'or, de minuscules perles blanches. À quoi pouvaient-elles bien servir ? Il aurait posé la question si l'expression de Mhor avait été moins meurtrière. Il semblait si redoutable que le jeune homme préféra le laisser tranquille.

— C'est mon armure !

— Je ne savais pas que vous pouviez réaliser de tels prodiges.

Azorru n'en revenait toujours pas. Son regard pétillait comme celui d'un enfant devant un amas de friandises.

— Aucun ne le peut, à part moi !

— Mais…

— Je te l'ai dit : je ne suis pas n'importe lequel d'entre eux.

Le guerrier ouvrit la bouche, plus abasourdi encore. Mhor avait créé une œuvre d'art destinée à tuer. Et en examinant l'épée entre ses doigts, Azorru verdit de jalousie. Bien plus massive que la sienne, elle s'entourait d'une aura lugubre, indiquant son impatience à prendre la vie. Des myriades de symboles caractérisaient la puissance de la sorcellerie qui l'animait. Couverte de sceaux, de lignes élégantes perpétuellement en mouvement, elle se composait du même alliage doré que son armure. Lorsque Mhor se déplaça dans sa direction, des ondes de douleur le traversèrent. Si cette lame touchait qui que ce soit, Azorru était certain que cette personne n'en réchapperait pas.

— C… Cette épée…, bégaya-t-il.

Il avait honte de montrer ainsi sa peur, mais comment aurait-il pu en être autrement ? Le guerrier ressentait jusqu'au tréfonds de son âme sa force destructrice. Il était rassuré de se savoir du côté de Mhor plutôt que d'être son ennemi. Comment avait-il même fait pour survivre à ses précédentes attaques ?

J'ai été chanceux, pensa-t-il, circonspect.

— Ne t'inquiète pas. Elle ne compte pas te trancher !

Mhor s'amusa quelques instants de sa mine effarée. Azorru se redressa, sourcilleux. Il s'obligea à le regarder en face.

— On dirait qu'elle a une conscience.

— *En effet. Je l'ai baptisée Hamserk ! Je suis le seul à pouvoir la manier.*

Les yeux de Mhor luisaient d'un vert impressionnant. Ceux-ci arrivèrent à le faire frissonner. Azorru examina sa propre épée, qui lui parut soudain beaucoup moins mortelle. Il ronchonna dans sa barbe et, tandis qu'il plissait le front, Mhor s'arrêta devant lui, le sourire aux lèvres. Le guerrier fit la moue.

— Ça va, cracha-t-il à la manière d'un enfant jaloux. J'ai compris !

— Tu n'as pas à te mettre en colère. Plus tu te battras, et plus elle évoluera avec toi, expliqua le sorcier avec un sourire compatissant. Ce que tu tiens dans tes mains est une part du pouvoir de Wymi. Il s'amplifiera avec le temps. Un jour, tu seras capable de créer ta propre armure aussi bien que moi ! Seulement, puisque tu es un mage, elle sera différente.

Mais Azorru en avait décidé autrement, il la voulait maintenant ! Dans un cri de rage, il crispa tous ses muscles. Les dents serrées, il fit alors appel à son énergie la plus profonde. Un halo argenté l'engloba, tandis qu'il gardait son épée brandie droit devant lui. Il hurla à en perdre la voix, utilisant les techniques du Cercle pour intensifier la puissance de son corps.

Il fallait qu'il libère les canaux de son organisme pour que sa magie déferle. Il était hors de question qu'il ne porte pas une armure de sa création. Il n'accepterait pas de paraître faible, même si aucun des hommes de Weily ne pouvait se targuer d'un tel prodige.

Ce fut au tour de Mhor d'écarquiller les yeux face à l'incroyable exploit d'Azorru. La cuirasse qui protégeait désormais le guerrier n'était pas faite d'or ni de perles rares. En réalité, elle était même très différente de celle du sorcier. Composée de tout un mécanisme d'engrenages, ainsi que de matériaux robustes, elle lui sembla un peu plus lourde. Mais les muscles d'Azorru s'y adaptaient déjà. Il voulait être l'égal de Mhor ; cependant, il devait reconnaître qu'il avait un long chemin à parcourir avant de le rattraper.

Bien que son armure soit remarquable, certaines portions de sa peau n'étaient couvertes que par un fin tissu noir. Heureusement, ces points faibles n'étaient pas situés près des zones vitales. Mais s'il ne faisait pas attention, quelques parties fragiles de son corps se retrouveraient à découvert. Le plus surprenant était le savant mélange de styles et de couleurs qui la constituaient et représentaient Erzo, Nanu et Torry.

— Bon sang, j'ai mis des années à y arriver ! Et encore, mes tatouages sont là pour m'aider… Mais toi, tu n'en as aucun ! s'ébahit Mhor.

— Wymi est plus forte que toi, fanfaronna le guerrier, et puis je suis un mage, comme tu l'as dit. C'est différent pour moi.

Azorru le regardait en levant le menton, plutôt fier de l'avoir impressionné. Il espérait bien être un peu agaçant aussi, mais à son grand étonnement, le sorcier lui sourit avec modestie.

— Azorru… Wymi n'est pas la seule à être dotée d'une puissance extraordinaire. Dans ce cas précis, tu y es pour beaucoup.

Le jeune homme avait du mal à le croire. Il n'eut pas le temps d'approfondir que Mhor se retournait déjà vers le reste des combattants. Ils avaient suivi leur exemple et se préparaient pour l'offensive. Très consciencieux, le sorcier contrôlait chaque détail afin de ne rien laisser au hasard.

La plupart des soldats de Weily possédaient des armures très fines, bien qu'extrêmement résistantes. Mais aucun ne les avait fait apparaître comme eux. Le Suprême les avait saturées de magie afin de les protéger. Certains avaient renforcé leurs défenses en y ajoutant des reliques. Ainsi, les ennemis s'enflammeraient en les touchant ou, au contraire, gèleraient sur place.

Ils attendirent que tout le monde soit prêt avant de quitter le campement improvisé. Une tension palpable les entourait. L'excitation grimpa d'un cran. Les guerriers savaient qu'ils allaient bientôt se battre ; certains s'impatientaient déjà.

Illuminés par le soleil levant, les yeux dorés d'Azorru resplendissaient. Il pourrait enfin se venger de tout le mal qu'on avait fait à Wymi.

Ils purent encore poursuivre leur avancée quelques heures sur les draseux avant que leurs montures ne deviennent ingérables à l'approche du danger. Ils durent continuer à pied.

En découvrant l'océan qui apparaissait peu à peu en travers de leur route, Azorru sentit les regards chargés d'incompréhension peser sur son dos. À perte de vue s'étendaient l'eau et le sable. Rien qui aurait pu abriter les monstres corrompus. De hautes herbes se courbaient sous les rafales, mais tout cela restait naturel.

— Et nous avons fait tout ce chemin pour admirer la mer ? explosa Dumeur, rageur, le visage sombre.

Azorru frémit sans le vouloir. Son armure ténébreuse, intensifiée par la magie, soulignait sa carrure massive. Ainsi accoutré, son père faisait assurément une forte impression. Le Gyramen serrait son épée avec fermeté. À sa façon d'agir, on aurait pu parier qu'il espérait le tuer. Méfiant, Amuro s'approcha à son tour.

— Je sais que ça paraît impensable, mais c'est ici ! assura le jeune guerrier.

Azorru le défiait du regard, il devait s'imposer sur-le-champ. Mais il ne ferait pas le poids face à Dumeur. Ses hommes lui étaient tous fidèles.

Amuro et Mhor restaient ses uniques alliés.

— Et où veux-tu qu'ils se cachent ? le contredit le puissant stratège d'une voix moqueuse.

Il écarta les bras, englobant par son geste le paysage tout entier. Azorru devait bien avouer qu'il n'en avait pas la moindre idée. Malgré tout, il savait que les mages corrompus n'étaient pas loin. Il le sentait au plus profond de son être. Comment les débusquer ? Comment les forcer à révéler leur présence ?

Alors que les guerriers étaient sur le point de se rebeller, Mhor s'agenouilla. Il prit du sable dans ses mains, s'approcha d'une touffe d'herbe avec le plus grand sérieux et le déversa dessus. Il répéta plusieurs fois son geste jusqu'à ce que les autres perdent à nouveau patience. Mais, quand le sorcier se releva, la mine sévère, personne n'osa parler. Pas même Dumeur, dont les bras restaient croisés sur son torse.

— Ils sont ici ! gronda Mhor.

Ces simples mots stoppèrent net les protestations. Tout à coup, une tempête se leva. Un vent furieux les bouscula de ses bourrasques survoltées.

Azorru n'avait jamais autant redouté cet élément, devenu soudain extrêmement hostile. Il apporta jusqu'à eux une épouvantable odeur de soufre. Les hommes plissèrent le nez, tandis que l'océan commençait à s'agiter. En quelques secondes, la plage se transforma en un paysage dantesque, au-dessus duquel d'épais nuages sinistres déchaînèrent toute leur colère. Ils virent s'élever, entre ciel et mer, un effroyable cyclone aux allures de mort. Le sol sous leurs pieds changea de consistance.

— Des sables mouvants ! hurlèrent en chœur Azorru et ses deux pères.

Embourbés un peu plus à chaque pas, ils furent rapidement pris au piège, vulnérables face à cette puissance grandissante. Que faire pour vaincre l'impensable ?

Azorru retint sa respiration, tandis qu'une impressionnante cité émergeait du centre de la tornade. Lentement, elle se dévoila à eux comme la plus lugubre des forteresses. De hautes enceintes noires l'entouraient, à l'image du cœur de ses habitants.

La tension monta d'un cran à la vue d'une rangée de guerriers obscurs sur les remparts et devant les portes. Azorru se sentit tout à coup bien petit. Il fut surpris de constater que la mer n'approchait ni les murs ni le sol de la citadelle. Il déglutit en prenant conscience de leur position de faiblesse. Ils s'étaient jetés aveuglément dans la gueule du loup, sans la moindre préparation… Ils se trouvaient maintenant piégés en territoire hostile, dans un environnement inconnu. La bataille serait rude.

Comment avait-il même pu croire que les affronter serait aussi simple ? Dumeur s'avança et, sans un regard pour son fils, s'imposa, reprenant instinctivement son rôle de chef des armées. Pour une fois, Azorru lui en fut reconnaissant.

— En formation, gronda le maître de guerre.

Azorru sentit alors l'air vibrer tout autour de lui. La magie des Gyramens s'éleva, s'intensifia et s'étendit, allant frapper l'ennemi tel un coup de tonnerre. Il n'avait jamais participé à un combat avec les hommes de Weily. Il fut soulagé de voir que ceux-ci n'étaient pas démunis.

— Azorru !

La voix de Dumeur le percuta crûment. Son fou furieux de père le fixait durement. Cet homme n'y connaissait rien à l'amour, il ne prenait son plaisir qu'au cœur des batailles. Son charisme heurta le jeune guerrier. Encore une fois, Azorru comprit qu'il ne le battrait pas facilement. Dumeur avait de l'expérience. Son savoir, tout comme celui de Mhor, prévalait largement sur sa force.

Il décida d'attendre l'issue de l'affrontement pour se venger. Autant utiliser d'abord les capacités paternelles pour aider Wymi.

Mais ensuite, se promit-il, *je le tuerai.*

— Quoi ? répondit-il, piquant.

L'envie de le défier maintenant le titillait toutefois. Il désirait tant humilier ce chef, cet homme, devant tous ses sujets ! Hors de question qu'on lui donne des ordres. Et son père, encore moins que les autres.

— Si tu veux qu'on gagne, rejoins les rangs et suis mes directives. Je ne suis pas à leur tête sans raison.

Azorru serra les poings, tandis que le vent sifflait toujours plus fort dans ses oreilles. Le sorcier s'approcha et, d'un seul regard, lui intima d'écouter.

« *Ce n'est pas le moment, gamin* », résonna sa voix dans son esprit.

Sa réflexion le percuta de plein fouet et sa façon de l'appeler le blessa. Personne ici ne le prenait au sérieux. Mhor l'ignora alors, comme si pour lui, rien n'était plus naturel que de s'immiscer ainsi dans le cerveau des gens. Azorru, trop abasourdi pour protester, le suivit d'un pas lourd.

— C'est toi qui m'as parlé ?

Toujours sous l'effet de la surprise, il peinait à y croire. Le sorcier se plaça au milieu des autres combattants. Il attendit qu'il soit lui-même en position avant de le transpercer de ses yeux clairs.

« *Ça doit rester entre nous, concentre-toi !* »

Azorru observa la masse ennemie fondre sur eux, telle une marée noire destructrice. Il raffermit sa poigne sur le manche de son épée. Le moment était venu de s'affirmer. En serait-il capable ? Son cœur s'accéléra, il était terrifié à l'idée d'échouer, mais comme le Cercle l'avait souvent dit à Erzo : « La peur prouve simplement que tu es vivant. Un homme sans crainte est un homme fou. »

Quand la première vague les percuta, Azorru se retrouva confronté à un être rapide, dont la sournoiserie accompagnait chaque mouvement. Son réflexe immédiat fut d'essayer de le trancher en deux. Il ne toucha que le vide, tandis que l'ennemi s'amusait à apparaître et à disparaître devant lui.

Décontenancé un bref instant, le guerrier tenta de prévoir ses prochains coups, mais fut vite harcelé par un deuxième adversaire, qu'il eut tout juste le temps d'éviter. Deux d'entre eux l'avaient pris pour cible, alors qu'il peinait à en suivre un seul du regard.

Quand ils fondirent à nouveau sur lui, il para leur assaut d'un geste brusque, ce qui lui permit de reprendre l'avantage. Son épée transperça enfin la chair du premier mage, tandis qu'il gardait un contact sensoriel avec le second. Celui-ci allait l'attaquer par-derrière.

Azorru ne s'attarda pas. Il ne se laissa pas impressionner par leur cadence. Il anticipa chaque mouvement et réussit à les achever tous les deux. Il releva les yeux à la recherche d'autres ennemis. Un silence épais était tombé sur le champ de bataille, tous les Gyramens de son camp l'observaient. Leurs visages sombres ne lui disaient rien qui vaille.

Il plissa les paupières, notant mentalement que quelque chose clochait dans leur réaction. Pourquoi ne s'inquiétaient-ils plus des êtres corrompus ? Azorru suivit leurs regards et examina les dépouilles fraîchement exécutées. Son cœur manqua un battement en prenant conscience de l'horreur qu'il venait de commettre.

— Qu...

Sa voix se brisa et son corps se pétrifia, sous le choc.

À ses pieds, Mhor et Amuro reposaient sur le sable. Leur sang inondait les fines particules blanches d'un rouge trop intense. Il devint blême, incapable de parler. Ses larmes l'aveuglèrent un instant. Il ne comprenait pas. Il se souvenait parfaitement d'avoir attaqué des mages perfides. Pourquoi ses compagnons se trouvaient-ils à la place de ses ennemis ?

Non... non..., supplia-t-il en son sein.

Dumeur s'approcha à pas lents, manifestement noir de colère. Azorru tremblait de la tête aux pieds, bouleversé par son acte odieux. Il avait tué ses seuls alliés. Le guerrier n'arrivait pas à refouler ses sanglots. Ses jambes ne supportèrent plus son poids et il s'écroula à genoux dans le sable humide. Les deux hommes étaient tombés si aisément ! Ils n'avaient pas résisté, ils lui avaient fait confiance...

Non ! voulut-il hurler, sans réussir à émettre le moindre son.

La lame de Dumeur apparut devant ses yeux. Il suivit la ligne mortelle que son père traçait au-dessus de lui. Que s'était-il passé ? Comment avait-il pu commettre une telle atrocité ? Ses interrogations tournaient en boucle dans son esprit déchiré par la douleur.

— Je savais que tu n'étais pas fait pour le combat. À présent, je vais devoir te tuer ! martela Dumeur de son intonation la plus glaciale.

Azorru lâcha son épée, qui se détacha sans peine de son bras. Elle bascula sur le sol dans un bruit feutré. La magie de Wymi l'abandonnait, il n'était plus digne d'elle. Les éléments se calmaient autour de lui et le silence qui s'installa soudain n'avait plus rien de naturel.

Pourquoi le vent s'était-il arrêté de gronder ?

Chapitre 41

La rage meurtrière

La lame, sur le point de lui trancher la gorge, descendait lentement vers lui. Le guerrier entendit alors un ronflement indistinct. Le sol trembla et, tel un mirage, Mhor apparut devant ses yeux. Apparaissait-il ici en tant qu'esprit pour assister à son châtiment ?

Son regard vert presque translucide le détaillait avec sévérité tandis qu'il approchait, au milieu des autres combattants, d'une démarche assurée. Azorru fixa à nouveau le sable. Son cadavre se trouvait pourtant toujours là, tout comme celui d'Amuro. Il remarqua néanmoins que l'air ambiant se transformait encore.

— Azorru, appela Mhor d'une forte voix.

Il s'arrêta à quelques mètres de lui, effaçant par sa seule présence ceux qui les encerclaient. Dumeur fut le dernier à s'évaporer, emportant avec lui l'image des corps sans vie. Le guerrier, perdu, se redressa tant bien que mal. Machinalement, il se saisit de son arme.

Devenait-il fou ? Mhor restait malgré tout devant lui, bien vivant, et l'observait sans le moindre mot d'une expression intense. Son allure était plus que jamais impressionnante. Azorru comprit soudain qu'il n'aurait jamais pu le tuer si aisément, pas plus qu'Amuro. Ses traits se durcirent. Il repensa à Wymi, à sa douleur le jour où les mages l'avaient brisée. Il n'avait rien pu faire et se sentait terriblement faible. Sa haine monta encore d'un cran et ses yeux s'obscurcirent. Il se vengerait de tout cela.

— Azorru ! répéta Mhor. Reviens !

L'insistance de sa voix lui évoquait un danger imminent.

La terre trembla une nouvelle fois, les hurlements du vent l'assaillirent brusquement et il fut projeté au centre de la mêlée, légèrement désorienté. Mhor s'efforçait tant bien que mal de le défendre. Azorru se ressaisit en chancelant, puis resserra sa prise sur son épée. Sa colère doubla dès qu'il flaira autour de lui l'odeur de soufre fétide, la même que celle qui planait dans la grotte le jour où Wymi avait été maudite.

— Que s'est-il passé ?

Il essayait de retrouver son sang-froid et se tenait la tête en titubant comme s'il avait reçu un coup violent sur le crâne.

— Azorru, tu te targues de vouloir devenir fort, mais pour cela, il faut savoir protéger son cœur lors d'une bataille, lui expliqua Mhor, un brin sarcastique.

— Mon cœur ? marmonna le guerrier, énervé par son ton.

Il en possédait un pour trois âmes, et celui-ci appartenait à Wymi. Il ne supportait pas l'idée que quelqu'un touche à elle, même par le biais de son esprit.

Je vais tous les tuer, pensa-t-il en faisant un pas. *Tous !*

Il sombrait chaque seconde un peu plus dans la folie.

— Ils s'en sont servis contre toi. Tes craintes ont pris la forme d'une illusion ! Tu dois faire attention à ne laisser apparaître aucune faille, termina le sorcier sans avoir le temps de le dévisager.

Il ne vit pas la colère d'Azorru. Elle changeait l'homme en un être sombre, bien pire que le plus noir des mages.

— Je suis désolé, chuchota le guerrier tant que la raison s'accrochait encore à lui.

Je vais tout détruire. Pardonne-moi si je n'arrive plus à me maîtriser, songea-t-il avant de s'élancer.

Les yeux injectés de sang, Azorru se jeta sur le premier adversaire à sa portée et s'évertua à le faire souffrir. Ses cris l'emplirent de joie, il rit de son agonie. Une fois son ennemi mort, il rugit. Il en voulait plus. Bien plus. Il se lécha les lèvres, puis riva son regard démentiel sur les autres mages corrompus. Les plus forts lui envoyèrent des serviteurs en masse. Au lieu de les redouter, il s'en amusa. Était-ce donc tout ce dont ils étaient capables ?

Plus ses opposants périssaient, plus son armure et sa perception des éléments changeaient. Azorru ne discernait désormais plus que des cibles : celles qu'il détruirait. Sa peur disparut. Il poussa un hurlement si perçant que la structure même de l'air ambiant se modifia. Les engrenages de son équipement s'activèrent, de fins spectres enflammés s'en échappèrent. Incroyablement agiles, rapides, les créatures s'infiltraient à l'intérieur des corps avilis. Elles leur infligeaient de terribles dommages, les anéantissaient au terme d'atroces supplices, brûlaient, détruisaient toute part de vie. Effrayés par tant de puissance, les mages corrompus, tout comme le sorcier et les guerriers gyramens, se figèrent. Aucun d'eux n'avait encore contemplé une telle force dévastatrice.

Mhor craignit qu'il ne soit bientôt plus apte à différencier ses ennemis de ses alliés. L'énergie de Wymi était unique et la rage éperdue d'Azorru la rendait mortelle. Les spectres enflammés continuaient d'affluer. Tous les êtres perfides présents sur la plage périrent sans avoir la moindre chance de s'échapper. Les yeux d'Azorru perdaient peu à peu leur couleur dorée.

— Reculez, ordonna Mhor, incapable de dissimuler sa peur.
— Que se passe-t-il ? demanda Dumeur.

Le sorcier ne répondit pas, aussi abasourdi que les autres. Il n'avait jamais rencontré un pareil guerrier. Dément. Destructeur. Noir. Son armure luisait dans la lumière et ses bras tuaient sans effort. À le voir ainsi massacrer les abominations grises, on aurait pu croire que leur force et leur puissance n'avaient plus aucun effet sur lui.

Ce n'était pourtant pas le cas.

Mais personne ne pouvait plus battre le monstre qu'Azorru était devenu. Son regard assassin se posait sans le moindre regret sur les cadavres qu'il tenait encore en main. Rien ne l'arrêtait. La magie néfaste glissait sur lui et le sang lugubre de ses victimes assombrissait son armure. Mhor recula à nouveau et les Gyramens l'imitèrent. Ils sentaient tous la menace. Azorru se laissait contrôler par la haine. Pour lui, seule la vengeance comptait. Ses cheveux se teintèrent d'une couleur rouge terrible. Elle indiquait à tous combien s'approcher de lui serait suicidaire.

Certains mages corrompus tentèrent de fuir, mais les Gyramens se ressaisirent et leur coupèrent toute possibilité de retraite. Même si Azorru leur faisait peur, ils avaient une bataille à remporter. La grande citadelle s'effondrait à mesure que ses défenseurs périssaient.

Azorru souriait devant le nombre de cadavres qui s'entassait à ses pieds. Il les examina une seconde, puis se dirigea d'un pas décidé vers la cité. Mhor et les guerriers retinrent leur souffle sans oser s'interposer. De toute manière, aucun d'eux n'aurait pu le vaincre.

Le Suprême lui-même en serait-il capable ?

— Qu'est-il devenu ? s'affola Amuro, les mains tremblantes.

Le Gyramen savait que la rage destructrice d'Azorru s'apaiserait difficilement. L'arrêter serait peut-être même impossible.

* * *

Wymi, prisonnière de son rêve, sentit le poids de sa robe s'alléger. Azorru devait sûrement se battre, car le nombre de mages corrompus vivants diminuait à une vitesse folle. Le phénomène était tellement rapide que cela lui parut d'abord impensable. Pourtant, autour d'elle, les sortilèges s'affaiblirent. Doucement, elle s'éveilla, le corps engourdi, mais libre. Elle devait être restée dans la même position bien trop longuement. Elle cligna des paupières, puis aperçut une silhouette floue au-dessus d'elle. Sa vision lui revint peu à peu et elle reconnut enfin Lymou.

La jeune femme se redressa péniblement, étonnée par l'anormale proéminence de son ventre. L'inquiétude la gagna. Combien de semaines avait-elle dormi ? Il lui semblait que cela ne faisait que quelques jours, mais l'avancée de sa grossesse prouvait le contraire.

— Pourquoi te relèves-tu ? l'interrogea Lymou abruptement.

La bouche pâteuse, Wymi mit un peu de temps à répondre, encore trop désorientée.

— Le sceau s'est tout à coup fait bien moins puissant. Tu n'as pas l'air contente de me voir, remarqua-t-elle, l'esprit toujours embrumé.

— Nous avons essayé de te réveiller pendant des mois sans y parvenir, s'exaspéra Lymou.

Wymi prit conscience de l'état des murs autour d'elle. Elle sut instantanément avoir usé de sa magie. Avait-elle blessé quelqu'un ?

— J'ai été violente ?

— Non.

— Alors que fais-tu là ?

Lymou s'approcha de son lit de cette démarche féline, gracieuse et mortelle qui la caractérisait.

— Un traître se cache parmi nous. À tour de rôle, nous assurons ta sécurité, expliqua-t-elle en continuant d'avancer.

Wymi la trouva différente des autres jours. Ses yeux étaient noirs, sordides. Sa bouche lui parut aussi plus rouge que d'ordinaire. Elle s'amusait et avait l'air prête à la torturer. La magicienne retrouva soudain en elle la petite fille vicieuse qui l'avait profondément meurtrie par le passé.

— V... Vraiment, un traître ?

Wymi ne savait plus quoi dire. Elle caressa son ventre rebondi et vérifia rapidement si la marque au-dessus de son nombril était toujours présente. À son grand désespoir, elle était là, bien que beaucoup moins visible. À présent, l'empreinte se réduisait à un fin trait d'une teinte grisâtre. Elle fut tout de même soulagée de constater cet éclaircissement.

Azorru va me sauver, songea-t-elle.

Elle restait néanmoins anxieuse. Était-ce grâce à lui que les ombres disparaissaient si vite ? Elle tenta de se relever. Il fallait qu'elle parle à Weily, mais elle se sentait terriblement faible. Se mettre debout lui parut impossible.

Le regard grave, Lymou revint tout à coup dans son champ de vision.

— Je n'aime pas quand tu m'ignores de la sorte, lui reprocha-t-elle.

— Pourquoi est-ce que je n'arrive pas à me lever ? Où est grand-père ?

Wymi craignait tant le pire que sa respiration était saccadée.

— Mmh… Tu veux dire le Suprême ?

Moqueuse, Lymou se mordait la lèvre inférieure. Wymi eut l'impression qu'elle se retenait de rire.

— Bien sûr, qui d'autre ?

— Il est en bas, assura la magicienne, les yeux plissés.

Wymi s'inquiétait de plus en plus. Cette femme la terrifiait. Le cœur battant, elle songea qu'appeler à l'aide serait peut-être plus raisonnable, persuadée que Lymou était devenue une menace. Puis, elle fut frappée par l'évidence.

C'est elle, la traîtresse !

Elle tenta de garder son calme, de changer de sujet.

— Combien de temps ai-je dormi ?

Wymi remarqua la réticence de Lymou à lui répondre et fronça involontairement les sourcils. Elle venait de sentir une légère odeur de soufre se dégager de sa rivale.

C'est bien elle, le monstre, songea-t-elle, les poings crispés.

La colère l'étouffa quand elle repensa à ce que ses acolytes lui avaient infligé. Et soudain, son cœur se glaça. Le souvenir de la cérémonie était encore si vif ! Cette femme qu'elle avait vue possédait la même morphologie. Ses doutes disparurent. Ainsi, Lymou était la reine des abeilles, la responsable de ces tortures, de cette malédiction qui planait sur son enfant. Au prix de grands efforts, la jeune Incomprise masqua sa fureur. Ce n'était pas le moment. Elle devait attendre d'aller mieux. Là, elle ne tenait pas sur ses jambes.

— Tu es comme ça depuis quatre mois, ricana Lymou.

Wymi déglutit. S'agissait-il d'un nouveau mensonge ? Non, il était inimaginable que son ventre soit déjà aussi gros à six mois de grossesse.

On croirait que je suis presque arrivée à terme, paniqua-t-elle.

— Arrête de mentir, fit-elle d'une voix chevrotante. Ce n'est pas possible. Je n'ai pas pu rester inconsciente si longtemps !

Elle essaya de se rassurer en se disant que, grâce à ses pouvoirs d'Incomprise, elle savait se défendre. Mais en réalité, une terreur glaciale pétrifiait ses doigts. Que lui avait fait ce monstre corrompu ?

— D'accord, d'accord, concéda-t-elle. J'ai à peine accéléré le processus avec quelques maléfices… Tu as deviné depuis le début, n'est-ce pas ? Je l'ai vu à ton regard !

Lymou se lécha les lèvres et Wymi observa avec effroi sa tenue se métamorphoser. Elle devint rapidement aussi opaque que son cœur. Une brume épaisse l'enveloppa, comme dans la grotte.

— De… Deviné quoi ?

— Ne fais pas l'innocente !

La folle furieuse se rapprocha, lui attrapa durement le menton, puis sourit joyeusement.

— Ils ont compris également, mais j'avais tout prévu, à part peut-être la victoire des Gyramens, termina-t-elle en se renfrognant.

— La victoire ?

— Que veux-tu, je ne pouvais pas être sur deux fronts à la fois, mais j'ai fait venir un de nos spécialistes capable de précipiter le développement de ton enfant. J'espérais être en mesure de m'emparer de ta progéniture, puis d'aller défendre nos murs… Mais ton maudit guerrier a été trop rapide !

À présent, Lymou la blessait. Sa voix se déformait sous l'effet de la colère et ses pupilles se réduisaient à deux fentes sombres. Elle la bascula sur le lit et l'y attacha à l'aide de liens invisibles.

— Alors, tu as perdu !

Wymi essayait de ne pas se décourager. Elle jeta un coup d'œil vers la porte, devant laquelle elle aperçut un corps gisant sur le sol. Elle retint un cri. Lymou suivit son regard et se redressa fièrement.

— Kujila était décidément une piètre magicienne. Cela n'a pas été très difficile de la vaincre, lâcha-t-elle en jubilant.

— Où est grand-père ?

— Oh, cesse de t'inquiéter. Il est en bas, je te l'ai dit ! Il s'est juste fait prendre à son propre piège. Ça lui apprendra !

Wymi n'arrivait pas à y croire. Les larmes lui montèrent aux yeux. Ce monstre ne pouvait pas avoir gagné.

Non. Je vous en prie, pas ça...

— Toujours aussi froussarde, n'est-ce pas ? la nargua Lymou, sarcastique. Incapable de te défendre. Incapable d'aider les autres. Tout juste bonne à quémander la pitié. Ne peux-tu pas utiliser ta magie ? Oh non, j'oubliais...

Elle posa un doigt sur sa bouche en affichant un air faussement peiné.

— Wymi est trop terrifiée pour cela, et même s'il lui venait l'envie de se rebeller, un seul petit sort de sa part et son grand-père adoré ainsi que la belle Breese périraient de ses mains. Quelle perte ce serait alors pour votre communauté ! Il n'y aurait plus de Suprême, plus de règles... Et que se passerait-il donc, à ton avis ?

Lymou la fixa en haussant un sourcil. Elle attendait une réponse claire et précise et ne s'éloignerait pas avant de l'avoir entendue.

— Le chaos, murmura Wymi, la gorge nouée et les lèvres tremblantes.

— Eh oui, car comme dans toute société, il faut des gens pour diriger. Mais tu le sais, n'est-ce pas ? Et qu'arriverait-il si je m'octroyais la place vacante ? Cela ne serait-il pas l'avènement d'un règne noir ? Celui de la face cachée des lunes !

— Les... Les sorciers ne seront jamais d'accord.

Lymou gloussa.

— Qu'il est touchant de voir combien tu restes naïve, ma

belle Wymi.

Elle se pencha sur elle pour mieux l'observer.

— Mais si, jolie petite lune… Ils suivront le mouvement et continueront de faire ce qui les arrange, quand ça les arrange. N'as-tu pas déjà remarqué qu'ils ne respectent que leurs propres lois ? Antanor est bourrée d'esclaves de sang alors que cette pratique est depuis longtemps interdite. N'en as-tu pas toi-même fait les frais ?

Wymi tourna la tête, incapable de la contredire.

— Mon père ne permettra jamais cela !

— Ah…, dit-elle après avoir exhalé un interminable soupir. Veux-tu que je t'apprenne ce qu'il est vraiment, ton précieux papa ? En fait, il n'est pas tout à fait un sorcier. Oh ! tu sembles surprise. Ne savais-tu pas qu'en réalité il est à moitié humain ?

— Tu mens, hurla Wymi.

— Pauvre chou. Je les ai espionnés, écoutés, et c'était très intéressant. Ces misérables fous ne se sont pas protégés des sorts basiques. Je n'ai eu qu'à m'immiscer dans l'esprit de leurs montures.

— Je ne te crois pas !

— Mhor ne t'a donc pas expliqué pourquoi sa peau brille ainsi ? Ni pourquoi il est si différent des autres ? Il possède un cœur pur, et de ce fait, toi aussi ! Le tien comme le sien ne peuvent noircir, mais celui de ton enfant, si… tant qu'il n'est pas entièrement développé. Il aura une teinte grise identique à la mienne. Il n'aura ni sentiments ni pitié. Il tuera, en quête perpétuelle de pouvoir, et détruira tout sur son passage. Il ne ressentira jamais la moindre empathie pour qui que ce soit…

— Tu ne pourras pas me l'enlever, Azorru va te détruire, cria Wymi dans un souffle désespéré.

— Même s'il le fait, il arrivera trop tard. Tu auras déjà accouché. Il ne pourra pas remonter le temps.

— Pourquoi fais-tu ça ? Je voulais juste avoir une amie…

— Il faut vraiment tout t'expliquer ! pesta la mage en laissant sa peau reprendre sa couleur morne après avoir manipulé sa queue-de-cheval.

Wymi put alors distinguer l'amulette qu'elle masquait dans ses cheveux. Ainsi, quand elle avait accusé Breese de traîtrise, cette folle avait révélé sa propre faiblesse pour la provoquer.

— Ton père a tué le mien, Wymi... Il s'appelait Jin.

Elle sourit à son évocation.

— Il a changé de camp bien avant notre naissance, mais il a réussi à se cacher du Suprême et même de sa femme. Quand je suis venue au monde, mon cœur était déjà corrompu. Ma mère en a été horrifiée, mais elle n'a pas eu le temps de le dénoncer. La pauvre est morte ce jour-là. Jin a fait croire à un accident.

— Tu étais...

— Oui, il m'a élevée et, en secret, m'a appris tout ce qu'il savait. Il m'a protégée, mais il n'a pas été assez méfiant ! Trop impatient, il s'est fait tuer. Je suis très différente. Attendre est pour moi un véritable loisir. La seule chose que j'avais à faire durant toutes ces années était de te surveiller. Un jour ou l'autre, tu allais tomber enceinte, et un enfant d'une telle puissance ne se refuse pas, surtout lorsque son cœur peut noircir. Je dois toutefois avouer que tu as été plutôt rapide, s'esclaffa-t-elle.

— Je n'abandonnerai jamais mon bébé. Azorru ne se laissera pas faire non plus !

— Mais Azorru n'est pas là. Tu es sans allié.

— Libère-moi, hurla Wymi.

De rage, elle s'érafla les poignets.

— Ne t'énerve pas trop ou tu vas déclencher le travail !

Wymi ne l'écoutait plus. Ses mains crépitèrent. Lymou se pencha jusqu'à se coller à son visage.

— N'oublie pas, petite lune, que si tu utilises tes pouvoirs, ce n'est pas moi qui en subirai les conséquences. Le Suprême et Breese seront les cibles !

— Vraiment ? C'est ce qu'on va voir !

Avec colère, Wymi relâcha son énergie. Elle réussit malgré tout à contrôler sa puissance et ne lança sur Lymou qu'un fin trait de lumière. Cela ne lui ferait certes aucun mal, mais si cette traîtresse avait raison, Weily et Breese n'en pâtiraient pas non plus.

Malheureusement, sa magie fut absorbée et elle comprit que Lymou ne lui mentait pas. Le sort ne l'avait même pas atteinte, comme si une protection invisible l'avait aspiré pour le diriger ailleurs.

— Comment as-tu fait ça ? s'étrangla-t-elle, incrédule.

— Comme si j'allais te révéler tous mes secrets, gloussa Lymou.

Elle se délectait de sa souffrance. La femme corrompue s'éloigna en se déhanchant et Wymi eut l'impression de découvrir une nouvelle personne. Elle la laissa ligotée à son lit en attendant que les contractions se déclenchent.

Wymi espérait au plus profond de son cœur que ce ne serait pas pour tout de suite.

Chapitre 42

La bataille des Quink

On les surnommait les Quink parce qu'ils étaient des quintuplés. Cela faisait bien une éternité que plus personne n'avait vu leurs visages ni su les différencier. Ils se dissimulaient continuellement sous leurs armures, une capuche rabaissée devant les yeux. Ils considéraient le Cercle comme leur père, et chacun d'eux le vénérait et acceptait ses ordres sans discussion. Leur mission, dont même Azorru ne connaissait pas la nature exacte, était en vérité bien plus sérieuse ; protéger sa progéniture n'était qu'une petite part du contrat.

Les cinq hommes, en permanence connectés entre eux, devinaient toujours ce que chacun des quatre autres pensait. Ils n'avaient pas de noms, car ils formaient un tout. Ils décidaient de concert et, ensemble, ils se battaient.

Les Quink se hâtèrent. Tuer le mage corrompu qui s'était écarté de ses semblables prendrait du temps. Ils savaient parfaitement où le trouver, mais seraient-ils assez forts pour l'anéantir ? Le Cercle leur avait assuré que oui. Il avait cependant ajouté que la tâche serait complexe.

Les Quink songèrent à l'immortel et à la façon dont il considerait Azorru. Il restait son favori malgré ses provocations et son constant refus d'obéir. Leur frère s'était toujours montré si différent d'eux !

— Perpétuellement à créer des problèmes, dit l'un des cinq, amusé.

— Et pourtant chéri…

Ils ne jalousaient pas l'attention que l'Être accordait à Azorru. Le guerrier avait pâti de l'attachement du maître, bien plus intransigeant avec lui qu'avec tous les autres.

— Il a si souvent souffert de la force de père !

Ils acquiescèrent, unanimes. Pour les membres de l'organisation, Erzo avait l'image d'un rebelle, il était admiré de tous. La plupart d'entre eux l'aimaient, les Quink en faisaient partie. Ils le considéraient comme leur sixième frère, bien qu'il soit étrangement éloigné d'eux. Si différent et en même temps si proche.

— Nous sommes sa famille !
— Il ne le reconnaîtra jamais…
— Il nous hait.
— Oui… mais il nous aime aussi !
— Wymi est son trésor, tout comme Azorru est la perle rare du Cercle.
— C'est la plus importante de nos missions.

Chacun parlait à son tour. Ils mettaient en commun leurs pensées personnelles.

Tout en poursuivant leur proie, ils réfléchissaient à leur situation. Leurs consciences connectées, ils pouvaient savoir tout ce que ressentaient les autres : la peur, la joie, l'amour… Rien ne leur échappait, ils ne pouvaient vivre séparés. Ils avaient depuis longtemps oublié d'agir individuellement et se connaissaient par cœur.

Ils ralentirent l'allure en arrivant à proximité de leur cible. Le mage corrompu demeurait proche du temple et ne semblait pas les avoir repérés. Ils se dispersèrent.

Ils marchaient tous au même rythme. Ils encerclèrent le monstre corrompu sans faire le moindre bruit. Celui-ci releva toutefois la tête. La forêt se fit silencieuse comme un être qui retiendrait son souffle. L'être à la peau grise retourna à ses opérations et ils restèrent ainsi plusieurs semaines à l'observer. Ils devaient le comprendre pour le vaincre. Ils auraient pu se jeter à corps perdu dans la bataille, mais ils auraient alors échoué.

Chaque jour, le mage murmurait des incantations. Les Quink en déduisirent qu'il agissait contre quelqu'un. Ils s'aperçurent que celui-ci se fatiguait à psalmodier toutes ces inintelligibles paroles. La nuit, ses serviteurs obscurs, les âmes capturées, le veillaient afin de lui garantir le repos nécessaire.

À qui lance-t-il ces maléfices ? se demandèrent les Quink.

Il fallait qu'ils en apprennent davantage avant de l'affronter, mais les risques étaient importants. Malgré tout, avec les plus grandes précautions, ils se rapprochèrent peu à peu jusqu'à entendre finalement un nom revenir sans cesse. Ils se figèrent en le décryptant.

Wymi... Wymi est la cible...

Les Quink s'agitèrent. Cela perturbait leurs plans. Que devaient-ils faire ? S'ils attaquaient maintenant, ils perdraient certainement. Mais s'ils attendaient trop, alors peut-être échoueraient-ils dans leur principale mission : protéger la jeune femme.

Le trésor d'Azorru est plus important, songèrent-ils.

Ils décidèrent d'intervenir, même s'ils considéraient ne pas connaître encore suffisamment leur ennemi. Ils n'avaient pas le choix, c'était un risque qu'ils devaient prendre. Ils n'eurent pas besoin de se consulter pour engager le combat. Ils avancèrent en silence, discrets comme des prédateurs. Leurs silhouettes obscures se détachèrent des ombres. Ils se présentèrent devant le sombre mage, tels les messagers de la mort.

La tension satura l'atmosphère au point de la rendre irrespirable.

— Je sentais bien que vous étiez là, maugréa le corrompu.

Les Quink penchèrent la tête simultanément, surpris que l'être gris soit parvenu à détecter leur présence. Ils surent alors avoir pris la bonne décision. En attendant plus, ils seraient eux-mêmes devenus des proies.

Assise près d'un feu, leur cible gardait son regard rivé sur les flammes. Lentement, il releva sa figure dissimulée sous un masque opaque. Étonnamment, il choisit de le retirer et ses ennemis en eurent le souffle coupé. Il possédait une beauté envoûtante, malfaisante ; ses yeux énigmatiques avaient quelque chose d'incroyable. Son visage parfait s'encadrait de fins cheveux noirs. Ils restèrent un long moment sans bouger. Le mage les observait à tour de rôle, essayant d'évaluer leur force, perplexe lui aussi. Il ne comprenait pas qui ils étaient ni d'où ils venaient. Ils se différenciaient des guerriers du temple.

Considérés comme des êtres à part, le monde extérieur n'avait jamais entendu parler d'eux. Ils donnaient la mort en silence, exécutaient leurs missions loin des regards, contrôlaient leur énergie à la perfection.

À force de détailler leur adversaire, les Quink lui trouvèrent une légère ressemblance avec le Cercle. Son magnétisme se rapprochait de celui de leur maître. Mais, tandis que leur père était éternel, ce mage, lui, pouvait périr. Ils sourirent. Le défier serait divertissant.

— Étrange... Vous n'êtes pas étonnés par mon apparence. N'êtes-vous pas attirés ? reprit-il en étirant sournoisement ses lèvres. Vous savez qui je suis, n'est-ce pas ?

Il affichait une incroyable assurance. Les cinq hommes passèrent à l'action. La première des règles consistait à ne jamais communiquer avec l'ennemi. Celui-ci se montrait toujours trompeur. Il fallait rester maître de ses émotions. Les Quink tournaient à pas lents autour de leur proie. Le feu crépita soudain et les ombres dansèrent. Puis, la forêt devint noire, menaçante. Aucun d'eux ne comprit qui la contrôlait, et ils frémirent. Ce n'était pas bon signe. Sa magie leur apparut sans conteste redoutable.

Mais cet être n'est pas indestructible... Personne ne l'est !

De cela au moins, ils en étaient certains, seul le Cercle entrait dans cette catégorie. Ils devraient néanmoins agir avec prudence. D'impatience, le corrompu crispa ses doigts. Les Quink saisirent à ce moment-là quel sort utiliser, le seul qui fonctionnerait.

— Alors ? Savez-vous qui je suis ? répéta l'homme sombre, agacé que personne ne l'écoute. Avez-vous trop peur pour me répondre ?

Il pouffa nerveusement tout en se pourléchant les lèvres. Il les provoquait à dessein, désireux de comprendre ce qu'ils représentaient. Il avait deviné, en les voyant approcher, qu'il n'affronterait pas de simples guerriers.

— Une chose sans âme, assénèrent en chœur les Quink en un grondement sourd.

Le corrompu fut surpris de les entendre. Il avait cru un instant qu'ils garderaient le silence.

— Pas seulement, s'exaspéra-t-il.

Il s'apprêtait à continuer, mais un son guttural provenant de ses opposants l'interrompit. Ensemble, ils riaient. Le mage perdit de sa contenance, peu habitué à ce qu'on se moque de lui.

Sont-ils réellement des hommes ? se demanda-t-il.

Il en doutait fortement. Ne pas voir le visage de ses attaquants était aussi une première pour lui. Il les confondait, incapable de trouver le moindre détail permettant de les différencier. Ils bougeaient toujours de concert, comme s'ils ne faisaient qu'un. Cette aptitude l'inquiétait autant qu'elle le déconcertait. Jusqu'ici, lui seul effrayait ses ennemis avec son accoutrement. Il avait retiré son masque pour qu'ils fassent de même, mais il s'était lourdement trompé.

— Amusant, commenta-t-il en se léchant les lèvres à nouveau. D'ordinaire, c'est moi qui me camoufle et qui observe la peur s'insinuer dans le regard de mes proies. C'est hilarant, ce renversement de situation, mais malheureusement pour vous, je ne suis pas n'importe quel adversaire !

Il avait espéré un instant pouvoir les corrompre, cependant il sentit là aussi qu'il n'y parviendrait pas. Depuis quand le Suprême s'entourait-il de telles personnes ? Lymou n'avait pas parlé d'eux, cela signifiait donc qu'elle ne les connaissait pas. Alors, qui les avait envoyés ? Étaient-ils des sorciers ou des mages ?

— Tu es celui qui a violé le *trésor* et qui tente de le détruire, s'exprimèrent soudain les Quink d'une seule voix, dont l'intonation sourde ébranla l'être plus profondément encore.

Il se ressaisit toutefois rapidement. Ces hommes connaissaient ses travers. Cela voulait dire soit qu'ils pouvaient lire en lui, soit qu'Azorru et Wymi leur avaient parlé de la cérémonie. Il s'étonna grandement qu'ils aient osé lever le voile sur de pareils événements.

Sans plus attendre, le mage se raidit et une fumée opaque vint l'entourer tel un serpent protecteur. L'éclat meurtrier de ses yeux noirs s'intensifia, puis une brise légère souleva ses cheveux avec grâce. Dans sa longue robe obscure, on aurait pu le confondre avec l'incarnation de la mort.

— N'avez-vous pas envie de puissance ? s'égosilla-t-il.

— Nous la possédons déjà.

Les Quink se baissèrent, touchèrent la terre et, soudain, celle-ci se mit à trembler. Le corrompu grinça des dents lorsque d'immenses chaînes jaillirent du sol pour se jeter sur lui. Il poussa un juron en les esquivant de justesse. De plus en plus conscient du danger que représentaient ses assaillants, il invoqua ses protecteurs. L'ennemi serait entravé dans le combat, submergé par ses pantins.

Et pourtant…

Organisés, les Quink s'allièrent pour affronter ensemble chacune des créatures. Elles n'avaient plus une apparence humaine, trop rongées par la haine. Elles n'étaient que des âmes emprisonnées, des esclaves d'un être sombre capable de déformer leurs corps. Les laquais putréfiés avaient évolué et la magie noire s'était emparée de leur essence.

— Quel plaisir ce sera de vous utiliser, grogna-t-il.

Concentrés sur l'affrontement, les Quink gardaient le silence. Peu à peu, ils se retrouvèrent acculés par les monstres hideux. Des tentacules couverts de pustules informes avaient poussé sur leurs flancs et harcelaient les guerriers, tandis que leur haleine fétide les empoisonnait. Le mage gris éclata de rire. Il pensait déjà avoir gagné.

Alors, ensemble, une fois encore, les Quink déplacèrent leurs mains et réalisèrent l'inconcevable.

— Non, ce n'est pas possible ! éructa le corrompu en postillonnant, tandis qu'un étincelant bouclier s'élevait.

Celui-ci pulvérisa ses serviteurs. Les créatures survivantes, dénuées d'intelligence, continuèrent à foncer tête baissée vers l'ennemi qui leur avait été désigné et se désintégrèrent contre la protection. Toutes périrent comme des insectes s'approchant trop près des flammes.

Fou de colère, le mage psalmodia des murmures incompréhensibles. Ses bras, ses jambes et son corps se métamorphosèrent avant que les Quink aient pu l'en empêcher. On ne le reconnut bientôt plus qu'à sa tête, tant sa chair brunissait et se déformait. Ce devait être douloureux, mais la chose n'en montra rien. Elle concentrait toutes ses forces dans le combat à venir.

Ses membres s'agrandirent, devinrent gluants. Ses muscles grossirent à un point inimaginable, le rendant plus répugnant encore. De la fumée noire s'échappait de chaque pore de sa peau. D'immenses tiges, qui avaient naguère été ses jambes, s'ancrèrent dans le sol en y créant d'énormes crevasses, telles d'immondes racines. Enfin, ses cheveux prirent la forme de tentacules aux extrémités enflammées.

Le mage abattit ses poings démesurés sur les Quink, qui reculèrent en toute hâte. Ceux-ci pensèrent trouver refuge parmi les arbres avant que la chose hideuse n'en arrache un pour s'en servir contre eux. Ils se trouvèrent vite désavantagés, séparés les uns des autres et vulnérables. Néanmoins, ils se ressaisirent et invoquèrent de terribles chaînes mortelles. Elles jaillirent de terre pour se diriger comme des serpents vers leur cible. Trop lentes, elles ne purent toutefois s'emparer du monstre, qui les évita dans un saut prodigieux.

La créature retomba de tout son poids sur les fers qui s'étaient regroupés, puis tira sur deux d'entre eux. Les Quink en profitèrent pour utiliser les trois restants, mais leur adversaire contre-attaqua promptement. Il embrasa d'un seul geste les maillons à portée de main. Le feu se propagea si rapidement que deux des cinq frères furent engloutis en une fraction de seconde. Ils s'écroulèrent, en proie à des flammes meurtrières. Leur souffrance fut si intense que leurs cris déchirèrent l'air durant de longues minutes, avant de laisser place à un silence plus terrifiant encore.

Les trois hommes toujours debout en eurent le cœur pulvérisé. Ils avaient senti les consciences de leurs moitiés faiblir, agoniser, puis disparaître dans la fournaise. Ils ne purent retenir leurs larmes, tandis que les trois derniers liens emprisonnaient le monstre.

— Peut-être me tuerez-vous, mais j'emporterai ces deux-là avec moi, vociféra l'être, fier de lui.

Terriblement meurtris, les survivants allaient avoir beaucoup de difficultés à terminer leur mission. Cependant, ils devaient le faire pour que le sacrifice de leurs frères ne soit pas vain. Ils posèrent leurs mains à plat sur le sol et un rond clair se forma entre eux. Cela leur demanda plus d'efforts que d'ordinaire, mais ils parvinrent à aller jusqu'au bout. Les chaînes s'animèrent, puis déchirèrent et absorbèrent la peau du monstre, qui hurla à son tour. Un liquide noir jaillit à flots de sa chair écharpée. Des dents apparurent alors au centre du cercle brillant et s'emparèrent de lui.

La terre gronda de plaisir. Les Quink offraient le sang en échange de la vie, et ainsi, faisaient disparaître le mal.

Quand la créature fut engloutie, ils s'effondrèrent, laissant enfin libre cours à leur tristesse. Ils s'approchèrent des corps inanimés de leur moitié, à la recherche de leurs consciences.

— Pourquoi ? sanglotaient-ils, incapables de lâcher prise, tandis que leur connexion se brisait.

— Je vous avais dit que ce serait difficile !

Ils se retournèrent, surpris. Le Cercle leur faisait face, mystérieux, ses cheveux scintillant au vent. Il contemplait la végétation, le regard perdu dans le vague. De profil, les bras croisés derrière le dos, il restait immobile. Seul l'air qui agitait les fins fils argentés de sa tête prouvait son existence.

C'était la première fois que les trois guerriers le voyaient sous la voûte céleste. Il leur sembla très différent : incroyablement séduisant, d'apparence beaucoup moins fragile qu'à l'ordinaire.

— Père…

Des larmes roulaient le long de leurs joues. Ils étaient épuisés et affligés. Ils voulaient rentrer et ne plus jamais ressortir à la lumière du jour, retrouver les galeries rassurantes de leur maison.

— Votre mission n'est pas terminée, murmura l'immortel en tournant le visage vers eux pour les envelopper de son regard énigmatique.

Il les fixa à tour de rôle sans perdre une miette de leur expression. Il leur sourit avec chaleur, leur apportant ainsi un peu de réconfort. Ils ne bougèrent pas, conscients qu'ils n'en avaient pas le droit.

— Nous ne sommes plus que trois, se plaignirent-ils, l'âme en souffrance.

Ils sanglotaient, incapables en cet instant de rester forts.

— Je sais.

— Nos sorts ne fonctionneront plus.

Leurs voix se brisèrent. Ils baissèrent la tête, honteux.

— Oui, je sais.

Ils redoutaient sa colère et son châtiment, qui, pourtant, n'arrivèrent pas. Ils lui jetèrent un coup d'œil rapide. L'intonation de leur père était tendre. Il ne leur reprochait rien, comme s'il était conscient qu'ils avaient fait de leur mieux.

— Mais…

L'immortel leur tourna le dos.

— Retournez auprès de Wymi. Elle va donner naissance. Vous seuls saurez quoi faire le moment venu.

L'énigmatique entité tendit une main dans leur direction, paume vers l'extérieur. Ils sentirent leurs forces s'amenuiser et les quitter lentement. Le Cercle se servait de sa magie contre eux. Ils s'accroupirent, implorants. Pourquoi les affaiblissait-il ainsi ?

— Vous ne devrez réapparaître qu'au moment opportun !

Des flammes argentées dansaient dans les prunelles de leur maître. Les traits de son visage se durcirent. Il avait décidé quelque chose et les trois hommes se devaient d'obéir malgré la douleur qu'il leur infligeait. Après un temps qu'ils trouvèrent interminable, l'être supérieur baissa son bras. Ils furent soulagés de pouvoir à nouveau respirer librement, même s'ils étaient incapables de se relever. Ils clignèrent des paupières. Le Cercle avait disparu aussi vite qu'il était venu. Seule persistait dans l'air une odeur curieuse qu'ils ne pouvaient définir.

Ils se tournèrent vers les corps de ceux qu'ils avaient toujours aimés et rampèrent jusqu'à eux. Ils devaient leur offrir le repos, et pour cela, entonner les chants anciens. Ils fermèrent les yeux, puis laissèrent leurs voix s'élever.

De cela, ils en avaient encore la force.

Un vent paisible les enveloppa. Les feuilles des arbres soufflèrent avec eux leur tristesse, leur désespoir, octroyant un peu de réconfort à leurs cœurs. La lumière perça les ténèbres d'un fin rayon. C'était lui, le lien qui les retenait au monde réel, à la vie qu'ils connaissaient, si éphémère et fragile. Chacun d'eux put en sentir la douce caresse sur sa peau. Leur perception surdéveloppée leur permettait de tout capter des environs.

Quand enfin ils rouvrirent les paupières, les dépouilles n'étaient plus là. La magie les avait emportées pour les mener de l'autre côté. La douleur des trois frères n'en fut que plus grande.

— Au moins ont-ils trouvé le repos, murmura l'un d'eux.

Ils se laissèrent aller contre la terre souple, couverte d'herbe et de feuilles. Ils respirèrent un instant en rythme et furent tentés de retirer leurs capuches pour la première fois.

Pas encore…

Continuer la mission avait-il vraiment un sens, à présent ? Ils ne voyaient pas comment réussir ce que leur avait demandé leur père.

— N'oublions pas : Azorru est la clé ! déclara l'un d'entre eux, alors que leur connexion s'étiolait peu à peu.

— La clé ? s'enquit le second.

— Oui, celle de la délivrance, reprit le troisième.

Le message, même dur, les rassura. Au péril de leurs vies, ils iraient jusqu'au bout. C'était leur destin.

— Il a dit que nous saurions quoi faire.

— Il ne ment jamais.

Les Quink avaient disparu, ils n'étaient plus que trois. Meurtris jusqu'au tréfonds de leur être, l'idée de s'abandonner à la mort pour rejoindre leurs deux autres âmes les tentait. Mais ils avaient encore une chose à accomplir : le sixième d'entre eux vivait et avait besoin d'eux.

Chapitre 43

Un combat singulier

Mhor effectua un pas vers Azorru, alors qu'il s'acharnait à frapper le corps inanimé d'un mage corrompu.
— Sang... Sang, encore...

Le sorcier recula et faillit percuter Dumeur, qui le suivait de près. Mhor afficha une moue agacée en le voyant. Ce père qu'Azorru haïssait ne devait pas s'avancer davantage. Il ne savait pas exactement pourquoi le guerrier lui en voulait autant, mais une chose était sûre, il devait éviter de le laisser s'approcher. Sa présence n'aurait, à coup sûr, que de graves répercussions.

Azorru l'inquiétait terriblement. Il fixait son dos, les poings serrés, en espérant que l'homme qu'il appréciait n'ait pas entièrement disparu... Son comportement ne présageait rien de bon.

Je dois le sauver, pensa-t-il.

Dumeur le ramena à la réalité en tentant d'approcher dans sa direction. Il n'avait pas l'air de comprendre que ce n'était pas le moment de provoquer son fils. Mhor connaissait d'avance l'issue d'un tel combat. Aucun d'eux n'en réchapperait et Azorru sombrerait définitivement dans la folie. Il serait perdu à tout jamais. Il errerait sans but sur cette terre à la recherche de proies à détruire. Cela s'était déjà produit par le passé. Le sorcier doutait même que le Cercle en personne soit capable de le raisonner, voire de l'anéantir.

Il a la force de trois hommes, combinée à celle de Wymi… Leur lien est trop intense pour être rompu. Il est sans aucun doute l'incarnation des lunes.

— Reste ici, Dumeur ! ordonna Mhor, le regard aigu.

Celui-ci se préparait à répliquer, mais il l'en empêcha en le repoussant fermement.

— Ce n'est pas le moment. C'est moi qui vais le calmer, morigéna-t-il en le menaçant de son arme.

Sa détermination était telle que Dumeur ne trouva rien pour le contredire. Le mage austère recula, soufflé par son attitude. Mhor le laissa derrière lui avant qu'il n'ait l'occasion de contester à nouveau son autorité ou de faire valoir sa position.

Il inspira et expira bruyamment. Il ne devait pas perdre son sang-froid. Quelle expérience allait-il vivre ? La plus incroyable et la plus dangereuse qui soit ! Il sourit à cette idée.

— Azorru…

Celui-ci était encore très éloigné de lui. Il espéra un instant que sa voix suffirait à le ramener à la raison. En l'entendant, le guerrier s'immobilisa. À quoi pouvait-il bien penser ? De dos, sa posture demeurait raide. L'armure du jeune homme lui parut soudain bien plus meurtrière que la sienne, et la fine brume qui l'entourait, affreusement destructrice.

Les créatures qu'il invoque sortent de ce brouillard, se rappela le sorcier avec crainte.

Il ignorait de quelle manière l'aborder, mais il était résolu à percer la garde qu'il avait savamment élevée autour de lui.

On dirait que je vais m'attaquer à un dieu…

Mhor se doutait qu'un être pouvait s'approcher d'une figure divine, le Cercle et le Suprême en étaient de parfaits exemples, mais il n'avait jamais imaginé que cela puisse être le cas d'Azorru. Il espérait grandement se tromper.

Depuis le départ, son destin est hors norme, songea-t-il,

perplexe.

— Azorru, répéta-t-il plus fort afin que le guerrier se tourne.

Les poings crispés, le sorcier continua d'avancer vers sa cible. La présence de son armure ainsi que de son épée le rassurait. Celle-ci fendait l'air à ses côtés, entourée de son aura meurtrière.

Moi non plus, je ne suis pas démuni. Je n'ai pas d'autre choix que celui de l'affaiblir !

Il devenait difficile d'élaborer un plan d'attaque, surtout quand le but était de ne pas tuer. Mhor avait depuis longtemps décidé de ne pas laisser sa fille endurer la même souffrance que lui. Voir son âme sœur mourir était ce qu'il pouvait arriver de pire. Cela annihilait toute envie de vivre. Pour continuer à avancer, il fallait, comme lui, être doté d'une grande volonté.

Penser à Wymi lui redonna du courage. Il serra son arme, puis se sentit prêt à affronter Azorru. Celui-ci se tourna et Mhor ne put réprimer un frisson en découvrant ses yeux obscurs, ainsi que son sourire sanguinaire.

C'est presque quelqu'un d'autre.

Plus il approchait, plus ses doutes s'affermirent : la folie l'habitait. L'homme blond perdit de son assurance. Il se mit à transpirer malgré lui.

— Un sorcier, gloussa le guerrier comme s'il le rencontrait pour la première fois.

— Mhor, pour être exact, rectifia le principal intéressé d'une intonation grave.

Il espérait, de cette façon, ne dévoiler aucune faiblesse.

— Tu sembles sûr de toi… Tu ne devrais pas avancer davantage, le défia l'étrange être sans conscience.

Lui restait-il un peu de son passé pour ainsi badiner ? Azorru sourit et ses prunelles parurent s'enflammer. Mhor se crispa devant son expression de joie. Il n'aspirait visiblement qu'à se battre.

— Qui te dit que c'est toi que je souhaite affronter ? cracha-t-il, provocateur.

Cette petite mise en scène commençait à l'agacer. Azorru se lécha les lèvres. Il absorba alors une goutte du sang noirâtre des mages qu'il venait d'exécuter. Il appréciait l'expérience, car ses yeux scintillèrent.

— Il n'y a personne d'autre que nous deux, ici !

Mhor était maintenant arrivé à quelques pas de lui. L'apparence tout entière du guerrier avait changé. De ses cheveux à son armure, il ne restait rien de celui qu'il était avant la bataille. Ainsi accoutré, il devenait la représentation même d'un monstre assoiffé de chair fraîche et de mort. Son sourire carnassier aurait effrayé n'importe qui, tout comme le sang opaque qui s'accrochait à sa peau.

De quelle façon lui parler pour réussir à le raisonner ? Lui dire que le combat était terminé ?

Mhor devait l'arrêter avant qu'il ne s'en prenne aux troupes. Les hommes qui les avaient accompagnés étaient valeureux. Pour le bien de leur communauté, on ne pouvait accepter de les perdre dans un tel combat. C'était son devoir de les protéger. Azorru, il le savait, les anéantirait sans peine et sans remords. Certes, les Gyramens se battraient un peu, mais aucun d'eux n'arrivait à la hauteur de sa puissance ou de ses connaissances.

Mhor n'égalait ni le Suprême ni le Cercle, cependant, il était le seul dont la force avait une chance de le déstabiliser. Il était même parvenu à inquiéter Weily, ce qui n'était pas un mince exploit.

Il n'y a que moi qui suis capable de le ramener à la raison...

Il considéra le guerrier avec attention. Il ne voulait pas qu'Azorru se souvienne de ce que Wymi avait subi. Sa douleur avait été le déclencheur de cette folie, mais il pouvait lui rappeler le danger qu'elle courait toujours.

— N'as-tu pas quelque chose à accomplir ?

Il souhaitait réellement que le cœur du jeune homme n'ait pas noirci au contact des mages corrompus. Sans le quitter des yeux, Azorru lui désigna l'arme qu'il tenait dans sa main, bien plus meurtrière que la sienne. Mhor sentit l'atmosphère tout autour de son épée se charger d'électricité. Il espéra que le guerrier ne se montrerait pas aussi redoutable que l'énergie qui s'en dégageait.

— Je ne veux pas te tuer, murmura-t-il.

Azorru émit un rire grinçant.

— Est-ce de la pitié que je lis sur ton visage ? Je n'en ai aucune…

— Wymi a besoin de toi ! l'interrompit Mhor.

L'être se pencha sur le côté. Il fronça les sourcils, comme un enfant cherchant à se remémorer une chose importante. Le sorcier soupira de soulagement.

— Wy… mi…, répéta Azorru d'une voix hachée.

— Ma fille, tu t'en souviens ?

L'homme secoua la tête et ses cheveux dansèrent en une envolée écarlate.

— Non, tu ne m'auras pas ! Je vais t'anéantir. Je te hais ! Tout ça, c'est ta faute.

Mhor se demandait bien en quoi il était responsable de toute cette histoire. Cependant, il ne s'attarda pas sur la question en voyant Azorru le charger, les traits déformés par la colère. Son désir de tuer s'était renforcé. Le sorcier évita de justesse un assaut meurtrier. Il esquiva la première attaque mortelle. Il n'avait pas besoin de recevoir un coup pour être certain que sa lame transpercerait aisément son armure. Mais il ignorait comment riposter. Le guerrier ne laissait paraître aucune faille.

Je vais vite me fatiguer, il tente de m'épuiser…, songea Mhor, irrité.

Il recula de quelques pas avant de se ruer à son tour sur lui. C'était l'unique moyen de ne pas se retrouver acculé. Il fixait Azorru avec intensité. L'air était presque irrespirable, et quand leurs épées se rencontrèrent, des étincelles aveuglantes s'en échappèrent. Le sorcier comprit combien il lui serait difficile de tenir tête à une personne trois fois plus forte que lui.

Mhor devait puiser sans cesse dans ses ressources pour rester à son niveau. Il n'avait toutefois pas beaucoup de temps avant de réellement fatiguer. Alors, il attaquait sans relâche. Ses mouvements d'une grande précision ne l'étaient malheureusement pas autant que ceux d'Azorru. Le vent tournoyait autour d'eux comme un mauvais esprit. Quand le sol devint instable sous leurs pieds, il se rendit compte avec inquiétude que la puissance qu'ils dégageaient détruisait tout aux alentours.

Mhor frappait, encore et encore. Azorru souriait, loin de se sentir menacé, tandis que lui transpirait d'épuisement. De lourdes gouttes perlaient sur son front.

Pourquoi ? paniqua le sorcier. *Pourquoi se fatigue-t-il si peu ?*

Ses coups se firent moins violents et il pesta. Il refusait de mourir sans avoir sauvé Wymi. Les larmes lui montèrent aux yeux quand il songea à toutes ces années perdues. Il se revit, déchiré par la séparation imposée par le Suprême.

Esilla..., s'attrista-t-il, l'âme en souffrance.

L'épée d'Azorru s'éleva au-dessus de lui. Mhor voyait trouble, mais il réagit au bon moment. Sa lame rencontra celle du guerrier dans un bruit assourdissant. Son bras devait maintenant supporter le poids massif de trois hommes.

Il allait lâcher et tout serait fini.

Plus jamais il ne reverrait sa fille et il ne connaîtrait pas ses petits-enfants. Il repensa aux beaux cheveux roux de sa femme, à leur amour inconditionnel. Elle avait fait battre son cœur et, depuis sa disparition, il vivait en sursis. Périr serait pour lui une délivrance, mais avant cela, Mhor devait aller jusqu'au bout de son serment.

Et il avait promis de protéger Wymi.

Le sorcier serra les dents. Il mit dans sa parade toute l'énergie qu'il lui restait. Malgré tout, cela ne l'empêchait pas de perdre du terrain. Sa volonté était considérable, mais la puissance d'Azorru se trouvait décuplée par sa folie. Il parvint toutefois à se redresser à son niveau. Leurs épées tremblaient sous leurs forces réunies.

Dans le regard vide du guerrier, Mhor vit que le premier qui lâcherait périrait sur le coup. Il détailla une dernière fois le visage de cet homme qui allait lui donner la mort.

— Prends soin d'elle...

Le sorcier relâcha la pression et se prépara à recevoir le coup fatal. Cependant, sa requête avait perturbé Azorru, qui se prit la tête entre les paumes. Mhor n'attendit pas une seconde de plus, il tendit la main dans sa direction.

— Que fais-tu ? grogna le fou, hors de lui.

— Tu vas me tuer. Je n'ai plus la force de te combattre…

Mhor chancela sur ses jambes, des larmes ruisselaient le long de ses joues.

— Pourras-tu tenir cette promesse à ma place ?

À présent désorienté, Azorru laissa Mhor lui caresser le visage. Sa tristesse le troublait. Pourquoi sa peine le touchait-elle autant ? Son âme souffrait à l'idée de le perdre. Qui était-il ? Il cherchait, essayait de se souvenir, mais c'était tellement douloureux ! Il devait ériger une barrière plus épaisse autour de son cœur afin que rien ne puisse l'atteindre.

Le guerrier se raidit, sa chevelure rouge sang devenait impressionnante. Lentement, il tourna son regard vers Mhor qui n'avait jamais rien vu de semblable. Les mouvements d'Azorru lui parurent enfin plus maîtrisés. Il sut qu'un simple geste déplacé de sa part lui vaudrait une mort immédiate. Sa gorge le faisait souffrir, asséchée par la peur. Il déglutit tant bien que mal.

Le vent les entourait toujours et leurs cheveux s'envolaient en suivant son cours. Ils restèrent ainsi à se fixer jusqu'à ce que Mhor perçoive le danger. Azorru l'étudiait, recherchait ses faiblesses. Il le redoutait encore assez pour hésiter à l'anéantir.

Mhor tordit ses lèvres et, en un geste impulsif, arracha le collier qui permettait à Azorru de tolérer l'éloignement de Wymi.

Mon dernier espoir, songea-t-il.

Les mèches rousses de sa fille se dispersèrent autour d'eux. Son cœur prit un rythme si effréné que Mhor crut mourir. Le guerrier s'écarta de quelques mètres. Il hurla sous le choc. Une immense tornade d'eau, d'air et de sable s'éleva pour l'entourer. Surpris par cette réaction, le sorcier recula, avant que tout ne s'apaise aussi subitement que cela avait commencé.

Azorru s'écroula au sol en un bruit sourd, épuisé et faible.

— Wymi…

La main sur sa poitrine, il cherchait à respirer.

— Wymi ! appela-t-il à nouveau en un cri désespéré.

Il se crispait, son corps ne supportait pas la distance qui le séparait de son âme sœur. Elle était trop grande et le vidait de son énergie. Ses yeux et ses cheveux reprirent leur teinte habituelle. Mhor en fut soulagé. Il s'effondra à son tour, puis rampa jusqu'à lui. Le moindre effort le faisait désormais trembler.

— Azorru, c'est bien toi ?

Il craignait qu'il ne soit pas entièrement revenu à lui. Mhor se raidissait tant que sa voix vibrait. Azorru grognait à ses côtés.

— Je... J'ai mal... Que s'est-il passé ? Je ne me souviens plus de ce que j'ai fait. Je ne voyais que du rouge, rien que du rouge, s'alarma-t-il dans un râle de souffrance.

Il pleurait, terrorisé. Mhor parvint à se redresser. Malgré ses bras douloureux, il s'en était sorti. Près de lui, Azorru se vidait de toutes ses forces. Le sorcier remarqua combien sa peau devenait blanche et terreuse. Il comprit alors que le jeune homme luttait simplement pour garder les yeux ouverts. Il n'avait plus l'énergie nécessaire pour se lever.

— Je vais mourir, poursuivit-il sans la moindre vitalité.

Mhor s'exaspéra :

— Bien sûr que non. Je ne me suis pas battu pour te voir périr maintenant.

Il le saisit par le col, à bout de nerfs, débordant d'une nouvelle colère.

— Tu vas vivre !

Je vais tout faire pour, se promit-il.

Le sorcier se concentra sur le cœur d'Azorru et pesta devant son rythme irrégulier. Peut-être était-il allé trop loin. Il n'aurait pas dû lui retirer son collier, mais comment aurait-il pu faire autrement ?

Les Gyramens s'approchèrent, soulagés.

— Il est mort ?

Dumeur s'avança, le visage dur. Il observa son fils d'un œil critique. Sa posture raide ne disait rien qui vaille. Mhor se rendit compte de la menace qu'il représentait, non pas pour lui, mais pour Azorru. Le sorcier grimaça, il n'était pas vraiment en forme et ne supporterait pas un nouveau combat.

Je n'ai plus assez de forces, s'inquiéta-t-il en un souffle.

— Il va vivre, dit-il avec fermeté, même si personne n'ignorait sa fatigue.

Il sentait que les choses allaient déraper. Il ne pourrait bientôt plus rien contrôler, car Dumeur restait le meneur, après Azorru. Celui-ci étant hors course, Mhor craignait le pire. Amuro les rejoignit à son tour, détournant l'attention de son chef. Le sorcier en profita pour tracer des symboles sur le sol de gestes rapides, mais maîtrisés. Ce qu'il s'apprêtait à faire lui réclamerait beaucoup d'énergie, mais cela vaudrait mieux que de rester sans défense.

— Il…

— Il n'est pas mort, s'impatienta Dumeur.

Il empêcha Amuro d'avancer en le retenant par le bras. Celui-ci leva vers lui un air implorant. Il ne voulait pas perdre son fils à nouveau.

— Ne t'approche pas, lui ordonna Dumeur, plus venimeux que jamais.

Mhor fut alors certain d'avoir pris la bonne décision.

— Mais…

Il n'attendit pas la réponse d'Amuro et laissa son regard s'embraser. Une lumière étincelante vint les entourer, le sorcier et Azorru. La puissance demandée était énorme, et jamais encore il n'avait tenté ce sort en emportant quelqu'un d'autre avec lui. Sans parler de sa propre fatigue.

Incrédule, Dumeur écarquilla les yeux. Les mâchoires crispées, il se jeta dans sa direction dans l'espoir de le retenir, sans y parvenir à temps. Mhor sentit ses cheveux s'emmêler autour de lui. Il tenait fermement Azorru, inquiet à l'idée qu'il puisse lui échapper. Si jamais ils se séparaient, il ne pourrait plus le sauver. Chaque seconde, Mhor faiblissait un peu plus et luttait pour rester conscient.

Survivraient-ils à ce sortilège ? Leurs chances étaient minces.

CHAPITRE 44

LE FOL ESPOIR

Wymi, silencieuse, essayait par tous les moyens de garder son calme : son dos lui faisait affreusement mal. Elle se doutait que le travail avait commencé. Lymou la regardait, les pupilles dilatées. Elle attendait l'arrivée de l'enfant et faisait preuve d'impatience. Bien que pressée de partir, elle ne pouvait risquer de la déplacer alors que la naissance approchait. Elle venait la voir toutes les heures et, chaque fois, semblait un peu plus tendue. Wymi contrôlait sa respiration. Elle ne voulait pas accoucher dans ces conditions et espérait que dissimuler son mal-être retarderait la délivrance.

Pas encore, je t'en prie ! implora-t-elle en sentant monter une nouvelle contraction.

La jeune femme réfléchissait à toute allure. Comment pouvait-elle aider son grand-père et Breese ? Il fallait qu'elle les libère, c'était son unique chance. Mais elle ne savait même pas où ils étaient enfermés.

Chaque sortilège que je lancerai à Lymou se répercutera sur eux, songea-t-elle, soucieuse.

Elle ne pouvait certes pas aller les chercher, mais qu'en serait-il si elle leur envoyait de l'énergie ? L'autre folle n'avait probablement pas pensé à ça… Wymi craignait toutefois de commettre une erreur. Et si Lymou devenait plus forte à cause d'elle ?

À l'entrée de sa chambre à demi carbonisée, le corps de Kujila se décomposait déjà. Personne ne viendrait la secourir. Elle en conclut que, de toute manière, elle ne pouvait pas tomber plus bas. Autant tenter le tout pour le tout… Alors, elle se concentra. Elle devait agir discrètement, sans que Lymou l'aperçoive. Elle avait finalement choisi d'y mettre presque toute sa puissance. Elle soupira, persuadée qu'elle ne réchapperait pas à l'accouchement. Mais elle préférait disparaître avec son bébé plutôt que le voir naître dans de pareilles circonstances. Elle dut contenir les larmes qui menaçaient de lui échapper. Elle refusait de donner à Lymou la satisfaction de la découvrir abattue.

Tourmentée, elle repensa à Azorru. Survivrait-il ? En cet instant plus que jamais, elle aurait voulu lui dire combien elle l'aimait et à quel point elle était désolée. Elle chérissait déjà tellement leur enfant que faire le bon choix et s'en séparer avant la naissance avait été au-dessus de ses forces.

Wymi déglutit à grand-peine, puis fixa Lymou. En pleine réflexion, celle-ci faisait les cent pas à ses côtés et lui jetait de temps à autre de brefs coups d'œil. Wymi se décida. Si elle devait mourir, son ennemie partirait avec elle.

La magicienne profita d'un moment où sa geôlière ne lui prêtait que peu d'attention pour murmurer quelques mots. En réaction, son énergie la quitta presque sur-le-champ. La peur la pétrifia un court instant avant de se ressaisir. Elle braqua ses yeux sur Lymou, résolue à ne pas céder. Plus angoissée que jamais, elle lança son sort en lui donnant l'apparence d'une attaque. Le flux ensorcelé disparut, absorbé par l'étrange aura qui entourait son adversaire. Elle fut soulagée de constater qu'elle avait eu raison. Lymou se tourna alors vivement vers elle, les mâchoires crispées.

— Qu'as-tu fait ? hurla-t-elle en l'agrippant par le bras.

Le teint livide, sa prisonnière se mit à transpirer. Les douleurs s'intensifiaient, elle était sur le point d'accoucher et elle n'aurait désormais plus la force de traverser cette épreuve jusqu'au bout, condamnée par son acte désespéré.

— Tu pensais que je n'en serais pas capable, n'est-ce pas ? la défia Wymi, ravie de la voir enrager.

Lymou la lâcha, puis recula. Ses yeux s'obscurcirent encore.

— Qu'as-tu fait ? répéta-t-elle, le visage déformé par la haine.

Wymi n'eut pas besoin de répondre, car le sol vibra sous leurs pieds. Lymou sortit d'un pas vif, excédée. La sombre magicienne ne riait plus.

« *Qu'est-ce qu'il lui a pris, à cette petite ingrate ?* » se demanda-t-elle en dévalant les escaliers.

Quelque chose l'avait atteinte, mais comme prévu, cela s'était redirigé sur Weily et Breese. Il était certain qu'ils en avaient subi les conséquences. Pourtant, quelque chose clochait... Elle sentait une puissance étrange s'élever vers elle.

La femme ralentit et descendit précautionneusement les marches. Ce tremblement de terre anormal annonçait un changement. Elle tenta de se rassurer en se répétant que tous les membres présents dans le temple avaient péri et qu'elle ne risquait rien. Le Suprême, séquestré au sous-sol avec Breese, ne pouvait plus la blesser. Mais alors, qui venait la déranger ?

Les guerriers se trouvaient bien trop loin pour être déjà de retour. Au détour des escaliers, sur ses gardes, elle attendit. Lymou perçut un petit mouvement dans son dos, puis fut durement projetée en avant. Son dos la brûla au point de lui arracher un cri. Elle se redressa avec difficulté, puis se retourna, incrédule. Dès qu'elle comprit, ses yeux s'écarquillèrent.

Weily s'était libéré. Breese le suivait de près. Tous deux lui adressaient le même air meurtrier.

— Ce n'est pas possible, s'égosilla-t-elle.

Elle leva les mains et leur envoya une vague noire mortelle. Ils évitèrent rapidement son attaque, pas le moins du monde impressionnés.

Comment avaient-ils pu s'échapper ? Lymou ne se l'expliquait pas. Elle avait fait attention de les cloîtrer dans la prison construite par les Suprêmes eux-mêmes, élaborée de manière à ce que personne ne puisse en sortir.

— Tu ne pensais tout de même pas que nous allions nous contenter de rester sagement en bas, ironisa Weily.

Écrasée par son regard devenu presque blanc de rage et de puissance, Lymou plissa les yeux. Qu'est-ce qui le rendait si fort ?

— La belle affaire, tu t'es libéré… Il me suffit de te renvoyer tes maléfices pour t'enfermer à nouveau !

— Tu crois réellement pouvoir nous piéger deux fois avec la même attaque ? la sermonna Breese.

Lymou fut stupéfaite par son intonation. Soudain effrayée, elle fit apparaître ses serviteurs, toujours prêts à la défendre. Un cri stupéfait s'échappa de sa gorge en les voyant mourir les uns après les autres immédiatement après avoir touché le fin parquet.

— Tu ne peux pas faire ça !

Elle recula, abasourdie. Depuis quand Breese possédait-elle de tels pouvoirs ? Purifier le sol en si peu de temps était invraisemblable, et surtout, cela demandait une énergie considérable. La rage au bord des lèvres, elle devina alors ce que Wymi avait fait.

— Ce n'est pas possible…, murmura-t-elle en observant les marches.

La jeune femme s'était-elle réellement sacrifiée ? Lymou avait-elle sous-estimé son affection pour son enfant ? Cette erreur de jugement allait lui coûter très cher.

— Meurs, dicta Weily.

Dans ses paumes, il entreprit de faire apparaître de grandes flammes blanches. Lymou savait exactement ce que cela signifiait. Elle voulut reculer, mais fut bloquée par la magie de Breese, qui l'enferma dans une prison aux barreaux invisibles. La traîtresse, en voyant sa fin approcher, décida de riposter.

— C'est amusant, j'ai toujours rêvé de ce moment où vous perdriez tout !

Elle examina une fraction de seconde le plafond, en direction de la chambre de Wymi, dans laquelle le travail avait dû commencer. À son tour, elle imita le Suprême, et un éclat noir lui lécha les mains.

— Tu vas peut-être me tuer, mais je t'aurai tout pris, Weily, jusqu'à ta vie !

Et sans attendre de réponse, elle lança son sort. Weily fit de même, avec un léger temps de retard. Il reçut son attaque de plein fouet et s'effondra, une fraction de seconde avant son ennemie.

La peau de Lymou s'enflamma. Ses cheveux dégagèrent une affreuse odeur de brûlé, tandis que son crâne se mettait à bouillir. Elle s'égosilla, la tête aux creux des mains. Consumée par les feux purificateurs, elle parvint malgré tout à jeter un coup d'œil à Weily, et au-delà de sa propre agonie, elle fut heureuse de le voir à terre, lui aussi. Elle ne mourrait pas seule et, bientôt, Wymi et son enfant les rejoindraient.

Elle hurlait toujours en sentant ses muscles se calciner. Tout son être se désintégrait. Son cœur obscur, corrompu par la haine et la jalousie, fut le dernier à s'embraser.

Breese, à bout de souffle, observait Weily, qui se trouvait en bien mauvaise posture. Lymou était moins puissante que son maître, ses flammes noires ne l'avaient donc pas dévoré instantanément, mais le vieil homme respirait difficilement. La jeune Suprême savait qu'il ne se relèverait pas de cette attaque. Elle s'approcha, tout d'abord craintive, avant de se précipiter à ses côtés dès que le flamboiement disparut. Les larmes ruisselaient sur ses joues.

— Breese ? murmura-t-il.

L'adolescente comprit à sa façon de la chercher qu'il ne la voyait plus. Un voile blanc opaque était apparu sur ses rétines. Le sort de Lymou l'avait rendu aveugle.

— Je suis là, hoqueta-t-elle.
— Ne pleure pas, ma douce…

Faiblement, il leva la main et elle s'empressa de serrer ses doigts émaciés.

— Je perçois votre peine, dit-elle en s'efforçant de masquer ses sanglots.

— Je ne pourrai jamais lui dire, gémit Weily, le souffle court.

Elle fut frappée par son intonation rauque étouffée.

— Mais si !

Breese lui caressa la joue avec tendresse. Le vieil homme, au visage sillonné de rides, n'avait plus que la peau sur les os. Elle prit conscience de sa fragilité. Comment avait-il pu paraître si fort durant toutes ces années ? Il s'apaisa quelque peu. Sa respiration était lancinante, éprouvante. Elle l'allongea dans une position plus agréable et lui attrapa la main. Weily sourit.

— Ce n'est pas encore le moment, mais bientôt, révéla-t-il d'une voix hachée.

Breese ravala ses larmes. Elle savait qu'il ne pourrait être sauvé. Lymou, bien que très inférieure à lui, s'était débrouillée pour le détruire. Elle avait lancé un sort redoutable, qui allait le ronger de l'intérieur jusqu'à le tuer, lui infligeant ainsi une lente agonie dans la douleur et la déchéance. Le vieil homme toussa.

— Veilleras-tu sur Wymi ? l'implora-t-il.

Breese sentit son courage la quitter. Elle allait se retrouver seule avec bien trop de responsabilités. Elle avait si peur de ne pas être à la hauteur. Mais Weily ne pensait plus qu'à sa petite-fille.

— Je vous l'ai déjà promis, lui rappela-t-elle, la gorge nouée.

— Je l'ai tellement blessée. Je lui ai tout enlevé. Tout…

Breese essuya ses yeux.

— Ça va aller. Vous lui expliquerez !

— Oui, souffla-t-il. Je lui dois bien ça. Je dois lui rendre…

Il ferma les paupières et l'adolescente comprit qu'il souhaitait garder ses forces. Il avait de la volonté. Il s'accrocherait jusqu'au moment où il reverrait Wymi. Il tiendrait parole, Breese le savait et c'était ce qui lui brisait le plus le cœur.

— Je reviens, je vais juste m'assurer de son bien-être, l'informa-t-elle d'une voix qu'elle espérait apaisante.

Elle s'éloigna, hésitante. Elle craignait qu'on lui fasse à nouveau du mal. Elle observa les restes de Lymou. La corrompue était morte, il n'y avait plus rien à redouter de sa part, pourtant, la douce Suprême ne parvenait pas à se détendre. Un sentiment d'urgence inexplicable la tenaillait. Elle monta les marches sans se précipiter. À chaque grincement, la sensation s'intensifiait. Quand elle découvrit le corps sans vie de Kujila, elle retint sa respiration.

Breese entra dans la chambre avant de se figer d'effroi. L'état de Wymi lui apparut terrifiant. Celle-ci transpirait, à bout de forces, et sa grossesse était si avancée que, durant un instant, Breese n'en crut pas ses yeux. Le travail semblait déjà bien entamé et elle seule ici pouvait l'aider à accoucher. Mais de quelle façon ? Elle prit tout à coup pleinement conscience de sa jeunesse ainsi que de son inexpérience.

— Mais…

— Breese, appela Wymi, rassurée de ne pas voir Lymou réapparaître.

La magicienne se détendit quelque peu, tellement soulagée que son plan ait fonctionné. Mais maintenant, elle ignorait ce qu'elle devait faire. Elle se sentait si faible, incapable de pousser alors que son bébé en avait besoin pour venir au monde. Pourtant, il fallait qu'elle aille jusqu'au bout. Elle n'avait pas fait tous ces sacrifices pour abandonner si près du but. Elle serra les poings et cria, tant elle avait l'impression qu'on lui déchirait le ventre.

— Où est Lymou ? demanda-t-elle, haletante, entre deux contractions.

Wymi était si contente de la retrouver qu'elle en avait presque oublié cette traîtresse.

— Nous l'avons détruite, répondit Breese d'une toute petite voix.

Elle n'osait pas la regarder en face. Wymi comprit alors que son grand-père était peut-être mort ou blessé. Ses larmes débordèrent, tandis qu'elle le cherchait des yeux.

— Non…

Sa douleur se changea en une peine si terrible qu'elle lui arracha de longs sanglots. Effondrée, elle se rappela qu'ils ne s'étaient pas réconciliés. Elle ne lui avait pas dit combien elle l'aimait et qu'elle lui pardonnait ses erreurs du passé. Elle le voulait dans sa vie, tout autant que Mhor. Et maintenant, elle ne pouvait plus lui parler, lui expliquer à quel point elle était désolée.

— Tout est ma faute !

Prise d'une nouvelle contraction, elle s'interrompit en hurlant, ne pensant alors plus qu'à sa souffrance. Breese se précipita afin de la soutenir, mais Wymi comprit à son air paniqué qu'elle n'avait jamais assisté à un accouchement. La jeune fille était aussi perdue qu'elle.

— Ce n'est pas ta faute, lui assura Breese, également effondrée. S'il te plaît, garde ton énergie pour ton bébé... Regarde, ils ont gagné, la marque a disparu !

Elle tentait de la réconforter par tous les moyens. Wymi lui sourit. Elle décida à cet instant de faire tout en son pouvoir pour mettre son enfant au monde.

Seulement, le temps passait... Cela durait maintenant depuis des heures, et le petit ne venait pas. Elle devait poursuivre, mais au-delà de sa volonté inflexible, elle n'en avait plus la force.

— Je... Je n'y parviens plus, chuchota-t-elle en reprenant péniblement son souffle après un nouvel effort.

— Il faut continuer un...

Mais Wymi sombra, vidée. Elle entendait toujours battre son cœur, mais elle savait qu'elle ne pourrait plus en supporter davantage. Le teint livide, elle reposa la tête sur l'oreiller, puis ferma les paupières. Il lui sembla soudain reconnaître l'odeur d'Azorru et elle sourit malgré son incertitude.

Elle sentit qu'on lui prenait tendrement la main, alors qu'elle n'arrivait plus à esquisser le moindre geste.

Personne ne doit me toucher, se rappela-t-elle. *Sinon, je vais tuer par instinct, juste pour reprendre de la vigueur !*

Elle n'eut toutefois pas l'énergie de retirer ses doigts. Un murmure doux l'apaisa. Elle ne comprit pas immédiatement ce qu'on lui disait, mais les mots se firent peu à peu plus clairs et insistants.

— Chut... tout va bien, répétait une voix.

Wymi fut soudain prise de terreur quant à l'avenir qu'elle entrevoyait. Elle eut l'impression de perdre la moitié de son cœur. Elle ne pouvait plus rien contrôler, rien arrêter. Elle aurait voulu crier, s'opposer... mais c'était impossible.

Non, je t'en prie...

Elle pleurait toutes les larmes de son corps. La paume si chaude lui redonnait la force vitale nécessaire, mais aussi de l'amour. Elle n'en voulait pas ! Pas comme cela. Pas à ce prix-là...

Non...

Elle suppliait l'univers de ne pas lui enlever ce qu'elle avait de plus cher, implorait les lunes de ne pas reprendre ce qu'elles avaient créé.

— Non, parvint-elle enfin à murmurer.

— Chut...

La main se posa sur son front. Désormais, tout se mélangeait entre désir et réalité.

— Tout va bien... Tout va bien, répétait inlassablement la voix.

Wymi fut tentée de l'écouter. Elle souhaitait tant croire à ses paroles. Un souffle chaud caressa sa peau, faisant presque disparaître ses craintes, mais elle savait qu'on lui mentait.

— Tu vas mourir, soupira-t-elle.

Elle ne pouvait dire si elle rêvait ou si elle parlait vraiment. Devant ses yeux apparaissait maintenant un magnifique champ de fleurs bariolées. Elle fut émerveillée par les couleurs vives, le ciel d'un bleu intense et les nuages vaporeux. Dans ce lieu en dehors du temps, des papillons virevoltaient et venaient s'accrocher à elle.

Elle sentait malgré tout les larmes qui ruisselaient sur ses joues. Elle ne parvenait pas à les arrêter, la douleur de son cœur était trop violente. Une silhouette apparut enfin à quelques pas d'elle. Wymi ne la connaissait que trop bien. Elle s'approcha, tremblante.

— Non, cria-t-elle en ployant sous le chagrin. Je refuse que tu te sacrifies.

Elle avait mis toute sa puissance dans ses mots, au point de s'en briser la voix. Elle était incapable d'accepter sa perte.

— Wymi, tu dois vivre !

— Pas sans toi...

Elle l'implorait, à présent, ses grands yeux noyés de tristesse. Azorru se trouvait là, si beau, imposant, tellement parfait. Il tenait un enfant dans ses bras et plongea son regard doré dans le sien. Il pleurait lui aussi. À la vue de ses larmes, elle sentit son cœur voler en éclats.

— Non, répéta-t-elle. Je vous aime tant, tu ne peux pas...

Le souffle court, elle avait du mal à respirer. Son corps tremblait, elle ne réussissait pas à se calmer. Azorru caressa son visage. Il essuya les perles salées avec tendresse.

— Tu y arriveras, lui assura-t-il avec douceur. Wymi, je désirais juste te dire combien je...

— Non, le coupa-t-elle, anéantie. Tu me le diras en vrai ! Non, non, non ! Je ne veux pas t'entendre. Je ne veux pas ! Tu n'as pas le droit de m'abandonner...

Sa voix se noya dans de lourds sanglots.

— Je t'en supplie, ne meurs pas...

Mais une énergie invisible l'arrachait à elle. Le guerrier l'observait toujours, le regard empli de tristesse, serrant contre lui leur enfant qu'elle n'avait même pas pu voir, dissimulé sous des couvertures. Elle s'accrochait à ses vêtements, refusait de les laisser partir... Pourtant, elle n'avait plus la force nécessaire pour les garder.

Elle céda malgré tout et contempla ses cheveux, son visage, son corps... l'homme qu'elle aimait au point d'en oublier sa vie.

Il lui prit les mains, les embrassa. Elle sentit la délicatesse de ses lèvres. La dernière de ses caresses, l'ultime vestige de sa présence. Il lui sourit et Wymi crut mourir. Lentement, il s'effaça alors qu'elle le suppliait de rester. Elle espérait le retenir ainsi. Si seulement elle pouvait l'atteindre !

— Je t'en prie, ne me quitte pas, l'implora-t-elle, la gorge nouée de chagrin.

Il murmura des paroles douces qu'elle ne comprit pas. Wymi tendit les bras à travers ses larmes, mais il avait disparu. Elle ne saisit que le vide. Autour d'elle, les pétales des fleurs s'envolèrent pour la laisser au centre d'un champ sans couleur.

Son odeur s'attarda encore quelques instants près d'elle pour s'estomper à tout jamais.

Chapitre 45

Le souvenir enfoui

Wymi, profondément endormie, sentait des doigts légers effleurer son visage. Elle ouvrit les paupières et se rendit compte qu'elle était seule.

Un rêve, songea-t-elle.

Les yeux bouffis, elle laissa son regard errer un moment sur les murs et s'attarder sur le rideau blanc qui masquait une immense fenêtre. Elle ne reconnaissait pas les lieux. On l'avait étendue sur un lit confortable aux draps soyeux. La chambre était coquette, peinte et décorée dans des tons réconfortants. Sur des étagères reposaient de nombreux objets qui lui disaient vaguement quelque chose. Une lumière douce, chaleureuse, parcourait la pièce. Wymi se redressa avec l'impression d'être déjà venue ici.

L'âme vide, elle se souvint tout à coup et son cœur, lourd de chagrin, la fit à nouveau souffrir. Elle voulait mourir.

Je suis seule !

Les perles salines jaillirent d'elles-mêmes. Wymi se recoucha, secouée de sanglots infatigables. Ses seins lui faisaient mal, meurtris par une montée de lait qui lui rappelait la perte qu'elle avait subie.

— Wymi, lève-toi, retentit alors la voix d'un homme.

Mhor, sur le seuil, la fixait durement. Trop désorientée pour chercher à comprendre où elle se trouvait et pourquoi il était là, elle garda le silence. Quoi qu'elle fasse, de toute façon, ses larmes refusaient de l'écouter. Elles continuaient de couler malgré elle. La jeune femme resserra la couette autour de ses épaules. Son père s'avança pour l'observer longuement.

— Wymi, il faut manger !

Comme il n'obtenait pas de réponse et qu'elle n'esquissait pas le moindre mouvement, à bout de patience, il souleva les draps. Sa fille, sans bouger, enfonça ses doigts dans sa peau, puis hurla :

— Laisse-moi mourir !

Sa voix se brisa sous la force qu'elle venait d'y mettre.

— Laisse-moi mourir, souffla-t-elle à nouveau sans trouver l'énergie d'y insuffler plus de vigueur.

— Je t'en prie, Wymi…

Le sorcier se rapprocha, mais elle le repoussa, soudain tremblante. Il se recula vivement, surpris de sa réaction.

— Azallu, chuchota-t-elle.

— Azallu ? répéta-t-il, le regard interrogatif.

— C'est comme ça que je voulais l'appeler… Notre bébé.

Son timbre cassé, réduit à un fin murmure, anéantit le cœur de Mhor. Mais il contint son chagrin. Il lui caressa les cheveux afin qu'elle se calme un peu.

— Où sont-ils ? balbutia-t-elle.

Toute son attention était rivée sur ses doigts. Mhor peina à garder son sang-froid et à répondre :

— Il s'est sacrifié. Tu te mourais, et je n'étais plus en état de t'aider. Personne ne l'était, à part lui…

— Je ne l'ai même pas vue ! lui cria Wymi.

Le visage déformé par la tristesse, Mhor la serra contre lui.

— Il a fait ça pour toi, dit-il d'une voix affligée. Elle était née le cœur éteint, il l'a prise avec lui, et puis il t'a sauvée. Il voulait tellement que tu vives.

Mhor comprenait sa douleur et pleurait avec elle. Il savait mieux que quiconque ce que perdre des êtres chers représentait. Pourtant, ce que subissait Wymi était bien pire encore, car contrairement à lui, elle n'aurait jamais la chance de retrouver sa fille.

— J'ai tout gâché !

Mhor s'écarta légèrement d'elle. Il lui saisit le menton et la considéra.

— Ne dis pas ça… Tu es toujours là !

Wymi se dégagea de son emprise pour détailler le mur. Elle se rallongea sur le lit en sanglotant.

— Je veux les rejoindre…

— Ne vois-tu pas combien tu es égoïste ? N'a-t-il pas tout fait pour toi ? hurla Mhor, qui ne savait plus de quelle manière la prendre.

— Je n'ai rien demandé.

— Qu'as-tu dit ? s'emporta-t-il.

— Je n'ai rien demandé ! Je n'ai rien demandé, tu comprends ? Je te déteste et je le déteste ! Laisse-moi !

Wymi était hystérique. Sous l'effet de la colère et de ses larmes, tout son être rougit. Ses veines ressortaient violemment sous sa peau translucide. Elle eut soudain la respiration saccadée. Mhor n'eut pas le temps de réfléchir, sa main fusa vers sa joue. Il regretta immédiatement son geste alors qu'elle s'effondrait comme une brindille.

— Je ne voulais pas… Wymi…

Il tendit la main vers elle, mais lorsque la jeune femme se redressa, tout son corps s'embrasa sous l'effet de la peine. Il vit ses cheveux onduler, s'élever. Son cœur se serra.

Elle grinça des dents. Il la sentait sur le point d'exploser. Son pouvoir tentait de s'immiscer en lui. Il commençait à le brûler légèrement. Alors, comme un fauve acculé, elle se jeta par la fenêtre, brisant le verre en mille éclats. Mhor la suivit, plus inquiet que jamais, incapable de trouver les mots justes pour la calmer un peu.

Elle courut jusque dans la forêt à une vitesse surprenante,

puis se laissa tomber au sol et s'agenouilla. Ses vêtements avaient été réduits en cendres. D'immenses flammes s'échappaient d'elle en ondes violentes qui carbonisaient tout ce qui l'entourait. Puis, ses épaules s'affaissèrent. Ses sanglots reprirent. Ils se transformèrent peu à peu en plaintes désespérées. Il voulut s'approcher, mais elle releva la tête. Son regard le dissuada de faire le moindre geste.

— Azorru ! Azorru…, appelait-elle à en perdre la voix.

Ses cris se mêlèrent au cœur de la végétation, qui lui répondit par d'étranges murmures. Et plus elle hurlait, plus son corps s'embrasait. Sa peine la consumait tant qu'il comprit qu'il devait agir avant qu'elle ne se donne la mort. Allait-elle s'autodétruire sous ses yeux sans qu'il ne puisse intervenir ?

À son tour, il se laissa submerger par les larmes, impuissant à la sauver d'elle-même.

— Wymi ?

Il fit un pas en prenant garde à ne pas la surprendre.

— Azorru… Azorru…, appelait-elle en se recroquevillant.

Jamais Mhor n'avait autant redouté sa fille.

— Je t'en prie, Wymi, tu dois être forte, l'implora-t-il, la gorge nouée, en se rapprochant encore au risque de se brûler.

Il vint la serrer contre lui en un geste désespéré et, doucement, ses défenses disparurent.

— Wymi, je t'en prie. Je t'en prie, répétait-il. Tu n'es pas seule, je suis là pour toi.

Mais rien n'y faisait, rien ne pouvait tarir ses pleurs et ses cris… Alors, il resta sur place, à la cajoler sur le sol carbonisé. Si elle persistait à ne plus s'alimenter, il savait qu'elle ne tiendrait pas longtemps.

Mhor releva ses cheveux pour dégager son visage humide. Les larmes noyaient ses joues, son cou, et finissaient leur course sur une terre calcinée. Il comprit que, quoi qu'il puisse faire, elle ne s'en remettrait pas.

Il observa la maison qu'il avait construite de ses mains.

— Tu sais, dit-il avec tendresse, nous étions heureux ici, tous les trois.

Ses sanglots devinrent moins violents et il fut soulagé qu'elle l'écoute enfin.

— Ce n'était pas parfait, poursuivit-il, mais je crois qu'on se sentait bien ensemble.

— Non, je ne sais pas, lui rappela-t-elle dans un fin murmure. Je n'ai plus rien ! Ni souvenirs, ni Azorru, ni ma fille…

— Il s'est sacrifié pour toi ! Sa vie n'a-t-elle donc aucune valeur à tes yeux ? demanda-t-il de sa voix la plus douce.

Froidement, elle se détacha de lui et s'éloigna en rampant. Il savait qu'elle refusait de le comprendre, alors il insista en haussant légèrement le ton :

— Oui, Wymi, il s'est sacrifié pour que tu vives ! Et tu vas ruiner ses efforts en restant dans cet état ? Ça fait trois jours que tu n'as rien mangé. Pleurer ne changera rien ! Ils sont morts, tu entends ? Appeler Azorru au milieu de nulle part ne le fera pas revenir, pas plus que ta fille ! La douleur n'existe pas dans leur monde…

Wymi étouffa un sanglot, mais demeura silencieuse. Elle resserra ses bras autour de ses genoux.

— Tu vas devoir te relever, la vie continue, que tu le veuilles ou non !

Elle baissa la tête comme seule réponse à ses paroles.

— Je sais ce que tu ressens, mais tu ne peux rien y faire… Rien !

— Rien, répéta-t-elle d'une voix si faible qu'il eut peur de craquer à son tour.

— Rien ! affirma-t-il une nouvelle fois.

Il la rejoignit et la remit sur ses pieds. Elle tremblait de froid, de peine, de fatigue… Il couvrit sa nudité avec sa veste. Elle regagna sa chambre sans difficulté et se blottit dans le duvet chaud. Il aurait souhaité l'en sortir, mais il jugea préférable de la laisser agir à sa guise. Il s'assit à ses côtés, resta silencieux un long moment, puis décida d'engager à nouveau la discussion.

— Breese a accepté que je te ramène ici, à condition que tu retournes voir Weily au temple dans les plus brefs délais. Elle a placé un nombre incalculable de sorts de protection sur la maison en m'assurant que c'était dorénavant une véritable forteresse.

— Une forteresse, souffla la jeune femme.

— Je crois que tu seras heureuse d'apprendre que Breese va bientôt devenir notre nouvelle Suprême !

— Ça ne me concerne pas vraiment, murmura Wymi.

Mhor continua de converser comme s'il ne l'avait pas entendue. Il cherchait à la motiver, à trouver un sujet qui lui redonnerait envie de participer au monde. Il abattit donc son ultime carte.

— Wymi, ton grand-père t'attend ! Tu peux encore aller lui parler avant qu'il ne meure. Ne veux-tu pas savoir ce qu'il a à te dire ?

Sa fille releva la tête, choquée. Elle ne prenait conscience que maintenant de la portée de ses paroles.

— Mais Breese…

Mhor l'empêcha de finir sa phrase :

— Breese ne pourra rien faire. Il est mourant et il n'en a plus pour longtemps. Je crois qu'il ne vit que pour te parler une dernière fois.

Wymi se retourna.

— Je ne veux pas !

— Il souffre. Tu n'as pas le droit de le laisser ainsi. Tu dois t'y présenter rapidement.

Elle fit comme si elle ne l'entendait pas.

— Wymi !

La jeune femme respirait à nouveau bruyamment, au bord de la crise de nerfs.

— Je refuse de le voir mourir, lui aussi, hurla-t-elle.

— Tu iras demain, un point c'est tout ! Je ne me rappelais pas avoir élevé une fille aussi entêtée et égoïste ! tempêta-t-il.

— Eh bien, abandonne-moi !

Elle se tourna soudain pour le dévisager de ses yeux bleus translucides.

— Pourquoi restes-tu ici, si tu ne me supportes pas ? Tu n'as qu'à me laisser et faire comme si tu ne m'avais jamais retrouvée. Ainsi, tu n'auras plus à t'occuper de moi, explosa-t-elle, le regard fou.

Mhor se rapprocha d'elle pour l'enlacer.

— Arrête, Wymi. Je t'en prie, arrête… Tu sais bien que je ne t'abandonnerai pas !

Wymi voulut le repousser. Son cœur la faisait tant souffrir que cette douleur en devenait insoutenable. Mhor ne la lâcha pas malgré tout. Il la garda contre lui, lui insuffla douceur et amour. Elle finit par capituler et lova sa tête au creux de son cou. Lentement, elle répondit à son étreinte. Elle le serra avec tout le désespoir et toute la force dont elle était capable. Elle ne pouvait empêcher ses doigts de se contracter et ses larmes de couler.

— Quand je dors, je les vois, murmura-t-elle après un gros effort.

— Je sais, fit-il en caressant ses cheveux. Je sais tout ça…

Wymi parvint à se calmer légèrement. Elle relâcha ses poings, puis, plus posément, examina son père. De lourdes perles salines inondaient toujours son visage, mais elle respirait mieux.

— Où… Où sont leurs corps ? demanda-t-elle d'une petite voix.

Wymi avait tellement peur, son cœur faisait d'incroyables embardées. Pourtant, elle avait besoin de savoir, d'aller sur leurs tombes. Mhor sembla tout à coup gêné.

— Ils se sont… désintégrés.

Il n'avait pas trouvé d'autre mot pour le dire.

— Il ne reste rien d'eux.

Elle encaissa la nouvelle comme un violent coup dans l'estomac. Elle avait consommé jusqu'à leur chair. Elle se sentait tellement affreuse. Azorru avait dû mourir dans d'atroces souffrances. Mais là encore, elle se ressaisit et décida de changer de sujet.

— Et toi, où étais-tu ?

— Je venais de ramener Azorru jusqu'au temple. Ça m'a demandé tellement d'énergie que je ne pouvais même plus me lever ! Il n'était pas en meilleur état. La bataille a été éprouvante…

Wymi le serra plus fort encore, au point de le faire grimacer un peu. Elle était soulagée qu'il soit là et s'accrochait maintenant à lui comme à son dernier repère. Mhor était tout ce qu'il lui restait.

— Tu ne me laisseras pas, n'est-ce pas ? supplia-t-elle.
— Bien sûr que non...
— Jure-le !

Mhor l'observa, surpris, mais sa fille était si sérieuse et implorante qu'il lui promit. Il voulait qu'elle le croie. Il le fallait...

* * *

Le lendemain, ils rejoignirent ensemble le sanctuaire. Breese surveillait leur arrivée. Wymi ne se sentait pas la force de marcher ni même de parler, mais pour Mhor, elle fit ce que tous attendaient. Elle se comportait comme une poupée sans âme.

J'ai détruit tellement de vies, se disait-elle.

La Suprême apparut sur le seuil des grandes portes du temple. Elle arborait une mine sévère, aucune émotion ne filtrait sur son visage. Elle avait gagné en prestance, en élégance. L'adolescente avança pourtant vers eux d'une démarche hésitante.

— Wymi...

Elle lui sourit de façon maladroite. Mhor poussa doucement, mais fermement, sa fille afin que celle-ci sorte de la roulotte. La magicienne descendit, son regard vide fixé sur ses pieds. Son père s'impatienta.

— Salue-la !
— Suprême...

Wymi se courba sans rechigner. Breese se retint de fondre en larmes.

— Est-ce que ça va ? s'inquiéta-t-elle.

Le comportement de la jeune femme la décontenançait. Elle dévisagea Mhor, qui soupira.

— J'espère que l'ancien aura une solution... Elle est comme

ça depuis qu'elle s'est réveillée ! Je ne sais plus quoi faire, avoua-t-il. Et toi, tu tiens le coup ?

— Oui, ça va !

Les lèvres de Breese se pincèrent soudain.

— Weily l'attend, il ne respire plus que pour elle.

Wymi n'écoutait pas ce qu'elle racontait et observait le temple. La colère bouillonnait à nouveau en son sein.

Tu m'as tout pris, songea-t-elle, *de mes souvenirs à ma force... Je te hais !*

— Tu vas partir ? demanda Mhor en remarquant l'agitation des mages autour d'eux.

Breese hocha la tête.

— Weily est resté ici pour Wymi. Ma vraie place est dans la tour d'Arow. Je serai mieux protégée et ce genre de drames ne pourra plus arriver. J'ai décidé de changer les choses, principalement concernant le statut des femmes, pour honorer la mémoire de mon frère, qui les respectait tant. Je vais leur donner des droits...

Elle s'arrêta, puis saisit tendrement les bras de Wymi, qui fut ainsi obligée de la considérer.

— Si tu veux vivre près de moi, tu seras la bienvenue. Je te défendrai. Mais la maison de Mhor est sûre, elle aussi. C'est toi qui choisiras, le moment venu !

— Je... Je..., balbutia Wymi, qui ne s'attendait pas à sa proposition.

Je n'ai, de toute manière, plus ma place nulle part sans eux.

Breese dévisagea à nouveau Mhor, qui haussa les épaules. Elle exhala un long soupir et leur demanda de la suivre. Elle les mena devant une porte gardée par deux Gyramens. Wymi sentit son cœur se serrer. Breese ouvrit, puis les guida jusqu'au lit sur lequel reposait Weily. Elle s'éloigna sans un mot, les laissant seuls avec le Suprême. Doucement, elle referma derrière elle, les traits marqués par le chagrin.

Wymi s'approcha. Son grand-père lui parut fragile et terriblement maigre. Elle s'assit à ses côtés, les larmes aux yeux. À force de les retenir, elle en avait mal à la tête.

— Tu m'as demandée, me voilà, s'étrangla-t-elle

Son ton froid réveilla le vieil homme. Elle comprit, en le voyant chercher d'où venaient les sons, qu'il était aveugle. Sa colère se dissipa instantanément.

— Wymi ? l'appela-t-il d'une voix tremblante.

Weily leva sa main et la jeune femme s'en empara par réflexe. Elle lui en voulait pourtant tellement, mais elle était incapable de le haïr sur son lit de mort. Des sanglots menacèrent encore de la secouer.

— C'est moi, grand-père, articula-t-elle difficilement.
— Je t'attendais, chuchota-t-il.
— Je sais !
— Pardonne-moi… Je n'aurais jamais dû te retirer tes souvenirs, déclara-t-il doucement.
— Mmh…

Elle restait silencieuse, à détailler sa frêle silhouette.

— Approche-toi !

Weily avait du mal à s'exprimer et elle s'exécuta pour ne pas le voir souffrir davantage.

— J'aimerais t'embrasser une dernière fois sur le front.

Wymi ne posa pas de questions. Elle sentit ses lèvres sèches l'effleurer. Il souffla et elle recula, surprise. Une affreuse douleur se répandit à l'intérieur de son crâne. Elle perdit l'équilibre, chancelante. Mhor accourut pour la rattraper alors qu'elle s'écroulait.

— Je t'aime, ma petite-fille… J'ai menti ! J'ai toujours eu peur de te les rendre et que tu ne me parles ensuite plus jamais. Pardonne-moi, gémit le vieil homme avec faiblesse.

Wymi s'effondra quand les souvenirs commencèrent à déferler en elle. Elle retrouva sa mère, son père, et se réappropria enfin la vie qu'ils avaient menée ensemble. Elle revit leur maison, se rappela l'enfance heureuse qu'elle y avait passée. Elle sentit à nouveau la chaleur d'Esilla, ses sourires et son affection. Elle revécut sa mort, les larmes de Mhor, sa douceur et leur rude séparation. Elle ne l'avait jamais véritablement oublié, attendant inconsciemment chaque jour qu'il sorte de la forêt pour venir la chercher, l'emporter loin du temple.

Elle ne retenait plus ses sanglots. Elle savait qu'elle ne devait pas se laisser abattre de cette façon. Malgré son désarroi, elle avait toujours besoin de son grand-père.

— Je t'aime, gémit-elle.
— Ne t'inquiète pas, murmura Weily. Je veillerai sur toi…

Il serra sa main et elle lui transmit toute la tendresse qu'elle gardait pour lui. Puis, il la libéra. Sa respiration s'arrêta. Wymi entendit s'élever son dernier soupir. Son cœur se déchira une fois encore. Breese entra dans la chambre au même instant. Mhor secoua la tête avec tristesse, lui faisant ainsi comprendre que le vieil homme n'était plus, tandis qu'il essayait de calmer le chagrin de sa fille.

Celle-ci revivait tout son passé en compagnie de son grand-père. Elle se sentait perdue, seule. Weily avait tant fait pour elle ! Il s'était trompé, avait commis des erreurs, mais elle savait que, par-dessus tout, il l'avait aimée. Sa vue se troubla et elle bafouilla des paroles décousues. Elle dut s'y reprendre à plusieurs fois avant de parvenir à articuler quelque chose de cohérent.

— Je me souviens.

Elle toucha le visage de son père.

— Papa, je me souviens de tout.

Elle souriait et pleurait à la fois, incapable de trouver la juste mesure dans les sentiments contradictoires qui la heurtaient de plein fouet. Son cœur était en miettes. De son côté, le sorcier fut soulagé de retrouver enfin sa fille. Il considéra le vieil homme et le remercia en silence.

— C'est moi qui ai tué maman, bredouilla-t-elle soudain.

Mhor eut un hoquet de surprise.

— J'ai tué tout le monde !
— Mais qu'est-ce que tu racontes ?
— Si j'étais restée dans la maison, elle ne serait pas morte !
— Bien sûr que si ! L'attaque était massive. Ta sortie n'a rien changé à cela, lui garantit Mhor en essayant de la réconforter.
— Tout comme Azorru, elle s'est sacrifiée… Mais pour-

quoi ? hurla-t-elle. Pourquoi ont-ils fait cela ? Je ne mérite pas tant !

— Elle t'aimait, et lui aussi ! Elle n'a eu aucun regret. Tu aurais fait la même chose pour eux.

Mhor entreprit alors de caresser ses cheveux avec tendresse, calmant peu à peu son désespoir.

Chapitre 46

L'âme du sorcier

Mhor regardait sa fille dormir. Il la revoyait plus jeune, le souffle paisible et le cœur épargné par les souffrances. Elle s'était assoupie, en larmes une fois encore, persuadée d'avoir aussi tué sa mère. Rien ne semblait pouvoir la réconforter ni l'aider à aller de l'avant. Elle était la seule capable de le faire, mais elle s'y refusait toujours. C'était à peine si elle acceptait de se nourrir. Mhor savait qu'elle se forçait pour lui faire plaisir. Combien de temps tiendrait-elle ainsi ? Une année, peut-être deux...

Il soupira et sortit sur la pointe des pieds en veillant à bien refermer la porte de sa chambre. Il s'approcha de son vieux bureau et se saisit de son grimoire. Il l'étudia durant des heures. De nombreux sorts y étaient consignés, mais un en particulier attira son attention.

Tu ne peux pas..., se raisonna-t-il, atterré par ce qui se profilait dans son esprit.

Il avait promis à sa fille de rester à ses côtés. Tandis qu'il tapotait ses notes, le sorcier se replongea au cœur de ses souvenirs. Cette maison avait abrité les cris de joie des femmes de sa vie, et maintenant, elle n'était plus que chagrin. Il se rendit dans le salon qui avait tellement plu à la mère de Wymi.

Elle adorait lire ici, se rappela-t-il.

Tristement, il vint s'asseoir à sa place favorite. Pensif, il observa par la fenêtre la végétation qui lui était si familière. Trois ombres l'encerclèrent alors. Il ne les avait pas senties approcher et il parvint difficilement à masquer sa surprise. Son regard s'accrocha pourtant à la forêt, tandis qu'il se mettait sur la défensive.

— Notre mission est achevée, annonça l'une d'elles.

— Le mage a été tué, l'avisa une autre.

Mhor n'eut aucun mal à déceler le chagrin dans leurs voix. Ainsi, les Quink n'étaient plus que trois. Le sorcier n'avait plus songé à ces hommes depuis leur séparation. Jamais il n'aurait cru les revoir un jour. Leur allure sombre effrayait, mais quand il croisa les yeux de l'un d'eux, il y découvrit presque le reflet de ses pensées.

— Azorru n'est plus, les informa Mhor.

Celui qui n'avait pas encore parlé pleura en silence. Ses larmes traçaient un sillon de douleur sur sa peau, si profond que Mhor aurait presque pu ressentir au tréfonds de son âme l'écho de ses propres peines.

— Leur fille non plus, continua-t-il sur ce même ton neutre.

On aurait pu s'imaginer qu'aucune émotion ne l'animait, alors qu'en lui, une tempête faisait rage. Le sorcier, sur le point de craquer, se trouvait au bord d'un précipice qui menaçait de l'engloutir. Les trois hommes dirigèrent leurs regards vers la chambre de Wymi.

— Je comprends mieux ce que voulait dire le Cercle, confia l'un d'eux après un long moment.

Les autres frères acquiescèrent.

— Il savait déjà…

— Que nous allions tout perdre, compléta le troisième.

— Nous sommes les ombres du passé, renchérit le premier.

Mhor soupira.

— Le passé n'a pas sa place dans le futur…

Il ne déchiffrait pas la moitié de ce qu'ils racontaient. Des énigmes, toujours des énigmes… Quel était leur lien avec Azorru ? Pourquoi semblaient-ils si attachés à lui et à Wymi ? Le Cercle était décidément une entité imprévisible.

— Vous aussi, vous avez perdu des êtres précieux, rappela-t-il.

Mhor les examina. Camouflés au creux de leurs capuches, c'est à peine s'il entrevoyait le bout de leurs nez. Il aurait aimé contempler leurs yeux, mais un seul d'entre eux laissait son visage un peu plus à découvert. Le plus expressif des trois, et le moins bavard également.

— Pour leur avenir, renchérit l'un.

Ils poursuivirent d'une même voix :

— Toi seul es capable de le faire…

Mhor croisa les bras.

— Faire quoi ?

Le sorcier n'était pas sûr de saisir ce qu'ils attendaient de lui. Il jeta à son livre un bref coup d'œil, ce qui ne leur échappa pas.

— Le Cercle te l'a enseigné !

Mhor ouvrit la bouche de stupeur. Comment étaient-ils au courant ? L'Être lui avait pourtant ordonné de n'en parler à personne.

— Il vous l'a dit ? articula Mhor.

— Oui, mais il y a très longtemps…

L'un d'eux prit les devants et s'expliqua :

— Quand nos frères sont morts, il nous a assuré que nous serions les seuls capables d'aider. En cherchant Azorru, nous avons trouvé Wymi, et en t'apercevant, nous avons tout de suite compris !

— C'est dangereux et interdit, murmura le sorcier.

— Non, renchérirent les trois hommes. C'est la dernière mission du Cercle !

Mhor se détourna d'eux, en proie au doute. Il s'abandonna dans la contemplation de la forêt, avant de repenser au cœur brisé de sa fille. Il ne supportait plus de la voir ainsi. Il poussa un soupir las.

— Je… Est-ce vraiment ce que vous désirez ?

Il se retourna afin de ne rien manquer de leurs réactions,

même s'il ne pouvait réellement les interpréter, masqués comme ils l'étaient par leurs sombres vêtements. Ce qu'ils s'apprêtaient à faire ne serait pas sans répercussions.

— Nous ne sommes plus capables d'avancer. Nous avons perdu deux des nôtres. Les Quink ne sont plus. Nous avons échoué à sauver Azorru et son enfant. Ne nous laisse pas exister dans la honte et la douleur !

Ils relevèrent quelque peu leurs capuches pour le supplier d'un même regard, et Mhor y retrouva celui de Wymi. Ces hommes résignés ne possédaient plus le désir de vivre. Ses poumons se comprimèrent. Il allait briser la promesse faite à sa fille.

C'est pour son bien, se consola-t-il.

— Aucun de nous n'en reviendra !

Mhor les étudia avec le plus grand sérieux, ses prunelles vertes soudain aussi acérées que la lame d'un poignard. Comprenaient-ils bien ce que cela impliquait ?

— Nous le savons…

Ils l'observèrent, hésitants.

— Il est vrai que tu devras te sacrifier également, dirent-ils en baissant la tête. Azorru a besoin de trois cœurs et il en faut un de plus pour son enfant…

— Je suis au courant de ce que vous demandez. On n'obtient jamais rien sans sacrifice, lâcha le sorcier.

Mhor ne perdait pas de vue la chambre de Wymi. Il ferma les paupières. Elle dormait profondément. N'avait-il pas promis de tout faire pour la rendre heureuse ? L'âme en souffrance, il fixa la porte une dernière fois.

Il est sûrement temps pour moi d'aller au bout de ce serment…

— Je vais le faire… pour son bien ! ajouta-t-il.

* * *

Wymi avait à nouveau rêvé de lui et de ce bébé qui l'appelait de ses cris désolés. Elle tentait inlassablement de les rattraper, mais n'y arrivait jamais. Au cœur de ses songes, elle revoyait leur mort, l'imaginait mille fois. Tous deux enduraient éternellement d'atroces supplices et perdaient la vie alors qu'elle implorait les lunes de les épargner.

Mais, au final, la jeune femme ne sauvait jamais personne.

Elle se réveilla en sursaut au son d'une porte qui claque. Elle appréciait toujours ce bref instant entre le sommeil et l'éveil, où elle pouvait encore espérer que tout cela ne soit qu'un détestable cauchemar. Pourtant, sa mémoire revenait durement la briser à chaque fois. Ses souvenirs tenaces la hantaient. Effondrée, Wymi se remit à pleurer.

Ça ne sert à rien, se dit-elle en essuyant ses larmes.

Elle mordit sa lèvre inférieure pour empêcher la tristesse d'emprisonner son cœur. Elle regarda l'heure et s'aperçut que Mhor n'était pas venu la câliner depuis longtemps. Il n'avait pas non plus insisté pour qu'elle mange.

L'estomac noué, Wymi se redressa, saisie d'un mauvais pressentiment. Elle faillit s'évanouir de ce brusque déplacement. Lentement, elle ouvrit la porte de sa chambre pour découvrir une maison totalement vide. Elle s'affola, Mhor avait disparu.

— Il est parti…

Elle s'écroula sur le sol, incapable du moindre geste.

— Lui aussi, il est parti, répéta-t-elle.

* * *

Mhor avait dessiné sur la terre d'anciens symboles très complexes. Il tenait maintenant dans ses mains les pages du grimoire qui faisaient référence à ce sort. À la demande des trois frères, il venait de les arracher de son livre afin que personne ne puisse s'en servir après eux.

Les doigts tremblants, le sorcier les observa, alors que chacun d'eux se positionnait autour du cercle, à égale distance de son centre. Il retourna à l'intérieur, rangea le vieux volume dans le salon, puis revint se placer sur les inscriptions.

Il jeta un dernier coup d'œil à la maison. Il avait embrassé Wymi et caressé ses cheveux comme lorsqu'elle était petite. Il n'avait pas trouvé de meilleure façon de lui faire ses adieux. Il valait mieux qu'elle ne sache rien de ses intentions.

— Très bien... C'est le moment !

Il inspira bruyamment et les trois hommes en face de lui acquiescèrent. Chacun se mit à chanter les paroles qu'il leur avait apprises. Leurs voix résonnèrent, tandis que leur magie et leurs essences vitales étaient drainées hors de leurs enveloppes charnelles. Mhor fut soudain terrifié par ses actes. Et s'ils mouraient en vain ? Ses doutes s'intensifièrent lorsqu'un vent meurtrier s'éleva. Il les ignora toutefois et reporta son attention sur sa tâche.

Peu importe... Je dois essayer !

Un immense tourbillon se créa au centre du cercle, puis d'incroyables fleurs blanches naquirent. Émerveillé, il poursuivit, alors que les éléments se déchaînaient autour d'eux. Ses larmes ruisselèrent quand ses forces lui échappèrent et que, devant lui, une femme qu'il n'avait pas vue depuis des années apparut. Son sourire l'attira jusqu'à elle. Il ne sentait plus son corps, toute la souffrance qu'il éprouvait s'amenuisa. Juste avant de partir, Mhor sut qu'il avait fait le bon choix.

Esilla, songea-t-il. *Enfin, je te retrouve...*

Il tendit les bras vers elle...

* * *

Wymi, affalée sur le sol, ne bougeait plus, vidée de toutes ses forces. Soudain, un cri venant de l'extérieur la sortit violemment de sa torpeur. Son sang ne fit qu'un tour et elle se redressa. Impossible pour elle de calmer les palpitations dans sa poitrine.

Le bruit strident s'éleva à nouveau. La jeune femme observa la porte d'entrée. Elle déglutit, tandis qu'un fol espoir l'envahissait.

Non, c'est ridicule, n'y va pas ! s'insurgea sa raison.

Mais son corps ne l'écoutait déjà plus et se dirigeait vers la sortie. Les martèlements effrénés de son cœur devinrent une vraie torture. Ses désirs insensés revenaient à la charge. Elle refusait encore d'y croire. Il ne fallait pas ! Et pourtant… Wymi fixait toujours le battant fermé devant elle. Quand le vagissement d'un enfant l'appela une fois de plus, elle posa sa main sur la poignée.

Que fais-tu ? Non, pas ça ! Il n'y a rien, rien, rien ! se répéta-t-elle en ouvrant malgré tout.

Wymi emplit ses poumons d'air frais, les rayons du soleil l'aveuglèrent. Elle se protégea les yeux pour mieux distinguer l'être qui approchait. Elle voulut parler, mais les mots la fuyaient. Ses jambes, toutefois, bougèrent d'elles-mêmes. Elle se demandait si c'était un rêve et quand elle allait se réveiller.

La silhouette bordée de lumière l'éblouissait. Elle avança prudemment, désireuse plus que tout de l'atteindre.

— Nous sommes rentrés, dit l'homme, un magnifique sourire éclairant son visage.

Wymi fit un nouveau pas, puis encore un autre, et enfin courut dans sa direction. Elle avait l'impression de voler. Ses foulées rapides touchaient à peine le sol.

Est-ce vraiment eux ?

Dès qu'elle sentit la chaleur de ses bras et la douceur de ses lèvres, elle crut que ses jambes ne la porteraient plus jamais, surtout lorsqu'elle découvrit Azallu. L'enfant de tous ses rêves. L'enfant qu'elle avait tant espéré.

* * *

Sur le bureau résidait le grimoire ancien. Une lettre se cachait à l'intérieur. Wymi ne l'avait pas encore lue, mais elle lui était destinée et lui reviendrait un jour.

À toi, la femme au cœur de braise.
Ma chérie, tu sais à présent combien l'amour est éphémère. Il est pourtant tout ce qui nous fait vivre. Si certains abandonnent leur âme pour le pouvoir, d'autres, comme toi, comme moi, gardent sa chaleur intacte quoi qu'il arrive. N'oublie pas, mon petit cœur, que le destin, bien que parfois cruel, fournit aussi son lot de bonheur. Il y a un juste équilibre à tout.

La mort fait partie de la vie et, sans elle, nous serions différents. Ne pleure pas, ma petite lune, je n'ai toujours voulu que ton sourire.

Toute ma vie, j'ai couru après un amour et des rêves impossibles. J'avais conservé ce sortilège pour ta mère, mais quand j'ai compris que la faire renaître signifierait disparaître à mon tour, j'ai su alors que mon destin était de ne plus jamais la revoir.

Ce sort est pour toi, pour votre enfant et pour lui. Je l'ai fait sans regret. Ce sacrifice est le mien. Ne te sens pas coupable de mes actions. Tu le sais maintenant, les sorciers n'en font qu'à leur tête.

J'avais tant de choses à te transmettre, tant d'amour à te donner… Pardonne-moi mes échecs et mes choix.

J'ai fait ce que j'ai pu pour te protéger et, au final, j'ai échoué, alors que je m'étais juré de t'offrir le bonheur que tu mérites. La vie est parfois étrange.

Quand je te contemplais dormir, j'ai toujours trouvé que tu étais la plus jolie. Mais moi, t'ai-je un jour dit ce que j'étais ? Un sorcier, et bien plus encore… un humain aussi.

Si toi, qui aimes un homme créé par les Écailles, tu es née de ma passion pour une magicienne, sache que moi, je suis né de l'amour d'un sorcier et d'une humaine.

Garde cela dans ta mémoire. Les mélanges amènent la passion et la douceur. Nous sommes exceptionnels, et je n'aurais pas souhaité qu'il en soit autrement.

Ne te fie jamais aux apparences, mais regarde le cœur des gens, tu verras qu'ils sont tous beaux à leur manière.

Azallu, je le sens, trouvera elle aussi le bonheur. Cette petite fille dont tu as tant rêvé et qui, maintenant, t'a rejointe… Tu devras la guider. C'est à ton tour de prendre soin d'elle.

Aime et vis, c'est l'unique conseil que je pourrais te donner. Profite de chaque seconde et ne perds pas une miette de ton existence, elle est trop courte pour la gâcher.

À toi, ma douce fille que j'aime et qui m'a tant apporté.
Mhor.

Épilogue

Seize ans plus tard

Il l'épiait, elle le sentait. Son odeur particulière emplissait l'air. Son cœur bondit de joie. La jeune fille se pinça les lèvres, puis, discrètement, balaya sa chambre du regard. Non, il n'était pas apparu dans son dos comme la dernière fois.

Alors, elle se pencha à la fenêtre et contempla les alentours. Des arbres carnivores aux couleurs pourpres et vertes encadraient sa maison. Elle plissa les yeux, tenta de distinguer une silhouette ou même de se laisser guider par ses sens... sans succès.

Où se cachait-il ?

Un début de sourire étira les coins de sa bouche. Bien sûr, il ne pouvait pas se trouver dans la propriété ! Il n'allait pas risquer d'être découvert par son père ou sa mère.

Elle lâcha un long soupir impatient. Comme tous les ans, il lui rendait visite.

Elle décida de vérifier sa tenue avant de sortir. Elle souhaitait l'impressionner. Elle s'observa dans le miroir et grimaça en voyant la touffe de cheveux emmêlés sur sa tête. Toujours indomptables ! Elle dut s'y prendre à plusieurs fois pour les brosser et paraître enfin plus présentable. Habituellement, elle n'y touchait pas trop, les laissant danser au gré du vent.

Elle constata que le brun tranchait plus que les deux autres couleurs. La jeune fille se concentra légèrement afin de mettre en avant le rouge. Obéissant à sa simple volonté, les mèches changèrent de nuance et elle soupira d'aise. Elle ne comprenait pas pourquoi sa capacité à modifier leur teinte étonnait tellement les autres. C'était pourtant facile, cela ne lui demandait presque aucun effort.

Son père, en cela, lui ressemblait beaucoup, même si sa tignasse à lui n'évoluait qu'en fonction de ses sentiments. Dès qu'il arborait un visage triste ou soucieux, elle prenait une tonalité ébène, tandis que lorsqu'il était heureux, le châtain prédominait. Mais elle haïssait plus que tout quand le pourpre s'imposait. Il s'agissait chez lui de la couleur de la colère, du sang et des disputes. Elle l'avait rarement vu dans cet état et cette pensée suffit à la faire frémir. Elle savait qu'il pouvait se montrer redoutable. Pourtant, il ne se fâchait jamais contre elle, même lorsqu'elle faisait une bêtise.

Et là, elle était sur le point d'en faire une grosse.

Elle se sentait un peu coupable, mais décida d'ignorer ce sentiment. Elle se parfuma. Sa peau scintillait et ses yeux dorés pétillaient d'excitation. Les gens disaient souvent qu'elle ressemblait plus à son père qu'à sa mère, parce qu'elle possédait son regard et ses cheveux. Mais de Wymi, elle avait hérité cette peau si étrange et la douceur de ses traits.

Après s'être examinée une dernière fois dans le miroir, elle se dirigea vers la fenêtre. Son cœur la malmenait, il battait à un rythme effréné, sur le point d'exploser.

Ses parents ne devaient pas deviner qu'elle s'absentait quelque temps.

Les paumes moites à l'idée d'aller à l'encontre des règles, elle hésita quelques secondes avant de prendre appui sur l'encadrement et de s'élancer. Elle sauta dans le silence le plus total. Ses cheveux giflèrent son visage, la vitesse augmenta son taux d'adrénaline. Les pieds et les mains en avant, elle amortit sans mal sa chute.

Elle réalisa qu'à chaque fois qu'il apparaissait, elle devenait un peu plus folle.

Cette entrevue devait rester secrète, sans quoi elle ne le reverrait plus. À cette pensée, les battements de son cœur accélérèrent. Parfois, elle avait le sentiment de ne vivre que pour cet instant, pour ces quelques minutes énigmatiques et merveilleuses.

Elle n'avait jamais osé en parler à ses parents. Ils auraient pourtant pu comprendre, seulement elle craignait leur réaction. La jeune fille ne savait tout simplement pas comment leur dire. Pour une raison qu'elle ignorait, son père redoutait la personne qu'elle se préparait à rejoindre. Pour le moment, garder le silence était la meilleure solution.

Agenouillée sur le sol, elle jeta un coup d'œil en arrière, puis se releva. Elle observa sa fenêtre et admira l'architecture qui l'encadrait. Son grand-père avait construit ce havre de paix, cette œuvre d'art dans laquelle se mélangeaient les matières. Les gens se souvenaient de lui comme d'un effroyable sorcier, peut-être bien le plus puissant qui ait jamais vécu sur Travel.

Elle se retourna et pénétra dans la sombre végétation, cette barrière naturelle si périlleuse pour les étrangers malveillants. Elle se moquait bien des dangers qui existaient au-delà. Elle ne redoutait aucun ennemi, elle se sentait invincible.

Elle ne se lassait pas d'entendre son père raconter les exploits de son aïeul. Son ancêtre la passionnait tellement qu'elle avait étudié son grimoire et appris ses sorts par cœur. Elle les connaissait tous sur le bout des doigts. Ses parents ne se doutaient pas de la quantité de maléfices plus ou moins respectables annotés à l'intérieur.

Elle évitait de trop en parler devant Wymi, qui restait distante à ce sujet. Elle voyait bien à quel point elle souffrait de sa disparition. La jeune fille songea à la lettre trouvée des années plus tôt dans le vieil ouvrage. Sa mère avait tant pleuré en la lisant que la culpabilité de la lui avoir montrée l'avait rongée pendant des mois. Mais elle était reconnaissante du choix qu'il avait fait.

Grâce à lui, elle respirait.

Il s'était sacrifié pour elle et son père. Il avait donné son âme afin de leur permettre de vivre. Depuis qu'elle le savait, elle essayait de profiter de chaque instant. Chaque jour, elle le remerciait de lui avoir offert un destin. Elle le considérait comme son dieu, son gardien protecteur, une entité bien différente des lunes.

Elle ne l'oublierait jamais.

Mentalement, l'adolescente adressa une pensée à son ancêtre, certaine qu'il l'observait. Les astres devaient prendre soin de lui. Un être valeureux de sa trempe ne pouvait qu'être estimé. La jeune fille se complaisait à croire que son aïeul existait un peu à travers elle. Que lorsqu'il avait donné sa vie pour elle, elle avait au passage capturé une petite part de son esprit. Sinon, comment expliquer qu'elle soit capable de maîtriser tous ses sortilèges ?

Elle marchait à un rythme mesuré sur le sol et les branches sèches. Elle suivait sa trace. Son essence l'appelait, l'envoûtait, faisait presque chanter son âme. Elle pressa finalement le pas, consciente qu'elle ne devait pas s'absenter trop longtemps. Ses parents remarqueraient rapidement sa disparition et s'inquiéteraient.

Elle déboucha sur un pré. De grands arbres majestueux aux feuilles rougies par l'automne l'encerclaient et lui conféraient un aspect unique. N'apercevant toujours pas son visiteur, la demoiselle hésita à sortir de la pénombre et à rejoindre l'herbe verte aux reflets lumineux. Son cœur affolé l'oppressait. Avait-elle simplement imaginé son odeur ?

Elle s'apprêtait à rebrousser chemin quand un bruit la fit sursauter. Au moment où elle se retourna, une rafale lui fouetta le visage, l'obligeant à fermer les paupières une seconde. Lorsqu'elle les rouvrit, il était là à l'observer d'un air amusé.

La jeune fille, impressionnée, le contempla à son tour : ses cheveux argentés dansaient avec le vent et cherchaient à le suivre en décrivant d'incroyables courbes. Son corps mince et souple révélait une puissance étonnante qui la laissait sans voix. Ses yeux d'un gris mystérieux faisaient battre son cœur si vite qu'elle dut détourner la tête pour masquer son trouble.

Immortel, lui avait expliqué Azorru. Le messager des lunes !
D'autres le nommaient encore le mangeur d'âmes innocentes... Nombre de légendes couraient sur son compte, mais elle seule le connaissait vraiment. En réalité, il cachait une immense tristesse, car il était voué à voir mourir ses enfants ainsi que les gens qui l'entouraient. Il souffrait de rester sans attaches. Il lui suffisait d'un regard pour comprendre tous ses tourments.

Son père le craignait autant qu'il l'aimait. Et il avait raison, car cet être ne considérait pas la vie de la même façon qu'eux. De son côté, sa présence magnifique l'attirait comme un aimant. Il lui faisait penser à une pierre précieuse à l'état brut : belle, coupante, qui se transformerait un jour en un joyau incroyable.

— Je savais que tu étais là. J'ai senti ton odeur ! souffla-t-elle.

— Azallu, tu ne devrais pas t'éloigner autant !

Il essayait d'employer un ton autoritaire, sans succès. La jeune fille sourit d'un air espiègle.

— Et toi, tu ne devrais pas m'espionner.

Elle mit les mains sur ses hanches et il détourna la tête, un peu gêné. Azallu adorait le perturber. Il se comportait avec elle comme un grand enfant. Elle avait parfois peine à croire qu'il s'agissait bien là de l'immortel que tous redoutaient. Elle se demandait surtout ce qui pouvait bien l'attirer en elle.

— Ton père va s'inquiéter, souffla-t-il en jetant un bref coup d'œil en direction de sa maison.

Azallu haussa les épaules comme si elle ne se sentait pas concernée. Bien sûr, il n'avait pas tort, mais une part d'elle voulait lui montrer qu'elle n'avait aucune faiblesse.

— Papa me surprotège !

— Ne dis pas ça. Le danger est grand...

Azallu croisa les bras. Elle le savait bien, mais de temps en temps, elle aurait aimé juste qu'on la laisse respirer et qu'on arrête de lui rabâcher les mêmes mises en garde.

— Ma tante nous a écrit ! Nous allons devoir vivre à ses côtés dans la tour d'Arow, marmonna-t-elle, contrariée.

— C'est très bien !

Azallu se renfrogna, plus irritée que jamais. Elle serra les dents, les poings, puis explosa, incapable de contenir ses craintes. Comme toujours, elle agissait sur un coup de tête, sans réfléchir. Elle allait encore s'en mordre les doigts.

— Tu es content ? Mais on ne se verra plus ! Là-bas, il fait froid, tout est blanc et moche. Les gens restent silencieux à longueur de journée et, par-dessus le marché, il n'y a pas d'arbres... Chaque fois qu'on va rendre visite à la Suprême, tout le monde m'observe comme si j'étais une bête de foire. Je ne veux pas y aller ! Je croyais que toi, au moins, tu me comprendrais.

Elle le fusillait du regard. L'homme s'approcha pour caresser doucement son visage. C'est à peine si elle sentit le contact de ses doigts. Mais ce simple geste la soulagea.

— Azallu, là-bas, les mages corrompus ne pourront pas t'atteindre aussi facilement. Breese arrivera bien mieux à te protéger.

— Mais je me moque pas mal de ces foutus mages. Ici, c'est la maison de mon grand-père, il...

— Ne dis pas de sottises. Tu n'as que seize ans et Mhor... ne peut plus rien pour toi, à présent. Il n'a plus d'emprise sur ce monde, lui rappela-t-il en détournant le regard.

Azallu pivota sur ses talons afin de lui tourner le dos.

— Alors, tu te fiches bien de ne plus me revoir...

Elle s'éloigna vivement, les bras croisés, mais il la rattrapa et lui coupa la route en apparaissant devant elle.

— On pourrait croire que tu es simplement venue ici pour te disputer, dit-il en l'observant du coin de l'œil, intrigué malgré lui par sa façon d'agir.

Azallu secoua lentement la tête. Elle laissa ses bras retomber le long de son corps.

— Je m'imaginais que...

Elle ne termina pas sa phrase tant la déception lui empoignait le cœur.

— Tu penses que, parce que tu seras là-bas, je ne viendrai plus te voir ?

— Tu ne viens déjà pas beaucoup ici ! lui fit-elle remarquer.

— Je me manifesterai plus souvent, si vraiment cela t'importe, mais ta sécurité passe avant tout !

Azallu baissa les yeux. Elle se comportait encore comme une enfant. Elle voulait pourtant lui montrer qu'elle évoluait... Si seulement il pouvait s'en apercevoir. Malgré tout, l'idée de le voir plus fréquemment la fit bondir de joie. Elle préféra changer de sujet avant qu'il ne revienne sur sa décision.

— Pourquoi tout le monde t'appelle le Cercle ? N'as-tu pas de prénom ?

La question dut l'étonner, car il ne répondit pas immédiatement. Il s'approcha à nouveau d'elle et replaça une mèche rebelle derrière son oreille. Elle avait déjà remarqué qu'il adorait toucher ses cheveux et sourit de ce geste affectueux. Ses prunelles lumineuses se posèrent alors sur elle. Il sonda son âme jusqu'à son cœur.

— Pour connaître ma véritable identité, il faut se donner corps et âme ! En serais-tu réellement capable ?

Azallu rougit violemment à son sous-entendu et recula d'un pas, tandis qu'il s'amusait de sa réaction. Ses soudaines avances la surprirent tant qu'elle ne trouva rien à répliquer. Mais elle lui adressa finalement un regard empli de douceur, qui le déstabilisa à son tour. Il reprit rapidement contenance et réduisit en une fraction de seconde la distance qu'il y avait entre eux. Son souffle frôla la peau sensible de son cou jusqu'à effleurer sa nuque.

— Pour le moment, je me contenterai de te subtiliser un baiser, susurra-t-il.

Ce n'était pas comme s'il ne l'avait pas prévenue. Affectueusement, il s'empara de son menton alors que tout son corps tremblait. Son pouls tambourinait si brutalement dans ses tempes qu'il devait lui aussi l'entendre. Son cœur s'enflamma, leurs regards se mêlèrent, puis il déposa un doux baiser sur son front.

Azallu, déçue, mais aussi surprise, eut l'impression d'exploser. Son sang bouillonnait. Elle crut perdre sa voix pour toujours, engloutie par sa tendresse. Muette, elle ne pensait qu'à sa délicatesse, sa peau et son odeur.

Il recula, l'observa sous ses cils argentés. Elle ne détourna pas les yeux, emprisonnée par la beauté de son regard.

— Tu ne connais encore rien de l'amour.

Sous le choc, Azallu battit des paupières, comme si elle ne contrôlait plus que cette partie-là de son corps. Elle aurait voulu le contredire, mais elle resta figée, le dévorant du regard comme on admire un dieu.

Il s'éloigna, puis le vent qui l'entourait dès qu'il apparaissait caressa le visage d'Azallu, et il s'évapora en un clignement de cils.

Ce n'est qu'une fois certaine qu'il ait bien disparu qu'elle se laissa tomber au sol. Une peur et une joie inexplicables s'affrontaient dans sa tête. Tremblante, elle toucha son front à en devenir écarlate.

Toutes ces années, le Cercle l'avait lentement attirée à lui. Cela signifiait-il que, comme lui, elle était indestructible ? Elle avait conscience d'avoir une longue vie devant elle, mais ses parents demeuraient mortels.

Père est la création des lunes, et mère, une Incomprise… Cela veut dire que je suis moi aussi différente, non ? Le Cercle est-il, comme moi, un mélange des trois races ? C'est si étrange ! J'ai l'impression qu'il essayait de me préparer à quelque chose de bien plus complexe.

Le ventre tordu par l'angoisse, elle se redressa et courut jusque chez elle, souhaitant de tout son être se tromper, mais espérant le contraire avec autant de ferveur.

Avait-elle été maudite comme le Cercle ou bien bénie ?

Remerciements

Cette page est destinée à tous ceux qui m'ont soutenue au cours des dernières années et sans qui tout ça n'aurait pas été possible. C'est pour mon mari, qui est le premier à m'encourager et à croire en ce que je fais. Il me pousse toujours à aller plus loin et à m'améliorer. Merci à toi d'être là, je t'aime !

C'est pour ma mère, ma sœur et mon père et le reste de ma famille qui me soutiennent toujours dans toutes les décisions que je prends.

C'est pour mes bêta-lectrices à qui je voulais réserver un petit espace particulier afin de mettre en avant leur travail si fabuleux.

Je vous présente d'abord Iléana Métivier, autrice elle aussi de série fantastique. Je suis tombée amoureuse de sa plume avec Terre noyée, une série en trois volumes. Vous y rencontrerez des créatures mystiques, un monde dystopique et une véritable réflexion sur l'environnement. C'est un très beau coup de cœur pour moi que je vous recommande.

Voici un petit extrait :

> L'eau jaillit, effleura le ciel en un puissant geyser.
>
> Enfin, la puissance tapie sous la croûte terrestre s'exprimait, grandiose, cauchemardesque dans sa promesse de destruction massive. Une multitude de gouttelettes s'envola sur des mètres alentour, retombant en une fine pluie colorée. La magie du soleil et de l'eau combinées. Chaque couleur de cet éphémère arc-en-ciel resplendissait avant de mourir.
>
> Partout autour du monde, des phénomènes semblables se produisirent à quelques secondes d'intervalles. Océans

Atlantique, Pacifique, Austral, Mer des Caraïbes... Les scientifiques s'alarmèrent, les lieux d'apparition de ces jets monstrueux ne laissaient planer aucun doute : les failles des plaques tectoniques, déjà très – trop – actives ces deux dernières années, leur jouaient un tour inédit.

L'alerte aux tsunamis ne changea pas grand-chose pour les êtres encore vivants. Les vagues, puissances effroyables, fracassèrent tout sur leur passage, sans distinction aucune ; les troncs centenaires, les os de quelques semaines, les pierres taillées et assemblées depuis des siècles... pour terminer leur course au pied des monts les plus hauts, ravageant les dernières cultures.

Contrairement aux scénarios précédents, l'eau ne se retira pas. Inexorablement, le niveau continua à grimper. Les populations décimées escaladèrent les parois plus ou moins abruptes, poursuivies par ce qui semblait être le dernier des maux de l'Apocalypse du XXIe siècle. Les cadavres flottèrent dans un enchevêtrement de bois et de câbles électriques avant de sombrer, happés par la lourdeur de leur chair imbibée ou par l'un de ces énormes poissons préhistoriques des fonds marins, devenus maîtres de cette nouvelle ère.

L'eau, source de vie, léchait les talons des plus faibles, guerrière vengeresse et mortelle de la planète souillée par la bêtise et l'indifférence humaines. Une poignée d'êtres, les plus forts ou les plus solidaires, survécurent. Les Grandes Catastrophes avaient nettoyé la Terre, remettant l'humain à sa simple place d'espèce faisant partie d'un grand tout.

Je continue avec Amélie Quermont, ancienne éditrice qui m'a motivée à reprendre cette histoire et la retravailler. À Gaëlle K, Laura E, Florence R, Cindy C pour leur passion pour la lecture. Vous m'avez redonné confiance, corrigée, aidée, poussée, vous avez été pour moi des rayons de soleil chacune à votre manière et pour tout ça, je vous remercie.

Et c'est sans oublier Sandra Vuissoz pour ses super corrections, sa patience et sa gentillesse.

Je suis vraiment heureuse de vous offrir ce livre qui a vécu nombre de péripéties. J'ai souvent perdu tout courage ou envie, à me demander si cela en valait véritablement la peine. Les Écailles de l'âme est la réalisation d'un rêve, qui j'espère, aura su vous plonger dans un monde étrange. La suite ne tardera pas, je vous le promets ;)

Et en tout dernier lieu, je vous remercie, lecteurs/lectrices, de m'avoir donné ma chance, c'est grâce à vous que le rêve devient réalité, en traversant l'espace pour arriver dans vos mains. N'hésitez pas à me laisser un commentaire sur n'importe quelle plateforme, comme Amazon, Booknode, Kobo… cela ne pourra que m'aider, vos avis comptent à mes yeux.

À très bientôt avec la suite, et que les lunes veillent sur vous !

www.facebook.com/MyOrmerod

Du même auteur aux éditions Dreelune :
À pas de Loup

Guerrier est une bête, un monstre de muscles et de puissance. Il est le danger. Un seul regard de sa part et vous frémissez.Le mystère de cette créature attire et passionne.
Quelle est-elle ? Un chien ? Un loup ? Ou bien plus...

Royal Cat

L'inspecteur Arik vient d'être transféré à un nouveau poste. Son supérieur est formel: c'est sa dernière chance dans les forces de l'ordre. Son tempérament fougueux et irresponsable lui a presque valu une mise à pied définitive. Alors, cette fois-ci, il s'est promis de ne plus faire de zèle. Mais voilà que la belle Aneria et son chat disparu débarquent dans sa vie et bouleversent tous ses plans.
Ce qui ne devait être qu'une banale histoire de chat perdu se transforme vite en véritable cauchemar.
Il s'engouffre dans les rues noires de la ville, se perd dans ses plus sombres travers.
Sur les traces d'une menace terrifiante, l'inspecteur Arik arrivera-t-il à protéger Aneria ?
Un roman trépidant qui plaira aux amoureux des chats et aux amateurs de polars.

Manufactured by Amazon.ca
Bolton, ON